Schemertijd

David L. Robbins bij Mynx:

De rattenoorlog
Tankduel
Oorlogszone Berlijn
Liberation Road
Schemertijd

www.mynx.nl

David L. Robbins

SCHEMERTIJD

Oorspronkelijke titel: The Assassins Gallery
Vertaling: Gerard Grasman
Omslagontwerp: Wil Immink
Zetwerk: Mat-Zet bv, Soest

Eerste druk augustus 2009

978-90-8968-144-7 / nur 305

Het menselijk verlangen te worden herinnerd, is kolossaal.

Franklin Delano Roosevelt
toen hij voor het eerst de piramiden bezichtigde.

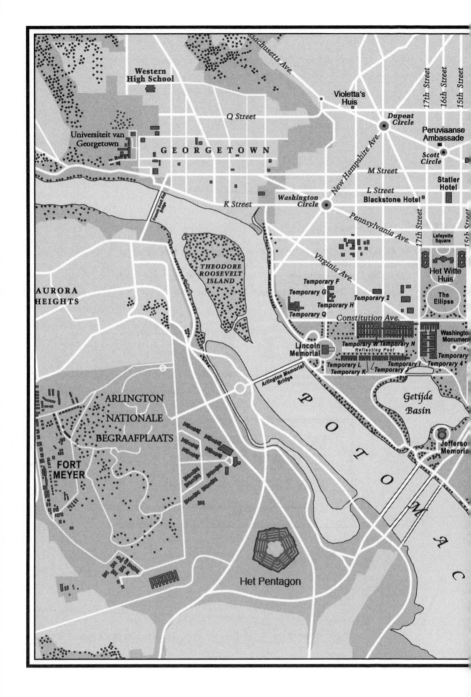

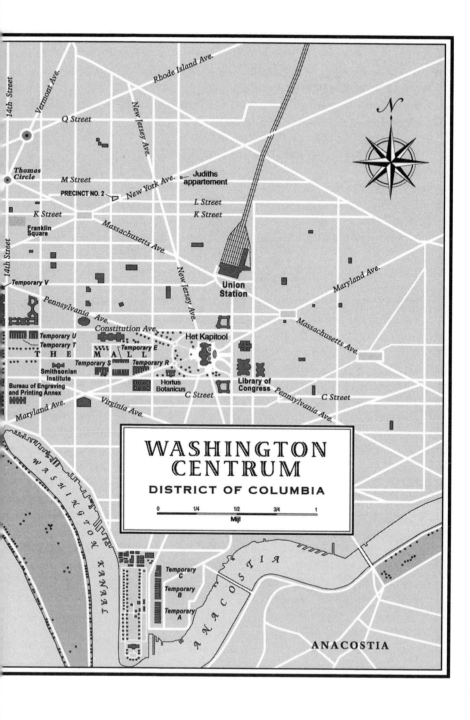

WASHINGTON
CENTRUM

DISTRICT OF COLUMBIA

0   1/4   1/2   3/4   1
Mijl

Voorwoord van de auteur

Dit boek is de vrucht van speculatieve fictie. Echter, zoals ik in al mijn historische boeken heb gedaan, heb ik mij ook hier strikt gehouden aan de vaststaande feiten van de geschreven geschiedenis. De tijden, data en plaatsen zijn reëel, net zoals veel van de mensen in dit verhaal echt hebben bestaan. Ze zijn zo accuraat als ik ze door mijn research heb kunnen achterhalen. Ook de gebeurtenissen en karakters die aan mijn verbeelding zijn ontsproten zijn zo authentiek als ik ze heb kunnen maken.

David L. Robbins,
Richmond, Virginia

JANUARI

1

1 januari 1945
Newburyport, Massachusetts

Vijfhonderd meter van het strand zette een gehandschoende hand de buitenboordmotor af. Zes in zwarte kleding gehulde mannen zetten zich aan geluidsarme riemen. Ze roeiden door de witgekuifde golven naar het strand, geholpen door een stevige rugwind. Toen ze nog tweehonderd meter moesten overbruggen, daar waar de brekers begonnen, liet Judith zich in haar strakke wetsuit soepel en geroutineerd over de dolboord glijden. Ze zei niets tegen het zestal, en zij zeiden niets tegen haar. Ze hijgde alleen even van de schok van het ijzige water, ondanks haar rubberen pak, en zette zich toen af van de sloep. De sloep draaide weg. Ze draaide zich om en begon naar het strand te zwemmen. Achter haar voerde de wind het geluid van de klotsende golven mee.

Judith proestte het zoute water uit. De ijzige kou klauwde aan haar wangen en doorvlijmde haar wetsuit. Ze hield haar armen om haar borst geslagen en liet zich door de rugzak en zwemvliezen drijvend houden in de rollende brekers.

Honderd meter van het strand liet Judith haar benen zakken om rechtop te drijven, meegevoerd door een golf. Op de kuif van de golf keek ze kort naar het strand, donker onder de versluierde maan. De naderende storm blies het schuim van de witte golfkuiven – de zee was woest. Ze trok het duikmasker weg van haar ogen om beter te kunnen zien. Ze zakte weg in een diep golfdal, maar een nieuwe, hogere breker tilde haar weer op. Ze verkende de donkere kustlijn. Ze zag niets dan een verlaten zandvlakte. Uit het verduisterde stadje, op zo'n zeseneenhalve kilometer van het strand, was geen lichtstraaltje te bekennen.

Ze trok het duikmasker weer omlaag. Terwijl ze de laatste honderd meter naar het strand doorstootte, werd haar lijf gevoelloos.

'Het waait verrekte hard,' zei ze. De man knikte, een hand op zijn buik. Het sproeiwater droop over de voorruit van de pick-uptruck, geparkeerd op het samengepakte zand van Plum Island.

'Noordooster.' Hij wees de vrouw op de passagiersstoel naast hem de windrichting.

'Ze hebben het voorspeld,' antwoordde ze. 'Deze nieuwjaarsdag wordt geen lolletje.'

'Nee. Gelukkig Nieuwjaar.'

'Jij ook.'

Ze bogen zich naar elkaar toe voor een lichte kus. Hij moest zich wat laten zakken, want ze was klein. Hij klopte op haar dij toen hij zich weer oprichtte.

'Hoe laat is het?' vroeg ze.

Hij groef onder zijn manchet naar zijn horloge. 'Het begint wat laat te worden. We gingen even voor twee weg van het feest. Ik denk dat het... ja, tien over twee.'

'Wat denk jij?'

'Dat het verrekte hard waait, zoals je zei. Ben je warm genoeg gekleed? Heb je een paar truien onder dat oliegoed?'

'Ja, maar allemachtig – kijk er eens naar. Het is buiten zo koud als het hol van een ijsbeer. Waarom maken we ons er opeens zo druk over? Wie is van plan Newburyport binnen te vallen?'

'Alsjeblieft, Bonnie, begin nou niet. Jij en ik hebben deze week de wacht op het kerkhof. Dat wist je. Neem het slechte mét het goeie, zo gaat dat nou eenmaal.'

'Dat wel, maar...' Ze tilde haar hand op en wees in het vage licht naar de brekers die zo hard op het strand beukten dat het water verneveelde. De pick-uptruck schokte een beetje door het windgeweld, maar dat kon ook komen doordat Otto zijn gewicht wat verplaatste.

'Dit is waarvoor we ons als vrijwilligers hebben gemeld,' zei hij. 'De kust bewaken. Denk aan onze jongens in uniform, die doen nog veel rottiger werk dan dit, de hele dag door. Dat weet je.'

'Ik weet het, ja.'

'Luister, ik begrijp nu dat we dit burgerwachtgedoe wat te slap hebben opgevat. Wij allemaal – de hele stad. Ik heb er echter veel over nagedacht sinds de moffen dat offensief in de Ardennen zijn begonnen. Enig idee hoe koud onze jongens het daar nu hebben?'

Ze stak hulpeloos haar armen op.

'Nou?' drong hij aan. 'Wat denk je?'

'Ja, maar moet je dit zien.'

'Ik zíe het, Bonnie. En ik vind dat het hoog tijd is dat we ons werk hier gaan doen. Meer wil ik niet zeggen.'

'Maar Otto, denk aan Louise. Niemand doet iets in dit weer. Dacht je soms dat de moffen vannacht komen? Dat doen ze dus niet, oké? Jij en ik zijn de enigen die hier rondhangen.'

'Maar goed ook. Kom, geef me nog een kusje, daar word je warm van.'

'Jij weer. Da's het enige waar jij aan denkt.'

'Aan jou, ja. Kom.'

Zuchtend keek ze hem aan. 'Vooruit maar, kom hier.' Ze gaf hem een meer dan vluchtig kusje.

'Ja, dit is het echte werk,' zei hij, terwijl hij zich weer oprichtte. Zijn buik stak ver genoeg naar voren om langs het stuurwiel te wrijven. 'Hé!'

Ze rimpelde haar neus, alsof ze zich ergerde dat hij uit de knusse cabine de gure, winderige nacht in wilde.

'Wat is er?' vroeg ze.

'Luister, ik moet dit vragen. Je weet zeker dat Arnold niks in de gaten heeft? Hij deed nogal vreemd, gisteren, toen hij de winkel binnenstapte. En vannacht ook, op dat oudejaarsfeest.'

'Welnee. Arnold doet altijd vreemd. Hij denkt dat ik nog steeds dol ben op de Civil Defence. En wat maakt het uit? Ik heb hem gezegd dat hij zich er ook voor moest opgeven, begrijp je? Iets doen. Het enige wat hij doet, is thuiskomen en met die verdomde postzegelverzameling in de weer gaan. Iedere avond. Elk weekeinde. Behalve als-ie gaat vissen, ik zweer het je.'

Ze grimaste, nijdig nu ze zich haar echtgenoot voorstelde. Vadsig en toch mager, denkt alleen aan zichzelf en zijn postzegels.

'Goed,' zei ze, vechtend tegen haar woede. 'Goed, ik hou erover op. Hij is jouw probleem niet. En hij is nu niet hier. Wij zijn hier de enigen, ja?'

De grote man had zijn achterhoofd tegen het achterraampje gelegd, weg van haar. Hij keek toe hoe ze zich vermande.

'Goed,' zei hij. 'Luister, jij blijft nog een beetje in de cabine, om rustig te worden. Ik loop een keer langs de Rowley-lijn en kom je dan halen. Wat dacht je daarvan? Oké? Blijf maar hier, schatje.'

'Zul je het warm genoeg hebben?'

'Warm zat,' grinnikte hij, met een stomp tegen zijn maag. 'Ik heb mijn winterse speklaag toch? Over een uurtje ben ik terug. Er is wat gin in het handschoenenkastje. Neem een slok. Verdomme, het ís toch Nieuwjaar?'

'Zo is het. Je bent een fijne vent, Otto.'

'Ik doe mijn best, schatje. Dus ik kom terug. Maak het je gemakkelijk. Ik laat de sleutels hier, dan kun je af en toe de motor laten lopen om de cabine warm te houden.'

Hij kneep even in haar knie voordat hij het portier opende. Haastig dook hij de ijzige wind in, om het portier zo vlug mogelijk te sluiten. Met zijn gehandschoende hand bonkte hij op de motorkap en wuifde even.

In de cabine zag Bonnie hem over het strand wandelen. Het maanlicht bescheen zijn brede rug. Algauw leek hij het af te schudden en hij verdween in het donker.

Toen hij weg was, drukte ze op de knop om de motor te starten en de kachel hard te laten loeien. Ze nam zijn fles uit het handschoenenvak en nam een lange teug. Ze stopte de fles terug en staarde recht voor zich uit naar de zee.

Op handen en knieën tijgerde Judith over het laatste deel van de dunne laag schuimend zeewater. Eenmaal op het droge zand liet ze zich zakken. Haar huid was zo onderkoeld dat ze het schurende zand tegen haar wang niet eens voelde. Ze sloot haar ogen en probeerde weer op adem te komen, nijdig op het ijskoude water, maar blij met de storm die haar aan land had geblazen; als de golven haar niet hadden meegedragen, zou ze het misschien niet hebben gehaald.

Binnen het rubber van haar wetsuit wriemelde ze met haar vingers en tenen – ze voelden aan alsof alle leven eruit was verdwenen. Ze hoestte een mengsel van zand en zout water uit, maar kon haar hoofd nauwelijks ver genoeg optillen. Toen deed ze haar ogen open en rolde zich op haar rug, gehinderd door de rugzak. Ze ging overeind zitten en schudde de riemen van haar schouders.

De rugzak was stug en waterproof, en haar onwillige handen in de dikke handschoenen hadden moeite hem te openen. Ze klemde de vingertoppen van een handschoen tussen haar tanden en trok hem van haar hand af. Nu kon ze haar blote hand bewegen om de bloedsomloop te herstellen. Ook de tweede handschoen kostte haar moeite. Ze schopte de zwemvliezen van haar voeten en maakte haast met de rugzak. Op het ijskoude strand onttrok de drijfnatte wetsuit de resterende warmte aan haar lichaam. Haar handen beefden. Ze had droge kleren nodig – en snel ook.

De beide ritssluitingen van de rugzak boden weerstand. Ze omklemde de platte grepen op zicht; haar vingers konden ze niet voelen. Het bovenste kledingstuk was een zwarte wollen muts. Ze pelde de kap van de wetsuit van haar hoofd, wreef flink over haar oren om ze te verwarmen en trok de muts over haar hoofd. Ze stopte haar lange haar helemaal weg onder de muts. Haar ogen probeerden de duisternis en mist te doorboren. Ze was precies op de juiste plaats aan land gekomen. De kustweg kon hooguit een meter of negentig verwijderd zijn van de plek waar zij op haar knieën lag.

Judith trok de ritssluiting van haar wetsuit omlaag. Ze trok hem opzij weg van haar naakte borst en stroopte het rubber van haar schouders en armen. Het schrale maanlicht verbleekte haar koffiekleurige huid tot de kleur van room. Haar borsten en borstbeen tintelden. Vlug trok ze een flanellen lange onderbroek en een dikke visserstrui uit de rugzak. Ze veegde het zand van haar billen en begon de harde koude spieren daar te wrijven, totdat ze haar benen in de lange onderbroek kon steken, en daarna in de pijpen van een vissersbroek van oliegoed. Ze trok het koord om haar middel aan. Ze gebruikte de sokken in de rugzak om haar voeten van zand te ontdoen, maar ze had nog geen gevoel in haar tenen. De veters van de schoenen strikte ze slordig, zo snel als ze kon. De rugzak bevatte nog een duffelse jekker. Ze trok hem aan en zag er nu uit als een kreeftvisser uit New England. Ze rolde haar zwemvliezen en het duikmasker in de wetsuit, klaar om ze in de rugzak te proppen. Nu was ze zover dat ze het strand kon verlaten. Het laatste artikel in de rugzak was een dolkmes met een lang lemmet. Ze stak het in een van haar laarzen en liet de broekspijp eroverheen vallen.

Judith keek eerst naar het noorden, daarna naar het zuiden. Achter haar stormden de hoge golven aan, braken en teisterden het strand. De harde wind voerde sproeiwater en zand mee; nog voor het ochtend werd, zou de storm sneeuw aandragen. Volgens de inlichtingendienst zou dit deel van het strand, ongeveer anderhalve kilometer ten zuiden van de kustwachtpost en de zomerhuisjes van Joppa bij het uiteinde van de weg over Plum Island, na het aanbreken van de duisternis steeds een minuut of vijftig verlaten blijven. Volgens het rapport bewaakten de inwoners van het stadje hun eiland onzorgvuldig, alsof het een gemeenschapshobby betrof.

Judith stond op, alweer warm en soepel.

Ze zette drie stappen, maar merkte de pick-uptruck met draaiende motor pas op toen ze in het licht van de koplampen werd gevangen.

'Wat krijgen we verdomme nou?' mompelde Bonnie. De gedaante in het licht van de koplampen verstarde. Het leek alsof de man zomaar uit het zand was opgedoken, een meter of veertig van de waterrand. Hoe had Otto de man die daar stond over het hoofd kunnen zien?

Trouwens, wat voerde die vent hier eigenlijk uit, in dit godvergeten weer? In een ijzige nieuwjaarsnacht naar de golven staren? Bezopen?

De man begon naar de pick-uptruck te lopen. Hij zag er niet uit alsof hij beschonken was – hij liep rechtop. Wat haastig, misschien. Een van zijn handen bevond zich ter hoogte van zijn oksel, alsof hij een schouderriem van iets wat hij op zijn rug droeg vasthield. Hij was gekleed als een visser, maar hij was opvallend slank; vissers waren meestal stevig, hard en bebaard. En nu het oorlog was, waren alle jonge kerels verdwenen. In het licht van de koplampen leek hij een gebruinde huid te hebben, misschien een van die Portugezen uit Gloucester?

'Kloothommel,' gromde Bonnie, aan het adres van Otto – hij ook altijd, met zijn geleuter over het werk-van-de-jongens-overzee. Als hij gewoon in de warme cabine was blijven zitten, had hij nu de kans gehad, in plaats van het aan haar over te laten, in haar eentje.

Ze opende het handschoenenvak. Ze verloor de vreemdeling een paar tellen uit het oog, voordat ze nog een flinke teug nam. Ze schroefde de dop er weer op; ze begon nerveus te worden. Ze liet de fles op de stoelzitting naast haar vallen.

'Rustig,' fluisterde ze, 'rustig.'

Zonder haar blik af te wenden van de naderende vreemdeling stak ze haar arm over de rugleuning en tastte de rommel erachter af, olieblikken, poetsdoeken en koffiemokken, totdat ze vond wat ze zocht – een zware bandenlichter. Ze greep hem.

Bonnie sloeg er even mee tegen haar handpalm en stelde tevreden vast dat hij zwaar genoeg was. Ze liet de motor lopen, de koplampen aan, en stapte uit de cabine.

'Kan ik iets voor u doen?' riep ze, zodra haar laarzen het zand raakten, nog voordat ze het portier dichtsloeg. De wind blies de vraag terug in haar gezicht. 'Meneer?' Ze schreeuwde wat harder. 'Wat kan ik voor u doen?'

De gedaante, omspoeld door het licht, bleef naderbij komen, zo te zien onbekommerd. Misschien sprak hij geen Engels.

'Meneer? U weet toch dat u hier na het invallen van de duisternis niet mag komen? Er is een avondklok ingesteld.'

Bonnie zette nog een paar passen in de richting van de vreemdeling, totdat ze voor de koplampen stond, waar ze kon worden gezien en herkend als iemand met gezag en met een wapen. De slanke man bleef zwijgen, en stak alleen een gehandschoende hand op, bij wijze van groet. Hij glimlachte.

'U moet blijven staan, meneer.'

Hij liep door, wuivend en een en al vriendelijkheid, maar hij negeerde haar bevel.

Bonnie omklemde de bandenlichter met beide handen.

Toen de vreemdeling nog een pas of tien van de pick-uptruck verwijderd was en een lange slagschaduw wierp over het strand, bleef hij staan.

'Het spijt me,' zei hij. 'Ik kon u niet horen. De branding.'

Hij had een accent, maar Bonnie kon het niet thuisbrengen. Vermoedelijk toch een Portugees. 'Ik zei, meneer, dat dit strand na het invallen van de duisternis verboden gebied is. Er is een avondklok. Ik moet u vragen om uw legitimatie.' Bonnie had het duidelijk gearticuleerd. De man moest niet goed snik zijn, of een buitenlander, want dronken was hij niet.

De vreemdeling keek haar lachend aan. Hij had een smal gezicht en was tamelijk lang. Zijn hand ging naar zijn donkere muts. Toen hij die van zijn hoofd trok, golfde zijn lange haar over zijn schouders.

Háár schouders.

Bonnie omklemde de bandenlichter wat minder krampachtig.

'Liefje, wat doe jij hier in de kou? Je staat in het holst van de nacht in een verdomd koude storm. Waar kom je vandaan?'

De vrouw haalde haar schouders op, de muts in haar hand. 'Ach, je kent dat wel, ruzie met m'n man. Hij wilde me slaan. Ik ben maar een ommetje gaan maken, da's alles.'

Dat accent van haar leek Frans. In elk geval Europees. Ze had blauwe ogen – een vreemde combinatie met die huidkleur.

'Ik was daar, gewoon daar.' Ze wees naar de waterrand. 'Ik zat er al toen jullie kwamen aanrijden.'

O nee, daar zat je niet, wist Bonnie. Otto zou je beslist hebben gezien, juffie. 'Geef me je legitimatiebewijs maar.' Bonnies vuist omklemde de bandenlichter weer wat steviger. Ze wist niet wie of wat deze vrouw was, of wat ze hier uitvoerde op verboden terrein, midden in de nacht en met een verdomde noordooster in aantocht. Of hoe ze hier was gekomen. Maar dat zou ze allemaal moeten weten voordat ze deze griet liet gaan.

'Ja, ja,' antwoordde de vrouw gretig. 'Ik heb het hier.'

Ze stak haar hand in haar duffelse jekker, op zoek naar een document, en stak het naar voren. Bonnie bleef waar ze was, zodat de vrouw wel naar haar toe moest komen om het haar te geven. Bonnie hield het document in het licht van de koplampen. Een rijbewijs, afgegeven in Massachusetts, en op naam van Arcadia Figueroa uit Newburyport. East Boylston Street?

Deze vrouw, gehuld in de kleren van een visser van New England, riep massa's onbeantwoorde vragen op. Bonnie wist één ding echter heel zeker: deze vrouw woonde niet in East Boylston Street. Niet met dat haar, die lach en die blauwe ogen. Bonnie zou haar hebben gekend. Iedere getrouwde vrouw in Newburyport en misschien zelfs ook Ipswich en Rockport zou het hebben geweten als Arcadia Figueroa ook maar in de buurt van haar man had gewoond.

Bonnie bekeek het rijbewijs nog eens. Het zwarte leer van de handschoen die de vrouw droeg was dun. Hij was niet gemaakt om de hand warm te houden, en waterproof was hij evenmin – in geen geval geschikt voor het binnenhalen van kreeftenkooien en netten.

'Hoe lang woon je al in Boylston?'

'Een week.'

Lang genoeg om jezelf een rijbewijs te bezorgen, maar dat verklaart nog niet waarom jij hier in deze ijzige kou rondhangt, op ruim zes kilometer van de stad. 'Wat zit er in die rugzak?'

De vrouw liet de zak van haar schouder glijden en plantte hem neer tussen haar voeten. 'Ik was van plan mijn man te verlaten. Ik heb wat kleren ingepakt, meer niet.'

'Laat maar zien.'

De vrouw maakte een nijdige hoofdbeweging. Haar ogen flikkerden. 'Laat me nou maar gaan.' Haar stem klonk opeens anders, alsof er iets was weggevallen.

'Zal niet gaan, schat.'

'Waarom wil je in mijn rugzak snuffelen?'

Het accent was verdwenen.

Bonnie staarde haar aan, beschenen door het licht van de koplampen. De eerste sneeuwvlokken van het jaar dwarrelden de lichtbundels in. 'Ik weet het zelf niet. Onze jongens in België, denk ik zo.'

De vrouw schudde het hoofd – ze begreep het niet. Bonnie begreep het zelf nauwelijks. Ze hield echter voet bij stuk, zo resoluut mogelijk – niet hard, maar uit plichtsbesef. Ze hield de bandenlichter klaar, terwijl de mysterieuze vrouw neerhurkte naar de rugzak op het zand.

Er was geen andere uitweg. Judith sprong. Ze rukte het lange mes met haar rechterhand uit de schede, zodanig dat het lemmet plat tegen haar onderarm lag, onzichtbaar, en liet de arm plotseling naar voren schieten, alsof ze uithaalde voor een rechtse directe. De vrouw tegenover haar, op slechts drie passen afstand, had slechts een seconde om zich schrap te zetten en de bandenlichter op te heffen. Judith timede haar beweging net traag genoeg, waarmee ze haar bedoeling als het ware telegrafeerde. Dat gaf de kleinere vrouw net genoeg tijd om instinctief te reageren en de aanval te pareren met haar bandenlichter. Dit was precies wat Judith wilde.

Ze ontdook de naar haar hoofd omlaag suizende bandenlichter en ramde haar eigen vuist omhoog, binnen de cirkel van de armzwaai van de vrouw. Intussen maakte ze een felle beweging met haar pols, waardoor het lemmet als een vlindermes naar voren sprong en de binnenzijde van de rechter onderarm van de vrouw openreet, dwars door de mouw van haar jekker en tot diep in haar vlees.

Judith trok de hand met het mes terug en liet het heft een halve slag draaien in haar hand, zodat ze in een reflex opnieuw kon uithalen. De rechterarm van de vrouw viel omlaag, niet meer in staat iets te omklemmen, nu alle pezen waren doorgesneden. De binnenzijde van haar goede arm lag bloot voor Judiths volgende aanval. Een flinke jaap in de andere mouw was voldoende – ze liet de bandenlichter vallen.

Er was nog geen druppel bloed te zien.

De bandenlichter lag aan de voeten van de vrouw. Ze wankelde in het licht van de koplampen achteruit, in de richting van de oceaan. Nu stond zíj in het volle licht. De sneeuwvlokken om haar heen glinsterden, als een aureool van droge, nieuwe kristallen. Ze hield haar armen voor zich uit; beide handen bungelde slap omlaag, als twee gebroken nekken. Haar hele dekking was weg; ze smeekte nu. Met drie snelle passen overbrugde Judith de afstand. De lippen van de vrouw bewogen, maar ze zei niets, of anders kon Judith haar niet horen.

Een snelle haal door de luchtpijp, dan kon ze weg uit dit licht. Ze liet het lemmet heen en weer zwiepen, om te zorgen dat de vrouw de dodelijke haal niet kon zien aankomen. De vrouw wankelde verder achteruit, verdwaasd. Eindelijk droop er bloed van haar verlamde vingers, zodat er een spoor van donkere vlekken in het zand achterbleef. Judith negeerde het gezicht van de vrouw; ze concentreerde zich op haar keel en de beide halsslagaders, aan weerskanten.

Judith sprong naar voren.

Ze bleef steken, halverwege. Haar hand met het mes haalde uit, maar miste, want haar eigen hoofd werd met een ruk achterover getrokken en ze staarde met grote ogen naar de neerdwarrelende sneeuwvlokken.

'Laat haar los!'

Een brullende mannenstem. Een oersterke hand omklemde haar haar.

Een vuist of een knie begroef zich diep in haar nieren. Judith hijgde van pijn en boog zich dubbel. Ze zag sterretjes. De grote hand bleef haar lange haar omklemmen, terwijl zijn andere hand de arm met het mes omklemde. Zo, met beide handen, dwong hij haar op de knieën.

'Otto,' brabbelde de vrouw. 'Moet je zien… wat ze heeft gedaan!'

'Stil jij! Hou je mond,' bulderde de stem achter Judith. 'Ik heb het ge-

zien!' De hand om haar haardos begon te draaien.' Laat dat mes los, mens!
Laat het verdomme los!'

De pijnlijke greep om haar haardos trok haar hoofd achterover, alsof de
man zelf ook een mes had en klaarstond om háár te kelen. Judith keek on-
dersteboven de nacht in, zich inspannend om iets van zijn silhouet op te
vangen.

De vrouw voor haar gilde: 'Rotwijf!' Judith zag de klap niet aankomen;
ze worstelde om het bewustzijn niet te verliezen, terwijl de zware schoen
tegen haar ribbenkast trapte. 'Nog één keer, jij! Laat dat mes los, want anders, ik zweer het bij God, breek ik je ruggegraat!'

Judith haalde zo diep mogelijk adem, voor zover dat kon, nu haar hoofd
achterover werd getrokken en haar ribben in brand leken te staan. Ze kon
zich onmogelijk met een ruk omdraaien naar de man om naar hem uit te
halen, niet nu haar hoofd in haar nek lag en haar rechterarm zo ver omhoog werd omgedraaid dat ze haar schouder niet kon bewegen – haar
knieën diep in het zand. Ze liet het lemmet langzaam zakken, waarmee ze
wat seconden won, wanhopig op zoek naar een helder ogenblik.

De harde vuist verstevigde zijn greep. Ze voelde hoe de haren uit haar
hoofdhuid werden gerukt.

'Laat vallen! En wel meteen!'

'Rotwijf!' krijste de bloedende vrouw opnieuw.

Judith opende haar hand om het mes los te laten. Maar voordat het in
het zand kon vallen, wipte ze het uitgebalanceerde wapen – iets wat ze in
haar slaap kon doen – over naar haar wachtende linkerhand. De beweging
was bliksemsnel – haar linkerarm was al op weg voordat het mes zijn doel
had bereikt. Judith liet zich plotseling ineenzakken en liet het gewicht van
de man op haar neerkomen. Hierdoor viel hij over haar heen en kon geen
kant meer op.

Ze reikte met het mes naar achter hem en haalde toen het vlijmscherpe
lemmet over de hiel boven zijn schoen, waarmee ze zijn achillespees door-
sneed. Ze haalde zo hard mogelijk door en voelde het mes over bot schrapen. Ze haalde het mes verder door en wachtte totdat de man zou vallen.
Ze staarde de bloedende vrouw recht in het gezicht.

De grote man brulde het uit en rolde naar links. Zijn rechterhand graaide naar Judiths schouder, maar zijn linker bleef haar haar omklemmen. Ze
liet zich met hem mee rollen, zonder haar blik af te wenden van de vrouw
– die haar had geschopt – met een uitdrukking die zei: *Met jou reken ik zo
dadelijk wel af.*

Judith liet zich op haar linkerschouder vallen om wat verder van de man weg te rollen. Ook nu ze allebei languit lagen, probeerde hij zijn greep op haar terug te krijgen, met wilde bewegingen op zoek naar houvast. Voordat hij met zijn andere zware arm greep op haar kon krijgen, wipte ze het mes terug naar haar rechterhand, tilde die op en liet – alleen afgaand op wat ze voelde, nu hij achter haar lag – het in een flitsende boog omlaag schieten, recht in zijn hart.

De man reageerde alsof hij in aanraking kwam met een stroomdraad. Zijn grote lijf kromde zich en uit de jaap in zijn linkerhiel sproeide donker bloed. De vrouw gilde opnieuw. Judith rolde zich om naar haar. Krijsend hief de vrouw beide armen op. Met die slap afhangende handen leek ze wel een chimpansee. Judith zag hoe ze zich omdraaide en wegrende naar de koplampen.

Judith maakte zich met een ruk los van het schokkende lichaam van de man en sprintte haar achterna. De vrouw liep onbeholpen en was nog niet erg ver buiten het licht voordat Judith haar inhaalde.

Judith greep haar van achteren bij de kraag. Dapper liet de krijsende vrouw haar slappe handen in Judiths gezicht zwiepen, zodat ze onder het rondvliegende bloed kwam te zitten. Judith ging op de romp van de vrouw zitten en wurgde haar. Het lijk liet ze liggen waar het lag.

Dit was goed fout gelopen. Nu zou ze hulp nodig hebben om het weer recht te breien.

Ze jogde over het strand terug naar het lichaam van de man. Hij was nog op zijn rug weggekropen om buiten het licht van de koplampen te komen. Nu lag hij roerloos in het bleke licht, slechts tien meter van de waterrand. De sneeuwbui verdichtte zich, dansend op de ijzige wind uit zee. Judith negeerde het grote lijk een ogenblik en liep naar de pick-uptruck, waarvan de motor nog steeds stationair draaide. Ze opende het portier, zette de motor af en deed de koplampen uit. Ze tastte de vloer af, totdat ze een lap vond waarmee ze het bloed van haar gezicht, keel en handen kon vegen. De lap propte ze in haar zak. Toen pakte ze haar rugzak en volgde het spoor van de man in het zand.

Het mes was verdwenen!

Judith liet zich op haar knieën zakken om het te zoeken. Blijkbaar had hij het nog uit zijn borst kunnen rukken en weggooien. Een instinctief, zinloos gebaar van een stervende. Maar in welke richting? En hoe ver?

Ze holde terug naar de pick-uptruck, stapte in en startte de motor. Ze zette hem in de eerste versnelling en begon een bocht te maken, zodat de lichtbundels van de koplampen over het lijk schenen. Even later lag ze weer op haar knieën. Daarna begon ze haastig heen en weer te lopen, in het gegolfde zand op zoek naar het mes. Niet te vinden. Ze bleef zoeken zolang ze durfde. Hij moest het in het water hebben gegooid, dat was de enige oplossing. Goed, dacht ze. Met deze brekers komt het vanzelf in dieper water.

Judith deed het licht dat het grotere lijk bescheen weer uit en zette de motor af. Ze hees haar rugzak op haar schouders, keek nog even naar wat ze had aangericht voordat ze op een sukkeldrafje de weg naar het stadje volgde – om het allemaal recht te breien.

Ze hoefde maar één auto te ontduiken. Ze zag hem al ver voor haar over de Plum Island Road aankomen en verliet de weg om onder een brug te wachten, uit de sneeuw. Haar adem liet witte wolksliertjes in de koude lucht achter. De auto reed bonkend de brug over. Judith zag dat het een patrouillewagen van de politie was, waarschijnlijk op zoek naar beschonken feestvierders om hen op te pikken, naar huis te brengen en hun bed in te helpen, zoals dat gaat in Amerikaanse provinciestadjes. Ze bleef de auto nakijken, om er zeker van te zijn dat hij niet doorreed tot aan de weg langs het strand om een kijkje te nemen bij de man en de vrouw die daar het bewaken van het zand hadden moeten bekopen met hun leven. Ze zag de auto echter links afslaan, op weg naar de kustwachtpost in het noorden, geflankeerd door een paar rijen huizen langs de kust. Judith klom onder de brug vandaan en jogde verder.

Toen ze het stadje naderde, vertraagde ze haar pas alsof ze kalmpjes een wandeling maakte. De sneeuw spookte door de straten en begon zich al op te hopen. Judith wandelde door het verduisterde centrum, via de smalle lanen met oude, pastelkleurige houten vissershuizen met verweerde luiken, stammend uit een vervlogen eeuw. Hier en daar stond een degelijker, uit baksteen opgetrokken huis. Ze vond haar weg naar Woodland Street en bereikte het huis op een heuvel, met uitzicht over de rivier.

Ze sloop achter het huis om naar de garage. De combinatie in haar hoofd klopte: het slot ging open. Ze opende de lattendeuren en gluurde naar binnen. Ze kreeg een muffe lucht in haar neusgaten, de geur van een onbewoond huis, maar daar, in bijna volmaakt duister, stond de auto. Ze glipte de garage in en liet haar hand langs de bestuurderskant glijden tot ze de portierkruk vond. Ze opende hem. De sleutels zaten in het contactslot.

Ze deed de garagedeuren dicht en liep door de krakende sneeuw naar de achterdeur van het huis. Een oude traptrede kraakte luid onder haar laars. Nog voordat ze de kruk van de hordeur had bereikt, vloog de binnendeur open. De hamer van een pistool klikte.

'Wat doe je hier, liefje?'

Judith bleef staan, onder aan de trap van de veranda naar de achterdeur. 'Er is iets fout gegaan op het strand. Ik moet naar binnen.'

'Niks daarvan. Jij moet in die auto stappen en wegrijden – zo is het geregeld. Dus doe netjes wat je moet doen, ja?'

De stem bereikte haar via de hordeur, vanuit de duisternis binnen. Ze kon alleen de korte loop van een revolver onderscheiden, contrasterend met een witte, vaste hand.

'Ik heb je hulp nodig.'

'Ik heb al meer dan genoeg geholpen. Je hebt de auto gevonden. In het handschoenenvak vind je een kaart en een bonboekje voor benzine – die is op de bon. Het kenteken zit achter de zonneklep en het is een uitstekende vervalsing. Alles waar je verder om hebt gevraagd, vind je in de kofferbak. Da's wat ze mij gevraagd hebben te doen, en dat is wat ik heb gedaan.'

Judith stak haar hand uit naar de hordeurkruk.

De stem siste: 'Als jij die deur opent, liefje, schiet ik je overhoop waar je staat en zeg de politie dat je probeerde in te breken. Als ze je kleding zien, geloven ze het direct.'

Judith trok de hordeur open en liep de paar treden op, het inktzwarte huis in, ondanks het zwarte oog van de revolver.

'Ja, en als jij dát doet, vrees ik dat er wel eens iemand zou kunnen komen om zijn geld terug te halen. En waarschijnlijk nog wel meer dan dat.'

Judith zette haar laars op de drempel. 'Tien minuten, meer niet. Dan ben ik weg. En doe dat verdomde ding weg, voordat ik het je afneem.'

Ze beende het huis in, langs de revolver. Hij bleef op haar gericht, maar verdween toen. Ze hoorde een lucifer schrapen en zag hem opvlammen, zwevend naar een lantaarn op een tafel. Judith stond in de keuken, recht tegenover een oudere vrouw in een katoenen nachthemd.

De oudere vrouw zei: 'Wacht hier. Niets aanraken.' Ze legde haar wapen op het aanrecht, naast een broodrooster, en verliet de kamer. Judith keek naar de revolver, hier even slecht op zijn plaats als zijzelf.

De vrouw kwam terug. Nu had ze een lange broek aan, en een blouse van blauw flanel. 'Wat is er gebeurd?' vroeg ze. De oude vrouw trok een keukenstoel naar achteren, voor zichzelf, en maakte Judith op die manier duidelijk dat ze tegenover haar kon gaan zitten. Judith kende haar naam niet en zou die ook nooit weten.

Judith deed haar wollen muts af en liet haar lange haar vallen. Het gebaar was bedoeld om de vrouw duidelijk te maken dat zij jonger en sterker was, zodat ze maar beter voorzichtig kon zijn. Judith schudde de rugzak af en ging zitten.

'Je informatie klopte niet.'

'Wel waar,' zei de vrouw. Judith keek naar de levervlekken op de op tafel liggende handen van de vrouw. De lantaarn veroorzaakte kleine schaduwen in de gerimpelde huid over de knokkels. De handen kromden zich. 'Ik weet heel zeker dat alles klopte,' zei ze. 'Van twee tot zes verlaten, iedere nacht. Links en rechts over tweeënhalve kilometer; een uur lopen van die truck. Ik heb al zeker tien keer koffie en koek naar dat verdomde strand gebracht, in het holst van de nacht. Iedere keer was alles hetzelfde. Echt.'

De vrouw schoof onrustig over haar stoel en haalde een hand langs haar mond, gadegeslagen door Judith.

'Vannacht waren Bonnie en Otto aan de beurt. Ik kén die twee. Otto is een pietje precies – hij zal exact op tijd zijn geweest, hoe dan ook.'

De vrouw legde haar handen in haar schoot, onder de tafel. Ze blies haar adem uit, stokkend. Ze monsterde Judith en zei toen: 'Grote god, meisje, wat heb je gedaan?'

Voortaan zou Judith zich die twee herinneren als Bonnie en Otto. Ze had hun bloed in haar zak, op een poetslap.

'Bonnie bleef vannacht in de cabine. Ze zag me toen ik het strand wilde verlaten.'

De oude vrouw sloeg haar ogen neer. 'Otto ook?' vroeg ze.

'Allebei.'

De lantaarn sputterde en het leek alsof de keuken met de vlam mee danste. De oude vrouw keek op. 'Vertel het me niet – ik wil het niet weten. Ik hoor het allemaal wel als het nieuws bekend wordt.'

'Ik was het niet van plan.'

De oude vrouw keek naar de overkant van de keuken, naar de revolver op het aanrecht. 'Dit had ik niet voor kunnen zijn,' zei ze.

'Het maakt niet uit.'

De oude vrouw keek haar verward aan. Ze kon kennelijk niet bepalen of het 'vergiffenis' betekende. Judith maakte een handgebaar, alsof ze alle blaam wegwuifde. De vrouw knikte.

'Wat nu?'

'Ik moet meer weten.'

'En dan?'

'Dan zal ik je zeggen wat je moet doen. En daarna kun je weer gaan slapen.'

De oude vrouw snoof bij het idee.

Judith zei: 'Geef me een glas water.'

'Pak het zelf. In het kastje rechts van het aanrecht.'

Judith stond op. Ze vond een glas, vulde het onder de kraan en dronk. Ze bleef met haar rug naar de vrouw staan en staarde naar de dwarrelende sneeuw. Ze stelde zich voor hoe het er nu op het strand uit zou zien. De sneeuw zou inmiddels alles al hebben bedekt. Het was zinloos terug te gaan en verder te zoeken. Nee, gedane zaken nemen geen keer.

'Die Bonnie en Otto, hadden ze iets met elkaar?' Judith wachtte; ze zag de stille reactie achter haar als het ware voor zich. Verbazing, misschien. De oude vrouw kon niet weten wat er naar boven komt gedurende de laatste seconden van een gestolen leven. Geheimen, waarheden, loutering. Deze oude vrouw kende weinig meer dan koffie en koek, leugens en hebzucht – en dit stadje, uiteraard.

'Het is niet onmogelijk. Iedereen vermoedde al zoiets.'

'Ze waren allebei getrouwd?'

'Ja.'

Zonder zich om te draaien vroeg Judith. 'Kunnen ze dit pistool tot jou herleiden?'

'Nee.'

'Waar bewaar je je messen?'

'Links van de gootsteen.'

Judith trok de lade open. Ze koos een mes met een twintig centimeter lang lemmet en drukte haar duim tegen de scherpe punt. Toen zwaaide ze haar laars omhoog naar de gootsteen en stak het mes in de lege schede.

2

2 januari
Tomdoun, Schotse Hooglanden

Lammeck wees naar de schemering. 'Daar! Daar!' De bestuurder trapte abrupt op de rem. In de laadbak van de truck botsten lichamen tegen elkaar en er werd gevloekt.

'Je had geen erg in de afslag,' mopperde Lammeck.

De chauffeur, een soldaat die half zo oud was als Lammeck, en ook nog aanzienlijk kleiner, zei 'sorry' en reed achteruit.

Achterom schreeuwde Lammeck naar de mannen onder het dekzeil: 'Iedereen nog heel? Het is donker, hij had de afslag niet gezien.'

'Denkt u?' antwoordde een snaakse Franse stem. 'Jezus, maat,' zei een stem met een Cockney-accent.

De truck reed terug naar het richtingbord, bijna onzichtbaar in de zwarte schaduw van het dichte gebladerte. Het laatste restje daglicht werd hier in Lochaber, een streek in de Hooglanden, tegengehouden door de heuvels. De kilte en vochtigheid van de lucht konden alleen door lauw bier in een knusse kroeg worden verdreven.

Aan het eind van een met kiezelsteen geplaveid weggetje, ruim honderd meter van de smalle weg, doemde The Cow & Candle op. De oude vensters straalden een verlokkende gele gloed uit en uit de schoorsteen kringelde rook omhoog.

Lammeck klapte de achterschot omlaag. De acht rekruten sprongen een voor een uit de laadbak. 'Hé,' riep hij. 'Vergeet Hunk niet!'

De laatste rekruut, een Schot in een kilt, sloeg met de vlakke handpalm tegen zijn voorhoofd en klom weer in de laadbak om de van zandzakken in elkaar geflanste dummy te pakken.

In ganzenpas ging het negental de taverne binnen. Ze moesten allemaal bukken, behalve de kleine chauffeur, een jongen uit Ierland. Ze trokken zich terug in een schaars verlichte hoek en begonnen tafeltjes en stoelen te lenen om hun bivak op te slaan. Hunk, meegedragen op de schouders van de Schot, werd gedumpt op een eigen stoel, en rechtop gezet. De dummy was gehuld in het gevechtspak van een matroos van de Royal Marine, gejat uit de koffer van een geheelonthouder die niet mee had gewild. Lammeck bestelde voor Hunt een stout.

Toen iedereen zijn sigaret had opgestoken en het donkere bier was geserveerd, hield Lammeck hof. De groep bestond uit drie Engelsen, een Ier, twee Canadezen, een Fransman, een Schot en een dummy.

Lammeck hief zijn kroes. Deze jongens werden Jedburghs genoemd, de naam die was gereserveerd voor de multinationale clandestiene teams die door de officier van de Britse eenheid voor Speciale Operaties, de SOE, werden gerekruteerd en opgeleid voor operaties achter de vijandelijke linies.

'Op jullie gezondheid, jongens, en op alle Jedburghs die jullie zijn voorgegaan.' De jonge mannen hieven hun kroes en klonken met elkaar. De arm van de Hunk werd door de Schot opgetild, samen met zijn kroes bier.

'Juist,' zei Lammeck, terwijl hij wat gemorst bier van zijn baard veegde, 'wat hebben we hier precies. Ik weet dat de meesten van jullie zijn opgeleid tot wapenspecialist. Wat hebben we nog meer?'

'Verbindingen en Codering,' zei een van de Engelsen.

'Oeoeoe, codes – raadsels!' Iedereen moest lachen.

'Noem ons eens een code,' beval Lammeck.

'Nul drie een nul vijf vier.'

'Voortaan ben je De Sfinx,' kondigde Lammeck aan. 'Volgende?'

'Tolk,' antwoordde de Fransman.

'Welke talen?' vroeg Lammeck.

'Japans.'

'Echt waar?'

'En Birmaans, natuurlijk.'

'Natúúrlijk.'

'Per slot van rekening gaan we naar Birma, *n'est-ce pas?*'

'En Frans spreekt-ie ook nog!' riep de Schot. 'Verdomde knap.'

'Zeg eens iets in het Birmaans,' spoorde Lammeck de Fransman aan.

'*Ein tha beh ma le?*'

'Wat betekent dat?'

'Ik zei, "Waar is hier de plee?" '

'Plee!' doopte Lammeck hem. Het was een bijnaam die meteen aansloeg. De Fransoos probeerde zich er nog tegen te verzetten, maar de rest van de jongens juichte, sloeg hem op de schouder en riep: 'Hé, Pleetje!'

Lammeck nam een teug. Hij zette de kroes bier zo hard op tafel dat het een voorzittershamer leek, en liet toen zijn stoel wat achterover hellen om meer ruimte te maken voor zijn buik en borst.

'Nou jij.' Hij liet zijn wijsvinger naar de Schot priemen. 'Specialiteit?'

'Sabotage.'

'Kijk maar uit, Hunk,' zei de Ierse jongen, die zich over de tafel naar de Hunk boog. 'Straks pist-ie nog in je bier.'

'Hesperus,' zei Lammeck.

'Allemachtig, man, wat is dat nou voor een naam! "Hesperus"? Laat mij maar iemand anders zijn, professor.'

'*Het wrak van de Hesperus.* Longfellow – onze grootste Amerikaanse dichter.' Hij wachtte totdat iemand het verband zou leggen, maar er kwam niets.

'Het Wrak?' Bij een van de Canadezen viel het kwartje. 'Gesnopen? Het Wrak! Je bent toch saboteur!?'

'Ahh.' De Schot begreep het. 'Ja… oké, dat bevalt me wel. Hesperus – en nog een verdomde dichter ook.'

'In een kilt,' mompelde de Fransoos.

Lammeck legde zijn armen over de rugleuningen van de stoelen die hem flankeerden. Hij was verreweg de grootste aan tafel. Deze Jedburghs van Speciale Operaties zouden straks in paramilitaire teams van drie man achter de Japanse linies worden gedropt – als guerrillastrijder, verbindingenexpert, of ondergrondse liaison bij verzetsgroepen en saboteurs. Ze moesten snel kunnen denken, stalen zenuwen hebben en intelligent zijn – aan grof geweld had je niets.

'Dus de rest van jullie zijn Wapens, ja? Mooi. Laten we nu eens kijken wat jullie jongens weten voordat we jullie morgen loslaten. Sfinx, Plee en Hesperus, opgelet. Als we deze opleiding achter de rug hebben, moeten jullie evenveel weten als alle anderen. Goed. Voorkeurswapens. Wie eerst?'

Hij wees naar de Canadees die Longfellow had gelezen. 'Yukon?'

Grijnzend accepteerde de jongeman de bijnaam. 'Geef mij maar de *grease gun.* De M3, lichte pistoolmitrailleur, kaliber .45, met geluiddemper. Die draagt bij aan de stabiliteit door de terugstoot op te vangen en de monding laag te houden. Op tweehonderd meter afstand niet te horen. Lichtgewicht, maar solide. Veel stopkracht. Prima voor gebruik binnenshuis.'

Er werd instemmend geknikt bij deze keus. Lammeck nam een teug van zijn bier, maar hij zei niets. Hij staarde de Canadees alleen maar aan.

'O jee,' mompelde Sfinx.

Lammeck schudde het hoofd met gespeelde treurnis.

'Er zijn twee dingen van de M3 MSG die mij niet aanstaan. Punt één: de geluiddemper moet om de driehonderd patronen worden gereinigd van koolstof, anders zal hij harder knallen dan wanneer je het verdomde ding er niet op hebt zitten. In de jungle schiet je soms tien magazijnen in tien minuten leeg, en soms in twee weken, maar hoe dan ook, je moet het steeds in het snotje houden. En punt twee: we hebben het over een Amerikaans OSS-wapen. Het is niet beschikbaar voor Sectie 136. Volgende. Jij!' Lammecks vinger priemde naar de tengere Ier.

'Makkelijk zat,' zei de soldaat, met een gretige, wat demonische blik in zijn ogen. 'Alleen is dit ook een yank-wapen, professor, dus zeik me er niet over af. Geef mij maar de Thompson SMG, kaliber .45, 230 *grain*-patronen. Honderd patronen in trommelmagazijn, 879 schoten per minuut. Je kunt hem zonder gereedschap binnen zestig seconden uit elkaar halen en weer in elkaar zetten. Luidruchtig, krachtig, betrouwbaar, stabiel. Spuwt vuur, het kreng. Geen enkel verdomd vuurwapen dat ze ooit hebben gemaakt is mooier.'

'Allemaal waar,' knikte Lammeck toegeeflijk. 'Alleen weegt hij ruim negen kilo, met dat magazijn. Als jij graag met dat kreng door de jungle wilt rennen, met de Jappen op je hielen, moet je dat vooral doen. Ik zou denken dat je maar beter jezelf ermee kan neerknallen, dan ben je er meteen vanaf.'

De Ierse jongen trok zich niets aan van het gelach en het klinken van glazen. Lammeck glimlachte.

'Voortaan heet jij Capone. Volgende. Iemand hier die liever een Brits vuurwapen heeft? Aangezien jullie door het Britse leger worden uitgerust, zou ik het jullie aanraden.'

Een knappe jonge Engelsman hief zijn bierkroes. 'De Stengun. Licht van gewicht en goedkoop, kaliber 9 millimeter. Te gebruiken met demper,' – hij wierp een blik op Yukon, die eveneens liever een pistoolmitrailleur met geluiddemper gebruikte – 'maar de geluiddemper van de Sten werkt met leiplaatjes in plaats van gaasschermpjes, zodat hij minder vaak moet worden schoongemaakt. Het geluid lijkt meer op hard sissen dan op het knallen van een gewoon vuurwapen. Robuust en beter bestand tegen modder, zand en water dan iedere andere pistoolmitrailleur.'

De Engelsman wachtte. Lammeck bleef zwijgen, om te zien of de jongen op de hoogte was. Dat was hij. 'En ja, professor, de geluiddemper reduceert de penetratiekracht van het 9-millimeterpatroon.'

'En?'

De Engelsman zuchtte. 'En hij heeft de verontrustende neiging om een heel magazijn kwijt te raken als je hem laat vallen.'

'De oplossing, mannen?'

In koor riepen ze: 'Niet laten vallen!'

'En jou, beste jongen,' zei Lammeck, zijn kroes geheven naar de jonge Engelsman, 'noem ik Stomp. Wie hebben we nog over? Jij!'

De andere Canadees, de grootste van de rekruten, een gespierde knul met rood haar en dikke handen, wees naar de dummy. Hunks met zand gevulde hand lag rondom een bierkruik die op mysterieuze wijze half leeg was gedronken.

'Ik wil liever even horen wat onze Hunk ervan vindt,' antwoordde de Canadees. 'Ik bedoel, hij is beschoten met elk wapen waarover Speciale Operaties beschikt. Wat zegt hij ervan, professor?'

Lammeck wuifde de slimmigheid weg. 'Hunk geeft de voorkeur aan het gevecht van man tegen man. Hij kan goed overweg met een mes. Goed dan… hmm… jou, beste jongen, noem ik Grizzly. Vooruit maar, draai er niet omheen. Voorkeurswapen?'

De nieuwbakken Grizzly haalde zijn schouders op. 'De Welrod 9 millimeter bevalt me wel. Parabellum, ofwel semi-automatisch.'

'Ahhh, goed zo. Een wapen voor de echte killer. Ga door.'

'Pistool met geluiddemper. Magazijn met zes patronen; gewicht slechts anderhalve kilo. Loop en kolf kunnen gemakkelijk worden gedemonteerd en verstopt. Het effectiefste vuurwapen op de korte afstand in het hele arsenaal van Speciale Operaties. Accuraat tot op vijftig meter, nagenoeg geruisloos. Goedkoop te fabriceren.'

'Ja,' knikte Lammeck. 'Voortreffelijke keuze. Horen jullie dat allemaal, stelletje mitrailleurridders? Grizzly hier wil een handvuurwapen waarmee je nauwelijks iemand pijn doet, tenzij je de loop ervan tegen zijn verdomde voorhoofd drukt. Deze Canuck is de enige echte kerel onder jullie. Hij heeft ook de minste kans om ooit nog thuis te komen. Mijn condoleances voor je familie, Grizzly, vanwege je lef. Nou, wie is hier de achterhoede? Jij, beste jongen. Je bent oorverdovend stilletjes. Jij bent de laatste, dus verwacht ik een redelijke keuze van jou. '

De jonge Engelsman grijnsde verlegen naar de tafel. Hij had golvend haar en lichte ogen, en hij leek in Lammecks ogen een goeie knul, iemands geliefde zoon.

'Sluipschuttersgeweer met demper, kaliber .22 LR, met veertien patronen in het magazijn. Dodelijk tot op honderd meter. Minder stopkracht dan een 9mm of .45, maar gereduceerde terugstoot, minder geluid en ook minder mondingsvlam. Ideaal voor speciale troepen die in een jungle-omgeving opereren.' De jongen zette zich schrap, in afwachting van de snier die hij kon verwachten, zoals de hele tafel wist.

Grijnzend zei Lammeck: 'Hè, hè, eindelijk kiest iemand een van mijn voorkeurswapens.'

Iedereen kreunde. De verlegen Engelsman tilde zijn hoofd op. Lammeck wees hem aan: 'En daarom ben jij... de Wizard.'

'Klote,' gromde de Ierse Capone. 'Hij krijgt de beste.'

'Ik weet 't nog niet. Hesperus is zo slecht nog niet,' zei de Schot – de pluimstrijker. 'Hij bevalt me prima.'

Grizzly hief zijn grote handen op en ontblootte zijn gebit, terwijl hij speels uithaalde naar zijn landgenoot, Yukon. De Fransoos, Plee, deed alsof hij de pols en de temperatuur van de Sfinx opnam. Rond de tafel gingen stemmen op voor nog een rondje. Op onverklaarbare wijze was ook de kroes van Hunk leeg.

Lammeck zette zijn bierkroes op tafel. Dankzij het gedonderjaag van de jonge rekruten om hem heen kon hij ongemerkt zijn handen onder de tafel brengen. Hij legde zijn linkerhand op zijn rechteronderarm en boog zijn rechterelleboog.

Onder zijn overhemd werd een elastiek bandje uitgerekt. Hij kromde de vingers van zijn rechterhand om de buis ter dikte van vier centimeter in zijn handpalm te laten glijden. Het 9mm-wapen werd een Welwand genoemd, of ook wel een mouwpistool. Het had geen pistoolgreep, woog slechts acht ons, was voorzien van een geluiddemper en je kon er één schot mee lossen zonder dat er een verraderlijke patroonhuls werd uitgeworpen. Je moest er heel omzichtig mee omspringen om jezelf niet in je voet te schieten.

'Kroegbaas!' riep Lammeck. Hij stak net als de anderen zijn linkerhand op alsof hij zich aansloot bij de roep om nog een rondje. Zijn rechterarm zweefde een paar centimeter boven de tafel. Zijn duim rustte op de trekker van de Welwand, vlak bij het uiteinde van de loop. De geluiddemper kuchte. Hij had Hunk in de borst geschoten – niemand had iets gemerkt.

Lammeck liet de Welwand los. Het elastiek trok het terug, zijn mouw in. Hij stond op. 'Ik moet even naar achteren. Wizard, zorg dat ik een India pale krijg. En bestel nog een Guinness voor de arme Hunk. Hij ziet eruit alsof hij is gaan lekken.'

Lammeck schuifelde weg naar het toilet. Toen hij terugkwam, heerste er tumult rond de tafel.

'Professor! Ze hebben op Hunk geschoten, de arme donder.'

Stomps wijsvinger porde in het gat dat plotseling in het uniform van de matroos was ontstaan. 'Hoe is dit in jezusnaam…?'

Hesperus legde een elleboog op de rechterschouder van de Hunk. 'Drink dit op, beste jongen, het ziet er niet best uit. Wacht, laat me je even helpen.' De Schot klokte Hunks stout naar binnen.

Lammeck legde zijn hand op Hunks andere schouder en gaf hem een meelevend klopje. Daarbij kneep hij in een kleine, soepele tube die hij in zijn handpalm verborgen hield. Onmiddellijk belandde de inhoud, een chemische substantie, op de hals van de dummy.

'O, Godallemachtig!' Hesperus sprong op van zijn stoel. 'Hunk, ouwe jongen, je hebt jezelf bevuild!'

Stoelen schraapten over de vloer, weg van de tafel, en de rekruten sprongen op, wild wuivend met hun handen om de stank af te weren. Lammecks knieën zakten door van het lachen. Hij wankelde terug naar zijn stoel en ging zitten, gewend als hij was aan de sterke strontlucht van het goedje.

In de groep mopperende Jedburghs, vervuld van afkeer, waren er verscheidene die hun neus dichtknepen. Lammeck veegde de tranen van zijn wangen en probeerde door zijn lachbui heen zijn stem te hervinden. Hij liet de Welwand weer in zijn open hand glijden. Hij hield het geniepige wapen omhoog, zodat ze het allemaal konden zien, en opende daarna zijn linkerhand met de tube, waarvan de inhoud bij Speciale Operaties bekend was als 'Wie, ik?' Het was algemeen bekend dat de Japanners de per ongeluk verbreide geur van feces buitengewoon smerig en vernederend vonden. De inheemse bevolking kon deze chemische substantie gebruiken om verwarring te zaaien en er tevens hun eventuele Japanse bewakers mee in verlegenheid brengen, wat een aanslag was op hun moreel.

'Wat zijn dat voor dingen, verdomme?' Yukon schuifelde wat naderbij om beter te kunnen zien. De anderen trotseerden de stank en keerden terug naar hun stoelen. Hesperus verkocht het zanderige achterhoofd van Hunk een oplawaai vanwege zijn gebrek aan fatsoen.

Lammeck legde de wapens op tafel. 'Dit,' zei hij, nog steeds grinnikend, 'zijn nou *mijn* voorkeurswapens. Zo, en wie van jullie geeft dit volgende rondje?'

3 januari
Lochaber-woud, Schotse Hooglanden

Het woud, dat nog stamde uit de tijd van de Picten, graaide met kale takken en dichte groepen dennen naar de gloed van de ochtendschemering, hier in de Hooglanden. Al bij zonsopgang had Lammeck met een twaalftal

Jedburghs de door een kachel verwarmde barak in de bossen verlaten. Nu beklommen ze een lage, berijpte heuvel, op weg naar de schietbaan van Speciale Operaties.

In een verwarmde nissenhut oefende het twaalftal drie uur lang in het schieten met een 9mm-pistool. Een paar jongens klaagden dat een van de zandzakdummy's aan het andere eind van de nissenhut wel eens hun maatje Hunk kon zijn, nu naakt en anoniem tegenover hen. Lammeck gaf hun de plechtige verzekering dat Hunk zichzelf met liefde opofferde voor de oorlogsinspanningen en dat zij hetzelfde moesten doen. Voordat ze verder gingen, naar de open schietbaan ter lengte van 100 meter om te oefenen in het schieten met het sluipschuttersgeweer, kaliber .22, gunde Lammeck hen een koffiepauze, mede voor sanitaire doeleinden. Toen de groep weer bijeen was, gaf hij de paar rekruten die er de vorige avond in The Cow & Candle niet bij waren geweest hun bijnamen. Buiten wervelde de wind rond de heuveltop en kwam de thermometer niet boven het vriespunt. Lammeck verwachtte niet dat een van de jongens een hogere score dan zeven op tien zou behalen voordat hij hen vertrouwd had gemaakt met factoren als windkracht en wrijving. Hij wist dat hij van zichzelf een score van negen op tien mocht verwachten en hoopte zoals altijd dat hij niet alleen goed genoeg zou zijn, maar ook wat geluk zou hebben.

Lammeck liet zijn jongens een half uur aan zichzelf over, terwijl hij zich beperkte tot toekijken. Behalve instructie geven in de omgang met vuurwapens moest hij ook beoordelen wie goed samenwerkte met wie, en advies uitbrengen over de selectie van driemansteams uit de groep. Over twee maanden zouden ze allemaal in het bezette Birma worden gedropt. Ze hoefden niet te spioneren, maar moesten het plaatselijk verzet helpen bij het plegen van aanslagen en sabotage.

Nog maar een jaar geleden hadden de Jedburghs voor een derde uit Amerikanen bestaan, Lammecks landgenoten. Deze teams waren in de periode van juni tot november gedropt in Frankrijk, België en Nederland. Toen het Europese oorlogstoneel zich verplaatste naar de Duitse grens, waren de Amerikaanse Jedburghs in Amerika gebleven om bij hun eigen Speciale Troepen, een onderdeel van het Office of Strategic Services (oss), te worden opgeleid totdat ze konden worden gedropt in China en Indo-China. Tegelijkertijd had de Britse eenheid voor Speciale Operaties Sectie 136 opgezet, voor operaties in Birma, Maleisië en Nederlands Oost-Indië. De laatste tijd was het merendeel van de Franse Jedburghs in Vietnam gedropt, om hun belangen daar te beschermen. Nu de oorlog aan een nieuw jaar begon, leek iedere geallieerde natie haar eigen gang te gaan. Deze multinationale opleiding in Schotland, ooit het centrum van de geallieerde guerrillaplannen, begon een rariteit te worden.

In de nissenhut leunde Lammeck met zijn rug tegen een houtstapel. Hij stond zijn nagels schoon te maken met een vlindermes. Hij sloeg deze jonge Jedburghs met bewondering gade, terwijl ze elkaar op de proef stelden. Hij probeerde af te wegen wie geschikt was om met wie te worden gedropt. Lammeck benijdde hen om de zekerheid van de komende twee maanden en de onzekerheid van de resultaten ervan. Hij vroeg zich af wat hemzelf nog te wachten stond en wenste dat het allemaal anders zou uitpakken dan hij verwachtte. Toen pakte hij zijn geweer en posteerde zich in hun midden. Hij stampte met de geweerkolf op de grond. Het wapen rammelde – goedkoop.

'Je kunt er wel van uitgaan,' zei Lammeck, 'dat als iemand van jullie in Birma sneuvelt, dat door dit wapen zal gebeuren.'

Hij wierp het geweer omhoog en griste het met een hand uit de lucht. 'Dit is de Japanse Arisaka, type 99. Je kunt er uitsluitend 7.7 mm-kogels mee afvuren, zodat je er niet bepaald de show mee zult stelen. Maar, zoals jullie nog zullen ontdekken, is de bereidheid om te sterven van de Aziatische soldaat voldoende om eventuele tekortkomingen van zijn bewapening te compenseren. Aan jullie de taak om zijn ongelijk te bewijzen.'

Lammeck bracht de kolf van de Arisaka 99 naar zijn schouder, klaar om te vuren. 'De Arisaka weegt ongeveer evenveel als elk ander geweer, dus iets meer dan vier kilo. Het lichtere kaliber reduceert de terugstoot en de mondingsvlam. Het wapen wordt geschikter geacht voor het kleinere postuur van de doorsnee-Jap. Hoewel de kogels minder slagkracht hebben, dien je te weten dat ze in de vlucht roteren en bij inslag uiteenspatten. Dat betekent dat ze een lelijke wond veroorzaken als je erdoor wordt geraakt. Dus, beste jongens, wat is de oplossing?'

'Niet worden geraakt!'

Lammeck grijnsde. 'Waar halen ze toch steeds al die slimme gasten vandaan? Correct! Verwacht echter niet dat je deze geweren in de jungle zult vinden. De Jap gooit zijn wapen niet weg om er vandoor te gaan. Hij houdt het vast, tot zijn laatste snik. Zien jullie dit chrysantvormige embleem op de loop? Dat is het symbool van de Japanse keizer, Hirohito, die ze de *mikado* noemen. Als een Jap zijn wapen aan de vijand overdraagt, krast hij eerst dit logo weg, omdat het vernederend is een wapen af te staan dat het eigendom is van de mikado. Op deze Arisaka is het onbeschadigd. Dat vertelt je dat het afkomstig is van een gedode Jap. Een weggeschuurde chrysant zul je niet gauw tegenkomen. De Arisaka 99 is door de bank genomen een klotewapen. Het kreng is moeilijk te demonteren. Vanwege de compromissen die de Jappen voor hun staallegeringen hebben moeten sluiten, zo laat in de oorlog, kan dit geweer zomaar uiteenspatten. Daarom stel ik jullie voor dat je, als je de kleine man met je verrukkelijke Britse wapen hebt neergelegd, meteen doorloopt. Vragen? Mooi. Dan gaan we nu maar eens deze stralende Schotse middag in om het kreng af te vuren.'

'Professor?'

'Ja, Stomp?'

'Een vraag, sir. De jongens en ik vroegen ons af... nou ja, u bent Amerikaan, uiteraard. Als het niet brutaal is, zouden de jongens en ik graag willen weten waarom u hier in de Schotse rimboe rekruten voor de SOE opleidt, in plaats van uw eigen jongens in de Verenigde Staten, sir.'

Lammecks blik dwaalde langs de gezichten van de zittende Jedburghs. 'De States namen nog niet deel aan de oorlog, toen ik dat zelf wilde doen. Engeland wel. Daarom ben ik in 1940 overgekomen om mijn steentje bij te dragen. Ik kreeg een baantje bij de Universiteit van St. Andrews en gaf me op als vrijwilliger bij de SOE. Zo, nu iedereen overeind. Het wordt tijd om wat met dit verdomde Jappen-geweer te spelen.'

Yukon vroeg: 'Waarom deed u dat, professor? Ik bedoel, u ging weg uit uw vaderland, en weg van uw familie...'

Lammeck zuchtte. Hij stampte nog eens met de kolf van de Arisaka op de grond. 'Waarom deed jíj het, beste jongen?'

De Canadees keek om zich heen, niet happig om antwoord te geven. Hij slikte en waagde de sprong. 'Niet beledigend bedoeld, sir, maar wij allemaal hebben dienst genomen om te vechten. U bent misschien een beetje te...'

'Oud? Da's waar. En nu je er toch over begint, ik ben te dik ook.'

'Excuus, sir. Maar waarom bent u helemaal naar Schotland gekomen?'

'Ik ben geboren in Praag.'

Alle Jedburghs knikten. Ze ervoeren allemaal plaatsvervangende schaamte vanwege het lot dat Tsjecho-Slowakije had getroffen. Een jaar of zes geleden hadden alle andere landen geen vinger uitgestoken toen Hitler met zijn honger naar *Lebensraum* eerst de blik op zijn oostgrenzen had gericht. Engeland en zijn bondgenoten hadden hun eigen verdragen geschonden door deze weerloze natie niet te hulp te komen. Amerika had toen nog niet de minste bereidheid gehad de nazi's een halt toe te roepen en zich opnieuw bij een bloedige oorlog in Europa te laten betrekken. Binnen zes maanden was Tsjecho-Slowakije door nazi-Duitsland opgeslokt en in moten gehakt. Die waren verdeeld over Duitsland zelf, Hongarije en Polen.

'Het zinde mij niet dat Tsjecho-Slowakije werd opgeofferd voor een paar papieren beloften of een paar maanden langer vrede. Vrede? Voor wie? Niet voor de Tsjechen! En het zint me nog steeds niet. Daarom ben ik hier, bij jullie. Zo doe ik wat ik kan.'

Hesperus, in zijn kilt, vroeg: 'U bent dus al sinds het begin bij de soe?'

'Ja.'

'Dan bent u degene die de Anthropoïden hebt opgeleid.'

Lammeck liet niets van zijn verrassing blijken. 'Klopt, ja.'

Hesperus keek ernstig de kring rond. 'Zij waren de besten, jongens,' fluisterde hij. 'Er waren geen beteren.'

Een paar Jedburghs vielen hem bij. Ongelooflijk, dacht Lammeck. Er was een mythe geboren. De jongens leken allemaal even nieuwsgierig. Ze hadden het verhaal natuurlijk gehoord, zoals iedereen bij de soe. Het was echter ook duidelijk dat ze niet wisten hoe beroerd het was afgelopen.

'Vertel, professor,' zei de Schot.

Lammeck aarzelde; het leek hem beter om iedereen naar buiten te sturen om met het Jappen-geweer te gaan schieten. Het Anthropoïden-relaas zou hun moreel niet opvijzelen, zoals hij zelf ook had ervaren.

'Professor?'

'Het is geen mooi verhaal.'

'Dat zijn wij ook niet, man. Vertel!'

Lammeck haalde zijn schouders op, in de erkenning dat hij geen haast had om op een kille dag als deze te staan toekijken hoe de jongens met dit slechte wapen schoten. Hij liet zich op de grond zakken, in kleermakerszit. De Jedburghs volgden zijn voorbeeld. De meesten staken een sigaret op.

Lammeck begon hen te vertellen van de eerste honderden ontheemde Tsjechische vrijwilligers, die in 1940 hun verraden land hadden verlaten om mee te helpen bij de verdediging van Frankrijk, op zoek naar plaatsen en manieren om tegen de nazi's te vechten. Toen Frankrijk capituleerde – Plee kromp zichtbaar ineen, toen hij erover sprak – waren dezelfde Tsjechen overgestoken naar Engeland.

De Tsjechische regering-in-ballingschap en de soe hadden uit de Tsjechische Brigade zesendertig man geselecteerd. Zij waren opgeleid tot commando's die terug zouden gaan naar hun bezette vaderland. Deze drie commandopelotons zouden de Sovjets en de Britten demonstreren dat er nog altijd Tsjechen waren die deelnamen aan de strijd, en dat er een actief ondergronds verzet bestond dat tegen de Duitsers daar konden worden ingezet.

'Josef Gabčik en Jan Kubiš,' zei Lammeck, die zich de gezichten van de twee jongens, nog zo jong en glad, kon herinneren. Blauwe ogen, allebei. Boezemvrienden. 'Gabčik en Kubiš' vormden samen een team met de codenaam Anthropoïden. Ze waren hier in Schotland voor wapeninstructie. Niet mijn briljantste leerlingen, maar wel de meest enthousiaste. Ze werden in Tsjecho-Slowakije gedropt, ik weet het nog goed, op 29 december 1941. Ze hadden dezelfde missie als jullie, jongens. Ze moesten – op de juiste momenten en de juiste plaatsen – sabotage of terroristische aanslagen plegen. Hun taakomschrijving ging echter nog wat verder. Zij kregen opdracht om iets te doen wat zo opzienbarend was dat het tot ver buiten Tsjecho-Slowakije bekend zou worden.'

'En da's precies wat ze hebben gedaan,' wist Hesperus. 'Let maar op!'

'Gabčik en Kubiš werkten maandenlang samen met de ondergrondse in Praag. Ze waren genoodzaakt om van het ene onderduikadres naar het andere te verkassen. Uiteindelijk stuurden ze bericht naar Londen. Het Anthropoïden-team had zijn doelwit gekozen. Ze waren van plan Reinhard Heydrich te doden, Hitlers *Reichsprotektor* voor Bohemen-Moravië.'

Onder de Jedburghs ontstond geroezemoes. Ze hadden van de moord op Heydrich gehoord. Lammeck vermoedde dat de jongens er niet meer van wisten dan dát.

'De Anthropoïden hoorden het huishoudelijk personeel en de tuinman van Heydrich in Praag uit. Besloten werd de auto van de *Reichsprotektor* aan te vallen als hij onderweg was naar zijn kantoor in de burcht op Hradøany, het hoogstgelegen deel van Praag. Gabčik en Kubiš kozen als de meest geschikte plaats een haarspeldbocht die Heydrich moest nemen. De stafauto zou daar langzaam moeten rijden. Ernaast bevond zich een tramhalte, waar altijd wel mensen stonden te wachten.'

Lammeck laste een pauze in. Hij dacht terug aan de schietoefeningen van de twee jonge Tsjechen. Gabčik had hier beneden gemiddeld gepresteerd, met welk wapen hij het ook probeerde. Hij had vele uren extra geoefend, maar had zich nooit kunnen verbeteren. Kubiš was een betere schutter, die ook handiger met de technische constructie van wapens omging. Beide jongens gingen graag naar de kroeg. Gabčik had goed kunnen dansen; Kubiš was een komiek.

'Gabčik was net als jij, Stomp. Hij gaf de voorkeur aan de Sten, Mark II. Op 27 mei 1942 verborg hij hem onder zijn regenjas en liep ermee naar die tramhalte, mét een extra clip patronen, een handgranaat en een .32-pistool in zijn zakken. Kubiš had twee gemodificeerde antitankgranaten, type 73, bij zich, in een aktetas. De antitankgranaten bevatten elk een pond nitroglycerine, ook bekend als glycerolnitraat.'

Ze hebben de boel omgedraaid, dacht Lammeck. Kubiš had de Sten moeten hebben.

De Jedburghs bogen zich naar hem toe, de ellebogen op de knieën. 'Twee Tsjechische parachutisten van andere teams waren al ter plaatse. Een van die twee keek uit naar het zuiden, de andere had een spiegeltje bij zich om Heydrichs komst aan te kondigen. Ze verwachtten hem om half tien, maar de *Reichsprotektor* kwam een uur later. Het spiegeltje blikkerde. Een donkergroene Mercedes-cabriolet remde af om de haarspeldbocht te nemen. Gabčik liet zijn regenjas vallen, liep de straat op en richtte de Sten op Heydrich, op de achterbank.' Lammeck zei hoofdschuddend. 'Niets.'

Sommige Jedburghs zaten nu rechtop en klakten met hun tong. Capone stootte Stomp aan. 'Zei ik je niet dat de Thompson beter is? Maar nee. Nou zie je het zelf. O, sorry. Ga door, professor.'

'In dit geval, Capone, ben ik het met je eens. De Sten werkte niet.'

Hesperus spuwde naar het midden van de kring. 'Dit gedeelte van het verhaal kende ik niet. Verdomme.'

'De stafauto accelereerde de bocht in. Kubiš rende naar voren en gooide een van zijn granaten. Het ding explodeerde naast de treeplank van de Mercedes en reet de rechterflank van de auto open. Heydrich en zijn chauffeur sprongen eruit. De chauffeur zette de achtervolging in op Gabčik, die naar een slagerij rende. Daar ontstond een vuurgevecht, waarbij hij de chauffeur verwondde. De slager joeg hem zijn winkel uit en Gabčik verdween in de stad. Kubiš kwam weg op zijn fiets. De twee andere parachutisten wisten eveneens te ontkomen, te voet.'

Plee vroeg: 'Maar Heydrich, die is toch dood, *oui*?'

Geïrriteerd riep Hesperus uit: 'Natuurlijk is-ie dood, Dufmans!'

'Nee.' Lammeck stak een hand op om Hesperus te kalmeren. 'Dat was hij niet. Hitler was razend om de aanslag op het leven van zijn gouverneur. Hij loofde een beloning van een miljoen *Reichsmark* uit en beval de executie van tienduizend Tsjechische gijzelaars.'

'Wát?'

'De volgende dag had de Gestapo al ruim voldoende bewijsmateriaal in handen, zoals de weggegooide Stengun en de Britse granaten, om te kunnen weten dat de aanslagplegers in Groot-Brittannië opgeleide parachutisten moesten zijn en niet afkomstig waren uit een Tsjechische verzetsgroep. Om die reden talmden de nazi's met de uitvoering van Hitlers bevelen. In plaats daarvan zetten ze een grootschalige klopjacht op Gabčik en Kubiš in gang.'

'En Heydrich?' vroeg de Sfinx.

'Die stierf pas een week later in het ziekenhuis aan zijn verwondingen. Er werd sectie op hem verricht, en ze beweerden dat hij was bezweken aan bloedvergiftiging, veroorzaakt door de granaatscherven. Waarschijnlijker is dat hij door bacteriën werd vergiftigd en dat de verpleging niet goed genoeg was.'

'Mooi,' zeiden de jongens. 'De hufter.'

'Hoe ging het verder met de Antropoïden? Zijn die nog weggekomen?'

Voor de Jedburghs was dit het enige wat telde, en in feite gold dit voor iedere jonge kerel die de oorlog in ging. Deze gretige jongens rondom Lammeck zouden zich beslist geducht weren in Birma, Maleisië of waar ze ook verzeild mochten raken. Ze waren op die basis door de SOE gekozen. Ze waren bereid te sterven, als dat nodig was. Nu wilden ze weten of Gabčik en Kubiš de dood hadden gevonden.

'Nee. Ze zijn niet ontkomen.'

De Jedburghs reageerden met afgrijzen. Een paar jongens wendden hun blik af van Lammeck, die haastig doorging om er een eind aan te maken, hoewel het einde voor Gabčik en Kubiš niet snel was gekomen, en ook niet voor duizenden anderen zoals zij.

'Twintigduizend man politie en leden van de Gestapo kamden Praag uit, in hun jacht op de vier parachutisten. Er werd een beloning uitgeloofd, ter hoogte van twintig miljoen Tsjechische kronen. Iedere inwoner van het *Protektorat* Bohemen-Moravië boven de vijftien jaar moest zich voor de dertigste mei hebben laten inschrijven bij de politie. In de eerste dagen van juni werden er honderdvijftig mensen doodgeschoten die niet aan dat *Befehl* hadden voldaan.'

'Pokkennazi's. Het zijn duivels!'

'Hoe is het Gabčik en Kubiš vergaan? Hoe kregen de moffen ze te pakken?'

'De vier parachutisten die de aanslag op Heydrich hadden gepleegd, probeerden zo diep mogelijk onder te duiken. De razzia's van de Gestapo werden hen al bijna meteen noodlottig. Ze veranderden hun uiterlijk en gingen op zoek naar een plek waar ze zich schuil konden houden totdat de klopjacht werd gestaakt. Op 1 juni vonden ze een priester van de Russisch-orthodoxe Kerk die bereid was hen in de crypte van zijn kerk te verbergen. Nog drie andere parachutisten van andere teams vonden ook de weg naar die kerk. Daar werden ze verraden, allemaal.'

'Door wie?' De Jedburghs leken wel gehypnotiseerd. Een dolksteek in je rug, erger kon niet. Ze zouden binnenkort allemaal in het geheim achter vijandelijke linies opereren. Dat geheimhouden was hun ultieme prioriteit, niet alleen voor wat hun missies betrof, maar ook hun leven.

'Toen de moordenaars van zijn *Reichsprotektor* niet werden gevonden, werd Hitler nog kwader. Hij legde er nog een schepje bovenop: hij dreigde nu geen tienduizend, maar dertigduizend Tsjechen te executeren. Iedereen die met informatie over de aanslag naar voren kwam, kon op amnestie rekenen. De tips stroomden binnen, om Hitlers woede te sussen. Een van de brieven noemde rechtstreeks de namen Josef Gabčik en Jan Kubiš als de daders van de aanslag. Hij kwam van een hier door de soe opgeleide parachutist.'

De vloeken en verwensingen waren niet van de lucht. 'Verdomde lafbek! Schoft! De godverdomde ellendeling!'

Lammeck liet hen uitrazen voordat hij verderging. 'Op 16 juni liep Karel Čurda het Gestapohoofdkwartier in Praag in. De Duitsers stelden vast dat hij door ons was opgeleid en gedropt. Čurda zei dat hij geen verdere represailles tegen onschuldige Tsjechen wilde en dat hij zichzelf en zijn familie wilde redden. Hij noemde hun de namen van iedere soe-agent die, en elk lid van de Tsjechische ondergrondse dat hij kende. De volgende ochtend bij het krieken van de dag begonnen de razzia's.'

De Jedburghs waren stil. Niemand durfde Lammeck aan te kijken.

Hij vervolgde: 'Die Karel Čurda heb ik hier ook gehad, net als de rest. Niemand had kunnen denken dat hij zo'n lafbek zou blijken. Hij leek uit het goede hout gesneden.'

Even haalde Lammeck zich het hoekige gezicht van Čurda voor de geest. Dit was een gezicht dat allang vergeten zou zijn, net als dat van Josef Gabčik, Jan Kubiš en de rest, zonder hun korte rol in de geschiedenis.

'Verscheidene leden van het Praagse verzet, mannen en vrouwen die de parachutisten hadden geholpen of onderdak hadden gegeven, beten hun cyanidecapsules door toen de Gestapo voor hun deur opdook. Er waren er echter veel meer die gevangengenomen, in de cel gegooid en verhoord werden. Ze lieten een zo'n jongeman het afgehakte hoofd van zijn moeder zien, liggend in een teil met water. Hij sloeg door en vertelde de Gestapo dat zijn arme moeder hem op het hart had gedrukt dat hij, als het mis dreigde te lopen, naar de orthodoxe Kathedraal van de H. Cyril en de H. Methodius moest gaan.'

Yukon prevelde: 'Ik kan mijn oren verdomme niet geloven.'

'In de vroege ochtend van 18 juni vormden de Gestapo en leden van de politie een kordon rond de kathedraal en gingen naar binnen. Op het koor ontstond een vuurgevecht. Twee van de parachutisten sneuvelden. De laatste kogel gebruikte Kubiš voor zichzelf. De nazi's dwongen de priester hun de kleine deur boven aan de trap naar de crypte te tonen. Čurda werd erbij gehaald om de vier resterende parachutisten over te halen zich over te geven. Toen moest hij zelf bukken voor een mitrailleursalvo.'

Grizzly zwaaide met zijn grote vuist. 'Net goed.'

'De brandweer probeerde de crypte vol water te pompen. Het sijpelde door afvoerpijpen en barsten in de vloer. De politie gooide traangasgranaten de crypte in en de parachutisten gooiden ze terug naar de straat. Toen dit een uur of zes had geduurd, verloren de Gestapoagenten hun geduld. Ze bliezen een groot gat in de toegang tot de crypte. Toen ze naar binnen stormden, werden er vier schoten gehoord. De parachutisten hadden de hand aan zichzelf geslagen. De Duitsers vonden elf vuurwapens in de crypte, maar er was geen enkel patroon munitie overgebleven.'

Nooit eerder had Lammeck dit verhaal verteld, een verhaal waarvan hij in de loop der jaren fragmenten had vergaard uit informatie die mensen uit Praag hadden gesmokkeld. Nu hij zag hoe de Jedburghs erdoor werden aangegrepen, besloot hij in stilte dat het uit de doeken doen van deze gang van zaken voortaan een vast onderdeel van zijn opleidingsschema zou zijn. Het was even belangrijk deze jongens de ogen te openen en hen in het hart te raken, als hen leren hoe ze hun handen konden gebruiken.

'Toen kwam Hitlers wraak.'

De Jedburghs kreunden.

'In juni beval de Führer de verwoesting van de dorpen Ležáki en Lidice. Alle volwassen inwoners van deze dorpen werden geëxecuteerd, in totaal ongeveer vijfhonderd mannen en vrouwen. Lidice werd weggevaagd van de aardbodem. Er werden zelfs een weg en een riviertje omgelegd, om te zorgen dat er geen spoor meer van te vinden zou zijn. Later werden nog eens tweehonderdenvijftig vrienden en verwanten van de parachutisten vermoord. Alle dienaren van de kerkparochie die hen verborgen hadden gehouden, werden geëxecuteerd. Čurda, de overloper, inde een beloning van vijf miljoen kronen.'

'Iemand moet die schoft kelen.'

'Of zijn nek uitrekken.'

Lammeck bestudeerde de twaalf jonge kerels om hem heen. Voor vandaag hield hij het voor gezien. Hij zou hen afmarcheren naar de warme barakken en ze de rest van de middag vrij geven. Hij had er zelf geen zin meer in nog een wapen in handen te nemen. Hij wilde maar één ding, zijn voeten op de houtkachel in zijn kwartier leggen en nadenken over de menselijke logica die had veroorzaakt dat jonge knapen als zij, nog niet veel ouder dan kinderen, erop uit waren gestuurd om één figuur die als symbool kon dienen, Heydrich, naar de andere wereld te helpen, hetgeen tot zo ontzaglijk veel executies had geleid. Was het eerlijk? Of zelfs maar noodzakelijk? Ja, dacht hij. Botten zijn de basis van de geschiedenis. En als de botten geluk hebben, wordt er nog een naam aan verbonden.

Lammeck rondde zijn relaas af, alleen ter wille van de Jedburghs. 'De schedels van deze zeven parachutisten worden bewaard op een plank in het hoofdkwartier van de Gestapo in Praag.'

'Nou weet ik voldoende.' De Wizard stond op uit de kring, een en al ongeduld. 'Jongens, wat zouden jullie ervan denken als wij de soe gingen vertellen dat ze het heen en weer kunnen krijgen met hun Birma? Laten ze ons maar droppen in Praag. Daar valt nog wat werk af te maken.'

Capone schreeuwde: 'Zegt het voort!'

Lammeck werkte zich overeind, wat stijfjes vanwege de koude vloer. 'De Jappen, jongens,' hield hij zijn Jedburghs voor. 'Concentreer je maar op de Jappen. Die komen voor jullie eerst aan de beurt.'

'Professor, iemand moet het die schoft Čurda betaald zetten!'

'O, dat gebeurt heus wel, denk ik. Laten we maar teruggaan naar de kazerne.'

Ze verzamelden hun uitrusting en liepen naar de uitgang van de nissenhut. Hesperus was er nog niet klaar mee; zijn Schotse gezicht was rood van woede. 'Oké, jongens, de Jappen zijn voor ons. Wat zouden jullie ervan zeggen als we nu, ieder van ons, een eed afleggen dat de professor hier, als we ook maar even de kans krijgen die verdomde Hirohito voor zijn rotkop te schieten, toestemming van ons heeft om bier uit onze bloederige schedels te drinken en dat wij daar niets op tegen hebben? Nou? Ik zweer het!'

Alle Jedburghs vormden een kring en stapelden hun handen op elkaar in het midden ervan. Hesperus zei het hun een voor een voor: 'Ik zweer het.'

Lammeck hield zich op de achtergrond, in de wetenschap dat hij zijn werk vandaag had gedaan. Hij was een stapje verder op het pad dat van deze jongens moordenaars moest maken. Hij liep de kille middag in, achter hun branieloopjes, en luisterde naar hun dure eden. En in stilte benijdde hij hen, net als hij Gabčik en Kubiš had benijd.

8 januari
Universiteit van St. Andrews
St. Andrews, Schotland

Lammeck liep het podium op. De ramen van zijn collegezaal keken uit op St. Andrews Bay. De wereld buiten was stralend blauw en verstild. Hier en daar schitterde een golfje, op deze zeldzaam rustige Schotse winterochtend. De muren en het schoolbord in de collegezaal waren overgoten met een roze gloed, de reflectie van het zonlicht dat de scharlakenrode mantels van zijn studenten bescheen. Hij streek de plooien van zijn zwarte docententoga glad en drukte zijn buik tegen de lessenaar.

'Goedemorgen, studenten.'

Lammeck verbaasde zich erover, zoals hij gedurende alle oorlogsjaren aan het begin van een semester had gedaan, dat Groot-Brittannië op de een of andere manier toch genoeg jonge mannen en vrouwen bijeen kon brengen om deze collegezaal te vullen. De universiteit had de zesjarige storm prima doorstaan – alleen de botanische en geologische laboratoria waren plat gebombardeerd. Hoewel het verduisteringsvoorschrift nog altijd gold en de faculteitsleden overuren maakten om in te vallen voor collega's die aan de strijd deelnamen, was St. Andrews een getrouwe afspiegeling van Churchills vermaning aan het adres van zijn landgenoten: 'KBO – *Keep Buggering On* – Blijf doorknokken.' Het moreel was hoog gebleven, vooral op stralende begindagen als deze, met de belofte in de lucht dat de oorlog in de loop van dit jaar zou kunnen eindigen. Niemand van de universiteit vergat echter de tol in levens: tot nu toe zouden 153 studenten die de campus hadden verlaten om dienst te doen nooit terugkeren uit hun graven in Europa, Afrika en de landen in en om de Grote Oceaan. Lammeck treurde vaak om zijn uitzonderlijke vermogen tot het onthouden van namen en gezichten.

Dit semester zag hij wéér veel nieuwe gezichten. In de collegebanken zat een nieuwe lichting cadetten van de Air Force, zonder uitzondering jonge, gladgeschoren en gretige knapen. Verder zag hij een handvol in deze landstreek gelegerde Poolse officieren die tot de universiteit waren toegelaten, twee veteranen die eervol uit de strijd waren genomen (een van de twee droeg een ooglap), een paar meisjes van de Medische Faculteit voor Vrouwen in Londen, die naar St. Andrews waren overgeplaatst nadat hun onderkomens in Londen door V-1's waren beschadigd; en de gebruikelijke verzameling *bejants* en *bejantines*, de oude benaming voor mannelijke en vrouwelijke eerstejaars.

'Daarom zitten we allemaal in hetzelfde schuitje. En om er zeker van te zijn dat niemand hier per ongeluk binnen is gestapt, onderstreep ik dat deze klas mede vorm gaat geven aan de wereldgeschiedenis. Ik ben professor Mikhal Lammeck. Dus sta op en retireer, óf blijf zitten waar je zit, dan kunnen we van start.'

Niet één scharlakenrode mantel bewoog. Lammeck verliet het podium.

'Juist. Laten we maar een duik nemen in de bloederige chaos die wij de menselijke geschiedenis noemen. We beginnen met een vraag. Het betreft verreweg de belangrijkste vraagstelling voor iedere historicus, omdat het antwoord bepalend is voor je gezichtspunt; het is de lens die het hele beeld kleurt van de geschiedenis die je bestudeert en wat je eruit concludeert. Zeg mij eens: geloof je dat de geschiedenis wordt gemaakt door mensen, of door gebeurtenissen? Ik bedoel hiermee: kan één enkele figuur de loop van de geschiedenis veranderen of bepalen? Of kan de geschiedenis alleen maar het resultaat zijn van onvermijdelijkheden?'

Lammeck wachtte. De studenten wreven over hun kin of hielden hun hoofd scheef. Lammeck ging op zoek naar de intelligente student die hij zou kunnen aanspreken, als er zich niemand meldde met een antwoord.

'Hmm. Laat me een voorbeeld geven, om jullie op weg te helpen. Zoals jullie wellicht bekend is, is mijn geschiedkundige specialiteit de killer. De politieke moordenaar. Er zijn altijd twee soorten moordenaars geweest. In het eerste geval gaat het om één of meer individuen die slechts om één van twee mogelijke redenen toeslaan: het zijn ontspoorde geesten, óf het zijn revolutionairen. In beide gevallen worden zij gedreven door óf een onbedwingbare obsessie met God, het vaderland, macht of sociale veranderingen, óf soms ook door de wens een stemmetje in hun hoofd tot zwijgen te brengen.'

De studenten grinnikten om deze laatste omschrijving. Lammeck zelf zou er ook om hebben gelachen, als hij er niet zoveel voorbeelden van had gekend.

'Het tweede type moordaanslag is hartelozer: een door een heerser of een staat geïnitieerde moord. Iedere natie op aarde heeft vroeg of laat politieke moorden laten plegen teneinde bepaalde oogmerken van de staat te verwezenlijken.'

Een roodommantelde arm, behorend tot een puisterige *bejant*, ging omhoog.

'Ja?'

'Iédere natie, sir?'

Lachend zei Lammeck: 'O, ja, iedere natie. Mijn eigen geliefde en dappere Amerika heeft dat soort dingen dikwijls gedaan, en lang niet altijd met finesse. Het eerste gedocumenteerde geval van een staatsmoord deed zich in 1620 in Amerika voor. Myles Standish, een van onze geliefde Pilgrim Fathers uit Plymouth, nodigde het plaatselijke indiaanse stamhoofd, diens jongere broer en twee krijgers uit voor een feest. Zodra het viertal binnen had plaatsgenomen, sloot Standish de deur af en vermoordde eigenhandig een van de krijgers met zijn dolkmes. Het stamhoofd en de andere krijger werden door verscheidene andere puriteinen die erbij waren om het leven gebracht. De jongere broer van het stamhoofd werd lang genoeg in leven gelaten om hem naar de palissade van de kolonie te kunnen brengen en hem daar op te hangen, bij wijze van waarschuwing aan de overige indianen in die omgeving. Was dit het werk van patriotten? Of van krankzinnigen?'

Een paar studenten mompelden: 'Krankzinnigen.' De oudere studenten – de Polen en de veteranen – zeiden niets.

'Krankzinnigen? Best mogelijk. Maar laten we niet vergeten dat de Plymouth-kolonie lang genoeg is blijven bestaan om te kunnen uitgroeien tot een van de weinige permanente koloniën in de Nieuwe Wereld. En die Nieuwe Wereld werd Amerika. De vraag blijft dus overeind: kan zelfs een bloeddorstige waanzinnige de loop van de geschiedenis bepalen? Zou de Plymouth-kolonie ook zonder deze wrede moorden zijn blijven bestaan? Of zouden de indianen haar hebben weggevaagd, samen met de kolonie in Jamestown, Virginia? Zou Amerika dan geen Britse kolonie zijn geweest, maar een Spaanse? Hoe zou dat de geschiedenis hebben beïnvloed? Het is ongelooflijk, dat moeten we toegeven.'

Een van de medische studenten stak haar hand op.

'Ja?'

'Professor, lijkt het niet logisch dat een land dat bereid is om een oorlog te beginnen en miljoenen soldaten uitzendt om miljoenen mensen te doden, niet even gemakkelijk één persoon kan uitzenden om een bepaald iemand te vermoorden? Is zo'n staatsmoord niet gewoon een oorlogsdaad van kleinere omvang?'

Iedereen knikte instemmend. Lammeck liep naar de studente toe. 'Zou jij het kunnen? Iemand vermoorden, als je ervan overtuigd was dat jouw eigen voortbestaan en dat van de cultuur of het land waaruit je afkomstig bent dat noodzakelijk maken? Ik heb het over het vermoorden van een koning, een koningin, een president of een premier? Een groot leider, bewonderd en gevolgd door miljoenen? Echter, jij en jouw partij zijn het niet eens met zijn of haar leiderschap. Dus: zou jij een koning kunnen vermoorden?'

'Ik weet het niet. Ik... ik geloof niet...'

'Ja, dat begrijp ik, je wilt arts worden. Het leven is heilig enzovoorts. En jouw aarzeling is ook de aarzeling van de geschiedenis. Dit dilemma heeft een paar van de grootste denkers en commentatoren op de geschiedenis gekweld. Op het slagveld bepalen de omstandigheden wie er zal sterven. Daar wordt de uitslag min of meer lukraak bepaald, dus heeft het wel iets eerlijks. Maar speciaal iemand uitkiezen? Specifiek een leider op de korrel nemen? Het is allesbehalve een potje voetbal. Wie maakt uit of een heerser moet sterven? Wie is de aangewezen morele rechter?'

Lammeck droeg zijn dikke buik tussen de rijen door. 'De Heilige Thomas van Aquino had geen moeite met het idee een usurpator te doden die zich meester had gemaakt van de kroon, maar hij deinsde terug voor moord op een legitieme vorst die gedegenereerd was tot een tiran. De grote calvinist John Knox predikte, in feite hier, in het Schotse St. Andrews, dat eenieder – koninklijk of niet – die zijn geloof niet deelde vermoord mocht worden. Knox was woedend over het feit dat koningin Elizabeth er niet toe overging haar katholieke rivale, de Schotse koningin Mary, uit de weg te laten ruimen. En dan is er natuurlijk nog Niccolo Machiavelli: in zijn zestiende-eeuwse boek formuleert hij de beste – en in elk geval het vaakst geciteerde – argumenten vóór staatsmoord. Kent iemand dat werk?'

'De vorst.' Het antwoord kwam van de jongeman met de ooglap.

'Correct. Machiavelli's voornaamste stelling was dat er in de politiek geen plaats is voor religieuze en ethische opvattingen.' Lammeck citeerde hem uit het hoofd: '"Het dient te worden begrepen dat een vorst niet alle deugden waarvoor iemand als 'goed' wordt beoordeeld in acht kan nemen, omdat het dikwijls noodzakelijk is om in strijd met de genade, het geloof, de menselijkheid, de eerlijkheid of de religie te handelen, teneinde de staat in stand te houden."'

Hij liet deze gedachte bezinken bij zijn studenten, zo felrood in het vroege daglicht.

'Een heel ander standpunt hierover werd door niemand minder dan Leo Tolstoj vertolkt. Hij minachtte Napoleon en was er heel duidelijk over. In zijn epische *Vojna i mir*, beter bekend als *Oorlog en vrede*, schreef de oude Rus dat Napoleon tot niets had geleid en niets had veranderd. De keizer was slechts het boegbeeld van een groot schip van staat, niet meer dan een naam en een gezicht waarachter het grote momentum der gebeurtenissen schuilging – alles zou toch wel zijn gebeurd, mét of zonder hem.'

Verlegen stak een van de Poolse officieren een hand op.

'Professor.'

'Ja?

De jongeman zei alleen: 'Hitler…'

'Natuurlijk, Hitler. Een schoolvoorbeeld. Geloven jullie dat we, als we de kleine schoft met wortel en tak hadden kunnen uitrukken – of als hij was overreden door een vrachtwagen of al op jonge leeftijd – nog voordat hij *der Führer* werd – de sief had gekregen… dat deze oorlog dán vermeden had kunnen worden? Jij…' Lammeck wees naar de Britse veteraan die nog twee goede ogen had en vroeg zich af waar de verwonding van deze jongen verborgen was. 'Ga terug in de tijd en maak Hitler voor me af, ja?'

'Komt voor elkaar, sir.'

'Nou, wat hebben we nu? Oorlog of geen oorlog?'

De jongen aarzelde. Lammeck zag hem knipperen met zijn ogen. Pijn, of misschien waren het herinneringen – iets – droeg hem vanuit deze zonnige, veilige collegezaal terug naar het strijdtoneel waar een granaatscherf of kogel voor hem bestemd was geweest. Lammeck stond al op het punt de jongen te verlossen van de vraag, toen hij antwoordde:

'Oorlog, sir.'

'Tolstoj is het met je eens.'

'En u, professor?' De vraag kwam van de soldaat met de ooglap.

'Als historicus maak ik een spagaat. Machiavelli zou kunnen betogen dat het een goeie zaak zou zijn een paar van Hitlers makkers, zoals Goebbels en Himmler, mét hem naar de Hades te sturen. Persoonlijk denk ik dat we onszelf een hoop ellende hadden kunnen besparen door die hele club al in een vroeg stadium uit de geschiedenis te schrappen. Ik ben het echter eens met onze knappe jonge medisch studente hier, die zei dat een staatsmoord als een *casus belli*, een oorlogsdaad, kan worden opgevat. Ik kan er aan de andere kant niet van overtuigd zijn dat het neersteken van Julius Caesar ook maar iets veranderde in de richting die Brutus en Cassius hadden verwacht. Het beëindigen van Caesars dictatuur leidde niet tot een republiek, maar tot het optreden van Augustus en de lange rij autocratische caesars na hem. Later opende de moord op de slappe Tiberius alleen maar de deur voor die gewetenloze schurk Caligula. Of neem Gavrilo Princip en zijn Servische moordenaarsbende de Zwarte Hand, die de moordaanslag op de Oostenrijkse troonopvolger, aartshertog Frans-Ferdinand, beraamden en uitvoerden. Die daad was de vallende dominosteen die genoeg was om de Eerste Wereldoorlog uit te lokken. Desondanks zijn de historici het erover eens dat die oorlog slechts wachtte op een vonk – en dat die vonk ook wel zonder dat pistool van Princip gevonden zou zijn. Niemand zal serieus beweren dat Ramón Mercador, de man die Lev Trotski in Mexico met een bijl vermoordde, een agent van Stalin was. Trotski is dood, Stalin is Stalin en de wereld draait door, duidelijk in het voordeel van Rusland. De moraal: het is moeilijk je iemand voor te stellen die erger is dan Adolf Hitler. Wat zou er gebeurd zijn als dat complot van juli vorig jaar om hem te vermoorden was geslaagd? Sommigen zouden zeggen dat dit er alleen maar toe zou hebben geleid dat de oorlog vorig jaar al zou zijn beëindigd, in plaats van dit jaar. In dat geval zou Duitsland kunnen klagen dat het verraden was en daarom de oorlog had verloren, net zoals het dat na de vorige oorlog heeft gedaan, in plaats van een moorddadig pak slaag te hebben gekregen op het slagveld. Maar stel dat we Hitler al in de wieg hadden kunnen smoren. Zou dat de geschiedenis gunstig of ongunstig hebben beïnvloed? Of zou het wellicht een andere en al even walgelijke figuur tot Tolstojs boegbeeld van het schip van staat hebben gemaakt? Er zijn veel historici en filosofen die geloven dat we vroeg of laat in dezelfde situatie zouden hebben verkeerd als nu.'

Even overwoog Lammeck of hij voor deze nieuwe oogst aan studenten Gabčik en Kubiš uit het dodenrijk zou oproepen. Het offer van de twee jonge Tsjechen was aangemoedigd en ondersteund door de Britse staat, én door Lammeck zelf. Ze hadden de moordaanslag met succes uitgevoerd: Heydrich wás dood. En waar had het toe geleid? De *Reichsprotektor* was nu een martelaar voor nazi-Duitsland en zijn konterfeitsel prijkte op Duitse postzegels. Tsjecho-Slowakije zuchtte nog steeds onder de wrede bezetting. De dorpen Ležáki en Lidice waren uitgemoord en met de grond gelijkgemaakt. Er was niets door veranderd, althans, niet ten goede.

Hoewel Gabčik en Kubiš hadden beseft dat dit kon gebeuren, hadden ze niet geaarzeld. Voor hen geen spagaat, en evenmin voor die jongens in de Hooglanden, die op deze mooie ochtend aan het trainen zouden zijn.

Welke les kon eruit worden getrokken?

Lammeck haalde zijn schouders op, om kenbaar te maken dat hij het niet wist, en ook om een eind te maken aan dit deel van de discussie.

Een van de luchtmachtcadetten stak een hand op.

'Ja?'

'Wat te denken van die anderen, professor? De einzelgängers?'

'Ah, de fanaten en wrekers. De krankzinnige schutters, gifmengers en halsafsnijders. Ja, wat te denken van hen? Over hen praat ik het liefst. Zij zijn de dolle honden van de geschiedenis. *The ghosts in the machine*, zogezegd. Impulsief, en altijd op de gekste momenten. Nu eens komen ze in actie op een keerpunt, als de wankelende geschiedenis nog maar een klein duwtje nodig heeft om een ernstige val te maken; dan weer is hun doelwit toch al voorbestemd te sterven – de geschiedenis had hem of haar niet langer nodig. In andere gevallen heeft zo'n moord het karakter van een tragedie die overal ter wereld treurnis verwekt, omdat er niets mee gediend is, behalve haat. Het handwerk van John Wilkes Booth behoort tot deze categorie.'

'Lincoln,' vulde een van de medische studenten aan.

'Dat was niet zo moeilijk, dus kijk maar niet zo zelfvoldaan. Volgens sommigen was Lincoln de grootste Amerikaanse president ooit. Booth was van plan zowel Lincoln als Ulysses Grant – die dezelfde avond ook in het Ford-theater zou zijn, met de president – te vermoorden. Diezelfde avond – 14 april 1865, op Goede Vrijdag – zouden andere samenzweerders nog wat andere regeringsfunctionarissen elimineren. Ze slaagden geen van allen in hun opzet, hoewel minister van Buitenlandse Zaken Seward in de keel werd gestoken. Grant woonde de voorstelling die avond niet bij, omdat zijn vrouw schoon genoeg had van de hysterische uitbarstingen van mevrouw Lincoln – die was niet helemaal jofel – en het stel bedacht een smoes om niet te gaan. Nadat het stuk was begonnen, vertrok Lincolns enige lijfwacht, een lid van de gemeentepolitie van Washington, uit de presidentiële loge, om naar een kroeg in de buurt te gaan. De Burgeroorlog van 1861-1865 was inmiddels al voorbij. Het enige wat de zuiderling Booth kon bereiken, was wraak. Hij kon ongehinderd naar Lincolns loge lopen, schreeuwde daar "*Sic semper tyrannis*" – Zo vergaat het tirannen altijd! – , drukte zijn derringer achter Lincolns oor en schoot hem dood.'

Een andere Air Force-cadet vroeg: 'U wilt hiermee zeggen dat er als gevolg van Lincolns dood in Amerika niets veranderde?'

Lammeck beende door de zonnige collegezaal.

'Da's natuurlijk altijd moeilijk te bepalen. Vragen van dien aard leiden tot een mengeling van feiten en speculaties. Maar nee, Andrew Johnson volgde Lincoln op als president en de volgende ochtend ging de zon gewoon op. Seward, minister van Buitenlandse Zaken, herstelde. Echter, ik heb nu zo'n jaar of twintig onderzoek gedaan naar moordaanslagen en heb er m'n eigen theorietje over bedacht. Ik huldig de overtuiging dat de geschiedenis op bepaalde gebeurtenissen vooruitloopt. Zij bereidt zich erop voor, om te zorgen dat alles op het goede pad blijft. Ik geloof echter niet dat zij Booth heeft zien aankomen. Je kunt het altijd zien als de geschiedenis de smoor in heeft, doordat een van haar favoriete zonen of dochters vóór zijn of haar tijd is vermoord. Dan grijpt zij in en doet iets uitzonderlijks, om er zeker van te zijn dat de moordenaars worden gepakt. Nadat Booth op Lincoln had gevuurd, sprong hij over de borstwering, met de bedoeling een gordijn te pakken en zich omlaag te laten glijden tot op het podium. Een van zijn sporen bleef echter in de gordijnstof haken, waardoor hij op het podium viel en zijn linkerbeen brak. Zonder die verwonding zou John Wilkes Booth misschien kans hebben gezien spoorslags uit Washington te verdwijnen en zich te mengen onder de vele zuidelijke soldaten die na de capitulatie van generaal Lee op weg waren naar huis. Nu had hij echter medische zorg nodig. Die werd verleend door een arts uit Maryland, een zekere dokter Mudd. Deze onfortuinlijke plattelandsarts schijnt op het verkeerde moment op de verkeerde plaats te zijn geweest. Hij bleek ook bij de samenzwering betrokken te zijn en bracht de rest van zijn leven in de cel door. Dit was de bron van de Amerikaanse gewoonte om, als iemands geluk hem in de steek laat, te zeggen: "Jouw naam is Mudd!" De geschiedenis heeft namelijk gevoel voor evenwicht, zie je, en zelfs ook voor eerlijkheid en humor. Zij aanvaardt luimen en grillen, maar het staat haar niet aan. De geschiedenis pruilt nooit; ze tilt haar rokken op en loopt door. Daarom fascineert ze ons zo.'

Lammeck keerde terug naar het podium.

'Dit is dus de vraag, studenten. Geven grote mannen en vrouwen vorm aan hun tijd, of zoeken grootse gebeurtenissen de mensen die ervoor nodig zijn en gunnen zij hen de eer? De lijst van belangrijke figuren die vóór hun tijd zijn gedood, is zo lang dat het bijna lachwekkend is. In de Gouden Eeuw van de Lage Landen prins Willem van Oranje, de graven Horne en Egmont, de gebroeders De Wit en raadspensionaris Johan van Oldenbarnevelt; in Mexico Pancho Villa en Zapata; en verder Thomas Becket, Nikolaas II en Raspoetin, Sjaka Zoeloe, de Amerikaanse presidenten Garfield en McKinley, Wild Bill Hickock, acht pausen en nog veel meer Chinese en Romeinse keizers, Engelse en Franse koningen en koninginnen, sjahs, tsaren en meer Latijns-Amerikaanse dictators dan je je kunt voorstellen. En niet te vergeten de fortuinlijken die aan moordaanslagen ontsnapten. Hitler, Lenin, Teddy en Franklin Delano Roosevelt – de lijst is even lang als de presentielijst van de arme donders die in deze oorlog zijn gesneuveld. Echter, niet één keer heeft de geschiedenis een pirouette gedraaid om weg te dansen in een andere richting, alleen maar omdat een van haar hoofdrolspelers van het toneel verdween.'

Lammeck bestudeerde zijn pupillen.

'Of toch wel, misschien?'

De studenten leken allemaal perplex van de lijst bloederige moorden op beroemde en/of belangrijke personages. Ze hadden ademloos zitten luisteren en wisten niet goed raad met deze open vraag. Lammeck had nog uren in dit tempo door kunnen gaan met het spuien van beroemde en niet-beroemde namen en aanslagen, missers en noodlottige voorvallen. Op deze eerste dag van het semester besloot hij hen echter te belonen, in het besef dat dit een goeie groep zou zijn. Hij zou ze eerder vrij geven. Zelf zou hij teruggaan naar zijn appartement om daar de rest van de dag te werken. Bij het krieken van de dag zou hij vertrekken naar de Hooglanden, voor de volgende wapeninstructie aan de Jedburghs.

'Ik zal jullie voor vandaag wat vroeger laten gaan. Iedereen heeft de leesopdracht voor aanstaande woensdag? Eerst nog een kort verhaal met een moraal, en dan wegwezen.'

Lammeck wees naar een kleine poster, met punaises bevestigd aan het mededelingenbord van kurk aan de muur van de collegezaal. De poster was een weergave van het schilderij *Marat Expirant*, dat Jacques-Louis David had gemaakt van Jean-Paul Marat, doodgestoken in zijn badkuip.

'De arts Jean-Paul Marat was op zijn vijftigste journalist en revolutionair. Zijn geschriften worden in de regel medeverantwoordelijk geacht voor het ontketenen van het terreurregime dat ontstond ter verdediging van de Franse Revolutie. Marat stemde in met het afslachten van vele duizenden en verklaarde zelfs dat de guillotine moest blijven werken om de revolutie levend te houden. Hij stelde dodenlijsten samen. Hij eiste dat de Franse koning werd onthoofd. Op 13 juli 1793 verscheen de vierentwintigjarige Charlotte Corday d'Armont, behorend tot de Girondijnen, in de roerselen van de revolutie voor de deur van Marats huis. Ze werd tegengehouden door zijn lijfwachten, maar Marat hoorde haar aandringen en riep hen toe dat ze het meisje in zijn badkamer konden toelaten. Hij zat te weken in een walgelijk geneeskrachtig mengsel, in de hoop verlichting te vinden voor een voortwoekerende huidziekte die, zoals inmiddels wordt aangenomen, een gevorderd stadium van herpes zal zijn geweest. Hij werkte intussen aan zijn dodenlijsten. Mademoiselle Corday d'Armont deed hem verslag van antirevolutionaire activiteiten in haar woonplaats, Caen. Marat

schreeuwde: 'Over een paar dagen stuur ik ze allemaal naar de guillotine!'
Op dat moment trok de jonge Charlotte een mes met een lemmet van een
centimeter of zeventien uit haar keurslijfje en ramde het in Marats long-
aorta. Toen ze twee dagen later werd berecht, weigerde ze standvastig de
raad van haar verdediger op te volgen en te zeggen dat ze in een vlaag van
verstandsverbijstering had gehandeld. In plaats daarvan riep ze steeds dat
ze een moordaanslag had gepleegd. "Dat," verkondigde zij, "is de enige verdediging die mij waardig is." Slechts vier dagen na de moord stond de dappere jonge vrouw voor de guillotine. Het historische gevolg van Charlottes
daad was dat er in de revolutionaire razernij die erop volgde vele duizenden mensen meer ter dood werden gebracht dan Marat op zijn hoogst had
kunnen laten vermoorden. Een triest resultaat. Charlotte Corday d'Armont belichaamt echter een van de meest bewonderenswaardige episoden
in mijn onderzoek naar moordaanslagen en moordenaars. Willen jullie
horen waarom?'

De geboeide studenten riepen bijna verontwaardigd: 'Ja!'

'Goed, stilte alsjeblieft. Luister goed. Nadat de guillotine haar hoofd van
de romp had gescheiden, hield haar beul Charlottes hoofd op voor de menigte. En toen sloeg hij haar in het gezicht.'

De studenten waren met stomheid geslagen. Iemand hoestte. Lammeck
grinnikte inwendig. 'Nee?' vroeg hij. Ze staarden hem aan. 'Dat is volgens
jullie geen volmaakt einde?'

Lammeck zuchtte, berustend in het feit dat hij zelfs tegenover deze veelbelovende groep studenten wellicht als enige in staat was de schoonheid
van de geschiedenis te appreciëren – namelijk dat hij zelfs anderhalve eeuw
later de naam Charlotte Corday d'Armont nog kende. Dit was op een briljante manier onvoorspelbaar, door en door menselijk én verleidelijk.

Lammeck schonk zichzelf een drambuie in. Hij liet de smaken van Schotse whisky, heidehoning en Franse kruiden inwerken op zijn tong. Het venster naast zijn bureau bood uitzicht op Muttoes Lane, een bakstenen straat
waar de kardinaalsrode studententoga's zich vermengden met de saaie kleding van gewone burgers. Hij zette het glas op de vensterbank om de gloed
van het namiddaglicht in de amberkleurige likeur te bewonderen.

Hij liet een vinger uitschieten naar het blanco vel papier in zijn zwarte
schrijfmachine om het te bestraffen voor zijn leegte. Onder zijn raam
hoorde hij wat studenten lachen.

Lammeck leunde achterover in zijn stoel, zijn verstrengelde handen op
zijn buik. Zijn lunch stond nog op het bureau, onaangeroerd. Het bord

ging gedeeltelijk schuil onder de bladzijden van een boek. Hij staarde naar het plafond van zijn appartement, eveneens breed, wit en leeg.

Wat was het antwoord? Hij wilde het beslist weten, of op zijn minst een standpunt innemen. Als hij een overtuigend betoog kon opbouwen, vóór of tegen, kon hij dat vastleggen in de bladzijden van zijn boek, bedoeld als het geleerde laatste woord over de effecten van moordaanslagen in de menselijke geschiedenis. Na publicatie zouden ze hem in academische kringen toejuichen of weghonen; het maakte hem niet uit.

De intuïtie van een doorgewinterde historicus en zijn nuchtere verstand zeiden hem dat de tijden altijd móésten veranderen als er leidende figuren wegvielen. Hoe zou het anders kunnen zijn? De stem van rebellie het zwijgen opgelegd, het zwaard van de veroveraar gevallen in het zand, een vorst van de troon gestoten? Dat waren méér dan alleen historische figuren – het waren de stuwende krachten. Toch ondersteunde het bewijscorpus die conclusie niet. Niet als je de geschiedenis op de langere termijn bekeek, over decennia of zelfs eeuwen. Onvermijdelijk namen andere leiders de open plaatsen in. En andere krachten bundelden zich in een contrabeweging. Zelfs de natuur kwam vaak tussenbeide, met stormen, vulkaanerupties of aardbevingen.

Lammeck had zijn hele leven als volwassene jacht gemaakt op het antwoord. Hij had kronieken en archieven doorgespit en zijn onderzoek niet beperkt tot alleen moordaanslagen en hun repercussies, maar zich ook grondig in de moordenaars zelf verdiept – hun geestesgesteldheid, hun privéleven, hun gewoonten, tactieken en samenzweringen. Hij had zichzelf geoefend in het hanteren van moordwapens en oude ambachten. Hij had afbeeldingen verzameld en ze bevestigd op de enorme met kurkplaat beklede muur van zijn werkkamer – de vermoorden onder de moordenaars. Hij had ze voor zijn boek gegroepeerd zoals de geschiedenis dat had gedaan.

Voor zover hij wist, was hij van maar weinig dingen stellig overtuigd. Dat verklaarde ook waarom de verhandeling waaraan hij had zitten schrijven sinds hij vijf jaar geleden naar Schotland was gekomen nog altijd niet af was.

Hij staarde naar de kurkplaat. Honderden ondoorgrondelijke gezichten staarden terug. Zijn vinger schoot opnieuw uit naar het blanco vel papier in zijn schrijfmachine.

Er werd op zijn deur geklopt.

Geërgerd fronste Lammeck zijn voorhoofd. Wie zou het wagen hem thuis bij zijn werk lastig te vallen, nog wel in het lunchuur? Hij stond op van zijn rommelige bureau en zette koers naar de gang, klaar om iemand de mantel uit te vegen.

Toen hij de deur opende, bleek de man in de hal geen student of soldaat te zijn, maar een burger in een gekreukte jas. Hij droeg een aftandse gleufhoed.

'Wel heb ik ooit. Staat er ineens een gesjeesde geheim agent voor mijn deur.'

'Professor.'

'Kom binnen, meneer Nabbit.'

Lammeck stapte opzij. De man beende de kleine flat in en keek om zich heen. 'Niet gek,' zei hij.

'Klein, maar gunstig gelegen. Als je twee keer valt, ben je bij de kroeg.'

De man nam zijn hoed niet af. 'Ik sta bij u in het krijt,' zei hij, maar hij vernauwde zijn ogen.

'Bij mij?' Lammeck simuleerde onschuld. 'Waarvoor, in godsnaam?'

'Hij is blijven hangen – die vervloekte bijnaam die u mij hebt gegeven. Ik kan me er niet van ontdoen.'

Lammeck legde een hand op de schouder van zijn ex-Jedburgh. 'Ik had geen andere keus, eerlijk. Als iemand bij jóu kwam met de achternaam Nabbit, hoe had je hem anders kunnen noemen?' Lammeck haalde zijn schouders op, hulpeloos. 'Werkelijk. Zo, ga zitten, dan schenk ik iets voor je in.'

Glimlachend draaide hij zich om om de fles Drambuie te halen.

Toen hij terugkwam, had Dag Nabbit zijn hoed afgedaan en zijn regenjas uitgetrokken. Ze hingen over de armleuning van de bank. Zijn overhemd en stropdas waren hard toe aan een strijkbeurt, en anders een verbrandingsoven. Lammeck liep hoofdschuddend naar de keuken om een tweede glas te halen. Hij riep naar de zitkamer: 'Voor ik je vraag wat je komt doen, hoe is de missie verlopen?'

'Waardeloos,' zei Dag. Hij nam het glas aan en stak het naar voren, zodat Lammeck kon inschenken. Ze klonken met elkaar en namen een slok.

Lammeck liet zich in een schommelstoel zakken. Hij kraakte onder zijn gewicht. Dag nam de bank.

'U bent nog steeds dezelfde beer,' merkte Dag op, met zijn glas naar Lammeck wijzend.

'En jij bent een kilootje of vier kwijt, op zijn minst. Hoe ging het in Frankrijk? Dat was in april, nietwaar?'

'De eerste april. Kon niet beter. Bij de dropping verloor ik mijn verbindingsman. En we verloren onze uitrusting in een moeras. Na drie dagen rondzwerven, zestien kilometer verwijderd van de plek waar we contact met het verzet zouden maken, werden we in de kraag gegrepen. Lang ben ik niet gebleven – de accommodatie van de nazi's stond me niet aan.'

'Hoe ben je weggekomen?'

'In feite vrijwel zoals u het ons hebt geleerd. Verbazingwekkend wat je allemaal met een wurgkoordje kunt doen.'

Lammeck trok vragend een wenkbrauw op.

'Schoenveters.'

Lammeck knikte. 'Uitstekend.'

'En een riem.'

'Uiteraard.'

'En een wingerd.'

'Dag, dit is… dit is wat je noemt een specialiteit! Zou je morgen mee willen naar de Hooglanden, om ze deze techniek te leren?'

'Nee…'

'Allicht. Ik neem aan dat je hier niet bent om vakantie te houden. Het is te koud voor golf. Hoewel de Schotten hier desnoods doorgaan in een sneeuwstorm.'

Dag dronk de rest van zijn drambuie. Lammeck merkte op dat de man nog niets van zijn nerveuze energie had verloren.

'Nou, vertel me eens, Dag, wie heeft op dit moment het genoegen jouw werkgever te zijn?'

'Ik zit bij de geheime dienst.'

Lammeck hief zijn glas. 'Geheim agent Dag Nabbit. Dat is een groot verschil met door de modder tijgeren met een schoenveter tussen je tanden. Hoe ben je erin gerold?'

'Terug in de States heb ik hun test gedaan. Na die twee maanden met u in deze verdomde heuvels, iedere ochtend bij het krieken van de dag op de schietbaan, was ik tamelijk accuraat geworden met een vuurwapen. Ik heb het leger gevraagd mij te ontslaan, zodat ik bij de oss kon, en ze lieten me gaan. Ik zit bij de persoonsbeschermingsdienst van de president.'

'Ah, Roosevelt! Hoe maakt de ouwe schoft het?'

Dag keek hem recht in de ogen. 'Goed. Omdat ik weet wat dat akkefietje met Tsjecho-Slowakije voor u betekent, laat ik het er deze keer bij zitten. Maar niet meer, oké?'

Lammeck liet het er ook bij. Hij had geschoten en doel getroffen. 'Akkoord. Hoe dan ook, mijn gelukwensen, Dag. Ik ga ervan uit dat iedereen je nu Dag noemt. Daar ben ik trots op.'

'Laten we het er maar op houden dat u bijna nooit uit mijn gedachten bent.'

Ze grijnsden naar elkaar.

'Professor, ik ben teruggekomen om u te halen.'

'Mij halen?'

'Terug naar de States. We hebben daar vermoedelijk een probleem.'

'Wie zijn die wij?'

'Mag ik niet zeggen.'

'Waarom niet?'

'Er zijn in de Verenigde Staten maar vier mensen die weten wat ik weet. En voordat ik u de vijfde maak, moet u op Amerikaanse grond staan. Over een uur komt er een auto om u op te halen.'

'Ik terug naar de States? Dit moet een geintje zijn. Wat moet er dan van mijn studenten worden?'

'Ik heb al met het hoofd van uw afdeling gesproken. Hij is er niet blij mee, maar hij begrijpt voor wie ik werk.'

'En de Jedburghs?'

'Hetzelfde.'

Lammeck werkte zich overeind uit de schommelstoel. Toen hij stond, keek hij door de gang naar zijn werkkamer. 'Jezus, mijn werk!'

Dag keek grinnikend naar hem op. 'Nog steeds bezig met dat boek?'

Lammecks ogen fonkelden. Dag was een Filistijn, een Amerikaanse killer zonder opleiding die nu voor de andere kant werkte. Lammeck kon van hem geen respect voor academische arbeid als dat van hemzelf verwachten, arbeid van groot belang en met een grote historische bandbreedte. 'Ja, de dodengalerij. Ik werk er nog steeds aan en ben van plan ermee door te gaan.'

'Tja,' gromde Dag, die overeind kwam van de bank. 'U zult dat tot later moeten uitstellen.'

'Je schijnt nogal zeker van mijn komst.'

'Ik ga ervan uit dat ook u weet voor wie ik werk. Hoe dan ook, vertrouw me maar. Het ligt helemaal in uw straatje. En u bent in deze wereld de beste man voor wat ik nodig heb.'

'Zeg me wat je probleem is, Dag. Anders kun je het vergeten.'

Dag liet de vilten gleufhoed in zijn handen draaien. Lammeck had hem de hoed het liefst uit handen gegrist om hem eens flink te knauwen, voordat hij hem weer op zijn warrige pruik zou zetten.

'Ik kan u alleen vertellen wat er al van openbaar is,' zei de geheim agent. 'De rest hoort u zodra we de vliegtuigtrap af zijn. We zitten met twee dode leden van de burgerbescherming, aangetroffen op een verlaten strand – een man en een vrouw, allebei afkomstig uit Newburyport, Massachusetts.

Ze zijn allebei rond half drie nieuwjaarsnacht doodgestoken. Verder hebben we de echtgenoot van de vermoorde vrouw; hij pleegde in hun huis zelfmoord. Kogelwond in de slaap. Ongeveer kwart over drie, dezelfde nacht nog. In zijn gootsteen lag een groot keukenmes met bloed eraan.'

Lammeck keek toe hoe Dag de verkreukelde regenjas aanschoot. 'Lijkt me glashelder.'

'Dat is het niet.'

Dag zette koers naar de deur, de lippen stijf op elkaar. Lammeck kwam niet in beweging. 'Waarom is de geheime dienst zich ermee gaan bemoeien? Waarom hebben jullie mij daarbij nodig?'

Dag draaide aan de deurkruk om zichzelf uit te laten. 'Pak een koffer, professor. Vlug. Ik vertel het u in Boston.'

3

Judith verliet het Commodore Hotel via de hoofdingang. Aan de overkant van de straat, voorbij de hoek tussen North Capitol en F-Street, lagen het immense stationsgebouw en vele hectaren rangeerterrein van het spoorwegbedrijf. Ze was gecharmeerd geraakt van de geluiden en de zwarte dieseldampen van de treinen die op alle uren van het etmaal het station binnenreden of verlieten. Het was een voortdurend komen en gaan van taxi's en massa's mensen. Judith begaf zich vaak in hun midden om naar hen te luisteren en net zo te lopen als zij. Ook nam ze hun kleding in zich op en sprak af en toe met iemand.

Ze had zes dagen doorgebracht in winkels, restaurants en op trottoirs. Ook had ze veel naar de radio geluisterd, dat allemaal om weer in Amerika te acclimatiseren. Ze oefende zich in de platte vocalen van het Midden-Westen en haar negeraccent. Ze maakte zich weer vertrouwd met de nederigheid van een kleurlinge en de veerkrachtige tred van aantrekkelijke blanke Amerikanen, totdat ze van het ene moment op het andere kon omschakelen. Ze had een kleine garderobe samengesteld, voor haar rollen in beide rassen. En vanmorgen, op deze blauwe, frisse dag, was Judith zover.

Ze droeg een jurk van donkerblauwe wol en had een lint om haar hals, aangeschaft in een goedkoop winkeltje in de Trinidad-wijk, samen met een kobaltblauw hoedje in de vorm van een pillendoos, en blauwe platte schoenen. Geen nylons. Voordat ze haar kamer had verlaten, had ze met opzet een bruine mantel aangetrokken die er volstrekt niet bij paste, en waaraan onmiskenbaar was af te zien dat zij niet de eerste draagster was.

De wandeling naar het Public Welfare Building, de sociale dienst, besloeg maar acht huizenblokken en bracht haar dichter bij het Witte Huis.

De laatste keer dat ze in Washington was geweest, was het land nog niet in oorlog en was deze stad nog niet de hoofdstad van de Vrije Wereld. Nu leek de classicistische koepel zich hoger te verheffen en met een diepere betekenis af te steken tegen de hemel, bijna alsof het trotse Amerika een hoge blanke borst opzette voor een wereld die door de States was gered. Judith knikte naar de koepel. Ze verlustigde zich in de grotere macht van Washington en de rest van Amerika – voor haar nu waardiger tegenstanders dan bij haar laatste confrontatie.

In het pw-gebouw zag ze de richtingwijzer naar het huisvestingsbureau, het District Housing Assistance Office. Ze liep dieper het gebouw in, sloeg een hoek om en bleef bij twee richtingbordjes staan. De pijlen wezen in twee tegengestelde richtingen: rechts voor *Blanken*, links voor *Kleurlingen*. Judith sloeg links af.

Vlug sloot ze zich aan bij een lange rij. De meeste zwarten daar waren ongeveer zo gekleed als zijzelf, in nette maar versleten kleren. Een paar mannen droegen een keurig geperst pak en een vilthoed, en ze hadden een aktetas bij zich. Nog meer gekleurde mannen en vrouwen kwamen de hoek om en sloten achter Judith aan. Er waren er verscheidenen die elkaar kenden, maar ze praatten met gedempte stem. In de gang rook het naar haarcrèmes, zeep en wol.

Judith luisterde naar de gesprekken in de rij. Sommige zwarten maakten lachend opmerkingen over het radioprogramma van gisteravond, *Amos 'n Andy*, of ze praatten over de manier waarop Kingfish Andy Brown weer eens te kijk had gezet en het aan de stok had gekregen met zijn vrouw, Sapphire. Een paar stonden *The Washington Post* te lezen, en de mensen achter hen rekten zich uit om mee te lezen van de uitgespreide pagina's. Ze wezen elkaar op de brede kop: AMERIKAANSE STRIJDKRACHTEN LANDEN OP LUZON (Filippijnen). Ze tikten instemmend tegen de pagina's met artikelen die de aanstaande overwinning beschreven, waarvoor de eer voornamelijk toekwam aan generaal Patton, dankzij het terugslaan van het winteroffensief van de nazi's in de Ardennen. De zoon van een trotse moeder 'was erbij, daarginds'. De sportpagina leidde tot klachten over de nederlaag die de Redskins op 16 december hadden geleden tegen de Cleveland Rams, een wedstrijd in de National Football League die geëindigd was in 14-15. Sammy Baugh had alles gegeven wat in hem zat, maar het was niet genoeg geweest. Een paar vrouwen stonden te breien, de bollen wol verstopt in een handtas van groot formaat. De meeste mensen in de rij staarden alleen voor zich uit en schuifelden naar voren als er vooraan iemand was geholpen.

Het duurde veertig minuten voordat Judith vooraan stond. Ze liep door een open deur een kleine ruimte in, verdeeld in twee kamertjes. Links werd de vrouw geholpen die voor haar in de rij had gestaan. Achter het bureau aan de rechterkant zat een kleine blanke vrouw met een hoekig gezicht met scherpe gelaatstrekken. Ze wenkte haar: 'Kom maar hier, honey.'

Judith nam plaats op de stoel voor het bureau. De vrouw begroette haar met enige gretigheid, merkwaardig omdat ze vanmorgen al enkele tientallen mensen vóór Judith tegenover zich had gehad.

Ze stak haar hand uit en kwetterde: 'Hoe maak je het? Ik ben Miz Sanderson.'

Judith nam de toegestoken hand aan voor een krachtige handdruk.

'Hoe heet je, honey?'

Judith aarzelde. Ze moest even wennen aan het zware accent van de vrouw, een nasale, zuidelijke tongval die Judith nog niet eerder had gehoord. Het woord 'naam' had haar in de oren geklonken als *naim*.

'Desiree Charbonnet.'

'Hemeltje, dat is een móóie naam. Waar wonen je ouders?'

'New Orleans.'

Miz Sanderson legde haar hand op haar borst. 'O, lieve help, ik ben daar vóór de oorlog een keer geweest en denk nog steeds vaak terug aan hoeveel plezier ik daar heb gehad. Nou, welkom in Washington. Je bent net aangekomen?'

'Ja, mevrouw.'

'Waar logeer je nu?'

'In een hotel.'

'Zal wel niet goedkoop zijn. Laten we maar eens gauw kijken of we iets voor je kunnen vinden…' ze maakte een grimas en keek opzij '… dat wat minder prijzig is, ja?'

Judith zag de vrouw de stapel getypte lijsten op haar bureau doornemen. Onder het zoeken stelde Miz Sanderson vragen: 'Welk onderwijs heb je genoten, liefje?' 'Wat voor soort werk zou je willen doen?' 'Hoeveel ervaring heb je, en waarmee?' 'Sturen je ouders je geld om je te helpen?'

Eindelijk nam ze twee specifieke lijsten die naar haar mening het beste tegemoetkwamen aan Judiths koopkracht en verwachtingen.

'Mooi, ik denk dat we hier wel iets hebben. Je ziet er goed uit, meisje, en ik durf te wedden dat jij binnen de kortste keren een aardige baan zult vinden. Luister, Desiree, zoals je weet werkt de federale overheid met een paar honderd makelaarskantoren in het District Columbia samen, om onderdak te vinden voor mensen zoals jij.'

'Zwarten, bedoelt u.'

Miz Sanderson stak haar hand uit over het bureau om Judiths arm even aan te raken. 'Liefje, het spijt me, maar inderdaad. Dat neemt niet weg dat je jezelf een grote dienst hebt bewezen door hierheen te komen. Het zal je een hoop hartzeer besparen. Je komt van New Orleans – dus ik weet zeker dat je me wel zult begrijpen.'

'Zeker, mevrouw. Maar is dit niet de hoofdstad van Amerika?'

'Je klinkt verbaasd, liefje. Vreemd.' Miz Sanderson bekeek Judith langdurig. Ze keek naar de lange rij wachtenden die op weg waren naar de stoel die Judith nu bezette, en besloot om deze aantrekkelijke en naïeve kleurlinge nog wat langer bij zich te houden.

'Desiree, laat me je een paar dingen uitleggen over de gang van zaken hier in de hoofdstad van Amerika. Het is je bekend dat Washington een federaal district is, nietwaar? We hebben geen eigen gemeentebestuur; we worden bestuurd door het Congres. En voor het Congres, volop in beslag genomen door de oorlog, doen wij er nauwelijks iets toe.' Miz Sanderson dempte haar stem. 'De districtcommissies van het Huis en de Senaat zijn de minst begeerde van het hele Congres. De enige die er zitting in hebben, zijn groentjes die pas komen kijken, of oude schoften die ze ermee proberen te straffen. En laat me je dit zeggen, liefje, vroeg of laat zou je kennis moeten maken met de bejaarde schurk die voorzitter is van de Districtscommissie van de Senaat, de geachte afgevaardigde van de verlichte staat Mississippi. Hij heeft de pest aan iedereen – communisten, vakbonden, buitenlanders, joden en, hoe kan het ook anders, kleurlingen. Vorige maand verkondigde hij nog in de Senaat dat alle Amerikaanse negers naar Afrika zouden moeten worden gedeporteerd en dat mevrouw Eleanor Roosevelt mee zou moeten, als hun koningin.'

Miz Sanderson legde haar vingers tegen haar mond, uit vrees dat ze misschien iets had gezegd wat te krenkend was voor Judiths oren. Maar Judith lachte alleen, hoewel ze haar lach ook achter haar hand verborg. Het was té bespottelijk om het te geloven, dit geheime Amerika.

'Ga door,' drong ze aan.

'Kijk, honey, eerlijk, het zal voorlopig niet veel beter worden.'

'En president Roosevelt? Heeft hij niks gedaan voor de kleurlingen hier?'

Opnieuw nam Miz Sanderson de tijd om Judith onderzoekend aan te kijken, een lichte trek van verbazing op haar gezicht. Judith kapittelde zichzelf. Ze had haar gebrek aan kennis over de realiteit van het bestaan van zwarten in het Amerikaanse Zuiden verraden. En Washington behoorde tot het Zuiden, nota bene.

De vrouw antwoordde: 'De New Deal heeft beslist veel goeds tot stand gebracht, maar de rassenproblemen bleven erbuiten. Het is ondenkbaar dat Roosevelt zijn draagvlak tegen zich in het harnas gaat jagen – en dan heb ik het over de zuidelijke Democraten. Dus nee, Desiree, verwacht van de president niet veel hulp. In ieder geval niet van déze president.'

Judith herhaalde het zinnetje in haar hoofd. *Niet van déze president.*

Miz Sanderson nam de beide lijsten op. Ze bekeek ze nog even en haar glimlach drukte sympathie uit. 'Desiree, ik neem aan dat je niet op zoek bent naar het Ritz-Carlton. Deze stad is vol en barst bijna uit haar voegen. Toen de oorlog eenmaal begon, kreeg DC de ene groeistuip na de andere. Zeker, er is hier werk te vinden, en kansen zijn er ook, maar je moet weten dat het niet allemaal rozengeur en maneschijn is. Het aantal moorden is hier twee keer zo hoog als in New York. Vorig jaar alleen al waren er ruim vijftigduizend gevallen van geslachtsziekte. De telefoon- en waterleiding-netten staan op springen. Het verkeer is verschrikkelijk. En zoals je al hebt gemerkt, is deze stad nog door en door gesegregeerd. Washington is over-vol, ten prooi gevallen aan verwarring en zo koppig als een ezel. De helft van de onderkomens die ik je kan aanbieden heeft geen inpandige wc. De andere helft is ietsje beter, maar twee keer zo duur. Alles op deze kaarten is vrijwel uitgewoond en maakt deel uit van een gevaarlijke buurt.'

De vrouw laste een pauze in en keek bezorgd naar Judith. 'Nog één ding. Als je naar Washington bent gekomen in de hoop een goeie partij aan de haak te slaan, kun je dat maar beter vergeten. Vrijwel iedere man die goed genoeg is om het te kunnen horen donderen, loopt – in uniform – ergens anders rond. De verhouding mannen op vrouwen is ongeveer één op acht. Dus voordat ik je help onderdak te vinden, moet ik je dit vragen: weet je wel zeker dat je hier wilt zijn?'

Judith stond op; ze had al meer dan haar deel van de tijd van deze aardi-ge vrouw in beslag genomen. De anderen in de rij, de kleurlingen die het echte verschil zouden maken in deze stad en in dit land, kwamen in bewe-ging, verwachtingsvol.

Ze stak haar hand uit. 'Dank u wel, mevrouw. Geeft u mij deze lijsten maar, alstublieft.'

10 januari

Judith zette haar bagage neer. Dit was al de tweede frustrerende dag van met haar valiezen rondzeulen door het centrum van Washington om de lijst van te huur aangeboden woonruimtes af te werken. Nu stond ze op de veranda van het enige adres op de lijst dat een kamer beschikbaar had voor een alleenstaande kleurlinge. Alle overige mogelijkheden op de lijst waren al verhuurd als zij er aanbelde, of het betrof niet meer dan een plaatsje in een soort slaapzaal.

Op de veranda van het huis ernaast zat een oude zwarte vrouw, gehuld in een zware lappendeken, te schommelen in een schommelstoel van rotan. De vrouw nam haar pijp uit haar mond en stak hem omhoog, bij wijze van groet.

Voor de gesloten deur stond de verhuurder zacht vloekend te prutsen met een belachelijk grote en dikke, rinkelende sleutelbos. Hij had een lui oog en zijn kin was bedekt met grijze baardstoppels. Zijn tienerzoon had hetzelfde luie oog – vermoedelijk de reden dat hij niet in het leger diende. Hij droeg een zwart-wit colbert dat voor dit weer veel te dun was.

'Nog even geduld,' mompelde de huiseigenaar zonder op te kijken. Hij probeerde nog verscheidene sleutels. De oude negerin sloeg het in de kille middag grinnikend gade en schudde het hoofd, achter haar pijp. Achter de man werd de zoon steeds onrustiger, wachtend tot de deur open zou zijn. De jongen haalde om de haverklap zijn handen langs zijn slapen om zijn haar glad te strijken. Hij kauwde op een tandenstoker en tikte met zijn rechtervoorvoet de maat van een lied dat hij in zijn hoofd scheen te horen, alsof hij voor een microfoon stond. Judith glimlachte naar hem en zag hoe hij reageerde door zijn schouders naar achteren te trekken. Hij was er duidelijk op gebrand ouder te zijn en niet achter zijn onbeholpen vader te hoeven staan, die iedereen liet wachten.

Nog eens drie sleutels werden door het slot afgewezen. Voordat de volgende in het slot kon worden gestoken, stapte de jongen naar zijn vader. Hij griste hem de sleutelbos uit handen – in Judiths ogen ongeduldig en getuigend van gebrek aan respect – om de juiste sleutel te kiezen. De man stak zijn handen op, in een gebaar van overgave, maar hij gaf zijn zoon geen standje.

Onder het wachten keek Judith links en rechts de smalle straat in, een reeks van rottende trappen en dakspanen van teerpapier, maar ze zorgde dat haar gezicht niets verried. De oude kasseien lagen bezaaid met rommel. Twee negerjongens maakten jacht op een papieren beker, gevangen in een windhoosje. De vorige keer dat Judith in Washington had vertoefd, vier jaar geleden, tien maanden voor Pearl Harbor, was het ook winter geweest. Het weer was toen even vochtig en kil geweest als nu. Ze had toen echter niets van deze haveloosheid gezien: alleen het centraal station, een tram, de foyer van het Bellevue Hotel, kamer 310 en, opnieuw, het treinstation.

Met een triomfantelijke grijns vond de jongen de juiste sleutel. Hij werkte de gammele deur open. De ruit in de deur werd bijeengehouden door plakband en zat onder de spinnenwebben.

De vader stak geen hand uit naar haar valiezen, maar de zoon tilde met veel vertoon de zwaarste van de twee op. Hij hield de deur voor haar open, zodat ze als eerste naar binnen kon gaan, terwijl hij kraaide: 'Missy!' De vader, verstrooid, liep voor haar naar binnen. De zoon maakte een grimas achter zijn rug. Judith tilde haar lichtere tas van de grond en volgde de vader de gang in, schaars verlicht door een naakte gloeilamp. Vettige kookgeuren kleefden aan de groene muren. De man ging haar voor naar de derde deur, zijn zoon bleef een stap achter haar. Judith rook de stank van verschaalde rook om hen heen.

'Alsjeblieft.' Dit keer had de man de kamersleutel in zijn hand. Toen Judith haar open hand uitstak om hem in ontvangst te nemen, trok hij de sleutel terug. 'Een maand huur vooruit.'

'Mag ik eerst de kamer zien?'

'Tuurlijk, maar er zijn nog drie andere meiden zoals jij die erop wachten, voor het geval je hem niet neemt.'

Judith keek opzij naar de jongen, die een grimas maakte en gretig knikte, alsof hij haar aanmoedigde de kamer te nemen. Ze zette haar tas neer en nam een kleine portemonnee uit haar handtas. Ze gaf de man een biljet van tien dollar, plus vier losse dollar.

Hij stak het geld in zijn zak en gaf haar de sleutel. De jongen knipoogde; zijn tandenstoker wipte op zijn onderlip op en neer.

De vader zei: 'Ik kom ieder eerste van de maand. Uitsluitend contant.'

Judith vroeg: 'Wat doe ik als er iets kapot gaat?'

'Zelf repareren, of wachten op de eerste van de maand om het mij te zeggen.'

Ze lachte koket naar zijn luie oog.

'Of, weet je wat,' mengde zoon zich erin, terwijl hij de tandenstoker uit zijn mond nam en zich voor zijn vader wurmde, 'je kunt een briefje afgeven bij het kantoortje. Dan kan ik misschien langskomen, als het dringend genoeg is.'

'Dank je.'

'De meeste dingen kan ik repareren.'

De vader werkte zijn zoon met zijn elleboog opzij. 'Toe maar, Josh.'

De man draaide zich om, maar Josh, de zoon, bleef lang genoeg talmen om haar opnieuw een knipoog te geven en te mimen: 'Wanneer je maar wilt'. Toen volgde hij zijn vader door de gang.

Judith stak de sleutel in het slot. Toen ze de deur opende, stokte haar adem vanwege de toestand waarin de kamer verkeerde – niets leek vrij van vlekken. De deurkruk liet los en ze hield hem in haar hand. Ze stond naast haar tassen op de drempel, maar toen schrok ze op en haastte zich naar de voordeur, in de hoop hen te pakken te krijgen en op zijn minst de deurkruk te laten repareren. Toen ze de veranda bereikte en weer in de kille lucht stond, zag ze dat vader en zoon al het eind van de straat hadden bereikt en om de hoek verdwenen. Ruim anderhalve kilometer naar het zuiden verhief zich de witte koepel van het Capitool naar de grauwe hemel.

De oude negerin knikte, sabbelend aan haar pijp. Judith knikte haar toe, de deurkruk nog in haar hand. De vrouw moest lachen.

'O, ik zie het al. Je gaat het hier nog heerlijk vinden, honey.'

Judith liep de gang in, zo zacht mogelijk, om iets van de geluiden achter gesloten deuren op te vangen. Toen ze een baby hoorde huilen, klopte ze aan en vond een dikke negerin met een al even dikke baby op haar heup en twee dreumesen op de grond. Judith leende haar bezem en stoffer-en-blik. Daarna volgde ze het geluid van een radio en kreeg een doos zeeppoeder los van een grote man met gele ogen, in een gescheurd onderhemd. Bij de derde deur, waarachter – vreemd genoeg – iemand viool stond te spelen, scoorde ze een boender en een spons. Het kleine meisje met vlechten van wie ze het kreeg, was alleen.

Judith begon haar kamer schoon te maken. In de gootsteen stroomde voldoende heet water, zodat ze de beddenlakens in zeeppoeder kon weken. Ze boende aangekoekte etensresten van het gasstel en gebruikte de natte spons om stof af te nemen. Ze pakte haar tassen uit en borg haar kleding op in een oude kleerkast en de rest in een oud bureau. Het vernis van beide meubelen bladderde aan alle kanten. Op haar tocht vanuit Boston naar het zuiden was ze door New York City gekomen. In Harlem had ze de bagage gekocht – twee jurken, een winterjas, pantoffels, schoenen, ondergoed, een trui en de pillendooshoed. Haar legitimatiebewijzen en paspoorten, geld en instrumentarium schoof ze onder de matras, overtrokken met een blauwe tijk. De Nash waarmee ze vanuit Massachusetts hierheen was gekomen, wachtte in een huurgarage, op drie huizenblokken afstand.

Toen de muffe geur in de kamer enigszins was weggetrokken, begon ze de vloer te schrobben. Na een uur op handen en knieën stond ze op. De gordijnen voor het smoezelige raam negeerde ze. Die kon ze op een andere middag wel eens wassen. Ze liep naar buiten, om de vloerplanken te laten drogen.

De oude vrouw had haar schommelstoel niet verlaten, maar haar pijp was uit. Judith liep naar de borstwering tussen de beide veranda's, voelde of hij haar gewicht kon dragen en ging zitten. Ze streek een krullende lok uit haar gezicht.

'Meisje,' zei de oude vrouw, 'als ik jou was, ging ik gauw naar binnen om iets warms aan te trekken. Je vat nog een dodelijke kou, hier.'

'Ik heb het warm genoeg, dank u.'

'Kom dan maar hier en hou me gezelschap.'

Judith verliet haar veranda en ging op een stoel zitten, bij de vrouw.

'Hoe heet je, kind?'

'Desiree Charbonnet.'

'Klinkt aardig, heel aardig. Het rijmt bijna. Iedereen noemt mij Mrs. P. Mijn echtgenoot heette Pettigrew.'

'Aangenaam, Mrs. P.'

'Waar wonen je ouders?'

'New Orleans.'

'Mijn god!' Mrs. P. schommelde en kakelde tegelijk. 'Ik ben dól op die stad! Bourbon Street – heerlijk!' De vrouw haalde een herinnering op, maar liet haar er niet in delen. Judith sloeg haar armen om zich heen. Het zweet onder haar kleren begon af te koelen. Mrs. P. deed de lappendeken af en sloeg hem om Judith heen.

'Dank u.'

'Je bent vel over been, jij. Maar we zullen wel wat vlees op die botten krijgen. Vroeger zag ik er net zo uit als jij, behalve die mooie blauwe ogen dan. Wat ben je precies, meisje, zo'n creoolse negerin?'

Judith vond geen reden om bezwaar aan te tekenen; het leek haar een goeie verklaring. 'Inderdaad, Mrs. P.'

'Nou, welkom in Amerika's hoofdstad. Wanneer ben je hier gekomen?'

'Vorige week. Ik had een kamer in een motel, zodat ik op zoek kon naar een huurkamer.'

'Een motel? Dat kost een lieve duit.'

Judith dacht aan de zesduizend dollar die ze net onder haar matras had gestopt. Boven op het afgesproken bedrag mocht ze alles houden wat ze niet uitgaf. 'Helaas wel, Mrs. P.'

'Ga je lang blijven?'

'Ik weet het nog niet.'

'Ah. Zo verging het mij ook, toen ik veertig jaar geleden naar deze stad kwam. Sommige dingen veranderen nooit.'

Judith was blij met het respijt, naast deze beminnelijke oude vrouw.

Behaaglijk genesteld in de lappendeken, die fris en schoon rook, liet ze Mrs. P. doorbabbelen.

'Het komt allemaal door de oorlog. Jazeker, missy, nog maar zes jaar terug was dit eigenlijk maar een saaie provinciestad. Totdat de mensen hierheen begonnen te stromen, na Pearl Harbor. De blanken kwamen met treinen en bussen vol en verzamelden zich hier, als duiven die afkomen op maïs.'

Ze maakte met haar oude pijp een breed gebaar dat alles om haar heen omvatte, inclusief de hoge koepel van het Capitool.

'Bouwvakkers. Overal in DC schoten noodgebouwen op uit de grond. Je hebt ze wel gezien, die grote afgrijselijke steenklompen langs de Mall en aan weerskanten van de Reflecting Pool. Goeie genade, het is wat je noemt *big business*, deze oorlog. Ook aan zwarten ontbrak het niet, ook zij kwamen hierheen in de hoop op werk, net zoals jij, neem ik aan. De stad heeft sinds het begin van de oorlog twee keer zoveel inwoners. Maar nou moet je míj eens vertellen – waar moeten al die mensen wonen? Waar laten ze al die nieuwe kantoorgebouwen die ze nodig hebben om hun oorlog te runnen? Je zou zo denken dat die blanken wel hun eigen huizen zouden slopen. O nee, missy!'

Mrs. P. liet haar pijp naar het westen wijzen. 'Aan de overkant van de Potomac hebben ze de woningen van tweehonderd zwarte gezinnen met de grond gelijkgemaakt om dat Pentagon te bouwen. En toen ze meer ruimte nodig hadden voor de militaire begraafplaats Arlington, schopten ze nog meer zwarten de straat op. Zoals in Foggy Bottom, waar ik negentien jaar heb gewoond. Ze zetten me gewoon op straat, om voor henzelf huizen en gebouwen te laten optrekken door die bouwvakkers. Overal in de stad werden de huizen van zwarte mensen gesloopt om plaats te maken voor de kantoren, autowegen en huizen van blanken. In Georgetown van hetzelfde laken een pak – de zwarten werden gewoonweg verjaagd. Maar voor ons bouwden ze niks. Zo ongeveer elk nieuw huis is *restricted*, zoals ze het noemen.'

Judith kende de term niet en kon zich er niets bij voorstellen. 'Restricted?'

'Meisje, alleen voor blanken. Aan zwarten mag niets worden verkocht, zegt de wet. Maar waar héb je het over, weet je niet eens wat restricted is?'

Het stuurse moment van Mrs. P. was alweer voorbij. Ze gaf een klopje op Judiths knie. 'Zo staan we er dus voor, precies zoals de bedoeling was, neem ik aan, en zijn we weer terug bij af. Deze straatjes bestaan hier al sinds de Burgeroorlog. Honderd jaar lang waren deze bouwvallen eigendom van blanken die een grijpstuiver aan ons zwarten verdienden. Al sinds Abe Lincoln lopen er zwarten over deze kasseien en daar zal nog heel lang geen verandering in komen. Hou die lappendeken nog maar bij je. Ik krijg hem wel terug als je je eenmaal hebt geïnstalleerd.'

Judith uitte haar waardering met een hoofdknik.

De oude vrouw kwam overeind. Haar enkels waren gezwollen en haar benen waren krom. 'Desiree, jij praat niet veel, is het wel?' vroeg ze.

'Nee, Mrs. P. Ik heb niet veel te vertellen.'

De vrouw stapte op haar toe. Haar hand reikte omhoog naar Judiths kin en bewoog haar gezicht van links naar rechts en terug. 'Mmm, wel iets,' zei ze. 'Er is wel iets, maar ik weet niet wat.'

Mrs. P. stapte achteruit. 'Het is gewoon zo dat niet iedereen woorden gebruikt om iets te zeggen. Da's alles.'

Judith zei glimlachend: 'Zo is het, Mrs. P.'

De vrouw draaide zich om. Haar benen waren zo krom dat het leek alsof ze op een liggend vat zat. Ze deed haar deur open, maar zei, voordat ze de veranda verliet: 'Als je iets nodig hebt, klop dan gerust aan bij Mrs. P.'

'Doe ik.'

'Mooi zo. Wat je ook in deze hoofdstad komt doen, je hebt nu een vriendin.'

De armoede stroomde door de aderen van deze hoofdstad, nauwelijks minder dan in Caïro of Algiers. Toen Judith echter over New York Avenue wandelde, een brede boulevard, was er van die armoede in de arme wijken niets te bespeuren. De zwarte inwoners en hun shantytowns waren netjes weggewerkt. De wandeling van tien huizenblokken naar het Witte Huis liep evenwijdig aan een tramroute, langs veel grote gebouwen. Aan veel gevels knipperden nog kerstsnoeren aan en uit, zoals het Hippodrome Theater, Goldenberg's warenhuis, een busstation van Greyhound en, dichter bij het Witte Huis, nog meer theaters en schouwburgen. De wandeling van anderhalve kilometer stelde weinig voor: ze zou de afstand in volle sprint kunnen afleggen. Maar de aan- en uitfloepende groene en rode lampen en gouden bogen van de feestdagen kleurden de zonsondergang en maakten dat ze haar pas inhield. Trams kondigden bellend hun haltes aan. Het was een aangename wandeling.

Het verkeer over New York Avenue werd drukker, nu de werkdag ten einde begon te lopen. Op de trottoirs wemelde het van de voetgangers, voor het merendeel vrouwen in bontjassen of andere dure kleding. Judith dook een winkel in, vlak voor sluitingstijd. Ze sprak niet met een negeraccent en sloeg haar ogen niet neer, zodat de verkoopster haar voorkomend behandelde. Ze kocht een sjaal en handschoenen van dikkere wol dan ze aanhad.

Om kwart voor vijf stond Judith op het gazon van de Ellipse, het grote ovaal op tweehonderd meter ten zuiden van het presidentiële paleis. Het terrein van het Witte Huis was omgeven door een hoog en zwaar hek met ijzeren speerpunten. De twee toegangspoorten, links en rechts, werden bewaakt door schildwachten. In de verte patrouilleerden andere bewakers over het uitgestrekte groene gazon voor het grote gebouw met pilaren. Judith trok haar sjaal wat hoger tegen de wind en vernauwde haar blik.

Vanavond wilde ze alleen de zuidkant van het Witte Huis observeren. De afgelopen week had ze de hele omtrek verkend en de in- en uitvalswegen in haar hoofd geprent: het ministerie van Buitenlandse Zaken met de bijbehorende kazerne, het Treasury Building van Financiën, de bewakers, de hekken, de omheining, de bezoekers en hoe ze gekleed waren, wanneer ze arriveerden en vertrokken, het soort auto's en limousines die werden doorgelaten, de veiligheidscontroles. Er werden ook groepen toeristen toegelaten, troepen schoolkinderen, begeleid door hun ouders en onderwijzers.

Hoe kon ze erin? Hoe kon ze in de buurt van de president van de Verenigde Staten komen? En als het zo ver was, hoe kon ze hem doden?

Het gebouw tegenover haar en de man die erin huisde waren de zwaarst bewaakte ter wereld. Judith kende geen ongeduld – elk slot heeft een sleutel, al is die nog zo moeilijk te vinden. Dit was haar beroep en erfgoed: de sleutel vinden, en de weg naar binnen. Franklin Roosevelt mocht dan de machtigste man op aarde zijn, maar geen macht in de wereldgeschiedenis was toereikend geweest om een moordaanslag onmogelijk te maken. Je had er geluk bij nodig. En Judith wist dat haar geluk gelijkwaardig was aan dat van Roosevelt.

Die gedachte aan geluk werd beloond. Klokslag vijf uur zwaaide het zuidelijke toegangshek van het Witte Huis naar binnen open.

Een grote zwarte Ford reed langs de controlepost. De mariniers die daar wachtliepen, salueerden stram. Judith telde vier man in de auto, gekleed in overjas en vilthoed. Erachter kwam een andere Ford, maar groter en zwaarder – misschien gepantserd. De achterhoede bestond uit een auto die gelijk was aan de voorste, ook met vier ernstig kijkende mannen erin. De kleine colonne sloeg links af, langs het standbeeld van een of andere Amerikaanse generaal uit het verleden, en ging op weg naar het winderige doolhof van de stad.

'Nou nou,' mompelde Judith achter haar sjaal, 'zo nu en dan komt de grote man dus toch naar buiten.'

4

11 januari
Boston

Zodra de propellers tot rust waren gekomen, stapte Lammeck het vrachtvliegtuig uit. Hij was de enige passagier. Zijn welkom thuis in Amerika bestond uit een brede tarmacvlakte, evenzeer geteisterd door een ijzige wind als welke plek in Schotland dan ook. Plus een zwarte Packard met stationair draaiende motor.

Dag kwam de auto uit. Lammeck plukte de watten uit zijn oren. Hij zette zijn kraag op tegen de kou van New England.

Dag ontfermde zich over zijn zware plunjezak en verstouwde die in de kofferbak. 'Hoe was de reis?'

Lammecks stem klonk zuur. 'Reizen, zul je bedoelen. Eerst per auto naar Glasgow. De nachttrein naar Leeds. Per vliegtuig naar Dublin. Overstappen naar Newfoundland. Overstappen naar Boston.'

Dag liet het deksel van de kofferbak dichtvallen. Hij gaf de Packard een liefkozend klopje. 'En nu per auto naar Newburyport. Stap in, professor.'

Lammeck installeerde zich in de passagiersstoel. Terwijl hij zijn overjas losknoopte, merkte hij op dat het overheidsvoertuig nog geen puinhoop was; er lagen alleen twee bruine mappen op de achterbank. Vermoedelijk had sloddervos Dag de auto net opgehaald uit het wagenpark.

'U ziet er moe uit,' zei Dag.

'Waarom namen we verdomme,' snauwde Lammeck, 'niet hetzelfde vliegtuig? Ik heb drie dagen lang met niemand kunnen praten! En dit is voor het eerst in twee dagen dat ik die verrekte watten uit mijn oren kan trekken.'

Dag glimlachte met een hoofdknik, een soort erkenning van Lammecks ongerief. 'Omdat we afzonderlijk moesten reizen.'

'Waarom, in godsnaam?'

'U weet dat er maar vier mensen op aarde zijn die weten wat ik u ga vertellen? Nou, het moest op deze manier om er zeker van te zijn dat op zijn minst één van ons levend zou aankomen. Het spijt me.'

Lammeck legde zich neer bij de geheimzinnige en kronkelige logica van de overheid.

Dag liet zijn wijsvinger een horizontale cirkel beschrijven. 'Als ik me goed herinner, komt u uit deze omgeving.'

'Providence.'

'Leuke stad?'

'Een gat. Misschien zal ooit iemand er nog iets van maken, maar tot nu toe moet je naar het kantoor van de burgemeester als je op zoek bent naar een knokpartij of een hoertje.'

Lachend zei Dag: 'U heeft zijn nummer?'

Lammeck sloot zijn ogen.

'Wilt u het nu horen?' vroeg Dag.

Lammeck wuifde het weg. 'Laat me slapen tot Newburyport, ja? Ik ben liever niet halfdood als jij mij laat zien waarom je mij naar de andere kant van de planeet hebt gesleept.'

'Geloof me, professor. Halfdood is een stuk beter dan wat ik u ga laten zien.'

Lammeck opende zijn ogen even, een beetje geschrokken, maar te moe om iets terug te zetten. Hij deed zijn ogen weer dicht en viel in slaap.

Pas toen Dag hem op de schouder tikte, werd hij wakker. Lammeck keek door de voorruit en zag een kruispunt, begrensd door modderige sneeuw, saaie winkelgeveltjes en auto's die in de vrieskou van de middag witte uitlaatgassen uitstootten. Op het parkeerterrein van het pompstation stonden kreeftenkooien hoog opgestapeld. Voor een ijzerwinkel lag een hoop verwarde visnetten en door de zon gebleekt drijfhout decoreerde veranda's en vensters. Elk gezicht op de trottoirs droeg de sporen van zout, zon en wind. Dit waren geharde mensen. Lammeck kende het slag. Hij ervoer de verwelkomende omhelzing van Amerika in dit noordelijke stadje.

'U hebt een paar jaar in deze streken doorgebracht, nietwaar?' vroeg Dag.

'Ja.'

'En uw vader – was hij hier niet ergens docent?'

'Brown University. Europese geschiedenis.'

'O ja. Ik herinner me dat u ons eens over hem vertelde, in de kroeg. Die eerste avond, toen u op de dummy schoot. Dat was schitterend.'

'Dank je.'

'Hoe is het met uw vader?'

'Overleden. Kort voordat de oorlog uitbrak.'

Dag knikte en zweeg.

Rechtop in de auto, nu hij alles weer voor het eerst in vijf jaar in zich op-nam, waarschuwde Lammeck Amerika in stilte dat het niet al te veel moest verwachten van zijn terugkeer. Hij was nog even gek. Als zijn vader nog had geleefd, zou ook hij gek zijn geweest. Lammeck miste de oude heer, maar hij was blij dat zijn vader niet lang genoeg had geleefd om mee te maken dat zijn geboorteland Tsjecho-Slowakije werd overvallen – of de massa-moorden en de onwil van Amerika om Hitler tijdig genoeg een halt toe te roepen, voordat de hele wereld in vuur en vlam stond. Lammeck had Ame-rika opgegeven. Hij was niet genegen de vriendschap te hernieuwen.

Dag reed door de stad heen, naar de rand. Hij reed vijf kilometer in oos-telijke richting langs met helmgras begroeide duinen, op weg naar de oce-aan. De weg was verlaten. De sneeuw was ongerept. Alle golfpatronen in het zand waren overdekt met een gladgestreken laag sneeuw. Zelfs de schouders van de Merrimack hadden zachte rondingen.

Aan het eind van de geplaveide weg sloeg Dag rechts af, de strandweg op. Daar moesten ze stoppen voor een politiebarricade. Een dik ingepakte po-litieagent hield de wacht. Hij groette Dag bij zijn naam.

Dag zette de motor af en boog zich over de rugleuning naar de achter-bank om een van de bruine mappen te pakken.

'Tijd voor uw toverkunst, professor.'

Lammeck stapte uit de auto, plotseling omgeven door het geruis van een rustige branding en een zachte bries. De hemel was grauw, met een laag wolkendek. Hij liep naast Dag het strand op. De sneeuw was hier nog maar een dun laken; de oceaanwind had het merendeel al weggeblazen. Ze be-reikten een vierkant, afgezet met zaagbokken en een doorzakkend touw, behangen met vochtige rode linten. Binnen de afzetting waren kleine gele staken in het zand gestoken.

'Dus hier is het gebeurd.'

'Ja. Bekijk deze maar. We hebben alles gefotografeerd.'

Lammeck nam een stapel zwart-witfoto's uit de map die Dag hem voor-hield. De eerste foto toonde ditzelfde deel van het verlaten strand, dat op de ochtend dat deze foto's waren genomen niet verlaten was geweest, maar waar twee lijken lagen.

Even rechts van de plaats waar Lammeck de foto's stond te bekijken had een pick-uptruck gestaan. De plaats was gemarkeerd met een rechthoek van gele staken. De grille van de truck had recht naar een ander stakenspook gewezen, op de foto een groot lichaam, plat op de rug, de armen met de hand-palmen omlaag. Het lijk lag exact elf meter van de voorbumper van de pick-uptruck, volgens een lijn op de foto, met de afstand eronder. Een tweede dode, een vrouw, lag eveneens met het gezicht naar boven, bijna in het wa-ter, slechts vijf meter van het lijk van de man. Haar armen waren omhoog gebogen naar haar schouders, alsof ze met haar spierballen wilde pronken. De plek waar ze had gelegen, bevond zich nu onder de vloed. Op een meter afstand van de motorkap lag een bandenlichter in het zand.

Lammeck tikte tegen de foto. 'Iets ontdekt op die bandenlichter? Bloed?'

'Niets.'

'Voetafdrukken?'

Dag schudde het hoofd. 'Helaas. Tegen de tijd dat het volgende team van de burgerbescherming de wacht kwam overnemen, om een uur of zes, en ze de lijken aantroffen, hebben ze hier overal rond lopen stampen, om maar te zwijgen van de plaatselijke politie. Er waren wel vijftig verschillen-de voetafdrukken in het zand. Niets mee te beginnen.'

Lammeck begon een volgende reeks foto's te bekijken. Hierop waren de bandensporen van de pick-uptruck in het zand zichtbaar. De foto's wezen uit waar de pick-uptruck vandaan was gekomen en waar hij was gestopt. Lammeck pauzeerde bij een foto die liet zien dat de truck in een kleine boog was verplaatst en recht voor het lijk van de man tot stilstand was ge-komen. Op een andere foto waren de contactsleutels te zien, nog in het contactslot.

Lammeck nam de rest van de foto's door. Meestal waren het opnamen van dezelfde beelden die hij al had gezien, maar dan genomen vanuit ande-re invalshoeken. En foto's van de lijken zelf, en hun verwondingen. Zonder iets te zeggen wachtte Dag totdat Lammeck de zwart-witfoto's weer in de map deed.

'Wat denkt u ervan?'

Lammeck gaf hem de map terug alvorens te antwoorden. 'Je zegt dat de echtgenoot dit heeft gedaan? De man die zichzelf voor het hoofd schoot?'

'Ik beweer niets, professor. Ik laat u alleen zien wat we hebben. Ik heb een paar theorieën. Maar de politie hier, ja, die houdt het op de echtgenoot. Ik neem aan dat u het daar niet mee eens bent.'

'Als jij had verwacht dat ik het zou beamen, zou je me niet helemaal hierheen hebben gesleept. Waar is hij nu?'

'Mortuarium, stadhuis. Mét de andere twee.'

'Laten we maar gaan kijken.'

Ze liepen terug naar de Packard. De agent bij de barricade stond een sigaretje te roken, nonchalant in deze bittere kou. Dag keerde de wagen en reed terug naar Newburyport. Lammeck bekeek de kilometerteller. Het was zes kilometer en tweehonderd meter naar het stadscentrum.

Dag parkeerde de auto voor een bakstenen gebouw van drie etages naast een hoge toren, in een vak met een bordje: ALLEEN VOOR POLITIEVOERTUI-GEN. Hij griste de tweede bruine map van de achterbank en opende zijn portier. Lammeck zag hoe de voetgangers hem opnamen toen hij uit de Packard stapte. Een meervoudige moord in zo'n kleine stad maakte ongetwijfeld iedereen nerveus. De grote Lammeck met zijn baard, naast de slanke, wat slonzige Dag – in Newburyport herkenden ze je meteen als vreemden. Voor een inwoner van het stadje kon dat onmogelijk iets goeds betekenen. Lammeck was nog maar twee uur terug in Amerika, en nog geen uur in deze stad, maar nu al vond hij de situatie verontrustend.

Het mortuarium bevond zich in de kelder van het stadhuis. Dag en Lammeck daalden in koel neonlicht de trap af. Via een zwaaideur kwamen ze in een glanzende ruimte met zilverkleurige instrumenten, reageerbuisjes en tafels waarover linnen was gedrapeerd. Lammeck wilde even blijven staan – de instrumenten in de ruimte wekten zijn academische belangstelling – maar Dag liep over het glanzende linoleum langs een secretaresse meteen door naar een andere ruimte, met de tekst OPSLAG op de deur. Lammeck volgde hem aarzelend. Voor een rij witgelakte deuren, die mede door de verchroomde deurgrepen aan koelkastdeuren deden denken, bleven ze staan. Vreemd, dacht Lammeck. Ondanks de duizenden dode lichamen die hij op foto's, tekeningen en in zijn verbeelding had gezien, had hij nog nooit een heus lijk gezien, afgezien van zijn vader, in een doodkist. Dag stapte naar voren en stak zijn hand uit naar een van de witte glimmende deuren. Lammecks ingewanden speelden op. Hij had geen moment de tijd om zich voor te bereiden op de nabijheid van het lichaam van iemand die vermoord was; Dag trok meteen aan de verchroomde handgreep. Lammecks maag kromp ineen. Hij was doodop van de lange reis, nog steeds nijdig vanwege het feit dat hij zomaar was weggesleurd uit zijn werk. Nu was hij misselijk en moest zich vermannen. Hij haalde beverig adem en rook de lysolgeur in de ruimte.

Dag trok de lange roestvrijstalen slede naar buiten.

Lammeck deinsde achteruit.

Dag keek even op. 'Is er iets?'

Lammeck gaf geen antwoord. In plaats daarvan vroeg hij: 'Is dit de echtgenoot?'

'Nee. Het lid van de burgerbescherming, Otto Howser. Gaat het wel?'

Opnieuw bleef Lammeck hem het antwoord schuldig. Hij liep naar de lade met het lijk.

Het naakte lichaam lag op zijn rug – het lichaam van een grote man met een buik die ruim boven de randen van de lade uitstak. De huid was verbleekt, met uitzondering van de zijden; over de onderste vijf tot zeven centimeter liep een blauwe vlek vanaf de hielen tot aan de nek – opgehoopt bloed. Er hing een lichte vleesgeur rond het lichaam; het was eerst gewassen voordat het in de koelcel was geschoven. Lammeck worstelde om zich goed te houden. Hij probeerde zichzelf ervan te overtuigen dat de geur niet walgelijk was, en de doodstrek op het verstilde gezicht niet zo gruwelijk. De ogen van de man waren gesloten. Zijn mond hing een beetje open, in een laatste zucht. De borst werd ontsierd door een diepe snijwond met gladde randen. Achteloos stak Dag een vinger uit naar de wond op de linker borsthelft – een steek in het hart. Lammeck deed zijn best om geen grimas te maken.

'Volgens de lijkschouwer moet het een mes met een lemmet van vier centimeter breed zijn geweest, zo'n twintig centimeter lang. De steek werd onder een rechte hoek toegebracht. Veel kracht. Toch was Otto niet op slag dood. U herinnert zich de foto's?'

Lammeck knikte.

'Hij is nog twee meter achteruit gekropen. Zijn hart pompte nog – naar schatting een minuutje. Toen was het afgelopen. Ziet u dit?'

Dag wees naar het linkerbeen van het lijk, even boven de enkel. De achillespees was volledig doorgesneden, met een haal die vermoedelijk zelfs het kuitbeen had geraakt.

Lammeck staarde er nog even naar. In zijn hoofd begon zich al het begin van een theorie te vormen, maar hij zei niets en liet Dag in de waan dat hij nadacht over het misdrijf, in plaats van de situatie te verduren. Toen hij zichzelf wat beter in de hand had, vroeg hij: 'Waar is de vrouw?'

Dag duwde Otto zacht opzij. De lade gleed met een suizend geluid terug in de koelcel en kwam met een klik op zijn plaats. Hij trok een andere lade naar buiten.

Ook het korte lichaam van de vrouw was grondig met antiseptische zeep gewassen en ook langs de volle lengte van haar rugzijde liep dezelfde azuurblauwe streep van opgehoopt bloed. Bij het zien van haar naaktheid moest Lammeck wat verlegenheid overwinnen. Hij keek naar de grond, alsof hij haar lichaam een ogenblik respijt gunde, maar toen – in het besef dat hij haar zaak het beste kon dienen door zijn ogen de kost te geven –

keek hij op. Ook zij was mollig, net als Otto. Haar verwondingen zagen er echter heel anders uit, net als haar gezicht.

Beide onderarmen vertoonden nagenoeg dezelfde diepe, schuins aflopende snijwonden. Dag deed een stap achteruit en knikte Lammeck toe, om hem te beduiden dat hij de wonden nader moest bekijken. Lammeck bevochtigde zijn lippen. Hij stapte naar voren en duwde langzaam een vinger in de diepe vore in het vlees van een van de armen. Hij trok de wondranden uiteen en zag doorgesneden spierbundels en weefsels. Zijn hart ging tekeer als een razende.

'Bonnie Faircloth,' zei Dag.

Lammeck liet de wondranden los en de wond sloot zich. Hij boog zich voorover om haar gezicht te onderzoeken. Haar trekken waren verwrongen en haar wangen vertoonden kersrode vlekken, veroorzaakt doordat er veel haarvaatjes in haar wangen en neus waren gesprongen toen ze werd vermoord. Haar ogen puilden zover uit hun kassen dat het leek alsof ze er elk moment uit konden springen. De mond was wijd open en de tong lag verstijfd over de enigszins vergeelde ondertanden.

Lammeck haalde de rug van zijn hand langs zijn mond.

'Hebt u dit ooit eerder gezien, professor? U weet wat de oorzaak is van zo'n verwrongen gezicht?'

Lammeck knikte. 'Verwurging.'

Bonnies gezicht was bevroren zoals het tijdens haar laatste worstelende seconden was geweest, smekend en snakkend naar lucht. De diagnose werd bevestigd door een reeks paarse vlekken rond haar hals.

Lammeck zei niets. Dag was hem te gevoelloos. De brute wurgmoord op deze vrouw scheen hem nauwelijks te raken, en de moorddadige steek in het hart van Otto evenmin. Lammeck stapte opzij, zodat Dag haar terug kon schuiven in de koelcel. Lammeck sloeg zijn voormalige Jedburgh gade en vroeg zich af of gevoelloosheid een onvermijdelijk neveneffect van het moordenaarsberoep zou zijn.

Het derde lijk was nog het moeilijkst om aan te zien. Een stuk van de linkerhelft van 's mans hoofd was weggeschoten. De gapende, grijsroze wond was rauw en gekarteld. Lammeck perste zijn lippen stijf opeen, maar probeerde deze keer niet zijn misselijkheid te verbergen. Zelfs Dag kon hem niet verwijten dat hij terugdeinsde voor zoveel afzichtelijke schade aan een mensenhoofd. Lammeck zakte even door de knieën om een korte blik op de hersenpan te werpen en zoog met een scherp geluid onwillekeurig zijn longen vol lucht. Naast hem mompelde Dag: 'Hou vol, professor.'

Lammeck boog zich over het lichaam heen om de rechterslaap te kunnen zien. De bakkebaard was verschroeid en doorboord door een kogel die van heel dichtbij was afgevuurd. De rest van het lichaam was gaaf. Lammeck richtte zich op en liep een paar passen achteruit, terwijl hij zijn voorhoofd afwiste.

'Arnold Faircloth,' zei Dag. 'Mager opdondertje, niet?' Hij wees naar de paarse neus van de man. 'Zware drinker, wed ik.'

Lammeck knikte, Dags nonchalante uitspraak negerend. 'Vermoedelijk. Is er drank aangetroffen? Of een afscheidsbriefje?'

Dag hield hem de tweede bruine map voor. 'Ik heb hier foto's van het huis van de man. Ja, er stond drank. Geen briefje. Ik heb ook close-ups van alle drie de lijken voordat ze werden gewassen. Vooral van deze man.'

'Cordiet aan de rechterhand?'

Dag knikte. 'Hij heeft het wapen in handen gehad, geen twijfel over mogelijk. U wilt de revolver zien?'

'En het mes.' Lammeck wees naar de gekartelde uittredingswond in Arnolds hoofd. 'Waar hebben jullie de kogel gevonden?'

Dag dook in de map, op zoek naar wat foto's. Hij hield Lammeck de zwart-witfoto's voor en wees er met zijn vinger naar terwijl hij uitleg gaf.

'Hier hebben ze hem gevonden, in de zitkamer.'

Op de foto lag Arnold wijdbeens midden op een ovaal vloerkleed. Het weefsel zat onder de bloedvlekken. Rond het lijk waren de gebruikelijke dingen in een zitkamer te zien: schemerlampen op kleedjes, ingelijste foto's op een piano, litho's aan de muren, een Victrola-radio, een zitbank en een fauteuil. Op de schoorsteenmantel trofeeën, een stapeltje fotoalbums en een paar gesigneerde honkbalballen. De dode man te midden van zijn spulletjes leek een nog triestere aanblik dan daarnet hier in het mortuarium.

'Volgende foto,' drong Dag aan.

Lammeck bekeek de volgende glanzende foto, een close-up van een vloerdeel. Een kogel had zich in de plint geboord. Dag stak zijn hand uit en tikte op de foto. 'Hij lag op de vloer toen hij het deed.'

Lammeck was het met hem eens. Vlug bekeek hij de rest van de foto's van het huis van Bonnie en Arnold. Het leek verkeerd en tragisch om, zo kort nadat ze van het leven waren beroofd, hun huis te doorsnuffelen, ook al gebeurde het via zwart-witfoto's – te gluren in hun kasten en laden en kennis te nemen van de staat van hun huishouding. Lammeck gaf de foto's terug.

'Is het nodig om erheen te gaan?' vroeg hij.

Dag schudde het hoofd. 'Niet per se. De politie hier heeft alles grondig bekeken. Wat denkt u, zijn we hier klaar?'

Lammeck maakte met open handen een duwgebaar, om Dag te beduiden dat hij Arnold Faircloth terug kon schuiven. Zodra Dag het lijk de donkere koelcel had ingeschoten, verlieten ze het koelgedeelte van het mortuarium. Ze liepen de trap op en Lammeck knoopte zijn overjas dicht tegen de kou. Dag ging hem voor, het trottoir op. Lammeck verwelkomde de frisse lucht en de verre zon. Dag nam hem even op en gunde hem een moment de tijd om zijn zenuwgestel tot rust te laten komen.

Het politiebureau van Newburyport, een huizenblok verderop, leek bijna verlaten. De dubbele moord en een zelfmoord moesten de hele bevolking van het stadje hevig hebben geschokt. Lammeck vermoedde dat alle agenten eropuit waren om aanwijzingen te verzamelen, getuigen te verhoren en nog meer foto's te maken. Ze zouden net zolang in een kringetje ronddraaien totdat hun werk iets tastbaars opleverde, want zij wilden bewijzen dat Arnold de moordenaar was. Het leek inderdaad logisch: zo snel mogelijk het dossier dicht om de rust in dit stille vissersdorp te herstellen.

Dag hield de dienstdoende brigadier zijn federale legitimatiebewijs voor en zei dat Lammeck bij hem hoorde. De politieman trok even een wenkbrauw op bij het zien van de penning van de geheime dienst, maar zei er niets over. Hij liet hen door naar de kantoorruimten in het politiebureau.

'Wacht hier,' zei Dag tegen Lammeck, wijzend naar een versleten bank in een smoezelige wachtkamer. Op een rechaud stond een dampende pot koffie. Lammeck schonk zichzelf een beker in. Suiker en melk kon hij niet vinden en hij betreurde dat al bij het eerste teugje. De koffie was sterk en oud. Hij liet zich in de kussens van de haveloze bank zakken.

Terwijl hij op Dags terugkeer wachtte, zette Lammeck zijn conclusies op een rijtje. Anders dan de politie zat hij niet vast aan procedureregels en een vermoedelijke oorzaak. Het stond hem vrij om alle waarschijnlijkheden en mogelijkheden door te nemen. Noch hijzelf, noch Dag Nabbit zou ooit gedagvaard worden om voor een rechtbank een zaak te bewijzen. Hij had een vermoeden over de gang van zaken, en was er zeker van wat er níet was gebeurd. De wapens zouden zijn gelijk aantonen.

Dag kwam terug. Hij zette een kartonnen doos op de bank en draaide zich om, al op weg naar de koffiepot. Lammeck ried het hem af; Dag lapte zijn goeie raad aan zijn laars.

Op de doos stond in dikke zwarte letters: BEWIJSMATERIAAL – NIET MEENEMEN. Lammeck verwonderde zich over het gemak waarmee Dag de regels wist te omzeilen, even gemakkelijk als zijn kleren de strijkbout steeds ontweken. Hij herinnerde zich dat die vaardigheid een belangrijk onderdeel was van de Jedburgh-training in Schotland: maak gebruik van het land en alles wat voorhanden is in je eigen voordeel. Verken mogelijkheden en trek het initiatief naar je toe. Lammeck had ze bijgebracht hoe ze nagenoeg elk voorwerp als wapen konden gebruiken. Kennelijk was Dag een prima leerling.

Dag nam een teugje van zijn koffie en trok een vies gezicht. Lammeck haalde zijn schouders op – hij had zijn plicht gedaan. Dag wees naar de doos: 'Hier zitten geen verrassingen in, professor. Het pistool…'

'Een revolver, kaliber .32, te oordelen naar de wond.'

Dag wachtte even, onder de indruk.

'En?'

'Het serienummer was weggevijld.'

'Ga door.'

'Dit mes is vermoedelijk slechts een groot vleesmes, zoals je dat in bijna iedere keuken vindt. Geen bloed aan het heft, alleen aan het lemmet.'

'Geef de professor een stel handschoenen.'

Dag zette zijn beker op de balie en zocht in zijn zakken naar een stel katoenen handschoenen. Hij gooide ze op de bank. Lammeck trok ze aan en begon de doos te doorzoeken.

Het eerste wat hij eruit nam, was het wapen, een Smith & Wesson, kaliber .32, met een verchroomde loop met een lengte van tien centimeter. Hij schudde de zespatroons cilinder eruit. Vijf ongebruikte patronen met ronde top rolden op de bodem van de doos heen en weer.

Hij legde de revolver opzij en nam het mes op. Het was een gewoon keukenmes van het merk Wüsthof, een oude Duitse messenfabrikant. Lammeck ging er voorzichtig mee om. Hij testte de scherpte en bekeek langdurig de roestrode bloedvlekken op het staal. Zoals hij al had vermoed, was het handvat ongerept.

Hij deed het mes weer in de doos en pelde de handschoenen van zijn vingers. 'Wat kun je me nog meer laten zien?'

'Ik heb het beste tot het laatst bewaard.'

Lammeck maakte een grimas. Zijn kribbigheid was terug.

Dag scheen het te merken, want nu sprak hij sneller. 'U hield zich geweldig, daar bij die lijken, professor. Maak u echter niet nijdig op mij. Ik wilde graag zien wat u uit alle losse aanwijzingen kunt concluderen, voordat ik u dit laatste bewijsstuk laat zien. Weet u, ik heb iedere verhandeling die u ooit hebt gepubliceerd gelezen.'

Lammeck werd erdoor ontwapend. 'Werkelijk?'

'Ik moest wel. In drie dagen tijd. Ik moest namelijk mijn baas overhalen mij naar Schotland te laten gaan om u erbij te halen. Ik heb een mooi rapport over u geschreven, werkelijk vleiend.'

'Omdat jij ook van mening bent dat dit hier in Nergenshuizen geen huis-tuin-en-keukenmoorden zijn? Bedrogen echtgenoot betrapt vrouw met minnaar, zo in die geest. Maakt er uit wanhoop ook zelf een eind aan.'

'Nee.'

'Jij gelooft dat er een moordaanslag wordt voorbereid – en dat er een begin mee is gemaakt op dat strand.'

'Spijker op de kop.'

'En op wie hebben ze het gemunt, volgens jou?'

Dag nam de doos op. 'Wat denkt u zélf?' zei hij uitdagend.

Lammeck hees zich overeind van de bank. 'Ik wacht op je bij de auto. Laten we nog eens teruggaan naar dat strand, dan laat ik het je zien.'

Naast de rechthoek van gele staken in het zand, die de plaats van de pick-uptruck markeerde, bleef Lammeck staan. De middag was al aardig gevorderd en er stond nu meer wind. Het zou vannacht wel gaan vriezen; misschien was er een koudefront in aantocht. Hij keek op naar de loodgrijze hemel. Dag, dik ingepakt, stond in de ijzige bries naar hem te staren. Hoewel hij wist dat zijn voormalige leerling ongeduldig begon te worden, bleef Lammeck nog even kijken naar de lage wolken, voortgejaagd door windvlagen uit het noorden.

'Juist,' zei hij.

'Dat werd tijd,' gromde Dag.

'Laten we eerst de volgorde van de gebeurtenissen bepalen.'

'Graag.'

Lammeck wees naar het zand, op de plaats van de bestuurdersstoel van de denkbeeldige pick-uptruck. 'Punt één: Bonnie zat alleen in de truck.' Hij wachtte, in de veronderstelling dat Dag zoiets zou zeggen als 'Klopt' of 'Hoe weet u dat?' maar Dag zweeg als het graf en probeerde zijn handen warm te wrijven.

Lammeck vervolgde: 'Die diepe japen in haar armen vertellen ons dat zij degene is geweest die de bandenlichter in handen had, niet Otto. Als die twee samen in de cabine hadden gezeten, zou Otto dat ding hebben gepakt als ze Arnold Faircloth naar zich toe hadden zien komen, dreigend met een mes. Niet Bonnie. Die halen met het mes waren beslist bedoeld om haar te dwingen de bandenlichter te laten vallen. Otto was op dat moment ergens op het strand. Hij deed zijn werk, patrouilleren. Bonnie was achtergebleven. Waarom, doet er nu niet toe.'

Lammeck liep naar de voorzijde van de gele rechthoek. 'Ze werd verrast door een indringer. Het was iemand die ze niet vertrouwde, dus greep ze die bandenlichter uit de cabine en liep hierheen.'

Dag vulde aan: 'Iemand die ze niet vertrouwde of niet herkende.'

'Juist. Dus Bonnie kwam met de bandenlichter uit de cabine en ging voor de truck staan. Hier. Laten we ervan uitgaan dat de koplampen aan waren. Als haar man in het donker naar de truck was gekomen, zou ze volgens mij geen wapen hebben gepakt voordat ze met hem ging praten. Trouwens, als Arnold van plan was geweest haar te vermoorden, zou hij haar denk ik meteen hebben aangevallen toen ze uitstapte, hier, direct naast het linker portier. Of ze zou het misschien op een lopen hebben gezet? Bonnie had echter genoeg tijd en redenen om die bandenlichter te pakken en zich voor de koplampen te posteren, om te kunnen zien wie ze voor zich had. En dat was níet Arnold.'

Dag knikte.

'Mooi. We kunnen er dus van uitgaan dat Bonnie degene die haar heeft vermoord heeft zien aankomen.' Opnieuw richtte Lammeck zijn vinger op het zand. 'Ik kan alleen maar raden dat dit de plek is waar ze met dat mes werd verwond, want hier heeft ze de bandenlichter laten vallen. Voor zover we kunnen bepalen, heeft ze er niemand mee geraakt, nietwaar?'

Lammeck wachtte niet op antwoord, maar beende naar de volgende groep gele staken, op de plaats waar Bonnies lijk had gelegen, blootgesteld aan het wegebbende zeewater. Dag volgde hem. 'Bonnie gaat ervandoor, zwaargewond en uitzinnig van angst. Ze bloedt en kan zichzelf nauwelijks verdedigen. De moordenaar krijgt haar te pakken bij het water, ramt haar omver en wurgt haar.'

'Waar zit Otto?'

'Die duikt op terwijl de moordenaar nog met Bonnie worstelt. Of de moordenaar heeft hem daarna opgewacht en besprongen toen hij hierheen kwam. Zelf denk ik dat Otto nog tijdens het gevecht hier aankwam, vanwege die doorgesneden achillespees.'

Lammeck keerde Bonnies gele staken de rug toe en liep verder naar het veel grotere silhouet van Otto in gele staken. 'Otto trok de moordenaar weg van Bonnie en sloeg hem neer. Otto was een forse vent. Ik vermoed dat de moordenaar in het zand lag en Otto neerhaalde met die haal door zijn achillespees. Daarna maakte hij hem af met die messteek recht in het hart.'

'Maar,' zei Dag, 'Otto is niet op dat moment gestorven.'

'Nee. Ook dat vertelt ons dat Otto terug was voordat Bonnie definitief werd vermoord. Hij probeerde nog op te staan om haar te verdedigen.'

'Taaie klant,' zei Dag peinzend. 'Verdomd jammer.'

Lammeck zei hoofdschuddend: 'Hij had geen schijn van kans. Daarom weten we dat het niet de echtgenoot kan zijn geweest.'

'Ik ben het helemaal met u eens, professor. Ga door.'

'Je hebt die wonden goed bekeken? Laten we eerst Bonnie doen. Kom hier.'

Dag liep op Lammeck toe.

'Doe alsof je een bandenlichter in je handen hebt.'

Dag bracht zijn handen omhoog, ongeveer zoals een honkballer zijn knuppel opheft.

'Probeer me te raken.'

Behendig ontdook Lammeck de neerkomende zwaai van Dag. Met zijn rechterhand raakte hij met de zijkant Dags onderarm en maakte toen een hakkende, neerwaartse beweging. In een flits herhaalde hij die manoeuvre met Dags andere onderarm, die over zijn hoofd schoot.

Dag opende beide handen, alsof ze nu nutteloos waren geworden.

'Dat mes dat je mij op het politiebureau hebt laten zien. Met dat geval zijn die japen in Bonnies armen niet gemaakt. Het was een keukenmes met één snijkant. Alleen een dolkmes met twee snijkanten kan Bonnie in beide onderarmen hebben gesneden. Forehand, backhand. In één vloeiende beweging, voordat Bonnie besefte wat er met haar gebeurde. Daarom is die bandenlichter voor de truck in het zand beland.' Lammeck bootste voor Dag de bewegingen nog eens na – een neerwaartse haal en daarna, in tegengestelde richting nogmaals omhoog en meteen omlaag. 'Zo is het gegaan. Dat lukt je niet met een keukenmes.'

Dag liet het bezinken, maar Lammeck ging meteen door. 'Daar komt bij dat ik moeilijk kan geloven dat de kleine Arnold Faircloth de manoeuvre die ik je zojuist heb laten zien heeft uitgevoerd. Zoiets vereist jaren van training. Kali, escrima, arnis de mano of misschien balisong. Zelf heb ik het geleerd van een oude Engelsman die Fairbairn heette, voordat de oss hem inpikte als wapeninstructeur.'

'Wat probeert u me te vertellen? Dit is een verdomde ninjatruc?'

'Zo zou ik het niet hebben omschreven, maar inderdaad, Dag. Een soort ninjatruc. Geen techniek die je van de kleine Arnold zou verwachten.'

De trek op Dags gezicht bewees Lammeck dat hij nu was afgeweken van het spoor dat Dag had geprobeerd te volgen. 'Laten we nu de wonden van Otto nemen. De haal door de achillespees is de volmaakte techniek om iemand buiten gevecht te stellen. Een jaloerse, krankzinnige echtgenoot die zojuist in het stof heeft gebeten, had met dat mes misschien woeste bewegingen door de lucht gemaakt, en hij zou daarbij zijn opponent in het been hebben kunnen raken. Of misschien krabbelt hij op de been en vecht door. Hij komt echter niet voor de draad met een uiterst gespecialiseerde en precieze techniek die erop gericht is een grotere tegenstander neer te halen. En daarna zou hij die opponent niet met één steek in het hart hebben afgemaakt. Dat soort afronding vereist een ijzige kalmte die alleen de vrucht van langdurige training kan zijn. Ik neem aan dat Arnold geen commando was.'

'Nee.'

'Onze moordenaar wel.'

Dag moest het even verwerken. Lammeck kon zien dat hij het ermee eens was. Dag wierp nog een bezwaar op. 'De echtgenoot... die heeft zichzelf doodgeschoten, dat lijdt geen twijfel, professor. En toch lag er een groot vleesmes in zijn gootsteen, met bloed erop.'

'Ik ben er nog niet achter hóe Arnold de trekker heeft overgehaald. Daar kom ik nog wel op. Maar dat mes? Zoals ik al zei – het is een mes met maar één snijkant. Een Wüsthof, en alleen op het lemmet zat bloed. Ik vermoed dat de moordenaar dat mes na de dubbele moord door Bonnies en Otto's wonden heeft gehaald en het daarna naar Arnolds huis heeft overgebracht. Als dat mes het eigenlijke moordwapen was, had er ook bloed op het heft moeten zitten. De moordenaar heeft twee mensen in totaal vier keer verwond – en het zijn diepe wonden. In een gevecht van man tegen man zou er overal bloed hebben gesproeid, vooral toen Bonnie met die twee japen in haar armen werd gewurgd. De moordenaar zou zonder twijfel bloed aan zijn handen hebben gehad. Als hij de tijd heeft genomen om dat heft schoon te maken, zou hij het lemmet ook hebben gereinigd. Iets anders zou volstrekt onlogisch zijn geweest. Maar waarom Bonnie wurgen, in plaats van haar met het mes in één keer af te maken? Hij had haar al twee keer verwond.'

'Als u het weet, professor, mag u het zeggen.'

'Omdat het mes nog in Otto's lijf stak! De politie heeft echter geen keukenmes in Otto's borst gezien, nietwaar?'

'Nee.'

'Dan moet het keukenmes met opzet zijn besmeurd met bloed en werd het daarna in de gootsteen gelegd.'

'U bedoelt...'

'Drie dingen. Punt één: onze moordenaar is uitzonderlijk goed. Getraind, Intelligent. Snel. Punt twee: hij maakt fouten.'

'En punt drie?'

'Er ontbreekt een mes.'

Dag grinnikte. Hij draaide zich om, kennelijk om het strand te verlaten, en maakte een beweging met zijn kin om Lammeck te beduiden hem te volgen.

'Dat laatste klopt niet.'

Op het rechaud stond een verse pot koffie te dampen. Lammeck probeerde nog een beker, wachtend op Dag. De vloeistof was geen haar smakelijker dan de vorige. 'Ik moet naar bed,' mompelde hij, terwijl hij de beker boven de gootsteen omkeerde.

Hij legde zijn voeten op de zitbank van Hermandad en ging liggen. Net toen hij was ingedommeld, kwam Dag binnen. Hij liet Lammeck wakker schrikken door een doos op zijn borst te zetten.

'Kunt u altijd zo snel inslapen?' vroeg hij.

Lammeck kwam overeind en greep de doos voordat hij kon vallen. Ook op deze doos stond met vette zwarte letters: 'BEWIJSMATERIAAL – NIET MEENEMEN'.

'Het is een vaardigheid die je als instructeur of docent kunt leren. Ik kan tijdens een college indutten en lesgeven.'

'Nou, professor, hopelijk blijft u lang genoeg wakker om hier uw licht over te laten schijnen, ja? Alstublieft.'

Opnieuw wierp hij Lammeck een stel katoenen handschoenen toe. Lammeck trok ze aan. 'Dit is mijn verrassing?'

Dag schonk zich nog een beker koffie in. Deze keer waarschuwde Lammeck hem niet. 'Er zijn drie redenen waarom ik u uit Schotland heb ontvoerd, professor. Om mij te helpen de gang van zaken op de plaats delict daar op het strand uit te knobbelen en misschien een paar ideetjes die ik had te bevestigen. Ga er maar van uit dat dit voor de helft is gedaan. Arnold is nog steeds een mysterie.'

'Daar kom ik nog wel op.'

'Ongetwijfeld. De tweede reden bevindt zich in deze doos. U bent de enige die ik ken die dit zou kunnen ontrafelen.'

'Het mes?'

Dag wees met zijn beker naar de doos. 'Kijk maar.'

Lammeck trok de flappen los. Hij haalde abrupt adem en besefte direct dat het zo luid was geweest dat Dag het moest hebben gehoord.

Hij stak zijn gehandschoende hand in de doos om het mes te pakken. Hij hief het op naar het licht en het gevoel dat het wapen hem gaf maakte hem enigszins opgewonden. Gewicht en balans: perfect. Zelfs het gedroogde bloed op het lemmet en de groefjes in het heft maakten het ideaal. Hij legde het mes over zijn witte handpalm om het Dag te laten zien.

'Je weet niet wat dit is, nietwaar?' vroeg hij.

Dag slurpte van zijn slechte koffie, zonder ook maar iets van Lammecks ontzag te weerspiegelen. 'Nee.'

'Dit is het dolkmes van een assassijn.'

Schouderophalend zei Dag: 'Van een moordenaar, ja, dat was me wel duidelijk. Ik bedoel, het kreng zit onder het bloed.'

'Nee, ik heb het over de moordenaars die model hebben gestaan voor het woord assassijn. Een islamitische sekte uit de twaalfde eeuw die tijdens de Kruistochten ook tegen de tempeliers vocht. Dit is het soort dolk dat zij gebruikten.'

De geheim agent zette zijn beker op het aanrecht en kwam op de bank zitten, naast Lammeck. 'U meent het. Hoe oud is dat ding?'

Lammeck draaide het dolkmes om en om en bekeek het van dichterbij. 'Kan ik niet met zekerheid zeggen. Het is echter een exact exemplaar. Het zóú een replica kunnen zijn, maar dat betwijfel ik toch. De doorn ziet eruit als damascusstaal. De doorsnede is diamantvormig, helemaal tot aan de punt. Fraai bewerkte koperen ring en hecht. Ingegraveerd heft van onyx. De gewichtsverdeling is volmaakt. Iemand die weet wat hij doet, zou dit mes op dertig passen afstand kunnen werpen en het daarbij tot aan het hecht in je keel kunnen begraven. Zelfs ik zou het kunnen.'

Dag snoof, kennelijk omdat hij dacht dat Lammeck schertste.

Of dit mes nu achthonderd jaar oud was, of alleen een opmerkelijke nabootsing, het was hoe dan ook ontzaglijk dodelijk. Lammeck was ervan overtuigd dat een analyse van het koper en het smeedstaal zou aantonen dat het een onvervalste antieke dolk was. Het vaststellen van de authenticiteit zou echter moeten wachten tot later. Voor dit moment was het dolkmes een bewijsstuk. Het zou in deze kartonnen doos in het magazijn van het politiebureau moeten blijven. Met het dolkmes, scherp als een scheermes, nog op zijn handpalm stelde Lammeck zich voor hoe intensief dit wapen geïmpregneerd moest zijn met de energieën van acht eeuwen intriges en moord. Zijn handen tintelden ervan.

'Waar heeft de politie het gevonden?'

'Otto, die grote man?'

'Ik weet wie je bedoelt.'

'Hij moet het uit zijn borst hebben gerukt, vlak voordat hij de geest gaf. Waarschijnlijk gooide hij het weg. Toen...'

'Hij kroop er overheen. Het lag onder hem.'

'Exact. Is dat wat of niet?'

Lammeck dacht terug aan de beelden op de plaats misdrijf: de stervende Otto was ruggelings over het zand gekropen. De moordenaar was intussen bezig met Bonnie. Hij wurgde de bloedende vrouw bij het water en ging toen terug naar Otto om het mes uit diens borst te trekken. Het was echter verdwenen.

De bandensporen van de pick-uptruck toonden dat het voertuig een eindje naar links was gereden, totdat het lijk in het licht van de koplampen lag. De moordenaar was dus teruggegaan naar de pick-uptruck om Otto's lichaam te belichten en naar zijn dolk te zoeken.

Onder Otto had hij niet gekeken.

De geschiedenis. Lammeck moest grinniken. Dit soort dingen deed de onzichtbare hand van de geschiedenis altijd als zij ontstemd was, kleine dingen om de moordenaars in het nauw te brengen. Lammecks opwinding nam toe, nu hij zo dicht in aanraking kwam met krachten die hij al een mensenleven lang bestudeerde.

'Wat zegt de plaatselijke politie hiervan?'

'Niets. Arnold was een verstokte verzamelaar – postzegels, stripboeken, honkbalkaartjes enzovoort. Zij denken dat hij dit antieke wapen had omdat het interessant was, en misschien ook waardevol. Iedereen wist dat Bonnie de pest had aan zijn verzamelingen. Volgens hen heeft Arnold het uit wraak op haar gebruikt, waarna hij het liet vallen en Otto te lijf ging met het keukenmes. Arme Arnold.'

Lammeck had geen tijd voor de arme, onterecht beschuldigde Arnold. Ze zouden zijn naam later wel zuiveren, als ze dit mysterie eenmaal hadden ontrafeld. 'Bekijk dit eens. In het heft gegraveerd. Het is van onyx.'

Voorzichtig legde Lammeck zijn vingers onder het lemmet, ervoor oppassend dat hij niets van Otto's en Bonnies bloed wegveegde. Hij wees naar het heft van onyx, verfraaid met een uiterst fijn ingegraveerd bas-reliëf dat een reeks moorden voorstelde. Veel kleine voorstellingen zaten half onder het opgedroogde bloed, maar het thema ervan was glashelder: een man die zijn dolk in het lichaam van een andere man stiet. In het midden van het heft, omringd door de reeks cameeën met steekmoorden, was een embleem herkenbaar.

Lammecks in katoen gehulde vinger raakte het symbool even aan. 'Dit,' zei hij, scherp lettend op Dags reactie, 'is de sleutel.'

'Wat is het?'

'Het symbool van de assassijnen. Een afgeleide van het embleem van de vrijmetselaars – een soort passer en een winkelhaak die een hart doorboren.'

Dag boog zich naar hem toe om het dolkmes nader te bekijken. Lam-

meck hield het hem roerloos voor ogen. Toen zei hij: 'Berg het maar goed op, voordat het zoekraakt.'

Dag verdween met de doos. Lammeck vierde het door zichzelf toch nog een beker van de afgrijselijke koffie in te schenken. Hij dwong zichzelf de koffie op te drinken. De koffie ondersteunde zijn verflauwende energie totdat die zijn opwinding evenaarde.

Zodra Dag terugkwam, zei hij: 'Kom mee, we gaan hier weg.'

'Waarheen?'

'Maakt niet uit. Laten we gaan. Ik wil hierover niet in een politiebureau praten. Ik wil niet dat iemand het hoort. Het klinkt tussen jou en mij al krankzinnig genoeg.'

Lammeck volgde de geheim agent de kou in, naar de auto. Er was weinig verkeer in de straten van Newburyport, zowel op de weg als op de trottoirs. Een paar fietsende kinderen. De meeste mannen waren in militaire dienst of zaten op zee. De vrouwen waren thuis of werkten in een fabriek.

Dag startte de motor van de Packard. Ze reden in westelijke richting weg van het politiebureau. 'Zeg het me in een notendop, professor. Wie waren die assassijnen en waarom ligt een van hun vervloekte dolken in die doos?'

'Het gaat hier om historische feiten. Die laten zich niet zo gemakkelijk in een notendop samenvatten.'

Dag sloeg op goed geluk af, een straat in met bescheiden, tamelijk dicht opeen gebouwde huizen. 'Doe uw best, professor. Ik zit achter het stuur – u wilt toch niet dat ik in slaap sukkel?'

'In de twaalfde eeuw kwamen de kruisvaarders terug naar Europa, waar ze verhalen vertelden over een krankzinnige Saraceense sekte waarmee ze in Syrië te maken hadden gekregen. Ze waren isma'ilieten, een vertakking van de islam. Je kent het verschil tussen soennieten en sjiieten?'

Dag keek Lammeck vernietigend aan, alsof hij wilde zeggen: natuurlijk niet!

'Geeft niet. De Profeet, Mohammed, overleed in 632 na Christus. En aangezien hij een profeet was, kon hij niet worden opgevolgd door een andere profeet; die komen niet zoveel voor. Toch moest er iemand zijn die de teugels van de islam in handen kon nemen. Mohammed had zelf geen opvolger aangewezen, zodat de eerste leider, die een 'kalief' werd genoemd, uit de kring van zijn naaste discipelen werd gekozen. De vierde kalief was Ali, een neef van Mohammed en bovendien zijn schoonzoon. Ali moest het echter opnemen tegen een rivaliserende clan, de Banoe Omajjaden. In het jaar 661 werd Ali vermoord en de Omajjaden maakten zich meester van het kalifaat. De meerderheid van de islam legde zich hierbij neer, maar niet de sjiieten, de aanhangers van de Ali-partij.'

'Dus burgeroorlog,' zei Dag.

Lammeck knikte. 'Eeuwenlang. De Omajjaden wisten de meerderheid van de gemeenschap van gelovigen, de *Soenna*, achter zich. Hun opponenten noemden zich de *Sjiat Ali*, de Ali-partij. De soennieten vertegenwoordigden de gevestigde orde – en de sjiieten werden vervolgd.'

'Het oude liedje,' gromde Dag.

'De kaliefen bleven de leiders van de soennieten. Daarentegen vestigden de sjiieten hun hoop op de afstammelingen van Ali, die zij de titel *imam* gaven. De zesde imam na Ali had een zoon, Ismaïl. Deze zoon schijnt wat radicale opvattingen te hebben gehad, zodat hij uit het familiebedrijf werd gezet. Hij nam echter een groep volgelingen mee.'

'De isma'ilieten, volgelingen van de zevende imam,' opperde Dag.

'De Zeveners, ja. In de roos. De isma'ilieten waren ook een rebellerende groepering, maar nu binnen de Sjiat Ali. Ze waren buitengewoon hecht georganiseerd, vroom tot in hun tenen, traditionalistisch en heimelijk. Of anders gezegd, ideaal voor iedereen die teleurgesteld was in de islam in het algemeen, en de Sjiat Ali in het bijzonder.'

'En deze assassijnen waren isma'ilieten?'

'Inderdaad. Tegen de tijd dat de kruisvaarders in het Heilige Land slaags met hen raakten, bestond de sekte al een eeuw en was zij een aanzienlijke machtsfactor binnen de islam. De sekte was het sterkst in Perzië, waar ze werd geleid door een briljante jonge revolutionair, Hassan-i-Sabbah. Hij was de stichter van de assassijnen. Van hem heb je toch wel gehoord?'

Dag keek even opzij, in plaats van naar de weg. 'Wie?'

'Ooit Arnold van Lübeck gelezen? Of Marco Polo?'

Dag wierp Lammeck weer een van die blikken toe waarmee hij leek te zeggen: 'Je neemt een loopje met me', voordat hij zijn aandacht weer aan de smalle straten van de wijk wijdde. 'Vergeet het niet, professor – in een notendop.'

'Ik doe m'n best, maar het is een lang verhaal.'

Dag stak zijn handpalmen op zonder het stuur los te laten.

'Halverwege de elfde eeuw werd de islam in ernstige mate verzwakt door een invasie van Turkse Seldjoeken. Om de isma'ilieten tegen de Seldjoeken te beschermen, verschanste Hassan-i-Sabbah zich in 1090 in de Elburzketen, een gebergte ten zuiden van de Kaspische Zee. Met zijn volgelingen veroverde hij het kasteel Alamoet, gebouwd op een massieve rots, op zo'n achttienhonderd meter boven de zeespiegel. Vanuit Alamoet kon Hassan de hele vallei beheersen – vijfenhalve kilometer breed en ruim vijfenvijftig kilometer lang. Hij veroverde daar in totaal tien kastelen, naast tientallen buitenposten en wachttorens. De vallei werd bekend als het Assassijnendal. Van zijn bezoek aan Perzië bracht Marco Polo het verhaal over Hassan-i-Sabbah en zijn assassijnen mee naar het Westen. Het is te vinden in zijn boek *De reizen van Marco Polo*.'

'Daar heb ik wel van gehoord, ja.'

'Juist. Het onderwijs is dus niet helemáál aan jou voorbijgegaan. Na zijn terugkeer in Genua werd Marco Polo gevangengezet. Hij schreef in zijn cel over zijn zevenentwintig jaar durende reis over de Zijderoute. Een van de wonderen waarop hij zei te zijn gestuit, was een gemeenschap van brute moordenaars die hun vijanden volgens een uitzonderlijke tactiek met groot gemak schenen te elimineren. Volgens zijn lezing had de leider van de assassijnen hoog in de bergen zo'n duizend boerenzonen van kleins af aan opgevoed. Hij had deze jongens Latijn, Grieks, Turks en Arabisch laten leren, en iedere andere taal in het rijk. Ze moesten jarenlang trainen totdat ze meester waren in de vele geheime manieren om te doden – met het dolkmes, de pijl, vergif en blote handen. Hun werd ingeprent dat zij altijd blind moesten gehoorzamen aan het bevel van hun leider, de Oude Man van de Berg; en als ze dat deden, zo verzekerde hij hun, zouden ze gegarandeerd in het paradijs komen.'

Dag zei gnuivend: 'Wat je noemt een goeie pensioenverzekering.' Hij sloeg opnieuw lukraak af, een andere straat in.

'Mensen die een van de kastelen van de assassijnen hadden bezocht, vertelden na hun terugkeer dat ze er getuige van waren geweest dat Hassan zijn volgelingen beval van de transen van zijn kasteel te springen, een wisse dood tegemoet – alleen om hun loyaliteit aan hem te bewijzen, kort voor het middagmaal.'

'Ik neem het terug,' zei Dag.

Lammeck vervolgde: 'Volgens de legende moesten deze acolieten, als ze uiteindelijk voor Hassan-i-Sabbah mochten verschijnen, bevestigen dat zij alles zouden doen wat Hassan ook van hen mocht verlangen. Het antwoord was altijd "ja". Hassan onderhield op Alamoet een immense lusthof. De jongens werden hierna meegenomen naar deze tuin, waar ze alle aardse geneugten mochten ervaren en hun hersenen verweekten met hasjiesj. Als ze zich een paar dagen hadden uitgeleefd, werden ze gedrogeerd en moesten ze voor Hassan verschijnen, die hun dan wijsmaakte dat ze in het paradijs waren geweest. Als ze daarheen terug wilden, zei hij dan, moesten ze deze dolk nemen en iemand die hij aanwees ermee doden.'

'Werkte die onzin?'

'Als een wondermiddel, naar het schijnt. Het eerste slachtoffer van de assassijnen was de Turkse vizier in eigen persoon, Nizam al-Moelk. Dat was in 1092. Een van Hassans jongens, vermomd als mysticus, wachtte maandenlang op een kans, totdat hij dicht genoeg bij Al-Moelk kon komen om hem dood te steken terwijl hij naar zijn haremtent werd gedragen. Na ontvangst van het rapport over de moord, zei Hassan: "De moord op deze duivel is het begin van gelukzaligheid." In de ogen van de Turken waren de assassijnen misdadigers. In de islam werden zij bejubeld als patriotten die tegen de bezetters en vijanden van het geloof streden. De moordenaars werden aangeduid als *fida's* – gelovigen.'

'Waar komt de naam assassijnen vandaan? Van hasjiesj soms?'

Lammeck haalde zijn schouders op, maar Dag keek niet naar hem. 'Dat is het verhaal. Ze werden *hasjsjisjin* genoemd. In die periode van de historie werden zij geacht de grootmeesters van de krijgskunsten te zijn. Zij zouden het moment van iemands dood in de sterren kunnen lezen. Er werd ook beweerd dat ze naar believen de gedaante van een dier konden aannemen en zich verplaatsten op vliegende tapijten.'

'Hmm.'

Lammeck was bijna aan het eind van zijn verhaal én Dags geduld. 'Je wilt horen hoe het verhaal afliep?'

'Mij best. Zegt u het maar.'

'Tegen het jaar 1250 verkeerde de islam in moeilijkheden. De Mongolen waren Azië binnengevallen en Dzjenghis Khans kleinzoon Hoelagoe maakte het karwei af. Hij plunderde alle islamitische landen, zelfs tot en met

Egypte. In 1258 veroverde hij Bagdad. De laatste isma'ilitische imam was Roekn oed-Din. De kastelen van de assassijnen boven het dal werden door Hoelagoe met de grond gelijkgemaakt. Hij liet de laatste imam ombrengen.'

Dag zei: 'De kers op de taart.'

'Het laatste wat van de assassijnen werd gehoord, waren de woorden van de islamitische kroniekschrijver Joevajni, die schreef dat zij "een verhaal op de lippen der mensen" waren, en "een traditie in de wereld". Buitengewoon interessant, dat moet je toch toegeven.'

'Vooral dat van die vliegende tapijten.'

'Iedere mythe is een mengeling van feiten en fictie, Dag.'

'Ik maal niet om fictie, professor. Van mij mag u Marco Polo, de Mongolen en wat al niet meer voor uw geschiedenisboeken bewaren. Legt u mij één ding uit, als u wilt. Hoe is een van hun dolken hier in Massachusetts beland?'

'Het is een assassijnendolk, Dag.'

Dags geduld was ten einde. Abrupt bracht hij de auto naast de stoeprand tot stilstand. 'En dat houdt in?'

'Dat iemand zich in het hoofd heeft gehaald dat hij een assassijn is. Die persoon is uiterst bedreven in het hanteren van de assassijnendolk en ook nog eens buitengewoon koelbloedig. Dus zou die iemand het best kunnen zijn óók.'

'Een huurmoordenaar uit de twaalfde eeuw.' Dag keek ongelovig.

'Uit onze eeuw, maar gebruikmakend van twaalfde-eeuwse tactieken en disciplines. Hij zal niet alleen een meester zijn in het gebruik van die dolk, maar vermoedelijk ook in het omgaan met vergif en in de ongewapende strijd. Hij maakt waarschijnlijk geen gebruik van vuurwapens – dat strookt niet met de methoden van de assassijnen. Maar als hij ooit een vuurwapen op me richt, zou ik voor alle zekerheid toch maar bukken.'

'Het is zo verdomd onwaarschijnlijk.'

'Maar niet onmogelijk. De Alamoet-vallei wordt bijvoorbeeld nog altijd het Assassijnendal genoemd. Onze moordenaar zou een Iraniër kunnen zijn. Of hij is een nabootser.'

'Zoals ik al zei – niet te geloven.'

'Het is de enige verklaring die ik kan bedenken. Je hebt het me gevraagd; ik heb het je verteld. Onze man is een assassijn.'

'Onze vrouw,' zei Dag.

'Wat?'

Dag stak een hand in zijn jaszak en trok er een bruine zak van gewatteerd papier uit. Hij vouwde hem open en stak zijn hand erin. Toen zijn hand tevoorschijn kwam, klemde hij wat bosjes lang zwart haar tussen zijn vingertoppen. 'Ik heb dit gevonden.'

'Waar?'

'Op Otto's jas en broekspijpen. De politie hier heeft niet eens de moeite genomen een grondig sporenonderzoek te doen. Daarom heb ik zijn kleren letterlijk onder de loep genomen. Zo heb ik ze gevonden. Ik vond zelfs een stukje haar onder een vingernagel van zijn linkerhand. Jezus, professor, onze moordenaar is een vrouw!'

Lammeck nam een van de bosjes haar over van Dag. Hij trok de haren uit tot hun volle lengte en hield ze bij het portierraam om de kleur beter te kunnen beoordelen. Licht golvend. Zwart als pek. 'Is dit de natuurlijke kleur, denk je?'

'Ik ben er niet zeker van. Ik zal het in Washington, D.C. laten analyseren. Maar aangezien u het over Arabische moordenaars hebt, zou ik denken van wel.'

Lammeck schudde het hoofd. 'Nee, de Iraniërs – de bewoners van het vroegere Perzië – zijn geen Arabieren, maar Ariërs. Dat is de reden dat Reza Sjah Pahlawi de naam van zijn land wijzigde in Iran. Dat woord betekent zoveel als "Land van de Ariërs".'

Dag loosde een zucht, en staarde naar de haren tussen zijn vingers. 'Het zou nog een man met lang haar kunnen zijn, maar dat betwijfel ik. Het hele gebeuren doet mij aan vrouwenwerk denken. Die diepe japen in Bonnies armen – eerder een kwestie van vaardigheid dan kracht. Die dolk in Otto's brede borst – ze kreeg het dolkmes er niet diep genoeg in om hem op slag te doden. En zelfs Arnold niet. Hij zou in het holst van de nacht niet hebben opengedaan voor een man die hij niet kende. Maar voor een vrouw? Wie zal het zeggen?'

'En als het om een huurmoord gaat, zou opgaan in de massa een van de belangrijkste delen van deze klus zijn. Een man met zulk lang haar als dit zou veel te veel opvallen.'

Dag stopte de haren zorgvuldig terug in de papieren zak. 'Zo, professor, wat zegt uw kristallen bol? Wie is haar doelwit?'

Lammeck staarde door de voorruit naar de kleine houten huizen en kale bomen. Hij stelde zich een donkerharige vrouw voor, steels, gevaarlijk, intelligent en door en door getraind, die zich een weg zocht door het land, ergens, gefixeerd op het doden van iemand. Een enkele vrouw in dit land, in het hart van een natie die is afgeleid door oorlog, zodat zij onopgemerkt naar haar doel kan sluipen om daar te wachten op het beste moment om toe te slaan. Tegen wie?

Lammeck ontsloot zijn immense archief van informatie over moorden. Welke historische figuur was ooit veilig geweest? Wie had ooit een zo hoge positie ingenomen dat hij een onbereikbaar doel was? Niemand. Hoe kon hij iets zeggen over de persoon op wie deze Perzische vrouw het had gemunt, als de geschiedenis hem dicteerde dat iederéén in Amerika het beoogde slachtoffer kon zijn? Zelfs de eerste helft van de bloedige twintigste eeuw stond bol van de voorbeelden. In juni 1943 was Churchill op het nippertje aan een moordaanslag ontsnapt door op het laatste moment niet aan boord van het vliegtuig te stappen dat door de nazi's als doelwit was gekozen en boven de Franse wateren werd neergehaald. In plaats van Churchill kwam de acteur Leslie Howard – Ashley Wilkes in *Gone With the Wind* – in dat vliegtuig om het leven. In 1918 was Vladimir Lenin tijdens een toespraak voor fabrieksarbeiders getroffen door twee kogels, afgevuurd door een antileninistische revolutionair. Hij overleefde de aanslag, maar stierf vijf jaar later aan loodvergiftiging, veroorzaakt door de beide kogels in zijn romp. In 1935 was Huey 'Kingfish' Long, een senator uit de staat Louisiana, door een woedende arts in het State Capitool in de stad Baton Rouge doodgeschoten, hoewel hij omringd was door zijn lijfwachten. Toen ex-president Theodore Roosevelt in 1912 in Milwaukee in een auto wilde stappen, vuurde een kroegbaas die amok maakte hem een kogel in de borst. De aanslagpleger beweerde dat de geest van president McKinley hem – een dag nadat hij zelf was vermoord, in 1901 – in een droom was verschenen om vice-president 'Teddy' Roosevelt ervan te beschuldigen dat hij achter de moord op hem zat. Een toespraak van vijftig bladzijden in Roosevelts binnenzak en zijn metalen brillenkoker vertraagden de kogel. De bloedende Teddy negeerde alle smeekbeden dat hij een dokter zou raadplegen en hield de toespraak alsof er niets was gebeurd. Zeven jaar later overleed hij in zijn slaap, de kogel nog in zijn lichaam. En dan was er, uiteraard, de mislukte bomaanslag van afgelopen zomer op Adolf Hitler, in de bunker van zijn 'Arendsnest' in Berchtesgaden. Maar hoe zat het met die eerdere, minder bekende aanslag op het leven van der Führer? In 1939 had een Zwitserse meester-timmerman een bom verstopt in een houten pilaar van een bierkelder in München. De bom was twaalf minuten na Hitlers vervroegde vertrek geëxplodeerd. Hitler had zich onwel gevoeld en daarom zijn toespraak verkort. Ook was hij niet gewoontegetrouw na afloop van de ontmoeting blijven hangen voor een biertje met zijn *Kameraden*. Toen de timmerman was gearresteerd, geloofde niemand dat hij de bekwaamheden bezat die nodig waren geweest om dit te kunnen doen, totdat hij vroeg om toelating in een timmerwinkel, waar hij het hele mechanisme voor de ogen van de Gestapo reconstrueerde.

Lammeck zag Dag kwaad naar hem kijken. De geheim agent wachtte op een reactie. Wat kon hij, Lammeck, zeggen? Dat deze Perzische vrouw niet plausibel was? Of dat ze naar een klassiek historisch voorbeeld werkte en heel goed in staat kon zijn datgene wat ze zich had voorgenomen werkelijk uit te voeren, tegen ongeacht welk doelwit? Want hoe onwaarschijnlijker een moordenaar was, des te meer de geschiedenis hem of haar leek te begunstigen.

Dags probleem was dat hij op zoek moest naar een schim, samengesteld uit allerlei vermoedens die van elkaar afhankelijk waren. Eén verkeerde veronderstelling en de hele zaak stortte als een kaartenhuis in elkaar. Iedere aanwijzing waarover ze beschikten leidde tot niets meer dan pure gissingen, vanaf hun veronderstellingen met betrekking tot het plaats delict tot aan de lange zwarte haren. En dan waren er nog de doodlopende sporen. Zoals: hoe was Arnold gestorven, als het geen zelfmoord was? Of: wie heeft deze moordenares gestuurd? En stel dat hij en Dag jacht gingen maken op deze vrouw, op basis van een onjuiste veronderstelling inzake haar doelwit, zodat het achteraf iemand anders bleek te zijn? Voor háár zou dat neerkomen op een vrijbrief; en voor het slachtoffer op een doodvonnis. En als puntje bij paaltje kwam, kon Lammeck niet helemaal uitsluiten dat de plaatselijke politie gelijk kon hebben, met haar veronderstelling dat de reden voor de beide moorden en de ene zelfmoord in de relatiesfeer moest worden gezocht. Of dat de moordenaar toch een man kon zijn, of dat hij helemaal niet bestond en dat het gewoon draaide om een gek met een voorkeur voor antieke dolken.

Echter, ondanks al zijn bezwaren en de voetangels en klemmen van de logica, had Lammeck het sterke gevoel dat hij en Dag op het juiste spoor zaten. Dit was een samenzwering – hij voelde het in zijn ingewanden. Een complot met een ambitieus doel.

Lammeck gaf geen antwoord op Dags vraag, maar reageerde met een tegenvraag: 'Waarom heeft ze Bonnie en Otto gedood?'

'Omdat ze haar hadden betrapt.'

'Bij wat?'

Dag aarzelde. Lammeck kwam er zelf mee. 'Haar aankomst. In het holst van de nacht, op een afgelegen strand in hartje winter. Het was pure pech. Bonnie was op het verkeerde moment op de verkeerde plaats, zag onze amazone uit het niets opduiken, greep een bandenlichter en stapte uit de cabine om zich van haar plicht te kwijten. De vrouw probeerde haar te ontwijken. Om deze of gene reden geloofde Bonnie niet wat ze zei. Er ontstond een handgemeen. Otto kwam te laat.'

'Ze kwam uit zee,' zei Dag.

Lammeck knikte. 'Afgezet door een onderzeeër. Ze werd naar het strand geroeid of is er naartoe gezwommen.'

'En wie hebben onderzeeërs?' vroeg Dag.

'Regeringen.'

'Het is een schot in het duister, maar verdomme, dat geldt ook voor elk ander aspect van deze zaak.'

Lammeck stak zijn wijsvinger uit om zijn argument te onderstrepen. 'Haar doelwit moet wel een heel hoge positie innemen. Waarom zouden ze al die moeite hebben gedaan voor een minder belangrijke persoon? Wie anders zou zoveel risico waard zijn? In dit stadium van de oorlog is het nagenoeg onmogelijk een onderzeeër zo dicht bij de Amerikaanse kust te brengen. Dit moeten de Duitsers zijn, of de Japanners – in elk geval een natie die iemand op een hoge positie uit de weg wil hebben.'

Dag wreef met zijn hand over de rimpels in zijn voorhoofd. 'Dit klinkt allemaal zo ongerijmd, professor.' Hij liet zijn hand zakken. 'Maar ik mag verdomd zijn als dit niet precies is wat er gaande is. Zegt u me nu eerlijk: op wie heeft ze het volgens u gemunt? Iemand in Boston? Dat is maar ruim vijfenzestig kilometer van hier.'

Lammeck schudde het hoofd. Dag liet zich weer tegen de rugleuning van de voorbank zakken. Lammeck deed hetzelfde. Ze leken allebei te worden overmand door de vermoeienissen van al het reizen, het loden gewicht van Dags vraag en het hachelijke evenwicht van elk antwoord dat was gebaseerd op zulke onmogelijke, broze veronderstellingen.

'Laat me het zo zeggen. We hoeven niet direct te veronderstellen dat het om de president van de Verenigde Staten gaat, maar ik zou je niettemin adviseren onmiddellijk al het mogelijke te doen om hem te beschermen.'

Dags mond veranderde in een streep. Toen zei hij met een nijdige hoofdbeweging: 'Klote. Ik was al bang dat u zoiets zou gaan zeggen.'

Lammeck klopte zijn voormalige leerling op de schouder. 'Dag, beste jongen, Roosevelt beschermen is nu jouw taak, en ik ben ervan overtuigd dat je daar goed in bent. Jij hebt je neus in dit zaakje gestoken omdat jij zelf ook denkt dat ze het op Roosevelt heeft voorzien. Alleen, hoe is het in godsnaam mogelijk dat dit onder jouw aandacht is gekomen? Ik bedoel maar, een dubbele moord en een zelfmoord in een vissersdorp aan de kust van Massachusetts? Een uit de hand gelopen driehoeksverhouding? Wat bracht jou ertoe een onderzoek in te stellen?'

Dags vermoeidheid leek meer te zijn dan fysieke uitputting. Opeens leek hij gedeprimeerd. Lammeck begreep niet waarom. Dags inspanningen, in combinatie met zijn intuïtie, konden heel goed een aanslag op het leven van de president hebben gedwarsboomd. Zou zo'n man geen tickertape-parade verdienen?

'Een week geleden las ik in Washington in de krant over de moord op twee leden van de Civil Defense tijdens nieuwjaarsnacht, ergens ten noorden van Boston. Meteen vroeg ik me af: wat heeft het nou voor zin om een man en een vrouw die over een afgelegen strand patrouilleren te vermoorden? Er zat een luchtje aan, volgens mij, misschien omdat dit juist het soort dingen is waarvoor ik zelf ben opgeleid – door u en de soe, nietwaar? Dus belde ik naar de politie van Newburyport en kreeg het verhaal over de twee messen en de zelfmoord van de echtgenoot te horen. De in het zand gevallen bandenlichter, zonder een spoor waaruit bleek dat er iemand mee was geraakt. En die raadselachtige japen in Bonnies armen en Otto's hiel. Dit zaakje stonk. Ik kon me er geen moord in de relatiesfeer bij voorstellen. Dus ben ik hierheen gejakkerd om zelf een kijkje te nemen. Ik bekeek de foto's, de lijken en die rare dolk, en kwam tot een paar veronderstellingen. Ook het idee dat Arnold op de grond was gaan liggen om zichzelf door het hoofd te schieten stond me niet aan, omdat er geen briefje was achtergelaten. Dat maakte me ongerust. Ik denk dat ik onraad rook zodra ik die lange zwarte haren van Otto's kleren had getrokken. Ze waren niet van Bonnie, en al helemaal niet van Otto of haar man. Ik ging ermee naar mijn baas, legde het hem allemaal voor en hij gaf me toestemming u erbij te halen.'

Het werd tijd om er een punt achter te zetten. Dag zou hem terugrijden naar het vliegveld – ze hadden goed werk gedaan, samen. Lammeck klopte hem nog eens op de schouder. 'Hoe dan ook, jij bent nu een held. Ze zullen je een medaille geven, of zoiets. Promotie. Misschien dat ze je zelfs een beter iemand gaan laten bewaken dan Roosevelt.'

Dag wendde zijn blik af, nors. Hij zette de versnelling in zijn één en liet de koppeling opkomen. 'Dit is zeker weer een van die geintjes van u?'

Lammeck staarde naar de zijkant van Dags hoofd. 'Ik kan je even niet volgen.'

'Maak 'm nou, professor. Zo'n intelligent iemand als u! Sta er even bij stil. Dacht u nou heus dat ik terug kan gaan naar de directeur van de geheime dienst met het verhaal dat een onderzeeër een Perzische assassijn uit de twaalfde eeuw aan het strand heeft afgezet en dat die misschíén van plan is de grote baas te vermoorden? Op basis van de lukrake veronderstellingen die u en ik hebben bedacht, en meer niet?'

'We zijn het er over eens dat…'

'Ja, wíj zijn het erover eens.' Dag gaf nog wat gas. De Packard reed veel te snel door de smalle straat. 'Dat betekent nog niet dat mijn baas het hele verhaal zal slikken!'

'Hij heeft jou deze missie opgedragen, nietwaar?'

'Min of meer.'

'Hoe bedoel je?'

'Dat ze me dit onderzoek hebben laten doen, maar niet met wat je noemt groot enthousiasme.'

'Stap ermee naar de FBI. Die zullen het zeker uitzoeken.'

'In geen geval. Zodra Hoover hier lucht van krijgt, trekt hij ons de hele zwik uit handen. Nee, dit is een zaak van de geheime dienst, hoe dan ook. Luister, misschien is dit wel het goeie moment om het u te zeggen.'

Lammeck staarde met waterige ogen naar Dag.

'U herinnert zich nog wel dat ik zei dat er maar vier mensen in de States zijn die weten wat ik u moest vertellen. Een van die vier ben ik. De twee anderen zijn de directeur van de geheime dienst en het hoofd van de dienst Persoonsbescherming van de President. De vierde is degene die deze drie mensen heeft vermoord. Ik heb opdracht dat zo te houden. Dat was de deal die ik moest sluiten.'

'Deal? Hoe bedoel je?'

'In ruil voor toestemming om u erbij te halen, moest ik ermee akkoord gaan dat ik het verder alleen zou uitzoeken. Ze denken dat ik niet goed snik ben, namelijk. Dus staan u en ik er alleen voor.'

In Lammecks hoofd begonnen alarmbellen te rinkelen. 'Jij en ik, Dag? Mooi niet. Ik heb werk te doen. Ik ben wapeninstructeur, historicus en docent. Dat weet je. Ik ben geen geheim agent.'

Dag keek net lang genoeg opzij om grijnzend te zeggen: 'Ja, dat geef ik toe, maar u hebt het altijd willen zijn.'

Die opmerking trof doel. Even werd Lammecks verzet ondermijnd. Nog voordat hij de vele goede redenen die hij had om erbuiten te blijven kon opsommen, reed Dag de woonwijk uit en de hoofdstraat van Newburyport in.

'Luister, professor, ik heb écht uw hulp nodig. Ik kan u voor de duur van deze zaak onderbrengen in een hotel in Washington, totdat we iets concreets hebben. En dat zal gebeuren, dat weet u. Dan kan ik daarmee naar mijn baas, die mij een team ter beschikking zal stellen om deze vrouw op te sporen. Zolang we echter niet verder zijn gekomen dan ons achter het oor krabben en de feiten op een rijtje zetten, staan we er alleen voor. Ik heb mijn nek ver uitgestoken om u erbij te halen. Ik ben er nog steeds volledig van overtuigd dat goed was. Zeg me dat ik het verkeerd zie, dan breng ik u linea recta naar de luchthaven. Als u echter erkent dat ik gelijk heb, rijden we naar Washington.'

Dag stopte voor een verkeerslicht. Hij deed niets toen het op groen sprong. Achter hen blèrde een claxon. Dag bleef strak naar Lammeck staren, wachtend op antwoord. Hij wachtte vergeefs, dus ging hij verder, nu met meer aandrang. 'Uw land is in oorlog, professor. Er loopt hier iemand rond die van plan is een persoon op een hoge post te vermoorden. Zelf denk ik dat die persoon Roosevelt is. Wie anders is zoveel risico waard? Wie anders brengt een getrainde moordenaar naar een strand bij Nergenshuizen met een verdomde onderzeeër? Wiens eliminatie in Amerika zou ook maar enig verschil maken voor de oorlog? Alle grote generaals zitten in Europa of op de Grote Oceaan. Je zou op zijn minst honderd wetenschappers, verdeeld over wel tien supergeheime lokaties, moeten afmaken om ook maar een deukje te slaan in wat ze bekokstoven. Nee, het moet Roosevelt zijn, al was het alleen omdat ik niet zou weten wie het anders kan zijn. En Roosevelt beschermen is mijn werk. Het interesseert me dus geen reet of u in Schotland, Praag of Timboektoe leeft, of dat u toevallig denkt dat Roosevelt de duivel in eigen persoon is. Kortom, uw redenen kunnen mij niets schelen, maar wilt u nu alstublieft een reden noemen die het nodig maakt dat u hier blijft en mij helpt dit te verijdelen?'

De auto achter hen toeterde weer.

'Rijden maar,' zei Lammeck.

'Waarheen?'

'Naar het zuiden. Washington.'

'Geweldig. Bedankt.'

Lammeck sloeg zijn armen over elkaar en wachtte tot ze Newburyport achter zich hadden gelaten, richting Boston. Toen zei hij: 'Ik zeg dit alleen dat je het weet, doordouwer.'

'Wat?'

'Dat ik dit niet doe voor God, of dit land, of voor appeltaart of de vlag, of voor die arrogante kloothommel in het Witte Huis. Ik doe dit alleen omdat jij een vriend bent, en omdat je het mij hebt gevraagd.'

Dag schoot in de lach. Hij schaterde het uit.

'Ja, en ik ben koorddanser. Hou uzelf niet voor de gek, professor. U doet dit omdat u op deze manier een plekje in die verdomde geschiedenisboeken kunt krijgen. Dit is eenvoudigweg een carrièrestap. Maar leuk geprobeerd.'

Lammeck zei niets, nog worstelend met de vraag of Dag het bij het juiste eind had.

'Geloof me,' zei Dag, nog grinnikend. 'Dit is het enige aspect van deze hele verdomde zaak waarvan ik absoluut zeker ben.'

5

12 januari
Washington DC

Judith ging niet in de krakende schommelstoel op de veranda van Mrs. P. zitten om te schommelen; ze wilde niemand wakker maken.

Ze legde de witte pijp op haar schoot, bedekt door de lappendeken die Mrs. P. haar had geleend. Ze schroefde de dop van een blik en gebruikte een zakmes om er een klein klompje hars uit te snijden. Ze smeerde het uit in de pijpenkop, waarna ze er uit een ander blik een prop Egyptische pijptabak in stopte. Met het kleine lemmet vermengde Judith de tabak goed met de hasjiesj. Toen flipte ze een Amerikaanse zippo aan en zoog de vlam in de kop.

De eerste witte wolk hield ze vast, wachtend op de gewaarwording van iets wat zich eerst achter haar ogen ontvouwde, en daarna in haar kruis. Op dit vroege ochtenduur was het donkere straatje verlaten, zonder zwervers, honden of ander tuig. De koepel van het Capitool glansde machtig boven de daken.

Judith blies de rook uit. Ze gaf de voorkeur aan de blonde Marokkaanse *kif*. De bedwelmende invloed van die soort hasjiesj was milder en actiever. De zwarte Indiase hasjiesj leidde tot euforie en maakte haar laconiek. Dat was iets voor later, als ze het onvermijdelijke succes van haar missie zou vieren.

De drug tintelde in haar bloed. Ze zoog opnieuw aan de pijp en voelde zich opstijgen, een tapijtvlucht als in de oude verhalen. Ze bedacht hoe ver ze van huis was, en niet alleen qua afstand. Hier in Amerika kon een vrouw gewoon op haar veranda zitten en een hasjiesjpijpje roken, zelfs in een zwarte wijk, zonder te worden lastiggevallen. Ze kon hier dragen wat ze wilde – nu laarzen, een onderrok, een wollen mantel en een zeemanspet, een elastische onderbroek en een warme lappendeken eroverheen, een gulle gave. Niemand verwenste haar of probeerde haar naar binnen te jagen.

J'aime cette liberté, dacht ze.

Judith maakte haar geest leeg, behalve voor de hasjiesjvlucht. Zelfs na het debacle op dat ijzige strand was ze nog volstrekt anoniem, en dat was het beste wapen waarover ze beschikte. Tevreden sloot ze haar ogen voor de wereld en haar missie.

Toen de pijp koud was geworden, stond Judith op. De lappendeken hing als een cape om haar schouders, zodat de kou in haar naakte dijen hapte. De warme gloed van de drug in haar middenrif liet de kou op haar huid smelten. Ze liet haar hand onder het hemd over haar buik glijden, en nog later, tot in haar onderbroek. Zo bleef ze staan, gehuld in de lappendeken, tegenover Amerika en zijn glanzende koepel, en bevredigde zichzelf.

Toen ging ze terug naar haar kamer, waarbij ze zorgde dat de zoom van Mrs. P's lappendekken op de veranda en in de gang niet over de grond sleepte. In haar kamer wierp ze de lappendeken over het bed en stak haar hand uit naar de gammele deur van de oude kleerkast. Ze wrikte een van de vurenhouten vloerplanken in de kast omhoog – hier had ze haar geld, giffen en legitimatiebewijzen verstopt. Ze borg de witte pijp op in zijn leren etui, naast de blikken hasj en de zippo. Toen legde ze plank weer op zijn plaats.

In de kleerkast hingen haar mantel en drie westerse mantelpakjes, gekocht in New York Avenue. Ze keek naar de fijne kwaliteit van de Amerikaanse rokken en jasjes van wol – een blauwe, een zwarte, en haar lievelingskleur, de kleur van woestijnzand, iets bruiner dan haar eigen huid. Naast de mantelpakjes hingen twee blouses van wit linnen. Ze waren iets te krap voor haar schouders – ze kon zich er niet vrij in bewegen – maar de snit accentueerde haar borsten en smalle taille, zoals de bedoeling scheen te zijn van de ontwerpen van *Ferangi*. Onder dit alles stonden twee paar schoenen, allebei van leer en uitgevoerd met gespen, riempjes en hoge hakken. Westerse schoenen waren niet gemaakt om erin te lopen; ze moesten de vrouw de kans geven haar benen te showen aan mannen. Ze dacht terug aan de *givas* met zolen van stof die ze als dienstbode had gedragen. Ze was van beide soorten gecharmeerd, zowel de schoenen uit haar herinneringen als deze hier. Ze waren beide nuttig voor het doel: een vrouwelijk uiterlijk.

Ze had geen kans gezien hier in Amerika kousen te kopen. Vanwege de oorlog was nylon schaars, zodat de meeste vrouwen ze achterwege lieten. Het ondergoed van Amerika was haar favoriet. Westerse onderbroeken en bustehouders waren voor vrouwen overal ter wereld het allerbeste. Met respect schoof Judith de onderbroek van haar heupen en maakte het haakje van de beha los. Ze legde het weelderig zachte broekje en de beha opzij.

Ze liep naar het voeteneinde van het ijzeren bed. Met beide handen onder het frame trok ze het bed omhoog en zette het overeind, zodat de matras tegen de muur leunde. Aan een zwaar ijzeren oog in de muur hing een dik touw naast het frame. Ze spande het touw langs de onderkant van het frame en bevestigde het uiteinde aan een ander ijzeren oog in de muur, aan de andere kant van het frame. Toen liet ze het los. Het bed bleef netjes overeind staan, op zijn plaats gehouden door het touw.

Ze liep naar de hoek om de bezem die daar stond te pakken. Ze had hem gekocht vanwege de dikke steel. Ze legde de bezemsteel over de poten van het bed, die iets boven haar hoofd naar voren staken, de kamer in.

Naakt posteerde ze zich voor het overeind staande bed, de blik gericht naar het spiraal. Met beide handen omvatte ze de op de poten liggende bezemsteel en liet zich door haar knieën zakken tot ze hing. Ze trok zichzelf op tot haar kin boven de bezemsteel uit gluurde – vijf, tien, twintig keer, tot de spieren in haar armen en rug in brand leken te staan. Ze pauzeerde en ging zitten, haar warme billen op de koele, grondig geschrobde vloerdelen. Nu spreidde ze haar benen en boog zich voorover totdat haar borsten de vloer raakten. Ze stak haar armen zo ver mogelijk naar voren om de spieren te rekken die ze met haar optrekoefeningen had getraind. Toen richtte ze zich op en herhaalde de twintig optrekoefeningen én de rekoefening allebei nog drie keer.

Voor het eerst sinds haar aankomst in de Verenigde Staten, twaalf dagen geleden, improviseerde Judith manieren om haar spieren in conditie te houden. De hasjiesj in haar lijf gaf haar extra kracht en ebde in de hitte van de lichaamsoefeningen ongemerkt weg. Ze vulde een emmer met water en tilde hem op om haar biceps en schouders te trainen. Daarna hurkte ze neer in het midden van de kamer, de handen op de heupen, en begon een vuur in haar benen en billen op te bouwen, totdat ze haar ogen sloot en door de pijn heen ademde. *De pijn is mijn uitgangspunt*, dacht ze, en ze dwong zichzelf met al haar wilskracht het te doorstaan. Ze verdubbelde de tijd die ze in deze houding volhardde.

Na een uur op deze manier te hebben getraind ging ze plat liggen, ademend door haar opeengeklemde tanden. Haar zweet maakte de vloer glad. Ze hoorde hoe haar hart razendsnel klopte, voelde het tot in haar tenen en vingers pulseren. Ondanks het vroege uur kropen de geuren van goedkoop eten en verspilde levens uit de gang onder haar kamerdeur door en bereikten haar waar ze lag uit te hijgen, op de vloer. Judith had geen last van de geuren en matigde zich geen oordeel aan over de mensen die ze verspreidden. Integendeel, ze was blij met dit alles, want deze armoedige omgeving hield haar verborgen. Als er naar haar mocht worden gezocht, wie zou dan op de gedachte komen hier te gaan zoeken?

Toen haar polsslag tot bedaren kwam, pakte ze uit haar kast een stuk houtsnijwerk dat ze had gemaakt, ter vervanging van het dolkmes dat ze op het strand in Massachusetts had verloren, met exact dezelfde vorm en hetzelfde gewicht. Ze nam het in haar hand en werkte zich door haar oefeningen heen, een zware reeks *kali kata's*. Een vol uur lang bleef ze zich oefenen in de gestileerde *kata*-houdingen en -manoeuvres, waarbij ze het dolkmes, haar vuisten en haar voeten gebruikte in een gevecht met één, twee of zelfs meer tegenstanders. Ze stond zichzelf niet toe de kreten en andere schrikaanjagende geluiden te uiten die geacht werden de dodelijkste uitvallen te begeleiden. Het was nog veel te vroeg en de geluiden waren bedoeld om de geest te harden en de tegenstander te verlammen van angst. Ze zouden haar op straat hebben gehoord.

Na de kata's droop ze van het zweet. Tegen het eind van de oefeningen – ze zat met gespreide benen stevig op de grond en ramde het houten dolkmes in een denkbeeldig hart, terwijl haar vrije hand gereed was om een eventuele aanvaller in de rug op te vangen – ging haar kamerdeur open.

Judith bleef in de houding staan. Bij het zachte geluid draaide ze alleen haar hoofd om naar Josh, in de deuropening.

'Wow,' zei de jongen.

Judith voltooide de manoeuvre door het mes los te rukken, in het luchtledige. Ze liet haar handen zakken, kruiste haar polsen en haalde heel beheerst diep adem, de ogen gesloten – een laatste krijgshaftig moment voordat ze sprak.

Ze keek niet naar de magere lange jongen voordat ze het dolkmes op de grond had gelegd en haar naaktheid bedekte met de lappendeken van Mrs. P. Ze liep naar de deur, waar Josh haar grijnzend stond aan te staren.

'Doe dicht,' zei ze.

Josh schrok op, zich er niet van bewust dat hij de deur open had gelaten. Toen hij zich weer naar Judith omdraaide, probeerde hij de snerende trek op zijn gezicht te restaureren. Ook nu droeg hij kleren die totaal ongeschikt waren voor de ijzige kou, buiten. Hij droeg een antracietkleurige, veel te ruime broek en tweekleurige lage schoenen, onder een roomkleurig colbert met schoudervullingen. Hij droeg er bijpassende witte sokken bij, en zelfs een lokkertje in de borstzak van het colbert. Het geheel moest de gedachte aan een bendeleider oproepen, maar het gezicht was dat van een puistenkop die ongeschikt was voor militaire dienst.

'Wat kom je hier doen, Josh?'

Hij hield Judiths losse deurkruk omhoog. 'Ik las het briefje dat je op kantoor had achtergelaten. Omdat ik vroeg op was, leek het me wel goed om even langs te wippen en hem voor je te repareren. Toen zag ik je licht branden en dacht, hé, ze is al wakker.'

'Je gebruikte dus de sleutel van je vader om zomaar mijn kamer binnen te dringen?'

'Ik heb geklopt.'

'Geen sprake van.'

Het luie oog dat de jongen van zijn vader had geërfd keek de kamer rond en nam alles in zich op. Hij was maar drie centimeter groter dan Judith, en hooguit één tot anderhalve kilo zwaarder.

'Josh, de kleren die je aanhebt, zijn niet geschikt om hierheen te komen om een deurkruk te repareren.'

'Wat? Deze?' De jongen zette zijn voeten wat uit elkaar om indruk te maken. 'Ik draag nooit iets anders, schatje. Hé, hou je van Frankie?'

Judith had tijdens de dagen dat ze in haar auto voor het Witte Huis de gang van zaken had zitten observeren vaak Frank Sinatra op de autoradio gehoord. 'Zingt goed.'

De jongen verbeterde haar. 'Hij is geweldig!'

'Josh, heb je soms iets nodig?'

Hij negeerde haar vraag. 'Jij doet al dat oefengedoe naakt, hè? Lijkt me geil.'

Ze staarden elkaar aan. Onder de lappendeken bleef Judith zweten. Josh had het in de gaten. 'Het zag er moeilijk uit. Misschien zou je het mij een keer willen laten zien.'

Judith knikte. 'Misschien.'

Er viel weer een stilte. Judith hield de lappendeken om zich heen en deed haar best om haar gezicht en lichaam stil te houden, om de jongen uit zijn tent te lokken. Langzaam begon hij zich onbehaaglijk te voelen onder haar stilzwijgen. 'Heb je misschien iets te drinken?'

'Nee.'

'Waarom ga je niet even douchen of zo?'

'Dat komt wel.'

'Ga je gang, ik wacht wel.'

'Waarop wou jij wachten, Josh?'

De jongen wees. 'Op jou.'

Judith verroerde zich niet. Josh verplaatste zijn gewicht naar de andere heup en duwde zijn duimen in zijn broekzakken. 'Kijk, ik zie het zo. Jij moet deze kamer hard nodig hebben, gelet op het feit dat je hem meteen nam, zelfs zonder even rond te kijken. Het is verdomd vol in Washington, tegenwoordig, en er is voor kleurlingen niet veel te huur dat zo goed is als dit. Dus als je hier wilt blijven, zul je af en toe een beetje lief voor me moeten zijn. Ik heb mijn eigen sleutels, zie je. Ik kan hier net zo vaak komen als me lief is, als je me vat. Mijn vader maakt zich er niet druk over. En geen zorg, ik zal goed voor je zorgen.'

Judith loosde een lange, berustende zucht. 'Ik heb niets te drinken,' zei ze. 'Ik heb wel iets anders.'

Ze keerde de jongen haar rug toe. Ze wrikte de losse plank in haar kleerkast open en nam het blik zwarte hasj eruit. Ze prepareerde de pijp zelf. Ze gebruikte het pennemes weer om een klompje hars uit de kleine, zwarte bonk te snijden. Ze vermengde de hars met tabak om het de jongen gemakkelijker te maken de drug te inhaleren. Toen draaide ze zich om en nam de zippo. 'Alsjeblieft.' Ze gaf hem de pijp en flipte de aansteker aan.

De jongen richtte zich op, aarzelend. 'Wat is dat?'

'Wiet.'

Josh staarde met knipperende ogen naar het vlammetje van de zippo. Hij deed zijn best om de trek van afkeer op zijn gezicht te verdoezelen, maar nam toch de steel van de pijp tussen zijn lippen. Judith hield het vlammetje tegen de pijpenkop. 'Diep inhaleren,' fluisterde ze.

Josh kuchte even en bracht zijn vrije hand naar zijn mond om de kuch te bedekken, beleefd en op dat moment zo groen als gras. Judith duwde hem de pijp weer in handen en drong erop aan dat hij nog meer zou inhaleren.

Toen ze zijn oogleden zag trillen en hij door zijn knieën dreigde te zakken, nam ze de pijp terug. Ze keerde hem weer de rug toe en zette de aansteker op de latafel.

Achter haar vroeg Josh: 'Neem je niet zelf ook wat?'

'Nee, dit was helemaal voor jou.'

Nog steeds met haar rug naar hem toe liet ze de lappendeken vallen.

Josh schraapte zijn keel en smoorde een hoestaanval. Judith wachtte en luisterde. '*Wow*,' zei hij opnieuw.

Er verstreken seconden. Toen kraakten de vloerplanken onder zijn schoenen. Judith ontspande zich.

Zijn rechterhand gleed in de holte van haar de taille, bijna alsof hij van achteren met haar wilde gaan dansen. Zijn adem streek langs haar nek. De zoete geur van de pijp was vermengd met die van sigarettenrook en de kruidige olie in zijn haar.

Judith legde haar open rechterhand over zijn vingers op haar heup. Josh zuchtte even, vlak bij haar oor.

'Josh?'

'Ja, schatje?'

'Gaat dit vaker gebeuren?'

Gnuivend zei de jongen: 'Reken maar.'

Judith knikte tegen zijn drukkende wang. Ze omklemde zijn duim, deed haar ogen open en draaide zich razendsnel om. Ze bleef de duim vasthouden en omklemde zijn hand met beide handen terwijl ze de pols in een boog omhoog bracht langs haar gezicht en het geschrokken gezicht van de jongen. Ze draaide zijn arm om, zodat ze de hand omlaag kon buigen en de elleboog omhoog moest. Nu er op zo'n schokkende manier een eind werd gemaakt aan Josh' beginnende omhelzing, deed hij niets om het tegen te gaan. In een mum van tijd dwong Judith hem voorover te buigen, naar de vloer, terwijl de pezen van zijn schouder en pols op het punt stonden te knappen.

'Au, godverdomme!' schreeuwde hij naar haar blote voeten. 'Wat flik je me nou, pestw…?'

Hij kon zijn verwensing niet afmaken, want Judith ramde haar blote knie recht in zijn gezicht. Ze voelde tanden breken en het kraakbeen van zijn neus naar binnen slaan. Ze verstevigde haar greep om zijn hand, boog hem nog verder door en hield hem hoog om de vlammende pijn in zijn arm te intensiveren. Ze ramde haar knie opnieuw tegen zijn gezicht, harder. Zijn benen wankelden en hij zakte ineen. Uit zijn open mond spetterde bloed.

Nu de jongen ineenkromp, maakte ze haar rechterarm vrij, bracht hem omhoog en hamerde met al haar kracht haar elleboog tegen zijn nek, op de plaats waar de wervelkolom verbonden is met de schedel. Josh zeeg ineen op de vloer, vijf tellen nadat hij haar had aangeraakt.

Met haar voet rolde ze hem om. Het luie oog, boven zijn platgeslagen neus en bloedende mond, leek haar te willen ontwijken, op zoek naar een uitweg, terwijl zijn goede oog haar in wilde paniek aanstaarde. Zijn bloedende mond probeerde een woord te vormen, het geluid van een *W*, een Waarom of Wat, of misschien een Wie. Het maakte geen verschil.

Judith tilde haar voet op, keek langs haar lange bruine kuit omlaag en ramde de voet tegen Josh' adamsappel. De luchtpijp klapte onder haar hiel dicht. De jongen kronkelde van pijn na die trap. Ze wreef haar hiel wreed tegen zijn keel, zodat hij niet kon ademen. Zijn lichaam schokte nog eens en lag toen stil. Ze bukte zich om een van zijn oogleden op te tillen en keek toe hoe de pupil van het goede oog zich verwijdde.

Judith trok haar vissersbroek en overhemd uit New England aan. Ze wurmde haar benen in de laarzen en zette de schipperspet op. Ze sneed een zachte plak van de zwarte Indiase kif af. Dit stuk stopte ze in de broekzak van de jongen – de rest ging terug in het blik. Zijn andere broekzak keerde ze binnenstebuiten. In zijn schoen verstopte ze geld – honderd dollar in contanten.

Judith sloop de schaars verlichte gang in en liep geruisloos naar de veranda. Het zou nog vijf uur duren voor de ochtend begon te gloren. De smalle straat lag er verlaten bij, koud en leeg. Ze controleerde het venster van Mrs. P., om er zeker van te zijn dat ze niet wakker was, en ging weer naar binnen.

Het kostte haar weinig moeite het lijk in de brandweergreep over haar schouders te leggen. Stil, zo stil dat er nauwelijks een vloerplank kraakte, droeg ze Josh naar buiten. Twintig meter verder in de straat, bij een stapel omgegooide vuilnisbakken, legde ze hem neer.

Terug in haar kamer schrobde ze de vloer opnieuw.

Een uur na zonsopgang duwde Judith de garagedeur opzij. Ze liet de motor van de Nash warmdraaien en begon de eerste paar trams door New Jersey Avenue, New York Avenue te volgen naar Twelfth Street. Al na een kwartier passeerde ze een groot noodgebouw aan Constitution Avenue, tegenover het ministerie van Handel. Dit was een van de honderden enorme betonnen puisten in het stadsbeeld – in allerijl opgetrokken, allesbehalve solide kantoren zonder kraak of smaak, nodig om de steeds omvangrijkere oorlogsbureaucratie te huisvesten. Te midden van de grandeur en arrogantie van de pseudo-Griekse tempels in Amerika's witte hoofdstad leken deze bouwsels nog afzichtelijker.

Judith zocht zich een weg door het vroege verkeer om een van de parkeerplaatsen langs het Commerce Building, het ministerie van Handel, te veroveren. Nu al, twee uur voordat de mensen op hun werk moesten zijn, gonsde het op straat van de stampvolle bussen en auto's die met elkaar om een plaatsje vochten. Judith schoot een van de laatste open parkeervakken in, vlak voor een andere automobilist, een marineman in uniform die woedend met zijn handen op zijn stuur beukte.

Ze trok haar lange wintermantel aan, deed een hoofddoek om en stapte uit om te gaan lopen. Er stond een koude bries vanuit het zuiden, vanachter de Potomac en de Anacostia. Ze had zichzelf gedwongen deze en andere namen en plaatsen uit het hoofd te leren; was achter de trams aan gereden om zich vertrouwd te maken met de stad. Ze frequenteerde de afdelingen kleding van Woodward & Lothop en Hecht's; als ze daar haar geld zagen, dachten ze met een blanke vrouw van doen te hebben en lieten haar kledingstukken passen in de paskamertjes. Monumenten of musea bezocht ze niet. Ze was niet in het minst nieuwsgierig naar wat er – behalve de president – nog meer was in deze stad. Vanmorgen droeg ze, om zich tussen de mensen op de trottoirs te kunnen mengen en zich net zo te gedragen als zij, haar favoriete bruine mantelpakje met schoudervullingen. Eronder droeg ze schoenen van bruin leer. Bij een hoekkiosk kocht ze een exemplaar van *The Washington Post*, zwarte koffie en een broodje ei – in totaal vijftig dollarcent. Ze keerde niet terug naar haar auto, maar wandelde verder, kauwend op haar broodje en met de opgevouwen krant onder haar arm. Ze luisterde naar gesprekken tussen vrouwen.

Het had niet lang geduurd voordat ze zag dat de woorden van de aardige vrouw in het Public Welfare Building klopten: de vrouwen waren in deze stad ver in de meerderheid. Ze waren kantoorbediende of secretaresse, assistente of koerierster, typiste of ambtenares, gekleed in een mantelpakje als dat van Judith zelf, óf in uniform. Ze werden *government girls* of kortweg *g-gs* genoemd, vrouwen die de oorlog overzichtelijk genoeg maakten om het de mannen mogelijk te maken die op papier uit te vechten. Ze waren met tienduizenden hierheen gekomen om werk te vinden, en misschien zelfs – ondanks de geringe kansen – een romance. Het wemelde van deze vrouwen in de stad.

Judith liep wat langzamer om flarden van gesprekken te kunnen opvangen. Het meeste wat ze hoorde, waren klachten. De vrouwen kregen veel minder betaald dan de mannen. Het leven was duur. Acceptabele onderkomens waren schaars en veel te duur. De meisjes hadden heimwee, voelden zich eenzaam en zaten krap bij kas. Hun werk was saai en ze werkten zes dagen van de week. Hun bazen waren geilaards, hun schrijfmachines aftands. Ze hadden soms een afspraakje, maar hun kamergenotes gunden hen veel te weinig tijd. De feestjes die hier en daar werden gegeven waren saai, net als die van de kerken en synagogen.

Judith sloeg af naar Lafayette Square en liep in zuidelijke richting verder, langs de Ellipse. Hier zag ze mannen die in hun auto zaten te eten of te roken, wachtend tot hun kantoor open zou gaan. Ze oogstte lachjes van de velen die opkeken. Ze beantwoordde hun lach en liep gestaag door, waarbij ze de hakken van haar pumps hard op de stoeptegels plantte, zodat ze de *klik-klik*-geluiden van een Amerikaans meisje maakte.

Ze bleef wandelen totdat de zon hoog genoeg aan de hemel stond, waardoor de mannen en vrouwen hun sigarettenpeuk uitdrukten of een eind maakten aan hun gebabbel om in drommen naar hun bureau en archiefkast te gaan, zodat hun auto's leeg achterbleven. Judith stond nu naast haar auto. De krant gooide ze weg, zoals ze iedere ochtend had gedaan, zonder er een woord in te lezen. Ze wierp een lange blik naar het Witte Huis, op vier huizenblokken afstand, en nam een besluit.

Nee. Genoeg.

De Nash liet ze staan. Daar zou ze pas laat in de middag naar terugkeren. Nu liep ze weg naar de hoek van Fourteenth Street en Pennsylvania Avenue. Daar nam ze de tram – een gammel houten geval uit de negentiende eeuw dat allang buiten dienst was geweest maar weer rijklaar was gemaakt om de massa's van Washington te vervoeren – om te gaan winkelen.

Tegen twaalven kwam Judith terug bij haar kamer. Ze liep langs de plek waar ze het lijk van de jongen had gedumpt. Ze worstelde zich door een menigte zwarte buurtbewoners die elkaar verdrongen langs de zaagbokken die een kordon rondom de plek vormden. Overal liepen wijkagenten rond, vadsige blanke kerels met een gummiknuppel aan hun koppelriem; zij moesten de kijklustigen op afstand houden. De jongen was al weg – ze vergaapten zich aan vuilnisbakken.

Judith ging naar haar kamer en sliep daar twee uur. Toen ze wakker werd, trok ze een onopvallende rok, een kabeltrui en wanten aan, platte leren schoenen met rubberen hakken en een slonzige wollen mantel, allemaal gekocht bij zaken waar ze tweedehands kleding verkochten. Ze bond haar lange haar in een paardenstaart om het uit haar gezicht te houden en liep toen terug naar de Nash bij het Commerce Building. Onderweg bespeurde ze dat de mensen die ze passeerde nu heel anders naar haar keken. Mannen in auto's lachten niet naar haar, en de vrouwen die winkels in- of uitgingen gunden haar geen ruimte op het trottoir. Judith liep op schoenen die geen geluid maakten.

Toen ze de Nash bereikte, stapte ze in, beschut tegen de kou. De stad ging langs haar heen, bedrijvig en in beslag genomen door zichzelf en de oorlog. De zuidelijke veranda van het Witte Huis glansde achter het hoge ijzeren hek, waarlangs intensief werd gepatrouilleerd – ondoordringbaar. Er verstreek een uur waarin ze voorbijgangers zag stoppen om hun kodak in stelling te brengen voor een foto van het Witte Huis. De meesten liepen echter door. Judith trok zich terug in haar afzondering. Zij was anders dan al deze mensen. Ze stond volkomen los van deze stad en haar oorlog of arbeidsinspanningen, of van de carrières die er werden gemaakt of gebroken, of van haar samenleving met zoveel rijkdom en armoede. Het volgende uur in haar kille auto verstreek snel. Ze stemde de radio af op de golflengte van de WTOP en luisterde naar Amerikaanse muziek: 'This Is the Army', 'Mister Jones', 'I Left My Heart at the Stage Door Canteen', 'Der Fuhrer's Face' en 'Don't Sit Under the Apple Tree'.

Toen verscheen Roosevelt.

Zijn gepantserde limousine reed de oostpoort uit, zoals altijd voorafgegaan door een zwarte auto en gevolgd door een tweede zwarte auto. Judith startte de Nash en verliet het parkeervak, dat onmiddellijk weer werd bezet. Roosevelts kleine colonne reed snel langs haar heen. Judith was genoodzaakt het verkeer tot stoppen te dwingen door een U-bocht te maken. Ze volgde de colonne met drie auto's tussen haar Nash en de zwarte volgauto en vroeg zich af waar de president naartoe onderweg was. Niet eerder had ze de president vóór 's middags drie uur zien vertrekken voor een van zijn omzwervingen per auto. Gisteren had ze de colonne een uur en tien minuten achtereen gevolgd terwijl hij en zijn bewakers doelloos door de stad reden, helemaal tot aan Rock Creek Parkway, voordat ze terugreden naar het Witte Huis. De vorige avond was Roosevelt pas om 19.33 uur de oostpoort uitgekomen. Judith was hem gevolgd naar het Statler Hotel, waar een banket voor de omroepen werd gehouden, volgens de boodschap op het ingangsbaldakijn. Ze was niet blijven wachten totdat hij het banket verliet, maar was naar huis gegaan.

De rit van vandaag duurde maar kort. De colonne sloeg links af naar Constitution Avenue en reed meteen Fourteenth Street in, langs de obelisk van het Washington Monument. Recht voor haar reden de auto's een garage in, onder het Bureau of Engraving. Achter dat complex lag een klein rangeerterrein van de spoorwegen. Dit moest betekenen dat Roosevelt per trein naar het noorden zou vertrekken, naar zijn huis in Hyde Park, in de staat New York. Hij zou pas na het weekeinde terug zijn.

Judith reed verder en zette de Nash terug in de huurgarage, voordat het spitsuur elk kruispunt zou blokkeren. Toen ze van de garage terugliep naar huis, was de avondschemering donkerder dan anders – alle feestverlichting in en om de wijk was eindelijk weggehaald.

Mrs. P. zat in haar schommelstoel te roken. 'Desiree.'

Judith hield haar pas in.

'Dag, Mrs. P.'

'Kom eens hier, meisje.'

'Ja, mevrouw.'

Ze ging op het trapje zitten, onder de knieën van Mrs. P. De oude vrouw richtte de geknauwde steel van haar pijp op Judiths gezicht. 'Heb je het al gehoord, van de zoon van de huisbaas?'

'Ja, mevrouw.'

'Wat hebben ze je verteld?'

'Dat ze hem afgelopen nacht op straat hebben doodgeslagen.'

'Weet je ook waarom?'

'Geen idee, mevrouw.'

'Drugs, volgens de politie. Hij had wat bij zich. En geld ook.'

'Tragisch.'

Mrs. P. zoog aan haar pijp bij dat idee. 'Die knaap zou niemand kwaad hebben gedaan. Ze wilden hem zelfs niet in het leger hebben, met dat slechte oog. Hij had alleen een veel te grote broek aan, da's alles. De arme knul. Wie zou hem zoiets gemeens hebben aangedaan? Wat zijn dat voor mensen?'

'Slecht volk, vrees ik.'

Mrs. P. schudde het hoofd, een en al ongeloof. 'Mmm-hmm. Kan er geen touw aan vastknopen. Ik heb nooit gehoord dat het joch iets met drugs te maken zou hebben. Goeie genade, je denkt dat je sommige mensen wel kent. Kijk nou eens wat er is gebeurd.'

'Ja, mevrouw.'

De oude vrouw richtte haar zwarte ogen op Judith. 'Ken ik jou wel, Desiree?'

'Ja, mevrouw, ik denk van wel.'

Mrs. P.'s hand flitste langs Judiths gezicht. 'Ga door. Waar zie je mij voor aan? Stom? Dan vergis je je.'

Judith knipperde met haar ogen, overrompeld. Ze bewaarde haar houding, maar hield de echte trek van verbazing op haar gezicht in stand.

De stem van Mrs. P. klonk barser nu. 'Jij weet niets van dit soort dingen?'

'Nee, mevrouw. Waarom zou ik?'

'Je breekt mijn hart, meisje.'

'Hoe zou ik dat kunnen?'

'Je liegt tegen me. Ik weet wat jij uitspookt.'

Judith verstarde en zweeg.

'Dacht jij dat ik niet zie dat jij op alle mogelijke uren komt en gaat? Dacht jij dat ik niet wist wat jij hier in mijn schommelstoel zit weg te paffen? Meid, die stank is in de hele straat te ruiken. Ik wéét wat het is. Ik heb in Harlem gewoond, en waar al niet, daarom weet ik dat. Je mag van geluk spreken dat niemand het aan de politie heeft verteld, vooral nu die arme jongen voor diezelfde troep is doodgeslagen.'

Judith zweeg.

'Nee, meisje, je hebt mij niets te zeggen; wees blij dat je daar kan blijven zitten en zoveel geluk hebt gehad.'

Judith monsterde Mrs. P. De oude vrouw schommelde geagiteerd en haar ogen spuwden vuur. 'Luister goed, Desiree, ik ben jouw moeder niet. Aangezien je moeder echter niet hier is, neem ik haar plaats even in. Luister goed, want ik ben niet op mijn achterhoofd gevallen.'

'Ik heb nooit gezegd dat u…'

'Stil. Ik ga ervan uit dat jij iets weet wat je niet kwijt wilt, en dat is mij best. Je gaat gewoon je gang maar. Ik krijg echter de indruk dat jij weleens zou kunnen omgaan met die slechte mensen over wie je het had. Wij weten dat Josh dat deed. Hoor je goed wat ik zeg?'

Judith knikte; ze liet Mrs. P. eens te meer een beter dekmantelverhaal verzinnen dan ze zelf had kunnen construeren.

'Ik weet dat jij er iedere dag op uit gaat om werk te zoeken. Ik zie jou iedere ochtend weggaan nadat je jezelf helemaal hebt opgetut in een poging een blank meisje te lijken. Maar, Desiree, die bureaucraten gaan heus geen kleurlinge uit New Orleans aannemen voor een kantoorbaantje. Ondanks je mooie blauwe ogen. Die kijken nu eenmaal niet verder dan je huid en geven je evengoed een min baantje. Nee, kindje. Je zult je voor sommige mensen nooit goed genoeg kunnen kleden, en dat is de waarheid.'

Judith liet het hoofd hangen en stelde zich voor wat Mrs. P. had gezegd.

'Je moet er niet op uitgaan en ze de kans geven jou zo te vernederen, weet je, zodat je hier in het holst van de nacht die smerige wiet zit te paffen. Omgaan met criminelen en zo. Dat soort lui neemt jou op een kwaaie dag gemeen te pakken – kijk maar wat ze met die blanke jongen hier hebben gedaan. Als je moeder het wist, gaf ze je ervan langs met een rietje. Verdomme, meid, je maakt dat ík niet kan slapen van de zorgen!'

'Het spijt me. Ik zal ermee ophouden.'

'Ik weet dat jij ermee gaat ophouden, want ik zal je erbij helpen. Als je mijn hulp tenminste wilt.'

'Ja, mevrouw.'

'Ik geef je de keus uit twee dingen. Nummer één is dat ik er de politie bij haal, dan mag je hun vertellen wat je mij vertelt. De arme Josh heeft het niet verdiend om zo te worden vermoord. Ik heb zo'n idee dat jij er meer van weet. Maar dat draait om witte mensen en dus is het hun probleem, tenzij jij het jouw en mijn probleem maakt. Dan zal ik moeten doen wat ik moet doen. Begrepen?'

'Ja, mevrouw.'

Mrs. P. bestudeerde Judiths berouwvolle gezicht sceptisch. 'Mmm-hmm. Ik denk wel dat je voor mogelijkheid nummer twee gaat kiezen.'

'Dat denk ik ook.'

'Goed. Ik ken een blanke dame. Ze kan maar geen hulp houden. Ze kan er echter best mee door, als je haar niet voor de voeten loopt. Haar man heeft een hoge baan bij de regering; hij doet iets voor de president, meer weet ik niet. Ze hebben ergens hier in de stad een huis, niet ver van hier, en nog een huis in Virginia. Ik ga er een paar keer in de week heen om wat voor ze schoon te maken en te koken. Langer kan ik haar niet velen. Jij hebt echter een vaste baan nodig, iets wat ervoor zorgt dat je iets omhanden hebt en die troep van je niet gaat zitten roken. Ze zal je aannemen als ik een goed woordje voor je doe. Je zult me echter moeten beloven dat je jezelf in het gareel houdt. Zo, zeg het maar – wil je dat ik je werk bezorg?'

Judith had bedacht dat ze misschien weken zou moeten wachten. Ze was zelfs bereid maanden te wachten, als dat nodig was. Vanmorgen nog had ze besloten het over een andere boeg te gooien, met dat Witte Huis zo dicht-bij en toch zo onbereikbaar voor haar. Nu zat ze hier, op een gammele hou-ten veranda in een zwart getto, terwijl het gezag de buurt afsnuffelde van-wege de moord op die jongen en Mrs. P. met de politie dreigde. Deze gang van zaken leek wel veel op hoe het was gegaan, de laatste keer dat ze hier in Washington was geweest. Ook bij die klus was alles heel snel gegaan.

Hier, in Amerika, leek alles altijd op zijn plaats te vallen. De mensen hier wisten wat ze wilden – en ze kregen het ook.

Ze stond op van de verandatrap en verstrengelde haar vingers. Judith, een moordenares die pakweg twaalf geslaagde operaties op haar conto had en in Caïro een ommuurde villa bezat, betaald door cliënten uit alle delen van de wereld, wist dat dit het moment was om op te staan, nu ze bloed van slechts enkele uren oud aan haar handen had. Dat was iets wat je geen en-kele huurmoordenaar kon bijbrengen, niet door training in het hanteren van wapens of lessen in tactiek. Zoiets stond of viel met intuïtie en erva-ring, het innerlijke weten dat jou iets wordt voorgeschoteld dat even vol-maakt als onwaarschijnlijk is, en de meest directe weg is naar het doel. Voor zoiets stond je op, nederig en dankbaar.

Mrs P. vroeg: 'Nou, wil je dat ik je die baan bezorg of niet?'

Judith glimlachte, maar niet naar Mrs. P.

'Graag, mevrouw.'

6

Om middernacht stopte Dag voor een avondwinkel voor een fles cola en een zak gezouten pinda's. Voor Lammeck, die nog niet over dollars beschikte, kocht hij een chocoladereep en een zak snoep. Op de terugweg naar de auto zag Lammeck hoe Dag een lange teug nam en toen de pinda's in de colafles goot. Hij kauwde cola met pinda's erin, telkens als hij de fles aan zijn mond zette.

'Wat?' vroeg Dag op afgemeten toon, toen hij zag dat Lammeck een vies gezicht trok. 'Dit is de manier waarop pinda's worden gegeten in het Zuiden. Nu mag u rijden.'

Lammeck ging achter het stuur zitten. Op de passagiersstoel bedekte Dag zich met zijn gekreukelde jas. Lammeck reed van het parkeerterrein van de winkel de straat op. Dag sproeide colaschuim en pinda's over het dashboard. 'Rechts houden, rechts houden!'

Lammeck rukte aan het stuurwiel. Er was geen ander verkeer in hun buurt gekomen, maar Dag bleef mopperen. 'Ik heb het door,' verzekerde Lammeck hem. 'Neem er je gemak van.'

'Ja hoor, maar dat ga ik proberen met één oog open.'

Dag kon niet slapen. Nog vóór Baltimore nam hij het stuur weer over. Lammeck leverde er geen commentaar op. Op de weg rechts houden was zenuwslopend als je vijf jaar lang niet anders had gedaan dan links houden. Hij ging ervan uit dat hij met dit aspect van Amerika gaandeweg wel weer vertrouwd zou raken.

Lammeck trok Dags overjas op tot aan zijn kin. Hij kon zelf evenmin indutten; zijn inwendige klok tikte nog volgens Schotse tijd, uren eerder. In plaats daarvan nam hij in gedachten de zaak door, waarbij hij de bekende feiten scheidde van de gissingen.

In de linkerkolom, de feiten, vond hij bitter weinig. Twee leden van de burgerbescherming vermoord door een expert; een zelfmoord, maar verdacht. Een dolkmes dat uit de tijd van Hassan-i-Sabbah kon stammen, maar op zijn minst rechtstreeks was geïnspireerd op de isma'ilitische assassijnen van Alamoet. Dat dolkmes was vermoedelijk het moordwapen dat op het strand was gebruikt. Een niet na te trekken revolver, kaliber .32, die zonder twijfel was gebruikt bij de in scène gezette zelfmoord van Bonnies echtgenoot. Een keukenmes dat zonder enige twijfel opzettelijk met bloed besmeurd in de gootsteen van de echtgenoot was gelegd.

Wat nog meer?

De volgende reeks feiten die Lammeck op een rijtje zette, leek weg te drijven van zekerheid, zoals een losgeslagen roeiboot wegdrijft van een steiger. De bandenlichter, voor de koplampen van de pick-uptruck in het zand gevallen. Een plukje lang zwart haar, aangetroffen in de hand van Otto. Bandensporen in het zand. Vrijwel identieke snijwonden in de onderarmen van Bonnie. De dodelijke kogel in de muurplint van Arnolds woning; en de steekwond die Otto's hart niet onmiddellijk had verlamd. Al deze dingen waren niet meer dan hints. Er zat niet één zekerheid bij, maar toch zetten hij en Dag al hun fiches op deze gok.

Nog erger waren de intuïtieve vermoedens. Een onderzeeër. Een vrouw, een Perzische. Roosevelt als doelpersoon; Washington als de plaats.

Tot slot herkauwde hij de onthulling dat hijzelf en Dag de volledige mankracht belichaamden die voor deze zaak werd ingezet. Scepsis was vermoedelijk een te milde typering voor de manier waarop de geheime dienst deze jacht benaderde.

Ondanks dit alles, terwijl de donkere zuidoostkust langs de kille ramen van de Packard gleed, kon Lammeck niet hetzelfde gevoel als al door Dag onder woorden was gebracht van zich af schudden. Hoe magertjes de optelsom van dit alles ook was, hij mocht een biet zijn als dit niet precies was wat er gaande was.

De geschiedenis was nooit teruggedeinsd voor het onwaarschijnlijke. Hoe groot was de kans geweest dat Lincolns lijfwacht juist op die verkeerde avond in het Ford Theater naar de kroeg was geslenterd voor een biertje? Of dat beide pistolen van Richard Lawrence, de eerste man die een poging had gedaan om een Amerikaanse president te vermoorden, in het Capitool, op een meter van Andrew Jackson dienst hadden geweigerd? Of wie had vorig jaar kunnen voorspellen dat de aktetas met tijdbom in Hitlers bunker bij toeval achter een tafelpoot zou worden geschoven die zo dik was dat der Führer met de schrik vrijkwam? Of dat Roosevelt in 1933 op de achterbank van zijn toerwagen in Miami een toespraak zou beëindigen en zich toen snel naar voren boog om een telegram te lezen, juist in de seconde dat de kleine Italiaanse anarchist Giuseppe Zangara – die het waanidee had dat zijn maagkwaal over zou gaan als hij Roosevelt vermoordde – het vuur opende en niet de president, maar de burgemeester van Chicago doodde?

Lammeck brak zich het hoofd over de assassijn – de schim die zij als een soort lappendeken hadden samengesteld – op wie ze jacht maakten. Deze – ja, wat? Perzische vrouw? Dit fantoom? – was duidelijk niet krankzinnig. Uit de geschiedenis vielen slechts twee klassieke redenen voor een politieke moord te distilleren: waanzin en machtshonger.

Het leeuwendeel van dergelijke moorden werd gemotiveerd door de tweede reden. Romulus had zijn broer Remus, medestichter van Rome, om die reden vermoord. De machtige stadstaat was een soort watermerk in de geschiedenis van politieke moorden. In het jaar 37 had keizer Tiberius zijn rivaal Sejanus en diens hele familie laten ombrengen, met inbegrip van Sejanus' veertienjarige dochter, die als maagd gespaard had moeten worden. Dus werd het meisje in het openbaar door haar moordenaar verkracht voordat hij haar wurgde. In het jaar 69 had Rome vier verschillende keizers in één jaar ingehuldigd: Galba was Nero nauwelijks opgevolgd toen zijn opvolger Otho zijn benen, armen en lippen liet amputeren. Zelf had Otho de hand aan zichzelf geslagen om te voorkomen dat hij zou worden gedood door Vitellius, die later door een woeste menigte met mest werd bekogeld en door Vespasianus in de Tiber werd gegooid. Tien jaar later was Vespasianus zelf in zijn bed gestorven.

Ook had de geschiedenis de moordenaarsrol niet voor alleen mannen gereserveerd. Agrippina had haar echtgenoot Claudius vergiftigd om de Romeinse kroon voor haar zoon Brittannicus te beschermen tegen haar andere zoon, Nero. Nadat Caesar Cleopatra en haar broer Ptolemaeus XIV tot koningin en koning van Egypte had aangesteld, had Cleopatra prompt Ptolemaeus laten vermoorden om ervoor te zorgen dat de zoon die Caesar bij haar had verwekt, Caesarion, haar zou opvolgen. Enzovoort.

Lammecks gedachten pendelden op het ritme van de schommelende Packard heen en weer. Hij zakte onder Dags jas nog wat verder onderuit en liet zijn geest wegzweven in een halfslaap. Loom overdacht hij wat ze voor de boeg hadden, het zoeken naar een naald in een gigantische hooiberg, namelijk een moordenaar in de hoofdstad van de natie. Als deze vrouw werkelijk bestond en door een andere natie was uitgezonden, moest ze over ruime middelen beschikken en heel intelligent zijn. Ze kon alleen werken, maar misschien ook niet. Zorgeloos zou ze niet handelen. Ze zou iedere stap beramen, het juiste moment afwachten en dan toeslaan. Maar welk moment? Welke zwakke plek zou ze in Roosevelts dagindeling of dagelijkse bezigheden kunnen ontdekken die hem kwetsbaar maakte? Afgaande op haar sluwheid en vaardigheden – de messneden in Bonnies onderarmen, het in scène zetten van Arnolds 'zelfmoord' om haar spoor te verdoezelen – kwam hij tot de conclusie dat zij niet uit martelaarshout was gesneden, zoals Charlotte Corday d'Armont, of Trotski's bijlmoordenaar, Ramón Mercader. Was ze misschien een moordenares uit vaderlandsliefde, het soort dat zich maanden gedrukt kon houden totdat zich de gelegenheid voordeed om ergens op een hoek positie te kiezen en de presidentiële auto op te blazen, zoals Gabčik en Kubiš hadden gedaan met Heydrich? Of zou ze proberen zich onopvallend in de buurt van de president te wurmen en daarna onopgemerkt te verdwijnen – een beroepsmoordenares die niet de minste neiging had om haar eigen leven te offeren, zoals de volgelingen van Alamoet hadden gedaan voor het paradijs dat hun was beloofd?

Lammeck kwam knorrend overeind, zo abrupt dat Dag van schrik vloekte en aan het stuur rukte. 'Wat is er?' blafte hij. 'U bezorgt me bijna een hartaanval.'

'Ze heeft hulp gehad, Dag. Er moet ginds in Newburyport iemand klaar hebben gestaan. Daarom is ze juist daar geland.'

'Professor, kom nou toch. Ik geloof niet dat ik nog één theorie kan slikken. Laten we het bij de harde feiten houden, ja? Ga maar slapen.'

Lammeck trok Dags verkreukelde jas van zich af en gooide hem op de achterbank.

'Hé, kalm aan daarmee!' zei Dag.

'Bonnie en Otto. Waren ze minnaars?'

Achter het stuur haalde Dag zijn schouders op. 'Dat zei de politie, ja. Iedereen in de stad scheen ervanaf te hebben geweten, behalve de arme Arnold zelf.'

Lammeck haalde diep adem om weer helemaal wakker te worden. 'Zeg dat wel – arme Arnold. Vertel mij iets. Hoe kan iemand die in het holst van de nacht door een onderzeeër onder de kust is gebracht, uit Duitsland of Japan of weet ik veel, van Otto en Bonnie hebben geweten? Hoe wist zij waar Bonnie en haar man woonden? Hoe heeft ze kans gezien om drie uur 's nachts bij Arnold binnen te komen, tenzij hij iemand voor de deur zag staan die hij kende?'

'O, klote,' zei de geheim agent. Hij trapte op de rem en zette de auto bij de berm stil.

'Wat doe je nou?' vroeg Lammeck.

'We moeten terug, professor. Waarom heb ik daar verdomme twee weken geleden niet aan gedacht? Verdomd, ze moet een medeplichtige hebben gehad. Godverdomme!' Hij sloeg met zijn vlakke handen op het stuur. 'Ik heb me geen moment afgevraagd waarom ze bij Newburyport aan land is gegaan en niet ergens anders. Ik dacht dat het haar alleen om een afgelegen plek te doen was geweest, of dat er een connectie met Boston moest zijn die later wel duidelijk zou worden. Of… nou ja, wat dan ook. Verdomme, ik had geen idee. Ik liet me meeslepen door de plaats delict en dat verdomde dolkmes. En daarna moest ik naar Schotland om u erbij te halen…'

Lammeck gebaarde naar de voorruit. 'Rustig nou maar, het was mij tot nu toe ook ontgaan. Keer niet om, laten we doorrijden naar Washington. Ik heb een ander idee.'

'Stomkop die ik ben!' Dag bleef zichzelf verwensen.

'Zit er niet over in. Dit hele gedoe lijkt op een kruiswoordraadsel. Iedere keer als we iets uitknobbelen, duiken er twee of drie nieuwe aanwijzingen op. We hebben geen keus: we moeten het ene punt na het andere bekijken. Zorg alleen dat je flexibel blijft.'

Dag knikte, maar nauwelijks tevredengesteld. Lammeck wist nog van de opleiding dat Dag niet bepaald een soepele denker was. Hij was eerder een man die recht op zijn doel afging. Hij had drie Duitsers gewurgd en zou er nog meer hebben gedood of zelf zijn gestorven, alleen om te ontsnappen. Deze eenzijdige doelgerichtheid was vermoedelijk de reden dat hij over het hoofd had gezien dat de moordenares hulp moest hebben gehad. Toen Lammeck zich afvroeg waarom hij het zelf niet eerder had bedacht, schreef hij het toe aan oververmoeidheid en de zondvloed van nieuwe indrukken die hij moest verwerken, nu hij weer in Amerika was, dus liet hij het los.

Dag trapte het gaspedaal in en ze vervolgde hun reis over Route 1 naar het zuiden. In de duisternis doemden de donkere buitenwijken van Baltimore op. Verduisterde garages en pakhuizen schoten in het deels door wolken verduisterde maanlicht voorbij. Lammeck wreef over zijn baard en begon aan een logische redenering die, zoals hij bij voorbaat accepteerde, slechts schetsmatig kon zijn.

'Op welk tijdstip zijn die moorden op het strand gepleegd? Twee uur, half drie?'

'Rond die tijd, ja.'

'Goed. Roep me een halt toe als dit verhaal geen hout mocht snijden. We gaan ervan uit dat de assassijn op het strand aankwam, daar Bonnie en

Otto vermoordde en vervolgens maakte dat ze in het stadje kwam. Daar vond ze Arnold en vermoordde hem ook. Ze zal echter niet van plán zijn geweest dat allemaal te doen; het lijkt een noodreactie op iets wat niet volgens plan verliep. Als zij omstreeks half drie op het strand aankwam, hoe lang zou ze dan nog hebben gehad als alles wel volgens plan was verlopen?'

Dag begon te rekenen. 'Laten we aannemen dat ze alles te voet deed. Vijf minuten om het strand te bereiken en zich om te kleden. Vijftig minuten lopen naar de stad. Zeg maar een uur.'

'En vanuit de stad, zullen we aannemen, is ze regelrecht op weg gegaan naar Washington.'

'Mee eens,' zei Dag somber.

'Hoe laat vertrok de eerste trein uit Newburyport?'

'Nieuwjaarsochtend? Dat moet ik uitvissen, maar je kunt er vergif op innemen dat het niet vóór zevenen was.'

'Goed. Juist, Dag, blijf even bij me. Stel dat jij deze missie voor de soe had moeten beramen en uitvoeren, zodat jij degene was die naar het strand zwom. Hoe laat zou jij dan op het strand zijn aangekomen, als je van plan was in een klein stadje de trein van zeven uur te nemen? Geen aandacht op je vestigen, geen argwaan wekken – alleen naar het strand zwemmen, de trein nemen en naar het zuiden reizen?'

'In geen geval eerder dan vlak voor zonsopgang. Half vijf, vijf uur misschien. Ik zou proberen bij het aanbreken van de dag in het centrum te zijn, niet vroeger. Daar zou ik uitzoeken waar het station was, me gedrukt houden en op de trein wachten. Op nieuwjaarsochtend kun je er wel van uitgaan dat er verder nog niemand op is, dus wil je daar niet rondhangen als alles gesloten is en niemand naar zijn werk gaat. Je zou veel te veel opvallen. Iemand zou jou hebben gezien en zich jou herinneren. Nee, je zou onder geen voorwaarde het risico nemen daar al om half drie op te duiken. Veel te vroeg, veel te veel kans om op te vallen.'

'Tenzij…?' Lammeck wachtte totdat Dag het estafettestokje zou grijpen en rennen.

'Tenzij je daar iemand had bij wie je je benen onder de keukentafel kon steken totdat de trein vertrok.'

'Of?'

'Of…' Dag dacht even na en lichtte toen zijn hand van het stuur. 'Of als je die verdomde trein helemaal niet hoefde te nemen!'

Lammeck zakte met een zucht achterover. 'Een tien met een griffel voor geheim agent Nabbit.'

14 januari
Washington DC

De telefoon rinkelde. 'Professor Lammeck? Met de receptie. Er is hier een meneer Nabbit die me vroeg u te zeggen dat hij voor het hotel staat te wachten.'

'Zeg hem maar dat ik zo dadelijk beneden ben.'

'Sta me toe, professor, maar meneer Nabbit zit in zijn auto en toetert erop los.'

'Ik zal haast maken.'

'Dank u.'

Lammeck greep zijn winterjas en haastte zich naar de lift. Op de oprit van het Blackstone Hotel zat Dag ineengedoken in de Packard, met stationair draaiende motor. Lammeck stapte in en Dag reed Seventeenth Street in voordat hij zijn mond opendeed. 'Ik had u gevraagd om tien voor twaalf klaar te zijn.'

'Ik was klaar.'

'In de foyer, bedoelde ik.'

'Wat heb je toch? Ben je nerveus?'

Dag griste een bruine envelop van de voorbank, tussen hen in. Hij wapperde ermee, alsof hij Lammeck ermee wilde bedreigen. 'Het gaat hierom,' zei hij. 'Dit gaat me mijn ontslag kosten. Ik kan zelf niet geloven dat ik zo'n vervloekt rapport heb moeten schrijven. Het lijkt wel zo'n Marlowe-verhaal van Raymond Chandler. Of nee, het klinkt nog veel irreëler dan dat.'

Lammeck stak zijn hand niet uit naar de envelop. 'Het ergste wat u kan gebeuren, professor, is het vliegtuig terug naar Schotland. Maar ik? Het ergste wat ze met mij kunnen doen, is mij erop zetten, samen met u.'

'Geen zorgen, we zullen het overtuigend brengen.'

Dag liet de envelop vallen en Lammeck zag zijn kaak verstrakken. Het deed hem deugd te zien dat de geheim agent er vanmorgen niet uitzag als een verkreukelde krant. Hij droeg een geperst pak en zelfs een stropdas. In het Witte Huis was uiterlijk belangrijk. Dag kon bijna voor knap en vlot doorgaan.

Dag reed naar de westpoort en liet zijn legitimatie zien aan een bewaker, die Lammecks naam aan de hand van een lijst controleerde. Ze parkeerden de Packard en liepen de westvleugel in.

Mariniers in gala-uniform hielden de deuren voor hen open. Op hun wandeling langs een lange portrettengalerij gaf Dag zijn vroegere mentor uitleg over het veiligheidskordon rond de president.

'Washington DC is District 5 van de geheime dienst, een van de in totaal vijftien districten over het hele land. Het Witte Huis is een district op zichzelf, District 16. Er zijn in District 16 permanent zeventig geheim agenten gedetacheerd, naast honderdvijfendertig politiemensen van het Witte Huis zelf. Gedurende de eerste oorlogsjaren, tot eind 1943, is de hele stad verduisterd geweest. Er stonden zware mitrailleurs op het dak van het Witte Huis, en luchtdoelgeschut op het terrein eromheen. Die wapens zijn nu weg. Er zijn ondergrondse schuilkelders en kluizen. Om een lang verhaal kort te maken, de president zal niets overkomen zolang hij hier in het complex is.'

Lammeck moest lange passen maken om Dag bij te houden. Diens looptempo verried hoe nerveus hij was. 'Hoe zat het dan met die kerel die in 1930 linea recta naar president Hoover kon lopen, toen die hier in het Witte Huis zat te dineren?'

'Daar weet u van?'

Lammeck grinnikte. 'Dat is m'n vak, Dag.'

'Oké, dat is vijftien jaar geleden. Sindsdien heeft het Congres bepaald dat iedereen die betrokken is bij de bescherming van het Witte Huis – dus alle geheim agenten en politiemensen – onder bevel staat van de geheime dienst. De coördinatie is nu beter. De beveiliging is waterdicht.'

'Laten we het hopen. Stel dat jij gelijk hebt, waar is de president dan het kwetsbaarst?'

'Geen twijfel aan: als hij reist. Wij maken ons niet al te veel zorgen als de Baas naar huis gaat, in Hyde Park, of naar het Kleine Witte Huis in Georgia gaat. Die routes hebben we streng beveiligd. Als hij echter de oceaan oversteekt, of ergens om politieke redenen moet zijn, zou u versteld staan van het vele voorbereidende werk dat er moet worden gedaan. Al weken voordat hij naar een andere bestemming gaat, controleren we alles en iedereen daar. Duizenden manuren. De moeilijkste situatie waarin we hem moeten beschermen, is echter een langzame colonne door een stad vóór het een of andere grote openbare evenement. We houden steeds een auto voor hem en een tweede achter hem, en op de treeplanken van zijn limousine staan gewapende agenten. We hebben agenten in de menigte, agenten op daken en noem maar op.'

'De limousine is gepantserd?'

Dag grinnikte vreugdeloos, zonder zijn pas in te houden. 'Dat zeker. In 1940 heeft de geheime dienst Al Capones gepantserde limousine min of meer geleend, nadat die was geconfisqueerd. Dat was een tikje beschamend, zodat Henry Ford de Baas een eigen gepantserde limousine schonk.

Als hij per trein reist, hebben we hem vijf minuten nadat hij het Witte Huis heeft verlaten in zijn eigen speciaal gebouwde spoorrijtuig in de ondergrondse remise in het Bureau of Engraving.'

'Dat spoorrijtuig is natuurlijk ook gepantserd.'

'Dat kan vier etages omlaag storten zonder een deukje op te lopen.'

'Hoe zit het met dat rubberen mes?'

'Jezus, weet u dát ook al?'

'Een gerucht, meer niet.'

'Ja, zal wel. Tijdens zijn tweede verkiezingscampagne stond de baas in Erie op het achterbalkon van zijn spoorrijtuig toen iemand een rubberen mes naar hem gooide. Hij miste, maar raakte de man naast de Baas.'

'Grappig.'

'In geen geval.'

'Ik neem aan dat er maatregelen zijn genomen om te voorkomen dat zoiets nog eens gebeurt.'

'Ja! Luister, dit is niet het goede moment om mij gek te maken.'

Lammeck wandelde verder en bedacht dat Dag in feite altijd wel ergens gek van werd. Hij was echter voornamelijk met zijn gedachten bij de compagniegrote groep agenten die de president in zijn eigen huis moest bewaken, en aan de pantserwagens en de vuurkracht die hem begeleidden, overal waar hij heen ging. Zelfs met al deze beveiligingsmaatregelen en schutters rondom Roosevelt – zelf voortdurend omringd door een kader van opvliegende, argwanende mannen als Dag die elke mogelijkheid probeerden te ontdekken – moesten er haarscheurtjes in het beveiligingskordon zijn die op gevaarlijke en soms komische manieren werden ontdekt door solitaire individuen die maar één ding wilden: de president angst aanjagen, hem zien eten of hem doden.

Zonder verdere aanmoediging ging Dag verder met het verdedigen van zijn geheime dienst. 'Roosevelt krijgt iedere maand zo'n veertigduizend brieven. Vijfduizend daarvan zijn dreigbrieven, afkomstig van kerels die hem knock-out willen slaan tot lieden die zweren dat ze hem dood zullen schieten zodra ze hem in het vizier krijgen. Al die brieven worden door agenten van de geheime dienst nagetrokken. Als Roosevelt naar een stad reist, krijgen al onze mensen van Persoonsbescherming een foto van de plaatselijke kneuzen van wie we een dossier hebben. Een paar dagen vóór de komst van de president leggen twee agenten een bezoekje af bij het gezin van die dreigbriefschrijvers, met het advies om de briefschrijver van de straat te houden totdat de president vertrokken is. Als tante Sally neef Tom niet in de hand kan houden, wordt hij geschaduwd. En als de man werkelijk een gevaar vormt, schrijven we een arrestatiebevel uit voor de plaatselijke politie.'

Lammeck stond versteld van de hoeveelheid dreigbrieven die Roosevelt leek los te maken. Zelfs Lincoln was niet in die mate bedreigd. Lammeck dacht eraan hoe Andrew Jackson, eveneens een fel gehate president, de gewoonte had om de beste voorbeelden van dit soort hatemail te ondertekenen en ze in de Washingtonse kranten te laten publiceren.

'Ik begrijp het. Jullie pakken het grondig aan.'

Ze bereikten een deur in de westvleugel, met het vijfsterrenembleem van de geheime dienst erop. Dag wapperde opnieuw met de envelop. 'We zien wel,' zei hij somber.

Ze stapten een vensterloze antichambre binnen. Achter het bureau zat een vrouw met een streng uiterlijk. Het strakke wit van de muren werd slechts onderbroken door enkele ingelijste certificaten. De atmosfeer had veel weg van het kantoor van een schooldirecteur. Het bordje op het bureau verkondigde: *Assistant to the Supervisor, White House Detail.*

Ze gluurde over haar pince-nez. 'Agent Nabbit.'

Dag liep naar het bureau, het rapport achter zijn rug. 'Mrs. Beach.'

'Loopt u maar door. U bent professor Mikhal Lammeck?'

Lammeck posteerde zich naast Dag. 'Tot uw dienst.'

De vrouw gebaarde naar een van de stoelen met rechte rugleuning. 'Aangenaam. Neemt u plaats.'

Lammeck gaf Dag een bemoedigende klap op de schouder en deed wat hem gezegd was. Met een schaapachtig gezicht trok Dag de verbindingsdeur open en verdween.

Tien minuten lang kon Lammeck er getuige van zijn hoe Mrs. Beach met een vulpen zat te schrijven of telefoontjes kort en zakelijk beantwoordde. Hij kwam tot de conclusie dat deze vrouw misschien twee of drie keer zo oud was als de Perzische moordenares, maar dat ze in een gevecht nog uitstekend haar mannetje zou staan.

De verbindingsdeur ging open en Dag wenkte Lammeck. Mrs. Beach keek niet op.

Lammeck stapte een warmer kantoor binnen, klein, maar ingericht met leren fauteuils en foto's van de man achter het bureau, gekiekt met allerlei wereldleiders. Met een vluchtige blik langs de foto's herkende Lammeck Churchill, Haile Selassie, Stalin en koning Saoed, voordat hij zijn aandacht richtte op de corpulente Ier die opstond en hem de hand reikte.

'Professor Lammeck, bedankt voor uw komst, van zo ver weg. Mike Reilly.'

Lammeck schudde hem de hand. 'Chief.'

Het rapport lag open op Reilly's bureau. Ze gingen zitten. Lammeck keek van Dag naar Reilly en weer terug, wachtend totdat een van de twee zou beginnen. Ze schenen allebei op hém te wachten. 'Goed.' Lammeck hief zijn beide handen op, de handpalmen naar voren, in een gebaar van overgave. 'Ik ben me ervan bewust dat er wat leemten zitten in de logica ervan.'

Reilly schoot in de lach. 'Leemten? Zeg dat wel. Olifanten kunnen vliegen.'

Lammeck mocht de man wel en speelde het spel mee. 'Van de ene wolkenkrabber naar de andere.'

Het hoofd van de afdeling Persoonsbescherming grinnikte. Dag, naast Lammeck, zag eruit als een geslagen hond.

'Professor, Dag steekt de loftrompet over u.' Reilly klopte even op het rapport. 'Uw conduitestaat is inderdaad indrukwekkend. U lijkt me een interessante man. U hebt zich gespecialiseerd in lieden die moordaanslagen plegen, precies het soort mensen dat Dag en ik – en nog zo'n duizend andere mannen en vrouwen als wij – koste wat kost willen tegenhouden. Als uw boek *Dodengalerij* klaar is, verheug ik me erop het te lezen. Zo. Als u er niets op tegen hebt, zou ik u nu wat vragen willen stellen.'

'Daarvoor ben ik hier.'

Reilly stelde hem indringende vragen over de messneden in de armen van Bonnie en over zijn conclusie dat die verwondingen bewezen dat haar moordenaar een speciale training in oude krijgskunsten moest hebben gevolgd. Hij stelde vragen over de in het zand gevallen bandenlichter en de bandensporen in het zand. Over de tijdstippen waarop de moorden waren gepleegd. Het mysterie van Arnolds zelfmoord, waarvoor Lammeck en Dag nog geen verklaring hadden gevonden, zelfs geen onwaarschijnlijke. Over de mogelijkheid dat de moordenaar plaatselijk hulp moest hebben gehad. De lange, pikzwarte haren. De twee bebloede messen, een dolkmes uit de twaalfde eeuw en een modern keukenmes.

'En naar uw mening komt dit alles,' zo vervolgde Reilly, 'erop neer dat een of andere vrouwelijke moordenares uit het buitenland momenteel hier in Washington moet zijn om de president te vermoorden. Nietwaar?' Het klonk geduldig, maar ook toegeeflijk.

'Daar komt het niet op neer, Chief.'

Dag kreunde. Lammeck sprak verder: 'Waar het wel op neerkomt, valt niet te zeggen. Als Dag en ik echter alle stippeltjes van het plaatje met elkaar verbinden, kunnen we de mogelijkheid niet uitsluiten dat de president het doelwit is van een door één of meer vreemde naties bekokstoofd complot om hem te vermoorden. Aangezien die mogelijkheid niet valt uit te sluiten – en met alle respect, Chief, maar ik heb Dag persoonlijk opgeleid en weet wanneer hij iets op het spoor is of niet – lijkt het mij uw plicht naar hem te luisteren en ervoor te zorgen dat die mogelijkheid wordt verijdeld.'

Reilly kneep zijn ogen samen. 'Bedankt dat u me aan mijn plicht wilde herinneren, professor. En nu de waarheid. Hoe groot is de kans?'

'Klein.'

Dag begroef zijn vingers in zijn oogholten.

Lammeck vervolgde: 'Houd echter voor ogen, Chief, dat de kansen even klein waren bij iedere president die werd vermoord. Misschien zelfs nog kleiner. Dat geldt ook voor koningen en koninginnen. Als u er prijs op stelt, kan ik u een lange reeks noemen.'

Reilly monsterde Lammeck even en knikte toen. 'U zegt in feite dat ze een Niveau Zes is.'

Lammeck beantwoordde Reilly's hoofdknik.

Met een ruk richtte Dag zich op. 'Wat is dat nou weer?'

Lammeck antwoordde: 'Iemand die zo goed is dat er geen bewijs van zijn of haar reële bestaan is. Wat je noemt een theoretische moordenaar.'

Dag dacht er hoofdschuddend over na. 'Geweldig. Verdomd geweldig. Nu moeten we de president al tegen een theoretisch iemand beschermen.'

Reilly en Lammeck keken elkaar zwijgend aan. Lammeck zag dat Reilly nadacht over wat hij had gehoord, terwijl Dag over zijn voorhoofd wreef, een toonbeeld van ellende.

Reilly deed zijn mond open. 'Dag, ik kan zien dat je deze zaak serieus opvat. Je hebt hier hevig mee geworsteld voordat je bij mij aanklopte en het risico nam. Daarom geef ik je dit hier.' Mike Reilly veegde de getypte vellen papier en de foto's van het rapport op een hoop. Hij tikte ermee op het bureau om ze te schikken en schoof alles weer in de envelop.

'Ik heb geen flauw idee of dit een complot, een opzetje, een klotestreek of gewoon slecht politiewerk in Massachusetts is. Jij komt me vertellen dat er een of andere Perzische griet door een onderzeeër aan land is gezet, met de opdracht Roosevelt te vermoorden. Ik zou zeggen: kom met betere bewijzen dan dit hier.'

'Jawel, sir.'

'Maar professor Lammeck heeft gelijk. Er is hier niets wat mij de kans geeft de mogelijkheid dat je gelijk hebt uit te sluiten. Niets dan wat nuchter verstand en een dosis realiteitsbesef. Hoe het ook zij, ik zal toestaan dat je de professor hier in het Blackstone Hotel laat blijven zolang je hem nodig hebt, of totdat ik je van deze zaak haal. Tot zolang kun je eraan verder werken.'

Dag richtte zich weer op. 'Mankracht?'

'Geen sprake van. Alleen jullie tweeën. En voorlopig verander ik niets aan de beveiliging van de president. Wel ben ik bereid wat instructies te ondertekenen. Zeg me wat je nodig hebt en ik zal zien of je het kunt krijgen. Maar werk stilletjes, Dag. Ik wil niet dat iemand anders lucht krijgt van dit onderzoek, begrepen? De FBI blijft erbuiten, de kranten mogen er niets van merken en – dat vooral – de Baas mag er niets van weten. Goed?'

'Jawel, Chief. Bedankt.'

Lammeck greep in voordat Dag meer kon zeggen.

'Eén ding. We zouden graag zien dat uw agenten in Boston iedere auto natrekken die in de twee maanden vóór de moorden in de omgeving van Newburyport is aangeschaft en geleverd. Laten ze vooral letten op kopers met een Duitse of Japanse achternaam of kopers die van Duitse of Japanse komaf zijn. Ze zouden ook moeten zoeken naar iemand die een auto heeft gekocht en er een kenteken voor heeft aangevraagd op zijn of haar eigen naam en het kort daarna heeft laten overzetten op iemand anders.'

'U denkt dat die Perzische moordenares een auto heeft gekregen om hier naartoe te rijden?'

'Volgens mij moet ze al ergens hier in Columbia zitten. Ik denk echter ook dat de persoon die haar heeft geholpen in Newburyport woont. Het autospoor is de enige invalshoek die ik op dit moment kan bedenken. Daarom zou ik graag zien dat dát wordt nagetrokken terwijl wij proberen hier de moordenares te vinden. Onder de radar door, als het ware. Zodra we harde bewijzen hebben, kloppen we aan om meer hulp.'

Reilly liet Dags rapport in de bak voor ingekomen post op zijn bureau vallen en gaf Lammeck een glinsterend Iers knipoogje. 'U zegt de meest belachelijke dingen alsof u er volkomen zeker van bent, professor. Bent u zich daarvan bewust?'

'Ik ben docent. Dat hoort bij het vak.'

'Nog iets anders?'

'Ik heb een eigen voertuig en benzinebonnen nodig. Plus een toelage voor maaltijden en onkosten.'

'Komt voor elkaar. Dag, jij nog iets?'

'Niets. Dank u, sir.'

Reilly stond op. Het onderhoud was afgelopen. Hij drukte Lammeck opnieuw de hand. 'Professor, ik weet dat u hier ver weg bent van uw collegezaal in Schotland. Bedankt dat u thuis hebt willen komen. Ik kan u niet zeggen hoe hevig ik hoop dat het allemaal zinloos geleuter is.'

Grijnzend zette Lammeck koers naar de deur.

'Professor?' zei Reilly.

'Ja… Chief?'

'Die gegevens over de autoverkopen en kentekens krijgt u. De volgende paar weken ben ik echter niet in de stad. Ik hou contact met Mrs. Beach. Zij zal tijdens mijn afwezigheid alles wat u nodig hebt voor u regelen. Ik weet namelijk dat jij daarmee in de wolken zult zijn, Dag.'

'In de zevende hemel, sir.'

'Ik verwacht gloeiend hete rapporten. Zeg me eens, professor. Hoe dacht u eigenlijk uw moordenares op te sporen?'

'Ik ga níet naar haar op zoek.'

Dags mond viel open. De geheim agent had geen aangename middag, ook al verlieten ze Reilly's kantoor niet met lege handen of met de kous op de kop, zoals hij had gevreesd. Lammeck besloot hem straks te trakteren op een biertje om hem wat op te vrolijken.

'Chief, als ik naar haar op zoek ga, zal ik haar nooit vinden. De vrouw is verdomd goed. En meedogenloos. Ze heeft geen haast. De enige kans die ik heb, is dat onze wegen zich kruisen.'

Reilly legde zijn handen op het bureau, geïntrigeerd. 'Hoe had u gedacht dat te bereiken?'

'Op de enig mogelijke manier.'

Lammeck keek naar het portret van Roosevelt boven Reilly's hoofd. Hij stelde zich voor dat de president lag opgebaard, met gesloten ogen.

'Ik ga zelf jacht maken op Roosevelt.'

Tijdens de hele wandeling door de gang bleef Dag op Lammeck kankeren. 'U gaat zelf jácht maken op Roosevelt? Bent u nou helemaal…' Hij beheerste zich nog net genoeg om met gedempte stem te spreken, maar zijn woedende gefluister werd door de muren van de westvleugel weerkaatst: 'Gek geworden?'

'Ik ben niet van plan de man te vermoorden, Dag.'

'Zeg dat verdomme wel! Maar Jezus, moest u dat nou juist zeggen waar Reilly bij was?'

'Hij heeft het goed begrepen.'

'Dan hebt u niet gezien hoe hij mij aankeek. Zo'n blik van "Hij is jouw probleem, Dag". Ik had u bijna ter plekke gewurgd.'

'Bedankt dat je me hebt gespaard.'

'Niet leuk worden, professor. Luister, zeg dat soort stomme dingen in godsnaam nooit meer. Ik slaap toch al zo slecht.'

Dag bleef zijn klachtenlitanie volhouden totdat ze het parkeerterrein hadden bereikt. Bij de Packard bleef Lammeck staan. 'Ik ga lopen.'

Dag gromde iets, verbitterd. 'Ga nou alstublieft niet lopen mokken. Het spijt me dat ik zo uitviel. Stap in.'

'Nee, zit daar niet over in. Ik wil wat rustig nadenken. We zien elkaar in het hotel voor het avondeten. En Dag, als je daar aankomt, ga dan niet zitten claxonneren of zeuren. Kom gewoon binnen en wacht in de foyer op me.'

Lammeck beende weg, genietend van de norse trek op Dags gezicht. Hij verliet het complex en begon Executive Avenue in zuidelijke richting af te wandelen. De namiddaghemel was strak azuurblauw. Hij passeerde pakweg vijfhonderd mensen, allemaal dik ingepakt tegen de kou en gehoorzamend aan de klok, stuk voor stuk voor hem anoniem. Hij wandelde door tot in het centrum van de Ellipse. Daar bleef hij staan. In het grote, ovale weiland waren vier diamantvormige honkbalvelden uitgezet. Lammeck stond op de plek waar de thuisplaten van de vier velden samenkwamen.

Lammeck had de afgelopen vijf jaar in Schotland doorgebracht; het Witte Huis, gezien vanaf een honkbalveld op een middag met een blauwe hemel als op een ansichtkaart, was een bij uitstek vaderlandslievend beeld. Lammeck verkende alle vier de richtingen en stelde vast dat er een ontelbaar aantal auto's en mensen onderweg was, binnen het gezichtsveld van de president. Hij ademde de winterse kilte in en begon met de gedachte dat zij diezelfde koude lucht had ingeademd.

7

16 januari
Washington DC

Judith tilde haar nieuwe jurk uit de kleerkast, trok de dunne hoes van papier eraf en spreidde het kledingstuk over het bed.

Ze had de kleding gisteren in New York Avenue gekocht, met het oog op vanmorgen. De glanzende klokrok was korenbloemblauw en reikte tot aan de kuiten. De jurk werd met een ceintuur gedragen. De korte pofmouwtjes en de zoom van de hals waren verfraaid met borduurwerk en kleine kralen. De verkoopster had haar verzekerd dat dit beslist de laatste mode was – te vergelijken met de jurk die Claudette Colbert had gedragen in haar laatste film, *Practically Yours*, een komedie waarin Fred MacMurray haar tegenspeler was. Uit een lade nam Judith een bijpassende sjaal en drapeerde die op het bed boven op de jurk. Op de vloer eronder zette ze haar nieuwe patentleren, kobaltblauwe schoenen met hoge hakken. En voor het hoofd legde ze een marineblauw vilthoedje met rand, opgesmukt met een fazantenveer. Judith deed een stap achteruit en hoopte dat ze, als ze Washington na deze klus zou verlaten, een deel van de modieuze kleding die ze had gekocht zou kunnen meenemen. Terwijl ze zich aankleedde, betwijfelde ze dat dit zou gebeuren. Over de jurk trok ze een nieuwe winterjas met bontkraag aan.

Mrs. P. zat op de kille veranda te wachten. Toen ze Judith naar buiten zag komen, trok de oude vrouw de gebreide groene das om haar hals strakker om zich heen. 'Je ziet er allemachtig sjiek uit, alleen om een blanke vrouw te gaan vragen of je haar zilver mag poetsen.'

Judith zei alleen: 'Goedemorgen, Mrs. P.' Ze volgde de oude vrouw naar K Street.

Bij de bushalte stond een drom arbeiders. De meesten waren zwart en werkten in iemands huishouden. Mrs. P. scheen ze allemaal te kennen. Ze stelde Judith aan een paar vrouwen voor, maar Judith nam geen deel aan de gesprekken en het uitwisselen van de verhalen om haar heen. Ze wist dat ze niets aan de weet zou komen door zelf te praten. Mrs. P. boog zich naar haar toehoorders om hun te vertellen wat ze wist of waar ze naar giste over de zoon van haar huisbaas die doodgeslagen op straat was gevonden, vier dagen geleden. Haar toehoorders uitten hun verontwaardiging over zo'n schandaal, maar Judith hoorde niemand een woord over haarzelf zeggen. Het gesprek tussen de vrouwen veranderde in geroddel. Mrs. P. lachte zo uitbundig dat haar machtige boezem ervan wiegelde en onderstreepte haar antwoorden met brede gebaren. 'O nee, dat heb je níet gedaan! Maak dat de kat wijs!'

Toen de bus bij de halte stopte, beklom Mrs. P. het trapje met de andere dienstboden. Judith hield zich wat achteraf en zag dat er in het stampvolle achterste deel van de bus geen zitplaats bij de oude vrouw vrij was. Ze veroverde een plaatsje voorin, naast een meisje met een lichtbruine huid in een maïsgele wintermantel. Het meisje was te jong om andermans vloeren te boenen. Ze wisselde een glimlach met Judith.

'Leuke jurk,' zei het meisje, wijzend naar het blauw onder Judiths mantel.

'En jouw haar zit leuk,' antwoordde Judith, in het zangerige dialect van het Zuiden.

Meer zeiden ze niet tegen elkaar, totdat het meisje opstond voor haar halte in M Street, in Georgetown. 'Tot kijk, schoonheid.'

Judith drukte haar knieën naar opzij om haar door te laten. Ze zag haar wegwandelen. De volgende haltes waren gelegen in een wijk met huizen van baksteen, met klimop langs de muren. Hier liep de bus half leeg. De meeste uitstappers waren zwarte vrouwen, gekleed in een donkerblauwe rok, een wit schort en het soort muts dat een 'mop' werd genoemd. Er stapten meer passagiers in, maar die waren blank. Ze namen allemaal voorin plaats, rondom Judith. Een man lonkte naar haar. Judith liet zedig de rand van haar hoed zakken.

De bus reed verder in westelijke richting en volgde de weg naar een brug over de Potomac. Judith keek even achterom, waar Mrs. P. druk met haar kennissen zat te babbelen. Langs de noordelijke oever verhieven zich de neogotische torens van een grandioos universiteitscomplex. Judith zat naar die gebouwen te kijken toen de bus naar de berm reed en stopte.

De buschauffeur draaide zich om in zijn stoel en bekeek haar. Judith begreep niet waarom. De man leek te aarzelen. Judith liet haar kin op haar borst zakken, zodat de rand van haar hoed haar ogen verborg.

Ze hoorde de voetstappen van de man en zag zijn zware schoenen vlak voor haar stilhouden. 'Missy?'

Judith keek op. 'Ja?'

'We zijn niet meer in DC. We zijn nu in Virginia.'

Judith staarde hem niet-begrijpend aan.

'Je moet nu naar achteren.'

Achter in de bus hoorde Judith Mrs. P. uitroepen: 'O, lieve help.'

'Hoezo?' vroeg Judith de man rustig.

De chauffeur sloeg zijn armen over elkaar. Judith keek om zich heen. De blanken die om haar heen zaten toen ze de Potomac waren overgestoken, keken woedend haar kant uit en sommigen fluisterden tegen elkaar. De man die haar een knipoog had gegeven, schudde het hoofd, alsof hij om de tuin was geleid.

De chauffeur zei: 'Je bent een kleurlinge, toch? Je bent met kleurlingen ingestapt.'

Judith kwam overeind. De buschauffeur deed geen stap terug maar bleef in haar buurt, op armlengte. Judith deed zelf een stap terug, om afstand te scheppen. Ze hield haar armen losjes langs haar zijden. De chauffeur bleef haar fixeren, voor niemand bang. Judith keek weg, omlaag langs zijn romp, en toen naar zijn voeten. Hij tikte met één voet op de vloer, balancerend op zijn hielen.

'En als ik dat niet ben?'

'Dan maak ik mijn excuses en ga je weer zitten.'

Ze keek naar hem op.

'En als ik het wel ben?'

'Dan moet je naar achteren, bij de anderen.'

'Dat maakt het voor jou wel heel gemakkelijk. Lijkt me geweldig.'

Judith wachtte en bleef de man aanstaren. De motor draaide stationair. Het gefluister achterin zwol aan tot geroezemoes. Opnieuw liet ze haar gezicht zakken, starend naar zijn zware schoenen.

De buschauffeur zei: 'Missy, ik heb geen idee waarover je het hebt. Ik maak de regels niet. En jij mag ze niet overtreden.'

Bij die woorden bracht de man zijn gewicht over naar zijn voorvoeten en stapte naar voren. Nu kon hij niet meer terug.

Judith sloeg haar ogen op en monsterde hem in een fractie van een seconde. Ze strekte haar rechterhand en sloot de vingers aaneen tot een hard stootwapen. De linkerhand balde ze tot een vuist. Ze lette op zijn laarzen: toen de hak loskwam van de grond en hij heel even op één been stond, machteloos, zou ze met één stoot van haar gestrekte rechterhand zijn strot kunnen verbrijzelen, waarna haar linkervuist zijn borstbeen zo hard zou raken dat hij door de knieën moest. Als hij ineenzakte, zou een harde vuist-slag tegen zijn slaap hem buiten gevecht stellen. Het korte mes in haar beha zou korte metten maken met deze zachte, domme onbevreesde man.

Een hand greep Judith beet. Ze deinsde terug bij die onverwachte aanra-king. De hand trok haar met een ruk naar achteren en beroofde haar van haar evenwicht, zodat ze haar onzichtbare gevechtshouding moest prijs-geven.

'Meisje, ga net als wij naar achteren. Wat moet je hier?'

De buschauffeur knikte. 'Probeer dit meisje wat verstand bij te brengen. Ik kan haar de bus uit gooien, dan mag ze de rest van de weg naar haar werk lopen.'

Mrs. P. trok opnieuw aan Judiths elleboog. 'Desiree, kom mee. Excuus, meneer. Ze komt niet uit de stad. Ik weet niet wat ze zich soms allemaal in haar hoofd haalt.'

De chauffeur draaide zich om, al op weg naar zijn stoel. Judith bleef koppig in het middenpad staan, terwijl Mrs. P. aan haar arm bleef trekken. Ze keek de chauffeur via de achteruitkijkspiegel waarmee hij de toestand in de bus kon bekijken recht in de ogen. De blik in zijn ogen zei haar wat hij zich afvroeg: 'Wil ze werkelijk dat ik terugkom?' De blik in haar ogen zei: 'Precies.'

Mrs. P. rukte Judith mee. Niemand anders in de bus, zwart of blank, ver-roerde zich, terwijl de buschauffeur demonstratief liet blijken dat hij geen centimeter Virginia verder in zou rijden voordat deze brutale kleurlinge achter in de bus zat, waar ze volgens de wet behoorde te zitten. Mrs. P. spuwde in haar oor: 'Kom nu mee, Desiree, anders krijg je van mij een dreun. Je weet nog wel waarover we het hebben gehad toen ik zei dat je je houding moest veranderen.' Wat Mrs. P. ermee bedoelde was duidelijk: ze dreigde haar met de politie.

Judith stond toe dat de oude vrouw haar arm bleef omklemmen, tot bij een lege stoel achterin. De corpulente dienstboden klakten met hun tong toen ze ging zitten, en ze begonnen over haar te praten alsof ze er niet was. 'Waar komt die meid vandaan, Mrs. P.? Die is hard op weg zich een massa moeilijkheden op de hals te halen.'

Mrs. P. antwoordde niet. Ze verzachtte haar greep om Judiths arm. Ze boog zich naar haar toe en zei in haar oor: 'Wat voer je toch in je schild, meisje? Wil je het Mrs. P. niet vertellen?' Judith bewoog haar kaken en han-den, om de spanning weg te laten vloeien. 'Eén ding weet ik wel, jij komt niet uit New Orleans.'

Langzaam wendde Judith zich naar Mrs. P. De oude vrouw klopte zacht op haar handen. 'Geeft niet,' zei de oude vrouw. 'Je vertelt het me maar als je eraan toe bent. Ik kan wachten.'

Met een schok begon de bus te rijden. De andere passagiers, blank en zwart, verloren hun belangstelling voor Judith en reden samen verder ten zuiden van de rivier, ieder op weg naar de plek waar hij of zij hoorde.

Aurora Heights
Arlington, Virginia

Voor een breed bakstenen huis bleef Mrs. P. staan. De zware takken van oude bomen overhuifden hen. Judith stelde zich voor hoe weelderig groen en besloten deze voorname wijk moest zijn. Alle huizen in deze straat waren even robuust, maar toch was dit slechts één van op zijn minst honderd soortgelijke straten in deze enclave, ruim anderhalve kilometer van de rivier. Hier was het leven in Amerika goed, buitengewoon goed.

Toen Judith haar blik liet afdalen naar Mrs. P. werd ze eraan herinnerd dat slechts één deel van Amerika in deze straat floreerde. Nu ze zo voor dit statige huis stonden, leek de oude vrouw opeens veel ouder. Haar schouders hingen af onder deze bomen, alsof ze het juk van haar plaats hier op zich had genomen.

'Meisje, ben je er klaar mee?'

'Waarmee, Mrs. P.?'

'Je weet best waarover ik het heb. Klaar met het verwaande nest uithangen. De dame die hier woont heeft geen geduld voor dat soort kunsten. Als je deze baan wilt, kun je niet hoog te paard gaan zitten. Ik begrijp niet waar je het vandaan haalt, maar laat het verder achterwege.'

'Ja, mevrouw.'

'Vergeet niet wat er met de zoon van de huisbaas is gebeurd, ja? Jij bent meer waard dan dat.'

'Ja, mevrouw.'

'Mooi. Zeg nooit meer dan "Ja, mevrouw", dan komt het dik in orde.'

Judith volgde haar naar de voordeur. Mrs. P. belde aan, en ze wachtten op het bordes.

Een lange magere vrouw deed open. Judith werd ogenblikkelijk getroffen door haar gejaagde manier van doen toen ze Mrs. P. begroette. Ze leek overmatig vriendelijk en ademloos. 'Mahalia, goeiemorgen. En dan moet jij Desiree zijn! Jawel, kom binnen, kom binnen. Je bent inderdaad zo mooi als Mahalia had gezegd.'

Judith stapte een hoge vestibule in. Kristallen kroonluchters, fluwelen gordijnen en zware meubelen in de kamers aan weerskanten, bruine en nietszeggende ruimten die de indruk wekten verbleekt te zijn. In haar eigen villa zat Judith altijd op kussens en weelderig dikke tapijten, met daglicht en maanlicht en glanzende stoffen, en met open ramen die marktgeurtjes en geluiden verwelkomden. Dit huis was somber, een stille kooi rond deze vogelachtige vrouw. Mrs. P. nam Judiths mantel aan.

'Desiree, kom hier zitten. Mahalia, er staat koffie op het fornuis.'

'Jawel, mevrouw.'

De vrouw nam zelf een zware fauteuil in de strenge salon en beduidde Judith dat ze op de rustbank kon plaatsnemen. 'Ongetwijfeld weet je het al, maar ik ben Mrs. Tench. Mijn echtgenoot, Jacob R. Tench, is staatssecretaris van Marine, onder minister Forrestal, uiteraard. Het zal je misschien interesseren te weten dat mijn echtgenoot nu exact hetzelfde ambt bekleedt als president Roosevelt deed onder president Wilson tijdens de Eerste Wereldoorlog. Was dat je bekend?'

'Ja, mevrouw.'

'Is dat zo? Hoe voortreffelijk. Nou, ik denk dat we het wel met elkaar zullen kunnen vinden. Ik neem aan dat Mahalia je heeft verteld wat je kunt verdienen. Drie dollar per dag – en ik heb je vijf dagen per week nodig, plus een paar avonden en weekeinden als mijn man en ik bezoek ontvangen. Voor iedere avond dat je werkt betaal ik je anderhalve dollar extra. Dit is een uiterst royale beloning, Desiree. Ik mag ervan uitgaan dat je flink met de bezem en de stofdoek overweg kunt?'

'Ja, mevrouw.'

'Goed zo. Je lijkt me een goeie kracht. Mahalia zwaait de pollepel in de keuken. Kun je ook serveren?'

Judith had geen idee wat ze bedoelde.

'Aan tafel, Desiree. Heb je nooit eerder officiële diners opgediend?'

'Nee, mevrouw.'

Mrs. Tench legde haar vingertoppen tegen elkaar. 'Mijn hemel. Hmm, nou ja, we zullen het je gauw genoeg bijbrengen. Je lijkt me een intelligent meisje. Maar ben je niet een beetje te netjes gekleed? Ik ben bang dat je hier voortaan iets minder frivools zult moeten dragen. Dit zijn geen passende kleren voor huishoudelijk werk, liefje.'

'Nee, mevrouw.'

'Juist. Tot slot: mijn man moet veel reizen. In die gevallen ga ik vaak op bezoek bij mijn familie buiten de stad, en anders blijf ik eenvoudigweg in ons huis in Georgetown. Houd er dus rekening mee dat je het verzoek kunt krijgen om met Mahalia hierheen te komen, in Arlington, om het huis voor de terugkomst van mijn man en mij op orde te brengen, maar soms ook naar onze woning in Georgetown. Dat betekent dat ik je mijn huis tijdens mijn afwezigheid toevertrouw. Kan ik je dat toevertrouwen, Desiree?'

'Jawel, mevrouw.'

'Weet je het zeker? Ik heb wat onaangename ervaringen opgedaan met huishoudelijke hulp.'

Judith en deze vrouw waren ongeveer even lang en hadden ongeveer dezelfde lichaamsbouw, maar waar Judiths lichaam bijeengehouden werd door spieren en pezen, werd dat van de vrouw bijeengehouden door zenuwen.

'U kunt me vertrouwen.'

'Goed. Zo. Wilde je mij misschien nog wat dingen vragen voordat we aan de dag beginnen?'

'Ja, mevrouw. Ik zal een schort nodig hebben, voor vandaag.'

Mrs. Tench zat kaarsrecht, een afkeurende trek om haar mond. 'Liefje, het is jouw taak om voor je eigen werkkleding te zorgen. Wees vandaag maar voorzichtig in die leuke jurk. Morgen trek je iets aan wat geschikter is.'

Judith wachtte om rustig te blijven. Aan boord van de bus was ze sterk in de verleiding gekomen. Dat zou haar niet nog eens overkomen.

'Er zullen soms weken zijn dat ik niet tot na twee uur 's middags kan blijven. Ik kan dan wel vroeg komen. Of ik kan 's avonds terugkomen, maar nooit vóór zessen.'

Op dat moment kwam Mrs. P. de salon in, met een zilveren dienblad met een koffieservies van Chinees porselein. Ze boog zich iets voorover om Mrs. Trench het blad voor te houden.

'Desiree, wat doe je dan tussen twee en zes uur?'

Judith diste zo weinig mogelijk leugens op – leugens maakten de dingen alleen maar ingewikkeld. 'Een privékwestie, mevrouw.'

De magere blanke vrouw schudde het hoofd, teleurgesteld in Mrs. P. 'Mahalia, je hebt me niet verteld dat dit meisje nog andere verplichtingen heeft.'

Mrs. P. staarde Judith woedend aan, terwijl de echtgenote van de staatssecretaris haar hand uitstak om zichzelf een kop koffie in te schenken. Met een van woede vertrokken gezicht mimede ze de woorden: 'Brutaal nest!'

'Voor het eerst dat ik ervan hoor,' antwoordde ze. 'Maar al het werk zal worden gedaan, dat beloof ik u, anders zet ik deze meid eigenhandig op straat.'

Mrs. Tench leek zich op haar koffie te concentreren toen ze zei: 'Ik denk wel dat je weg kunt, als al het werk gedaan is, Desiree. Niet eerder. Als je even ijverig bent als Mahalia beweert, voorzie ik geen problemen.'

De magere vrouw nam een slokje. Ze probeerde een glimlach, alsof ze een binnenpretje had, en zei toen: 'Werkelijk, dit huis aan kant houden wordt mijn dood nog eens.'

Judith negeerde de ironie en deed – zoals dat past in de beste tactiek van zowel een dienstbode als een moordenares – alsof haar neus bloedde.

8

20 januari
Washington DC

Lammeck kon niet dichterbij komen dan Constitution Avenue. De politie van de hoofdstad had het zuidelijke gazon afgezet om de honkbalvelden te reserveren voor vijfduizend man familieleden, vrienden, kennissen en invloedrijken.

In de straat, om hem heen, verdrongen honderden mensen zich om iets te kunnen zien. Dreumesen, dik en mollig in hun winterkleertjes, zaten hoog op de schouders van hun vader, die een fototoestel om zijn nek had. Straatkramen verkochten koffie, gepofte kastanjes en warme worst. De mensen drongen op en Dag duwde hen weg, zodat Lammeck de agent kon volgen door de toekijkende menigte.

Lammeck vond het maar een kleine menigte voor de inauguratie van een president. Er zou echter geen inauguratiebal komen, en ook geen militaire parade of andere vorm van vermaak. Dit was Roosevelts vierde inauguratie. Misschien was de glorie er een beetje af. Lammeck speurde de gezichten af, zonder te weten waarnaar hij op zoek was, erop vertrouwend dat er in zijn hoofd vanzelf een alarmbel zou gaan rinkelen, geactiveerd door zijn intuïtie. Ze moest hier zijn, hij was er zeker van.

Duizend meter verder, onder de zuidelijke veranda van het Witte Huis, zette een in rode uniformen gestoken marinierskapel *Hail To The Chief* in. Aan weerszijden van de gebogen trappen van het Witte Huis torsten statige magnolia's karrenvrachten sneeuw. Onder de met vlaggendoek gedrapeerde portiek werd door vijftig oorlogsveteranen in rolstoelen geapplaudisseerd. Vanuit de piekfijn geklede groep op het terras strompelde Roosevelt aan de arm van een jonge man naar zijn plaats.

'Dat is zijn zoon, kolonel Jimmy!' schreeuwde Dag om boven het gejuich uit te komen.

Lammeck greep Dags jaspand om hem ervan te weerhouden nog verder door te lopen. Hij bleef staan om over het hek en het uitgestrekte gazon naar Roosevelt te kijken, de eerste keer dat hij de man in levenden lijve voor zich zag. 'Hij ziet er verdomd slecht uit, zelfs op deze afstand.'

'Hij houdt zich prima,' repliceerde Dag. 'Zijn benen willen niet meer, da's alles.'

Lammeck wist dat Roosevelt circa dertig jaar geleden was getroffen door polio. De ziekte en de inspanningen die de politicus zich had getroost om beter te worden waren goed gedocumenteerd. Lammeck had er echter geen vermoeden van gehad dat de president zo slecht ter been zou zijn. Toen Roosevelt die paar passen naar de lessenaar zette, deed hij Lammeck denken aan de Tin Man in *The Wizard of Oz*. Het was duidelijk dat hij ineen zou zakken als zijn zoon hem niet bleef steunen. Nog verbazingwekkender was dat de kranten en de radio met geen woord over de gezondheidstoestand van de president repten, in Groot-Brittannië evenmin als in de Verenigde Staten. Roosevelt kwijnde weg, dat was overduidelijk. Als Lammeck het niet met eigen ogen had gezien, had hij geen flauw idee kunnen hebben van de mate waarin Roosevelts conditie verslechterde. Het feit dat een Amerika in oorlog zichzelf zodanig om de tuin kon leiden dat het bleef geloven dat zijn president sterk genoeg was om de natie te leiden, fascineerde Lammeck. Hoewel de mensenmenigte dezelfde zwakke, wankelende man voor zich had als de man die Lammeck zag, hoorde hij om zich heen zeggen: 'Hij ziet er prima uit. Het gaat goed met de ouwe heer.'

Eenmaal achter de lessenaar, stak Roosevelt een hand op naar de massa's op de Ellipse en in de straat erachter. De menigte hief een oorverdovend gejuich aan, dat de marinierskapel volledig overstemde. Zoon James week niet van de zijde van zijn vader, terwijl de menigte tot rust kwam en Harlan Stone, opperrechter bij het Amerikaanse Hooggerechtshof, hem de eed van trouw begon voor te zeggen.

'Weet u,' fluisterde Dag, 'dit is voor het eerst sinds een jaar dat hij zijn beenbeugels gebruikt. De Oude Man is een taaie, dat moet ik toegeven. Die krengen moeten hem flink wat pijn bezorgen.'

Lammeck wendde zijn blik niet af van de inauguratieplechtigheid. 'Hoe slecht staat het met hem, Dag? Dat moet ik weten.'

'Dat zei ik al – hij maakt het goed. Hij is alleen moe. Ik geef het je te doen, president zijn.'

'Dit is geen loze nieuwsgierigheid,' drong Lammeck aan. 'Ik moet weten wat zij weet.'

Dag wuifde het idee weg, maar hij dempte zijn stem. 'Ze weet niet meer dan u, professor. Alleen datgene wat ze met eigen ogen kan zien, en da's niet veel. De pers heeft in geen twaalf jaar foto's van hem in een rolstoel afgedrukt, zodat er nauwelijks iemand is die weet dat hij die gebruikt. Op berichten over zijn gezondheid rust een volslagen taboe – en bovendien is het topgeheim. Voor zover iemand dat op afstand kan beoordelen, is hij gewoon een man die polio kreeg toen hij jong was, maar die zich nu weet te redden. Hij heeft een onaantrekkelijke echtgenote en zijn vier kinderen zijn in militaire dienst, net als de rest van alle jonge kerels hier. Zijn spieren zijn stijf, da's alles. Vraag het maar aan wie u wilt in de menigte, ze zullen allemaal hetzelfde zeggen. U beeldt zich alleen maar in dat het erger met hem is omdat u hem niet mag.'

'Dag.'

'Wat? Laat me nu even met rust, wilt u? Ik wil de toespraak horen.'

Lammeck gaf hem een por. 'Ben je vergeten dat we ervan uitgaan dat zij voor een regering werkt? Weet je nog, de lui die onderzeeërs hebben? Als dat inderdaad zo is, heeft die regering ook spionnen en dat betekent dat zij toegang heeft tot via spionage verkregen informatie. We moeten blijven veronderstellen dat zij alles weet wat jullie weten, en misschien zelfs meer.'

Dag loosde een zucht, berustend. 'Goed, zo dadelijk. Nu wil ik eerst luisteren.'

'Best. Blijf hier, ja?'

Lammeck trok zich terug uit de menigte, op weg naar een van de kramen met warme worst. Hij kocht een beker koffie en sloeg Roosevelt van grotere afstand gade. Hier leek de man kleiner, maar rechter en sterker. Amerika had zich vrijwillig tot deze afstand teruggetrokken om in hem te kunnen blijven geloven. Nu vroeg Lammeck zich af wat voor invloed deze grotere afstand zou hebben op de president zelf. Zou de oude man even verblind zijn ten opzichte van zijn volk als zijn volk tegenover hem? Roosevelt herhaalde de eed vandaag om aan een vierde termijn als president te beginnen, een geval zonder precedent. Begon het volk hem moe te worden, zoals hij het presidentschap moe moest zijn, maar kon geen van beide partijen de ander in de steek laten, nu de oorlog nog volop gaande was? Lammeck dacht aan de duizenden dreigbrieven die Roosevelt maandelijks ontving. Miljoenen Amerikanen waren zo ontevreden over hun leider dat ze zelfs weigerden zijn naam nog uit te spreken, zodat ze over hem spraken als 'die man'. Roosevelts economische beleid had al jaren veel weg van socialisme, waarmee hij de machtige Wall Street-belangen van Amerika tegen zich in het harnas had gejaagd. Toen hij was gaan deelnemen aan een tweede oorlog in Europa, ging dat ten koste van families die vaak nog niet hersteld waren van hun verliezen van een generatie eerder. Hij had er echter zo lang mee gewacht dat hij zich ook de woede op de hals had gehaald van degenen die van mening waren dat Amerika veel eerder had moeten ingrijpen om een eind te maken aan de verschrikkingen in Engeland, Frankrijk, Polen, Tsjecho-Slowakije en zelfs Rusland, en vooral ook het lijden van de Joden. Lammeck behoorde zelf tot die groep. Ook leken de vele ambtstermijnen van Roosevelt de aantijgingen van zijn critici dat hij een dictatoriale president was te staven. Zelfs in Engeland was hij allesbehalve geliefd. Het vernisje dat hij Churchills trouwste vriend en bondgenoot was, was vliesdun. De gewone man in Londen, Glasgow of Dublin was dankbaar dat Amerika Groot-Brittannië te hulp was gekomen, maar was zich er ook scherp van bewust dat die hulp veel te laat was gekomen en dat er duur voor moest worden betaald. Onder Roosevelt was Amerika geen aanhanger van Groot-Brittanniës oude kolonialisme. De toekomst zou voor het imperium dan ook weinig lijken op zijn verleden, wat in hoge mate een gevolg was van Roosevelts visioen van een nieuwe wereldorde als de oorlog eenmaal was gewonnen. Dan zouden Amerika en Rusland als enigen boven op de rokende puinhopen staan. De Amerikanen hadden de luxe dat zij in de schijn van wederkerige Anglo-Amerikaanse genegenheid konden geloven, net zoals zij het verdoezelen van Roosevelts rolstoel hadden geslikt. Maar de Engelsen waren een sluw en afgunstig stelletje. Bovendien waren ze geïrriteerd. Bij de eerste de beste gelegenheid zouden ze waarschijnlijk Churchill de schuld geven voor hun diepe val naar een bescheidener status en het feit dat Rusland en Amerika hun plaats hadden ingenomen.

Lammeck keek over de kleine menigte heen. Ergens te midden van al die winterjassen en wollen mutsen bevond zich een moordenares die uit de twaalfde eeuw leek te zijn weggeslopen. Ergens ter wereld moest iemand zijn bekomst hebben van Roosevelt, erg genoeg om bevel te geven hem te vermoorden. De Duitsers en de Japanners, de bekende vijanden, kwamen het eerst in aanmerking, maar wie nog meer?

'Verdomme,' zei Lammeck hardop, 'ik weet dat je hier bent.'

De worstverkoper siste tegen hem – hij wilde Roosevelts inauguratierede horen, die te horen was via grote luidsprekers.

Lammeck warmde zijn handen rond de papieren beker met koffie en bleef de menigte afspeuren, met inbegrip van de bewakers van de president en elk gazon, gebouw en struikgewas binnen een straal van achthonderd meter. Van één ding was hij heel zeker: de Perzische vrouw zou nu niet achter het telescoopvizier van een scherpschuttersgeweer liggen, wachtend op een luwte in de wind. Geen enkele scherpschutter kon Roosevelt van buiten de omheining rond het Witte Huis raken. En ook zou ze zich in geen geval binnen het kordon of het ijzeren hek bevinden. Dags kornuiten van de geheime dienst patrouilleerden langs iedere centimeter.

Trouwens, Lammecks intuïtie had hem van begin af aan gezegd dat deze moordenares geen vuurwapens hanteerde. Ze behoorde tot een ander slag moordenaars, misschien wel het oudste. Ze had Otto en Bonnie niet op het strand doodgeschoten. Ze had hen doodgestoken en daarna de een of andere goocheltruc uitgehaald om een kogel door Arnolds brein te jagen, zodat zijn dood op zelfmoord leek. Vuurwapens waren voor beginnelingen, ongetrainde fanatici. Zij was geen Zangara, Booth of Lawrence, en ook geen Leon Czolgosz, de anarchist die in Buffalo een klein pistool in zijn omwachtelde hand had verborgen en ermee van heel dichtbij op McKinley had geschoten toen die president het druk had met handen schudden. Of een Charles Guiteau, de ontspoorde baantjesjager die Garfield op het centraal station van Washington dodelijk had getroffen.

Nee, ze zou niets gemeen hebben met dat soort mafketels.

Op één ding na.

Ook zij zou haar werk van heel dichtbij moeten doen.

Ze was een assassijn van de Alamoet-stempel, door en door getraind in geruisloos doden. Ze zou met het wapen dat haar voorkeur genoot, een dolkmes, in vermomming opduiken, of vanuit de schaduw, en daar weer in verdwijnen. Ongemerkt naar binnen en ongemerkt eruit, het bloed afwissen en verdwijnen.

De president maakte een eind aan zijn toespraak. Hij had niet lang gesproken, hooguit een minuut of vijf. Dat onderstreepte nog maar eens hoe slecht de arme man zich moest voelen. Roosevelt hinkte weg aan de arm van zijn zoon, terwijl de menigte hem bleef toejuichen totdat hij het podium had verlaten.

Dag vond Lammeck terug en kwam naast hem staan. Lammeck kocht koffie voor hem. Ze keken toe hoe de menigte zich verspreidde. Zou ze ook weggaan, of nog wat talmen?

'Dag, wat voor soort mensen wordt toegelaten om Roosevelt te spreken?'

De geheim agent hief zijn koffiebeker op en wees door het ijzeren hek naar de wemelende menigte op de Ellipse en het terrein van het Witte Huis. 'De mensen aan die kant van het hek. Zijn vrouw en familieleden, en hun gasten. Wereldleiders en ambassadeurs. Senatoren, leden van het Huis van Afgevaardigden, kabinetsleden, personeel van het Witte Huis.'

'En geheim agenten.'

Dag knikte. 'Ja. Mariniers die wachtdienst hebben. Politie van het Witte Huis. Geaccrediteerden van de media. Bepaalde hoge officieren en helden.'

'Hoe zit dat als hij niet in het Witte Huis is?'

'Hij gaat nog nauwelijks ergens heen. Zijn kantoor bevindt zich in het Executive Building, naast het Witte Huis. Daar laat hij zich heen rijden. In sommige weekeinden gaat hij per trein naar Hyde Park, in het noorden. Af en toe gaat hij naar het zuiden, naar het Kleine Witte Huis in Warm Springs, Georgia, waar hij de poliokliniek bezoekt. Als hij in New York of Georgia is, zijn personeelsleden, gasten en mensen die hij daar al heel lang kent de enigen die in zijn buurt kunnen komen. Bovendien hebben we een hele drom agenten om hem heen, van minuut tot minuut.'

'Hoe zit het met zijn politieke reizen?'

'Veel minder vaak dan hij vroeger deed. Zoals ik al zei, zijn benen willen niet meer. Heel af en toe verlaat hij het Witte Huis voor een feest, hier in Columbia. De laatste keer was twee weken geleden. Dat was een diner met correspondenten in het Statler Hotel. Ook daar hadden we een compleet beveiligingsteam, een privélift en noem maar op. Hij was onaanraakbaar. Dan zijn er de grote reizen, van de oost- naar de westkust of internationaal. Ook dan zijn de voorbereidingen ongelooflijk omvangrijk. De media mogen er niet van tevoren over berichten. Niemand weet waar hij heen gaat of waar hij is geweest voordat hij terug is. Je moet al heel diep in de organisatie zitten om de hand te kunnen leggen op zijn agenda. En als je zover wilt komen, zou je door een grondig antecedentenonderzoek moeten komen. Het lijkt me niet dat onze kleine Perzische met dat dolkmes tussen haar tanden zo diep kan snijden, en mijn excuus voor de woordspeling.'

Lammeck staarde naar de worstkraam. Onder een grill vol worsten, kastanjes en zoute krakelingen gloeide houtskool. 'Dat feest in het Statler was een diner, zei je?'

'Ja. Je moet het journaille eens zien eten als het niks kost. Sprinkhanen!'

'Waar werden de gerechten bereid? In het hotel?'

Dag nam een slok koffie. 'Ja. Ook dat bewaakten we. Iedere kelner en kok wordt nagetrokken voordat hij of zij dienst mag doen. Vorig jaar – ik was toen nog maar net bij de dienst – controleerden we een hotel voor een banket. We vonden er dertien Italianen, elf Duitsers en een ontsnapte Amerikaanse moordenaar bij het personeel dat bij het banket zou bedienen. We hebben het hele feest gedumpt. We bekijken zelfs iedere gast in elk hotel dat de Baas bezoekt. Zo vonden we in het Drake Hotel in Chicago een man die daar met zijn vrouw logeerde. Ze kwamen uit Decatur, Illinois. We trokken het na in Decatur en vonden zijn vrouw gewoon thuis. Pech.'

Lammeck vroeg: 'Wordt het voedsel onderzocht?'

'Zowel in het Witte Huis als onderweg wordt iedere hap die de Baas eet eerst door laboranten onderzocht. Hij houdt van wild en vis – en dat spul wordt hem door zijn maten en andere staatshoofden uit alle delen van de verdomde wereld toegestuurd. Het meeste kieperen we weg, zonder hem iets te zeggen.'

'Ooit vergif ontdekt?'

'Eén keer. Iemand had strychnine toegevoegd aan een zending marlijn uit Cuba. De man die de vis had verstuurd, stond boven alle verdenking, dus moet het door iemand zijn gedaan die deel uitmaakte van de postketen. We hebben hem nooit gevonden.'

Lammeck zag de laatste resten van de inauguratiemenigte uiteen gaan. Iedere vrouw die alleen liep was zij, in zijn verbeelding.

Dags adem vormde een witte wolk toen hij hoofdschuddend zei: 'Dus dat is een doodlopende weg, professor. Ik weet wat u denkt, maar geloof me, ze zal hem aan die kant van het hek nooit te pakken krijgen. Tenzij ze aan een verkiezingscampagne deelneemt voor een politiek ambt, of een presidentiële benoeming krijgt of een baan bij een krant. Ze kan uiteraard ook bij de geheime dienst gaan, of in het leger, of omgang zoeken met een van Roosevelts getrouwde zoons. Tenzij ze natuurlijk werkelijk de verdomde koningin van Sheba is.'

De afgelopen zes dagen had Lammeck rond de omheining van het Witte Huis gewandeld en door het hek gekeken. Bij iedere voetstap zocht hij naar een mogelijkheid om binnen te komen, in het besef dat zij hetzelfde moest doen. Wat voor soort dekmantel kon ze gebruiken om in Roosevelts buurt te komen? Een baan? Wat voor soort werk zou ze kunnen doen waarvoor geen grondig antecedentenonderzoek door de geheime dienst of de FBI was vereist? Administratief werk, ongetwijfeld. Het wemelde in de Amerikaanse oorlogsbureaucratie van jonge typistes of vrouwen die dossiers beheerden, maar voor een van de beveiligingsorganen kwam ze niet in aanmerking, en voor een hoge positie evenmin. Koken? Schoonmaken? Zelfs voor dat soort baantjes rond Roosevelt was een grondig antecedentenonderzoek vereist, niet alleen in het Witte Huis, maar ook elders waar Roosevelt zich liet zien. Zelfs de meest overtuigende valse legitimatiepapieren konden haar geen echte vader en moeder, een diploma middelbare school en een oude leerkracht bezorgen om te getuigen hoe braaf ze als kind was geweest.

Dag heeft gelijk, dacht Lammeck. Ze komt in geen geval binnen dat hek met een overheidsbaan. Dat moet ze inmiddels zelf ook hebben ontdekt.

Seks?

Stel dat Dag gelijk had met zijn grap. Was het mogelijk dat ze zich concentreerde op het verleiden van een hooggeplaatst iemand, een man die haar nietsvermoedend aan de president kon voorstellen? Dat zou een prima reden zijn om een laag baantje in een van de bijenkorven van de overheid aan te nemen.

Lammeck zei het tegen Dag.

Hij antwoordde: 'Als u wilt dat dat wordt uitgezocht, zal ik Mrs. Beach vragen naar alle sollicitatiepaperassen voor overheidsbaantjes in DC van de afgelopen twee weken.'

'Ik weet dat er geen groter genoegen voor je is.'

Dag spuwde in de modderige sneeuw, opgehoopt langs de stoeprand. 'Ja, en zij zal me vertellen dat wij tweeën degenen zijn die al die meiden moeten natrekken. Dus schrap al het overige in uw agenda, professor.'

'Ik begrijp het.'

Lammeck nam Dag de koffiebeker uit handen en liet hem weer vullen bij de kraam. De worst- en koffieverkoper hield even op met het sluiten van zijn kraam om zijn laatste koffie te slijten, voordat hij wegreed. Er zou niet veel klandizie zijn op een zaterdagmiddag, nu de inauguratie achter de rug was.

Dag nam de volle beker aan. Samen stonden ze op hun voorvoeten te wippen, in de leeglopende straat. De gemeentepolitie begon de zaagbokken en gele wegblokkades op te ruimen.

Lammeck vroeg: 'Als jij met iemand naar bed wilde om in Roosevelts buurt te komen – wie zou dat dan zijn?'

'Een kerel die er goed uitziet. Die goed kan luisteren. Geen roker, daar heb ik de pest aan.'

Lammeck knikte begrijpend. Dag sloeg hem op de schouder, waarbij hij koffie morste. 'Hé, het was maar een geintje, professor.'

'Nee, ik ben het met je eens. Roken is een smerige gewoonte.'

'Krijg wat. Luister, professor, hebt u eigenlijk wel enig idee wat u verlangt? Als ik bij Mrs. Beach aanklop om Reilly's toestemming voor dat soort informatie, zoals wie hier wie naait, en welke hoge ome een nieuw vriendinnetje heeft, zal dat de eerste keer in zestig jaar zijn dat die ouwe feeks begint te lachen. We zijn hier in Washington, de spil van de vrije wereld. Macht is in deze stad even goed als geld, en die gasten geven het uit aan vele zaken. Zoals vrouwen. Die zien liever Roosevelt dood op straat liggen dan ons toestaan na te gaan of senator Lulkoek vreemdgaat, vat u? En zelfs als we een paar aanwijzingen zouden opdoen, dan nog…'

'Ik weet het. Dan zijn wij tweeën degenen die het voetenwerk mogen doen. Dag, hou je van honkbal?'

'Ja. Wat heeft dat ermee te maken?'

'Omdat het me duidelijk begint te worden dat we haar niet vóór het eerste honk te pakken zullen krijgen. De kans is groot dat ze al van het derde honk op weg is naar de thuisplaat, tegen die tijd.'

'Dus voor de thuisplaat aantikken?'

'Als we geluk hebben. We hebben een meevaller nodig als we onze kansen willen verbeteren.'

'Die krijgen we.'

'Waarom zo zeker?'

'Omdat we de tijd hebben. Over twee dagen is de president het land uit, voor een belangrijke conferentie. Daar is Reilly al heen. Ze zijn pas over een maand terug, dus kan die Perzische griet al die tijd niks uithalen, aangezien de Baas er eenvoudigweg niet is.'

Lammeck vroeg zich af of de assassijn dit wist.

'Waar gaan ze heen?'

Hoofdschuddend zei Dag: 'Kan ik u niet zeggen.'

Lammeck begon bezwaar te maken.

'Stop er maar mee,' viel Dag hem in de rede. 'Ik weet nu wel zo'n beetje wat u allemaal wilt weten over alles wat zij doet. Deze informatie is geheim en ik mág het u niet vertellen. Als zij het weet en u niet, staat ze een punt voor. Ze heeft het echter niet van mij. Oké?'

Lammeck gooide zijn koffiebeker in de vuilnisbak. Dat Dag informatie voor hem verzweeg, was slecht nieuws. Hij was ervan overtuigd dat de bronnen van de assassijn voor haar níets zouden verzwijgen. Ook op dat punt was hij in het nadeel, alsof hij toch al niet aan handen en voeten gebonden was.

Roosevelt zou de stad verlaten. Dat betekende dat ze een hele maand niets te doen had en zich nog dieper in de stad kon ingraven. Dat zou haar de kans geven een positie in te nemen, terwijl zij tweeën niets meer hadden om jacht op te maken dan haar schaduw.

Hij bekeek het Witte Huis, de kale winterse straten, het doolhof van gebouwen om hen heen. Hij draaide zich om. 'Waar hang je uit?' zei hij in de koude lucht.

'Aha, daar zijn jullie,' mompelde Judith zacht onder haar wollen muts. De beschrijving van die twee klopte exact. De oude vrouw in Newburyport kwam nu met veel betere informatie op de proppen. Judith had haar alle reden gegeven er verbetering in te brengen.

De twee mannen stonden bij een worstenkraam koffie te lurken, terwijl

147

de menigte zich verspreidde. Ze leken met elkaar te twisten. Ze spraken allebei met drukke gebaren, ondanks de koffiebekers, om hun betoog te onderstrepen. De kleinste van het tweetal keek voortdurend naar het Witte Huis, in de verte. De grootste liet zijn blik langs alle gezichten in de straat gaan. Naar Judith keek hij maar één keer. Zijn blik liet haar snel weer los, en waarom ook niet? Hij was tenslotte op zoek naar een vrouw. Zij had haar borsten omwikkeld, de wollen muts diep over haar lange haar en oren getrokken en was in arbeiderslaarzen en een overall naar de inauguratie gaan kijken. Bovendien had ze een overjas aan die haar breder maakte. Ze droeg een bril, dronk koffie, rookte sigaretten en stond bij de gekleurde arbeiders die hierheen waren gekomen omdat ze met Roosevelt dweepten.

Opnieuw wierp Judith een blik op het tweetal bij de worstenkraam. De kleinste was een zekerheid. Zijn uiterlijk kwam precies overeen met de beschrijving die de oude vrouw uit Newburyport haar had gestuurd. Een onverzorgd ogende man met een gehavende gleufhoed op, gekleed in een regenjas die even gekreukt was als een gedroogde vijg. Ruim één meter tachtig, slank en bleek. Hij had een wantrouwig gezicht. Dit was de agent van de geheime dienst die een week lang had rondgesnuffeld in de kleine vissersplaats. Hij was iedere dag naar het strand gegaan en had daar voor zich uit zitten staren. Hij had steeds gegeten in dezelfde restaurants, waar hij noties had zitten maken. Hij had met niemand gesproken, behalve met de politie. Hij probeerde onopvallend te zijn, en dus was hij opgevallen.

Toch was het de grotere man die haar aandacht opeiste. Hij zag er knap uit, achter die keurig getrimde bruine baard. De man was breedgeschouderd en had een forse buik. Hij maakte een beetje een goedgelovige indruk, maar ze vermoedde een soepele geest achter de aalvlugge manier waarop hij om zich heen keek. Zijn lijf zou vermoedelijk harder zijn dan zijn buikomvang deed vermoeden. Volgens het rapport van de oude vrouw was hij negen dagen geleden in Newburyport opgedoken en was er maar een dag gebleven voordat hij met de kleinere man was weggegaan. Dus moest de grootste man de expert zijn.

Nadat de president zijn toespraak had beëindigd, was Judith met de wegstromende menigte meegegaan om het tweetal op afstand te kunnen bestuderen. Ze bleven naast elkaar staan, zelfs toen de worstenkraam al weg was. Ze bleven praten en gebaren, zich nauwelijks bewust van hun directe omgeving, alsof er niemand was die naar hen uitkeek.

Uiteindelijk gingen ze uiteen. Judith kon er maar één volgen. Ze koos de grootste man.

*Deze periode was de frustrerendste gedurende heel mijn ervaring als lijf-
arts in het Witte Huis. De president leek niet in staat zich te ontdoen van
een hardnekkig gevoel van urgentie.*

Luitenant-ter-zee 1e klasse Howard Bruenn
Lijfarts van Franklin Delano Roosevelt

FEBRUARI

9

10 februari
Aurora Heights, Virginia

Mrs. Tench boog zich over Judiths schouder. 'Je hebt een prachtig handschrift, liefje.'

'Dank u.'

'Waar heb je dat geleerd? Op school?'

'In New Orleans, ja, mevrouw.'

'Zal ik je zeggen wie al deze namen zijn?'

Judith legde haar pen neer, terwijl de vrouw de naambordjes aanwees die Judith had zitten schrijven. 'Dit is de baas van Mr. Tench, de minister van Marine. Hij komt zonder zijn vrouw. Deze man hier is een generaal met een heel hoge functie in het Pentagon. Wat hij doet, weet ik niet, maar het is allemaal heel geheimzinnig. En zijn vrouw. Deze man is een zuipschuit, maar omdat hij iets te maken heeft met de begroting, moet iedereen in Washington hem dulden. En dit is zijn vrouw, het arme ding. En,' zo voegde ze er koket aan toe, 'dit ben ik, met Mr. Tench.'

Judith zat aan de tafel waaraan over twee uur het diner zou worden geserveerd. Achter de zwaaideuren naar de keuken verspreidden de door Mrs. P. bereide gerechten heerlijke aroma's door het bakstenen huis. Judith probeerde zoveel mogelijk weg te blijven uit de keuken – iedere keer als ze er haar gezicht liet zien, had Mrs. P. wel een klusje of stekelige opmerking. De oude vrouw was al de hele middag in een labiele stemming.

'Je ziet er heel leuk uit,' zei Mrs. Tench. Ze trok even aan een kanten zoom over Judiths schouder, om hem wat vlakker over het donkerblauwe uniform te leggen.

'Juist. Vergeet het niet: gerechten altijd links van de gast serveren, en drankjes rechts. Hou een oogje op het water en de koffie en laat de heren aan tafel zelf hun wijn en sterkedrank inschenken. Neem nooit een bord weg voordat de gast je met een knikje te kennen geeft dat je het kunt doen. Zeg "Mag ik?" in plaats van "Kan ik?" En probeer in 's hemelsnaam niet zoveel schotels tegelijk te dragen, liefje. Je hebt heel sterke handen, maar het is niet damesachtig. Dit is een particuliere woning, geen vreetschuur.'

'Jawel, mevrouw.'

'Goed, zet de naambordjes maar neer voor de stoelen die ik je heb gewezen. Daarna ga je Mrs. P. in de keuken helpen. Ik ga nog even liggen voordat mijn man thuiskomt. Goed?'

De vrouw des huizes zeilde de eetkamer uit. Judith maakte het werk aan tafel af en liep toen de zwaaideuren naar de keuken door. Mrs. P. stond in een grote pan soep te roeren. De damp wervelde om haar heen. Ze keek slechts kort op toen Judith binnenkwam.

'Pel even wat knoflook voor me,' instrueerde de oude kokkin haar.

Judith vond de handschoenen en een schilmesje. Ze beproefde het mes op scherpte. Ze nam een wetsteen uit een keukenla, ging zitten en begon het mes te wetten. Langzaam en met een zekere voldoening haalde ze het lemmet over de natte steen.

'Waar blijft mijn knoflook?'

Judith negeerde haar.

'Meisje? Ik vroeg je iets.'

Judith stond op, zonder te beseffen dat ze het mes in haar hand had. 'Waarom bent u zo kwaad op mij?' vroeg ze de oude vrouw.

Mrs. P. bleef boos naar de pruttelende soep staren. 'Ik heb jou hier niet binnengehaald zodat je jezelf moeilijkheden op de hals kunt blijven halen. Nee, dametje.'

Opeens werd Judith zich bewust van het mes in haar hand. 'Wat voor moeilijkheden heb ik me op de hals gehaald?' vroeg ze.

De kokkin nam de houten lepel uit de soep. Ze tikte hem af op de rand van de pan en zwaaide er boos mee naar Judith. 'Kijk in de spiegel. Ik weet waar jij mee bezig bent. Met die bovenste knoop van je blouse open. En denk niet dat ik niet in de gaten heb dat je je rok vier centimeter korter hebt gemaakt. Jij loopt hier door het huis alsof je smoel hebt op iemand, missy, en ik weet wie het is.'

Judith hield zich stil – de beste manier om de ander aan de praat te houden.

'Nee, met die preutse blik kom je bij mij niet ver. Jij bent allesbehalve de vermoorde onschuld, dat wéten we. Zorg dat je afstand houdt van de *mister*. Dit huishouden heeft al problemen genoeg zonder dat jij er nog een schepje bovenop doet. En jij weet waarover ik het heb! Ik zweer je, meisje, jij hebt sterkere zenuwen dan een zere kies. Zo, en werk nou even mee en geef me wat knoflook. En knoop die blouse dicht.'

De soeplepel hing tussen hen in totdat Judith zich afwendde. Ze liep terug naar de tafel en legde het mes neer. Ze wilde het niet in haar hand houden. Met een ruk draaide ze zich weer om naar Mrs. P., die haar de rug had toegekeerd en weer met haar soep bezig was.

Ik heb hem al genaaid, had ze bijna gezegd. In plaatst daarvan perste ze haar lippen op elkaar en knoopte haar blouse dicht.

Een uur vóór het feestelijke etentje was de heer des huizes nog niet thuis. Het huis leek te pulseren op de maat van tikkende klokken. Op de tafel en de schoorsteenmantel stonden kaarsen gereed en de geuren van Mrs. P.'s kookkunst creëerden een atmosfeer van verwachting beneden. Judith had elk deel van het zilver gepoetst en legde het op tafel volgens de schets die Mrs. Tench voor haar had gemaakt. Ze probeerde een wit voetje te halen bij Mrs. P. door haar soep en broodjes te keuren, er hoog van op te geven en naar haar keukengeheimen te vragen. Judith wandelde door de grote eetkamer en legde nog wat bestek in het gelid. Ze stopte toen ze een kreet hoorde.

Ze wachtte, om te zien of Mrs. P. de keuken uit zou komen. De zwaaideuren bleven dicht. Opnieuw hoorde ze een jammerklacht, ergens diep in het grote huis. Judith liep vanuit de eetkamer geruisloos op het dikke oosterse tapijt naar de zitkamer. Er viel iets zwaars met een bons op de vloer. Judith hoorde het niet alleen, maar voelde het ook in haar voetzolen. Ze liep een gang in, verlicht door armluchters, en met ingelijste foto's van het echtpaar Tench in gelukkiger tijden aan de muren.

Bij de deur van de bibliotheek bleef ze staan en hoorde Mrs. Tench weer jammeren. Ze verdroeg het gejammer achter de dichte deur, maar zonder zich te concentreren op de wanhopige vrouw; ze was met haar aandacht bij het begin van de gang, voor het geval dat Mrs. P. daar zou opduiken en zien dat zij hier stond af te luisteren.

Na een minuut hield Mrs. Tench zich in en ging over op zacht snikken en binnensmonds mompelen. Judith gunde haar een ogenblik, voordat ze de deurkruk omlaag duwde en de kamer in liep. Ze deed alsof ze de vrouw op de leren bank niet zag. In een alkoof tussen twee hoge, overvolle boekenkasten stond een korte zuil. De marmeren buste die erop hoorde, was op de grond gevallen.

'Mevrouw Tench, bent u… O, neemt u mij niet kwalijk.' Judith zweeg even, uiterlijk een en al bezorgdheid. 'Gaat het wel, mevrouw?'

Haastig kwam de oudere vrouw overeind van de bank en haalde haar hand over haar wangen. 'Ja. Ga terug naar je werk, ja? Ik kom zo dadelijk.'

De vrouw snikte nogmaals en deed een onbeholpen poging haar houding te herwinnen. Judith ging de kamer niet uit. In plaats daarvan liep ze naar de van zijn sokkel gevallen marmeren buste. 'Dat ding is veel te zwaar,' zei Mrs. Tench. 'Ik liep hem per ongeluk omver. Ik zal meneer Tench vragen hem terug te zetten.'

Judith zette de buste terug op de sokkel. Hij was zwaar, maar ze had er geen moeite mee. 'Nergens voor nodig dat de mister dit ziet.'

'Dank je, Desiree.'

Zorgvuldig verschoof ze de buste zo dat hij weer in exact dezelfde stand stond als voorheen. Ze streek haar schort glad. 'Uw vader was een knappe man.'

Volgens de plaquette op de buste stelde hij senator Rutherfurd B. Potts voor, uit Indiana. Zelfs de begin- en einddatum van zijn tijd in dienst van de overheid waren vermeld. Mrs. Tench had de kaaklijn van haar vader, maar verder had ze nauwelijks iets met hem gemeen. De senator was uit steen gehouwen en had een autoritaire uitstraling; zij was een wrak met een rood gezicht, verwend en teer. 'Ja, dat was hij, mijn vader. Een groot man.'

Judith liep de badkamer van de bibliotheek in en kwam terug met een glas water voor Mrs. Tench. Ze sloot de deur van de bibliotheek om te verijdelen dat Mrs. P. over hen zou struikelen, en liep terug naar de bank.

'Wat is er mis?'

Bij die vraag staarde Mrs. Tench voor zich uit, misschien omdat ze daar haar problemen kon zien. Ze scheen ze te hebben geteld en leek tot de ontdekking te zijn gekomen dat het er maar weinig waren, want plotseling leek ze op te monteren. Ze dronk het aangeboden glas water in een paar teugen op, alsof het een soort remedie was, waarna ze haar mond afveegde met een met kant afgezet zakdoekje en van de bank opstond. Ze haalde een paar keer diep adem en streek haar rok glad. Judith keek naar de smalle heupen en de blauw dooraderde hals van de veel te magere vrouw.

'Werkelijk,' zei ze, onverklaarbaar verfrist, 'soms weet ik niet wat me overkomt. Nu gaat het weer.' Ze gaf een klopje op Judiths arm. 'Dank je wel, Desiree. Je hebt iets heel kalmerends over je. Je ouders in New Orleans zijn vast heel aardig.'

Judith knikte alleen en wendde een soort verdriet van zichzelf voor, om Mrs. Tench van verdere vragen te weerhouden, want dan zou ze meer leugens moeten opdissen. Ze bedacht hoe veel beter haar denkbeeldige familie in New Orleans was dan haar echte familie in Perzië.

'Zo,' zei Mrs. Tench handenwrijvend, 'dat is dat. Overbodig te zeggen dat deze kleine episode tussen ons vrouwen moet blijven. Zoals je al zei, nergens voor nodig dat mijn man of Mrs. P. er iets over horen. Ik moest gewoon even uithuilen, zoals wij vrouwen nu en dan doen. Ik zal zorgen dat er in je loonzakje van deze week iets extra's zit, goed?'

Mrs. Tench strekte haar hand uit naar de deur, Judith uitnodigend om als eerste de bibliotheek te verlaten. De magere vrouw volgde haar en ging de trap op; Judith ging terug naar de keuken.

Mrs. P. had de ovendeur omlaag geklapt. Ze prikte in twee geroosterde ganzen en bedroop ze met hun eigen vet. 'Zie je nu wat ik bedoel? Dit huis heeft al moeilijkheden genoeg. Nu weet je het.'

Judith snoof de geuren op en vergat het bijna te vragen, zo heerlijk waren de aroma's. 'Wat moet ik weten, Mrs. P.?'

'Waarom die vrouw geen hulp weet vast te houden.'

'Waarom dan?'

De oude kokkin sloot de ovendeur voor het goudbruine gevogelte. Ze schudde haar hoofd en veegde haar handen af aan haar schort. 'Omdat het arme mens gek is, daarom.'

Tegen tienen had Mrs. P. de laatste pannen en het servies schoon. De gasten hadden zich teruggetrokken in de zitkamer, voor koffie en cognac. De heren staken een rokertje op terwijl de dames een kaarttafel klaarzetten, voor een partijtje bridge voor drie. Judith bleef binnen gehoorsafstand om hun koffiekoppen in het oog te houden en hun roddels in zich op te nemen.

Mrs. P. moest weg, als ze de laatste bus over de Potomac wilde halen. Mrs. Tench had Judith gevraagd nog wat te blijven. 'We zullen een taxi voor je bellen als de avond om is,' had ze gezegd. Bij de achterdeur hielp Judith Mrs. P. in haar wintermantel. De oude vrouw kneep haar ogen afkeurend dicht, maar gaf haar toch een smakzoen op haar wang.

'Meisje, we moeten allemaal doen wat we moeten doen. Maar wees heel voorzichtig. Het is een slangenkuil, daarbinnen. Het zijn jouw mensen niet.' De oude kokkin greep Judith stevig bij de schouders en hield haar op armlengte. 'Maar denk erom, ik wéét dat jij iets in je schild voert.'

Judith boog zich naar haar toe. Ze dempte haar stem en zei op samenzweerderige toon: 'Mrs. P., u verbaast me iedere keer weer.'

De oude kokkin haalde haar schouders op, zichtbaar in haar nopjes, en knoopte haar mantel dicht.

'Bij God, ga het me niet vertellen. Ik wil er niks van weten.' Mrs. P. wikkelde haar rode sjaal om haar nek en mompelde triest bij zichzelf: 'Ik zweer het, ik heb je blijkbaar alleen maar gered van de omgang met die drugshandelaren om je in de problemen te brengen met blanke mensen. God zij je genadig. Je moeder zal me villen als ze erachter komt.'

Voordat ze de achterdeur opendeed, raakte Mrs. P. Judiths wang even aan. 'Je bent een lieve meid, Desiree. Maar je bent ook een gluiperdje.'

Judith glimlachte bij het standje. 'En u bent een geweldige oude vrouw. Alleen veel te nieuwsgierig.'

De kokkin knikte instemmend.

Judith sloot de achterdeur achter haar af. De dienstbel rinkelde. In de zitkamer kreeg ze te horen dat de generaal graag nog een punt van Mrs. P.'s rabarbertaart zou hebben.

De volgende twee uur liep Judith de zitkamer in en uit. De man die over de begroting ging bleek inderdaad de zuipschuit en zeurkous die Mrs. Tench haar had beschreven. De generaal was een man in opkomst, met weinig gevechtservaring, maar met veel administratieve bekwaamheden. Hij was ervan overtuigd dat hij in het leger in vredestijd snel promotie zou maken. Minister van Marine Forrestal sprak vaak en bewonderend over Roosevelt en vond hem een groot leider en warmvoelend mens. Forrestal was getuige geweest van de geallieerde invasie in Normandië en had het oorlogsgebied in de Grote Oceaan twee keer bezocht. Hij stond buitengewoon argwanend tegenover Stalin en het communisme. De Sovjets waren het volgende grote gevaar voor de wereldvrede, verklaarde hij, waarmee hij ieders instemming oogstte. De heer des huizes hing de goede gastheer uit. Hij schonk de anderen ijverig in en deed leuk, er kennelijk op uit om zichzelf populair te maken. Van de vrouwen praatte er niet één over iets anders dan hun man, kinderen, huishouden en kleding. De stem van Mrs. Tench was de vrolijkste van alle dames.

Tegen middernacht gingen de gasten gelijktijdig weg. Judith droeg haar witte katoenen handschoenen toen ze de mantels voor de dames haalde en ze aan hun echtgenoten overdroeg. Toen de dames hun mantel aan hadden, hielp ze hun echtgenoten in hun overjas. In de ogenblikken dat ze Forrestal die dienst bewees, evalueerde ze hem. Ze schatte zijn gewicht en lengte in, de dikte van de huid om zijn polsen en aan zijn nek, waar ze hem heel even aanraakte, zonder dat hij er iets van merkte.

Mr. en Mrs. Tench namen afscheid van hun gasten. Judith verdween naar de keuken om haar eigen mantel te halen. Toen ze terugkwam, was Mrs. Tench al naar boven, naar bed. Mr. Tench droeg zijn winterjack.

'Het is laat,' zei hij tegen haar. 'Ik rij je wel even naar huis.'

Judith knipte de kleine lamp naast haar bed aan. Achter haar rug zei hij:
'Kraakhelder, hier.'

'Dank u.'

'Wel klein. Ik kan je wel iets beters bezorgen.'

Ze stak haar handen uit naar zijn jack. Hij liet het van zijn schouders
glijden. 'Ik heb geen behoefte aan iets beters,' zei ze. Nu stond zij achter
hem. 'Ik hoef geen geld van u dat ik niet heb verdiend.'

Bij die verklaring draaide hij zich glimlachend om, vanwege de dubbele
betekenis die haar woorden in zijn hoofd aannamen. Ze fronste haar voorhoofd. 'Zo bedoelde ik het niet.'

Het was al over twaalven. Jacob Tench en Judith deden niet moeilijk over de
reden waarom hij op haar kamer was. Ze hielp hem uitkleden en legde zijn
kleren netjes over een stoel, om hem duidelijk te maken dat ze met hem sa-
menspande – hij kon niet met gekreukte kleren thuiskomen. Hij gaf zich
over aan haar handen, maar bleef haar meester. Ze speelde ook nu de
dienstmaagd, maar op een andere manier dan wanneer ze haar blauwe
dienstbode-uniform en -schort droeg, een discipline die haar al lang geleden was bijgebracht. Jacob Tench lag naakt op zijn rug, dwars over het
smalle bed. Judith legde haar wijsvinger tegen zijn lippen om hem aan te
geven dat ze de woorden voor later moesten bewaren.

Ze masseerde hem en kneedde de plooien van zijn bevoorrechte leven.
Zijn romp was zacht – ze voelde er bureaus in, en luxeauto's en feestelijke
etentjes als dat van vanavond. Zijn onderarmen en schouders hadden al
veel te lang alleen politieke arbeid verricht. Judith kleedde zich niet uit om
over zijn heupen te gaan zitten, maar schopte alleen haar schoenen uit. Een
paar keer stak hij zijn handen uit naar haar uniform om eraan te trekken,
maar ze bleef nog wat langer gekleed. Ze gaf er de voorkeur aan om haar
macht verborgen te houden tot op het moment dat zij zou kiezen, voor
haar eigen oogmerken.

Toen ze zich uitkleedde, stond ze naast het bed, in de zachte gloed van de
zwakke bedlamp. In het begin stond ze hem niet toe haar aan te raken, eens
te meer verlegenheid voorwendend. De eerste keer was een haastige affaire
geweest, vier dagen geleden in zijn huis in Georgetown, in zijn werkkamer
daar. Ze had naast zijn bureau gestaan, nog in haar uniform en schort, en
hij had haar van achteren genomen terwijl zijn vrouw boven een middag-
slaapje deed. Hij had haar onderbroek omlaag laten vallen en de bruine

bolling van haar billen gewreven alsof hij ze wilde oppoetsen als kostbare juwelen, maar meer had ze hem niet laten zien. Nu lag hij op haar kamer en probeerde op adem te komen bij het zien van de verschillende stadia van haar naaktheid.

Ze vouwde haar eigen kleren net zo netjes op als de zijne, om te doen alsof ze zich schaamde. Ze hield een arm voor haar borsten en de andere arm voor haar buik. Ze liep naar de kant van het bed, waar Tench zich op een elleboog overeind werkte. Ze liet zijn vingers over haar maagstreek spelen. Toen pas liet ze haar armen vallen en stond in volle glorie voor hem.

'Mijn god,' fluisterde hij.

Judith ging niet op het bed liggen, maar spreidde haar benen voor hem. Ze rook haar eigen geur aan zijn hand. Ze staarde omlaag en wachtte, hem de tijd gevend om al haar beloften in zich op te nemen. 'Ik hou het niet uit,' kreunde hij.

'Mooi.'

'Wat wil je van me, Desiree? Iedereen wil altijd iets.'

Ze liet de vraag onbeantwoord. In plaats daarvan kwam ze boven op hem zitten en liet hem even zoeken voordat ze zich over hem heen liet zakken. Ze bleef hem strak in de ogen kijken en hield haar hielen op de vloer, haar borsten vlak voor zijn gezicht terwijl ze bewoog. Zijn handen omvatten haar billen en dijen en bewogen haar op en neer in het ritme dat hij wilde. Lang hield hij het niet vol. Judith drukte haar hand tegen zijn mond, niet omdat het haar iets kon schelen of de buren iets hoorden, maar omdat ze niet wilde dat hij geluid maakte. Ze had hem niet één keer gekust.

Ze kwam naast hem liggen terwijl hij naar het plafond staarde en uit lag te hijgen. Hij vertelde hoe ongelooflijk het voor hem was geweest, maar uitte geen woorden van genegenheid. Dat verwachtte ze ook niet. Haar rol als Desiree was hem te plezieren; zijn rol was het te accepteren en haar er karig voor te betalen.

Ze rolde zich op haar zij en legde haar hoofd op zijn borst. Ze luisterde naar zijn hart, zo dicht onder de oppervlakte, zo gemakkelijk bereikbaar.

'Ik geloof dat je vrouw van ons afweet.'

Tench zoog met een schok lucht in zijn longen.

'Waarom zeg je dat?'

'Ze zat vanmiddag in de bibliotheek hartverscheurend te jammeren.'

Hij snoof en trok haar hoofd wat hoger op zijn borst. 'Mijn vrouw is manisch-depressief, zo noemen ze dat. Ze huilt iedere middag. Ze doet niet onder voor de regens in het verdomde Amazone-woud. Je zou varens rond haar voeten kunnen kweken, zo vaak huilt ze. Maak je geen zorgen, over ons weet ze niets. Als ze het wel wist, zou de hel losbreken, dat garandeer ik je.'

'Is ze zo ongelukkig?'

'Geluk of ongeluk heeft er niets mee te maken. Ze pendelt zo heen en weer tussen vrolijkheid en verdriet dat ik het meestal niet kan volgen.'

Judith verduurde zijn zucht, de zucht van een man met een vrouw die lastig is en zelf met de dienstmeid in bed ligt. 'Laten we het over iets anders hebben,' zei hij.

'Vertel me iets over je baas, meneer Forrestal.'

'Wat valt er te vertellen? De man werkt als een paard. Ik stond ervan te kijken dat hij bereid was te komen dineren, vanavond. In de jaren twintig heeft hij een fortuin verdiend op Wall Street, en hij heeft kans gezien het merendeel ervan bij elkaar te houden, ondanks de beurskrach. Hij had mijn baan totdat minister Knox overleed en hij werd bevorderd, waarna ik zijn plaats kon innemen. Al met al zou ik zeggen dat het een kouwe kikker is, maar hij is op weg naar de top. Hij en ik kunnen het goed met elkaar vinden omdat we allebei een mesjogge vrouw hebben. Die van hem was koriste bij de Ziegfeld Follies.'

Judith streek met haar handpalm over Tench' buik. 'Dus als hij sterft krijg jij zijn baan?'

Lachend zei Tench: 'Het zal nog lang duren voordat Forrestal doodgaat. Er ligt nog veel te veel werk op zijn bureau.'

Judith ging overeind zitten en kruiste haar benen. 'Laten we een spelletje spelen. Als hij morgen kwam te overlijden, wie zou dan minister van Marine worden? Jij?'

'We zitten midden in een oorlog. Wie anders zouden ze kunnen vinden? Ja, ik, denk ik wel.'

'Kom je dan in contact met de president?'

'Dat doe ik al.'

'Maar zou je dan iedere dag Roosevelt ontmoeten?'

'Allicht.'

'Zou de president naar Forrestals begrafenis komen, denk je?'

Tench werkte zich overeind, propte een kussen achter zijn rug en leunde achterover tegen de muur. 'Wat een eigenaardige vraag! Is dat soms iets van die voodoo uit New Orleans – wie komt er op wiens begrafenis?'

'Het is maar een spelletje, Jacob. Ik probeerde alleen het me voor te stellen.'

Hij streelde haar dijbeen. 'Goed, goed, maak je niet druk. Ja, als zijn gezondheid het op zo'n dag zou toelaten, zou Roosevelt waarschijnlijk wel naar Forrestals begrafenis komen.'

Judith glimlachte naar Tench. Ze kon hem minister van Marine maken; ze had het vanavond al kunnen doen, in zijn eigen huis. Zes druppeltjes cyanide, gebonden aan dimethylsulfoxide om de huidporiën te openen, vermengd met wat lanoline als emulgator. Ze zou condooms hebben gedragen, onder de vingers van de katoenen handschoenen. De citroenolie waarmee ze had zitten poetsen zou, samen met de lanoline, de verraderlijke geur van bittere amandelen hebben gecamoufleerd. Ze had het spul vlug in Forrestals nek kunnen smeren terwijl ze de kraag van zijn overjas over zijn schouders trok. Ze had het vanavond even uitgeprobeerd, maar hij had niets gemerkt. Tien minuten nadat hij was weggereden zou de minister kortademig, duizelig en misselijk worden en uiteindelijk bezwijmen. Zijn dunne lichaam zou verkrampen. Misschien zou hij de auto total loss hebben gereden, met zichzelf erbij, maar de wens was hier de vader van de gedachte, zoals ze wist. Hoe het ook zij, hij zou een half uur na zijn vertrek uit Tenchs huis zijn overleden. Het zou eruit hebben gezien als een gewone hartaanval. En als het gif op deze of gene manier bij sectie zou zijn ontdekt, zouden ze het niet in zijn maag hebben gevonden. De bron zou niet te achterhalen zijn geweest, maar het motief zou allereerst zijn gezocht bij zijn ambitieuze staatssecretaris of diens labiele, naar meer status strevende echtgenote bij wie hij de avond had doorgebracht. Tegen de tijd dat iemand aandacht was gaan besteden aan haar, zou ze zelf allang verdwenen zijn geweest, hopelijk na haar missie te hebben afgemaakt.

Judith glimlachte inwendig om de ironie ervan. Tijdens het diner had Forrestal er geen twijfel over laten bestaan hoe hartgrondig zijn hekel aan Stalin was. Nu echter had hij aan Stalin zijn leven te danken. Op dit moment, zo wist ze, waren Roosevelt, Churchill en Stalin bijeen, ergens in de Krim. De president zou geen belangrijke staatsbegrafenis kunnen bijwonen zolang hij het land uit was.

Tench monsterde haar. 'Waarom zit je zo te grijnzen als een kat die de goudvis heeft verschalkt?'

Judith zette haar gedachten opzij. Ze wijdde haar aandacht weer aan het bed, haar lichaam en de weke man die naast haar lag. 'O, ik stelde me jou voor als minister van Marine. Je zou het geweldig doen.'

'Dat zou ik, dank je.'

Hij zwaaide zijn voeten van het bed. 'Ik moet er vandoor. Ik kan haar wijsmaken dat ik even ben gestopt voor een biertje, maar niet als ik nog langer blijf.'

'Ik begrijp het.'

Tench stond op, zakkerig en bleek, zo'n schril contrast met haar eigen strakke, roodbruine lijf. Hij kleedde zich aan terwijl zij loom achterover op het bed lag, naakt, om zijn belangstelling vast te houden en haar macht over hem te laten voortduren.

'Weet je,' zei hij grinnikend terwijl hij in zijn broek stapte, 'je vroeg zo-even wiens begrafenis Roosevelt vanuit het Witte Huis zou bijwonen. Ik zal je iets verklappen – als mijn vrouw overleed, zou de hele verdomde stad haar begrafenis bijwonen. Haar vader heeft dertig jaar de Senaat gerund. O ja, daar zou Roosevelt bij zijn.'

Judith tilde haar hoofd op. Ze wachtte totdat hij zijn gesteven overhemd had dichtgeknoopt voordat ze opstond. Ze legde haar armen om hem heen om haar huid en geur tegen zijn dure pak te drukken. Deze kleren zou hij voor zijn vrouw moeten verbergen. 'Weet je nog dat je me vroeg wat ik graag wilde?'

Tench verzette zich tegen haar omhelzing. Hij scheen te overdenken of hij zijn kleren weer uit zou doen. Hij schraapte zijn keel. 'Heb je toch nog iets bedacht?'

'Je bent getrouwd, dat weet ik. Om zoiets zou ik nooit vragen.'

Hij knikte opgelucht. 'Goed.' Hij kuste haar. Ze haalde haar tong wat rond zijn lippen, alsof ze wat ijs weg likte.

'Wat?'

'Een ontmoeting met president Roosevelt.'

Tench bleef willoos en begerig staan, terwijl Judith hem bewerkte met haar tong en haar heupen. Hij haalde diep adem, zich weer tegen haar aan drukkend. Ze maakte haar armen los, zodat hij weg kon en stapte achteruit. Aan zijn gezicht te zien zou hij voor haar vallen.

'Ik wil de president een hand geven,' zei ze. 'Eén keertje maar.'

10

16 februari
Washington DC

De oorlog verliep gunstig voor Amerika. De voorpagina van *The Washington Post* die Lammecks handen vasthielden, bazuinde het uit: de eerste bombardementen op Tokio waren een feit. Een gevechtsgroep van de marine trok de lus rond het Japanse bolwerk op het eiland Iwo steeds strakker aan. In Europa was iedere centimeter grond die de Duitsers bij hun kerstoffensief hadden teruggewonnen al heroverd door de geallieerde infanterie en luchtlandingstroepen, met een bloedig tegenoffensief. In Amerika werd het Duitse offensief nu aangeduid als *The Battle of the Bulge* – een verwijzing naar het verloop van de uitgestulpte Duitse frontlinie – en in Europa als het Ardennenoffensief. Patton had met zijn pantserdivisie een stormaanval ingezet op de Rijn. Bommenwerpers hadden de Duitse stad Dresden nagenoeg met de grond gelijkgemaakt.

Nu waren de eerste woorden over een geheime topconferentie tussen de Grote Drie – Stalin, Churchill en Roosevelt – in Jalta, op de Krim, uitgelekt.

De *Post* schreef: 'De president verdient onze gelukwensen voor zijn aandeel in deze allesomvattende prestatie.' Op de pagina's één tot en met zes staken Roosevelts aanhangers de loftrompet over zijn diplomatie, waarmee hij erin geslaagd was de drie geallieerde leiders samen aan een tafel te krijgen om de situatie te bespreken en beslissingen te nemen. De krant somde een aantal belangrijke winstpunten voor Amerika op, behaald gedurende deze conferentie: de Sovjets hadden beloofd de Japanners aan te vallen zodra Duitsland op de knieën was gedwongen; Stalin had water bij de wijn gedaan inzake zijn eis van vijftien stemmen in de nieuwe Verenigde Naties, en hij had genoegen genomen met niet meer dan drie; de Sovjet-Unie had ingestemd met een Franse bezettingszone in het overwonnen Duitsland; bovendien kreeg Frankrijk een permanente vertegenwoordiging in de Veiligheidsraad van de vn; en Stalin zou 'vrije' verkiezingen toestaan in Polen, en het vaststellen van de westgrens van die door de oorlog ernstig verscheurde natie opschorten totdat de oorlog voorbij was. Aan uittreksels uit andere nieuwsorganen uit alle delen van de wereld was ook ruimte gelaten, en allemaal prezen ze om het hardst de triomfantelijke akkoorden van Jalta.

Pas op pagina zeven mochten de tegenstanders van Roosevelt hun hart luchten. Ze riepen dat Roosevelt zich in Jalta een loer had laten draaien. Hij scheen maar niet te willen begrijpen dat hij de rijke suikeroom was die klem zat tussen twee armere, ruziënde neven. Roosevelt had volgens hen niet zozeer onderhandeld met Stalin; eerder had hij geprobeerd de stijfkoppige dictator over te halen om met minder genoegen te nemen dan waarnaar de Russen hongerden. Jalta had niets veranderd aan Stalins eis dat de oude Curzon-linie, een etnische grens die de geallieerden in 1919 hadden bepaald, de officiële grens tussen de Sovjet-Unie en Polen zou blijven, in weerwil van de eisen van Amerika en de Poolse regering-in-ballingschap. De Sovjets hadden ook hun zin gekregen met hun eis van meerdere stemmen in de assemblee van de binnenkort op te richten Verenigde Naties. Groot-Brittannië, omschreven als 'onze dapperste bondgenoot', die in zijn eentje drie jaar lang stand had gehouden tegen de nazi-horden, had in Jalta maar bitter weinig teruggekregen voor zijn aandeel in de oorlog; integendeel, het wankelende imperium zou in nog grotere mate ontmanteld worden. Groot-Brittannië mocht aan de zijlijn toekijken hoe de Amerikaanse president met zoetgevooisde stem probeerde de Russische dictator over te halen de Sovjet-Unie zitting te laten nemen in de Verenigde Naties, als een bestanddeel van Roosevelts politieke nalatenschap. Jalta, aldus deze critici, was weinig meer dan een haastig in elkaar getimmerd akkoord tussen drie ideologisch tegengestelde naties die elkaar alleen hadden gevonden omdat ze uitgeput waren en zich lieten verblinden door een euforie van korte duur – hooguit voor zolang de oorlog nog zou duren. Kortom, Roosevelt had harde concessies aan Stalin gedaan, in ruil voor een ragdun weefsel van beloften. En Churchill, de leeuw van Engeland, was genoodzaakt geweest toe te kijken en op zijn sigaar te knauwen terwijl zijn oude Amerikaanse bondgenoot hem dit flikte.

Voor het moment werden deze ontevreden geluiden echter door de juichende krantenkoppen naar de achtergrond gedrongen. Roosevelt was het goudhaantje. Opnieuw werd er met geen woord gewag gemaakt van zijn gezondheidstoestand tijdens de topconferentie. Op de foto's keek de oude man lachend in de camera's, zijn marinecape om de schouders, het lange sigarettenpijpje zwierig schuin omhoog. Volgens de berichten zat hij nu ergens op zee, rustte uit en stoomde op naar huis.

Lammeck legde de krant neer. Hij liep naar het raam van zijn hotelkamer en staarde door het schuin invallende zonlicht naar de noordgevel van het Witte Huis, achthonderd meter van hem vandaan – dat witte paleis dat inmiddels al bijna dertien jaar door Roosevelt werd bewoond. Binnenkort zou het hem verwelkomen als de held die terugkeert uit verre landen. De president stond nu op het toppunt van zijn loopbaan, misschien meer dan ooit.

En dát, dacht Lammeck, is het moment waarop ze je te grazen willen nemen. Als je op je sterkst bent – een gevaar. Je vijanden hebben je altijd al gehaat. Nu word je ook nog gevreesd door je vrienden.

Hij dacht aan Caesar, die op het toppunt van zijn macht in een ander wit paleis, de Romeinse Senaat, door zijn senatoren was doodgestoken. In 1935 was Dutch Schulz, een van de machtigste figuren in de Amerikaanse gangsterwereld, in Newark, New Jersey, vermoord door zijn bondgenoten van het New Yorkse misdaadsyndicaat, om hem te weerhouden van zijn voornemen om de openbare aanklager Thomas Dewey te vermoorden. In het jaar 797 waren de Byzantijnse keizer Constantijn de ogen uitgestoken, voordat hij door zijn eigen moeder in een cel werd gegooid, in een dodelijke strijd om de troon. Al die slachtoffers hadden op het toppunt van hun macht gestaan toen ze door verraad van vertrouwde bondgenoten of zelfs naaste verwanten neer werden gehaald.

Lammeck draaide zich om toen er op de deur werd geklopt. Hij deed open en stapte opzij toen Dag de kamer binnen kwam stuiven. De geheim agent wankelde onder het gewicht van drie dozen vol mappen en bruine enveloppen. Achter de bovenste doos ging zijn hoofd schuil.

'Zet ze maar op het bed.'

Dag dumpte zijn last op de matras en Lammeck schoot toe om te voorkomen dat ze zouden omvallen. Met lege handen en een rood aangelopen gezicht staarde Dag hem woedend aan, alsof hij zich aan iets schuldig had gemaakt.

'Wat?' zei Lammeck met gespreide armen.

'Beneden, bij de receptie. Nog twee dozen. Die mag u zelf halen.'

Lammeck daalde de twee trappen naar de foyer af. De dozen stonden te wachten, volgepropt en loodzwaar. Toen hij terug was in zijn kamer stond hij te hijgen en kon hij zich in Dags ergernis verplaatsen.

Dag lag onderuit in de weelderige fauteuil. Zijn voeten, gestoken in versleten schoenen, lagen op Lammecks bed. 'Alles is er. Van drie januari tot gisteren.'

Lammeck zette zijn last naast de schrijftafel. 'Ik heb wel door dat we voorzichtig moeten zijn met wat we wensen. De goeie ouwe Mrs. Beach zou het ons weleens kunnen bezorgen.'

'Dit zijn de dossiers van iedere nieuw aangenomen vrouw in deze hele stinkende stad. Curriculum vitae, schoolgetuigschriften, typediploma's, rapporten van antecedentenonderzoeken, noem maar op – onze federale overheid heeft er altijd paperassen van. Als ze voor Uncle Sam werkt, zit ze in een van deze dozen.'

Lammeck pakte een map, lukraak. Hij opende hem en had uitzicht op een diep moeras van getypte vellen, onleesbare handschriften, stempels en zwart-witfoto's. Ergens in deze paperassen was dat ene goede, harde feit verborgen dat hem de kans zou geven een begin te maken met de NEE-stapel, tenzij er iets kleins en verdachts tussen zat dat niet pluis was, zodat hij de map aan de hopelijk korte MISSCHIEN-stapel moest toevoegen. Het beslissende feitje kon binnen enkele seconden aan de oppervlakte komen, maar het kon hem ook ontgaan.

'Hoeveel zijn het er?'

'Pakweg duizend.'

Het hart zonk Lammeck in de schoenen. Zijn ogen stonden nu al glazig. Ze staarden naar de foto van een meisje uit Kentucky dat een paar tanden miste. Ze was broodmager en zo schuchter dat ze haar hoofd wat voorover had gebogen alsof ze doodsbang was van de flitslamp die haar gezicht leek te bevriezen. Ze had lichtbruin haar, maar dat kon geverfd zijn – onmogelijk te bepalen. Lammeck liet zijn vinger over het eerste document glijden. Net een tweejarige secretaresse-opleiding achter de rug. Ongehuwd, een broer bij de mariniers, nu overzee. Hoe zou dit verlegen Amerikaanse meisje de Perzische assassijn kunnen zijn die twee mensen op een strand met een flitsend mes had vermoord en daarna de zelfmoord van een derde persoon in scène had gezet? Lammeck wilde de map er meteen tussenuit halen. Intuïtief wist hij direct dat dit meisje het niet was. Echter, alleen al het beeld van de moordenares die ze probeerden te vinden was zo onwaarschijnlijk. Hoe kon hij ook maar één van deze vrouwen uitsluiten? Nee, hij zou deze dossiers moeten doorworstelen. Duizend stuks, en een voor een, dus kon hij maar beter meteen beginnen.

Lammeck draaide zijn bureaustoel naar de schrijftafel. Hij legde de map open voor zich en knipte de bureaulamp aan. Hij nam de foto van het meisje in handen en stelde zich haar voor, dik ingepakt in de kille Washingtonse avondschemering – net aangekomen uit Kentucky of Perzië. Welke van de twee?

Dag hees zich op uit de fauteuil.

'Hé daar!' Lammeck stak een hand op. 'Waar ga jij heen?'

'De auto. Ik heb Chinees gehaald, en drank.'

Tegen middernacht had Lammeck een NEE-stapel van meer dan tweehonderd dossiers. Voordat hij in slaap was gevallen, had Dag de helft van dat aantal doorgeworsteld. Ze hadden allebei maar één dossiermap op de JA-stapel gelegd.

Dag lag op Lammecks bed te snurken, buiten gevecht gesteld door al het lezen en de bourbon. Hij had zich omgerold en de lakens en dekens als een cocon om zich heen gewikkeld. Zelfs in zijn slaap maakte Dag overal een warboel van.

De afgelopen uren had Lammeck een methode ontwikkeld bij zijn jacht op harde feiten in de mappen. Zodra hij vaststelde dat voor een sollicitatie een antecedentenonderzoek was voorgeschreven, kon hij de map uitsluiten. Hij had geen andere keuze dan erop vertrouwen dat de FBI en al die andere overheidsinstanties op dat beveiligingsniveau grondig werkten. Natuurlijk zouden ze op een jonge vrouw kunnen stuiten wier hele achtergrond een warnet van verzinsels was. Zijn intuïtie vertelde hem echter dat de assassijn zich nooit in een positie zou manoeuvreren waarin ze op het radarscherm van de overheid kon verschijnen. Ze zou een onopvallende schuilplaats hebben gekozen. Haar eerste taak in Amerika was opgaan in de massa.

Op grond van antecedentenonderzoeken kon hij echter slechts twintig procent van alle sollicitaties uitsluiten. De rest had betrekking op gewone lagere administratieve en typistenbanen. De hele sollicitatieprocedure bestond uit een sollicitatiebrief, een gesprek en wat vaardigheidstests. Lammecks ervaring als historicus hielp hem. Na vele jaren research had hij geleerd attent te zijn op overeenkomsten in tijdperken en de persoonlijkheden die hij bestudeerde. Die trends kon hij gebruiken voor het blootleggen van de afwijkingen. Uit deze personeelsdossiers kon hij snel het dominante thema distilleren, de gemeenschappelijke noemer van al deze jonge vrouwen die in oorlogstijd massaal naar Washington waren gekomen.

Op enkele uitzonderingen na ging het in deze mappen steeds over één enkele vrouw. Ze had middelbare school en een paar jaar studie achter de rug, maar zelden een graad behaald. Ze had één of meer broers en zussen, en haar broers zaten meestal in dienst. (Het zag ernaar uit dat het Enige Kind niet het ouderlijk huis had verlaten om haar toekomst in Washington te zoeken.) Ze was geen Assepoester; zij kon typen, in plaats van huishoudelijke vaardigheden. De kans dat ze afkomstig was uit een agrarische staat in het Zuiden of Midden-Westen was groter dan de kans dat ze uit New England of het Verre Westen kwam. Blijkbaar gebruikte ze de typelessen als haar vluchtroute uit een klein stadje, of weg van de boerderij. Ze was slank en vaak aantrekkelijk. Waarschijnlijk beschouwde ze Washington als het laatste mekka voor romantiek, in een natie waar het leeuwendeel van alle overige mannen in Europa of Azië vocht. Ze kwam in haar eentje. Ze kwam om haar land te dienen, maar niet in uniform, zodat ze niet bepaald de meest onverschrokken vrouw van allemaal was. Ze was echter wel ambitieus, intelligent en ervan overtuigd dat haar een goede toekomst wachtte.

Lammeck las opleidingsoverzichten en aanbevelingen van leerkrachten, opgedane werkervaring, beschrijvingen van schoolteams op sportief gebied en liefhebberijen, rijbewijsnummers en andere legitimatiepapieren. Zoals hij het zag, bood geen van deze alledaagse dingen genoeg houvast om iemand volledig te diskwalificeren en het dossier opzij te leggen. Al deze dingen waren gemakkelijk te vervalsen en trouwens, niets ervan zou niet zijn nagetrokken. Hij was op zoek naar dat extra ingrediënt, dat flinterdunne aanwijzinkje dat hem zei dat dit meisje authentiek was en voor niemand een gevaar, behalve voor het hart van een of andere jongeman. Hij las de korte, chronologisch opgestelde en uitgetypte opstellen over de dromen, hoop en verwachtingen van het meisje, haar geboorteplaats en haar familie. Hij lette op spelfouten en onbeholpen formuleringen in haar antwoorden op eenvoudige vragen – het soort prilheid dat wees op een jonge Amerikaanse vrouw die zich in een nieuwe, grote stad in haar eentje staande probeerde te houden. Hij lette op tekenen van nervositeit, onbehagen, versprekingen – al die kleine ongerijmdheden rond ieder van ons die zo'n complex en reëel geheel van ons maken. Een moordenares zou dat soort dingen nooit schrijven. Zij zou geen fouten maken. Ze zou tot in de puntjes volmaakt zijn in haar bedrog.

De weinige mappen die Dag en Lammeck op de JA-stapel hadden gelegd, hadden twee dingen met elkaar gemeen. Het betrof in beide gevallen een meisje zonder familie. De een kwam uit een weeshuis in Ohio; de ander beweerde dat haar hele familie bij een tornado in Oklahoma was omgekomen. Bovendien zagen beide jonge vrouwen er op papier te goed uit om waar te kunnen zijn. Dag en Lammeck vonden dat deze vrouwen nog eens aan de tand moesten worden gevoeld. Dag zei dat hij ze allebei wilde vinden – en als ze geen moordenares waren, wilde hij met allebei uit.

Dag had vijf uur achtereen doorgewerkt, totdat hij Lammeck vroeg of hij een kwartiertje mocht dutten. Dat was twee uur geleden.

Lammeck zwoegde stug door. Hij werkte zich steeds efficiënter en met scherper wordend instinct door de mappen heen. Het was nu middernacht. Toen ongeveer de helft van alle mappen was onderzocht, voelde hij dat ze niet in deze dozen te vinden zou zijn. Ze was hem opnieuw ontglipt. Toch zat hij haar dicht op de hielen. Lammeck wíst het gewoonweg, en dat gevoel werd iedere dag sterker. Hij moest iets vinden waaraan hij wat houvast zou hebben voor die ene stap die hij nog moest zetten om haar te achterhalen. Ze zou de weg van de minste weerstand naar de president kiezen. Lammeck pijnigde zijn hersens af om die weg te vinden.

Hij schoof de stapel mappen opzij en pakte het boek dat hij die middag bij Garfinkel's Bookstore, tegenover het ministerie van Financiën, had gekocht: *De reizen van Marco Polo.*

Onder het snurken van Dag nam hij nog eens de passages door over Hassan-i-Sabbah en de assassijnen van Alamoet. Polo berichtte hoe de Oude Man van de Berg door middel van moord zijn heerschappij over de landstreek had gehandhaafd en ook zijn geloof zo had verdedigd:

… als een van de naburige vorsten of anderen deze leider aanstoot gaf, werden zij ter dood gebracht door dezen, zijn gedisciplineerde doders: geen hunner kende vrees voor het verlies van het eigen leven, dat voor hen nauwelijks telde, vermits zij de wil van hun heer en gebieder konden volvoeren. Op grond van deze tirannie werd hij gevreesd in alle omringende landen.

Polo beschreef de mohammedanen van Perzië als '*een schoon ras, vooral de vrouwen, die naar mijn mening de mooiste ter wereld moeten zijn*'. Hassan had deze mooie Perzische vrouwen voor zijn tirannieke karretje gespannen. Hij had zijn moordenaarskader gedrogeerd en hen verleid '*door middel van elegante, schone jonkvrouwen, bedreven in kunsten als zang, dans en het bespelen van allerhande instrumenten, alsmede, dat vooral, die van de flirt en amoureuze verleiding*'.

Lammeck liet het boek open op zijn schoot liggen, maar zijn geest reisde de woorden snel voorbij. Via deze bladzijden, wandelend door Polo's proza, haalde hij zich haar voor ogen. Zij was kop én munt van Hassan-i-Sabbah's dodelijke betaalmiddel: niet alleen een door-en-door getrainde assassijn, maar ook een bedreven verleidster.

Zijn gedachten dwaalden af naar de grote verleidster-moordenaressen uit de geschiedenis. Catherine de Grote. Cleopatra. Salome, de vrouw die zich voor haar verleidelijke dans had laten betalen met het hoofd van Johannes de Doper. Delilah, de verraadster van Samson. De Joodse prinses Judith, die zich aan de vooravond van een grote slag had gegeven aan de Assyrische bevelvoerder Holofernes, om de volgende ochtend op te duiken met zijn hoofd in een zak, waarmee ze het volk van Israël had gered.

Lammeck legde Marco Polo neer. Zuchtend stak hij zijn hand in de kartonnen doos, voor de zoveelste map. Hij zou haar vinden, hoe dan ook. Lammeck bleef wakker en zocht verder tot het ochtend werd.

17 februari
Washington DC

Lammeck opende zijn ogen waar hij ze had gelaten – in de witte inhoud van de openliggende map op zijn schoot.

Dags stem verwelkomde hem in de nieuwe ochtend, net als zijn stijve rug en kurkdroge mond. Kort voor zonsopgang had zich een neerslachtige stemming van Lammecks geest meester gemaakt – die duurde nog voort.

Hij legde de map op de schrijftafel en draaide zich om. Dag hing aan de telefoon. De man had in zijn kleren liggen slapen, maar zag er precies zo uit als halverwege de middag.

'Ah, ah,' zei Dag tegen de hoorn. 'Hmm. Ja, het is vandaag zaterdag dus kan ik het net zo goed dit weekeinde nog doen. Hier lopen we maar de ene doodlopende straat na de andere in. Ja, de hele nacht opgebleven. Hé, doe mij een lol. Laat ze maar afgeven bij de receptie van het Blackstone Hotel, daar heb ik me verschanst, met de professor. Nee, heel geestig. Ik nam het bed, hij sliep in de stoel. Kennelijk heb ik slechte adem of zo. Goed.'

Dag legde de hoorn op de haak en beantwoordde Lammecks starende blik. 'Wat?'

'Dat was Mrs. Beach?'

'Ja. Blijkbaar heb ik haar verkeerd beoordeeld. Ze heeft een ziekelijk gevoel voor humor. Overigens, excuus dat ik u gisteravond in de steek heb gelaten. Bent u nog lang wakker gebleven?'

'Ja. De hele nacht. Weet je dat niet meer? Je zou het toch moeten weten, want je was toch ook de hele nacht opgebleven?' Sarcasme was een goeie afspiegeling van Lammecks gemoedstoestand.

Dag negeerde de steek onder water. 'Tot hoe laat?'

'Lang genoeg om er helemaal doorheen te zijn, op één doos na. En nu ben ik er tamelijk zeker van dat ze niet voor Uncle Sam werkt.'

Dag geeuwde. Hij wees naar de enige twee mappen die apart waren gelegd. 'Hoe zit het daarmee?'

'Ik durf te wedden van niet. Tijdverspilling.'

'Ik zal Mrs. Beach toch vragen ze na te laten trekken. Die laatste doos kunnen we meenemen.'

'Gaan we ergens heen?'

'Terug naar Boston.'

'Waarom?'

Dag begon zijn overhemd los te knopen en trok het onder zijn broekriem vandaan.

'Wat krijgen we nou?'

'Ik ga douchen. Bezwaar?'

'Hangt ervan af. Wat heeft ze je verteld?'

'We hebben bericht van de politie in Newburyport. Mrs. Beach lijkt plotseling onder de indruk van u te zijn. De agenten daar hebben zeventien autoverkopen opgespoord. Inwoners die tussen 1 november en 1 januari een tweedehands auto hebben gekocht. In elf van die gevallen werd de oude auto ingeruild, of het kenteken werd op naam van iemand anders gezet. De kentekens zijn gecontroleerd en bleken te kloppen: ze hebben de nieuwe eigenaars gevonden en alles was koek en ei. Bij de zes overige aankopen hielden de kopers hun oorspronkelijke auto zelf. In drie van de zes bleken beide auto's aanwezig te zijn. In de drie resterende gevallen – die waarin wij geïnteresseerd zijn – blijkt de koper nog maar één auto te hebben. Ze konden niet verklaren of aantonen waar de andere auto is gebleven. Verdomd als het niet waar is, professor, het is precies zoals u zei.'

Dag scheen enthousiast te zijn. Dit soort speurwerk lag hem beter, de straat op, andermans leven uitkammen, je neus steken in allerlei verhalen en gebeurtenissen – maar geen mappen doorspitten, zoals Lammeck deed, de historicus.

'Je wil werkelijk meteen weg? Ik heb nog geen uur geslapen. In een stoel, zoals je opgevallen zal zijn.'

'Mrs. Beach bezorgt ons een vlucht vanaf de marinevliegbasis. Kom, we halen onderweg wel wat broodjes of zo. Trouwens, onze Perzische kan Roosevelt vandaag nog niet koud maken. Die zit op een oorlogsschip ergens op de Atlantische Oceaan.'

'Dag, luister – dit is misschien de zoveelste jacht op een spook.'

'U wilt niet?'

'Dat heb ik niet gezegd.'

'Wat wilt u dan wel zeggen, professor? Vergeet niet dat u zelf degene was die met dat idee over een auto op de proppen kwam. Destijds leek het me bespottelijk, maar nu hebben we maar liefst drie figuren die we aan de tand kunnen voelen. Drie mysterieuze autokopers. Laten we dus maar gauw gaan. Wat hebben we verdomme anders te doen?'

Lammeck schudde het hoofd, nog prikkelbaar door slaapgebrek en de mappen die niets hadden opgeleverd. Hij had behoefte aan een glas water, moest nodig zijn blaas legen en wilde een dag de ruimte om aan iets anders te denken.

'Dat ís het ook. Te gek om los te lopen. Net als dat idee dat ik had toen ik dacht dat ze misschien bij de overheid werkte. Dat doet ze niet. We hebben veel tijd en geld verspild om deze dozen hier te krijgen. Ik vind dat ik je daarop moet wijzen. Je hebt het misschien niet gemerkt, maar al doende kom ik met een massa van dat soort ideeën. Zoals dat idee van een baantje bij de overheid. Of dat er iemand in Newburyport moet zijn die haar heeft geholpen. Zo ongeveer elk briljant idee dat ik de afgelopen vijf weken heb gespuid, bleek niet meer te zijn dan verbale diarree. Ik klamp me vast aan strohalmen bij mijn pogingen om dit zaakje uiteen te rafelen.'

Dag trok driftig zijn overhemd uit en smeet het op het bed. Hij ging er bovenop zitten en rukte aan zijn rechter sok. 'Professor, maak nou niet de kachel met mij aan, ja? Ze ís een moordenares. U bent een expert op dat gebied. U probeert het al doende uit te knobbelen. Dat doet zij ook. Het feit dat zij en u allebei moeten improviseren, is onze grootste kans om haar op te sporen – dat hebt u zelf gezegd. Als we geluk hebben, stuiten we op dezelfde doodlopende straatjes als zij. En misschien, heel misschien, stuit u tegelijk met haar op hetzelfde pad naar Roosevelt. Dan, hopla, hebben we haar. Trouwens, houd voor ogen dat, als het voor u al moeilijk is, het dat ook voor haar moet zijn. Dat is toch gunstig, of niet? De president wordt niet geacht gemakkelijk te vermoorden te zijn.'

Lammeck knikte.

Dag rook aan zijn sokken en maakte een grimas. 'In Newburyport is nog niemand ondervraagd over die auto's, de politie heeft zich beperkt tot wat discreet rondneuzen. Dus laten we er heen gaan om zelf een babbeltje met die mensen te maken. We nemen een vertegenwoordiger van de politie daar mee, om de zaak juridisch waterdicht te maken. Zo'n politieman kent zijn pappenheimers. Stelt niks voor. Morgen zijn we terug.'

'Zijn ze op Japanse of Duitse connecties gestuit?'

Dag stond op van zijn gekreukte overhemd. Lachend zei hij: 'Kijk, dát deel van uw idee was werkelijk een kluif. Het blijkt dat de helft van de inwoners van Newburyport Ierse of Schotse grootouders heeft. De andere helft stamt af van een opvarende van de Mayflower, zoals hij of zij je maar al te graag zal vertellen. O, er wonen ook nog zo'n vijftig Portugezen in het stadje. Die brengen zoveel tijd op zee door dat ze niet eens weten dat er een oorlog aan de gang is. Dat leverde dus niks op.'

Lammeck was zelf toe aan een douche. 'Goed dan. Wanneer vertrekken we?'

'Hoe eerder hoe beter.'

Lammeck keek in de hotelkamer om zich heen en zag overal kartonnen dozen, overheidsmappen, bakjes met verschaald afhaaleten en papieren bekers – een nutteloze chaos. En te midden van al die rommel stond Dag, die zijn broek liet vallen. Lammeck voelde zich heel ver weg van zijn collegezaal.

Boston
Massachusetts

Lammeck praatte niet en haalde ook de watjes niet uit zijn oren voordat het vliegtuig van de marine was uitgetaxied. Een patrouillewagen van de politie van Newburyport, een gehavende Ford met een rood zwaailicht op het dak en de naam van het stadje op de portieren, wachtte op het tarmac.

De agent heette Hewitt. Hij was lang en ongewoon mager in zijn kaki-uniform en winterjas met badge. Bovendien was hij nog jong, pas twee jaar bij de politie. Lammeck keek toe hoe hij zich moeizaam achter het stuur wrong, totdat zijn benige knieën het stuurwiel bijna raakten.

Zodra Dag zich op de voorbank had geïnstalleerd en Lammeck achterin zat, zei agent Hewitt zonder dat hem iets was gevraagd: 'Ik zal het jullie maar meteen zeggen – ik had liever dienst genomen in het leger. Maar ik heb platvoeten. Nou weet je het.'

'Ik betwijfel het geen moment, Hewitt.' Dag liet zijn duim naar de achterbank wijzen. 'De professor hier kon er ook niet in, want hij heeft platbillen.'

'Da's nog altijd beter dan de platte neus die ik jou zo dadelijk sla.'

Dag draaide zich om naar Lammeck, met een blik die zei: '*Nou, vrolijk je nog wat op of moet ik je de hele dag blijven paaien totdat je het doet?*'

Hewitt lachte om de woordenwisseling; hij had er geen idee van hoezeer beide mannen elkaar op de zenuwen werkten. Ze lieten het koude landingsbaantje achter zich, gingen een grauwe dag in Boston tegemoet.

'Ik heb sandwiches meegebracht,' zei de jonge agent, wijzend naar het handschoenenvak. Dag begon te eten, terwijl Lammeck zijn ogen sloot voor de rit naar het noorden.

Lammeck was nu eens half wakker, dan weer helemaal. Hij hoorde Hewitt vragen waarom een geheim agent en een professor zoveel interesse hadden voor Newburyport en de moorden op het strand. Dag vertelde hem dat dat vertrouwelijke informatie was en hield Hewitt voor dat hij alles wat hij tijdens deze operatie zag of hoorde voor zich moest houden. Dat stond Hewitt aan. Zonder dat iemand hem ernaar vroeg, sprak Dag over zijn genegenheid voor Roosevelt, de man die hij beroepshalve moest beschermen. Roosevelt was Dags grote held, vanwege de manier waarop hij alles had aangepakt, vanaf zijn New Deal om uit de grote depressie te komen. Hij was de grootste leider die Amerika ooit had gekend. Lammeck hield zijn mond dicht en dacht aan de vele dode helden die hij kende en die het er niet mee eens zouden zijn. Hewitt vroeg naar Roosevelts privéleven. Dag vertelde hem dat de president gehecht was aan zijn happy hour als er cocktails werden gedronken – het 'kinderuurtje', zoals Roosevelt het altijd noemde. Roosevelt mixte alle drankjes zelf. Hij experimenteerde met mengseltjes die de smerigste martini's van heel Washington opleverden, hoewel niemand hem daarop wees. Dag verklapte dat Roosevelt en zijn Eleanor voor het land een geweldig team vormden, zonder een 'superstel' te zijn. 'Die twee hebben al het nodige meegemaakt.' Meer wilde hij er niet over kwijt.

'O, dat zou ik bijna vergeten!' zei Hewitt. 'Jullie herinneren je nog wel dat dolkmes, dat ding dat we op het strand hadden gevonden? Jullie hadden ons gevraagd het te laten onderzoeken. We hebben zojuist bericht gekregen van Harvard. Ze hebben het onder de… hoe heet het ook al weer?'

Vanaf de achterbank, met gesloten ogen, zei Lammeck: 'Spectrograaf.'

'Ja, dát,' riep de jonge agent geestdriftig. 'Het blijkt dat het verrekte ding naar hun schatting op zijn minst duizend jaar oud moet zijn. Bovendien zijn de bollebozen daar er zeker van dat het niet in Europa is gemaakt.'

Lammeck was nu klaarwakker, op de achterbank.

'Let goed op, knul,' zei Dag, terwijl hij hem een duw gaf tegen de schouder. Toen draaide hij zich om naar Lammeck. 'Hé, professor, waarom is dat geen mes uit Europa?'

'In Europa was gehard smeedstaal vóór de vijftiende eeuw nog nagenoeg onbekend. Vóór die tijd hadden ze alleen legeringen met weinig koolstof erin. Aan de andere kant hebben de Chinezen al sinds de zesde eeuw voor Christus ijzerkoolstoflegeringen toegepast om hard en taai smeedstaal te maken.'

'Het is dus een Chinees dolkmes?'

'Alleen het lemmet, misschien. Waarschijnlijker is dat het is gemaakt door een Chinese smid, of met Chinese technieken in een ander land, vanwege de motieven op het heft. De Chinezen zouden waarschijnlijk jade voor het heft hebben gebruikt, in plaats van onyx. Dat laatste is eerder een klassiek materiaal voor het Midden-Oosten.'

'We houden het dus nog steeds op…?'

'Perzië.'

Met een grijns wendde Dag zich weer tot Hewitt. 'Nou, wat zeg je me daarvan, knul? Deze man is een soort tovenaar. Die bollebozen in Harvard kunnen niet aan hem tippen. De man is meer vergeten dan zij ooit zullen weten. Nietwaar, professor?'

'Als jij het zegt…'

'Dat zeg ik.'

Lammeck stak zijn beide handpalmen op, om zijn slechte humeur prijs te geven aan Kreukmans, zijn voormalige leerling die met geïmproviseerde wurgkoordjes drie Duitse bewakers had gemold. En die nu er nu volledig op vertrouwde dat hij, Lammeck, zijn geliefde held Roosevelt zou redden.

De rest van de rit naar Newburyport verliep zonder verdere gesprekken. Lammeck was wat geruster, en toen hij zijn ogen in het stadje opende, was hij enigszins opgekikkerd.

'Hoe wilde u het aanpakken?' vroeg Dag aan Lammeck toen Hewitt de politiewagen naast de stoeprand tot stilstand had gebracht. De motor van de auto draaide stationair in een smalle straat, geflankeerd door verweerde houten huisjes. Aan de goten hingen lange ijspegels. De tuinen gingen schuil onder een witte sneeuwdeken. Lammeck was in zo'n typisch New England-straatje als dit opgegroeid. Vier maanden in het jaar waren de bluszuiltjes en vuilnisbakken vormeloze hompen. En een dag nadat de sneeuw was neergedwarreld, werd ze al smoezelig van roet.

'Hewitt, jij bent de man die aanklopt. Ik neem het over zodra we binnen zijn. Dag, heb je een pistool meegenomen?'

'Een pistool? O jezus, nee. Helaas.'

Lammeck wreef over zijn voorhoofd, zich verzettend tegen de wederop-standing van zijn slechte humeur. 'Agent, heb je ooit je wapen afgevuurd op een mens van vlees en bloed?'

Hewitts magere wangen kleurden. Even deed de jongeman Lammeck denken aan de acteur James Stewart, een tikje hulpeloos en gemakkelijk uit zijn evenwicht gebracht.

'Nee. Zal dat moeten, denkt u?'

'Het is altijd goed om voorbereid te zijn, beste jongen. Controleer of je wapen geladen is. Blijf rustig, maar binnen schootsafstand.'

'Ik mag aannemen dat dit geen controle is wegens kentekenfraude?'

'Dat is het inderdaad niet, agent. Wij rechercheren naar een complot om de president te vermoorden.'

Dag, op de voorbank, sprong bijna uit zijn vel. 'Hé, godverdomme! Dat is geheim! Hewitt, denk erom, je hebt niks gehoord!'

'Dat heeft-ie wel, Dag. Wij proberen tenslotte de medeplichtige van een seriemoordenaar te vinden. Ik heb graag dat mijn lijfwacht wéét waartegen we het moeten opnemen. Hewitt, ik kan je toch vertrouwen, nietwaar?'

De onderkaak van de jongeman hing omlaag. Lammeck vroeg het hem nogmaals. Hewitt schudde de schok van zich af. Hij keek behoedzaam opzij naar Dag, voordat hij tegen Lammeck zei: 'Jawel, sir.'

'Goed zo. Op dit moment weet je alles wat je moet weten. Probeer niet er meer over aan de weet te komen, anders zal Dag hier je mores leren. We gaan.'

Het huis was een van de kleinste in deze arbeidersbuurt, maar met een brede voortuin. Naast de stoeprand voor het huis, op deze vrieskoude zaterdagmiddag, stond een roomkleurige tweedeurs-coupé met brede witte bandranden en een ronde motorkap die uitliep in een smalle grille.

'Wat is het er voor een?' vroeg Lammeck. 'Studebaker?'

'Studebaker Champion, van 1940,' antwoordde Hewitt. 'Instapmodel. Ze zijn ze in negenendertig gaan maken, maar in tweeënveertig kwam daar een eind aan. Ze zullen er niet meer van maken voordat de oorlog voorbij is.'

De jongeman had een snelwerkende geest. Dags boosheid over Hewitts inwijding leek wat weg te ebben. Hij zei: 'Exact.'

'Ik ben geen visser en zit niet in het leger. In dit stadje blijven alleen nog auto's over.'

Lammeck liet Hewitt als eerste het besneeuwde tuinpad op lopen. De agent stapte op het kleine bordesje en klopte aan. Een kleine man deed open, een biertje in zijn hand. Hij droeg een bruine kabeltrui met col, een vlekkerige werkbroek en laarzen.

'Meneer Lazenby? Hebt u een momentje voor ons, sir? Deze heren komen uit Washington.'

Lammeck verstond niet wat Lazenby had gevraagd, maar Hewitt antwoordde: 'Nee, sir, u bent niet in moeilijkheden. We doen onderzoek naar een bende autodieven, hier in Newburyport. Deze heren zijn van een federaal bureau die alleen kennis komen nemen van het werk van de plaatselijke politie. Mogen we even binnenkomen?'

Lazenby stond een langdurig moment naar hen te staren, voordat hij opzij stapte. Achter Hewitt aan liepen ze naar binnen. De kleine man ver-

177

stopte zijn biertje achter een schemerlamp en wreef toen met zijn wanten over zijn broek voordat hij iedereen de hand drukte. Lammeck stapte naar voren en vroeg: 'Meneer Lazenby, die Studebaker voor uw huis, is dat uw auto?'

'Ja, sir.'

'Een schoonheid. Ik heb begrepen dat u eerder een andere auto hebt gehad, maar we kunnen niet achterhalen wat ermee is gebeurd. Er zijn geen facturen van te vinden en niemand heeft de auto nog gezien, al in geen maanden.'

Schouderophalend zei Lazenby: 'Ik heb niks gestolen.'

'Natuurlijk niet, sir. Maar kunt u ons misschien zeggen wat er met uw oude auto is gebeurd? Het was een…'

Lammeck verwachtte dat Lazenby antwoord zou geven, maar het was de magere Hewitt die de informatie opspoot: 'Een zwarte Hudson Terraplane van de K-serie, speciale uitvoering, uit vierendertig.'

Lammeck wachtte op Lazenby's antwoord. De kleine man verplaatste zijn aandacht van Lammeck naar de jonge plaatselijke agent, hoewel zijn wijsvinger naar Lammeck wees: 'Ik dacht dat je zei dat hij hier alleen maar was om toe te kijken?'

Hewitt gaf geen krimp. 'Beantwoord u de vraag van deze meneer, sir, dan bent u van ons af.'

'De Terraplane, meneer Lazenby,' zei Lammeck. 'Waar is hij?'

Lazenby staarde hem verbijsterd aan en keek achterom, alsof hij op het punt stond ervandoor te gaan. Lammeck zag Hewitts vingers over de klep van zijn heupholster glijden. Dag zag het ook. Hij posteerde zich op de route naar Lazenby's achterdeur.

'Dat ding staat in de garage.'

'Mogen we hem even zien?'

Lazenby haalde weer zijn schouders op. 'Ach, wat kan mij het schelen.'

Lammeck verzocht de man hen voor te gaan.

Hij liep door de kleine keuken naar de nissenhutgarage in de achtertuin. Lazenby ontsloot de ijzeren deuren en onthulde een negen meter lange motorkruiser op schragen, in de laatste stadia van renovatie.

'Daar staat-ie.'

'Sir,' zei Dag, 'dat is een boot.'

De man gaf geen antwoord maar beklom een ladder naar het dek. Toen Lammeck aanstalten maakte hem te volgen, tikte Hewitt tegen zijn arm en stapte als eerste op de ladder. Toen Lammeck het dek bereikte, tilde Lazenby een luik in de vloer op om de motor van de boot te laten zien.

Hewitt floot zacht. 'Een Deluxe, acht cilinders.'

Lammeck staarde naar het motorcompartiment, met buizen en slangen rondom een motorblok. Van auto's wist hij niets. Hewitt maakte het hem gemakkelijk. 'Dit is een achtcilinder Hudson-overdrukmotor, bouwjaar vijfendertig. Geen twijfel aan.'

'Ik heb zelfs het motorkap-ornament op de boeg.' Lazenby keek Hewitt stralend aan, een jongeman die kennelijk grote bewondering had voor de vaardigheid die nodig was om een automotor te modificeren voor gebruik in een boot. 'Het chassis heb ik stukgesneden en met de carrosserie als schroot verkocht. De regering heeft de banden van me gekregen. De versnellingsbak heb ik gehouden. Kan ik u ook laten zien.'

Lammeck draaide zich om, Dag volgde. 'Ik noem de boot Aquaplane,' zei Lazenby. 'Begrijpt u? Terraplane, maar zoals deze meneer hier al zei – dit is een boot.'

Hewitt vertelde dat ze zijn medewerking op prijs hadden gesteld en wenste Lazenby goedemiddag. Terug in de patrouillewagen grinnikte Dag: 'Da's een goeie. Aquaplane. Slim bedacht. Hé, Hewitt, leek die knaap in jouw ogen de medeplichtige van een internationale moordenaar?'

'Nee, sir, ik dacht van niet.'

'In mijn ogen wel. Ik heb me vergist. Ik dacht al dat we hem hadden. Wat zegt u, professor?'

'De volgende,' was alles wat Lammeck zei, nijdig.

Hewitt reed hen naar het westelijke deel van de kleine stad en sloeg af naar een wat welvarender straat dan de eerste. Hij stopte voor een victoriaans huis met versierde pilaren en een rondom lopende veranda. Ook nu klopte Hewitt aan en wachtten zij op de begane grond. Een vriendelijk ogende vrouw, misschien in de vijftig, deed open. Hewitt deed zijn verhaal over de bende autodieven. De vrouw knikte, draaide zich om en liet hen binnen.

Ze namen plaats in de salon. Hewitt stelde Lammeck en Dag voor als functionarissen uit Washington DC. Nog voor hij een woord kon zeggen, leek de vrouw in te storten. Ze barstte in tranen uit, depte haar gezicht af met haar blote handen en keek rond alsof ze op zoek was naar iets wat beter geschikt was om haar tranen mee te drogen. Ze wees met bevende hand naar een tafeltje aan de andere kant van de tafel, met een doos papieren zakdoekjes erop. Dag ging ze halen.

Haar verhaal, tussen de snikken door, onthulde een misdaad, maar iets heel anders dan waarnaar Lammeck op zoek was. In oktober was haar enige zoon teruggekeerd uit het leger, vanuit Frankrijk met verlof. De afgelopen zomer had hij zich door de *bocage*, het voor aanvallende soldaten gruwelijke heggenlandschap van Normandië, moeten vechten. Hij had tegen haar gezegd dat hij er niet meer tegen opgewassen was en ging deserteren. Ze had hem gesmeekt het niet te doen, maar hem uiteindelijk toch de sleutels van haar auto gegeven. Haar man was razend op hen allebei, maar hij had zijn zoon niet aangegeven. Hij had toen een andere Pontiac, bouwjaar 1941, gekocht, en die stond nu voor zijn ijzerwarenwinkel. Haar zoon had één keer gebeld, met kerst, ergens vanuit Nevada. Ze smeekte Lammeck en Dag haar te beloven dat haar zoon niets zou overkomen.

Dag stond op en zei: 'We zullen zien wat we kunnen doen, mevrouw. Goedemiddag.' Hij liep naar de voordeur, gevolgd door Lammeck. Hewitt bleef nog even om de zaak af te ronden.

Dag klom in de politiewagen en drukte op de claxon. 'Trek dat verhaal na, Hewitt,' zei Dag, toen de politieman zich weer achter het stuur had gewrongen.

'Ze sprak de waarheid,' antwoordde Hewitt. 'Ik ken haar zoon. Altijd al een lafbek geweest.'

Lammeck ving Dags blik op; ze besloten niets te zeggen. Dag wist – en Lammeck begreep het – dat iedere man zijn grenzen heeft. Hij kan tegen die grenzen aanlopen – zoals velen dat overkwam in die heggen in Normandië en nog veel meer in de Duitse heuvels of op de stranden van de Pacifische Gordel – zonder dat hun lafheid kon worden verweten. Hewitt, de man met platvoeten, zou het nooit weten.

Het laatste huis stond bij de rivier in Woodland Street, niet ver van het centrum van het stadje. Hewitt reed het politiebureau voorbij, en daarna het stadhuis met het mortuarium in de kelder, waar Bonnie, Otto en Arnold in koelcellen waren bewaard. Lammeck vroeg zich af welk effect hun dood op het kleine Newburyport had gehad. Hij hoopte dat ze alle drie een mooie begrafenis hadden gekregen, ondanks de grauwe hemel en de steenharde aarde. Hij vroeg zich ook af of ze Bonnie naast haar echtgenoot Arnold hadden bijgezet, de arme donder die ervan beschuldigd was haar en haar grote vriend te hebben vermoord.

Nogmaals zette Hewitt de auto stil en ging voorop. De sneeuw op de oprit en het trottoir voor het huis was geruimd. Het kleine huis was goed onderhouden en in de open garage stond een recent model Buick. Mikhal Lammeck liep de garage in en legde zijn hand op de motorkap. Warm. Iemand was net thuisgekomen.

De vrouw die voor Hewitt opendeed had grijs haar, maar ze had rode wangen en een jeugdig uiterlijk. Ze droeg met bont afgezette laarzen en een lichte sweater die met de hand gebreid leek te zijn. In Lammecks ogen was zij het prototype van de New-Englander, gehard en bekwaam.

'Komt u binnen, komt u binnen,' beval ze, hen vrolijk wenkend. 'Blijf daar niet staan.'

Binnen voelde Lammeck al aan zijn water dat hun inspanningen op niets zouden uitdraaien. De retourvlucht naar Washington zou vermoeiend zijn en in gemelijk stilzwijgen verlopen. Deze vrouw uit Newburyport zou ook wel een plausibele verklaring hebben en dan wist hij het verder ook niet meer. Morgen om deze tijd zou hij zich opnieuw door dossiers moeten worstelen, af en toe starend naar het koude gazon binnen de omheining van het Witte Huis. Met zo'n dossiermap op schoot, of een boek, of helemaal niets, zou hij zich afvragen of hun assassijn eigenlijk wel bestond of niet meer was dan een hersenschim. Kon hij zo stom zijn geweest? Zo begerig om erin te geloven?'

De derde keer die ochtend hing Hewitt zijn sprookje op over een bende autodieven. De vrouw had hun op haar bank en in haar fauteuils laten plaatsnemen. Zelf was ze blijven staan en vroeg of ze thee of koffie wilden. Ze vroegen alle drie om koffie. Ze verdween in haar keuken. Dag maakte een beweging met zijn kin naar Hewitt, hem beduidend dat hij haar niet uit het oog mocht verliezen. De lange agent werkte zich overeind uit zijn stoel en posteerde zich op een plek waar hij haar kon zien.

'U komt dus uit Washington?' riep ze om het gekletter van bekers en stromend water boven de gootsteen te overstemmen.

'Inderdaad, mevrouw,' antwoordde Dag.

'Waarom komen twee aantrekkelijke heren als u helemaal naar ons stadje om onderzoek te doen naar autodiefstallen? Daar hebben we toch ons eigen kleine politiekorps voor?'

Hewitt hees zijn koppelriem op, getroffen door die opmerking. 'Zeker, mevrouw. Zij zijn hier alleen als waarnemers.'

'Ik begrijp het.' Ze kwam terug met een dienblad met bekers en een dampende koffiepot. Ze schonk voor hen in, maar niet voor zichzelf. Ze zette de pot op een onderzetter, maar bleef staan. 'Nou, mannen, zeg het maar.'

Dag keek Lammeck aan, maar die had deze keer het hart niet. Dag nam het over.

'Is dat uw Nash, daar in de garage?'

'Reken maar.'

'Hebt u hem kortgeleden aangeschaft?'

'November vorig jaar.'

'Mevrouw, wat is er met uw vorige auto gebeurd? U hebt hem niet ingeruild, maar er zijn ook geen aanwijzingen dat u hem hebt verkocht. Kunt u
ons vertellen – of misschien laten zien – waar die auto gebleven is?'

De vrouw staarde Dag langdurig aan, zonder met haar ogen te knipperen. Toen verstrengelde ze haar handen onder haar kin, alsof er zojuist een
boodschap was overgebracht waarop ze langdurig met angst en beven op
had gewacht. 'Wilt u misschien een koekje bij de koffie? Ik heb net wat
koekjes ingeslagen.'

Lammeck ging rechtop zitten. 'Nee, mevrouw. We willen graag weten
wat er van uw auto geworden is.'

Hewitt hielp haar herinneren. 'Een wijnrode Nash uit negenendertig.'

'Ik haal even koek voor jullie, heren.' Ze draaide zich gedecideerd om
naar de keuken. Lammeck en Dag sprongen van de bank. Hewitt tastte
naar zijn holster. Ze stonden gedrieën voor de deuropening naar de keuken. De vrouw deed een kast open en begon tussen dozen op een hoge
plank te zoeken.

Lammeck stapte de kamer in. 'Waar bewaart u uw messen?' vroeg hij.

Ze verstarde, de armen opgeheven naar de hoge plank in de kast. Zonder zich om te draaien, zei ze: 'Links van de gootsteen.'

Lammeck liep naar de lade en trok hem open. Hij nam er een mes met
een lemmet van tien centimeter uit, dat deel uitmaakte van een set. Hij
hield het omhoog, om het Dag te laten zien. 'Wüsthof.'

De vrouw vond wat ze zocht. Ze draaide zich naar hen om.

Lammeck en de vrouw staarden elkaar aan. In haar gesloten rechterhand hield ze geen koekblik. Er verscheen een spijtige trek op haar gezicht.
'Nou, goed gedaan, mannen. Heel slim.'

'Vertel het ons,' zei Lammeck.

Haar blik flitste terug naar Dag. 'Meneer de geheim agent. Zeg me eens
welke moeilijkheden ik mag verwachten.'

'Medeplichtigheid aan twee moorden, vermoedelijk drie. Of misschien
zelfs nog meer, maar dat is afhankelijk van wat er nu verder gebeurt, dame.
Ik zou zeggen dat u heel diep in de nesten zit – en als ik u was, zou ik het
niet nóg erger maken.'

'Mee eens,' zei ze effen.

Lammeck legde het mes terug en sloot de lade. Hij stapte opzij, zodat
Hewitt de keuken in kon komen om de vrouw bij de arm te pakken.

Ze opende haar rechterhand niet.

'Ik dacht van niet, weet u,' zei ze.

'Pardon?' zei Hewitt, die bleef staan.

Ze hadden de vrouw zien sidderen.

Ze wendde zich tot Lammeck. 'Ik had toch al weinig met haar op.'

Lammecks hart maakte een sprongetje. 'Haar?'

'Arnold wel. Die deed geen vlieg kwaad, de arme man.'

'Zo is het, mevrouw.' Lammeck liet zijn stem neutraal klinken. De assassijn was écht!

'Daarom heb ik een besluit genomen,' zei ze met een glimlach, die haar mooie gebit ontblootte. 'Ze heet Judith.'

'Judith,' herhaalden Lammeck en Dag als verdoofd. De jonge agent stond er roerloos bij.

'Zo, heren, vaarwel.'

'Mevrouw,' zei Hewitt geduldig, 'u begrijpt toch wel dat u met ons mee moet komen.'

'Het komt wel goed,' vulde Dag aan, in een poging om de plotselinge spanning die de kleine, overvolle keuken vulde te doorbreken.

De vrouw schudde het hoofd en staarde langs Hewitt Lammeck recht in de ogen. 'Nou nou,' lachte ze welluidend, 'misschien zijn de heren toch niet zó slim als ik dacht.'

Lammeck sprong naar voren, zodat de agent opzij werd gegooid. Hij greep naar haar arm, maar was te laat. Tegen de tijd dat hij haar rechterpols omklemde, had zij de capsule al in haar mond gemikt en stukgebeten.

Terwijl Lammeck haar slappe lichaam naar de keukenvloer liet zakken, zweefde de geur van bittere amandelen uit haar neusgaten hem tegemoet.

11

Mrs. Beach plantte haar magere ellebogen op haar bureaublad, de tegen el-kaar aan liggende vingertoppen tegen haar lippen. 'Judith,' herhaalde ze.

Dag knikte. 'Da's alles. Judith.'

Lammeck keek hoe de beide dienaren van de geheime dienst elkaar als gebiologeerd aanstaarden en elkaar de naam en de nieuwe realiteit van een echt bestaande en geïdentificeerde huurmoordenares toewierpen.

Mrs. Beach moppelde: 'Jozef, Maria en Jezus,' precies zoals haar Ierse baas zou hebben gedaan. Toen vroeg ze Dag: 'En een agent heeft haar dat horen zeggen?'

'Ik kan die jongen bellen, als u wilt. Ik heb zijn getuigenverklaring op schrift.'

'Later.' Mrs. Beach nam haar handen weg van haar mond, maar ze ble-ven tegen elkaar aan liggen en de vingertoppen wezen naar Dag. 'Vertel het me nog eens. Wanneer gebeurde dat precies?'

'Zaterdagmiddag, rond drie uur.'

'En op dit moment is het maandagmiddag twaalf uur. Jullie zijn erachter dat een krankzinnig vrouwmens eropuit is de president te ver-moorden en we zijn inmiddels anderhalve dag verder. Waar hebben jullie uitgehangen, voor de drommel?'

Lammeck opende zijn mond, van plan om deze vrouw, Reilly's rechter-hand, eraan te herinneren dat hun huurmoordenares allesbehalve krank-zinnig was, maar buitengewoon intelligent en capabel in veel dingen, ver-moedelijk capabeler dan Dag, Reilly en hijzelf bij elkaar. Of dat hij en Dag nergens hadden uitgehangen, maar al die tijd aan deze zaak hadden ge-zwoegd, zoals hij al onafgebroken had gedaan sinds hij vijfenhalve week geleden uit het vliegtuig was gestapt. Hij had nauwelijks kunnen slapen, afgezien van wat hij aan dutjes bijeen had gesprokkeld in auto's en vliegtuigen en op banken in politiebureaus.

Zowel Mrs. Beach als Dag wierp hem een blik toe, en hij slikte zijn reactie in. Lammeck werkte niet bij de geheime dienst en was niet, zoals zij, verantwoordelijk voor de veiligheid van de president. Dag beantwoordde haar vraag.

'Kijk, Mrs. Beach, dat mens valt vlak voor onze voeten dood neer. Dus moesten we haar huis uitkammen – en dan heb ik het over de stofkam. Ook moesten we zorgen dat de hele affaire onder de roos bleef. Ik heb Hewitt de levieten gelezen en hem gezegd dat hij niet zou willen weten wat wij met hem zullen doen als hij ook maar één kik hierover loslaat. Het enige wat hij aan zijn bazen gaat zeggen, is dat de dame in kwestie door de overheid in de gaten werd gehouden; hij weet alleen niet waarvoor. En dat ze zomaar tijdens ons bezoek ineen is gezakt, en hij heeft geen idee hoe dat kwam. Toen moest ik nog een camouflageverhaal over dat mens voor de buren verzinnen. Ze heeft een hartaanval gekregen toen ze erachter kwam dat haar auto was gestolen, bla, bla, bla.'

'Het lijk?'

'Ik ben al veel verder. Ik heb het hierheen laten vliegen; ze ligt in het Bethesda. Op die manier kunnen we het sectierapport beïnvloeden. Ze wordt morgen begraven op een overheidsbegraafplaats in Maryland. Hewitt zal rondvertellen dat ze daar familie had.'

'Cyanidecapsule?'

'Zeker weten. Ze zakte ineen als een zak zand. En dan die geur. Net French coffee.'

Mrs. Beach richtte haar pince-nez op Dag; ze was nog niet klaar voor Lammeck, had geen behoefte aan nog meer speculaties of weer een geschiedenisles. Ze haalde eerst de geheim agent door de mangel, begerig naar feiten. Lammeck zag waarom Reilly met een gerust hart de stad uit kon, in de wetenschap dat ze de touwtjes in handen had.

'Wie was die vrouw?'

Dag opende zijn aktetas en nam er wat paperassen uit. Hij schoof ze Mrs. Beach toe. 'Geboortebewijs, rijbewijs, sofi-gegevens, paspoort. Ze heette Maude Lilly King. Geboren in Scituate, Massachusetts. Bezocht Wellesley College. Heeft de afgelopen tweeëntwintig jaar in Newburyport gewoond. Gepensioneerd onderwijzeres. Had een eigen boekwinkel. Ze was drieënzestig. Nooit getrouwd geweest. Een zus, overleden. Tussen de beide wereldoorlogen heeft ze wat gereisd, maar niet naar controversiële oorden. Parijs, Londen, Rome – het soort reizen dat oudere vrouwen graag maken.'

Mrs. Beach staarde hem over de glazen van haar pince-nez woedend aan. 'Neem mij even niet kwalijk! Drieënzestig is niet oud, en die steden zijn voor mensen van alle leeftijden fascinerend.'

Dag bond in, schouderophalend.

'Ga door,' beval ze.

'Ouders, zus, zijzelf – allemaal brandschoon. Ook geen communistische vergaderingen – ze stond in feite bekend als fel anti-communistisch. Geen verdachte connecties.

Mrs. Beach trok bij die laatste bewering een wenkbrauw op.

Dag kwam haastig terug op zijn vergissing. 'Oké, nou ja, uiteraard geldt dat niet voor dit geval. Niet dat we er al zicht op hebben, dat is alles.'

Mrs. Beach accepteerde zwijgend zijn terugtocht. Ze bekeek peinzend de openliggende map en klopte met haar wijsvinger op de papieren resten van een vrouw die een schijnbaar doorsneeleven in New England had geleid. *Waar bevinden zich de kruispunten in dat leven?* dacht Lammeck. Wat had ertoe geleid dat Maude Lilly King dusdanig was geradicaliseerd dat ze mee had willen werken aan een moordcomplot? Krankzinnig? Een patriot? Een huurling? Wat was van toepassing op Maude?

'Judith.' Mrs. Beach liet de naam van de moordenares over haar tong rollen alsof het een cognac was en ze misschien zo een geheim zou onthullen. 'Wat valt er over die naam te vertellen, professor Lammeck? Een verzinsel?'

Lammeck vertelde haar het verhaal van Judith, de Joodse prinses die de Assyriër Holofernes had gedood – een van de vele verlossers in de oorlogsverhalen van de Israëlieten.

'Ik dacht dat u zei dat ze uit Perzië kwam. Zijn dat geen moslims? Waarom zou ze een Joodse naam hebben aangenomen?'

Het liefst had Lammeck geantwoord: '*Welkom in mijn wereld, waarin niets enig houvast biedt. Onze moordenares is een schim, ik verkeer iedere dag in verwarring en toch ben ik degene die de meeste kans maakt haar te vinden voordat zij de president van de Verenigde Staten vermoordt.* In plaats daarvan antwoordde hij: 'Misschien ziet ze zichzelf als een soort heldin. Misschien is ze een Joods meisje uit Brooklyn. Ik zal het haar vragen zodra ik haar zie.'

Lammeck zag hoe de vrouw er een zuur lachje uitperste – hij had een veeg uit de pan verwacht voor dit eigenzinnige antwoord. In plaats daarvan verbreedde Mrs. Beach zelfs haar grimlach tot een lach. 'Doet u dat voor mij, professor.'

Ze stond op. De beide mannen deden hetzelfde.

'Juist,' zei Mrs. Beach. 'Ik zal alles wat u mij hebt verteld aan de baas doorgeven. Ik weet zeker dat hij me zal zeggen dat u alle hulp die u nodig hebt mag verwachten – geld, mankracht enzovoort, maar dat alles eerst via dit bureau moet lopen. Professor Lammeck, ik weet dat u een gewoon burger bent, maar we zouden het waarderen als u ons blijft adviseren tot deze zaak is afgelopen. Dag hier schijnt u een soort magiër te vinden. En te oordelen naar wat ik van u heb gezien, zou hij best gelijk kunnen hebben, ondanks uw gevatte antwoorden. Hoe het ook zij, u schijnt de ideale partner voor agent Nabbit te zijn. Uw volharding doet niet onder voor die van hem.'

Lammeck knikte. Zelfs als Mrs. Beach hem had gezegd dat hij terug kon naar Schotland, zou hij in zijn eentje naar Judith zijn blijven zoeken.

'Zo. Luister nu goed. De president weet hier niets van en als hij volgende week thuiskomt, hoort hij er ook niets over. Het is onze taak om onze voorzorgsmaatregelen voor hem onzichtbaar te maken, maar zodanig dat hij onbereikbaar is voor deze moordenares. Chief Reilly zal dit uit de krant én uit het Witte Huis willen houden. Laat dus geen steken vallen. Overigens, de moordenares kan ook hier in Washington en omgeving bondgenoten hebben, net als in het noorden. Er zijn misschien zelfs nog handlangers van haar achtergebleven in New England. Het valt niet te zeggen hoe uitgebreid haar netwerk zal zijn. Druk uw oren tegen de grond, terwijl wij er van onze kant aan werken. Chief Reilly zal binnenkort terug zijn. Professor?'

'Mevrouw…?'

'U bent op een kanjer van een spoor gekomen. Ga zo door! Uw hotel is geschikt genoeg?'

'Voor zover ik er ben, ja.'

'Goed. Waarschuwt u mij, als daar verandering in komt. Dag?'

'Ja, mevrouw.'

'Ik weet dat ik namens Chief Reilly en de rest van de vrije wereld spreek als ik u zeg dat het mij geen barst kan schelen of u deze vrouw arresteert of doodt. Ze moet hoe dan ook worden tegengehouden. Doe wat u moet doen en wij regelen het verder wel. Duidelijk?'

'Zeker, mevrouw.'

Een ogenblik later keek Mrs. Beach op en zei: 'Jullie zijn nog hier?'

20 februari
Washington DC

Judith stapte uit de tram tussen Ninth Street en Pennsylvania Avenue. Ze vouwde de *Post* op onder haar arm. Op de voorpagina prijkte een foto van

Amerikaanse mariniers die de vlag hesen op de top van de berg Suribachi op Iwo Jima. Tijdens de rit had ze gelezen over de vorderingen van de Russen in Polen, de snelle Amerikaanse opmars naar de Rijn-bruggen om het afbrokkelende Duitse verzet de genadeklap toe te brengen, en een aardbeving in Iowa. Roosevelt was niet teruggekomen naar Washington, maar volgens de kranten werd hij volgende week terugverwacht. Er was aangekondigd dat hij op 1 maart het Congres zou toespreken om verslag te doen van zijn missie in Jalta.

Te midden van tientallen dik ingepakte ambtenaren en zakenlieden wurmde Judith zich het postkantoor in het Apex Station binnen. Ze vond haar postbus, hurkte neer en gluurde door het kleine ruitje naar binnen. Nog geen brief – die had er gisteren al moeten zijn. Ze draaide niettemin aan het cijferslot, stak haar hand naar binnen en tastte de koele wanden van het kleine postvak af. De postdienst was naar haar mening het beste wat Amerika te bieden had. Als er een brief uit Newburyport was verzonden, zou hij al besteld zijn.

Ze smeet het stalen deurtje dicht en gaf een draai aan het cijferslot om het weer te coderen. De man naast haar zag haar ergernis. Hij glimlachte toen hij haar blik ving. Vermoedelijk dacht hij dat haar vriend had verzuimd te schrijven.

Ze beende het gebouw uit en sloeg links af naar het westen. Na zes huizenblokken stond ze aan de oostelijke periferie van het Witte Huis-complex. Ze vervloekte zichzelf. Ze had zich door Tench laten naaien. Ze had schoongemaakt en zilver gepoetst, de *Post* gelezen, 's avonds op haar kamer getraind en steeds gewacht op Roosevelts terugkeer, zodat ze haar volgende plan zou kunnen beramen.

Alleen had ze nog niet eerder opgemerkt dat de beveiliging van het Witte Huis-complex was verdubbeld.

21 februari

Een wijnrode Nash uit negenendertig. Kenteken scr-310, afgegeven in Massachusetts. Ondanks alle opwinding van de ontdekking dat ze gelijk hadden gehad met hun vermoeden van een moordenares en de grimmige aanblik van de stervende Maude Lilly King die voor Lammecks voeten ineen was gezakt, waren ze met slechts twee schamele aanwijzingen uit Newburyport teruggekomen: de moordenaar was werkelijk een vrouw en ze reed in een wijnrode Nash uit 1939.

Misschien zouden ze er voldoende aan hebben. Lammeck had daar echter weinig fiducie in. Judith was en bleef een schim. Ze kwam telkens maar heel vluchtig in beeld en was meteen weer verdwenen. Hoewel ze nu een realiteit was, bleef ze een ongelooflijk fenomeen. Hij had nog steeds geen idee hoe ze Arnold had vermoord, voor wie ze werkte, hoe ze eruitzag, waar ze zich schuilhield of hoe ze haar voornemen dacht uit te voeren. Hij en Dag waren nauwelijks een stap dichter bij hun doel haar te vinden dan ze waren geweest voordat Maude King haar naam had genoemd en de cyanidecapsule had stukgebeten.

Ondanks Lammecks sombere kijk op de zaak leek Dag opgewonden, hopend op Lammecks volgende inzicht. Lammeck zelf was er zeker van dat 's mans gretigheid niet lang zou aanhouden. Ze hadden mazzel gehad, maar dat gebeurde per definitie niet vaak.

Lammeck startte de motor van de geleende Chevrolet van de overheid om de kachel een paar minuten warm te laten worden. Washington verkeerde in de greep van een koufront, nu de winter ten einde liep. Hij zat op de uitkijk met zicht op East Executive Avenue en luisterde naar de politieradio. Dag zat in zijn eigen auto aan de westzijde van het Witte Huis, vanwaar hij de surveillance-operatie leidde. De radio's van alle agenten en die van Lammeck waren afgestemd op de frequentie van Dags radio: hij was de spil. Andere agenten reden in civiele auto's door de stad en hielden Dag op de hoogte van waar ze waren terwijl ze uitkeken naar Judiths wijnrode Nash. Lammeck luisterde naar hun stemmen terwijl hij naar het Witte Huis-complex aan de overzijde van de straat staarde, waar de beveiliging in alle stilte was opgevoerd. Mrs. Beach had woord gehouden. Ze had Dag mankracht gegeven. De jacht op de moordenares was in volle gang, maar ze konden niet méér doen dan door Washington patrouilleren, in de hoop dat Judith een fout zou maken. Daarnaast konden ze Roosevelts lijfwacht versterken en de gelederen rond hem sluiten zonder dat hij er iets van zou merken als hij terug was uit Jalta. Intussen brak professor Lammeck zich het hoofd over mogelijke andere punten van houvast.

Op zijn schoot lag de hem inmiddels al te vertrouwde map met de zwart-witte close-ups van de lijken in Newburyport. De laatste foto was die van het dolkmes. Alle details waren te zien. Lammeck keek naar het bebloede heft van onyx, met de reliëfs van door de oude assassijnen gepleegde moorden. De kunstenaar had alle mogelijke moeite gedaan om iedere moordenaar uit te beelden in de plunje van het huishoudelijk personeel van zijn slachtoffer. Een emir werd doodgestoken door een stalknecht die de teugels van zijn paard vasthield. Een andere was door zijn kok vermoord. Een derde door een paar van zijn lijfwachten terwijl hij zich liet vervoeren in een palankijn. In alle reliëfs hadden het slachtoffer en de omstanders dezelfde uitdrukking op hun gezicht – niet van pijn, maar van ongeloof over het feit dat iemand die ze nooit eerder hadden opgemerkt hen zo dodelijk had verraden.

Die strategie was het keurmerk van Hassan-i-Sabbah. Zijn volgelingen werden altijd al op heel jeugdige leeftijd opgenomen in zijn kasteel en lusthof. Daar waren ze geïndoctrineerd en getraind, maar ze genoten geen formeel onderwijs en kregen geen status. Ze konden hun slachtoffers alleen benaderen via de stal, de keuken of in het veld. Tegenover de machthebbers die op Hassans bevel moesten worden vermoord konden ze niet optreden als voorname heren. Zou Judith diezelfde benadering hebben gekozen? Ze was met een indrukwekkende vaardigheid in het moorden naar Amerika gekomen, maar met wat nog meer? Hoe dacht ze dicht genoeg bij Roosevelt te komen om toe te kunnen slaan?

Deze onzichtbare vrouw bevond zich ergens hier in Washington, daar was Lammeck van overtuigd. En Marco Polo's opmerkingen over de schoonheid van Perzische vrouwen? Zou Judith ook zo mooi zijn? En was schoonheid geen wapen? Natuurlijk was het dat! Judith zou er gebruik van maken – net zoals ze alles en iedereen zou gebruiken, meedogenloos.

De hamvraag luidde: 'Wie is degene die ze er op dit moment mee inpalmt?'

Lammeck wilde er met Dag over praten. Hij vermoedde echter dat Dag de spot zou drijven met de zoveelste vergezochte theorie, gebaseerd op een kronkelig soort logica en historische kennis. De afgelopen paar dagen, na de eerste duidelijke aanwijzingen die ze in Newburyport hadden opgedaan, had het onderzoek een meer conventionele draai genomen. Dag had eindelijk iets tastbaars waar hij zich in kon vastbijten, iets waarmee hij Reilly en de strenge Mrs. Beach kon bewijzen dat hij niet alleen scherp was, maar ook correct. Op een paar minuten rijden hiervandaan zat Dag met een adelaarsblik op de uitkijk naar een glimp van die wijnrode Nash. Er waren hem twintig andere agenten toegewezen. Nu was Lammeck alleen nog een van Dags informatiebronnen.

Lammeck was zich ervan bewust dat hij geluk had gehad toen hij Maude Lilly King had opgespoord – een schot in het duister dat op de een of andere manier de roos had getroffen. Nu wist hij, in de langzaam warm wordende auto, welke stappen hij zou moeten nemen. En hij ging ervan uit dat hij dat alleen zou moeten doen. Belangrijker nog was zijn gevoel – voor het eerst sinds Dag in St. Andrews University zes weken geleden op zijn deur had geklopt – dat hij een voet had gezet op een spoor dat tot nu toe verborgen voor hem was geweest. Hij voelde dat hij naast zijn eigen grote schoen eindelijk een voetafdruk had gezien.

22 februari
Georgetown

Ze knoopte de donkerblauwe dienstbodejurk dicht en legde de banden van het schort om haar middel om ze achter haar rug te strikken. Ze streek de kanten zomen van het schort glad langs haar dijen en stapte in haar zwarte lage schoenen met crêpezolen.

Tench lag naakt over het bed. Hij had een arm over zijn gezicht gelegd, als een man die het verdriet in zijn ogen wil verbergen, maar ze wist dat het allesbehalve verdriet was wat hij voelde. Hij glinsterde van het zweet, hoewel het kil was in de slaapkamer. Judith keek op hem neer, zo roerloos als hij daar lag, met gesloten ogen en gespreide benen – in zijn geest nog steeds diep in haar lichaam waar zij hem in had gedreven, genietend van de laatste restjes van het genot dat ze in hem had losgemaakt.

Zijn aanblik wekte walging in haar op. Hij kon er als minnaar mee door en was attent genoeg – zelfs tegenover een dienstbode, een negerin. Hij was deze verbintenis aangegaan om macht te verwerven, niet uit liefde. Judith had begrip voor die transactie. Hij zocht steeds naar manieren om aardig voor haar te zijn, binnen hun respectievelijke grenzen. Tench was een intelligente man met een liberale geest. Zijn vrouw was echter, zoals het islamitische gezegde het uitdrukte, zowel zijn lastdier als zijn last. Judith nam Tench zijn zwakheid niet kwalijk en haar sympathie voor hem kwam goed van pas.

Zijn ademhaling werd rustiger. Ze legde de lappendeken over hem heen, maar wilde niet dat hij in slaap zou vallen. Ze kwam op de matras zitten. Hij schikte wat op en mompelde iets. Ze legde een hand op zijn blote borst. Hij verroerde zich niet meer en deed alsof hij sliep. Ze liet haar hand omlaag glijden, onder de zoom van de lappendeken om hem speels te dreigen met een poging tot wederopstanding. Dat kon hij niet doen, zodat hij deed alsof hij plotseling wakker werd, speels, en haar arm omklemde.

'Nee,' zei hij met wijdopen ogen, 'de voorraad is uitgeput. U zult later moeten terugkomen, mevrouw.'

Ze deed alsof ze mokte. 'Toe nou.'

Hij keek naar haar op met, zoals ze het inschatte, echte genegenheid. Hij legde een klamme hand in haar hals. 'Ik heb een wens,' zei hij.

'Wat is het?' vroeg ze, hoewel ze het wist.

'Niets.'

Ze kneep in de hand om haar keel en stond op. 'Kijk, meneer Tench, als een man geen wensen meer heeft, is hij óf gelukkig óf hopeloos. Wat is het in jouw geval?'

Hij grijnsde breed. 'Geen van beide. Hoe kom je toch op al dat soort dingen, Desiree? Je praat niet bepaald als een dienstbode.'

Ze deed alsof ze hem wilde slaan. 'O ja? Hoe praat een dienstbode dan wel? Met hoeveel heb jij er "gepraat"?'

Ze lachten. Hij kwam overeind en hield de lappendeken over zijn kruis. Hij keek om zich heen, op zoek naar zijn broek. 'O, da's waar ook,' zei hij. 'Ik heb vandaag iets gehoord. Over de president.'

Judith was een en al oor. 'O?'

'Pa Watson is er twee dagen geleden tussenuit geknepen, op het schip, op de terugreis na de top met Churchill en Stalin. Het komt nog niet in de kranten. Roosevelt heeft verzocht het stil te houden tot hij terug is.'

'Wie was Pa Watson?'

'Generaal Edwin Watson. Jarenlang Roosevelts militaire adjudant en secretaris. Een boezemvriend van hem. Hij kreeg midden op de Atlantische Oceaan een hartinfarct. Jezus, kun je je dat indenken – midden op zee als een van je beste vrienden aan boord plotseling sterft? Arme ouwe Roosevelt. Hij zal het er moeilijk mee hebben. En dat juist, nu het er allemaal zo goed uitzag.' Tench beet op zijn onderlip. 'Het leven schept altijd weer evenwicht.'

Judith ging op het bed zitten. Dit was delicaat. 'Wanneer gaan ze hem begraven?'

'Aanstaande woensdag, misschien, als het klopt wat ik hoorde. Op Arlington.'

Ze wachtte en sloeg haar ogen neer om bescheiden te lijken. 'Mag ik met je mee?'

'Desiree.' Hij schudde het hoofd. 'Wees even redelijk. De president moet een van zijn beste vrienden begraven. Dat is geen geschikt moment om de man de hand te drukken.'

'Met andere woorden, je vrouw gaat mee.'

'Ja, ik zal eerlijk zijn – zij móet met me mee. Het is een begrafenis, maar het is ook een politieke aangelegenheid. Hoe zou ik moeten verklaren dat jij meekomt?'

'Verklaren? Aan wie?'

'Mijn vrouw, om te beginnen.'

Judith schudde afwijzend het hoofd. Hij kon zijn vrouw wel aan haar overlaten. 'Wie nog meer?'

'Jezus – iederéén!'

Judith knikte. 'Politiek.'

'Luister, je weet best dat het, als het aan mij lag... Maar de lui in deze stad – waarom zou ik Mrs. P. niet meteen ook maar meenemen?'

Judith zat naast Tench op het bed en liet haar nagel zachtjes over zijn wervelkolom glijden. Hij schokte. 'Gewoon een uitnodiging, Jacob, je vrouw zal me niet eens opmerken. Ik hou me wel achteraf. Ik wil alleen de president een keer van dichtbij zien. Eén keer, da's alles.'

'Gaat niet.'

'Je kunt het!' Ze liet haar vinger wegvallen van zijn huid. 'Je wilt het alleen niet.'

Judith stond op van het bed en bleef vlak voor Tench staan. Ze wiegde haar heupen onder zijn kin. 'Je zei dat ik later moest terugkomen, Jacob. Hoeveel later?'

Tench' blik daalde van haar gezicht af naar de beweging van haar heupen. De vingers waarmee ze zo-even zijn rug had gestreeld, bracht ze nu achter haar rug om de strik van het schort om haar heupen los te maken. De banden kwamen los en hingen toen af. 'Véél later, Jacob?'

28 februari
Arlington, Virginia

Judith reed haar auto Virginia in. Ze parkeerde de auto een halve kilometer van de Tench-residentie en nam vandaar de bus naar de grote hekken van de nationale begraafplaats, Arlington. Ze droeg een rouwjurk die op haar kuiten reikte, onder een nieuwe zwarte mantel en vilten hoedje. Ze had voor in de bus plaatsgenomen.

Nadat ze was uitgestapt volgde ze een lange colonne limousines en olijfkleurige militaire stafauto's door de stenen toegangspoort. Al die auto's puften uitlaatgassen de koude middaglucht in, net als haar eigen adem. De begrafenisstoet reed zonder te stoppen Memorial Bridge over; Pa Watson moest erg geliefd zijn geweest. Judith zag Roosevelts zware limousine en zijn lijfwachten langs haar rijden, maar ze kon hen niet zien. Ze versnelde haar pas over de winterse wandelpaden van de uitgestrekte begraafplaats.

Ze was hier nog niet eerder geweest. Ze werd geboeid door de schijnbaar eindeloze rijen witte kruisen, met hier en daar een joodse ster, de granieten graftombes van grootheden, de dikke bomen en het kalme, eeuwige uitzicht op de rivier. De dood, haar handwerk, werd hier met grandeur geeerd. De begraafplaats beviel haar.

De begrafenis van generaal Watson was niet moeilijk te vinden. Een mensenmenigte stroomde tussen de grafzerken naar open tenten, opgezet tegen de kou en eventuele regen. Op honderd meter afstand van het pas gedolven graf bekeken zes mannen in donkere pakken en overjassen de mannen en vrouwen die langs hen heen liepen en controleerden de papieren van iedereen die ze niet kenden. Judith liep erheen en liet het pasje zien dat Tench voor haar had uitgeschreven. De bewaker keek even op naar haar gezicht en liet haar toen passeren.

Judith liep met de overige belangstellenden mee, langzaam, af en toe somber knikkend naar mensen die haar onderzoekend aankeken. Ze ontdekte Jacob en zijn vrouw en bleef uit hun buurt door met een boog om te lopen naar de andere kant van de tenten. Roosevelt was nergens te bekennen.

Ze bleef op afstand van het gat in de grond en de glanzende zwarte doodkist, die rustte op een zwarte baar. De belangstellenden, het waren er misschien tweehonderd, vormden een kring rondom het graf. Zeven mariniers in hun stralend blauwe, rode en zwarte uniformen vormden een strakke rij naast de kist, het geweer in de ceremoniële paradehouding. De familie van Pa Watson zat op vouwstoeltjes, de vrouwen gesluierd, de mannen allemaal van top tot teen in het zwart, slechts onderbroken door een witte zakdoek in de borstzak. Judith stond in de achterste rijen van de kring en hield haar gezicht omlaag. De belangstellenden wachtten. Naast het graf stond een legeraalmoezenier, een gesloten bijbel in de handen. Toen verscheen Roosevelt.

Een agent van de geheime dienst duwde de rolstoel van de president door de opening in de haag belangstellenden. Nu ze veel dichter bij hem was dan de eerste keer, vond Judith dat de president er geen haar beter uitzag dan tijdens zijn inauguratie. De ogen waren roodomrand en diep verzonken in hun kassen, de wangen waren ingevallen. Hij zat een beetje onderuitgezakt in de rolstoel en liet zich lijdzaam de schouderklopjes gevallen van de mensen die hij passeerde, zonder ook maar één keer op te kijken. De wat lompe vrouw die achter hem liep was Eleanor, herkenbaar van de foto's. Ze was een struise, kaarsrechte verschijning en raakte met een waarderend glimlachje allerlei handen om haar heen even aan. In vergelijking met haar zag Roosevelt er zo mogelijk nog ziekelijker uit.

De plechtigheid begon zodra Roosevelts rolstoel naast het graf stond. De enigen die tijdens de woorden van de aalmoezenier bleven zitten, waren de familieleden van de dode en de president. Tijdens de plechtigheid werd er tien minuten gesproken door verschillende sprekers: Pa Watsons carrière was steil omhoog gelopen en hij had het leven van veel mensen geraakt. Judith lette van achteraf op Jacob Tench en zijn vrouw. Ze raakten elkaar niet aan.

Toen de aalmoezenier klaar was, vuurde de erewacht van mariniers hun geweren af, drie daverende salvo's de doodse stilte in. Er vlogen alleen wat vogels op uit bomen, maar verder bewoog er niets totdat de echo's waren weggestorven. De kist werd aan touwen in het graf neergelaten. De aalmoezenier klapte zijn bijbel dicht. De menigte begon zich te verspreiden langs oudere graven, terug naar de warmte van hun auto's. De chauffeurs van limousines en stafauto's startten hun motoren weer om te zorgen voor een warme ontvangst van hun passagiers.

Judith bleef staan. Mannen en vrouwen liepen langs haar heen. Ze wachtte totdat Jacob Tench en zijn vrouw verscheidene kennissen de hand hadden geschud en zag het echtpaar toen teruglopen naar hun limousine. Ze wierp een blik op een kleine drom in het zwart geklede mensen bij het graf. In hun midden zat Roosevelt, die handdrukken en welwillende woorden in ontvangst nam.

Er werd geen rij gevormd. De mensen liepen er eenvoudigweg heen, wisselden een paar woorden met de zittende president onder het waakzame oog van zijn lijfwachten en liepen weg. Judith deed nog geen stap naar voren, maar ze opende haar zwarte handtas.

Haar rechterhand stak ze in een handschoen van witte katoen. Over de wijs- en middelvinger van haar linkerhand stroopte ze haastig condooms, alvorens de hand in een dun lapje zijde te steken. De bijpassende katoenen handschoen trok ze eroverheen aan. Uit haar mantelzak diepte ze een kleine flacon met cyanide op, vermengd met dimethylsulfoxide en lanoline. Ze begon naar voren te lopen.

De president was nog altijd naast het graf bezig met een andere groep hoogwaardigheidsbekleders dan die van zijn vrouw, die vijf meter achter hem stond. Toen Judith nog twintig meter van hem weg was, trok ze onder het lopen de stop van de kleine flacon om de inhoud over haar vingertoppen te laten druipen. Onmiddellijk geurde de witte handschoen naar bittere amandelen. Judith ademde de geur in en wist dat de geur te ijl was om te worden opgemerkt, vooral omdat niemand erop zou rekenen. Ze stopte het lege flaconnetje weer diep in haar zak en liep met opgeheven hoofd verder, een verdrietige trek van meeleven op haar gezicht.

Roosevelt keek niet op, zodat hij haar niet zag naderen; hij was met zijn aandacht bij een oude pluimstrijker die zijn hand omklemd hield en zijn grijze hoofd schudde. Judith stapte dichterbij, bekeken door een lijfwacht, die echter geen aanstalten maakte haar tegen te houden. Op anderhalve meter van de rolstoel bleef ze staan en bracht haar linkerhand iets omhoog, klaar om er Roosevelt mee aan te raken zodra hij zijn aandacht op haar richtte. De amandelgeur zweefde langs haar neusgaten.

Roosevelt knikte de oudere man toe, die eindelijk zijn hand losliet, maar tegen hem bleef praten. Judith bestudeerde de open hand van de president, de verwijde aderen op de rug van zijn hand waarover ze de cyanide zou uitsmeren terwijl ze met haar andere hand zou knijpen, zodat het gif door de dunne, vlekkerige huid in zijn bloed zou dringen. Ruim anderhalf uur na haar aanraking zou hij dood zijn.

Roosevelt keek achterom naar zijn vrouw. Ze knikte – inderdaad, het werd tijd om te gaan. Een agent van de geheime dienst posteerde zich achter de rolstoel om de president weg te rijden. Judith deed een stap naar voren. Ze deed haar mond open om te zeggen: 'Mister President...'

Een krachtige greep omklemde haar linkerarm. Voordat ze kon reageren werd ze uit haar evenwicht getrokken, weg van de rolstoel van de president. Ze struikelde bijna door de kracht waarmee de hand haar wegtrok en draaide zich om, een steek van woede in haar borst. Voor haar stond een grote, kale man. Hij keek haar niet aan, maar trok haar verscheidene passen verder weg van Roosevelt. Ze keek even achterom en zag hoe de geheime dienst zich over de president had ontfermd en hem wegreed van het graf.

Judith probeerde haar arm los te rukken. De grote man gaf geen krimp: hij was op zijn minst twee meter lang en krachtig gebouwd. Ze had wel zes technieken tot haar beschikking om uit zijn greep te ontsnappen, en nog eens zes andere om hem te vloeren en een eind aan zijn leven te maken. Ze bedwong die impulsen allemaal – dit was absoluut de verkeerde tijd en de verkeerde plek. Ze hield ook haar tong in bedwang. Ze wist niet voor wie de man haar hield – een blanke genodigde bij de begrafenis van een machtig man, of een kleurlinge, een dienstbode die zich in het gezelschap had binnengedrongen. Ze had de giftige handschoen over zijn hand kunnen wrijven om hem uren later betaald te zetten dat hij haar had gedwarsboomd. Ook nu hield Judith al haar instincten om in actie te komen in toom. Ze wachtte in plaats daarvan op informatie. Ze gaf zich over aan de trekkende hand van de man en liep zwijgend naast hem langs de grafzerken, ver van de laatste genodigden.

Toen hij haar losliet, was Roosevelt allang weg. Judith stapte achteruit en staarde woedend naar de man op.

'Waar dacht jij verdomme mee bezig te zijn, missy?' Zijn stem droop van arrogantie.

Ah, dacht Judith. In zijn ogen was ze een kleurlinge. Ze sloeg haar ogen neer. 'Ik wilde de president even gedag zeggen en hem zeggen dat ik met hem meeleef vanwege zijn verlies. Zijn beste vriend is gestorven. Mensen hebben het recht hem te zeggen dat ze met hem meeleven.'

'Mensen, ja. Jij niet.'

'Ik heb het recht hier te zijn – kijk zelf maar.' Judith toonde hem Jacob Tench' handgeschreven pasje in haar rechterhand, in de niet-giftige handschoen.

De man sloeg zijn armen voor zijn brede borst en taalde er niet eens naar. Hoofdschuddend zei hij: 'Geen sprake van. Jij hebt helemaal geen rechten, meisje. En dat papiertje is in mijn ogen geen reet waard.'

Judith stopte het pasje weer in haar mantelzak, nu naast de lege cyanideflacon. 'Wie bent u eigenlijk, meneer?' Hij liet zijn armen zakken. Onder zijn jas ving Judith een glimp op van de rand van een leren holstertuig. 'Een politieman?'

'Momenteel niet. Maar ja, meestal werk ik bij de gemeentepolitie. Vandaag praat ik met jou vanwege de andere mensen voor wie ik werk. En zij willen jou hier niet. Dat betekent dat ik jou hier evenmin wil.'

'Wie zijn die mensen dan?'

De man diepte uit zijn zak een pakje Lucky Strikes op. Hij stak er één op, zonder Judith het pakje voor te houden. Hij liet haar wachten totdat hij een lucifer had afgestreken. 'Laten we het maar hierop houden,' zei hij, rook uitblazend die de ijle geur van bittere amandelen rondom hen op de begraafplaats verdrong. 'Het interesseert niemand ook maar ene moer dat jij je door Jacob Tench in jouw kamer in die kleine nikkerstraat laat neuken. Als jij je echter in het openbaar begint te vertonen, nota bene op dezelfde plaatsen als waar hij en zijn vrouw verschijnen... tja, missy, er zijn mensen die daar een groot probleem mee hebben.'

Ze kende het antwoord direct: de familie van Mrs. Tench. De clan van de dode senator. Blijkbaar was Jacob wel vaker een stoute jongen geweest.

'Heb je begrepen wat ik je heb gezegd, meisje?'

'Ja, sir.'

De punt van zijn sigaret gloeide rood op bij een lange haal, terwijl de man haar aandachtig bekeek. Hij knikte. 'Ik kan wel zien waarom hij zich met jou afgeeft.'

Judith verplaatste haar gewicht. 'Jullie hebben mij gevolgd?'

'Jou niet. Tench. En ik heb genoeg gezien om te weten dat het voor jou tijd wordt je baan in zijn huishouden eraan te geven. Zeg de mevrouw maar dat je iets anders gaat doen. Verklaringen zijn overbodig. Ga maar de vloer van andere blanken schrobben. Jou maakt het toch niks uit.'

'Ik wil daar niet weg. Maar goed, ik zal niet meer met de mister naar bed gaan. Is dat voldoende?'

'Daar is het al te laat voor. Je moet daar weg. En wel vandaag nog.'

Judith tilde haar kin op om hem in te schatten. Ze kon hem dwingen in te stemmen met een soort zwijggeld, een maandloon – in ruil daarvoor zou ze ontslag nemen bij de Tenches. Ze stak hem een hand toe om de transactie te bezegelen. Hij was echter te groot, minstens honderdtien kilo en niet ouder dan veertig, oersterk. De dosis die ze hem via haar hand kon toedienen zou hem heel ziek maken, maar meer niet.

'En als ik dat niet doe?'

'Dan ga ik scherp op jou letten, missy. Ik heb zo'n idee dat het niet lang zal duren voordat jij een fout maakt en ik je kont in de cel kan pleuren.' Hij grinnikte. 'Maar misschien hoef je niet eens een fout te maken. Best mogelijk dat je je op een avond lelijk bezeert. Gesnopen?'

Judith knikte.

'Mooi zo. En nou wegwezen.'

Judith draaide zich om naar de uitgang van de begraafplaats. De man bleef waar hij was. Toen ze tien meter ver was, zei hij zacht en dreigend: 'Ik hou je in het snotje, missy.'

Ze bleef staan en draaide zich om. 'Ik weet het.'

De grote politieman haalde zijn schouders op en verplaatste toen zijn aandacht naar zijn sigaret. Judith draaide zich weer om en liep verder. Ze ontdeed haar linkerhand van de giftige handschoen, het lapje zijde en de condooms en trok de droge handschoen van haar rechterhand. Ze stopte alles in haar handtas. Haar handen waren in de handschoenen klam geworden en ze voelde de kou in haar blote huid buiten. Toen pas balde ze haar vuisten.

Aurora Heights
Arlington, Virginia

In haar donkerblauwe dienstbode-uniform trok Judith de gordijnen weg van de panoramische erker en begon de meubelen die er stonden af te stoffen. Ze had een mengsel van spiritus en water in een emmer om de vele ruitjes in het glas-in-loodvenster te lappen. Toen Mrs. P. halverwege de middag een lekker hapje klaarzette, gingen zij en Judith op de bank zitten om te eten en wat te kletsen in het daglicht.

Jacob Tench en zijn vrouw waren om twee uur teruggekomen van de begrafenis, één uur na Judith. De heer en de vrouw des huizes hadden zich ieder in hun eigen vleugel van het grote huis teruggetrokken en geen woord gewisseld met hun dienstboden. Om drie uur had Judith tegen Mrs. P. gezegd dat haar werk voor die dag klaar was en dat ze weg zou gaan. De oude kokkin schudde het hoofd over nog meer heimelijkheid van Desiree, maar ze zei niets. Judith pakte zich warm in tegen de kou en wandelde naar haar Nash.

Ze kende de naam van de grote politieman niet. Die had ze ook niet nodig.

Washington DC

De blikkerige stem van de radio liet Lammeck opschrikken. 'Wagen Eén, Wagen Eén voor Eyeball. Ik heb een melding van een wijnrode Nash met kenteken SCR-310.'

De luidspreker spuwde het antwoord van Eyeball – Dag – uit. 'Geef me je tien-twintig, Wagen Eén!'

De geheim agent in Wagen Eén zei dat hij over New Hampshire Avenue reed, richting Washington Circle. Lammeck luisterde terwijl de agent zijn positie meldde: de verdachte auto was in de vroege spits vanaf de Circle afgeslagen naar K Street en reed nu in oostelijke richting.

'Hebbes!' gromde Dag triomfantelijk. Hij instrueerde Wagen Eén haar alleen te volgen, maar geen actie te ondernemen. 'Professor, hoort u mij?'

Lammeck tastte onwennig naar zijn microfoon. Hij had pas één keer de zendknop ingedrukt, alleen om de radio te testen toen de agenten die in zijn auto hadden geïnstalleerd. Nu hield hij de microfoon vlak voor zijn mond, drukte de zendknop in en schreeuwde: 'Ja!'

Dag reageerde niet en de radio werd stil. Lammeck wist niet wat hem nu te doen stond; hij wachtte schaapachtig op nadere instructies van Dag. De hele middag had hij de meest recente zending sollicitatiedossiers die Mrs. Beach hem had laten bezorgen zitten doornemen. De voorbank van de Chevrolet lag bedolven onder de mappen. Hij legde de microfoon op één ervan.

'Vinger van de zendknop!' snauwde Dag hem toe via de luidspreker. 'Godverdomme, haal die verdomde vinger van de knop!'

Lammeck griste de microfoon van de bank. ' Excuus, Dag. Hier ben ik.'

'Laat die verdomde microfoon los als u wat hebt gezegd, professor, en hou u stil als ik praat. Jezus! Luister, een van mijn agenten volgt op dit moment een wijnrode Nash, kenteken SCR-130. Begrijpt u? Zij is het!'

Lammeck deed een ogenblik niets, voor alle zekerheid.

'Professor Lammeck!'

Hij drukte de zendknop weer in. 'Ik heb het gehoord, ja.'

'Ze is waarschijnlijk bij Pa Watsons begrafenis in Arlington geweest. Verdomd, ik wist dat ze zo'n soort stunt zou proberen.'

'Waar zit jij nu?' vroeg Lammeck.

'Ik rij in noordelijke richting door Seventeenth, op weg naar K. Ik heb diverse agenten die kant op gestuurd, bij wijze van back-up. Rijd u maar naar Vermont Square. Als ze in K naar het oosten blijft rijden, rijden we langs u heen en sluit u achter ons aan. Geef gas!'

Lammeck legde de microfoon neer en tastte naar de contactsleutel. Toen greep hij weer naar de microfoon, drukte de zendknop weer in en zei: 'Roger.'

Dag brulde: 'Rijden!'

Lammeck startte de motor en voegde zich in de verkeersstroom, weg van zijn permanente uitzicht op het Witte Huis. Iedere auto om hem heen leek evenveel haast te hebben als hijzelf: in het District bereidde iedereen die zijn parkeervak verliet zich voor op de strijd tegen de onvermijdelijke file. Bij F Street ontdook hij een rood licht en gaf plankgas om een tram die afsloeg naar G Street vóór te zijn. Claxons blèrden; de trambestuurder liet zijn bel langdurig rinkelen.

Lammeck schoot in noordelijke richting over het volgende kruispunt, waarbij hij andere auto's moest ontwijken en zelf bleef claxonneren. Zijn klamme handen omklemden het stuurwiel. Hij was nog niet zo gewend aan het rechts rijden in Amerika dat hij instinctief kon manoeuvreren; twee keer moest hij na een bocht ontdekken dat hij op de verkeerde weghelft reed.

Dag bleef zijn agenten via de radio instructies geven. Zodra hij K Street had bereikt en de Nash in het oog kreeg, meldde hij op rustige toon zijn positie en afstand van het doelwit. Eén auto kreeg opdracht achter te blijven. Dag was in zijn element. Lammeck luisterde naar de agenten die hun eigen posities doorgaven. Dag instrueerde iedereen om contact te vermijden; ze moesten alleen ondersteunende posities aan alle kanten innemen en hem en de Nash volgen. Lammeck vertrouwde zijn rijkunst nog niet voldoende om zijn mond open te doen, behalve toen Dag brulde: 'Professor!' Hij antwoordde haastig met 'Tien-Vier' en dook in elk gaatje dat hij in de verkeersstroom kon vinden, in noordelijke richting op weg naar K Street.

Dag coachte hem via de radio: 'Niet antwoorden, professor, alleen doorrijden. Er zitten twee mensen in die auto. Ik rij er honderd meter achter en kan zien dat de auto door een man wordt bestuurd. Ernaast zit een vrouw met zwart haar. Wie is die vent, verdomme! Niet antwoorden! We zijn er over een paar minuten achter. Oké, team, opgelet, ze rijden nu Franklin Square op. Wacht… klote! Ze zijn afgeslagen naar Vermont Avenue en rijden nu richting Thomas Circle.'

Lammeck hoorde het en gaf gas, gehoorzamend aan Dags instructie om niet te antwoorden. Hij negeerde elk verkeerslicht en zwenkte scherp in en uit de verkeersstroom zonder acht te slaan op de rijrichting, zodat hij Dags urgente radiostem steeds dichter naderde. Een opening in de stroom op de andere weghelft gaf hem de kans om een paar auto's vóór hem te passeren. Hij bleef aan één stuk door claxonneren. De adrenaline liet zijn bloedvaten tintelen.

Toen bereikte hij K Street en sloeg dwars door rijen auto's met krijsende remmen af naar Vermont Avenue. Hij had geen idee hoever hij achter lag op Dag; hij kon niet lang genoeg van de bumpers op het botsautoparcours overal om hem heen opkijken om het vast te stellen.

Had Dag gezegd dat er twee personen in de Nash zaten? Dat zou de zaak een opmerkelijke wending geven. Zou Judith toch een medeplichtige in de stad hebben, net als in Newburyport? Maakte ze deel uit van een wijdvertakte samenzwering, of was de man die haar auto bestuurde alleen een onfortuinlijk vriendje of een patser die haar moest helpen Roosevelt te pakken te nemen?

Lammeck concentreerde zich op het autorijden. Hij was van plan de volgende minuten antwoord op al die vragen en nog veel meer te krijgen.

Dag meldde zich via de radio. Lammecks motor maakte hoge toeren en hij scheurde roekeloos door het drukke verkeer in de smalle Vermont Avenue. Toen hoorde hij Dag schreeuwen: 'Ze hebben Thomas Circle verlaten! Ze rijden nu over Massachusetts Avenue in westelijke richting naar Dupont Circle.'

Thomas Circle lag twee blokken verder. Was dat Dags olijfkleurige Packard, daar honderd meter vóór hem, in westelijke richting rijdend over Massachusetts Avenue? Lammeck keek langs de Packard, op zoek naar de rode Nash, maar kon hem niet ontdekken. Hij greep de microfoon. ' Dag, was jij dat zo-even, vlak vóór me langs en afkomstig van Thomas Circle?'

'Nee.'

Het moment verstreek via de radio. Hij ontdekte een nieuwe opening op de andere helft van Vermont Avenue. Lammeck dook erin en gaf nog meer gas om zijn achterstand op Dag goed te maken. Zijn motor loeide en andere automobilisten verwensten hem. Hij zwenkte naar links om een Buick die de trottoirrand verliet te ontwijken. Hij scheurde rond over Thomas Circle en schoot Massachusetts Avenue in, nu in westelijke richting op weg naar Dupont Circle, vijf blokken verder. Hij wipte in en uit de verkeersstroom totdat hij een opening had geforceerd en anderen voor hem opzij gingen om hem luid claxonnerend te laten passeren.

'Professor!'

Lammeck reed echter veel te hard om de microfoon te grijpen en te antwoorden. Hij naderde Dupont Circle sneller dan hij had ingeschat. Hij trapte hard op de rem en rukte het stuur naar rechts om in te voegen in het verkeer op de eenbaansring. Zijn voorbumper glipte rakelings langs twee auto's links van hem, maar hij corrigeerde te sterk en raakte een Ford rechts van hem. De bestuurder, een vrouw in uniform, schudde haar gebalde vuist naar hem. Lammeck bleef op de ring en schoot de aansluitingen met New Hampshire en Connecticut Avenue over, en daarna de voortzetting van Massachusetts Avenue. De Ford die hij had geschampt probeerde hem te achtervolgen om hem tot stoppen te dwingen. Lammeck kon niet stoppen, maar hij wist ook niet waar hij de ring moest verlaten. Hij greep de microfoon. 'Dag!'

'Mass. Avenue. Ze rijden nu in tegengestelde richting terug over Mass. Avenue. Professor, klote! U bent me gepasseerd!'

Het moest gebeurd zijn in de drukte op de Circle. Lammeck liet nu zijn banden roken door Dupont Circle opnieuw rond te rijden. De Ford die hij had geschampt zat vast in een tragere file en kon hem niet volgen toen hij afsloeg naar Massachusetts Avenue. Hij liet de woedende automobiliste achter en had nu meer ruimte vóór zich.

Judith en de *mystery man* konden niet ver vooruit zijn, en Dag nog minder. Hij schoot de linkerrijbaan van Massachusetts Avenue op, plankgas. Zijn maag speelde op – hij was misselijk van de onophoudelijke belasting van zijn zenuwgestel.

'Oké, professor, ik zie u achter me. Rustig aan nu, u rijdt als een krankzinnige. Blijf wel op de rechter rijbaan, ja?'

Lammeck keek voor zich uit. Daar reed Dags Packard, slechts vijf auto's achter een rode Nash die langs Ambassy Row reed. Nog één dot gas en hij kon aansluiten bij Dag.

Hij trapte het pedaal weer in, kroop naar de bumper van de pick-uptruck vóór hem en zwenkte abrupt naar buiten, zodat de linkerbanden van zijn Chevrolet op de linkerweghelft kwamen. Automobilisten claxonneerden en zwenkten opzij totdat hij vlak achter Dag zat. De auto die achter Dag reed, hield even in, uit vrees voor Lammeck, en liet hem ertussen.

De radio schreeuwde: 'Godverdomme, ik zei rustig aan!'

Lammeck greep de microfoon. 'Sorry. Ik zie ze nu, voor ons uit. Je had gelijk, ze zijn met z'n tweeën.'

Nog voordat Dag kon antwoorden, maakte de Nash zich plotseling los uit de verkeersstroom. De uitlaat braakte een dikke rookwolk uit, toen de bestuurder een hogere versnelling koos en ervandoor ging, zigzaggend over de rijbaan voor het tegemoetkomende verkeer.

'Gadver… het moest vólgen zijn, meer niet!' schreeuwde Dag in de radio. 'Oké, oké. Eyeball aan alle agenten, alle agenten! De verdachten gaan ervandoor. Ze rijden in oostelijke richting over Mass. Avenue en naderen Thomas Circle. Zet alle verkeer op de aansluitingen op Thomas Circle stil! Herhaal: alle aansluitingen op Thomas Circle blokkeren!'

De radiogolven droegen allerlei stemmen naar Dag. Alle agenten die aan de jacht deelnamen meldden welke aansluitingen zij zouden blokkeren. Vermont en Rhode Island Avenue, en Thirteenth, Fourteenth en Fifteenth Street.

'Professor, blijf verdomme achter mij en doe verder niets!' blafte Dag.

Lammeck liet de microfoon de microfoon en deed wat hem gezegd was.

De Nash deed alle mogelijke moeite om weg te komen en stormde angstaanjagend snel aan op het verkeersplein, gebruikmakend van elk gaatje op iedere rijbaan. Dag probeerde alle uitwegen vanaf het verkeersplein af te grendelen. Als dat lukte, zou Lammeck over een paar minuten Judith en haar chauffeur in de ogen kijken. Zouden die twee ook cyanidecapsules stukbijten als ze nergens meer heen konden? Dag zou in de wolken zijn als die twee dood voor zijn voeten neervielen. Twee zelfmoorden zouden Lammeck echter van een kans van één op een miljoen beroven.

De Nash schoot Thomas Circle op en hield nauwelijks in om de bocht te nemen. Dag sloot de tussenruimte tussen zijn voor- en haar achterbumper. Hijgend probeerde Lammeck bij Dags achterbumper te blijven. Het andere verkeer maakte ruim baan toen duidelijk werd dat er een achtervolging aan de gang was, maar er ging geen seconde voorbij waarin Lammeck niet op het nippertje een botsing met een boom, een auto of een doodsbange voetganger wist te vermijden. Grimmig hield hij vol, met bonkend hart, steeds met Dags achterbumper vóór zich.

De Nash schoot niet weg van Thomas Circle op de manier die Dag had verwacht. In plaats daarvan rondde hij het hele verkeersplein en stormde terug, Massachusetts Avenue in – de weg die ze waren gekomen.

'Mass. Ave.!' bulderde Dag zijn team toe. 'Laat iemand de boel daar blokkeren! Mass. Ave.!'

De agenten meldden hun positie, om te zien wie er het dichstbij was. Niemand kon snel genoeg Dupont Circle bereiken. De inzittenden van de rode Nash waren het hele team te slim af geweest.

'Professor Lammeck, nu is het uw beurt. Ik heb zo'n idee dat ze op Dupont Circle zullen proberen terug te rijden waar ze vandaan kwamen, dus in zuidelijke richting over New Hampshire Avenue. Neem Rhode Island naar M Street! Zorg dat u in New Hampshire komt en blokkeer de boel!'

'Komt voor mekaar.'

Hij gooide de microfoon opzij, nauwelijks tijdig genoeg om op Scott Circle Dags bumper te verlaten. Nadat hij met krijsende banden driekwart van de ring had afgelegd, schoot hij Rhode Island Avenue in. Lammeck bleef claxonneren terwijl hij naar de kruising met M Street scheurde. De radio zweeg: Dag vertrouwde nu op Lammeck en niet op zijn agenten. Op de kruising van M Street met Connecticut Avenue stuitte hij op nog een rood licht, waarna hij invoegde in de verkeersstroom in M Street. Remschoenen rookten en een melkwagen glibberde opzij, maar Lammeck zag dat soort dingen alleen in zijn achteruitkijkspiegel. Hij racete de halve kilometer van M Street door en schreeuwde tegen automobilisten die hem in de weg kwamen, voordat hij bij Twenty-first Street keihard remde. Daarna nam hij een scherpe bocht naar rechts met veertig kilometer per uur, gaf gas en trapte weer hard op de rem.

Hij kwam schommelend tot stilstand op New Hampshire Avenue, zodanig dat hij de twee linkerrijbanen blokkeerde. Autobanden krijsten, bestuurders draaiden hun raampje omlaag om hem uit te schelden. Lammeck greep de microfoon. 'Ik ben er!'

Dag gaf geen antwoord.

Lammeck stapte zijn auto uit. Hij was een forse man die stond uit te hijgen, opgefokt door de jacht. De woedende automobilisten waren er niet happig op naar hem toe te lopen. Ze bleven achter hun open portierraam en schreeuwden hem vindingrijke verwensingen toe. Lammeck negeerde hen. Hij liep naar de linker weghelft, die toegang gaf tot Dupont Circle. Die kon hij niet met zijn auto blokkeren. Een paar auto's schoten langs hem heen en een automobilist stak zijn middelvinger naar hem op. Hij keek de straat af, koud zweet in zijn nek.

Twee auto's in zuidelijke richting naderden hem, zigzaggend over de verboden rijstroken. Lammeck zag een olijfgroene Packard, jagend op een wijnrode Nash.

Hij keek achterom; er was geen tijd meer om hun rijstrook te blokkeren. Hij posteerde zich midden op de rijstroken op de linker weghelft om de rest van het verkeer tot staan te brengen. Nog meer woedende claxons. Toen draaide hij zich om naar de aanstormende Nash en stak zijn hand op, de handpalm naar voren.

Het geronk van beide auto's was twee blokken ver te horen, ondanks het woedende claxonneren van het overige verkeer. De Nash reed veel te snel om rechts- of linksaf New Hampshire Avenue te kunnen verlaten. Hij zou hoe dan ook het punt bereiken waar Lammeck stond. Of hij zou gewoon doorrijden.

Hij spande zijn spieren, niet van plan om voor Roosevelt te sterven.

Niets duidde erop dat de Nash van plan was in te houden. Automobilisten aan weerskanten van Lammeck gingen van verwensingen over op waarschuwingen. 'Hé, makker – uit de weg! Hé!'

De Nash bereikte het blok waar Lammeck stond. Dags Packard kleefde aan zijn achterbumper. De Nash werd bestuurd door een man. Door de voorruit zag Lammeck acht witte vingerknokkels om het stuurwiel. Naast hem zat een donkerharige vrouw.

Lammeck gaf geen krimp.

De Nash-bestuurder trapte hard op de rem, de banden krijsten. De wielassen rookten. Het momentum was echter te groot. De auto schoot rakelings langs de opzij springende Lammeck. Hij kwam hard neer op zijn zij en rook de stank van brandend rubber.

Dags Packard schoot slippend langs hem heen. Krijsend scheurde de olijfgroene Packard de rookwolk van de geteisterde remmen van de Nash in. Zes meter voorbij Lammeck schoten beide auto's de stoep op, dwars door een heg. Bij het geluid van scheurend metaal en verbrijzeld glas sprong Lammeck op en rende samen met andere mensen naar de met elkaar verstrengelde autowrakken.

Tegen de tijd dat hij de plek had bereikt waar ze tot stilstand waren gekomen, midden op een gazon, was Dag al uit de Packard, hij had zijn pistool in zijn handen. Uit een snee in zijn voorhoofd droop bloed, maar hij wuifde vloekend iedereen weg. 'Hou afstand, verdomme. Lammeck, hou ze tegen!'

Alle omstanders en hulpvaardige Samaritanen bleven staan. Dags manier van doen, zijn pistool en het feit dat hij bloedde gaven hem gezag. Lammeck bereikte de Nash tien stappen na Dag. Uit beide auto's ontsnapte sissend stoom, waardoor de scène werd versluierd. Lammeck keek om zich heen, op zoek naar iets wat misschien afgebroken was – een boomtak, of een stuk metaal, iets wat hij als wapen kon gebruiken. Omdat hij niets vond, deed hij zijn broekriem af. Hij kende meer dan tien manieren om zichzelf met niet meer dan een broekriem te verdedigen of iemand anders te doden. Hij had ze Dag allemaal geleerd.

Dag bleef op een pas afstand van het verbrijzelde portierraam van de Nash staan. De man achter het stuur zat voorovergebogen, zijn vertrokken gezicht weggedraaid. De passagier naast hem snikte; ze was gewond.

Dag schreeuwde: 'Hou je handen zo dat ik ze kan zien! Nu!' Alleen de grienende vrouw gehoorzaamde. De bestuurder verroerde zich niet.

Dag liep naar het ingedeukte portier, het pistool in de aanslag, en rukte het portier open, wat gepaard ging met het geluid van piepend metaal. De bestuurder viel naar buiten, slap als een dooie vis. De man droeg een trui van de University of Georgetown.

'Wat is dit verdomme nou weer?' mompelde Dag.

Lammeck liep erheen. Op het koude gras, met een buil op zijn voorhoofd die voorlopig niet zou slinken, lag een jongen. Achttien, misschien, op zijn hoogst negentien.

Bloed sijpelde tussen de vingers van de snikkende vrouw vandaan, afkomstig uit haar kapotte neus. Dag richtte zijn pistool recht op haar glanzende ogen. Lammeck boog zich naar voren, in het open portier, de riem gevechtsklaar in zijn handen. Ze droeg een sweater van een plaatselijke middelbare school – Western High School. Ze schudde het hoofd, Dag smekend niet te schieten.

Dag verstarde en liet toen zijn pistool zakken, een en al afkeer. Lammeck stond erbij, de riem bungelend in zijn handen, alsof hij op het punt stond de beide jongeren ervan langs te geven.

Dag porde met de punt van zijn schoen de bewusteloze jongen op het gras. 'Wakker worden, lamzak,' zei hij. Hij bleef de jongen in de ribben porren totdat hij hem hoorde kreunen. Lammeck haalde zijn riem weer door de lussen van zijn broek en liep naar de passagierskant van de auto. Met zijn wijsvinger maakte hij een draaiende beweging, om het doodsbange meisje te beduiden dat ze haar portierraam omlaag moest draaien.

'Bek dicht,' zei hij, voordat ze door haar van bloed druipende vingers begon te jammeren. Het bloed droop over de Western-sweater.

'Eén vraag,' zei Lammeck kortaf, leunend op de raamrand. 'Hoe komen jullie aan deze auto?'

Het meisje keek opzij, naar de plaats waar de jongen moeizaam pogingen deed overeind te gaan zitten. Dag hurkte neer om hem te helpen. De jongen tastte naar de snelgroeiende buil op zijn voorhoofd en viel weer in het gras. Lammeck was ervan overtuigd dat Dag dezelfde vraag stelde, maar dan met een meer gekwelde klank in zijn stem.

'Waar?' drong Lammeck aan.

Het meisje snikte achter haar hand. Ze kneep haar bloedende neusgaten dicht. 'We... de sleutels zaten erin.'

Aan de andere kant van het autowrak vloekte Dag zo hard dat zijn stem echo's veroorzaakte. Lammeck moest er bijna om lachen.

Washington DC

Het kostte Judith geen moeite hem te vinden. Omdat hij gewend was anderen te koeioneren, had hij er een hekel aan als hij werd uitgedaagd. En omdat hij dacht dat zijn doelwit zwak was, maakte hij zijn dreigement waar.

Zodra ze het huis van de Tenches samen met Mrs. P. verliet, ontdekte ze hem. Uit het op een kier opengedraaide portierraam van een Ford, hooguit honderd meter verder geparkeerd, kwam grijze sigarettenrook. Achter in de bus, in oostelijke richting terugrijdend naar het District of Columbia, kon ze hem gemakkelijk in het verkeer in het oog houden. Eenmaal op haar kamer wachtte ze totdat hij positie had gekozen en kou leed in de dalende temperatuur. Ze verstopte haar lange haar onder een zwarte wollen muts, schoot een zwart jack, een zwarte lange broek en zwarte leren handschoenen aan en klom door het raam aan de niet-verlichte achterkant van haar kamer naar buiten. Ze vond hem een blok van haar voordeur, leunend tegen een verandaborstwering. De gloeiende punt van zijn sigaret verried zijn positie in de inktzwarte duisternis van de straat.

Ze dook weg in de overschaduwde ruimte onder een houten buitentrap en observeerde hem terwijl hij haar schaarsverlichte venster in het oog hield. Hij werkte zich door twee pakjes sigaretten en stampte met zijn voeten en blies in zijn dikke wanten om warm te blijven. Ze hoorde hem gesmoord vloeken. Toen een inwoner van de straat, een oudere zwarte man, naar hem toeliep om te vragen wat hij uitspookte, zei hij alleen: 'Smeer 'm ouwe. Politie.'

Vier uur na middernacht wreef hij zijn laatste peuk uit en liep weg. Judith volgde hem. Ze bleef steeds in de schaduw, maar maakte de afstand tussen hen steeds kleiner. Hij liep in het midden van de straat. Tussen de kleinere mensen en bescheiden huisjes hier was hij een massief, groot object. Hij nam geen voorzorgsmaatregelen en keek geen moment om zich heen. Judith kende dit soort mannen, arrogant vanwege hun spierkracht.

Ze bleef hem schaduwen tot New York Avenue. In de straat wilde ze hem niet te pakken nemen; daar was de vermoorde zoon van de huisbaas al gevonden en ze vergoot nooit meer dan eens bloed op dezelfde plek. De grote politieman beende in westelijke richting langs het huizenblok tussen Fifth en Sixth Street, de lange winterjas opbollend langs zijn knieën. Hij zette koers naar de parkeerplaats van Wijkbureau nr. 2. Judith ging sneller lopen, maar niet zo snel dat hij haar voetstappen zou horen. Het asfalt was verlaten en de parkeerplaats van het politiebureau, met hier en daar een civiele auto of patrouillewagen, was schaars verlicht.

Hij liep de parkeerplaats op. Ze volgde hem, volkomen geruisloos en in de zekerheid dat hij niet op zijn hoede was. Ze naderde hem tot op vier passen achter hem. Bij een Ford sedan bleef hij staan. Toen hij zijn hand in zijn broekzak stak, op zoek naar zijn sleutels, sloeg ze toe.

Het eerste mes stootte ze onder zijn rechterschouderblad diep in het vlees. Ze tilde haar voeten op om het vijftien centimeter lange lemmet van de kris uit de Filippijnen tot aan het gevest in zijn lijf te rammen, om zijn arm weg te houden van het pistool in het holster onder zijn linkeroksel. De agent gromde en wankelde, het mes in zijn rug als een pijl. Hij draaide zich om, onbeholpen met zijn rechterarm gevangen in zijn broekzak. Judith ontdook een woeste uithaal van zijn linkerarm en sprong op hetzelfde moment recht voor hem, haar borst tegen de zijne, terwijl ze de punt van een tweede vijftien centimeter lang mes in zijn kin prikte.

Ze siste: 'Eén kik en ik ram dit in je hersenen.'

Hij probeerde zijn kin te laten zakken om haar recht aan te kunnen kijken, maar merkte dat het mes hem dat belette. Krom van de pijn keek hij langs haar wangen omlaag, maar hij klemde zijn kaken op elkaar en haalde beverig adem door zijn neusgaten, geschokt en bang.

Hij wankelde achterwaarts tot hij tegen de bestuurderskant van zijn auto werd gestuit. Ze bleef zo dicht mogelijk bij hem en hield het gegolfde lemmet van de kris tegen de baardstoppels onder zijn kaak, net niet diep genoeg om de huid kapot te maken. Met haar linkerhand graaide ze onder zijn oksel naar het vuurwapen, een revolver van het merk Smith & Wesson. Ze schoof het wapen achter haar broekband.

Zijn gezicht was een grimas. Het mes onder zijn schouderblad werd tegengehouden door de dakrand van de auto. Hij deed zijn mond open om iets te zeggen, maar er kwam bijna geen geluid uit. 'Neem… neem mijn portefeuille maar. Pak maar wat je wilt.'

Judith zei niets.

'Luister, ik ben politieman. Je wordt gegarandeerd gepakt.'

Judith antwoordde: 'Weet jij wie ik ben?'

Het gezicht van de man trok zich samen. Zijn ademhaling stokte, terwijl hij probeerde zijn aanvalster te identificeren. Ze liet het mes onder zijn kin wat minder hard drukken, zodat hij ver genoeg omlaag kon kijken om haar te kunnen zien. Geen spoor van herkenning in zijn ogen. Ze trok de muts van haar hoofd en liet haar haar over haar schouders vallen.

'Krijg nou het lazarus!' Hij staarde haar met knipperende ogen aan, een en al ongeloof. 'De verdomde dienstbode!'

Meer hoefde Judith niet te horen. Voor hem was zij maar een dienstbode.

Ze deed een stap naar achteren om haar arm te strekken, zodat ze de stoot meer snelheid kon geven. Ze deed het in een forehand-beweging, de handpalm omhoog, met een herhaling die ze zoveel kracht meegaf dat ze een halve slag omdraaide en over haar gebogen rechterschouder naar hem moest kijken. Zijn lippen bewogen, maar hij gaf geen kik. Bloed sputterde uit de lange snijwond dwars over zijn keel en de lucht uit zijn doorgesneden luchtpijp blies er bellen van. Hij kon alleen maar zijn ene hand tegen zijn keel drukken, zodat het bloed tussen zijn vingers door sijpelde. Terwijl hij door de knieën ging, kon de politieman zijn doodsbange blik niet van haar afhouden. Judith negeerde zijn starende blik en stapte snel achter hem om de kris onder zijn schouderblad vandaan te rukken. Voordat hij vooroverviel pakte ze zijn portefeuille.

Het pistool zou ze later in de Potomac mikken. Ze haalde het geld uit de portefeuille en dumpte de lege portefeuille in een vuilnisbak waar hij niet zou worden gevonden.

Ik vraag u, mij te beoordelen naar de vijanden die ik heb gemaakt.

Franklin Delano Roosevelt

MAART

12

Mrs P. genoot van de rit naar de Tench-residentie. De hele weg vanaf de Chevrolet-dealer in Falls Church had de oude vrouw zitten giechelen en met haar brede knieën die van Judith aangestoten.

'Je betaalde de man contant!' verklaarde ze hoofdschuddend, alsof ze van een wonder getuige was geweest. 'Hij piste zowat in zijn broek toen je dat deed. Hmm-mm-mm! Vijfhonderd dollar!'

Judith stuurde naar de trottoirrand onder de machtige eik voor het huis. Ze trok de handrem aan en tastte naar de contactsleutel.

'Nee, nee, liefje, nog niet. Laat hem nog even lopen. Ik krijg niet genoeg van dat geluid. Een kleurlinge die de man contánt betaalde!'

Judith leunde achterover en liet de motor stationair lopen. Even nog trapte ze het gaspedaal in, om de motor op toeren te brengen. Mrs. P. riep: 'Oei!' Alsof iemand haar had gekieteld.

'Weet je nog hoe hij al die auto's "schatje" noemde?' Mrs. P. aapte de autoverkoper na door haar toch al hese stem nog wat aan te dikken: 'Dit schatje hier, dat doet dit en dat, en dat schatje daar kan dat. Dit schatje scheurt onder je kont vandaan, en dat schatje daarginds heeft er pas vijftienduizend kilometer opzitten. Schatje, schatje, schatje!'

Judith knikte.

Mrs. P. stootte Judiths knie nog eens aan. 'Ik zou het schatje weleens willen zien dat werkelijk onder je kont vandaan scheurt!' De mond van de oude vrouw viel wijd open – ze was geschrokken van haar eigen ordinaire woordkeus – maar toen barstte ze zo in lachen uit dat het leek alsof ze er in stikte. Het was een aangenaam gevoel om die bus naar Virginia voor het laatst te hebben genomen.

Ze zette de motor af. Mrs. P. slaakte een zucht. Ze stapten uit de zeven jaar oude, gebruikte auto, donkerblauw met stoffen bekleding, een grote motor, een radio en een kachel. Zodra ze weer met beide voeten op de grond stonden, waren ze weer dienstboden. De houding van de oude vrouw werd weer deemoedig zodra ze de eerste stap over het tuinpad had gezet.

'Desiree?'

'Ja, mevrouw?'

'Die tante van je is in Boston overleden. Ze heeft jou het geld toegestuurd, vlak voordat ze overleed, zeg je?'

'Ja, mevrouw.'

'Hoe komt het dat je niet naar de begrafenis bent geweest?'

Judith grinnikte inwendig. Deze oude vrouw was even waakzaam en sluw als een rechercheur. 'Ze is vorige zomer al overleden, Mrs. P. Het geld is door de notaris vastgehouden. Ik kreeg het afgelopen vrijdag toen ik naar het postkantoor ging.'

'Mmm-hmm.'

Ze hadden de bordestrap bereikt. Mrs. P. ging in haar handtas op zoek naar de sleutel. Mr. Tench was deze week naar het zuiden om marinebases in Norfolk, Charleston en Jacksonville te inspecteren. Zijn vrouw was de vorige dag vertrokken om zich bij hem te voegen. Ze zou langsgaan bij familie in South Carolina, waarna het echtpaar naar Florida zou doorreizen, om van nog een weekje zon te genieten.

De oude vrouw maakte de deur open en stapte naar binnen. Ze keek niet naar Judith toen ze haar mantel aan de staande kapstok in de vestibule hing.

'Hij stuurde je contant geld, die notaris?'

Judith posteerde zich tegenover Mrs. P., die een sceptische wenkbrauw optrok. Ze wachtte even, trok haar schouders naar achteren en keek neer op haar nieuwsgierige Amerikaanse vriendin. 'Een cheque.'

Mrs. P. haalde diep adem, alsof ze aan een taart rook om te zien of hij gaar genoeg was. 'Mmm-hmm.'

Ze liep weg en gaf Judith in het voorbijgaan een schouderklopje. Ze mompelde: 'Meisje, meisje, meisje' en liep door naar de keuken. Judith had zo'n idee dat de oude vrouw dacht dat Mr. Tench haar het geld voor de auto had gegeven. Ze deed niets om haar van dat idee af te helpen.

De rest van de ochtend had Judith het druk met vegen en stof afnemen. Mrs P. schrobde de keukenvloer en lapte de keuken schoon. Ze werkten in verschillende delen van het huis, maar Mrs. P. bereidde de lunch en ze aten samen, zoals altijd. De oude vrouw begon niet meer over de auto en babbelde in plaats daarvan over een nieuwe film die ze had gezien, *House of Dracula*, waarin alle drie de griezelige monsters – Dracula, de Weerwolf en het monster van Frankenstein – tegelijkertijd te zien waren.

Na de lunch werkte Judith afwezig haar laatste karweitjes af. De post werd rond één uur verwacht. Vandaag was de postbode om onbekende redenen aan de late kant. Juist toen de verscheidene klokken hun zachte geluidjes maakten die aankondigden dat ze twee uur gingen slaan, ging de klep van de brievenbus krakend open. Alle klokken luidden toen er een handvol brieven op de deurmat in de vestibule viel.

Judith legde haar stofdoek neer. Ze liep naar de keuken om afscheid te nemen van Mrs. P. De oude vrouw stond aan het aanrecht. Ze kuste haar op de wang. Mrs. P. deed eerst alsof ze er niet van gediend was, maar liet het zich toch welgevallen.

'Weet wat je doet,' vermaande ze Judith, waarna ze de natte doek in haar handen uitwrong. De eerste paar dagen van hun gezamenlijke werk in dit huishouden had Mrs. P. nooit gevraagd waarom Judith iedere dag stipt om twee uur vertrok. Begin februari had ze ook niet gevraagd naar de reden waarom Judith die gewoonte achterwege liet, en gisteren had ze evenmin gevraagd waarom ze er weer mee was begonnen. Judith vermoedde dat Mrs. P. zelf wel wat redenen had bedacht, zoals de oude vrouw deed met alles rond Desiree wat niet te rijmen viel. Vandaag klakte Mrs. P. met haar tong, schudde het oude hoofd en uitte woordloos haar afkeuring over de zoveelste immorele en enerverende bezigheid die ze Desiree toedichtte.

Judith liep naar de vestibule. Ze griste haar mantel en handtas van de staande kapstok en bukte zich naar de post. Vlug bekeek ze de enveloppen en vond wat ze zocht. Die envelop stopte ze in haar mantel. De rest van de post van het echtpaar Tench legde ze netjes op het stapeltje op de consoletafel in de vestibule. Ze verliet het huis.

Washington DC

Mrs. Beach gluurde over de glazen van haar pince-nez naar Lammeck. 'Goeiemiddag, mister Hardy. Waar is mister Laurel?'

Lammeck sloot zacht de deur en richtte zijn wijsvinger op haar, alsof zijn hand een pistool was. 'Leuk, Mrs. Beach, heel grappig.'

Ze staarde hem aan, neutraal. 'Het spijt me dat u er zo over denkt. Het was bedoeld als vernietigend sarcasme.'

'Ben ik al zo snel bij u uit de gratie geraakt?'

'Wij hier gaan af op resultaten, professor. De resultaten van gisteren dicteren de meningen van vandaag. De chief verwacht u.'

Ze wendde haar blik af en Lammeck kon alleen maar de tussendeur door. Hij duwde de deur van Reilly's kantoor open. De chief stond op toen Lammeck binnenstapte.

'Professor.'

'Chief, luister. Dat akkefietje van gisteren…'

Reilly wuifde het weg en vroeg glimlachend: 'Gaf ze u er zo van langs?'

'Laten we maar zeggen dat ze voor me in hinderlaag lag.'

'Mijn excuses. Mrs. Beach is voor me een grote luxe. Ik kan daardoor de rol van de aardige politieman spelen. Hoe dan ook, hoe ging het precies? Ga zitten.'

Lammeck liet zich in de leren fauteuil zakken en Reilly installeerde zijn corpulente lichaam in de stoel achter zijn bureau.

'Ze heeft ons erin geluisd. Ze wist dat we naar haar uitkijken. Dat jonge stel vond de auto op de hoek van New York Avenue en N Street, met het portierraam naar beneden en de sleutel in het contactslot. Ze gingen joyriden. De jongen is eerstejaars op Georgetown University. Het meisje zit in de examenklas van Western High School. Dat is alles.'

'Behalve het moment waarop u Dags surveillance veranderde in een achtervolging. Nu zit ik met een auto die total loss is, plus een auto met een deuk erin, plus een handvol klachten van burgers en politiemensen. Heb ik iets overgeslagen?'

Lammeck haalde de schouders op, zich afvragend wat er met Reilly's rol van de aardige politieman was gebeurd. Hij was echter niet in de stemming om zich door Reilly in de hoek te laten zetten. Per slot van rekening was hij, Lammeck, een gewoon burger. Hij staarde Reilly alleen maar nijdig aan.

De chief vroeg: 'Hoe kon die Judith dit weten?'

Daar was Lammeck op voorbereid. Het was een van de twee redenen waarom hij deze afspraak met Reilly had gemaakt. Om te beginnen: 'Dat is jullie schuld.'

Reilly staarde hard terug, maar toen boog hij zich voorover, ellebogen op het bureau. Lammeck ging verder voordat de chief met tegenwerpingen kon komen.

'Jullie hebben de beveiliging van het Witte Huis zichtbaar opgevoerd. Als iemand het mij had gevraagd, maar dat deed niemand, had ik mijn best gedaan om dat te voorkomen. Verdomme, Judith kon het zo zien! Iedereen die erlangs wandelde heeft het kunnen zien. Al die extra bewakers, zo opeens, maakten haar duidelijk dat er iets was veranderd. Waarschijnlijk heeft ze geprobeerd in contact te komen met haar medeplichtige in Newburyport en dat leverde niks op. Dus volgde ze dezelfde logica als ik en bedacht dat haar auto nu werd gezocht. Dus dumpte ze hem en zette mij voor aap, dat ik moet toegeven. Ik denk dat ze een andere auto heeft gekocht. En ze is veel te intelligent omdat dat ergens hier in de buurt te doen. Ergens in Maryland of Virginia, en contant betaald denk ik. Het is ondoenlijk om dat op het spoor te komen. Dat is het slechte nieuws.'

'Er is dus ook goed nieuws?'

'Wat er is gebeurd, zegt mij dat zij – na veel hoofdbrekens van mijn kant – en ik eindelijk in dezelfde trant denken.'

Reilly tilde zijn ellebogen van het bureau en leunde achterover in zijn stoel, terwijl hij met zijn vingers op het vloeiblad trommelde. 'Wat had ik anders kunnen doen, professor? De president aan zijn lot overlaten? Niet nadat u mij ervan had overtuigd dat er een buitengewoon capabele en zeer gemotiveerde moordenares van Niveau Zes om deze stad rondsluipt. Wat voor stappen had ik dán moeten nemen? Misschien mag ik u dat vragen?'

Lammeck boog het hoofd om zijn waardering te laten blijken en begon toen te lachen. 'Ik heb het Dag wel honderd keer verteld, Chief, maar het dringt niet echt door. Judith zal niet uit een richting komen waar je haar kunt zien aankomen. Ze zullen deze vrouw niet te pakken krijgen als ze over het gazon van het Witte Huis sluipt, of als ze ergens achter een raam loert op een kans om haar telescoopgeweer af te schieten. Nee, ze zal uit de schaduw opduiken, uit een hoek die we over het hoofd hebben gezien. Ze zal een gaste zijn bij een van Roosevelts vrienden of een hoge functionaris tijdens een diner, een verjaardagsfeest of een begrafenis – het soort gebeurtenis waarvan je denkt dat je alle invalshoeken hebt afgeschermd. Ze zal ergens kokkin of dienstbode zijn, of zogenaamd een lid van de beau monde of noem maar op. Ik kan u echter garanderen dat nog eens honderd bewakers extra rond het Witte Huis de president niet zullen redden.'

Reilly luisterde aandachtig, zonder het getrommel met zijn vingers te staken. 'Wat moeten we dán doen? Afwachten en dagen tellen?'

'Extra waakzaam blijven. Controleer of er soms nieuwe medewerkers of huishoudelijke hulpen door het Witte Huis zijn aangenomen; maak het Judith volstrekt onmogelijk het langs die weg te proberen. Verdubbel de antecedentenonderzoeken met betrekking tot elk hotel of iedere openbare gelegenheid die de president bezoekt. Zorg dat het aantal gasten dat hij ontvangt tot een minimum wordt beperkt.'

'En verder?'

'Ik ga ervan uit dat u ervan afziet mij nog aan auto-achtervolgingen te laten deelnemen.'

'Zeg dat wel.'

'Ik ga blijven proberen haar een stap vóór te komen. Voor het eerst in twee maanden begin ik te bespeuren dat ik haar vlak op de hielen zit. Steeds als wij een invalshoek afgrendelen, heeft zij minder keuzemogelijkheden en kom ik dichter in haar buurt.'

Eindelijk staakte Reilly zijn getrommel. 'Professor, ik zal maar niet zeggen hoe merkwaardig het is dat u op dezelfde manier denkt te kunnen denken als een Perzische moordenares. Of dat u dag en nacht bezig bent manieren te bedenken waarop mijn president kan worden vermoord. Zo, en nu dat gezegd is – zegt u mij op welke manieren ik u kan helpen.'

Dit was de tweede reden waarom Lammeck de afspraak had geregeld. 'Een open uitnodiging voor elk ambassadefeest, iedere receptie van het ministerie van Buitenlandse Zaken, elk galadiner enzovoort dat in DC op de agenda staat. Ook heb ik een lijst nodig van alle evenementen – van cocktailparty's en bruiloftsfeesten tot begrafenissen en doopplechtigheden – die door senatoren, leden van het Huis, lobbyisten, leden van het kabinet en het personeel van het Witte Huis worden georganiseerd.'

'Begint u het saai te vinden in Washington, professor?'

Lammeck schraapte zijn keel. 'U en Mrs. Beach hiernaast hebben exact hetzelfde gevoel voor humor, wist u dat? Het is zowel kleinerend als geestig. Het is al erg genoeg dat ik Dags slechte humeur moet verdragen. Ik zou het echter appreciëren als u mij, wanneer ik een bezoek breng aan dit kantoor en langs uw waakhond hiernaast moet, dat soort geestigheden bespaart en doet wat ik u vraag. Ik ben hier niet om vrienden te maken of om als pispaal te fungeren. Duidelijk?'

'Laat aan duidelijkheid niets te wensen over, professor. Wij hier werken hard en kunnen af en toe een beetje prikkelbaar zijn. Ik bied u mijn excuses aan en zal mijn dobermannpincher ervan op de hoogte stellen. Wat Dag betreft, daar kan ik niets aan veranderen. Wat dat aangaat, moet u zichzelf zien te redden. Verder?'

'Iedereen die een van de evenementen die ik heb genoemd bezoekt, moet worden nagetrokken. Niemand mag er bij kunnen zonder een schriftelijke invitatie, aangetekend op een vooraf opgestelde gastenlijst. Iedereen die aan komt zetten met een vrouwelijke gast die geen familielid is, dient persoonlijk voor die gast in te staan. En ik wil de namen en adressen van alle gasten.'

Reilly keek Lammeck met een toegeeflijk lachje aan. Hij schudde het hoofd. 'Dat is een immense klus, professor, en eerlijk gezegd een beetje naïef van uw kant. Nu de oorlog ten einde loopt en de verduisteringsplicht vorig jaar is opgeheven, worden er in Washington meer feesten gehouden dan ooit in Versailles. Iedereen, van ambassadeurs tot senatoren, geeft een uitbundig feest om na het vredesakkoord meer invloed te verwerven. Alle oud-geldfamilies van het slag Vanderbilt organiseren grote feesten, van de Cubaanse ambassade tot en met de aluminiumlobby. Vergeet niet dat Washington de enige grote hoofdstad ter wereld is die niet bezet is en niet dicht bij de fronten is gelegen. Zo ongeveer iedere onttroonde koning, koningin of regeringsleider-in-ballingschap houdt hier hof. En ik hoef u niet te vertellen, professor, dat de society-gastvrouwen hier op ze aanvallen als een stel zwerfhonden op een soepkluif. Ik kan al die feesten onmogelijk bewaken of zelfs maar bijhouden wie wat bijwoont. Ik heb er de mankracht niet voor.'

'Ik kan naar de FBI stappen om directeur Hoover erom te vragen.'

'U gaat het wel hard spelen, professor.'

'Zoals u al zei: hij is úw president.'

'Het gaat eenvoudigweg niet. Zelfs voor Hoover is het onmogelijk.'

'Luister, Chief. Het gaat mij er niet om haar bij een van die feesten te pakken te krijgen. Ik wil dat zij óns te pakken probeert te nemen.'

Reilly staarde hem niet-begrijpend aan.

Lammeck boog zich naar voren om zijn zaak te bepleiten. 'Het enige wat ik nodig heb, is genoeg agenten om er zichtbaar aanwezig te zijn en de mensen die zulke feesten bijwonen erop attent te maken dat er iets gaande is. Ik wil dat zij onraad ruikt. Nu jullie de aap uit de mouw hebben laten komen, wil ik dat ze wéét dat we haar op de hielen zitten. Ze zal niet weten hoeveel sociale evenementen wij in het oog houden, maar ze zal voelen dat we in die arena waken. Dat zal haar op afstand houden. De mogelijkheden moeten voor haar tot het absolute minimum worden gereduceerd. Geloof mij op mijn woord, Chief. Die vrouw heeft de capaciteiten en de intelligentie om altijd een toegangsweg te vinden. Daarom moeten we zoveel mogelijk deuren voor haar gezicht dichtsmijten. Het is de enige manier waarop ik haar te pakken kan nemen.'

Reilly's Ierse lachje was terug. 'U bedoelt natuurlijk wíj, professor.'

Lammeck stond op; hij was klaar. Reilly bleef zitten. 'Ik laat een briefje met het briefhoofd van de geheime dienst in uw hotel bezorgen, waarmee u zich kunt legitimeren,' verklaarde de chief. 'Als u daar in willekeurig welke ambassade of welk kantoor ook in DC mee zwaait, bent u binnen. Als u op moeilijkheden stuit, belt u Mrs. Beach. Zij lost het wel op.'

Lammeck wist dat dit waar was. 'Bedankt, Chief. Het spijt me van dat verhaal over een verkeerde houding, hier.'

'Geen probleem, professor. Ik zie het zo: ik ben ervan overtuigd dat u werkelijk van mening bent dat u op dezelfde manier denkt als onze jonge moordenares. En ik hoop maar dat zij niet een even grote hekel aan mij heeft.' Reilly veranderde van gedachten over blijven zitten; hij stond op en zei: 'Professor, nu mijn kantoor uit en zorg dat u haar vindt, zodat ze mij dat zelf kan vertellen.'

3 maart
Washington DC

'Sta stil!' zei Lammeck. Dag was even onrustig als een jongen die zijn eerste-communiepak moet aantrekken. 'Het zit te krap,' zei hij.

Lammeck worstelde met het boordenknoopje van het witte gesteven overhemd dat Dag aanhad.

'Als je was meegegaan om die smoking te kopen, had ik alles op maat kunnen laten maken. Nu moest ik een slag slaan naar je maat, dus zul je er genoegen mee moeten nemen.'

Toen het knoopje vastzat, stapte Lammeck achteruit en keek toe hoe Dag het klemstrikje mishandelde. Hij ging op de rand van zijn hotelbed zitten. Het bed lag bezaaid met de dossiers en feestagenda's voor de komende paar weken die Mrs. Beach had laten bezorgen.

'Je hebt nog nooit een smoking gedragen, hè?'

'Waarom zou ik zo'n apenpak aantrekken?'

'Steek jij nou maar een vlindermes in je zak, dan voel je je prettiger.'

'Misschien doe ik dat wel.' Dag had de klemmetjes van de strik eindelijk vast en presenteerde zich voor inspectie. Lammeck trok wat recht en stopte een paar dingen beter weg. Dag zou ermee door kunnen, maar, dacht Lammeck, voor hoe lang? Hij verwachtte dat Dags smoking binnen de kortste keren een en al kreukel zou zijn en dat de cummerbund om zijn middel elk moment kon losschieten.

'Mooi, laten we zorgen dat we op dat feest zijn voordat je weer in een pompoen verandert.'

In de lift van het Blackstone Hotel zei Dag niets, maar hij plukte en trok aan alle kanten aan zijn smoking om die wat losser om zich heen te krijgen. Toen ze op het parkeerterrein in de vervangende overheidsauto van Dag stapten, zag Lammeck hoe Dag ook dit voertuig alweer had uitgewoond. Overal pagina's van de *Post*, papieren koffiebekers, munten en lege zakjes met het opschrift *Goody's Headache Powder* op de vloer. Zuchtend stak Mikhal Lammeck de handen uit de mouwen.

Tijdens de rit vroeg Dag eindelijk: 'Oké, vertel het me maar.'

'Wat weet je al?'

'Het enige wat ik tot nu toe weet, is dat Reilly me vanmorgen belde met de opdracht een apenpak te gaan kopen en met u mee te gaan naar de ambassade van Luxemburg, in plaats van op straat naar haar te blijven uitkijken. Waarom ik dit moet doen – ik mag barsten als ik het weet. U zult er echter wel weer een reden voor hebben, professor. Goed of slecht, maar een reden hebt u altijd.'

Lammeck keek opzij naar Dag en bewonderde hem even. Deze benige, magere man had drie Duitse schildwachten in de bossen van Frankrijk gedood om te ontsnappen. Dag was een harde noot om te kraken, maar aan lef ontbrak het hem nooit. En hoewel het hem ontbrak aan subtiliteit, was hij plichtsgetrouw en op een koppige manier loyaal. Hij was in staat iemand te doden, maar was zelf ook bereid te sterven. Dat maakte hem heldhaftig.

'Er zijn maar twee soorten mensen die Roosevelt te spreken krijgen. De elite en de kleine man. Zij die dienen en zij die zich laten bedienen. Ik heb zo'n idee dat Judith op beide paarden wedt. Ze probeert dus beide invalshoeken. Vanavond zijn we bezig met de eerste invalshoek.'

'Denkt u dat ze de een of andere ambassadeur heeft gelijmd of zoiets?'

'Geen idee. Ik wil echter dat Judith, overal waar ze opduikt, een paar agenten van de geheime dienst te zien krijgt. Ik wil haar dwingen de weg van de minste weerstand te kiezen. Zo kunnen we haar vinden.'

'En waar zal dat precies zijn?'

'Ik durf er geen slag naar te slaan.'

Dag haakte geërgerd zijn wijsvinger achter zijn strakke boord. 'U hebt er ook geen verdomd idee van waarmee u bezig bent, is het wel, professor? Dat was al zo vanaf het eerste begin.'

Lammeck grijnsde. Tot zijn verrassing grijnsde Dag terug.

Bij de ambassade weigerde de geheim agent zijn sleutels aan de tiener te geven die auto's mocht parkeren. Hij zette zijn auto recht voor het gebouw en liet hem daar, zwaaiend met zijn legitimatiebewijs.

'O nee,' zei hij tegen Lammeck. 'Geen tiener krijgt mijn sleutels nog. Niet na die achtervolging.'

Het tweetal beklom de bordestrappen van de Luxemburgse ambassade, aan alle kanten omgeven door officieel geklede, geparfumeerde dames en heren. Hoewel Luxemburg nog bezet was door de Duitsers, hadden de zojuist bevrijde Nederlanders deze ambassade bemand gehouden, naast hun eigen ambassade, gefinancierd met geld uit de koloniën. Sinds vorig jaar augustus, toen Parijs was bevrijd, was de Franse ambassade weer in haar volle luister heropend. De Russische ambassade had iedere week wel een nieuwe zege op de nazi's te vieren. De Britse delegatie organiseerde weelderige feesten om mee te kunnen komen in het laatst overgebleven gebied waarin zij in Washington de toon konden aangeven: het sociale netwerk. De vele Latijns-Amerikaanse ambassades, vóór de oorlog vrijwel genegeerd, deden nu hun best het Washington naar de zin te maken tegenover zoveel Europese ambassades die hun kroonluchters volop lieten branden. Lammeck, die op het punt stond zijn eerste ambassadereceptie mee te maken, had geen idee gehad van de omvang van het Washingtonse streven om zich ook op dit gebied te laten gelden.

Lammeck en Dag werden bij de deur verwelkomd door een knappe, jonge ambassademedewerker die slechts vluchtig kennisnam van hun uitnodigingen. De jongeman trok wel zijn wenkbrauwen op bij het zien van Dags geheime dienst-badge voordat hij hen naar een gastenboek verwees. Binnen hielden veel diplomaten en hun dames zich onledig met dansen, roddelen en converseren. Ze verruilden hun lege champagneflûtes voor volle en aten en lachten naar hartenlust. Lammecks optimisme, toch al op een laag pitje, ebde weg. Reilly had gelijk. Het was absoluut onmogelijk dit soort dingen te bewaken. En er waren op deze zaterdagavond nog twee andere grote ambassadefeesten en pakweg tien cocktailparty's aan de gang, in een gebied met een straal van vijfhonderd meter elders in Massachusetts Avenue en Sixteenth Street. Daar lieten andere agenten hun gezicht zien, maar het was inderdaad en gargantueske klus. In deze wereld van zijde kon Judith overal zijn.

'Jezus,' hijgde Dag toen ze de grote zaal betraden. Hij staarde naar de duur gekapte dames in lange avondjurk en begon zich op te doffen. Hij trok niet langer aan zijn boordje of de rest van zijn smoking. Hij streek een hand door zijn haar.

'Dag, luister,' riep Lammeck hem toe om het geluid van een vijfmans-jazzband en het internationale geroezemoes te overstemmen. 'Er zijn hier op dit moment zo'n vierhonderd mannen en vrouwen...'

Dag bleef naar de dansende, vrolijke menigte kijken, een aantrekkelijk gezelschap.

'Dag!'

Met een ruk draaide Dag zijn hoofd om naar Lammeck. 'Ja, ja.'

'Er zijn hier vierhonderd mannen en vrouwen, maar hooguit een stuk of tien hebben een kansje om in Roosevelts buurt te komen. Ik loop het gastenboek door om te zien wie er zoal zijn. Leden van het Huis van Afgevaardigden, leden van de presidentiële staf, beroemdheden, ambassadeurs – iedereen die meteen opvalt. Zoek jij de gastheer en laat hem je badge zien. Meng je in wat gesprekken en laat merken dat de geheime dienst aanwezig is. En in godsnaam, ik vraag het je, als je niet vriendelijk kunt zijn, wees dan alsjeblieft beleefd.'

Dag spuwde in zijn handen en wreef ze over elkaar, alsof hij op het punt stond bomen te gaan vellen. 'Reken maar, professor. Ik heb het helemaal door. Beleefd zijn!' lachte Dag, en hij liep weg. 'Komt dik voor mekaar.'

8 maart
Washington DC

Judith sloot het deurtje van haar postvak. Ze liep naar het loket en annuleerde het postvak. Deze ochtend droeg ze haar ambtenareskleren: een korenbloemblauwe wollen rok met bijpassend jasje en een witte blouse. Op de linkerlapel droeg ze het *March of Dimes*-speldje, boven een anjer van blauwe zijde. Op andere dagen was ze in haar dienstbode-uniform het postkantoor binnengestapt. De oude zwarte postbeambte achter het loket glimlachte terwijl hij de paperassen afhandelde. Hij vroeg of ze soms ging verhuizen. 'Waarschijnlijk,' zei Judith. Hij zei dat hij haar zou missen. 'Ik weet niet goed raad met jou, meisje.'

'Als je dat wél wist, zou ik met je moeten trouwen óf je doodmaken,' antwoordde Judith glimlachend.

De man grinnikte. 'Misschien kunnen we het combineren. Zolang je me maar langzaam doodmaakt.'

Ze gaf hem een knipoog.

De ochtenden in het District of Columbia waren eindelijk zonniger en dus warmer geworden. De ontloken krokussen en narcissen gaven de aarde die zo lang hard en brokkelig was gebleven weer wat kleur. Judith had een hekel aan de kille, sombere ochtendschemering van de Midden-Atlantische winter. Het beton en marmer van de stad hielden de kou tot laat in de dag vast. Ze miste de verre Afrikaanse siërra's en de warmte van haar eigen huis.

Judith liep naar haar auto op het parkeerterrein van het postkantoor. Ze reed vijf huizenblokken naar het westen en ontdekte al snel een parkeervak in Fifteenth Street, vanwaar ze een onbelemmerd uitzicht had op zowel de oost- als zuidpoort van het Witte Huis. Ze verliet de auto om koffie en een krant te kopen.

Vandaag zou Judith niet naar een van de Tench-residenties gaan om er te werken. Het ongelukkige echtpaar was nog niet in de stad en zou niet voor het midden van de maand terug zijn. Met de *Post* opgevouwen onder haar arm en een beker koffie die haar handpalm verwarmde wandelde ze om het Witte Huis heen en gluurde tussen de spijlen van het ijzeren hek door naar de agenten van de geheime dienst die langs het gazon patrouilleerden, compleet met waakhonden en automatische geweren. Roosevelt moest terug zijn in zijn fort.

Er was in deze operatie iets veranderd. Iemand probeerde haar een bepaalde kant op te dringen.

Uit Newburyport was al zeventien dagen geen nieuws meer gekomen.

Ze keerde het Witte Huis de rug toe en begon in oostelijke richting door Pennsylvania Avenue te lopen. Ze liep op haar gemak, af en toe een teugje nemend van haar koffie, terwijl ze zich een weg zocht door de stroom ambtenaren die op weg waren naar hun bureaus op het ministerie van Industrie, de Rekenkamer, de Belastingdienst, het ministerie van Justitie en het ministerie van Handel – allemaal zij aan zij aan dezelfde avenue. Boven de hoofden van de wemelende mensenmassa op de trottoirs vulde het Amerikaanse Capitool de hele horizon van de brede avenue, als een soort reus aan het andere einde van een wip. Judith was niet onder de indruk van de magnitude van Amerika en zijn nationale hoofdstad, met haar obelisken en torens, standbeelden en andere monumenten, massale verkeersstromen en horden ambtenaren. Ook niet van de vele agenten van de geheime dienst die jacht op haar maakten. Met hén leverde ze geen strijd om het leven van Roosevelt. Iemand die net als zij probeerde op de achtergrond te blijven, zette haar de voet dwars.

In een strijd van een tegen een, zoals deze, ging het er eerst en vooral om het wapen te vinden. Negeer de hele rest, maar vind het wapen.

Ze vermoedde wel wie het moest zijn: de specialist, de man die de geheime dienst erbij had gehaald. Het was die grote, knappe man die naast de agent in de gekreukelde jas de inauguratie had bijgewoond. In gecodeerde brieven had de oude vrouw in Newburyport Judith alles geschreven wat ze over hem te weten had kunnen komen, totdat haar stem tweeënhalve week geleden was verstomd – ongeveer het moment waarop de beveiliging rond de president was verdubbeld.

Aan de oostkant van het Capitool stond de Library of Congres. In dit labyrint van zalen vol boekenstellingen, bureaus en leren fauteuils was het een eenvoudige zaak om de doctorale scriptie van doctor Mikhal Lammeck op te vragen en in ontvangst te nemen.

De avondschemering rond Judiths Chevrolet verdichtte zich. Eens te meer waagde de president zich niet uit zijn ambtswoning voor een van zijn middagritjes. Sinds zijn terugkeer van de Krim, nu negen dagen geleden, had Roosevelt het Witte Huis-complex alleen verlaten voor de begrafenis van zijn oude vriend Pa Watson, een toespraak tot het Congres, de volgende dag, en een treinreis voor een weekeinde elders, waarvan hij de vorige avond was teruggekeerd. Bij zo weinig blootstelling behield Judith het geduld van een geboren jager. Ze wist dat de man op een gegeven moment tevoorschijn moest komen en haar ergens heen zou leiden, en dat zou de sleutel zijn. Tenzij ze eindelijk toch een weg naar zijn persoon vond. Hoe het ook zij, deze strategie – voorbereiden, afwachten en gebruikmaken van de geringste kans die zich voordeed – had haar altijd succes opgeleverd.

Deze avond echter, op de uitkijk in haar auto, voelde Judith een vreemd gevoel van spanning in haar buik. Het was geen gewaarwording die werd opgeroepen door angst, maar het kon er de kiem van zijn. Ze kroop erin, probeerde het te doorgronden. Bezorgdheid, ja, vermengd met een beetje nieuwsgierigheid. Nooit eerder in haar loopbaan had iemand haar nadering bespeurd, laat staan dat er van tevoren jacht op háár was gemaakt.

Gedurende de ochtend en middag had Judith in de congresbibliotheek veel van Lammecks publicaties gelezen. Hij was, onmiskenbaar, een expert in de geschiedenis van haar handwerk. Ook was hij, volgens een artikel in *The New York Times*, hoogleraar aan de St. Andrews University. Nu was hij in Washington, hierheen gesleept door de geheime dienst. Op grond van zijn buitengewone expertise en zijn voor de rest onverklaarde aanwezigheid, eerst in Newburyport en nu in Washington, was Judith ervan overtuigd geraakt dat hij het brein was achter de pogingen van de geheime dienst om haar op het spoor te komen.

Altijd goed voor een hoogleraar, dacht ze, een beetje ervaring in het veld.

Ze bewonderde zijn veelomvattende kennis en zijn scherpe analyse van de effecten van politieke moorden in de loop van de bekende geschiedenis. De kern van Lammecks commentaren was een opmerkelijke stelling – voor haar des te opmerkelijker omdat ze er zelf precies zo over dacht.

Volgens Lammecks proefschrift, geschreven voor zijn doctoraal aan de University of Rhode Island, had de wereld twee soorten politieke moorden gekend: enerzijds moorden die de loop van de geschiedenis stabiliseerden, en anderzijds moorden die haar ontwrichtten. Lammeck was van oordeel dat een moord een oogmerk van de geschiedenis diende door aan de hogere eisen van tijd en plaats te voldoen, óf om de loop van de geschiedenis te verstoren. Alleen dankzij het heldere zicht dat door tijd en afstand werd gecreëerd werd het effect van iedere politieke moord – of het gebrek aan effect ervan – zichtbaar voor de historicus.

Vooral interessant vond ze dat de professor opperde dat de geschiedenis zelf in de verstreken millennia – doelgericht óf lukraak – op verbluffende manieren op dit soort moorden had gereageerd. Volgens hem effende de geschiedenis zelf de weg voor moorden die zij goedkeurde. Om die stelling te verdedigen maakte Lammeck ruimschoots gebruik van de geschiedenis van het oude Rome, de Europese koningshuizen en Judiths eigen bloedige Midden-Oosten. De onzichtbare hand van de geschiedenis, zo betoogde hij, liet vaak een deur open in plaats van op slot, een schildwacht slapen, een paard struikelen of een dichte mist optreden, met negatieve gevolgen. In de meeste gevallen volgden de leidende figuren en gebeurtenissen die na een politieke moord op de voorgrond verschenen slechts in allerijl het pad naar een politieke onvermijdelijkheid die door de geschiedenis was voorbeschikt.

En wat de tweede categorie betrof – moordenaars die door Lammeck als *wild cards* werden betiteld en meenden dat zij met een kogel, dolk of een paar dodelijke druppels de loop der geschiedenis konden veranderen – , hun daden leken er nog minder toe te doen. De geschiedenis leek soms even aan het wankelen gebracht, maar ze hervond zichzelf altijd tijdig genoeg om die moordenaars te verstoten, zodat ze tot gewelddadige weeskinderen werden gereduceerd. In de regel struikelden deze moordenaars zelf over dezelfde soort van merkwaardige coïncidenties, hetgeen op zichzelf ook weer een bewijs was van de onzichtbare hand van de geschiedenis. Met dergelijke ongewenste, niet-ingecalculeerde moordenaars werd korte metten gemaakt, en zij raakten in het vergeetboek. Dat wil zeggen, totdat ze door professor Lammeck werden herontdekt en vereeuwigd.

Lammecks conclusie: de geschiedenis laat zich niet gemakkelijk van haar koers afbrengen.

Judith zelf had vaak genoeg profijt getrokken van omstandigheden die 'toevallig' leken: een deur op een kier, een dronken bewaker, een slapende hond. De geschiedenis had haar altijd begunstigd. Dat gaf haar de zekerheid dat zij Roosevelt zou doden. En ze voelde dat deze formidabele professor haar er ook toe in staat achtte.

Judith wachtte in haar auto. Ze luisterde urenlang naar haar op één na favoriete radiozender, de WMAL, waar meer op werd gepraat. Ze hoorde het bericht dat Hitler de volledige verwoesting van Duitsland had bevolen: iedere winkel, elke fabriek en alle elektrische leidingen, met de bewering dat zijn natie het voortbestaan niet waard was als zij de oorlog niet won. De Russen waren op Hitlers voordeurdrempel bezig drie enorme legers samen te trekken aan de rivier de Oder, de grens tussen Polen en nazi-Duitsland. Ten westen van Berlijn hadden Amerikaanse strijdkrachten zich langs de Rijn samengetrokken. Een Lockheed Constellation had een snelheidsrecord gevestigd voor de route New York – Parijs. De genomineerde die als favoriet voor de volgende week uit te reiken Oscar voor de beste film werd beschouwd, was *The Lost Weekend*; en de hoofdpersoon in die film, Ray Milland, was de voornaamste gegadigde voor de Oscar voor beste acteur. Joan Crawford had de beste papieren voor beste actrice, in de film *Mildred Pierce*.

Tegen zonsondergang tikte Judiths voet de maat op 'Swinging on a Star' van Bing Crosby. Ze startte de Chevrolet en sloot zich aan bij de exodus van ambtenaren en functionarissen, van wie velen in uniform, die door de straten van de stad op gang kwam. Roosevelt zou vandaag niet te zien zijn. En zelfs al zou hij dat wel doen, op dit late tijdstip, dan nog was Judiths belangstelling op iets anders gericht.

Ze reed naar het hotel waarheen ze Mikhal Lammeck na de inauguratie, zeven weken geleden, was gevolgd, het Blackstone. Ze nestelde zich diep in haar bruine wintermantel en wollen deken, om zichzelf warm te houden bij de dalende temperatuur. Ze at wat druiven uit een papieren zak en vroeg zich af of hij nog altijd op dit adres zou logeren, slechts drie huizenblokken ten noorden van het Witte Huis. Op het antwoord hoefde ze niet lang te wachten: toen het laatste zonlicht plaatsmaakte voor het licht van de straatlantaarns kwam Lammeck naar buiten. Alleen.

De professor droeg een smoking onder zijn winterjas. Judith vroeg zich af wat hij zou doen als hij wist dat ze hem observeerde. Hij was een beer van een man die slechts een beetje werd verfijnd door zijn baard, strikje en chique overhemd. Met soepele bewegingen stapte hij in zijn Chevrolet, natuurlijk een overheidsauto.

Judith volgde de Chevrolet toen die het parkeerterrein afreed. Vanwege de smoking en het tijdstip van vertrek had Judith wel een vermoeden waar Lammeck heen op weg was – en ze had gelijk.

Massachusetts Avenue. Ambassy Row – de rij van ambassades. Ze volgde hem niet verder. Vanavond was dat niet meer nodig.

Maar de professor was bezig haar te achterhalen.

Toen Mrs. P. thuiskwam, vond ze Judith in haar schommelstoel, gewikkeld in de lappendeken die de vrouw haar had geleend. Judith stond op om de oude vrouw haar stoel terug te geven. Mrs. P. stak afwerend een hand op. 'Blijf zitten, ik kom zo buiten.'

Judith schommelde wat, over de daken heen starend naar de koepel van het Capitool, bekroond door het Vrijheidsbeeld. De lichten van de stad overschreeuwden de sterren en de hemel strekte zich homogeen uit. Op haar pantoffels en in een ochtendjas kwam Mrs. P. terug naar de veranda. Ze legde een roze deken om haar schouders. Judith keek toe hoe ze zich op het verandatrapje installeerde. Mrs. P. haalde haar tabakspijp tevoorschijn en stak er de brand in. Judith inhaleerde tweedehands rook en snakte naar een rokertje of zelfs iets van haar eigen hasjiesj, maar zette dat idee van zich af.

De oude vrouw deed haar mond niet open voordat ze een paar keer luidruchtig aan de pijp had gelurkt. Zwijgend staarde ze naar dezelfde hemel als Judith. Ze wachtte af. Uiteindelijk zei Mrs. P.: 'Weet je dat ik ooit een echtgenoot heb gehad?'

'Dat wist ik niet, nee. Hebt u ook kinderen?'

'Ja. Twee stuks. Die zijn allang groot. Mijn dochter woont in Kansas City. Van mijn zoon weet ik het niet.'

Judith schommelde en het zachte piepen van de schommelstoel vulde de stilte. De kop van de pijp gloeide rood op in de hand van Mrs. P. 'Heb jij een man, Desiree?'

Judith slikte haar lach in. 'Geen idee. Misschien wel.'

De oude dienstbode lurkte aan haar pijp en bestudeerde de hemel. Er liep niemand op straat. Ergens in het huis speelde een platenspeler een ballade, gezongen door jazzzangeres Billie Holiday. 'Jij gaat me toch niks vertellen over die mister Tench. Ik wil niks weten over hem en jou.'

'Nee, mevrouw. Met hem is het voorbij. Iemand anders.'

'Da's goed. Je werkt toch niet ook bij déze man? Of wel?'

'Nee, mevrouw.'

'Alleen neuken?'

Judith onderdrukte een nieuwe lach. 'Nee, mevrouw.'

'Goed zo. Eerst mekaar leren kennen.'

Judith schommelde wat, op zoek naar iets wat ze kon zeggen.

'We gaan naar feestjes.'

'Da's leuk. Om met je te pronken?'

'Volgens mij doet hij vreselijk zijn best om mij te leren kennen.'

Mrs. P. nam een lange haal van haar pijp en liet een peinzende wolk los. 'Begin je hém al te kennen?'

'Het begin is er. Hij is heel indrukwekkend. Buitengewoon intelligent. Een beetje angstaanjagend, zelfs.'

'Ik geloof niet dat dát goed is – een vrouw die bang is voor haar man. Ik was zelf veel te bang voor mijn Earl.' Grinnikend voegde ze eraan toe: 'En met recht, zo bleek het. De man haalde zichzelf gevangenisstraf op de hals. Hij had bijna in een gevecht een andere man doodgeslagen.'

'Waarom?'

'Om mij.'

Mrs. P. hief haar pijp op naar de avondlucht, een soort eresaluut. Of, dacht Judith, een verontschuldiging?

In het donker draaide Mrs. P. zich om naar Judith. 'Heb jij ook wat aan hém? Sommige kerels, die willen alleen dat een vrouw hen aan hun gerief laat komen, maar iets ervoor terugdoen? Ho maar! Dat soort kerel moet je niet willen. En de meesten zijn zo.'

'Jawel, mevrouw, ik heb veel aan hem. Hij maakt me beter dan ik ben. Bij hem moet ik steeds op mijn tenen lopen.'

Dat beviel Mrs. P. Ze probeerde na een nieuwe haal te vlug iets terug te zeggen en bracht haar eerste twee woorden hoestend uit. 'Klinkt goed. Doe jij hetzelfde voor hem?'

'O, reken maar, mevrouw. Ik ben er zeker van.'

'Nou nou, is me dat goed voor jou, Desiree. Misschien kom je op die manier weg van deze wrakkige veranda en ben je op weg naar waar je hoort te zijn. Jij bent er niet voor in de wieg gelegd om het huis van Mrs. Tench schoon te houden, dat weten we allebei. Zorg dat je vooruitkomt. Misschien breng je je nieuwe vriend nog eens mee, hierheen. Dan kan ik kennis met hem maken.'

'O, dat weet ik niet, Mrs. P. Ik ben bang dat dát nooit zal gebeuren.'

De oude vrouw verstarde. Ze wipte haar brede achterste op en greep de punten van haar roze deken om te verhinderen dat hij van haar af viel. 'Nou, en dát staat mij helemaal niet aan. Een kerel die je niet mee kunt nemen naar je vrienden. Hmm-mmm, nee mevrouwtje. Een kerel die je niet kunt laten zien waar je woont? Desiree, dat deugt niet, nee. Jij hebt een vent nodig bij wie je jezelf kunt zijn. Jij bent iets bijzonders, schatje, met al je geheimzinnige doen en laten en die plannetjes van je. Jij hebt een goed stel hersens, liefje. Jij bent ánders – en een vent moet dat kunnen zien, ongeacht waar je woont en ongeacht wat je doet voor de kost.' Mrs. P. maakte brede gebaren met haar pijp om haar betoog te onderstrepen. 'Nee, meisje, kom me nou niet vertellen dat die vent van je mij niet mag zien. Hmm-mmm.'

Judith wachtte totdat Mrs. P. haar zegje had gedaan.

'Luister, zodra jij me over deze kerel begon te vertellen… dat hij jóu beter zou maken, alsof jij voor hem niet goed genoeg bent zoals je bent? Kijk, dit is nou het soort onzin dat jou belet vooruit te komen. Zo'n vent had ik dus ook. Ik keerde Earl mijn rug toe, maar hij kwam achter me aan en werkte zichzelf de nor in. Z'n verdiende loon. Mij kan het geen moer schelen waar ik in een verdomde bus moet zitten. Geen kerel zal ooit de baas over mij spelen en tegen míj zeggen dat hij niet met mij mee naar huis kan komen om kennis te maken met mijn vrienden. Dat soort kerel moet je lózen. Smijt eindelijk die ketenen van je af, meid.' Mrs. P. knipte met haar vingers en was klaar met haar vermaningen. Ze stelde zich nu tevreden met stilletjes lurken aan haar pijp.

Judith schommelde en dacht na. De beide vrouwen zaten lang genoeg om Billie Holiday nog een nummer te horen zingen, ergens tussen de dunne muren van het huis. Een groep kinderen kwam de straat in. Mrs. P. groette ze met 'Hallo, kindertjes.' Judith zei niets.

Toen ze voorbij waren, zei ze zacht: 'Neem me niet kwalijk, Mrs. P. Ik bedoelde helemaal niets met wat ik zei.'

De oude vrouw bleef van haar weg kijken. 'Geeft niet. Jij doet maar wat je moet doen.'

Judith liet een minuutje verstrijken voordat ze uit de schommelstoel opstond. Ze posteerde zich achter de oude vrouw en legde een hand op haar schouder. 'Neem uw stoel, Mrs. P. Ik ga naar binnen. Bedankt.'

Mrs. P. aarzelde, voordat ze haar eeltige hand op die van Judith legde. Ze kwam overeind en installeerde zich met een lange zucht in haar schommelstoel. 'Wilt u morgenochtend meerijden?' vroeg Judith. Ze stond in de schaduw van de veranda. 'Zodat u niet met de bus hoeft?'

Mrs. P. grinnikte. 'Lijkt me fijn, Desiree. Dank je.'

Judith deed alsof ze naar binnen wilde gaan. Toen zei ze: 'O, en ik had graag de sleutels van het huis van de Tenches, en van dat in Georgetown ook. Morgen zit ik wat ruim in m'n tijd en ik wil al het zilver gepoetst hebben voordat ze terug zijn.'

'Mij best.'

'Ik zal ook de post weer oprapen. Waarschijnlijk ligt alles over de vloer.'

'Ja, dat weet je.'

'Mrs. P.?'

'Meisje, ga naar binnen. Je hoeft niks meer te zeggen. We zijn eruit.'

'Ik wilde u alleen nog één ding zeggen.'

'En dat is?'

'U hebt gelijk – hij belemmert mij om vooruit te komen.'

De oude vrouw begon te schommelen, tevredengesteld. 'Nou, in dat geval,' zei ze, 'weet je wat je te doen staat.'

13

9 maart
Washington DC

Lammeck werd vroeg wakker, stinkend naar sigarettenrook. Of het was een kroeglucht, feitelijk, een mengeling van bier en as, maar zonder de mokerslagen in het hoofd. Voordat hij overeind kwam van zijn kussen, rook Lammeck aan zijn oksels. Douchen was niet overbodig.

In de badkamer draaide hij de warme kraan open en poetste zijn tanden terwijl de stoom de tegels verwarmde. Met een zekere afkeuring bekeek hij zichzelf in de spiegel. Zijn wangen waren slap, zijn blote buik vulde heel zijn knijpende handen. Vandaag was het op de dag af twee maanden terug dat hij in Washington was aangekomen. Al die tijd had hij zich niet één keer in het zweet gewerkt. Al zijn tijd had hij doorgebracht in vliegtuigen en auto's, op trottoirs en in fauteuils. Hij miste zijn studenten, zijn studie en zijn wapens, zijn research en het manuscript van zijn boek.

Terwijl hij in de douchecel stapte, overpeinsde hij zijn laatste strategie. De afgelopen week was hij naar zesentwintig ontvangsten en cocktailparty's geweest. Iedere keer had hij, nadat hij zijn geheime dienst-machtiging had getoond, Dag de menigte in gestuurd, als een speurhond in de struiken, en had hij zelf zijn meest argwanende, onderzoekende gezicht opgezet, alsof hij wist waarnaar hij zocht. In plaats van onderhoudend te converseren en plezier te putten uit zijn werk, streek hij iedereen met wie hij praatte tegen de haren in. Hij kon er niets aan doen: hij moest erachter zien te komen of deze mensen wel op dit feest thuishoorden en zo ja, wie hadden ze als hun gast meegenomen? Het was zijn bedoeling de tongen in beweging te krijgen, in de hoop dat een voelhoren zou doordringen in Judiths schuilplaats, opdat zij zich zou terugtrekken of de volgende, gedurfde zet zou doen. Overal in Massachusetts Avenue begonnen ze hem al bij de ingang te herkennen als een ongewenst omen, een soort kraai op een bruiloft.

Lammeck zeepte zichzelf in en greep zijn zwembanden nog eens beet om ze op te tillen. Hij schudde het hoofd en spuwde in de douchebak. Ik hou dit niet vol, dacht hij.

Waarom zou ik ook? vroeg hij zich af. Voor Roosevelt? Een president die, te oordelen naar de kranten, half Amerika niet meer kon luchten of zien? Een man die vier jaar lang zijn land werkeloos had laten toezien hoe Duitsland heel Europa terroriseerde, tegen een prijs die niemand ooit zou kunnen berekenen? Een man die nu, bezig aan zijn vierde termijn, te moe leek om nog te kunnen regeren, nu hij zichzelf tot een soort koning had gemaakt?

Lammeck dacht aan het duo Gabčik en Kubiš en realiseerde zich nijdig dat hij sinds zijn aankomst in Amerika nauwelijks nog aan die twee dode helden had gedacht. Hij mocht zichzelf niet toestaan hen te vergeten; dat zou overeenkomen met verdwalen in de jungle. De Verenigde Staten waren die jungle en Mikhal Lammeck realiseerde zich dat hij al verdwaald was geraakt.

Trouwens, waarom zou hij ermee door blijven gaan de geheime dienst deze zaak te laten monopoliseren? Waarom de FBI er niet bij gehaald? Hoover beschikte over veel meer mankracht; de FBI was een rechercheorgaan dat vrees inboezemde. Waarom zou hij, Lammeck, zich voor het karretje van Reilly's territoriumgevecht laten spannen? Wat hadden Reilly, Mrs. Beach en Dag voor hém gedaan, behalve hem gebruiken voor deze heksenjacht, weg van zijn eigenlijke werk in Schotland? Zelfs als hij erin mocht slagen Judith op de een of andere manier tegen te houden, dan nóg zou er nooit een officieel woord over bekend worden. De hele zaak zou hoe dan ook onder de roos worden gehouden en Roosevelt zelf zou er misschien nooit iets van aan de weet komen. Amerika's dank zou bestaan uit een handdruk van Reilly en een vliegticket terug naar Schotland. Jaren later, misschien, zou iemand op een geheim dossier stuiten en erover gaan schrijven.

'Nog wat langer dan maar,' gromde hij onder de sproeiende douchekop. Daarna zou hij de handdruk overslaan en zonder meer terugvliegen naar huis. Ze mochten Hoover achter Judith aan sturen. Of misschien Mrs. Beach.

Lammeck snoof bij de voorstelling van de twee vechtende vrouwen en koos in zijn verbeelding partij voor de moordenares.

Hij stapte uit de douchecel en begon zich af te drogen. En als we haar vinden, wat dan? Zal ze de kans krijgen haar mond open te doen?

Nee. Dag zou haar doden.

Lammeck liep de badkamer uit. Naakt begon hij een gesprek met Judith te spinnen. Waar zou hij beginnen? Hoe zou zo'n ontmoeting verlopen? Hij zag zichzelf naast haar, voor het doel van zijn dagdroom onbekommerd om haar uiterlijke verschijning. Het zou overeenkomen met een gesprek met John Wilkes Booth, Cesare Borgia of Brutus. Hij zou haar vragen...

Hij keek op de klok. Tweeëntwintig minuten over zeven. Er was een envelop onder zijn deur door geschoven, in een zwierig handschrift geadresseerd aan

Prof. dr. Mikhal Lammeck, Kamer 540.

Hij wikkelde de badhanddoek om zijn middel en ritste de envelop open. Er viel een gekalligrafeerde uitnodiging in zijn hand. Boven aan de kaart prijkte het wapen van een ambassade. Het was een invitatie op geschept, ivoorkleurig papier.

Drager dezes is uitgenodigd voor een diplomatieke ontvangst aan de ambassade van Peru, hedenavond om zeven uur.

Ongeduldig kleedde Lammeck zich aan. De liftbediende bracht hem omlaag naar de foyer van het hotel. Er hingen daar maar een paar mensen rond, in leren fauteuils, met een rokende sigaret en de uitgespreide ochtendkrant tussen de handen. Lammeck liep naar de receptionist. De man, mager en met een pokdalig gezicht, keek op. 'Goedemorgen, professor Lammeck.'

'Jock. Heb jij zo-even deze envelop naar mijn kamer laten brengen?'

'Ja, sir. Het spijt me als we u hebben gewekt.'

'Daar gaat het me niet om. Weet je nog wie jou dit heeft gegeven?'

'Natuurlijk, sir. De envelop werd hier vanmorgen om een uur of tien afgegeven door een negerin.'

'Hoe zag ze eruit, Jock? Dit is buitengewoon belangrijk.'

De receptionist aarzelde niet. 'O, ik heb haar heel goed gezien. Ik schat dat ze ongeveer zo lang was...' zijn vlakke hand bevond zich ter hoogte van zijn schouders, ongeveer één meter achtenvijftig, één meter zestig. 'Ze was aardig om te zien, een kleurlinge. Zo te zien, wat zal ik zeggen, een jaar of zestig of zo. Misschien nog ouder. Moeilijk te zeggen, met die oudere negerinnen van tegenwoordig. Ze was dik. Niet corpulent, zoals sommigen, maar echt plomp, u weet wel. Ze droeg een afgedragen wintermantel...'

'Heeft ze iets gezegd?'

'Nee, sir. Ze smeet gewoonweg die envelop op de balie en liep weg.'

'Heb je gezien waar ze heen ging? Stapte ze in een auto?'

'Geen idee, professor. Ik lette er niet zo op. Ik sta hier al sinds middernacht…'

Lammeck bedankte de receptionist en liep terug naar de lift. De vrouw die Jock hem had beschreven kon Judith niet zijn. Eén meter zestig, plomp en zestig of ouder? Dat fraaie, krullende handschrift op de envelop stamde vermoedelijk niet van de vrouw die de uitnodiging had afgeleverd.

Wie kon de uitnodiging hebben verstuurd? Reilly? Mrs. Beach? Zou een van die twee een negerin van in de zestig hebben gestuurd om de invitatie af te leveren? Of Dag? Wie wist verder nog waar Lammeck logeerde, of had daar belangstelling voor? Als Judith erachter zat, moest ze hem verdomd dicht op de huid zitten. Dan kende ze zijn hotel en wist ze dat hij naar haar op zoek was. Maar… als ze dat soort dingen wist, wat zou ze dan nog meer weten?

Lammeck ging terug naar zijn kamer en ging op het bed zitten. Hij overwoog of hij Dag zou bellen om hem te zeggen wat er was gebeurd. Hij probeerde te bedenken wat er hierna zou gaan gebeuren. Dag zou erop staan dat ze vanavond samen naar de Peruaanse ambassade zouden gaan, maar met man en macht, zodat gewapende agenten iedere in- en uitgang konden bewaken. Als dit Judith was, zouden ze haar betrappen, doden en ervan uitgaan dat alles achter de rug was.

Echter, wat zou er gebeuren als Judith lucht kreeg van Dag en diens achterdochtige, gevaarlijke en starre collega's, zodat ze zich niet liet zien? Als ze hém uit de weg wilde ruimen, waarom zou ze hem dan 'uitnodigen' naar een openbare gelegenheid als een ambassade-ontvangst? Als zij het Blackstone Hotel kende, moest ze hem hebben gevolgd. Ze kon hem op pakweg duizend andere tijdstippen en plaatsen elimineren als hij zoiets het minst verwachtte, zodat het risico van ontdekking voor haar vrijwel nihil zou zijn, of waar de kans dat de geheime dienst een net om haar heen zou leggen het geringst was. De enige intelligente reden – en uitzonderlijk intelligent was ze – was dat ze een ontmoeting wilde arrangeren, voor een gesprek. Zou ze zichzelf willen aangeven? Onwaarschijnlijk. Wat wilde ze van hem, Lammeck? Wat voerde ze in haar schild?

Maar stel dat deze envelop níet van Judith afkomstig was. Stel dat hij gewoon was wat hij leek: een uitnodiging van een Peruaanse diplomaat of zelfs deze of gene vrouw – of man – die genoeg belangstelling voor hem had opgevat om zijn hotel op te sporen en een rendez-vous te regelen?

Lammeck bedacht verscheidene onschuldige redenen achter de invitatie. Een paar ervan waren griezelig, maar Judith speelde er geen rol in. Als een van deze scenario's klopte, zou hij bij Dag en Reilly nog meer inboeten aan geloofwaardigheid dan hij ooit zou kunnen herwinnen. Ze zouden wellicht zijn wens honoreren en hem naar huis sturen. Dat zou een terugtocht zijn, in omstandigheden en op een tijdstip die hij niet zelf had verkozen. Hij was voor deze jacht niet helemaal naar Massachusetts gekomen om zich te laten afdrogen door Mrs. Beach, waarna ze hem met zijn staart tussen de benen zouden terugsturen naar Schotland. In geen geval.

Hij zou naar de Peruaanse ambassade gaan, vanavond. Hij zou zich op de achtergrond houden en voorzichtig zijn, zodat ze hem niet in de rug kon aanvallen. Hij had echter geen andere keus dan er alleen naartoe gaan.

Bij de ingang toonde Lammeck alleen zijn uitnodiging. De kaart werd in de hal in ontvangst genomen door een vrouw met Aziatische ogen en warme handen, die de kaart in een fraai gebeeldhouwd kistje liet vallen. Hij zei alleen dat hij professor Lammeck was en daar scheen ze genoegen mee te nemen. Lammeck kon wel zien dat ze geen benul had van beveiliging; ze verwelkomde met haar fraaie huid en aantrekkelijke glimlach alleen mensen die naar deze ontvangst kwamen, meer niet.

Hij tekende het gastenboek en bekeek de vorige bladzijde. Gene Tierney, Olag Cassini, Mrs. Nelson Rockefeller, voor de rest waren de regels vóór hem gevuld met de namen van senatoren en leden van de society. In een opwelling van ijdelheid schreef hij 'Prof. dr.' voor zijn naam.

Lammeck liep naar binnen en moest zich inhouden voor de rij mensen die de gastheer en gastvrouw wilden begroeten. Zijn zenuwgestel tintelde, op de grens tussen bezorgdheid en opwinding. Voor hem voelde het aan alsof hij op het punt stond een ouderwets duel aan te gaan. Hij was echter geen vechter, zoals Dag, maar een leraar. Zijn oorlogsinspanningen van de afgelopen vijf jaar hadden bestaan uit het in donkere bossen trainen van jonge kerels in het leggen van mijnen, het opstellen van mortieren, het afvuren van sluipschuttersgeweren met geluidsdemper en het aanbrengen van explosieven voor sabotage-acties. Niets van wat hij al die tijd anderen had bijgebracht of zelfs had geleerd kon hem nu helpen. Hij was gewoon om een tweed jasje of een gevechtspak te dragen, maar geen smoking; zijn talenten waren alleen aangescherpt voor collegezalen en schietbanen. De overvolle ambassade was zijn terrein niet. Dit hier was een uitbundig feest – openbaar, met overal scheerwatertjeslucht en parfums. De doelwitten hier rookten, dansten, roddelden en flirtten. Alles en iedereen hier was even hulpeloos, luidruchtig en fel verlicht. Dat betekende dat niets de aandacht trok. Hier beschikte Lammeck over geen enkele bekwaamheid of geen enkel instinct waarop hij kon vertrouwen.

Eenmaal vooraan in de rij schudde hij de Peruaanse ambassadeur de hand. De man was een kop kleiner dan Lammeck en knikte enthousiast naar iedere gast. Na hem kwam de echtgenote van de ambassadeur, die hem met een buiging verder stuurde. Terwijl hij de buiging van de kleine Peruaanse beantwoordde, stelde hij zich voor dat Judith zich in deze rij had geposteerd. Nee, Judith zou deze zaal op dezelfde manier binnenstappen als hij, zonder escorte. Ze zou om zich heen kijken, op zoek naar de beste posities, de vluchtwegen en haar opponent. Hijzelf.

Lammeck voelde zijn hart sneller kloppen. Hij veegde zijn handpalmen af aan zijn jasje. Hij stak zijn handen uit de mouwen om zijn polsen te bevrijden, tastte naar zijn strikje en waagde zich de menigte in.

In deze bomvolle zaal hadden zich op zijn minst vijfhonderd mensen verzameld. Zij was er ook, hij was er zeker van, maar op hetzelfde moment was hij er ook van overtuigd dat hij zich had laten misleiden door zijn zenuwen. Nee, ze was hier niet. Lammecks maag kromp dadelijk ineen van schaamte, in het besef dat hij opnieuw in het ootje was genomen.

Hij liep naar het buffet, nerveus, en monsterde iedere vrouw die hij passeerde of inhaalde en die naar hem opkeek. Hij vergeleek hen met de attributen die Judith zou moeten hebben: zwart haar, lang en gespierd. Hij werd beloond met een glimlach of minachtende trek op het gezicht. Een deel van de begeleiders van deze vrouwen bekeek hem met een blik die een soort territoriumdrang verried. Als Dag hier nu zijn voetstappen had gedrukt, zouden ze met hun tweeën de hele zaal hebben geprovoceerd. De gedachte aan Dag maakte dat Lammeck zich eens te meer afvroeg of hij er wel goed aan had gedaan hier binnen te stappen.

Het buffet bestond uit de gebruikelijke selecties van etenswaren die nog op rantsoen waren, voornamelijk kip, maar alle gerechten waren zodanig bereid en gepresenteerd met een tropisch tintje dat Lammeck aannam dat dit de Peruaanse bereidingsmanieren waren. De open bars waren volop in bedrijf en kelners zigzagden met dienbladen vol champagneflûtes door de mensenmassa. Lammeck verplaatste zich voorzichtig en trok dikwijls zijn schouders in om botsingen met hooggehakte gasten met een vol bord of overvolle martini te vermijden. Hij had alleen aandacht voor de vrouwen en bleef af en toe staan om boven de muziek uit te luisteren en hen grondig te bekijken. In hun ogen, hij was er zeker van, moest hij eruitzien als een gigolo-in-wording. De meeste gasten negeerden hem. Dat kwam hem goed uit, maar hij ervoer het toch als krenkend. Het maakte dat hij zich nog veel minder op zijn plaats voelde. Als hij de gesprekken beluisterde, merkte hij dat er, nu de mode-ontwerper Oleg Cassini aanwezig was, voornamelijk over mode werd gepraat. De vrouwen van Washington hadden genoeg van het dragen van rokken en jasjes, in oorlogsjaren dé truc om de indruk te wekken dat je een uitgebreide garderobe bezat. Ze wilden langere jurken en mantelpakjes waarvan de volumineuze rok tot ruim over de knie viel. Nu Parijs al zes maanden geleden was bevrijd, deden de grote modehuizen weer volop zaken. Er waren zelfs vrouwen aanwezig die een ontwerp van Fath of Balenciaga droegen, en hij hoorde iemand beweren dat ze Schiaparelli had gezien. Lammeck plukte een champagneflûte van een vluchtig onder zijn neus gehouden dienblad. De band begon aan een luidruchtige medley van Glenn Miller-nummers. Hij bleef staan. Hier op zoek gaan naar Judith was gekkenwerk. Als de uitnodiging van haar afkomstig was, zou ze zich in geen geval in deze mensenmassa vertonen – daar was ze veel te intelligent voor. Nee, hij was overduidelijk degene die gelokaliseerd moest worden. Dat zou in vergelijking met haar een eitje zijn. Met zijn lengte en postuur, midden op de dansvloer, veroorzaakte hij een nieuw patroon van dansende paartjes en voorbijkomende groepjes pratende gasten om zich heen. Hij was groter dan iedere andere man die hij in de zaal kon ontdekken. Als Judith naar hem op zoek was, kon ze hem niet missen.

Lammeck dronk nog een glaasje champagne. Hij wisselde blikken met twintig tot vijfentwintig vrouwen, stuk voor stuk goed gekleed. Slechts een paar van die vrouwen droegen de lange Franse ontwerpen waarnaar de andere vrouwen haakten. Hij meende zelfs even een glimp op te vangen van de ongrijpbare Schiaparelli. Een vrouw, een lange brunette die een bril met schildpadmontuur droeg, draaide twee keer om hem heen. Toen ze hem de derde keer leek te passeren, bleef ze voor Lammeck staan, met twee glazen champagne in haar handen.

'Opfrissertje?' vroeg ze.

Lammeck nam de aangeboden flûte aan en zette zijn lege glas op een van de door de menigte dwalende zilveren dienbladen. De vrouw droeg een jurk van zwarte zijde die in een bedrieglijk eenvoudige snit afhing tot op haar enkels. De hals was net diep genoeg uitgesneden om een diamanten halssnoer te tonen; de schouders waren opgevuld en de mouwen hielden even onder de elleboog op. Ze had een zwarte sjerp om haar middel. Buiten de avondjapon was weinig van haar te zien, maar onder die jurk moest ze welgevormd zijn. Ze had geen parfum opgedaan voor zover Lammeck kon ruiken.

Ze hief haar glas om met hem te klinken. Hij aarzelde, zich afvragend waarom hij nu eigenlijk argwaan had. Hij rook even aan zijn champagne en zag haar een verbaasde wenkbrauw optrekken. Gerustgesteld tikte hij met de rand van zijn glas tegen het hare, maar hij nam geen slok. De vrouw dronk wel van het hare – ze dronk het in één teug leeg. Lammeck zette zijn volle glas op het dienblad van een passerende kelner; zij deed hetzelfde met haar lege flûte. Hij beantwoordde de blik uit die blauwe ogen. Ze toonde hem een lachje. Lammeck beantwoordde het niet.

'Zal ik tegen je liegen?' vroeg ze.

Lammeck verstilde op slag. De balzaal om hem heen leek weg te vallen; het schetteren van de jazzband, het geschuifel van de dansers, alle geluiden en beelden in deze grote, pronkerig ingerichte zaal leken op te lossen in het niets totdat hij alleen nog gefocust was op deze vrouw, alsof hij haar voor de gekruiste haarlijntjes van een telescoopvizier had.

'Waar dacht je aan?'

'O, ik zou je een valse naam kunnen noemen. Je een of ander verhaal op-dissen. Daar ben je echter veel te intelligent voor, nietwaar, professor?'

Lammeck monsterde haar. Lege handen. Kleine handtas aan haar schouder. Haar stem sprak de r licht rollend uit, bijna alsof ze een Ierse was. Haar huid had de kleur van nat zand en omsloot strak het krachtige fysiek van een atlete. De kleur van het haar was bruin en zweemde naar koper. Ze had het opgemaakt met zwierige krullen.

'Intelligent? Ik? Ik zou het niet weten. Je had het kunnen proberen; best mogelijk dat ik je had geloofd. Je ziet er niet uit zoals ik had verwacht.'

'Is dat een compliment of een belediging? Eigenlijk dacht ik dat ik er vanavond tamelijk aantrekkelijk zou uitzien. Wilde je zeggen dat je niet had verwacht dat ik zo vrouwelijk zou zijn?'

Lammeck zweeg.

'Bevalt de japon je? Het is een Hattie Carnegie.' Haar vingertoppen raakten even de diamanten om haar hals aan. 'Ze zijn echt.' Ze boog zich naar hem toe, verleidelijk en ontspannen. 'Allemaal geleend.'

Hij overwoog haar bij de arm te grijpen. Hij herinnerde zich echter de drie lijken in het mortuarium van Newburyport. Otto had geprobeerd haar te overmeesteren en de man was groter en zwaarder geweest dan Lammeck zelf.

In plaats daarvan haalde hij uit met zijn stem. 'Wilde je jezelf aangeven, Judith?'

Bij het horen van haar naam zag hij haar kaak even zakken. Meteen had ze zichzelf weer in de hand. 'Dit is een teleurstelling voor me, professor.

Niet wat jou aangaat, mijn complimenten. Maar wat haar betreft. Zij heeft je mijn naam genoemd?'

'Ze is dood.'

Judith wierp haar hoofd achterover en staarde hem langs haar neus aan, onder de brillenglazen door. 'Heb jij haar gedood, professor?'

'Nee. Ze beet een cyanidecapsule stuk.'

'O, dat is goed. Ik heb nog overwogen haar zelf voor mijn rekening te nemen. Ze was slordig. Ik probeer echter het aantal extra doden tot een minimum te beperken. Het zou niet professioneel zijn. Overigens, nee, professor, ik kom mezelf niet aangeven. Zo goed heb je me nog niet klem gezet. Vooral niet, nu je hier in je eentje naartoe bent gekomen. *Tsk, tsk* – hoe haalde je het in je hoofd?'

Ze bracht langzaam een hand omhoog naar haar kapsel en streek een kastanjebruine krul over haar schouder. Ze draagt een pruik, wist Lammeck.

'Nou,' vroeg ze, 'zullen we maar gaan zitten?'

Lammeck schudde het hoofd. 'Ik praat wel met je in een gevangeniscel.'

Ze lachte vrolijk. 'Ah, je bént werkelijk de vastberaden volhouder. Daar was ik al zeker van. En daarom wilde ik deze ontmoeting. Eigenlijk stelde ik terwille van jou voor te gaan zitten. Weet je, je kunt nu elk moment het effect van het gif gaan voelen.'

Lammeck verstijfde. Zijn ogen staarden haar woedend aan; het liefst had hij haar vastgegrepen en door elkaar gerammeld. Hij beet op zijn onderlip en ademde door totdat hij kon reageren. 'Die champagne die je me gaf heb ik niet opgedronken.'

Glimlachend zwaaide ze met haar wijsvinger naar hem. 'Nee, ik heb niets in je glas gedaan. Je bent een forse vent en ik zou er niet genoeg in hebben kunnen doen om een ogenblikkelijke reactie te krijgen. Trouwens, gif in een glaasje champagne? Wat een cliché!'

'Wat deed je dan wel?'

'Niet meer dan een kort, snel spuitje in je rug terwijl je je door de massa worstelde, op zoek naar mij. Vermoedelijk ervoer je het als een beetje jeuk, onder die elegante maar gehuurde smoking.'

'Je kletst. Ik heb niets gevoeld.'

'Allicht niet. Ik ben uiterst bedreven in mijn werk, professor, en jij was afgeleid. Dus zullen we maar?'

Lammeck staarde haar verbaasd aan. Ze liep al weg en beduidde hem haar te volgen door de mensenmassa. Hij begon te lopen en weerhield zich ervan op haar af te stormen. Iedere stap die hij achter Judith zette onthulde hem meer redenen om bang te zijn. Zijn mond was opeens kurkdroog geworden en het licht van de kroonluchters leek oogverblindend sterk. De woorden 'ogenblikkelijke reactie' leken luid in zijn hoofd te rinkelen als brandalarms. Hij griste een glas champagne van een dienblad. Onder het lopen dronk hij het op, waarbij hij een beetje op zijn overhemd morste.

Ze bereikte een leeg tafeltje en ging zitten. Lammeck nam naast haar plaats, zo dicht bij haar dat hun schouders elkaar raakten.

Ze keek door haar schildpadbril naar hem op. Hij worstelde om zijn geest helder te houden en wat meer informatie uit haar los te krijgen. Hij zag dat de brillenglazen van gewoon glas waren.

'Zitten wij even gezellig?' merkte Judith op. En bijna meelevend liet ze erop volgen: 'Je hebt dorst, dat is het eerste stadium. Als ik afga op jouw postuur, schat ik dat we nog twintig tot dertig minuten de tijd hebben voordat je begint te ijlen. En dan... tja.'

Vechtend tegen de doodsangst en zijn behoefte haar te wurgen, vroeg Lammeck opnieuw: 'Wat deed je precies?'

'Wat ik moest doen om jouw aandacht te vangen en te voorkomen dat je iets heldhaftigs ging proberen. Je bent toch geen held, hoop ik, professor?'

Lammecks lippen begonnen droog en heet aan te voelen. In zijn keel had hij een gevoel alsof hij een dot watten had ingeslikt. 'Wat heb je me toegediend?'

'Dat ga ik je nu nog even niet vertellen. Maar geloof me, met het spul waarmee ik je heb geïnjecteerd ben je er geweest.'

'Je hebt het tegengif?'

Ze deinsde speels terug. 'Natuurlijk. Maar eerst praten we.'

'Nee. Het tegengif, nu!'

Lammeck schoof wat verder naar links, dichter tegen haar aan, om de afstand tussen hen zo gering mogelijk te maken. Met een enkele, vloeiende beweging drukte hij zijn linkerhand op zijn rechteronderarm en boog de elleboog. Toen legde hij zijn linkerarm over de rug van haar stoel om haar erin vast te houden als ze mocht proberen ervandoor te gaan. Hij drukte de loop van zijn uit de mouw gegleden Welwand 9mm tegen haar ribbenkast, de geluiddemper schuin omhoog. Als hij vuurde, zou de kogel haar hart doorboren.

'Nú!' herhaalde hij.

Ze gluurde omlaag naar zijn gesloten hand, vinger aan de trekker.

'Een mouwpistool! Professor, dat is geweldig.' Ze probeerde haar hand ernaartoe te bewegen, maar Lammeck drukte de monding harder in haar ribben. Ze vertrok geen spier. 'Wel, nu lijken de bordjes verhangen, hè?'

'Geef me dat tegengif, anders, ik zweer het je, dood ik je hier en nu.'

Ze zaten dicht tegen elkaar aan, als twee geliefden, zijn arm om haar rug. Ze deed haar mond open, onbevreesd. 'Nee, dat zul je niet doen. Wees nou redelijk. Alleen ik weet wat ik je heb ingespoten en alleen ik beschik over het tegengif.'

'Dat vind ik wel op jouw lijk.'

'Bespaar je de moeite. Als je in mijn tasje kijkt, vind je nog vier spuitjes. Ze zijn genummerd. Eén spuitje bevat tegengif, de andere drie nog meer… vergif. En ik moet je helaas zeggen dat je niet genoeg tijd meer hebt om ze naar een laboratorium te krijgen.'

Lammecks keel begon te branden alsof hij loog had ingeslikt. 'Als ik sterf, sterf jij ook.'

'Wel, Mikhal… ik mag je wel Mikhal noemen, hè? Laten we dan zorgen dat we geen van beiden sterven.'

'Wat wil je?'

Ze zette een elleboog op tafel om zich naar hem toe te draaien. Hij bleef de Welwand in haar ribben drukken, het wapen onzichtbaar onder het tafelkleed. 'Ik wil dat jij uit Washington verdwijnt en mij mijn werk laat doen.'

Lammeck schudde het hoofd. Bij die beweging werd alles wazig wat hij zag. Het licht in de zaal leek te pulseren.

'Mikhal, de geheime dienst kan ik aan. Over Reilly en zijn mannen maak ik me niet de minste zorgen. Maar jij… Ik heb je publicaties gelezen. En ik herken een intelligent man als ik er een zie. Eerlijk gezegd ben ik me wat zorgen gaan maken toen ik merkte hoe goed jij had geraden waarmee ik bezig was, op basis van zo weinig informatie.'

'Zo weinig was het niet. We vonden jouw dolkmes.'

Judith klapte in haar handen, boven de loop in haar ribben. 'Geweldig! Ik was al bang dat het verloren was gegaan. Het is nagenoeg onbetaalbaar, maar ik heb zo'n idee dat je dat al wist. Zorg alsjeblieft dat het ergens in een museum terechtkomt. Ik zou er graag eens naar komen kijken. Waar lag het?'

'Onder Otto.'

'Ach ja, de grote man op het strand. Ik vroeg het me al af.' Ze knikte bij de herinnering. 'Ik heb dat niet willen doen, Mikhal, geloof het of niet.'

'Ik geloof je grif. Hoe zat het met Arnold?'

'De echtgenoot. Ook een noodzakelijk kwaad.'

'Hoe flikte je dat?'

'Heb je dat nou nóg niet uitgedokterd? Je stelt me teleur.'

Lammeck likte zijn lippen. Judith zag het en wenkte een passerende kelner. 'Twee grote glazen water, graag.' Ze keek weer naar Lammeck. 'De dorst wordt heel hevig. We zullen dit voor jou zo snel mogelijk afhandelen. Dus Arnold, de echtgenoot. Wat had je zelf gedacht?'

Hij herinnerde zich het magere lijk en de omstandigheden. Kogelwond in de slaap, enorme uittredingswond. Cordiet aan de rechterhand. Kogel in de muurplint in de zitkamer. Geen zelfmoordbriefje. Lammeck knipperde met zijn ogen en keek omlaag. Het licht werd weer verblindend. Hij keek naar Judiths middenrif, waar de Welwand grimmig omhoog wees, onder haar zijden sjerp.

De sjerp!

Hij keek op, met een grimas. 'Thugee.'

'Heel goed,' prees ze. 'Je weet van de thugee. Vertel me wat meer. Praal met je kennis.'

'De thugs, volgelingen van de doodsgodin Kali, in India. Ze wurgden hun slachtoffers met een brede zijden sjaal, waarin ze een munt hadden gewikkeld. Arnold liet jou die nacht alleen binnen omdat je Maude King bij je had, een vrouw die hij kende. Je wurgde hem met een sjerp, maar net lang genoeg totdat hij buiten bewustzijn was. Geen kneuzingen, geen uitpuilende ogen. Toen hij eenmaal op de vloer lag, stopte je hem het pistool in de hand en haalde de trekker over.'

'Bravo, Mikhal, bravo. Je bént echt een geleerde.'

'Jij hebt drie onschuldige mensen omgebracht.'

Judith legde zacht een hand op Lammecks pols, boven de Welwand. Hij schudde de hand niet af. Eén duimbeweginkje en ze zou bloeden uit haar hart. Daarna zou hij moeten raden welk spuitje hem kon redden en welke spuitjes ertoe zouden leiden dat hij naast haar dood op de grond lag. Ze zei niets maar keek hem in de ogen, zwijgend, terwijl de kelner twee glazen water op tafel zette.

'Luister naar mijn aanbod, Mikhal, dan hoef ik je niet te doden. Drink nou maar, ik weet dat je dorst hebt. Ga je gang, maak je geen zorgen. De kelner werkt niet voor mij.'

Lammeck nam zijn linkerarm terug van haar rug en dronk een heel glas leeg, en daarna het tweede. Hij wist wel het een en ander van vergif – er waren er te veel die in het beginstadium een kwellende dorst veroorzaakten. Er was geen schijn van kans dat hij zou kunnen raden waarmee ze hem had ingespoten. 'Zeg het maar,' zei hij, terwijl hij zijn mond afveegde en zijn linkerarm weer om haar heen legde.

'Om te beginnen heb ik er geen enkel belang bij jou te doden. En met dat wapen tussen de ribben nog minder. Echter, zoals ik al zei, het is mijn vak. Ik ben niet een van die krankzinnige politieke, moorddadige fanatici uit jouw geschiedenisboeken. Ik dood alleen tegen betaling of uit noodzaak. En geloof me, zodra ik merk dat jij tot een van beide categorieën behoort, zal ik je zonder aarzelen doden. Waar of wanneer, het maakt me niet uit. Ik denk dat ik dat vanavond wel heb bewezen. Ik hoef je alleen maar aan te raken en je zult het niet zien aankomen. Lijfwachten houden mij niet tegen.'

'Voor mij vanavond des te meer redenen nu de trekker over te halen.'

'Misschien. Laten we echter eerst eens proberen of we tot een vergelijk kunnen komen. En alsjeblieft, als je meer water nodig hebt, zeg het me, en ik laat het komen. Trouwens, praten en slikken zal binnenkort te moeilijk voor je worden, en je ogen worden te gevoelig voor licht. Bovendien zul je veel gevoel in je lijf verliezen. Als het te gek wordt, zeg je me het maar, dan zullen we er iets tegen doen.'

Lammeck keek naar haar handtas op tafel. 'Laat me die spuitjes zien.'

Judith gehoorzaamde en deed haar handtas open. Lammeck zag vier spuitjes, voorzien van een pleister met een cijfer erop. Ze klikte de tas weer dicht en liet hem tussen hen in op tafel liggen.

'Luister naar mij, Mikhal. Jij bent 's werelds meest eminente expert in de geschiedenis van politieke moordaanslagen. Ik neem aan dat de geheime dienst jou bij deze zaak heeft gehaald om adviezen te geven, niet om je eigen leven op het spel te zetten. En geloof me, beste man, het stáát op het spel. Aangezien dit risico niet in je arbeidsvoorwaarden is opgenomen, heb je het volste recht om verder voor de eer te bedanken, zonder dat iemand je dat kwalijk kan nemen. Je bent een academicus, geen militair. Daar bedoel ik niets neerbuigends mee. Je bent een briljant geleerde die elders belangrijk werk doet.'

Lammecks hartslag pulseerde in zijn oren. Er glinsterde zweet op zijn voorhoofd, maar hij weigerde een hand vrij te maken om het af te vegen. Judith zag het en depte het af met een cocktailservet. 'Zo,' zei ze.

Lammeck omklemde de trekker van de Welwand. 'Nee,' zei hij.

Judith sprak verder, ongestoord, alsof ze dat antwoord had verwacht. Vol zelfvertrouwen vervolgde ze: 'Je zit achter mij aan omdat je mij wilt tegenhouden – in de hoop dat je een echte moordenaar van vlees en bloed kunt uithoren, ten behoeve van je research. Als jij mij doodt – en vooral ook als jij zelf sterft – komt niets van dit alles op papier. Dan wordt het nooit gedocumenteerd en zal het nooit deel uitmaken van de geschiedenis. En geloof me, je zult er nooit beroemd door worden. Jouw geheime dienst en de Amerikaanse pers zwijgen als het graf over het feit dat Roosevelt zo ernstig ziek is. Dacht je soms dat ze een moordcomplot tegen hem van de daken zullen schreeuwen? Dacht je dat de geheime dienst en de FBI bekend willen laten worden dat ik er zo dichtbij ben gekomen en dat jij, een gewone burger, een academicus, de man was die mij tegen wist te houden, en niet zij? Nee, Mikhal. Als we hier naast elkaar dood op de grond liggen, als Romeo en Julia, zullen ze laten uitlekken dat ik jou met vergif heb gedood en dat jij me hebt gedood met een pistool dat je de ambassade in had gesmokkeld. Ze zullen ons wegverklaren als in onmin geraakte geliefden, een stel gekken of zoiets alledaags. Ze zullen ons begraven en verdoezelen, en de president die ik tegen betaling moest elimineren, en voor wie jij je leven hebt gewaagd, zal blijven leven. Nee, Mikhal, we moeten allebei in leven blijven om ons belangrijke werk te doen.'

Lammeck knipperde met zijn ogen. Hij vermande zich. 'Ik kan je niet vertrouwen, op geen enkele manier. Als ik jou laat gaan, hoe kan ik dan weten of je mij het tegengif hebt toegediend of nog meer gif? Wat belet jou om dit rotgeintje morgen opnieuw te proberen, met weer een naald in mijn reet?'

Judith knikte. Ze bracht een zachte hand omhoog tot onder zijn kin en streelde zijn wang. 'Volkomen juist. Daarom ben ik bereid om je in goed vertrouwen een aanbod te doen, een soort goedmakertje. Ik zal je nu iets over mijn eigen geschiedenis vertellen, een beetje maar, voor je research. Bovendien beloof ik je dat ik, als we elkaar en deze oorlog overleven, de rest op een andere plaats en een ander tijdstip zal onthullen. Dan kun je het allemaal opnemen in je boek. Dan kun je me vragen wat je wilt. De vrouw die Roosevelt doodde – stel je voor!'

'Dat zou je nóóit doen.'

'Waarom niet? Ze hebben me hiervoor goed genoeg betaald om het mij mogelijk te maken de rest van mijn leven onzichtbaar te blijven. Neem de proef op de som, maar neem snel een besluit, Mikhal. Zo te zien hebben we nog maar tien minuten, schat ik.'

'Geef me het tegengif.'

'Stel me een vraag.'

Hij snauwde: 'Geef me dat verdomde tegengif.' Judith had hem door – hij was géén held. Hij was kwaad, had een stommiteit begaan. Ofschoon die twee dingen soms op moed lijken, zijn ze niet hetzelfde, wist hij.

'Geduld, beste man, agressiviteit en een lichte vorm van krankzinnigheid behoren tot de te verwachten symptomen. En angst, uiteraard. Concentreer je en stel me een vraag.'

Lammeck perste zijn lippen op elkaar. Het licht in de zaal teisterde zijn ogen. Op zijn voorhoofd parelde zweet. 'Voor wie werk je?'

'Dat is iets voor later. Andere vraag.'

'De vrouw die de uitnodiging afgaf?'

'Niemand die voor jou interessant is, geloof me. Vraag me liever waar ik vandaan kom.'

Lammecks ogen dwaalden af naar de handtas. Hij kon hem grijpen en het risico nemen, één op vier, in de hoop dat hij de juiste injectiespuit te pakken had. Hij had echter nog acht tot negen minuten. Vóór die tijd kon hij haar hoe dan ook overhoopschieten. De handtas zou er nog liggen en ze had gelijk: hij wilde het weten.

'Waar kom je vandaan?'

'Ah, da's veel beter. Uit een aardig dorpje dat Sjahrak heet, aan de weg naar Alamoet, in een vallei die jij het Assassijnendal zou noemen. Het ligt in een wondermooie omgeving, met druiven en maïs, gele brem, roze tamarisk en zelfs eiken en walnoten. Op heldere dagen kun je de Alamoet in de verte zien liggen.'

'Je bent dus inderdaad...' Lammecks tong wilde niet meewerken. Hij schraapte zijn keel. 'Een Perzische.'

'Ja. Mijn voorouders waren *fida'is*, volgelingen van Hassan-i-Sabbah. We hebben al duizend jaar in deze vallei gewoond. Mijn vader was ezeldrijver. Ik zie hem nog voor me, met zijn rode Pahlawi-fez, de ogen wit van stof. Ik ben opgegroeid in een huis van leemtichels, naast een beek. Als jong meisje droeg ik een scharlakenrode pofbroek, versierd met opgestikte kralen rond de enkels. Ik melkte geiten en schapen en maakte yoghurt. Ik spon wol voor tapijten en vormde mestplakken om op te koken. We legden ze altijd te drogen op het dak. Kortom, een heel gelukkige jeugd.'

Lammeck liet zijn duim zacht over de trekker glijden om na te gaan of hij de Welwand nog kon hanteren en drukte de geluiddemper nog dieper in haar ribben. Judith reageerde niet. 'Wat is er met je gebeurd?'

'Probeer het te begrijpen, Mikhal. Als vrouw opgroeien in Perzië is hetzelfde als opgroeien in ketenen. Een moslima wordt geacht gedwee en vroom te zijn. Ik was geen van beide. In dat land betekent iedere zwakheid de dood. Als je niet sterk bent of geen beschermer hebt, ben je nergens. Vrouwen zijn er *zaifeh* – machteloos. Dus zijn we makke schapen, tenzij we een echtgenoot hebben. Een oud Perzisch gezegde luidt: "Zelfs de aarde beeft onder de voeten der ongehuwden." Meisjes worden uitgehuwelijkt voordat ze de puberteit bereiken. Toen ik tien was, gaf mijn vader mij tot vrouw aan een rijke landheer die mij in het dorp had gezien.'

Lammecks mond maakte geen speeksel meer aan. Iedere ademhaling werd pijnlijker. 'Je had nee kunnen zeggen.'

'Typisch Amerikaanse reactie. Van jou, een man van de wereld, had ik iets beters verwacht. In Perzië zijn we eraan gewend om gekoeioneerd te worden. We werden dikwijls onder de voet gelopen en overheerst, zelfs door onze eigen koningen, en dom gehouden door de Turken – noem maar op. In al die eeuwen hebben wij Perzen geleerd als grashalmen mee te buigen met de wind en ons te verstoppen achter slimheid. Laat je daden nooit weerspiegelen wat er in je hart leeft, zei mijn vader altijd. Stelen is bij ons een nationale kunst, wist je dat? We zijn sluw, zo overleven we. Toen ik tien was, hield ik mijn mond dicht en deed wat me werd gezegd. Mijn vader ontving een aardig bedrag voor mij en hij geloofde oprecht dat mij een beter leven wachtte dan hij me ooit in Sjahrak zou kunnen geven. Mijn moeder had er uiteraard niets in te zeggen. Mijn heer gemaal nam mij mee naar Teheran. Hij bleek een vriendelijke man te zijn, met veel invloed – een vriend van Reza Sjah. Hij behandelde al zijn vrouwen en kinderen goed. Ik ging naar de Amerikaanse school. Daar leerde ik lezen en schrijven, dansen, schilderen en naaien. Ook blonk ik uit in kalligrafie, leerde vloeiend Frans spreken en werd een volleerd schermster.'

Lammeck bleef Judith hard aanstaren, maar het gitzwart van haar jurk begon een waas in de lucht om haar heen te worden. De muziek in de balzaal leek eerder op het jammeren van honderd spoken. Opnieuw keek hij naar de handtas en schatte zijn kansen in.

'Draai er een punt aan,' zei hij schor.

'Natuurlijk. Hoe onattent van mij, hier maar zitten babbelen terwijl jij zit te sterven. Wat heb je liever, dat ik er nu mee ophou en dat jij me meteen doodschiet? Of moet ik op zijn minst mijn verhaal afronden?'

Lammeck probeerde te grinniken om zijn hachelijke situatie. Wat ze voorstelde, klonk krankzinnig. Zijn toenemende paniek stond hem echter niet de luxe van een lach toe. Hij tilde uitdagend zijn hoofd op. 'Rond maar af.'

'Mijn man ergerde zich voortdurend aan mij. Ik was niet zo plooibaar als hij had gedacht toen hij mij in dat dorpje bij de beek in het Assassijnendal kocht. Ik noemde hem constant *aga*, in plaats van *ghorban*. Dat komt overeen met "meneer" tegen hem zeggen, in plaats van "Hij voor wie ik mij opoffer". Ik vertikte het in de harem te blijven. Ik liep overal rond en ging zelfs de stad in, zodat hij me moest opsporen. Iedere ochtend stond ik op de muren en zag dan de kameelkaravanen uit Teheran vertrekken. Ik wilde wanhopig graag met ze mee, had er genoeg van *zaifeh* te zijn. Dus bedacht ik een plan om mijn man te verlaten.'

Lammeck gromde: 'Je vermoordde hem?'

Judith streelde de arm met het wapen. 'Ik zie wel dat ik voort moet maken, beste Mikhal, je begint humeurig te worden. Nee, ik heb hem niet gedood. Tot zijn vele verzamelingen behoorde een stel antieke dolkmessen. Ik verstopte er een diep in zijn hoofdkussen toen hij lag te slapen. De andere nam ik mee – en nu is die helaas in het bezit van de gemeentepolitie van Newburyport. Ik glipte weg van mijn *aga* en ging terug naar mijn vader, die me meteen de deur uitgooide. Ik had zijn huis verlaten in een witte jurk, zei hij, en ik kon er alleen in terugkomen in een zwarte. Ik was niet van plan om helemaal terug te gaan naar Teheran, daar mijn oudere echtgenoot te vermoorden en zo weduwe te worden. Mijn eigen familie kon ik niet meer vertrouwen – ik kon niemand nog vertrouwen. Daarom keerde ik Perzië de rug toe. Met de islam heb ik niets op. Veel te streng voor vrouwen. Het degradeert ons tot slavinnen en bedelaressen in *tsjadors*. En daarom heb ik, toen ik mijn loopbaan als huurmoordenares begon, de naam Judith – een Joodse heldin – gekozen. Alleen om ze daar allemaal te ergeren.'

Er ging een siddering door Lammecks schouders, het eerste begin van stuiptrekkingen. Hij had niet veel tijd meer voordat hij de beheersing over het wapen dat hij in Judiths lijf drukte zou verliezen. Dan zou ze weggaan en hem laten sterven.

'Ik heb heel hard getraind, Mikhal. Bij een paar van de besten van de hele wereld – in Syrië, Egypte, Istanboel en zelfs een paar in Europa. Ik heb in alle delen van de wereld gewerkt. Ik heb zelfs hier al een klus geklaard, in Washington – voor de Russen. Weet je wie dat was? Hou je hoofd nog even helder voor me. We zijn bijna klaar, jij en ik. Denk even aan het Bellevue Hotel, in eenenveertig.'

Lammeck doorzocht zijn verwarde brein, op zoek naar de naam. Hij herinnerde zich de moord: een voormalige NKVD-agent, een trotskist en overloper, op de vlucht voor de Sovjets. Schreef een onthullend boek, *I Was Stalin's Agent*. Lammeck sloot zijn ogen om zich te concentreren, maar opende ze meteen weer, in het besef dat hij Judith even niet in het oog had gehouden. Ze had geen vin verroerd. 'Krivitski, Walter Krivitski. Schot door het hoofd.'

Ze was ermee ingenomen. 'De politie zei "zelfmoord", maar niemand geloofde dat. Een van mijn beste klussen. Mijn clan geeft de voorkeur aan het dolkmes, zoals je weet, en vooral ook gif. De Sovjets hadden me echter uitdrukkelijk opgedragen hem dood te schieten, voor alle zekerheid. Arme ouwe Trotski, bij hem hanteerden ze de bijl, dus met hem vergeleken had Krivitski geluk. De Russen hebben me ruimschoots gehonoreerd. In mijn werk is het nuttig niet aan politiek te doen.'

Lammecks vingers om de Welwand waren bijna gevoelloos geworden. Zijn hart racete. De zaal leek in vuur en vlam te staan, vol lichtflitsen en spetterende vonken. 'Genoeg,' bracht hij schor uit. 'Dat tegengif, anders ga jij er eerst aan.'

Het kon hem niet verdommen of hij dit zei onder invloed van het gif. Hij wist dat hij ertoe in staat was.

Judith boog zich naar hem toe. 'Mikhal, luister. Jij en ik zijn elkaars gelijken. Ik geloof in God en dat Hij alle dingen in Zijn hand heeft. Jij gelooft ook, maar noemt jouw god De Geschiedenis. We zijn allebei een deel van een groter geheel. We zijn radertjes, jij en ik, in dat ene machtige uurwerk. Let nu op. Ik zal je het tegengif geven. En jij gaat mij niet beletten mijn werk te doen.'

Bijna had Lammeck de Welwand laten zakken, maar hij verstevigde zijn greep eromheen. Met open hand probeerde ze het wapen weg te duwen. Hij duwde het weer in haar middel. 'Ik ga het je beletten,' zei hij.

Ze schudde haar hoofd, alsof ze op trieste manier afscheid nam. 'Nee, dat zul je niet. Ik vermoed dat je na vanavond niet eens meer in mijn buurt zult komen. Echter, als je het blijft proberen en ik ook nog maar iets van je merk, beste man, zal ik jóu tegenhouden. Mijn missie is te belangrijk. Roosevelt moet sterven, Mikhal. Als je wist waarom, zou je het er misschien zelfs mee eens zijn.'

Met die woorden schoof Judith haar stoel achteruit. Haar ribbenkast kwam los van de loop van de Welwand. Ze wilde opstaan. Met zijn linkerhand smeet Lammeck haar weer op de stoel. 'Zitten!'

'Rustig,' kirde ze. Ze maakte trage gebaren met haar handen, alsof ze hem wilde sussen. 'Geef het nou niet op. We zijn bijna klaar, Mikhal, dus luister naar me.'

'Bek dicht.' Lammecks adem schuurde hem in de keel; het hijgen dat hij deed klonk hem in de oren als dat van een gewond dier. 'Geef me die spuit.' Hij schoof haar de handtas toe. 'We zijn uitgepraat. Doe het.'

Judith gehoorzaamde. Ze knipte haar tas open en toonde hem de vier glazen spuitjes.

'Welke?' zei hij bars.

Ze schudde het hoofd. 'Geen van de vier.'

Lammeck was verbijsterd. Ze had het tegengif niet! Hij zou sterven. Hij wilde janken, maar zijn verdriet werd verdrongen door verbijstering en woede. Hij zette zich schrap om de trekker over te halen en haar mee te sleuren, de dood in. Hij probeerde zijn stem te onderscheiden van het delirium dat het gif veroorzaakte, maar wist dat hij er niet meer toe in staat was. Hij hoorde andere woorden in zijn hoofd – niet die van hemzelf.

Judith. Ze had het tegen hem. '… niet hier. Luister je? Mikhal, gebruik ze niet – in alle vier zit gif.'

Ze legde haar vingers onder zijn kin om zijn hoofd op te tillen en hem te dwingen haar in de ogen te kijken. 'Ik heb je een dertigste van een gram scopolamine toegediend. Een sterke dosis.'

Lammeck zei het haar na. 'Scopolamine.'

'Ja, heel goed!' Ze deed alsof zijn vluchtige aandacht haar opvrolijkte. 'Zo, kijk nu hierheen. Steek je hand uit.'

Lammeck deed het, blij dat er nog een ander pad over was dan dat van de dood. Voordat hij het zichzelf kon beletten liet hij de Welwand los. Het elastiek trok het wapen terug in zijn mouw. Judith drukte hem een koperen plaatje in de hand. 'Dit is een garderobepenning. Er zit een spuit met fysotigmine venenosum in een andere handtas die ik daar heb afgegeven. Dat neutraliseert de scopolamine. Je zult het vannacht moeilijk hebben, maar je zult niet sterven als je nu meteen opstaat en erheen gaat.'

Judith knipte de handtas op tafel dicht. Lammeck hoorde de klik in de maalstroom van geluiden in zijn hersenen. Ze klemde de tas onder haar arm en stond op. Lammeck hield haar niet tegen. Ze boog zich naar hem toe, en fluisterde hem in het oor: 'Vergeet het niet, Mikhal, ik kan je overal te pakken nemen, op elk moment dat ik verkies. Vanavond niet. Ga nu. Je zult het halen.'

Lammeck kneep zijn rechterhand samen voor de Welwand. Verdwenen. Hij schudde het hoofd om het te verhelderen en probeerde iets te zeggen, maar er kwam alleen een blaffend geluid, diep uit zijn keel. Zijn linkerhand ging naar zijn elleboog om het wapen weer omlaag te trekken, maar ze was al vijftien tot twintig stappen van hem vandaan, buiten het bereik van de Welwand.

Judith kruiste haar handen voor haar borst. De diamanten om haar keel vonkten. Ze maakte een lichte buiging en zei: '*Befarma-ri*, Mikhal. God zij met je.'

Lammeck opende zijn rechterhand en staarde naar de penning die ze had achtergelaten. Wat was het laatste wat ze had gezegd? 'God zij met je.'

Nu gaan!

Lammeck sprong op van zijn stoel, zo abrupt dat hij achterovervliel. Hij wankelde en zocht steun bij de schouders van een danspaar. De vrouw gilde toen Lammeck haar met een zwaai van zijn grote arm achteruit dreef. Hij liep als een beschonkene, maar begon op een draf te zigzaggen. De hal van de ambassade leek onmogelijk ver weg. Alle lijnen van het gebouw leken te golven. Het licht pijnigde hem, zodat hij zijn ogen dicht moest knijpen en nog minder van de mensenmassa zag, zodat hij bij iedere pas tegen iemand aan botste. Hij drong vrouwen opzij, gooide een paar mannen tegen de grond en zwom door alles heen naar de voordeur. Achter hem hoorde hij luide kreten, maar die verdronken in de kolkende zee van zijn brandende, bruisende bloed, zodat hij doorliep.

Eindelijk, op het punt ineen te zakken, duwde hij een handvol smokings en avondjurken opzij om de koperen penning met een klap op de balie van de garderobe te deponeren. De vrouw met de Aziatische ogen staarde naar hem, een en al afkeer. 'Sir,' zei ze, 'wacht u alstublieft op uw beurt.'

'Nu!' zei hij, proberend met zijn vuist op de balie te slaan, maar zijn krachten begonnen het te begeven. De vrouw trotseerde zijn lompheid en bleef staan.

Lammeck concentreerde zich op haar met zijn laatste beetje helderheid. 'Snel...' siste hij.

Achter Lammeck snauwde een van de gasten die hij opzij had geduwd: 'Geef het hem nou maar, wil je. Wij wachten wel.'

Het meisje nam de penning en draaide zich om naar de volle rekken. Lammeck omklemde de balie als een drenkeling op zee een stuk wrakhout en bleef zich vastklampen, wachtend, terwijl hij met zijn als een razende kloppende hart de ogenblikken telde. Zijn lichaam sidderde – een nieuwe kramp.

'Alstublieft, sir. Zo, en wilt u nu alstublieft plaatsmaken?'

Ze zette een zwarte handtas op de balie. Lammeck griste de tas weg en zakte even later door de knieën, zijn rug tegen het halve deurtje van een toilet. Met trillende handen graaide hij in de tas naar het spuitje.

14

Lammeck liet de deur op slot en reageerde niet. Dag liet zich er niet door weerhouden. De geheim agent hield op met kloppen en verdween. Hij moest beneden met zijn badge hebben gezwaaid, want hij kwam terug met een schoonmaakster die de deur voor hem opende.

Dag stond naast het bed en Lammeck rolde zich kreunend van hem weg. Dag schoof de gesloten gordijnen open. Het middaglicht overstroomde de kamer. Dag trok aan Lammecks schouder om hem op zijn rug te rollen.

Lammeck opende zijn ogen en staarde in een zuur gezicht. Dag liet een dunne map op zijn buik vallen. 'Wat is er verdomme met u aan de hand, Professor? Wilt u me dit even uitleggen?'

Lammeck testte zijn keel, om voor het eerst in vijftien uur iets te zeggen. 'Steek maar in je reet.'

Zijn stem bleef omfloerst, maar hij had zijn hart geucht en rolde zich om naar de genegeerde map. Achter zijn rug hoorde hij hoe Dag zich van zijn gekreukte regenjas ontdeed en het kledingstuk op de bank gooide. De telefoonhoorn was van de haak en er werd een knop ingedrukt. 'Geeft u mij roomservice. Breng ons een grote pot koffie, op kamer 540. Pronto!'

Hij schoof nijdig een stoel naar het bed.

'Het kan me niet verdommen of uw ogen dicht zijn of dat u halfdood bent. Ik wil weten wat er is gebeurd.'

Gedurende de hele nacht zou Lammeck genoegen hebben genomen met halfdood. Bij de ambassade hadden ze hem in een taxi gezet om hem terug te laten brengen naar het Blackstone, nadat een Peruaanse bewaker zijn adres uit hem had getrokken. In het hotel had de zwarte piccolo hem naar de lift geholpen, waarna Lammeck ondersteund door de arm van de oude man naar zijn kamer en bed was gestrompeld. De piccolo had hem uit zijn smoking moeten helpen terwijl hij Lammeck toefluisterde: 'Ik weet het, grote man, ik weet het.' Acht uur lang, totdat de dageraad langs de randen van de gordijnen gluurde, had Lammeck moeten worstelen om adem te halen. Hij was vijf, zes keer naar het toilet gekropen om te braken, waarna hij een telkens een uur op de bedrand uit had zitten hijgen, totaal uitgeput. Iedere beweging veroorzaakte pijn in zijn gewrichten en zijn hoofd leek rond te tollen, terwijl hij werd geteisterd door misselijkheid en pijn. Hij herinnerde zich dagdromen of hallucinaties, maar niets specifieks – alleen beelden van hitte en pijn zonder enige ordening of herkenbare reden. Hij had het gevoel dat hij pas enkele ogenblikken voordat Dag binnen kwam stormen in slaap was gesukkeld.

Lammeck dwong zichzelf op zijn rug te gaan liggen. Hij staarde naar het plafond, met ogen die hij in geen enkele spiegel zou willen zien.

'Judith.' Het klonk meer als gekraai dan als een naam.

'Daar komen we zo wel op. Eerst wil ik weten waarom er op Reilly's kantoor vanmorgen zes telefonische klachten zijn binnengekomen, met de bewering dat u een junkie zou zijn. Dat betekent dat ik onder uit de zak van hem heb gekregen. We hadden veel te stellen met woedende diplomaten, met inbegrip van de Peruaanse ambassadeur zelf, die zei dat u gisteravond op de vloer midden in zijn ambassade een naald in uw dij had gestoken. Er zijn rapporten binnengekomen over mensen die zeiden dat ze door u uit de weg werden geschoven en dat u zich op uw reet had laten zakken om uzelf die injectie toe te dienen. Een injectie, professor! Nou, gaat u me nog zeggen wat er aan de hand was, voordat ik u door de Washingtonse politie laat oppakken?'

Lammeck lag erbij, wensend dat hij kon lachen. Hij kon alleen genoeg energie vinden om zichzelf overeind te werken en tegen het hoofdbord te leunen.

Met pijn in zijn schorre keel vertelde hij Dag van de uitnodiging die de vorige ochtend onder zijn deur door was geschoven. Afgeleverd door een kleine, dikke negerin. Judith in de ambassade, haar uiterlijke verschijning en de aspecten ervan die volgens hem haar vermomming waren geweest. Hun patstelling, hij met het gif in zijn lijf dat hem fataal dreigde te worden; zij met de loop van de Welwand in haar ribben. Hij legde uit hoe ze Arnold had vermoord. Alles wat ze over haar achtergrond had verteld. Zij was degene die Krivitski in tweeënveertig had vermoord. En Dag had het al die tijd bij het rechte eind gehad: ze had het gemunt op Franklin D. Roosevelt. Het tegengif in de handtas bij de garderobe, zijn krankzinnige race ernaartoe. Hij eindigde met Judiths eis dat hij zich niet meer met de jacht op haar zou bemoeien, en haar dreigement dat ze hem de volgende keer zonder enige twijfel koud zou maken.

Dag hoorde het aan zonder commentaar, zijn gezicht een en al ongeloof. Toen Lammeck was uitverteld, leunde hij uitgeput achterover.

'Wilt u mij wijsmaken,' zei Dag, 'dat u in uw eentje naar die ambassade bent gegaan, terwijl u verdomd goed wist dat die uitnodiging die ze onder uw deur door schoven van Judith afkomstig was?'

'Ik…'

'Stil! U nam een vuurwapen mee, een ambassade in, en was genoodzaakt ermee in Judiths ribben te porren toen ze zich aan u vertoonde. En terwijl u bezig was aan dat gif te creperen, een gif waarmee u zich stom genoeg door haar had laten injecteren, bekende zij u dat ze hier is om de president te vermoorden? En als klap op de vuurpijl lieten jullie elkaar gaan, maar dan op voorwaarde dat u zich zou terugtrekken, zodat zij hem op haar gemak kon koud maken? En als u dat niet deed, zou ze u een andere keer te grazen nemen. Heb ik iets overgeslagen?'

Lammeck rolde zich weg van Dag. 'Dat vat het zo'n beetje samen.'

Dag gromde: 'Het is zo verdomd vergezocht dat het geen leugen kán zijn.' Lammeck hoorde de agent honend tegen zichzelf lachen. 'En wat hebt u haar verteld?'

'Aangezien ik op dat moment bezig was de pijp aan Maarten te geven, heb ik haar gezegd dat ik het een overtuigend argument vond.'

Dag ijsbeerde door de kamer terwijl Lammeck zich aankleedde. Het knellende gevoel om zijn keel was genoeg afgenomen om hem in staat te stellen verslag te doen van de vernederingen die hij de afgelopen achttien uur in dienst van de Amerikaanse regering had moeten slikken. Dag onthield zich van antwoorden, maar bleef door de kamer heen en weer lopen, luisterend naar Lammecks klachtenlitanie. Dag was zelf bereid een kogel voor de president op te vangen, zodat hij weinig meeleven toonde voor Lammecks klachten en pijnen van het moment.

Lammeck slofte naar de badkamer, om zich te gaan douchen en scheren. Toen hij eruit kwam, zag hij dat Dag zijn pak voor hem had klaargelegd. 'Reilly is er zeer op gebrand u te spreken, professor. Dus maak wat haast.'

Lammeck nam ruim de tijd om zich in de kleren te hijsen, zijn gedachten te ordenen en zijn verweer voor te bereiden. Dags zeggenschap over hem was hem al weken geleden gaan irriteren, maar de bijna-doodervaring van de vorige avond – zelf bijna dood, en bijna zelf dodend – had zijn behoefte aan vrijheid alleen maar versterkt.

Het verkeer richting het Witte Huis was weer een ramp, zelfs op een zaterdagochtend, vanwege de zesdaagse werkweek. Desondanks speelde Dag het klaar om de westpoort te bereiken voordat Lammeck eraan toe was. Er was iets niet in evenwicht, wat de tijd betrof. De vorige avond leek een eeuw geleden en tegelijkertijd slechts een ogenblik terug. Het was hem te moede alsof dat gif en Judith alles waren wat hij ooit had gekend, alsof hij zijn geboorte én dood had ervaren in de tien minuten die hij met haar had doorgebracht. Hij had zijn hele leven als volwassene gewijd aan het bestuderen van moordenaars en de afgelopen vijf jaar aan hun opleiding – Dag, Gabčik en Kubiš, allemaal mannen die eropuit waren gegaan om anderen te doden. Gisteravond had hijzelf, altijd pietluttig wanneer het om bloedvergieten ging, op het punt gestaan toe te treden tot de gelederen der moordenaars voordat hij zich bij de doden voegde. Hoe zou dit een man niet kunnen veranderen, nadat hij op de rand van die twee afgronden had gestaan? Lammeck wist dat hem een groots inzicht was geschonken en niet alleen ten behoeve van zijn research naar moordenaars uit de geschiedenis. Gisteravond had hij zich voor het eerst gerealiseerd hoe intens zijn wil was om niet te sterven. Hij was rechtstreeks getuige geweest van de gruwelijke macht waarover iemand beschikte die zonder de minste aarzeling anderen kon doden. Hij was met zo iemand geconfronteerd geweest. En gedurende enkele ogenblikken had hij geloofd die iemand te zijn.

Dag ging hem voor naar de westvleugel en Reilly's kantoor. Mrs. Beach ontving Lammeck met een besmuikt lachje, alsof ze nog niet had besloten of ze het met hem bij het juiste of verkeerde eind had gehad. Lammeck bleef recht voor haar bureau staan en drukte zijn handpalmen op haar vloeiblad. 'Wat?'

Ze knipperde onschuldig met haar ogen, achter haar pince-nez. 'Pardon?'

'Zeg het maar.'

'Wat moet ik zeggen?'

'Geen snier, geen minachtende opmerking? Want ik heb het gehad, Mrs. Beach, het is maar dat u het weet.'

'Ik zal de waarschuwing ter harte nemen, professor. Dag, hij is binnen. Heren.'

Lammeck maakte een rollende beweging met zijn hoofd boven zijn nek, als een revolverheld die op nóg een opmerking wacht, maar ze had haar aandacht alweer bij haar paperassen.

Reilly wachtte in zijn bureaustoel. In het kantoor zat ook een jongeman met een schetsblok en een doos crayons. Dag pakte Lammecks elleboog vast, trok hem naar zich toe en fluisterde: 'Alleen een beschrijving van haar uiterlijk, meer niet.'

De tekenaar stond op om Lammeck te begroeten. Hij drukte de man de hand en knikte naar Reilly. 'Zware nacht gehad, hoor ik,' zei Reilly, zonder zijn ongenoegen onder stoelen of banken te steken. 'Ik verheug me al op de details, als we hier klaar mee zijn. Dit is geheim agent Decker.'

De jonge tekenaar stelde een reeks vragen over Judiths uiterlijk. Zo goed mogelijk omschreef Lammeck haar uiterlijke kenmerken: hoekige kaaklijn, hoge jukbeenderen, intens blauwe ogen, donkere wenkbrauwen, bruinrood haar dat vermoedelijk een pruik was, een bril met gewone glazen. Slank en lang, zo'n 1,77 meter. Ze doemde uit Deckers schetslijnen op alsof ze uit een mist opdook. Binnen twintig minuten was Judith bij hen in het vertrek, met naar zwart neigend lang haar tot op de schouders. De gelijkenis was niet exact: Lammecks geheugenbeelden werden enigszins vertekend door de herinnering aan de intense pijn. Lammeck betwijfelde of iemand anders dan hijzelf ooit in staat zou zijn haar aan de hand van de opsporingsschets te herkennen. Dat nam niet weg dat het gezicht dat hem aanstaarde indruk op hem maakte, als een naderende ramp.

Decker hield Reilly de schets voor.

'Aantrekkelijk om te zien.' De chief knikte Lammeck toe. 'U bent er zeker van dat u zich haar zo herinnert?'

Lammeck haalde zijn schouders op en dwong zichzelf de man niet toe te snauwen: *Ze probeerde mij te doden. Ik had haar zelf bijna gedood. Ze hield me nogal bezig.*

'Bedankt, Decker,' zei Reilly. De tekenaar verliet het kantoor.

Zodra de jongeman weg was, nam Dag als eerste het woord. 'We zeggen dat ze een stalker is. Iemand die dreigbrieven stuurt. Klaar.'

Lammeck kwam uit zijn stoel. 'Een wat? Deze vrouw is niet de een of andere halvegare. Ze is zo gevaarlijk als dynamiet en ze is hier werkelijk om de president te vermoorden. Dat valt niet onder de roos te houden!'

'Toch wel,' zei Reilly, 'en we doen het ook. Professor Lammeck, acht weken geleden, toen u voor het eerst hier was, heeft Dag u verteld dat er maar een handvol mensen in de hele wereld wisten dat er iets op til was dat misschien – heel misschien – een complot tegen het leven van de president zou kunnen zijn. Nu we weten dat er inderdaad een moordcomplot aan de gang is, gaan we onze strategie om dat onder de roos te houden in geen geval wijzigen. Iedere agent die we nu in het veld hebben en deze schets te zien krijgt, zal denken dat hij op zoek is naar de een of andere griezel die rond het Witte Huis rondsluipt, of ergens in de stad. We hebben bekendgemaakt dat ze gewapend is, meer niet. Eerlijk gezegd zijn er iedere dag wel een stuk of vijf gekken die beweren dat ze Roosevelt willen vermoorden, dus eentje meer is voor niemand een verrassing. U zei dat u wilt dat we ons laten zien om haar mogelijkheden te beperken, en dat doen we nu. Begrijp me echter goed. Ik weiger het risico te nemen dat dit uitlekt. De Baas weet al dat we zijn beveiliging hebben opgevoerd. Dat is alles wat hij – of wie dan ook buiten dit kantoor – ervan weet. Mijn mensen zijn erop getraind geen vragen te stellen. We nemen nog steeds deel aan een wereldoorlog en ik sta niet toe dat de aandacht van dit land of de president daarvan wordt afgeleid. Wij kunnen dit zelf wel afhandelen zonder het nieuws overal in Washington rond te bazuinen. Geloof me, er zijn voldoende maatregelen genomen om de veiligheid van de president te verzekeren. Alarmklokken luiden zal ons niet helpen. En ga nu maar zitten, wilt u?'

Lammeck ging terug naar zijn stoel. Zijn gevoel van naderend onheil drukte zwaar op hem. 'Wie zijn we, Chief?'

'Professor, ik kan dat wat u weet niet ongedaan maken. Op dit moment bent u een ingewijde in een van de belangrijkste geheimen van heel de Verenigde Staten. Ik hoorde dat u bij uw binnenkomst tegen Mrs. Beach zei dat u "het hebt gehad". Het is mijn onaangename plicht u erop te wijzen dat u, of u nu wel of niet overweegt deze zaak de rug toe te keren, onder geen voorwaarde terug kunt naar huis, voorlopig. U kunt zich niet aan mijn bescherming of controle onttrekken, professor. Kortom, u "hebt het niet gehad" voordat ik zeg dat het voorbij is. Dat wil zeggen, totdat deze vrouw onschadelijk is gemaakt. Of als de oorlog voorbij is, want dan zal, neem ik aan, degene die haar heeft ingehuurd haar wel terugroepen. Dán kunt u terug, waarna we zelf naar haar op zoek zullen blijven.'

Lammeck keek even opzij naar Dag – uit die hoek mocht hij geen steun verwachten, wist hij – en daarna naar Reilly, om geen andere reden dan pure verbazing. 'U behandelt mij als een gevangene?'

'Dat is een van de scenario's. Het alternatief is dat u mee blijft werken met ons, professor. U kiest maar. Huisarrest in uw hotel of lid blijven van het team en ons helpen dit kreng te pakken te krijgen. En, professor, als u soms op het idee mocht komen de pers in te schakelen, of een advocaat, dus als u ook maar even probeert mij een loer te draaien, zult u binnen de kortste keren ontdekken hoe ver het gezag van de geheime dienst reikt. Ik kan u verzekeren dat u onder de indruk zult zijn.'

Lammeck was naar dit kantoor gekomen met het voornemen om Dag en Reilly op hun nummer te zetten, een paar keer op zijn borst te trommelen en te vertrekken met een verontwaardigd air, omdat ze hem in gevaar hadden gebracht en hij niet het gevoel had de waardering te krijgen die hem toekwam. Plotseling drong het tot hem door hoe deerlijk hij zich had misrekend.

'U hebt de ambassadeur dus niet ingelicht over de ware toedracht.'

Reilly moest er spottend om lachen. 'Kom nou toch, man, gebruik uw verstand! Dacht u nou werkelijk dat ik iemand ging vertellen hoe een Perzische huurmoordenares u heeft gedrogeerd?'

'Gedrogeerd? Ze heeft me vergiftigd!'

'Goed dan, vergiftigd. Geloof me, het was een stuk gemakkelijker om de ambassadeur van Peru te zeggen dat u een diabeticus bent die nog niet al te best met zijn regelmatige injecties weet om te gaan, dan opening van zaken te geven. O, en voor alle zekerheid heb ik erbij verteld dat u er bekend om staat dat u nogal lomp kunt optreden als u er een paar te veel op hebt en uw bloedsuikerspiegel uit de hand loopt.'

'Maar…' Lammeck stikte er bijna in, verbijsterd als hij was. 'Ik ben academicus, ik heb een reputatie op te houden. Het wás tegengif. Ik had verdomme dood kunnen gaan!'

Glimlachend wuifde Reilly zijn bezwaar opzij. 'De regering van dit land zal dat rechtzetten, professor. Zodra dit voorbij is en president Roosevelt erover kan worden ingelicht zal er, geloof me, via de passende instanties, alle erkenning komen voor uw bijdrage.' Lammeck begreep het niet goed, dus drukte Reilly zich duidelijker uit. 'Dat betekent voor u Harvard, Yale, Stanford – u zegt het maar. Oké?'

'U probeert me af te kopen?'

'Ik probeer u stil te krijgen. En ik probeer u te behouden voor ons team.' Reilly's houding werd respectvoller. 'Grote god, professor, u hebt haar toch gevonden!'

'Zij heeft míj gevonden.'

'Precies zoals u had gezegd. Alleen was het niet bepaald het resultaat waarop we hoopten.'

'Waar hebben we het precies over, Chief?' Huisarrest kwam in geen geval in aanmerking en teruggaan naar Schotland kon hij vergeten. Reilly eiste van hem dat hij zijn leven op het spel bleef zetten – Judith had er geen twijfel over laten bestaan dat zij zich geen moment zou bedenken hem uit de weg te ruimen als ze het gevoel kreeg dat haar het vuur na aan de schenen werd gelegd.

Reilly knikte naar Dag, die het van hem overnam. 'Regel nummer één: u verdwijnt uit de frontlinie. Geen feestjes meer, geen smoking. Ze kent u nu en het is veel te gevaarlijk om u als lokaas te gebruiken. Als u als burger iets overkomt, is dat een ernstige aantekening op mijn conduitestaat. Regel twee: ander hotel. Regel drie: u rapporteert Mrs. Beach of mij iedere dag waar u bent en wat u uitvoert. En geloof me, dat is voor ons alle drie een straf.'

Lammeck maakte aanstalten hem van repliek te dienen, maar grijnzend zei Dag: 'Kom, professor, neem het niet zo zwaar, dit moeten we doen. De Chief en ik hebben voor dit soort dingen getekend, maar u bent er met de haren bijgesleept. Eerlijk, we maken veel meer kans haar te pakken te krijgen als u ons blijft helpen. Dwing ons nou niet steeds een babysitter in uw hotel te stationeren totdat dit voorbij is. U bent zo al lastig genoeg voor ons. Kunt u zich voorstellen hoe we erover gaan denken als het zover moet komen? Doe ons dit niet aan, oké?'

Een keuze uit twee kwaden, dacht Lammeck. Reilly versus Judith. Het eerste betekende huisarrest, met de Amerikaanse regering als tegenstander; het tweede betekende mogelijk een wisse dood – óf een geweldige verrijking van zijn kennis en zijn loopbaan. Wat was de juiste keuze? De held uithangen? Als vanzelf, misschien kwam het doordat Judith een Perzische was, moest Lammeck denken aan Nadir Sjah, de geitenhoeder die het halverwege de achttiende eeuw had gebracht tot pater familias, aanvoerder van een clan van bandieten; en vervolgens zelfs tot de militaire leider die de Afghanen en Turken uit Perzië had verdreven. Eenmaal sjah had Nadir zich ontpopt als een despoot die veelvuldig oorlog voerde en de schedels van zijn opponenten liet opstapelen tot piramiden. Maar hoe gevaarlijk de man ook was, toch was hij in 1747 uiteindelijk vermoord door vier van zijn lijfwachten. Nadir had twee van hen weten te doden voordat hij er zelf aan ging. Gewoon maar lijfwachten, dacht Lammeck. Anonieme mannen die een heldhaftige daad hadden gesteld. Lammeck zou graag hun namen hebben geweten, om hun de eer te geven die hen toekwam.

Tegen Reilly zei hij: 'Waarom ook niet.'

'Dank u,' antwoordde de chief. 'Overigens, u dient te weten dat Mrs. Beach u heel graag mag. Dit is haar manier om dat te laten blijken.'

Judith scheen hem ook al te mogen. Ze had geprobeerd hem te doden. Deze twee vrouwen hadden een merkwaardig soort genegenheid met elkaar gemeen.

'U bent er alleen heen gegaan,' zei Reilly. Zijn ergernis was tot bedaren gekomen, nu Lammeck weer in het gareel was. 'Dat was dapper en oerstom tegelijk. Waarom heeft ze u laten gaan, professor? Ze had u gemakkelijk kunnen laten creperen.'

'Omdat ik haar met een Welwand, kaliber 9 millimeter, in de ribben porde. We gooiden het op een akkoordje en kwamen er allebei levend af.'

'Jozef, Maria en Jezus!' Reilly wierp Dag een blik toe, vol ongeloof.

'Juist,' zei Dag, na zijn voorhoofd te hebben gewreven. 'Regel vier: geen vuurwapens meer, professor.'

12 maart
Aurora Heights
Arlington, Virginia

Judith stak de sleutel in het voordeurslot van de Tenches. Ze liep om een hoopje post heen om haar mantel aan de staande houten kapstok in de vestibule te hangen. Ze begon de post te sorteren en liet de uitnodigingen met rust, dit keer. Ze legde de post netjes op de stapels op de consoletafel.

Boven nam ze de avondjurk van Mrs. Tench uit de doos van de dry cleaner en hing hem weer in de garderobe. Ze betastte verscheidene andere jurken en hield een jurk van azuurblauwe zijde met patronen erin voor haar lichaam. De jurk viel in gerende lijnen af naar de vloer en zou de kleur van haar ogen accentueren. Ze hing de jurk terug. Toen ze de garderobedeur sloot, zuchtte Judith. Die jurk zou ze nooit dragen.

De Tenches zouden volgens plan morgen thuiskomen. Voor Judith was de teerling geworpen: ze moest weg uit dit huishouden. Ze zou de mister nog enkele keren uitwringen voor wat hij waard was, maar haar vertrouwen dat hij de weg naar haar doel zou zijn was verdwenen. In plaats daarvan had ze op ambassadefeesten veelbelovende nieuwe connecties aangeknoopt. Diverse machtige mannen hadden haar om haar telefoonnummer gevraagd. Ze had geweigerd, maar wel hun kaartjes in ontvangst genomen met de belofte dat ze de man in kwestie zelf wel zou bellen – een schandalige en tegelijkertijd intrigerende manier van doen voor een aantrekkelijke vrouw. Een man met een stierenek die beweerde personeelschef te zijn voor een vooraanstaand lid van het Congres uit New York, was ongehuwd, vervuld van zichzelf en een gemakkelijk slachtoffer.

Beneden ging ze in de lichte keuken zitten. Dit was haar favoriete plek in het huis, omdat Mrs. P. erin was geslaagd de keuken tot haar sanctuarium te maken. Judith overwoog even of ze Jacob een geschenk uit de keuken in de schoot zou werpen: het zou haar weinig moeite kosten zijn vrouw heel erg ziek te maken. Een druppel gif, zoals digitoxine uit vingerhoedskruid, of wat colchicine uit herfsttijloozaad, over een broodje ham, in een beker melk of op een taartpunt. Zijn magere, labiele vrouw zou ermee naar de dokter moeten, vermoedelijk zelfs naar het ziekenhuis. Jacob zou aandacht aan haar moeten besteden en zich ervan overtuigen dat er goed voor haar werd gezorgd. Misschien zou hij dan voor het eerst sinds jaren met andere ogen naar haar kijken. Dan zou hij beseffen met wie hij was getrouwd en een besluit moeten nemen, links- of rechtsom. Misschien zou de vrouw degene zijn die de knoop doorhakte. De kameel zou echter met grote zorg helemaal in de tent moeten zijn getrokken voordat dit gefortuneerde maar arme Amerikaanse echtpaar er met elkaar over zou gaan praten.

Judith stond op om te gaan – die beslissing kon wachten. Waarschijnlijk zou Mrs. P. er de schuld van krijgen dat het mens ziek was geworden; haar kookkunst was in het geding. Ze zouden haar ontslaan. Die complicatie wilde Judith in geen geval.

Ze schoot haar mantel aan, sloot de voordeur af en reed weg. Met die stralendblauwe hemel deed deze dag al aan het voorjaar denken, met wat vroege bloemen in de tuinen van deze welgestelde buurt. Morgen zou ze Mrs. Tench zeggen dat zij op korte termijn haar ontslag wilde indienen en een referentie nodig had. De reactie van de vrouw zou bepalen hoe gezond ze zou eten, gedurende Judiths laatste werkdagen hier.

Ze stak in oostelijke richting de Potomac over. Zoals altijd stond het op Arlington Memorial Bridge vol auto's, bussen en legervoertuigen. Vaak ook werd de brug verstopt doordat affuiten met een gestorven militair en zijn of haar nabestaanden in wandeltempo op weg waren naar Arlington Cemetery, om de soldaat of marineman te begraven. Hierdoor ontstond er steevast een file van bijna anderhalve kilometer tot diep in het centrum van de stad, zodat het verkeer in het hart ervan kwam vast te staan en de files pas na uren weer waren opgelost.

Toen ze eindelijk Seventeenth Street bereikte, sloeg ze af en reed langs het Blackstone Hotel, om geen andere reden dan dat het voor haar een soort ijkpunt was, de plek waar Lammeck had gelogeerd. Ongetwijfeld zou de professor elders zijn ondergebracht. Ze hoefde niet te weten waarheen. Als ze hem terugzag voordat haar missie was volvoerd, zou dat zijn omdat hij haar had opgespoord. Ze hoopte dat dát niet zou gebeuren.

Hoe het ook zij, hij was voorlopig nog in leven. Ze had de ontmoeting in de Peruaanse ambassade alleen op touw gezet om hem flink wat angst in te boezemen. Ze had niet de bedoeling gehad hem te doden, tenzij ze zou merken dat hij een van die irreële academici of gefrustreerde kampioenen was die zich niet wilden terugtrekken. Ze had daarbij vastgesteld dat hij dat inderdaad was, maar ook iets anders. Dat had hem het leven gered. Hoewel hij haar in feite in een patstelling had gemanoeuvreerd en genoeg gezond verstand bezat, zodat hun ontmoeting enerverend was geweest, was ze geen moment bang geweest dat hij de trekker zou overhalen. Judith kende de blik in de ogen van een moordenaar en dat soort blik had Lammeck niet gehad, ondanks alle pijn en doodsangst. Ze had hem leren kennen als een intelligent man voor wie ze op haar tellen diende te passen, maar geen man die ze moest vrezen. Dit bevestigde de vermoedens die ze al vóór hun ontmoeting had gehad: mensen die iemand kunnen doden terwijl hij of zij hen recht in de ogen kijkt zijn zeldzaam. Als koudbloedigheid een algemene eigenschap was, zou Judith geen werk hebben gehad.

Nee, Mikhal Lammeck belichaamde geen gevaar. Hem nog even in leven laten kwam haar beter uit, want elk lijk dat ze achterliet was een complicatie – de zoveelste kruimel op haar pad die hen in staat kon stellen haar alsnog te vinden. Ze had al een spoor van lijken achtergelaten.

Trouwens, in het onwaarschijnlijke geval dat ze zich in de professor had vergist, zou ze haar woord gestand doen. Ze zou hem doden.

Ze moest vijfentwintig minuten lang langs de oostelijke periferie van het Witte Huis-complex heen en weer rijden voordat ze een vrij parkeervak vond. Ze was ermee ingenomen, had op een langere wachttijd gerekend. Hoe eerder ze langs het trottoir stond, des te eerder ook was ze uit de aandachtszone van de agenten die door de straten en over de trottoirs patrouilleerden. Het was inmiddels half twee. De president verliet het Witte Huis-complex nooit voor drieën. Judith wandelde weg van de auto en voegde zich moeiteloos in de stroom van werkende mensen op het trottoir. Ze was gewend aan alle kanten te zijn omgeven door veel mensen, in het gedrang; in Caïro was het even vol, maar het tempo was veel gezapiger. De mannen en vrouwen die zich hier door Washington repten, hadden haast om een wereld te winnen en dat maakte iedere stap die ze zetten belangrijk en doelgericht. Ze stond in de rij om een zoute krakeling en een zakje gepofte kastanjes bij een kraampje te kopen en liep verder, opgaand in de massa.

Dit was de eerste aangenaam warme dag sinds haar aankomst. Ze had wel gehoord van de schoonheid van Washington in de lente, vooral dankzij de befaamde kersenbloesems langs het Tidal Bassin. Ze liep in westelijke richting langs de smalle Reflecting Pool naar de neoclassicistische voorgevel van het Lincoln Memorial. Op dit pad, eigenlijk ontworpen als een door monumenten en andere toeristische attracties geflankeerde promenade, was het al even bomvol als op elk ander trottoir in het hart van de stad, want dit was de ruim anderhalve kilometer lange locatie van tijdelijke, vier etages tellende houten kantoorgebouwen die ten behoeve van het ministerie van Marine waren opgetrokken langs deze kunstmatige vijver.

Halverwege de lengte van de vijver verbond een overdekte brug de beide oevers, waardoor het uitzicht werd bedorven. Judith verwonderde zich erover hoe steden als Rome, Athene, Constantinopel – stuk voor stuk het hart van een historisch imperium – erin waren geslaagd dit soort afgrijselijke bouwsels te vermijden en toch hun oorlogen te voeren.

Ze vond een bankje in de zon en verorberde haar kastanjes naast de smalle vijver. Ze stelde zich deze witte stad, blozend van kersenbloesems, voor met een dode president. Ze streek met de hand van haar verbeelding over het landschap en liet zwarte koepels en zuilen uit de grond schieten, overkoepeld door een grauwe hemel waaruit motregen viel over een grootse processie, een keizerlijke begrafenisstoet. Zij zou deze stad en de wereld die zij met haar geld en wapens beheerste transformeren. Zij zou deze immense ingreep verrichten.

Judith at op haar gemak, genietend van de dag en haar anonimiteit, die voort zou duren, hoe intensief Lammeck en zijn metgezel met de gekreukte regenjas ook naar haar mochten speuren. Zij had een bondgenoot waar zij niet tegenop konden: de tijd. Voor haar historische ingrepen bestonden geen tijdschema's. Zes maanden, desnoods een jaar – haar opdrachtgevers stelden geen tijdslimieten; ze vertrouwden op haar capaciteiten. Zo vroeg mogelijk was altijd het beste – als een bewijs van haar bekwaamheden – maar geduld was scherper dan welke dolk dan ook, en dodelijker dan het sluwste vergif. Ze had al het geld dat ze nodig kon hebben, plus een handvol legitimatiebewijzen waaruit ze een andere identiteit kon kiezen. Als moordenares had Judith vele sterke punten, maar de belangrijkste ervan was zelfdiscipline. Zij verstond de kunst om rond te cirkelen en te wachten op de wenk, het signaal waarmee de geschiedenis haar op het toneel zou roepen waarop zij en haar slachtoffer alleen tegenover elkaar zouden staan, zonder toeschouwers.

Ze brak een stukje krakeling af voor een tolerante duif. Het kan iedere dag zijn, dacht ze. Dus waarom niet vandaag?

Ze stond op van de bank om in de voorjaarswarmte terug te wandelen naar haar geparkeerde auto.

Om tien minuten voor zes kwam Roosevelt voor het eerst sinds zijn terugkeer uit Jalta tevoorschijn. Hij deed dat op zijn gebruikelijke manier: in zijn gepantserde limousine, ingeklemd tussen twee zwarte auto's vol lijfwachten. De colonne kroop met brandende koplampen weg van de zuidpoort. Judith liet wat auto's voorgaan en reed toen het parkeervak uit.

Op zijn ritten buiten het Witte Huis was Roosevelt altijd gemakkelijk te volgen. Zijn chauffeur deed nooit een poging om opstoppingen te mijden.

Zijn colonne gebruikte geen sirenes of zwaailichten en gehoorzaamde elk verkeerslicht. Het was duidelijk dat de geheime dienst zijn bewegingsvrijheid niet vanwege haar had ingeperkt. Zou hij weten dat er een moordenares op hem loerde? Dertig meter achter de limousine stelde Judith zich voor dat ze op de achterbank zou zitten, naast de gehandicapte president; ze was als het ware een onzichtbaar oog dat hem observeerde. Nee, hij wist niets van haar bestaan. Roosevelts gunstelingen beschermden hem op alle manieren die hen ten dienste stonden tegen Judith; zelfs tegen het bewustzijn dat ze er was. Waarom? Omdat de oude man het al zwaar genoeg had. Hoe triest dat iemand als hij deze incidentele rondritjes nodig had, alleen om het gevoel te hebben dat hij zich nog door de wereld kon verplaatsen. Om zoveel macht te hebben en toch te smachten naar een eenvoudig autoritje. Judith zag het gezicht van de oude man naar buiten staren, waarbij zijn trage blik het zonnige land langs zich heen zag glijden. Hij was hier de gebieder, maar hoe eenzaam moest hij zich voelen, niet alleen binnen zijn muren, maar ook gevangen in het lichaam dat hem in de steek liet. Hij moest snakken naar frisse lucht en verandering van omgeving. Voor het eerst bespeurde Judith iets van de tragiek van deze president. Zelfs in een Amerika dat steeds machtiger werd, was het zijn lot te worden geslachtofferd, zoals dat voor de meeste groten der aarde meestal het geval is. Dat moment was even nabij als zijzelf. De geschiedenis had haar genade en bescherming weggenomen van Franklin Delano Roosevelt en haar, Judith, ervoor in de plaats gezet.

Ze voelde dat ze elkaar spoedig zouden ontmoeten. Ze voelde het in haar handen, in haar hart en in haar doelgerichtheid – allemaal sterker dan die van hem.

De colonne sloeg af naar Georgetown in het westen. Het portierraampje van de president stond op een kier; er wolkte sigarettenrook naar buiten. Judith volgde de drie auto's maar bleef een huizenblok afstand ten opzichte van de achterste auto in acht nemen. Ze vermoedde dat de colonne weer eens op weg was naar de Rock Creek Parkway, waar de president graag de wind langs zich heen voelde strijken. Ze had het mis. In plaats daarvan sloeg de colonne af naar de chique woonwijk en vervolgde haar weg tussen de fraaie bakstenen villa's met hun siersmeedwerk. Judith gaf gas om haar achterstand op de auto's te verkleinen; ze wilde ze in deze smalle lanen niet uit het oog verliezen.

De drie auto's reden tot diep in de wijk en stopten in Q Street voor een hoog huis van bruine baksteen. Judith hield zich op de achtergrond. Een lijfwacht stapte uit de voorste auto en posteerde zich naast Roosevelts portier. De president verliet de limousine niet; in plaats daarvan kwam een lange vrouw de bordestrap van het huis af zonder door dat iemand haar tegemoet ging om haar naar de limousine te escorteren. Even later reed de colonne verder, met de vrouw op de achterbank, naast de president.

Judith bleef de colonne volgen. Ze reed langs het huis en keek opzij naar het huisnummer, 2238. Achter een hoog raam stond een opvallend struise blanke vrouw in een dienstbode-uniform, die de colonne nastaarde.

Judith volgde de president en zijn gaste niet verder. Ze reed Georgetown uit, terug naar het Witte Huis. Ze parkeerde in een vak dat uitzicht bood op de zuidpoort. Om twintig over zeven kwamen de colonne terug. En rond middernacht kwam een auto de zuidpoort uit, om terug te rijden naar Q Street.

13 maart
Georgetown

Een fractie van een seconde stak Judith haar hand uit naar de fles ahornsiroop, achter de rug van de struise vrouw. Glimlachend trok ze haar hand terug. 'Neem me niet kwalijk, u zag hem eerder. Ga uw gang.'

De vrouw beantwoordde de glimlach en nam de fles; Judith pakte de fles die erachter stond. De oudere dienstbode duwde haar winkelwagen verder door het tussenpad. Judith hield afstand en deed alsof ze geïnteresseerd was in andere levensmiddelen, totdat de vrouw de hand uitstak naar een blik perziken. Judith dook op naast haar brede schouder, wachtte en nam het volgende blik.

'Grappig,' zei ze, 'het lijkt wel alsof we boodschappen doen voor dezelfde persoon.'

'Ja.' De vrouw knikte en gluurde naar de ijzerdraadmand aan Judiths arm. Ze zag dat ze ook dezelfde rol koekjes hadden ingeslagen.

Judith liet demonstratief haar blik langs het omvangrijke lichaam van de vrouw glijden, niet om haar postuur te bewonderen, maar de zwarte uniformjurk met kanten kraag onder haar losgeknoopte mantel. Zelf droeg ze een soortgelijk uniform, dat ze diezelfde ochtend had gekocht. 'Ik had u nog niet eerder gezien,' zei ze. 'Bent u nieuw in deze wijk?'

De vrouw legde een mollige hand op haar boezem en giechelde: 'Wie, ik? *Non*, er is niets nieuws aan mij.' Deze vrouw had dezelfde uitstraling als Mrs. P. en was mogelijk een stuk ouder dan ze leek. Ze had vriendelijke ogen en een vollemaansgezicht, en ze was geen Amerikaanse.

'Uit welk land komt u? U hebt een mooie stem. O, neem me niet kwalijk, ik wilde niet opdringerig zijn.' Judith nam de ijzerdraadmand van haar rechterarm en stak met schuchtere gretigheid haar hand uit. 'Ik ben Desiree.'

'En ik ben Annette. Desiree. *Un beau nom*. U weet wat dat betekent?'

'Een mooie naam.'

'Spreekt u Frans?'

'Ik ben opgegroeid in New Orleans waar we creools Frans spraken. Mijn vader is een kleurling, maar mijn moeder is een cajun, een afstammelinge van Franse kolonisten.'

'Nou nou!' Opnieuw giechelde Annette. 'We passen goed bij elkaar, *n'est-ce pas*? We konden wel zussen zijn die elkaar lang geleden uit het oog hebben verloren!'

De vrouw ging verder met haar boodschappen, met Judith aan haar zij. Ze babbelden in hun gemeenschappelijke taal en namen hier en daar vrijwel dezelfde artikelen uit de schappen, hoewel Judith het een keer alleen voor de show deed en het artikel terugzette. Op Judiths vragen antwoordde Annette met een beknopte versie van haar levensverhaal: ze was geboren in Toulouse en was als jonge weduwe naar Amerika gegaan om daar, na alle ontberingen van de Eerste Wereldoorlog, werk te zoeken. Ze had al vele jaren een betrekking als persoonlijke bediende bij een welgestelde *madame* die zelf kortgeleden ook weduwe was geworden. Deze dame was uit South Carolina naar Washington gekomen voor een bezoek aan haar zus in Georgetown. Ondanks Annettes energieke manier van doen liep ze rood aan en werd kortademig van het praten en het voor zich uit duwen van het winkelwagentje. Judith kon zien dat het niet al te best gesteld was met haar gezondheid.

Judith was als eerste klaar met haar boodschappen en alles paste in één grote papieren zak. Annette had drie zakken mee te sjouwen. Judith bood aan haar te helpen om die zware last naar het huis van de zuster van haar madame te dragen.

'*Merci, chérie*. Ik kan ze zelf wel dragen. Ik wil in geen geval dat mensen gaan denken dat ik zo oud en dik ben dat ik hulp nodig heb van een mager meisje.'

Judith nam een van Annettes papieren zakken over. De oudere vrouw maakte geen bezwaar. 'Je hebt hulp nodig, *ma soeur*. Geen moeite, kom maar.'

Judith liep naast de hijgende vrouw. Ze nam het grootste deel van het gesprek voor haar rekening om Annette de inspanning van het antwoorden te besparen. Ze vertelde dat ze nieuw was in Washington en werkzaam was bij een dame die niet goed snik was, en wier man een hoge positie had in de regering. Ze was niet erg gesteld op de hoofdstad, die zoveel groter en veel voller was dan haar vertrouwde New Orleans. Ze overwoog terug te gaan naar huis, of misschien een andere baan te nemen, ergens buiten de stad.

Even later stonden ze voor het bordes van het huis van bruine baksteen. Daar nam ze afscheid van Annette. Op het trottoir draaide Judith zich om, om weg te lopen. Kort voordat ze wilde blijven staan om Annette gedag te zeggen, deed de oudere vrouw haar mond open. 'Desiree, heb je vanavond iets te doen? Ik ben van plan vrij te vragen, voor een etentje buiten de deur. Met een vriendin.'

Judith omvatte haar zak met boodschappen met beide armen en knikte met precies de juiste mate van meisjesachtige bedeesdheid.

'*Avec plaisir*, Annette.'

Na zessen volgde Judith een zwarte auto vanuit het Witte Huis naar Q Street. Toen de lange vrouw ook nu de bordestrap afkwam, in de auto stapte en werd weggereden, parkeerde Judith haar auto in P. Street en liep toen naar het bakstenen huis om Annette af te halen.

Toen ze het huis naderde, welde er opeens een golf van genegenheid in haar op voor Desiree, haar alter ego. Vanavond had Desiree zich uitgedost als een blanke vrouw teneinde eventuele moeilijkheden in het restaurant te voorkomen. In Amerika's hoofdstad bestond officieel geen segregatie, maar Washington vond desondanks veel manieren om zwarten als tweederangs burgers te behandelen. Zoals slechte bediening, zijdelingse blikken en ruim afstand bewaren. Judith droeg schoenen met hoge hakken, een afkledend antracietkleurig jasje en een bijpassende rok. Ze had haar lange haar elegant opgebonden, in een strakke chignon. Deze avond moest gladjes verlopen.

Annette kwam in bescheidener kleding naar de voordeur. Ze droeg een gladde olijfkleurige rok en platte schoenen. Ze leek erg verlegen, totdat Judith de oude dienstbode de bordestrap afhielp en haar verzekerde dat ze er mooi uitzag. Inwendig mopperde Judith op zichzelf, omdat ze zich net even te chic had aangekleed, waarmee ze nodeloze aandacht zou trekken. De mensen zouden haar vergelijken met Annette.

'Ik heb een tafeltje gereserveerd in een leuk restaurant, drie blokken van hier,' zei ze, om het gesprek een andere draai te geven.

'*Merci*.'

Judith regelde haar pas naar die van de grote vrouw. Onder het lopen legde Annette haar uit welke taken ze voor haar madame verrichtte: kokkin, huishoudster, kleedster en vertrouwelinge. Ze was al vijfentwintig jaar bij haar, vanaf het eerste jaar van haar huwelijk. De *monsieur* was overleden, volgende week precies een jaar geleden. Hij was heel wat jaartjes ouder geweest dan madame. 'En jij, Desiree?'

'Ik? O, momenteel ben ik alleen huishoudster. Soms moet ik opdienen, als er gasten zijn. Ik kan echter alles. Ik kan koken op zijn Frans, Italiaans, oosters – noem maar op. Ik kan naaien en invitaties schrijven. Tuinieren kan ik ook.'

Annette glimlachte goedkeurend. 'Je zei dat jouw mevrouw niet helemaal helder is. Nou, dat moet wel, als ze zo weinig gebruik van je maakt. Eh?'

Ze giechelden allebei. Judith wilde deze vrolijke vrouw niet krenken.

In het restaurant nam de kelner hun mantels aan en begeleidde hen naar een tafeltje. Annette nam het chique interieur en de deftige clientèle in het oog. 'Ik trakteer,' zei Judith. 'Ik was vorige week jarig en mijn *maman* heeft me wat geld gestuurd om gezellig uit eten te gaan. En dat is precies wat ik ermee doe. Met jou samen.'

Ze vroeg Annette de wijn uit te zoeken. Toen ze hun entrees hadden besteld, vroeg Judith: 'Wie is jouw madame eigenlijk?'

Annette nam een teugje wijn. 'Mevrouw Lucy Rutherfurd; Mercer is haar meisjesnaam.' Hoewel er geen enkele reden was haar werkgeefster te verdedigen, voegde ze eraan toe: 'Ze is een buitengewoon aardige dame.'

'Ongetwijfeld. Wat doet ze?'

Annette haalde haar schouders op, enigszins verward door de vraag. 'Ze is weduwe. Ze reist, zou je kunnen zeggen. Ze beheert haar bezittingen. Dóén, zei je?' Annette giechelde. 'Wat doet jouw mevrouw?'

'O, die loopt de halve dag te grienen, en de rest van de tijd kras ze als een kerkuil. Of zoals mijn ouwe vader altijd zei: "Ik kan niet ontdekken of ze naar het zuiden verhuist of gaat kegelen."'

Ook dit leek Annette in verwarring te brengen, maar haar vriendelijke aard maakte dat ze de vreemde uitdrukking wel kon waarderen. Judith schonk haar nog eens in. 'Annette, wie was degene die jouw mevrouw kwam afhalen?'

De Française schudde het hoofd. 'Dat kan ik je niet zeggen, *chérie*. Hoe weet je dit eigenlijk?'

'Ik was zo opgewonden dat we vanavond samen zouden gaan eten, dat ik wat te vroeg hier was. Ik zag een grote zwarte auto stoppen en zij stapte in. De man die het portier voor haar openhield leek wel een soort lijfwacht.'

Annette gluurde over de rand van haar wijnglas. 'Dat is hij ook. Ik mag echter niet zeggen voor wie. Een zeer machtig man.'

'O, ik vertel het heus niet verder. We zijn vriendinnen, ja? En jij zou blij voor haar moeten zijn, nu ze zo vroeg na het overlijden van haar man iemand heeft. Dat moet een hele opluchting zijn voor Mrs. Rutherfurd.'

'Dat is het, dat is het. Ze zijn al heel lang bevriend, zij en deze man. Ik mag het echter niet zeggen – het is een belangrijk Amerikaans geheim.'

Judith hield haar wijnglas bij haar onderlip en deed alsof ze ingespannen nadacht. Toen zette ze het glas zo hard neer dat de wijn over de rand gutste en het witte tafelkleed bevlekte. 'O, lieve help – je mevrouw heeft omgang met iemand van de regering?'

Annette haalde haar schouders op. Judith zag hoe graag de Française haar geheim wilde bewaren, maar ook hoe begerig ze was naar het witte voetje dat het onthullen ervan haar zou bezorgen bij de bewonderende, jonge Desiree.

'Een senator?'

'Desiree, vraag niet verder. Ik mag het niet zeggen.'

'Toch niet de president?'

'*Sttt!*'

Judith leende een zegswijze van Mrs. P. : 'O nee, niet toch!'

Annette wapperde met haar handen voor Judiths gezicht alsof ze bijen wilde verjagen en bleef sissen. 'De president? O, ik wíst het! Dat moet dan de geheime dienst zijn geweest die haar kwam afhalen.'

'Desiree, praat zacht!' De oudere vrouw legde haar handpalmen plat op het tafelkleed en keek om zich heen om te zien wie er meeluisterde. 'Ze heeft géén omgang met de president.'

'Volgens mij wel.'

'De president is een getrouwd man en Mrs. Rutherfurd is een keurige weduwe.' Annette zwaaide met haar wijsvinger. 'Die twee kennen elkaar al meer dan dertig jaar, da's alles.'

Judith liet zich terugzakken in haar stoel. 'O, lieve help…' Toen boog ze zich naar voren en legde haar hand over Annettes vlezige arm. 'Meisje!!!' zei ze, klakkend met haar tong, voordat ze zich weer grinnikend oprichtte. Ze schonk Annettes wijnglas nog eens bij, met een air van bewondering.

Judith wachtte enkele ogenblikken om Annette de kans te geven zich te hervinden. De oude dienstbode had het geheim over haar lippen laten komen en had tijd nodig om zich ervan te herstellen. Judith hielp haar met een hand op haar hart. 'Bij God, ik zweer je, Annette, van mij zal niemand daar ooit iets van horen. Ik zweer het. Maar opwindend is het wel.'

Dit hielp de Française weer te gaan glimlachen en terug te vallen in de klassieke rol van doorgewinterde en klagende oudgediende. 'Het is allemaal veel lastiger dan jij misschien denkt.' Ze zuchtte dramatisch. 'Geloof me.'

'Ontmoet je hem weleens?'

'Al verscheidene keren. Uiteraard meestal maar heel kort.'

'En je hebt ook voor hem gekookt, zeker?'

'*Oui.*'

Judith boog zich over de tafel om haar toe te vertrouwen: 'O, ik zou er een moord voor doen om voor hem te mogen koken.'

Op dat moment werd hun eten opgediend. Judith at mosselen, Annette had een kotelet besteld. Judith liet nog een fles wijn aanrukken. Ze hoorde Annette uit over de bijzonderheden van de relatie tussen haar werkgeefster en de president van de Verenigde Staten. De oude dienstbode schraapte veelvuldig haar keel en zuchtte en hakkelde voortdurend. Met veel geduld en goed getimede *ah's* en *oh's* trok Judith het verhaal uit haar.

In 1914, toen Franklin Roosevelt onderminister van Marine was, had zijn vrouw Eleanor een society-secretaresse in dienst genomen om haar te helpen met de vele verplichtingen van een jonge sterpoliticus-in-opkomst. Op voorstel van haar oom Theodore Roosevelt had Eleanor haar keus laten vallen op Lucy Mercer, een meisje uit een vroeger gegoede familie uit Washington wier vader door zijn drankzucht uit de gratie was geraakt.

'Mrs. Rutherfurd is altijd een dame geweest, tot in haar vingertoppen,' voegde Annette eraan toe, 'zelfs toen ze nog maar drieëntwintig was.'

De jonge Franklin Delano Roosevelt had daar oog voor gehad en haar aantrekkelijk genoeg gevonden om een verhouding met Lucy te beginnen, ondanks zijn huwelijk en vijf kinderen. Eleanor kreeg er niets over te horen. Franklin en Lucy woonden samen feesten bij en dineerden tijdens Eleanors afwezigheid uit de stad geregeld samen in het openbaar.

'Eleanor Roosevelt is echter een geweldige vrouw,' vergat Annette niet te vermelden. 'Ze is een lichtend baken voor alle vrouwen, overal.'

Drie jaar later, in 1917, had Eleanor vanwege de oorlog en het nagenoeg tot stilstand gekomen societyleven niet veel werk meer voor Lucy, zodat ze haar had ontslagen. Die zomer had Lucy als vrouwelijke matroos dienst genomen bij de marine en was ze als secretaresse bij het ministerie van Marine gekomen, zodat ze in Franklins buurt kon blijven. De relatie tussen het tweetal bloeide volop. In Washington werd er druk over geroddeld, maar Eleanor weigerde ernaar te luisteren, in de mening dat het beneden haar waardigheid was om dat wel te doen.

In de zomer van 1918 was Roosevelt naar het buitenland afgereisd om daar Amerikaanse marinebases te inspecteren. In september was hij met het schip Leviathan teruggekeerd naar New York. Eleanor had op de kade haar man opgewacht en was er getuige van hoe hij op een brancard de wal op werd gedragen. De diagnose was dubbele longontsteking. Verscheidene zeelieden op de Leviathan waren op zee al aan dezelfde ziekte bezweken.

In hun appartement in Manhattan had Eleanor de koffers van haar zieke echtgenoot uitgepakt. Zo ontdekte ze een pakje brieven van Lucy Mercer, bijeengehouden door een gestrikt lint. Eindelijk was de aap uit de mouw. Hij werd er echter even vlug weer ingestopt.

'Volgens Mrs. Rutherfurd,' zei Annette, die nog een slok wijn nam, 'was het de moeder van de president die zich erin mengde en de situatie redde. Eleanor wilde scheiden, maar de grande dame die de koorden van de beurs van haar zoon in handen had, zei *non*.'

Sara Roosevelt was niet van plan Franklin ook nog maar een cent te geven en hij zou het familiehuis in Hyde Park niet erven als hij van Eleanor scheidde. De oude vrouw vreesde voor de politieke loopbaan van haar zoon in een tijd dat scheiden politieke zelfmoord betekende. Bovendien, Lucy was rooms-katholiek. Voor haar zou een huwelijk met een gescheiden man een enorm religieus obstakel zijn, zoals ook gold voor de protestante Sara Roosevelt. De hele episode werd als een schande gezien, maar bleef binnen een beperkte kring. Franklin en Lucy moesten beloven elkaar nooit meer te zien.

Nu zijn liefdesavontuur voorbij was, zijn huwelijk sterk veranderd, en de oorlog gewonnen, was Roosevelt toe aan verandering. Hij nam namens de Democraten in 1920 als kandidaat voor het vice-presidentschap deel aan de presidentsverkiezingen, als *running mate* van James Cox, de eerste keer dat ook vrouwen mochten stemmen. De Democraten verloren en Franklin vond werk in het bedrijfsleven.

Ook Lucy veranderde haar leven. In 1920, ze was toen achtentwintig jaar, accepteerde ze een aanzoek van de welgestelde, vijftigjarige weduwnaar Winthrop Rutherfurd, die haar eerst als gouvernante voor zijn zes kinderen – die geen van allen de tienerleeftijd te boven waren – in dienst had genomen. Zijn vrouw was drie jaar eerder overleden. De volgende vierentwintig jaar had ze voor Wintie en zijn gezin gezorgd, op zijn landgoederen in New Jersey en South Carolina. Ze schonk hem zelf ook een kind, hun dochter Barbara.

In 1921 was Roosevelt met vakantie in Canada toen hij werd getroffen door polio. Gedurende de zeven jaar daarna had hij zich geconcentreerd op het herstel van zijn gezondheid door middel van waterbehandelingen op Cape Cod en in Warm Springs, Georgia. Tegen 1928 waren zijn armen en rug sterk genoeg geworden om hem in staat te stellen uit een rolstoel op te staan en met behulp van beenbeugels en een wandelstok te lopen. Dat jaar werd hij gekozen tot gouverneur van de staat New York. Vier jaar later was hij president geworden.

'Mrs. Rutherfurd heeft al zijn inauguraties bijgewoond,' verklaarde Annette vol trots, 'vanuit een auto van de geheime dienst, dat wel. Maar ze was er altijd bij.'

De twee geliefden die hadden gezworen elkaar nooit meer te zullen zien, hielden zich dertig jaar lang aan die belofte, maar ze hadden nooit beloofd elkaar niet meer te schrijven of te bellen. Soms babbelden ze in het Frans, om te verhinderen dat de telefonistes van het Witte Huis het gesprek konden volgen. Na het overlijden van *grande dame* Sara Roosevelt, in de herfst van 1941, hadden de oude geliefden – 'toen de president al zoveel jaar onder zware druk had geleefd', legde Annette uit – de omgang met elkaar hernieuwd. Kort na de begrafenis van Franklins moeder had Lucy samen met haar zieke echtgenoot de reis naar Washington gemaakt, zodat ze hem in het Walter Reed Hospital kon laten opnemen ter behandeling van een beroerte. Tijdens haar verblijf in Washington hadden Lucy en Franklin voor het eerst in bijna een kwarteeuw elkaar weer in de ogen gekeken. Na die episode was Lucy, iedere keer als ze in Washington was, voor het diner uitgenodigd op het Witte Huis of had de president haar opgezocht in het huis van haar zus, Violetta. Na de dood van Lucy's man Wintie, al tweeëntachtig jaar, in maart 1944, had Lucy haar bezoeken aan Roosevelt opgevoerd, niet alleen in het Witte Huis, maar ook in de residentie in Hyde Park en het Kleine Witte Huis in Georgia. De president was begonnen zijn trein om te laten rijden teneinde Lucy thuis te kunnen bezoeken, op haar landgoed in New Jersey en in haar huis in Aiken, South Carolina.

'Daarom is Mrs. Rutherfurd tijdelijk in Washington. Om de president te bezoeken.' Annette zwaaide met haar wijsvinger. 'Zij is een dame, tot in haar vingertoppen,' herhaalde de loyale oude dienstbode, 'en wee hem die iets anders beweert.'

Judith legde haar vork neer, klaar met haar mosselen. Annette had haar varkenskotelet nauwelijks aangeraakt. Ze had een half uur lang zonder onderbreking zitten babbelen. Nu het geheim haar eenmaal over de lippen was gekomen, leek er geen ruimte meer voor iets wat haar kant uit wilde stromen, behalve de wijn.

Annette bekeek haar koud geworden kotelet en zei: '*Fini!*', wuivend met haar mes voor haar gezicht, bijna op de manier zoals Mrs. P. het had kunnen doen. '*C'est tout ce que je sais.*' Meer weet ik niet.

Judith keek toe hoe Annette alsnog op haar kotelet aanviel. Ze schonk haar de rest van de wijn in. 'Annette…'

De vrouw antwoordde met volle mond: '*Oui?*'

'Dank je. Wat een mooi romantisch verhaal. En je kunt ervan op aan, ik zal het niemand verder vertellen.'

'Ik geloof je, liefje. De verslaggevers – die weten het allemaal allang. Ze schrijven er alleen niet over. Waarom zouden ze het aan de grote klok hangen, nu het oorlog is? De man is triest. Heel eenzaam en ziek. Hebben wij het recht te beweren dat hij geen vriendin mag hebben?'

'Nee. Natuurlijk heeft hij het recht jouw mevrouw te zien.'

'*Bon.* De president is een groot man.'

Judith liet de oude dienstbode met rust tot ze het laatste draadje vlees van haar kotelet had verorberd en vroeg haar of ze een dessert wilde. Alleen koffie, antwoordde Annette, met een klopje op haar dikke buik.

Toen de kelner de koppen had ingeschonken, vroeg Judith: 'Wanneer gaan jullie terug?'

'Madame zal morgen in het Witte Huis lunchen en daar blijven tot na het diner. De volgende dag stappen we op de trein naar Aiken.'

Judith liet haar blik zakken naar haar kop koffie en nam peinzend een slokje. Ze werd stil en wachtte totdat het Annette zou opvallen.

'Desiree, *qu'est-ce que c'est?*'

'Annette, ik weet dat we elkaar nog maar net hebben leren kennen.' Judith boog zich naar voren om haar handen op de polsen van de oude dienstbode te leggen. 'Ik zou je echter om een gunst willen vragen.'

De struise vrouw glimlachte en hield haar hoofd schuin.

'Ik zou graag voor Mrs. Rutherfurd willen werken.'

Annette trok haar armen niet weg onder Judiths handen, maar haar diepe ademhaling verried weerstand. '*Chérie*, ik weet niet of zoiets mogelijk is. Mijn madame is zeer gesteld op haar privacy.'

Judith kneep in haar polsen. Gretig zei ze: 'Ik ben bereid voor de helft van het geld te werken. Totdat ik mezelf voor jou en madame heb bewezen.'

Judith voelde Annettes vlees, de zachtheid van de andere vrouw. Vlug berekende ze hoeveel belladonna er nodig zou zijn om te zorgen dat de vrouw te ziek werd om nog te kunnen werken, maar zonder haar te doden.

'Annette, je zou veel aan mij hebben. Ik bedoel het niet beledigend, maar ik heb gezien hoeveel moeite het lopen je kost. Toen we die boodschappen droegen, merkte ik dat je bijna geen adem meer overhad. Ik kan alles voor je doen wat je zelf niet meer zo goed kunt.' Ze trok haar handen weg van Annettes polsen, tevreden met haar inschatting.

'Ik wil niet terug naar New Orleans, maar ik wil ook niet hier blijven, in deze stad – ik haat het hier. Toe, Annette, zou je met je mevrouw over mij willen praten?'

Annette leunde achterover en zei hoofdschuddend: 'Ik zou niet weten hoe ik zoiets zou kunnen doen…'

Judith glimlachte begrijpend. Het tafelkleed was leeg, op de twee koppen na. Judith zou even wachten en dan de situatie veraangenamen met een lach en de erkenning dat het misschien wel te veel was gevraagd. Ze zou daarna Annette uitnodigen voor een afscheidslunch, terwijl haar madame naar het Witte Huis was. Of ze zou meteen nog twee koppen koffie bestellen en het gif vanuit haar handtas in de kop van de dienstbode laten verdwijnen. Of haar in haar mantel helpen en dan even haar nek aanraken. Iets dergelijks.

Annette staarde Judith aan. Die pupillen zouden zich verwijden en alles om haar heen zou wazig worden. De harteklop in die brede boezem zou op één meter afstand te horen zijn. Haar hartslag en ademhaling zouden drie keer zo snel worden. Ze zou koortsig ineenzakken, met spierkrampen. Maar ze zou het, als Judith zorgvuldig te werk ging, overleven. Te oordelen naar haar leeftijd en gewicht, gelaatskleur en slappe weefsels zou ze veel tijd nodig hebben om te herstellen. In geen geval zou ze overmorgen mee terug kunnen naar Aiken. En haar nieuwe vriendin, Desiree, zou haar dikwijls bezoeken.

Annette werd onrustig in haar stoel, onder Judiths starende blik.

'Je zei dat je voor de helft van het geld wilt komen werken?'

'Beslist. Geef me kost en inwoning en ik zal haar niet om een vol loon vragen voordat zij daar zelf mee komt. Ik weet namelijk zeker dat ik haar goed zal bevallen.'

Annette zuchtte berustend, maar gestreeld. 'Ach, *chérie*, je hebt gelijk. Ik kan wel wat hulp gebruiken. Ik ben niet meer zo jong en mooi als vroeger. Ik zal het madame gaan vragen. Ik kan echter niets beloven. Kun je een aanbevelingsbrief van je huidige werkgeefster laten zien?'

Judith wenkte de kelner, die de nota kwam brengen in een leren mapje. Gretig griste Judith het van tafel. Annette knikte haar dankbaar toe.

'Ze is zojuist thuisgekomen, vandaag,' zei Judith. 'Ik ga morgenochtend meteen naar haar toe om haar te vragen of ze een referentie voor me wil schrijven.'

Terwijl ze terugwandelden naar Q Street zei Annette dat ze de volgende dag 's middags om vier uur langs moest komen. 'Als madame het goed vindt, moet je volgende week klaarstaan om met ons mee te gaan. Zal dat gaan?'

'Ik zou nu al mee kunnen.'

Voor de deur van het bakstenen huis legde Annette een hand op Judiths schouder. 'Weet je, we gaan naar South Carolina. Daar hebben ze nog segregatie. Niet in deze stad. Je hebt dat achtergelaten in New Orleans. Weet je wel zeker dat je dat nog kunt verdragen? Ik neem tenminste aan dat het leven op die manier heel moeilijk is.'

Judith kuste de oude dienstbode op haar wang. 'Weet je waarom ik goed ben in wat ik doe, miss Annette?'

Er verschenen diepe rimpels rond de ogen van de vrouw bij die trotse vraag. 'Zeg het me maar, *chérie*.'

'Omdat ik mijn plaats ken, wat er ook gebeurt.'

Ze draaide zich om en haastte zich weg, de duisternis in.

15

14 maart
Fort Myer
Arlington, Virginia

Lammeck plantte zijn voeten stevig op de grond en boog licht zijn knieën. Zijn beide ogen bleven open, zoals hij zijn Jedburghs had getraind om de periferie van hun blikveld intact te houden, zodat ze secundaire gevaren konden zien aankomen. Hij legde aan en keek langs de korte loop aan het eind van zijn gestrekte armen over het vizier, de linkerhand om de kolf. In een snelle opeenvolging vuurde hij zes kogels af, waarbij hij de trekker overhaalde met de eerste plooi van zijn wijsvinger. De papieren man, twaalf meter van hem vandaan, sidderde en werd opengereten. Meteen sprintte het doelwit aan twee draden op hem af.

De Colt .38 Super Automatic was niet Lammecks eerste keus. Hij had Dag lastiggevallen om een Smith & Wesson .44. Dag had 'Om de dooie dood niet!' geroepen en geweigerd hem dat vuurwapen ter beschikking te stellen, uit vrees dat Lammeck dat kanon ooit midden in een menigte zou gebruiken. De kogels zouden dwars door degene op wie hij mikte – vooral een bepaalde vrouw – heen gaan en ook nog iemand anders verwonden. In feite wilde Dag helemaal niet dat Lammeck een wapen bij zich droeg, regel Vier. Lammeck had er echter op gestaan dat ze hem een handvuurwapen zouden geven, en géén lichtgewicht – iets met genoeg vuurkracht. Als hij steeds achterom moest kijken, op zoek naar Judith, wilde hij wat meer dan een mouwpistool, de volgende keer.

Dag was gezwicht en had hem het favoriete wapen van een rivaliserende instantie bezorgd, de FBI. Vanmorgen had Lammeck de Colt in ontvangst genomen. Lammeck had gekozen voor het patroon van 130 *grain*, waarvan de kogel een snelheid haalde van 400 m/sec. De .38 zou met geen enkel ander patroon zo accuraat en krachtig kunnen vuren. Lammeck wilde in staat zijn haar uit te schakelen zodra hij haar in het oog kreeg, ongeacht de afstand. Hij had niet de minste behoefte ooit nog eens zo dicht in Judiths buurt te komen.

De papieren torso stopte abrupt vlak voor Lammecks positie. Hij greep de onderrand en rukte het papier uit de klemmen. Op de borst van het silhouet waren concentrische cirkels aangebracht. Lammeck had vier keer binnen die cirkels getroffen, en een op de buitenste cirkel. De zesde had hij opzettelijk boven de cirkels gericht door op het hoofd met de grote oren te mikken. Hij had daarmee geen voltreffer geboekt; de kogel zou slechts een oor hebben weggeslagen, maar het lichaam niet hebben gestuit. Lammeck vouwde het doelwit op en legde het achter zich. Nadat hij het wapen had herladen met een vol magazijn, stak hij een nieuw doelwit in de klemmen, trok aan het koordje en liet het doelwit naar het eind van de schietbaan gaan.

Toen Lammeck een uur op de schietbaan had geoefend, was hij tevreden met het wapen. Hij stak het in het holster onder zijn linkeroksel en verliet de militaire basis, even voorbij de westzijde van Arlington Cemetery. Aan het eind van de ochtend reed hij naar het Witte Huis.

In Rosslyn, kort voor de Potomac, stopte hij voor een winkel en telde een stuiver neer voor een *Washington Post*. Hij parkeerde zijn auto in een parkeervak van de overheid in Executive Avenue, tegenover de Ellipse. De afspraak met Reilly was pas over een uurtje, om één uur. Hij spreidde de krant uit over het stuurwiel.

De eentonigheid begon algauw drukkend te worden voor Lammeck. Nu Reilly en Dag hem hadden verboden actief naar Judith te speuren, hadden ze hem alleen nog observaties en denkwerk laten doen. Zodra hij weer een idee mocht krijgen over de plek waar ze zou kunnen zijn, zouden anderen erheen draven. Lammeck zelf mocht niet meer doen dan de omgeving van het Witte Huis in het oog houden, zich in zijn nieuwe hotel achter het oor krabben en kranten lezen om het verloop van de oorlog te volgen.

Judith was weer verdwenen. Na die innige ontmoeting, waarvoor hij bijna met zijn leven had betaald, was Lammeck er vast van overtuigd dat zij een manier zou weten te vinden om in de buurt van Roosevelt te komen. Deze vrouw was meedogenloos, geconcentreerd en nagenoeg onzichtbaar. Het ergste nog was dat ze bereid was zolang als nodig te wachten en gebruik te maken van elk middel dat zich voordeed. Judith leek volkomen in het reine met haar rol als huurmoordenares in de geschiedenis; ze hield er zelfs zoiets als een soort ethiek op na, met haar spijt over 'noodzakelijke bijkomende moorden'. Daar kwam bij dat ze helpers had, al dan niet willens en wetens, zoals die oude kleurlinge die de uitnodiging bij het Blackstone had afgegeven. Daarentegen stond hij, Lammeck er alleen voor, moederziel alleen.

Met iedere nieuwe dag verdween Judith dieper in de bedrijvigheid van de rest van de natie. Er viel echter niet aan te twijfelen: opgeven zou ze nooit. Dat zouden hijzelf, Dag, Reilly en Mrs. Beach daarentegen wel doen, omdat Judith hen in slaap zou wiegen. Er waren pas vijf dagen verstreken sinds zijn ontmoeting met de Perzische, maar nu al had Lammeck meer dan zijn bekomst van het urenlang speuren naar een aanwijzing of inzicht. Hij zag de arrogantie die Reilly uitstraalde als hoofd van de presidentiële lijfwacht. En Dag was ermee geïnfecteerd geraakt. Wij kunnen dit aan, zeiden ze. Geen ophef, geen grootscheepse mensenjacht, alles onder de roos. Iedere avond als Roosevelt zijn moede hoofd te ruste legde, waren zij van mening dat ze hun werk hadden gedaan – ja, misschien was ze zelfs bang geworden en was ze ervandoor gegaan. Lammeck was er zeker van dat het niet zo was.

Reilly en Dag beschouwden Judith als een gewone huurmoordenaar. Dat was ze niet. Ze was een assassijn. In Schotland had hij vier jaar lang alleen maar assassijnen opgeleid. Een hunner, Dag, was al vergeten waartoe hij toen bereid was geweest.

Reilly had Lammeck te verstaan gegeven dat hij pas naar huis kon als de oorlog voorbij was. Daarmee veronderstelde hij dat Judith voor een vijand werkte. Lammeck had geen enkel houvast dat hem kon helpen raden voor wie ze werkte, maar Reilly's redenering klonk logisch. Echter, als Judith te pakken krijgen óf het einde van de oorlog de enige twee sleutels tot Lammecks vrijheid waren, wilde hij erom wedden dat het tweede eerder zou gebeuren. Hij nam de *Post* door, op zoek naar artikelen over de stand van zaken in de oorlog.

Vorige week hadden de geallieerden bij het stadje Remagen een intacte brug over de Rijn op de Duitsers veroverd. Generaal Bradley had 100.000 man kunnen overzetten, richting Berlijn, voordat de brug alsnog in de rivier stortte. De Amerikaanse mariniers hadden heel Iwo Jima veroverd. Manilla was bevrijd. De schade die de geallieerde bombardementen Berlijn hadden toegebracht werd geschat op 87 procent. Het aantal Amerikaanse doden, gewonden en vermisten sinds Pearl Harbor werd geschat op ruim 859.500. In het Engelse parlement had Churchill verkondigd: '*Victory lies before us – certain and perhaps near*' – 'De zekere overwinning nadert – en staat misschien zelfs al voor de deur.' Lammecks blik dwaalde verder door de krant. Toen hij op zijn horloge keek, had hij nog een half uur over voor zijn afspraak. *A Tree Grows in Brooklyn* begon aan de derde week in het

Roxy Theater in New York. Binnenkort zou *Meet Me in St. Louis* in première gaan, met Judy Garland. Overal in het land heerste een schaarste aan vetten: de burgers konden hun steentje bijdragen door vet af te leveren bij hun slager. Diverse vroege advertenties voor Moederdag kondigden uitverkopen aan, van hoedjes, bonbons en bloemen. Gehakte biefstuk kostte 1 dollar de kilo, lamsvlees 1 dollar en10 cent, spinazie 20 dollarcent de kilo en tomaten 60 dollarcent. Dit waren gunstiger prijzen dan die Lammeck in Schotland had moeten betalen.

Hij legde de krant opzij. Het voetgangersverkeer rond het Witte Huis zwol aan, nu de ambtenaren na de lunchpauze massaal teruggingen naar hun kantoren. Lammeck betrapte zichzelf erop dat hij iedere wandelaar en elk voertuig bekeek, op zoek naar iets wat ook maar een beetje op Judith leek. Hij schudde het hoofd over het feit dat hij zich vijftig minuten lang in de krant had verdiept; hij had de straat en zijn taak genegeerd. In feite had hij alles vergeten, behalve het horloge om zijn pols en het wereldje van drukletters en foto's. Om zichzelf te alarmeren vormde hij voor zijn geest het beeld van Judith in de middagzon, rondwandelend met gif in haar handtas en een vlijmscherpe dolk in een schede tegen haar dijbeen. Zou zíj ook maar één minuut Roosevelt vergeten? Hadden Gabčik en Kubiš ook maar even niet aan Heydrich gedacht?

'Nooit!' zei hij hardop.

Lammeck stapte uit zijn overheidsauto en begon door de menigte te dwalen. Hij keek aandachtig iedere lange vrouw in het gezicht, ook al wist hij dat zij er niet bij zou zijn. Hij dwong zichzelf echter het desondanks te proberen. Algauw werd dit een gekunsteld spel, overduidelijk een veel te onbetekenende inspanning te midden van deze zee van gezichten. Op de hoek van Pennsylvania Avenue bleef Lammeck staan en liet zijn opwelling van geestdrift wegebben. Uiteraard was dit soort erosie precies datgene waarop Judith rekende. En hij kon er niets tegen doen. Hij keek nog eens om zich heen, voor het geval ze hem observeerde om vast te stellen dat zij aan het langste eind trok. Lammeck gooide zijn armen omhoog, om haar duidelijk te maken dat ze daar gelijk in had. Hij liep terug naar zijn afspraak met Reilly.

Toen hij te voet op weg was naar de westpoort, zag hij een donkere Packard uit Pennsylvania naar binnen rijden. De schildwacht bij de hoofdpoort herkende de auto en de bestuurder en wuifde hem door. Lammeck zag de auto via de halvemaanvormige oprit naar de noordelijke porticus rijden, de voordeur van het Witte Huis.

Hij liet zijn eigen auto staan, liep naar de westpoort en liet zijn briefje van de geheime dienst zien. Nadat hij zijn .38 had afgegeven, wandelde hij verder door de lange gang van de westvleugel. In de antichambre wees Mrs. Beach naar een stoel. 'De chief is er niet.'

'Wanneer is hij terug?' Lammeck raadpleegde zijn horloge. Hij was stipt op tijd.

'U kunt mij vragen wat u chief Reilly wilde vragen.'

'Reilly komt dus niet?'

'De chief heeft gezegd dat u het mij kunt vragen, professor Lammeck. Doe dat, of een fijne dag, verder.'

Lammeck begroef zijn vingers in zijn baard en observeerde Mrs. Beach, die niet eens de moeite nam hem aan te kijken. Ze tikte door terwijl hij naar haar keek. Zo diep was hij dus gevallen; Reilly hield zich niet eens meer aan de afspraken met hem. Zou Judith hier bewust op aan hebben gestuurd? Had ze geweten dat hij voor schut zou staan toen hij genoodzaakt was op de vloer van het ambassadetoilet die naald in zijn dijbeen te steken? Dat er uit Reilly's kantoor geen verklaring voor zou komen? Ze had hem, Mikhal Lammeck, eenvoudigweg uit het spel genomen zonder hem te doden. Verdomd briljant.

'Mrs. Beach?'

'Professor?' Zij tikte gewoon door.

'Goed dan. Ik veronderstel dat Reilly dit verzoek hoe dan ook aan u zou hebben doorgegeven.'

'Ongetwijfeld.'

'Ik zou graag de agenda van de president willen inzien.'

'Zijn wát?'

'Zijn werkschema. Waar hij heen gaat, wie hij ontmoet enzovoort. Uur na uur. Wie houdt die gegevens bij?'

'Die worden beheerd door de huismeester van het Witte Huis en zo nu en dan wordt er ruggespraak gehouden met de stenotypistes. De agenda van de president is niet toegankelijk. Dat had u kunnen weten, professor. Er is een oorlog aan de gang. Het doen en laten van de president is uiterst vertrouwelijke informatie, alleen bekend bij enkele naaste medewerkers van het Bureau van de President.'

'Daar maak ik deel van uit, Mrs. Beach.'

De vrouw nam een seconde de tijd om de pince-nez wat hoger op haar neus te zetten. Misschien laste ze die pauze in om hem de tijd te gunnen die uitspraak te corrigeren, zodat zij het niet voor hem hoefde te doen. Hij deed het niet, dus vervolgde ze met kille exactheid: 'Professor, u mag dan die machtiging van de geheime dienst hebben gebruikt om diplomatieke feesten en restaurants binnen te stappen, maar u bent géén lid van de geheime dienst en uw geloofsbrieven staan of vallen met de instemming van chief Reilly. Noch u, noch de almachtige God zal de kans krijgen de veiligheid van de president van de Verenigde Staten in gevaar te…'

'Dat is precies wat…'

Ze viel hem in de rede: '… en toegang tot die informatie zou juist dat tot gevolg hebben. Nee, ik kan dat verzoek niet inwilligen, professor.'

'Beweert u dat ik een véíligheidsrisico ben?'

'Nee, professor. Ik beweer dat deze vrouw, die Judith, heeft bewezen dat ze u altijd weet te vinden, wanneer en waar het haar schikt. En de volgende keer dat ze bij u aanklopt, kunnen we niet het risico nemen dat zij de hand legt op een volledig overzicht van de plannen en verblijfplaatsen van onze president. Dat begrijpt u toch wel?'

Lammeck stond op. 'Ik begrijp het.'

Hij beende woedend naar de deur en nam zich voor de confrontatie met Reilly aan te gaan voordat de dag om was.

'Wat ik wél kan doen…' De stem van Mrs. Beach bracht hem tot staan voordat hij zijn hand op de deurkruk had gelegd, 'is u inzage geven in de gegevens waarom u hebt gevraagd, maar niet recenter dan drie weken.'

Lammeck draaide zich naar haar om. Ze gluurde over haar pince-nez naar hem, onverzettelijk en in alle rust.

'Een koud spoor.'

'Koud genoeg, professor, om het onschadelijk te maken. U zegt het maar.'

'Ik ga akkoord. Vanaf 1 januari van dit jaar.'

'Ik laat het u bezorgen in uw nieuwe hotel. U zult er persoonlijk voor moeten tekenen.'

'Uiteraard. De receptionist is een Duitse spion.'

Ze negeerde dit. 'Ik denk het morgen tegen de middag klaar te hebben. Ik hoef u niet te zeggen dat u volledig verantwoordelijk bent voor de privacy van deze gegevens.'

'Ik betwijfel of ze recent genoeg zijn om veel verschil te maken.'

'U stelt me teleur, professor. Ik ga ervan uit dat ú ervoor zorgt dát ze verschil zullen maken. Waarom zou ik ze u anders geven? Nog iets anders?'

Lammeck herinnerde zich de zwarte Packard die zojuist tot het complex was toegelaten. 'Wie zat in de auto die zojuist de westpoort is doorgereden?'

'Chief Reilly. Hij heeft een oude kennis van de president afgehaald die is uitgenodigd om in het Witte Huis met hem te lunchen.'

'Heeft deze oude kennis een naam?'

Mrs. Beach zag kans haar gelaatsuitdrukking het midden te laten houden tussen een trek van ergernis en een toegeeflijk lachje. Het antwoord bleef uit.

'Ik kan die auto volgen als hij vertrekt, Mrs. Beach. Bespaart u mij de moeite.'

'Ze heet Mrs. Paul Johnson. Ze is hier voor de lunch. Mrs. Johnson en de president kennen elkaar al eeuwen. Er is niets op haar aan te merken, dat kan ik u verzekeren.'

Lammeck knikte de secretaresse toe. 'En ik verzeker u dat Mrs. Johnson uw vertrouwen in haar weet te waarderen.'

Lammeck beende de antichambre uit. Hij haalde zijn .38 op en liep met grote passen terug naar zijn auto. Op de velden van de Ellipse was een softbalwedstrijd begonnen. Lammeck kocht een hotdog bij de kiosk en liet zich in de onwaarschijnlijke voorjaarswarmte op het gras zakken.

Aurora Heights
Arlington, Virginia

'Je wilt weg?' Mrs. Tench ging op een divan zitten. Ze trok een zakdoek uit haar mouw en begon zich er koelte mee toe te wuiven alsof ze een opvlieger had. 'Heb je al een andere betrekking?'

'Waarschijnlijk wel, mevrouw.'

'Maar... maar ik heb je hier nodig. Ik kan je meer betalen, is dat het? Wil je opslag?'

'Nee, mevrouw. U betaalt me voldoende.'

'Nou...' Mrs. Tench knikte naar het tapijt en de gordijnen, de tafelbladen en het zilver – alles wat hier op het punt stond in de steek te worden gelaten. 'Wat is dan de reden? Ben ik het? Ben ik te lastig geweest?'

'Nee, mevrouw, u bent heel aardig. Ik voel me niet thuis in deze stad. Ik probeer een baan buiten de stad te krijgen. Dat trekt me meer.'

Judith wist dat ze heel vlug om de referentie moest vragen, voordat de stemming van deze kwikzilverachtige vrouw omsloeg.

'Desiree, ik...' Mrs. Tench stond op en propte de zakdoek in haar zak. Judith was nijdig op zichzelf; ze had te lang gewacht. 'Je stelt me ontzettend teleur. Heb je enig idee wat voor schok dit voor me is? Weet je dan niet hoe onzaglijk moeilijk het hier in Washington is om fatsoenlijke hulp te krijgen? Ik ben toch goed voor je geweest, of niet?'

Beter dan je zelf beseft, dacht Judith. 'Ja, mevrouw. Ik moet echter weg hier, en het leek me het beste het u meteen te zeggen.'

'Er is niets wat je van gedachten kan laten veranderen?'

'Nee, mevrouw.'

'Nou, ik hoop maar dat je beseft dat dit ook voor Mrs. P. een klap zal zijn.' De vrouw bestudeerde Judiths gezicht, op zoek naar iets wat op spijt kon duiden. Toen zei ze op ijzige toon: 'Best. Ik zie wel dat je een besluit hebt genomen. Kun je op zijn minst tot het eind van de maand blijven? Mr. Tench en ik geven diverse feesten om onze terugkeer te vieren.'

'Ik durf het niet te zeggen, mevrouw. Waarschijnlijk niet.'

Mrs. Tench bracht haar benige handen naar haar slapen, alweer op de drempel van een van haar hysterische uitbarstingen. Judith dreef haar woorden haastig in de spleet die nog over was, voordat de vrouw zich ergens in het huis opsloot, voor een van haar huilorgies.

'Ik zal mijn best doen te blijven zolang ik kan, mevrouw? Is dat goed? Ik zal het vragen.'

Daarmee suste ze Mrs. Tench in zoverre dat ze haar armen liet zakken. 'Best,' snoof ze.

'Ik heb dus een aanbevelingsbrief nodig. Als u het niet erg vindt.'

'Wat moet ik erin schrijven, Desiree? Dat je je vorige werkgeefster in de steek hebt gelaten?'

'Dat liever niet,' glimlachte Judith. 'Hoewel daar op zijn minst uit zou blijken hoe hevig u me mist.'

Mrs. Tench zwaaide met haar wijsvinger. 'Probeer maar niet mij in te palmen, missy. Goed, ik ga nu naar de bibliotheek om een referentie voor je te schrijven. Breng me daar maar een wodka-tonic met ijs, ja?'

Judith zag hoe de vrouw zich omdraaide, in het waas van de opbollende rok en knokige polsen. Ze liep vlug naar de bar in de salon om de drank te mixen en ging daarna naar het medicijnkastje in de keuken.

In de bibliotheek nam Mrs. Tench het ijskoude glas aan en schoof Judith een envelop toe, terwijl ze kribbig haar hoofd afwendde. Judith verliet de bibliotheek om het met de hand geschreven briefje te lezen:

Voor wie dit aangaat:
Desiree Charbonnet is een goede dienstbode. U kunt haar gerust in dienst nemen.

Mrs. Jacob Tench
Arlington, Virginia

Judith nam stof af totdat de vrouw des huizes haar liet komen voor haar gebruikelijke tweede wodka-tonic met ijs. Deze keer goot Judith er ook wat pure alcohol bij, om het drankje sterker te maken dan eerst. Ze bracht het glas naar de bibliotheek en zei Mrs. Tench dat het bijna twee uur was; ze zou voor vandaag weggaan en nog bedankt voor de referentie.

Judith trok haar mantel aan en bleef in de vestibule staan om zichzelf niet tekort te doen. Ze wachtte in doodse stilte. Na vijf minuten begon Mrs. Tench om Desiree te schreeuwen. Judith wilde de vrouw horen kokhalzen voordat ze de deurkruk geruisloos omdraaide en wegglipte.

Washington DC

Om drie uur reed dezelfde Packard de noordpoort van het Witte Huis uit. Hij sloeg meteen af naar links en begon Pennsylvania Avenue te volgen. Hij reed in westelijke richting door naar Washington Circle, passeerde Rock Creek Parkway en reed Georgetown in.

Lammeck volgde de auto op veilige afstand door de statige lanen van de voorstad. In Q Street stopte de auto, voor de deur van een villa van bruine baksteen. Mike Reilly stapte uit en opende het portier voor Mrs. Johnson. De vrouw hield haar rokken zedig omlaag terwijl ze van de achterbank uitstapte, echt een dame. Reilly boog zelfs even vanuit het middel toen hij afscheid van haar nam. Op honderd meter afstand kon Lammeck zien dat ze een roomkleurige teint en lange benen had.

Hij wachtte totdat ze halverwege de bordestrap was voordat hij naar voren reed. Zodra Mrs. Johnson op het bordes stond, reed Reilly Q Street uit. Lammeck begon hem weer te volgen. Hij ving niet meer dan een glimp van haar op voordat ze achter de voordeur verdween. Een vrouw van even in de vijftig, maximaal vijfenvijftig, kort grijs haar dat nog naar kastanje zweemde en een zacht figuur; waarschijnlijk was ze jaren geleden heel slank geweest. Het profiel van Mrs. Johnson was ontegenzeggelijk mooi.

Lammeck reed weg toen ze naar binnen ging. Voordat hij zijn blik weer op de straat richtte, zag hij achter een van de ramen een grote vrouw, een struise blanke vrouw in een dienstbode-uniform. Ze was op zijn minst even oud als Mrs. Johnson en anderhalve keer zo dik.

Lammeck gaf gas. Voor zover hij kon zien leek er met Mrs. Johnson niets mis. En haar dienstbode was in geen geval Judith.

'Kom binnen, *chérie*, kom binnen. Geef mij je mantel maar. Zo, *bon*. O nee, wat heb je met je haar gedaan?'

Judith klopte verlegen met haar vingertoppen tegen haar slapen. Haar zwarte haar reikte nu niet verder dan even boven haar schouders.

'Ik heb het afgeknipt.'

'Dat zie ik. Heb je het zelf gedaan?'

'Ja. Ziet het er zo raar uit?'

'Nee, nee, *c'est belle*. Alleen, je had zulk prachtig haar!'

En nu niet meer, dacht Judith. Mrs. Rutherfurd zou geen enkele aanleiding hebben haar eigen schoonheid met die van Judith te vergelijken. Annette draaide haar om en om, zodat ze haar nieuwe kapsel van alle kanten kon bekijken. 'Je had me niet gezegd dat je ook zo'n goede kapster was. Zou je mijn haar ook willen doen? Dan laat je mij eruitzien als een fee.'

'Bevalt het je werkelijk, Annette? Sommige filmsterren van Hollywood dragen hun haar tegenwoordig ook zo kort. Kijk maar naar Bette Davis. Of Ingrid Bergman.'

'Ja,' knikte Annette. '*Casablanca*.'

Judith dempte haar stem om Humphrey Bogart te imiteren in zijn gesprek met de Franse inspecteur, gespeeld door Claude Reins: '*Louis, I think this is the beginning of a beautiful friendship*.' De twee vrouwen giechelden.

Annette bracht haar volle boezem dichter naar haar toe en fluisterde: 'Mijn madame is in een uitstekend humeur. Ik heb met haar over jou gesproken en hoog van je opgegeven. Ik heb haar duidelijk gemaakt dat ik wel wat hulp kan gebruiken, nu ik de jongste niet meer ben. Ze wacht in de salon, met haar zus.' Annette kneep in haar handen. 'Ik heb goede hoop, Desiree.'

Judith trok haar zwarte rok en blouse recht. Ze had opnieuw besloten een dienstbode-uniform aan te trekken, net als dat van Annette, om te laten zien dat ze bereid was om de handen uit de mouwen te steken. De oude dienstbode ging haar voor door een dubbele deur, gaf een geruststellend klopje op haar arm en schoof een hoge schuifdeur opzij.

In de salon zaten twee vrouwen die veel op elkaar leken, onmiskenbaar zussen. De langste en jongste van de twee stond op en liep met uitgestoken hand op haar toe. 'Ik ben Mrs. Lucy Rutherfurd en dit is mijn zus, Mrs. Violetta Marbury. Dit is haar huis. Welkom. Desiree, nietwaar?'

Judith maakte een reverence. 'Jawel, mevrouw.'

Mrs. Rutherfurd moest lachen om haar vormelijkheid. 'Dat is hier niet nodig, kind. Ga gerust zitten.'

De stem van de vrouw leek warm en donker uit haar te stromen, als thee uit een pot. Haar bewegingen waren vloeiend en gemakkelijk, vooral voor een lange vrouw van in de vijftig. Haar zus beperkte haar begroeting tot een vriendelijke hoofdknik. Mrs. Rutherfurd ging naast haar zus op de brede bank zitten en Judith nam plaats op een Windsor-stoeltje met rechte rugleuning. De beide rijpe vrouwen namen ingetogen houdingen aan in de kussens, alsof ze poseerden voor een portret, de handen ineengeslagen op schoot, de schouders recht. Dit is de Amerikaanse elite, een ras op zich, bedacht Judith.

Mrs. Rutherfurd liet het ogenblik in de salon even bezinken, ongehaast. Ze maakte die paar seconden voornaam door ze stil te laten. In haar eerste minuut in de nabijheid van Mrs. Rutherfurd ervoer Judith meer rust dan ze in maanden had beleefd bij Mrs. Tench. Judith loosde een lange zucht en deed alsof ze niet stil kon zitten.

Mrs. Marbury zei: 'Wees maar niet zenuwachtig, Desiree.' De stem van deze vrouw was al even vriendelijk als die van haar jongere zus. 'Annette heeft ons alles over je verteld. Als ook maar de helft van wat ze over je zegt waar is, ben je een droom.' De zussen keken elkaar glimlachend aan. Dit waren milde vrouwen met een zacht gemoed, even goed van vertrouwen als betrouwbaar. Ze waren, vond Judith, ideaal voor hun rol als handlangsters.

'Jawel mevrouw.' Judith probeerde rechtop te gaan zitten en een even beheerste houding aan te nemen als Lucy en Violetta, fier en waardig. Ze zag de zussen een waarderende blik uitwisselen.

Mrs. Rutherfurd zei: 'Vertel ons iets over jezelf, wil je?'

Judith diste de zussen haar Orleans-verhaal op. Ze bedacht een vader en moeder die in fabrieken werkzaam waren; een rooms-katholieke school waar ze had leren lezen en schrijven voordat ze dienstmeisje was geworden in een voorname residentie in de Franse wijk. De oude blanke dame voor wie ze werkte had haar naar de middelbare school gestuurd, en daarna naar een cajun-restaurant om te leren koken. Ze vertelde van haar verlangen om iets van de wereld te zien, waardoor ze op de bus naar Washington was gestapt. De paar maanden dat ze zich onbehaaglijk had gevoeld in de stad. Haar toevallig ontmoeting met Annette. Toen nam ze de korte referentie van Mrs. Tench uit haar handtas en liep ermee over het tapijt naar Lucy.

'Het is geen lange brief,' legde ze verlegen uit. 'Mevrouw wilde me liever niet laten gaan, denk ik. Uiteindelijk vond ze het toch goed en gaf me dit mee.'

De zussen bestudeerden de brief even. Violette merkte op dat ze van de Tenches had gehoord, maar ze kende hen niet persoonlijk. Ze vroeg wat voor werk Judith in het huishouden van de Tenches had gedaan.

'Alles, behalve koken. En ik kan goed koken.' Vlug liet ze erop volgen: 'Maar misschien niet zo goed als Annette.'

Lucy en Violetta keken elkaar aan en communiceerden zwijgend met elkaar. Judith stelde zich voor hoe de mooie Lucy Rutherfurd dit zou doen voor Roosevelt. Ze zag haar met de grotendeels verlamde man aan tafel zitten eten, of in zijn werkkamer, terwijl ze aandachtig naar hem luisterde, zich op de achtergrond hield en hem de kans gaf zijn hart te luchten. Judith had genoeg foto's gezien van Eleanor, de echtgenote van de president, die tevens een achternicht van hem was. Eleanor had een lelijk gebit en een tamelijk stevig postuur. Ze was een bijna even vermaarde persoonlijkheid als haar gekozen echtgenoot. Ze reisde kriskras door het land om de natie toe te spreken en oefende haar eigen gezag uit, altijd manoeuvrerend om steun voor de zaken die zij bevorderde. De vrouw die hier naast haar zus zo keurig in deze elegante salon zat, had heel weinig gemeen met Roosevelts echtgenote. Eleanor Roosevelt was een bewonderenswaardige vrouw, die haar eigen plaats in de geschiedenis verdiende. Lucy Rutherfurd-Mercer was ijdel, met haar parelkleurige teint. Ze was karig met woorden. Voor zover Judith de smaak van de westerse man kon beoordelen, leek Lucy haar de volmaakte gezellin.

'Annette heeft me verteld dat je had aangeboden om voor minder geld te komen werken, totdat je jezelf voor mij had bewezen. Is dat inderdaad zo?'

'Ja, mevrouw.'

'Loop even naar de gang en vraag Annette erbij te komen.'

Judith stond op, onder de indruk van de vanzelfsprekendheid waarmee Mrs. Rutherfurd een instructie gaf. Kennelijk was niet alles aan haar zacht en welwillend. Judith haalde de grote Française die stilletjes aan de andere kant van de dubbele deur stond; vermoedelijk had ze hen af staan luisteren. Samen liepen ze de salon in. Daar gingen ze naast elkaar zitten, bijna als een afspiegeling van de twee zussen.

Mrs. Rutherfurd vroeg: 'Desiree, waarom zou jij jezelf aanbieden voor zo'n gering loon? Het maakt dat een eventuele werkgeefster op haar hoede is, en voor jezelf is het nadelig. Luister goed, meisje, doe jezelf nooit tekort. Ik heb dat mijn hele leven zelf proberen te voorkomen, misschien niet altijd met succes, maar het is me altijd goed bevallen. Zo. Annette?'

In het Frans richtte de dame zich tot haar oude dienstbode: 'Het stelt me teleur dat je dit meisje hebt aangemoedigd zoiets te doen.'

Voordat Annette kon antwoorden, zei Judith, eveneens in het Frans: '*Excusez-moi, madame*, maar het was niet Annettes idee. Ik had het zelf bedacht – ik wilde zo graag voor u werken.'

De zussen hielden tegelijkertijd hun hoofd schuin, als een stel vogels. Opnieuw keken ze elkaar veelbetekenend aan, maar ook deze keer was het duidelijk: ze waren onder de indruk.

'*C'est vrai?*' vroeg Lucy.

Judith sloeg haar ogen neer. 'Het is waar, madame.'

Lucy wachtte en keek naar Judith, terwijl ze haar gewoonte praktiseerde om wat tijd te laten verstrijken voor ze verder ging. Ze zei: 'Desiree, ik heb nog een vraag voor je. Ik geloof dat ik het antwoord al weet, maar je weet, voorzichtigheid is de moeder van de porseleinkast. Dus moet ik je dit wel vragen, voor alle zekerheid. Kun je discreet zijn?'

'Of ik een geheim kan bewaren, bedoelt u?'

'Ja, dat is het precies.'

Judith nam Lucy's manier van doen over en nam ruim de tijd voordat ze antwoordde. Inwendig amuseerde ze zich over de ironie om zo'n vraag te stellen aan een huurmoordenaar, maar ze liet er niets van merken. 'Zeker, mevrouw, ik kan een geheim bewaren. Daar kan ik u mijn woord op geven.'

Lucy knikte. Ze zei: 'Excuseer ons een paar minuten, Desiree. Annette, blijf jij zitten, ja?'

Judith hoefde niet lang op de gang te wachten. Annette kwam de salon uit, in alle staten. Ze trok Judith meteen mee, weg van de dubbele deur. 'Ze betaalt je tien dollar per week en je krijgt uiteraard kost en inwoning. Als ze na drie maanden tevreden over je is, zal ze je opslag geven. Je hebt de betrekking, Desiree! *C'est magnifique, n'est-ce pas?* We zullen net zo zijn als zij, als zussen!'

Annette legde uit dat ze de volgende dag over een week zouden vertrekken, op de tweeëntwintigste om acht uur 's morgens. Ze zouden gedrieën vanuit Violetta's huis naar het station worden gereden. Tegen de avond zouden ze het huis van Mrs. Rutherfurd bereiken, Ridgeley Hall in Aiken, South Carolina.

'Eerlijk, kun je dit doen?' vroeg Annette. 'Kun je zonder meer weg uit je betrekking en met ons meekomen?'

'Ik bezit niets, behalve wat bagage.'

Annette stak haar hand in haar schort en diepte er een biljet van vijf dollar uit op. 'Alsjeblieft, Mrs. Rutherfurd zei dat je hiermee een taxi kunt betalen als je terugkomt met je koffer. Zorg dat je er om zeven uur bent, goed?'

Judith nam het geld aan – ervoor bedanken zou vreemd zijn geweest. Ze nam Annettes geestdrift over en klapte in haar handen, op haar voorvoeten wippend achter de voordeur, terwijl ze haar mantel aantrok.

Blij deed Annette haar uitgeleide tot op het bordes. Door de dichtgaande deur wierp ze Judith een kushand toe. '*Au revoir, chérie.* Tot volgende week. Ik weet zeker dat we het goed met elkaar zullen vinden.'

Judith moest lachen en veroorloofde zich een woordspeling die alleen Lammeck, waar hij ook mocht wezen of welk dood spoor hij ook volgde, zou hebben begrepen.

'*Bien sûr. Sensationel!*' Reken maar. Opzienbarend!

21 maart
Washington DC

In de loop van de dag was het warmer geworden, maar tegen de avondschemering daalde de temperatuur even hard als de zon. Judith had de lappendeken van Mrs. P. hard nodig om in de schommelstoel van de oude vrouw te kunnen zitten.

Zweet verkilde haar nek, die altijd beschermd was geweest door haar lange haar. Na een uur intensief trainen transpireerde ze hevig en moest ze op adem komen. Ze wikkelde zich in de lappendeken en liep voor de laatste keer naar de veranda, buiten. Ze ademde diep in en uit in de afkoelende smalle straat en wisselde groeten uit met de zwarte mannen die lopend uit hun werk naar huis kwamen, of met vrouwen die hun kinderen naar binnen haalden, nu het donker begon te worden.

Mrs. P. waggelde de straat in toen de zon al goeddeels onder was. Ze droeg in beide handen een boodschappennet dat tegen haar kuit stootte, bij iedere stap die ze zette. Judith ontdeed zich haastig van de lappendeken om de oude vrouw te helpen haar last naar de deur te sjouwen. Mrs. P. gaf ze niet af. Schouderophalend zuchtte ze: 'Mijn last, kind, dus draag ík hem. Kruip maar gauw in je deken; je hebt onder die pyjama niets aan. Waar heb je trouwens al die spieren voor nodig?'

Op de veranda trok Judith de deken uit de schommelstoel. Ze wikkelde zichzelf er weer in en ging op het trapje zitten, om de schommelstoel over te laten aan Mrs. P. Enkele minuten later kwam de oude vrouw naar buiten. Ze had haar dienstbode-uniform verwisseld voor een wollen kamerjas en een warme muts. Ze brieste als een paard, *brrrr*, en liet zich langzaam in de schommelstoel zakken.

Ze zeiden geen van beiden iets, een tijdlang. Als Judith achteromkeek, zag ze dat Mrs. P. de ogen dicht had, maar dat haar gezwollen enkels de stoel ritmisch in beweging hielden. Uiteindelijk schraapte ze haar keel. 'Je gaat er dus vandoor, eh?'

'Ja, mevrouw. Morgenochtend.'

'Mrs. Tench zal het er druk mee hebben. Je had de meid moeten zien die ze in jouw plaats heeft aangenomen. Zo stom als het achtereind van een varken.'

'Mrs. Tench voelt zich weer wat beter?'

'Ja. Ze had een koutje of zoiets.'

De rotan van de schommelstoel kraakte op het hout van de veranda. Mrs. P. liet dat het enige geluid zijn, voor een poosje. Op haar manier had deze oude zwarte dienstbode dezelfde soort voornaamheid als Mrs. Rutherfurd.

'Waarom heb je mij niet eerst verteld dat je weg wilde?'

Judith schudde bijna onmerkbaar het hoofd, zodat Mrs. P. het niet kon zien. De laatste vijftien jaar had niemand geprobeerd haar te bemoederen. Haar eigen moeder had het laten gebeuren dat haar kind aan een rijke echtgenoot was verkocht en had evenmin geprotesteerd toen haar vader had geweigerd haar weer in huis te nemen. Judith liet de vraag van Mrs. P. onbeantwoord.

'Ja, ja.' Mrs. P. schommelde vinniger en stak haar wijsvinger uit: 'Ik heb wel door hoe je mij wilde behandelen. Je wilde hem gewoon smeren, en Mrs. P. kon naar de hel lopen.'

'Ja, mevrouw. Klopt allemaal, behalve dat laatste. Ik wens u helemaal niet naar de hel. U bent een goeie vriendin voor me geweest. U hebt meer voor me gedaan dan ik u kan zeggen.'

'Shit,' grinnikte Mrs. P. 'Veel kan dat niet geweest zijn. Trouwens, jij hebt me nooit wat verteld. Ik heb het steeds allemaal in mijn dooie eentje moeten uitknobbelen. Ik weet nog steeds niet wat je in je schild voert. Nou ja, je doet maar.'

Judith draaide zich weer om naar de straat. Etensgeuren zweefden via de kieren in de armoedige huisjes om haar heen naar de straat. Kool, hutspot, gebraden vlees, sputterend spek in een koekenpan, zoete appelmoes – Judith prentte zich deze gedachtesouvenirs aan de vergeten burgers van Amerika in het hart van deze grote hoofdstad in het geheugen. Later, in Caïro, zou ze eraan terug kunnen denken.

Ze voelde dat het niet lang meer zou duren; ze had de weg naar binnen gevonden. Na een pauze van vier dagen – vermoedelijk omdat zijn vrouw in de stad was – had Roosevelt drie dagen achtereen Mrs. Rutherfurd bezocht, een reeks die zou worden besloten met het etentje van vanavond, voordat ze morgen terugging naar Aiken.

'Wat zou je doen als ik de politie erbij haal?'

Judith verroerde zich niet.

'Ik wed dat ze wel een reden zullen vinden, als ze jou goed genoeg onder de loep nemen. Ik heb heus wel gemerkt dat jij een soort internationale misdadigster bent, of zoiets. Misschien bel ik Hoover wel, bij de FBI. Wat zou hij zeggen, denk je? "Zeker, Mrs. P., ik kom meteen. Misschien is die Desiree van jou wel een spionne." Dat zou hij zeggen. Dan zul je wel het een en ander te vertellen hebben, wed ik. Jawel, mevrouwtje.'

Judith wachtte. De rotanstoel kraakte.

'Jij hebt een groot geheim, meisje. Geef dát tenminste toe.'

Judith wendde haar gezicht naar de straat. Haar mond vormde een dunne streep. 'Ja, mevrouw.'

'Nou ja, vooruit. Dát heb ik er eindelijk uit gekregen. Dat is tenminste iets.'

Judiths paspoorten, geld en instrumentarium waren al ingepakt. Ze had haar dure schoenen en kantoorkleren weggedaan en alleen een gewone jurk en een paar platte schoenen behouden. Haar kamer was brandschoon. Ze had de garagehuur voor de komende zes maanden vooruitbetaald en het slot verdubbeld, zodat haar auto veilig was. Ze kon binnen dertig seconden verdwenen zijn. Morgenochtend zou ze in de trein naar South Carolina zitten. Niemand die haar dáár zou zoeken. Misschien hoefde ze datgene wat er nu voor haar opdoemde niet te doen. Maar Mrs. P. bleef praten.

'Desiree? Als dat tenminste je naam is.'

'Ja, mevrouw?'

'Zeg me één ding, meer niet.'

'Als ik kan.'

'Wat je ook doet, je bent toch niet bezig zwarte mensen iets af te nemen, of wel?'

Judith stond op en posteerde zich recht voor de schommelstoel. Mrs. P. hield op met schommelen en keek omhoog, onbevreesd en nieuwsgierig. 'Nee, mevrouw, in geen geval.'

Mrs. P. monsterde haar een langdurig moment voordat ze knikte. 'Kom je ooit nog terug?'

'Nee.'

'Werk je jezelf niet in de nesten?'

'Da's veel gevraagd, Mrs. P.'

'Ik zal me zorgen over je maken.'

'Ik weet het. Het spijt me. Ik kan u niet zeggen hoe graag ik wil dat u dat niet deed.'

Ze posteerde zich achter de schommelstoel. Ze legde haar hand tegen de rug van de oude vrouw, zodat ze vooroverboog. Judith liet de lappendeken van haar schouders glijden en sloeg hem om Mrs. P. heen, waarna ze hem dichtmaakte voor Mrs. P.'s borst. Toen liep Judith om de schommelstoel heen en bukte zich om een kus op het zwarte voorhoofd te drukken.

Ze stapte achteruit en bleef naar deze intelligente, trouwe vriendin kijken die ze niet kon achterlaten. Mrs. P. trok de lappendeken dichter om zich heen; Judiths afscheidskus leek haar verdrietig te hebben gemaakt. Judith zette koers naar haar voordeur.

Op de veranda riep de oude kokkin haar na: 'Wie gaat na mij een oogje op jou houden?'

Judith wachtte voordat ze de deur opende. Zonder om te kijken zei ze zacht: 'Niemand, hoop ik,' met de gedachte dat er al veel te veel waren die dat hadden gedaan.

De oude vrouw bleef lang op de veranda zitten, tot na middernacht. Ze scheen te wachten. Judith kwam terug, de veranda op. De straat was donker en verlaten. Mrs. P. vroeg: 'Wat ga je doen als ik nu ga schreeuwen?'

Met een snelheid die Mrs. P. zo verraste dat de oude vrouw instinctief terugdeinsde in haar krakende schommelstoel drukte Judith haar hand over de mond van de oude dienstbode.

'Dit.'

Mrs. P. verzette zich niet in haar stoel. Onder haar drukkende handpalm voelde Judith hoe haar mond zich sloot. Mrs. P.'s ogen werden groter, maar haar armen bleven langs haar zijden. Dicht bij Judiths gezicht knikte Mrs. P. Judith verlichtte de druk, maar nam haar hand niet weg.

'Wie ben je?'

'Ik sta hier omdat u mij dat hebt gevraagd, Mrs. P. Ik zou graag willen dat het anders was.'

De oude vrouw knikte. 'Nu is het te laat, nietwaar?'

'Ja, mevrouw.'

'Ik ga je dit niet gemakkelijk maken.'

'Verzet u niet.'

De vrouw knorde: 'Wat zou ik kunnen uitrichten? Ik kan niet tegen je op. Maar ik ben niet van plan onzin uit te kramen, zo van "ik ben klaar om de Jordaan over te steken". Meisje, dat ben ik niet. Ik mag dan een ouwe vrouw zijn, maar ik hecht aan het leven. Ga dus gerust je gang. En loop dan naar de hel.'

Met haar vrije hand maakte Judith de zwarte zijden sjaal om haar middel los. In het midden van de sjaal was een zilveren munt genaaid, naar het voorbeeld van de oude thugee. Razendsnel stapte Judith achter de stoel van de oude vrouw en sloeg de sjaal om haar keel, het muntstuk precies boven haar luchtpijp. 'Doe ik, mevrouw,' fluisterde ze.

Judith greep de sjaal met beide handen vast en leunde achterover, net hard genoeg trekkend om de luchtpijp af te sluiten. Mrs. P. verzette zich, ze kon het niet laten, klauwend naar de zwarte sjaal om haar hals. Ze hield het slechts enkele ogenblikken vol voordat ze het moest opgeven. Ze werd slap en haar oogleden vielen dicht. Haar mond hing open. Toen Judith losliet, kraakte de rotan schommelstoel en richtte zich op.

Judith posteerde zich nu voor de oude vrouw en stopte de sjaal weg. Met haar beide wijsvingers tastte ze de zijkant van Mrs. P.'s hals af, op zoek naar de polsslag in de halsslagaderen. Ze vond de hartslag links én rechts; het bloed stroomde minder snel dan normaal, maar het stroomde. De vrouw verroerde zich niet. Judith keek nog eens de straat in, links en rechts. De straat bleef stil en verlaten.

Ze oefende nu meer druk uit, niet met haar vingertoppen, maar met de lengte van haar vingers, om blauwe plekken te vermijden, ondanks de zwarte huid. Binnen twee minuten ebde Mrs. P.'s ademhaling weg en bleef weg. Het kloppen onder Judiths vingers hield op. Ze had de bloedtoevoer naar de hersens afgesloten. De doodsoorzaak zou verklaarbaar zijn, maar niets was te traceren. Ze was eenvoudigweg in slaap gebracht.

Judith opende de voordeur van Mrs. P. In de gang was het doodstil. De zwarten die hier woonden, waren arbeiders die vroeg moesten beginnen. Ze ging terug naar de veranda en legde de dode vrouw over haar schouders. Heel voorzichtig, om geen geluid te maken, liet ze Mrs. P. op haar bed zakken. Judith ging terug naar de veranda om de lappendeken te pakken. Ze dekte de oude vrouw ermee toe.

Terug in haar eigen kamer lag Judith klaarwakker, naar de gesloten luiken starend in afwachting van de dageraad.

Een man die een hoog openbaar ambt bekleedt, is geen echtgenoot, va-
der of vriend, in de algemeen geaccepteerde betekenis van die woorden.

Eleanor Roosevelt

APRIL

16

1 april
Washington DC

'Geef mij de sport.' Lammeck liet de voorpagina zakken en begon te zoeken in de slordige stapel katerns van de zondagskrant, naast zijn koffie en eieren. Hij gaf het sportkatern aan Dag, die hem in ruil daarvoor het katern met plaatselijk nieuws toewierp, slecht opgevouwen doordat hij de oorspronkelijke vouw had genegeerd. Lammeck rangschikte de bladen en vouwde het katern naar behoren op, voordat hij het op de stapel legde. Hij prikte wat roerei aan zijn vork en zei, verschanst achter zijn krant: 'Je werkt me op de zenuwen.'

Aan de andere kant van het zwart-witte scherm knorde Dag: 'Sorry, honey.'

Lammeck hield op met lezen en luisterde naar Dags gemompel onder het lezen. Hij vervloekte de renpaarden van Florida, de vele afgelastingen in het voorjaarshonkbal, en daarna de vele vrouwen die wel konden sporten. Hij slurpte van zijn koffie en zette de kop met een klap terug op de schotel. Lammeck verbeet het en wijdde zich weer aan zijn wereldnieuws.

Patton en Montgomery waren de Rijn overgestoken. Het Pentagon maakte zich zorgen over de mogelijkheid dat Hitler zich zou terugtrekken in de Beierse Alpen om daar een verzetsbeweging te organiseren. Stalin en de Russen stonden met drie miljoen man aan de grens tussen Duitsland en Polen, wachtend op het moment om Berlijn plat te walsen. De mariniers stonden op het punt op Okinawa te landen om van daaruit over te wippen van het ene Japanse eiland naar het andere en bloed te vergieten tot in de achtertuin van ex-premier Hidèki Tôjô.

De pagina's tussen Lammecks handen knisperden. Dag zat ertegenaan te tikken. Lammeck liet de krant zakken. 'Wat?'

'Laten we praten.'

'Wat heb je toch? Meer zakgeld nodig?'

Dag staarde hem aan: 'Nog steeds dat ding onder uw arm?'

'Ik douch ermee.'

'Goed. Hou hem bij de hand, professor. Hij kan me ervan weerhouden u de nek om te draaien.'

De twee staarden elkaar aan als in een cowboyfilm. Lammeck begon als eerste te grijnzen. Lachend wendde Dag zijn blik af en schudde het hoofd.

Lammeck vouwde de krant op en legde hem weg. Hij wenkte het meisje om meer koffie en wachtte totdat ze hun koffiekop had gevuld voordat hij antwoordde. Dag vroeg: 'Hebt u al iets kunnen bedenken?'

Lammeck wachtte totdat het meisje de koffie had ingeschonken voordat hij antwoordde: 'Niets. Mrs. Beach stuurt me om de paar dagen een deel van de agenda van de president, maar altijd op zijn minst drie weken oud. Ik pluis het allemaal uit. De man ziet nauwelijks iemand, in de loop van de dag. Een paar senatoren, wat leden van zijn staf en soms een kabinetslid. En zijn vrouw, als die in de buurt is, maar dat komt zelden voor. Of een van zijn zoons, als die in de stad is. Zijn dochter Anna lijkt in het Witte Huis voor gastvrouw te spelen en haar echtgenoot, John, is vaak in zijn buurt. Om de een of andere reden logeren de kroonprins van Noorwegen en diens vrouw in het Witte Huis. Af en toe dineert Roosevelt met hen. Hij zoekt vaak zijn lijfarts op. Zo te zien is hij niet in staat om veel te werken, want meestal doet hij zijn best het te vermijden of ervan uit te rusten. Twee keer per week maakt hij een autoritje. Om de paar weken pakt hij voor het weekend de trein naar Hyde Park. Als hij daar is, steekt hij geen vinger uit. Meestal neemt hij een van zijn nichten, twee oude vrijsters, mee, en soms allebei. De Canadese premier is zijn boezemvriend. Er zijn drie secretaresses die komen en gaan. Hun antecedenten zijn tot in de vierde generatie nagetrokken. Steeds als ik bij Roosevelt een naam zie die ik niet herken, trek ik het na. Iedere keer vals alarm. Dat is het zo'n beetje. Buiten zijn naaste kring krijgt nagenoeg niemand hem te zien. Hij lijkt verdomme wel de Wizard of Oz. En dit weet je, Dag. De man is doodziek.'

Dag hoorde het aan, boven zijn opgewarmde koffie. 'U kunt haar dus niet vinden?'

Lammeck liet de vraag hangen en bespeurde de stekel erin. Eigenlijk was het geen vraag. 'Ik kan haar niet vinden.' Lammeck stak zijn handen in de lucht en spreidde al zijn vingers. '*Poefff!*'

Dag dronk zijn kop leeg en wenkte om de rekening. 'Ik heb met Reilly overlegd over wat we met u aan moeten. U begint hem ook op de zenuwen te werken.'

'Dat effect heb ik als anderen mij tegen mijn wil vasthouden.'

'Klinkt logisch. Hoe het ook zij, nu het ernaar uitziet dat de oorlog binnenkort afgelopen zal zijn en we nergens een spoor van onze Perzische griet kunnen vinden, overweegt hij of hij u misschien al kan laten gaan – eerder vroeger dan later.'

Lammeck tikte met zijn duimen op het tafelblad, bekleed met linoleum. 'Is dit een aprilgrap?'

'Nee. En wat u ook van Mrs. Beach, de chief of mijzelf mag denken, we hebben waardering voor wat u hebt gedaan. De feiten zijn echter dat we de situatie in de hand hebben, zo goed als dat mogelijk is. Laten we eerlijk zijn, het lijkt er veel op dat u geen trucs meer uit de hoge hoed kunt toveren, professor.'

Lammeck glimlachte, niet gekrenkt door die taxatie. 'Ik loop al te lang mee. Wanneer?'

'We zien het nog een week of twee aan. Intussen mogen MacArthur en Patton de moffen flink op hun sodemieter geven. Dan is de oorlog des te eerder afgelopen. Op dat moment springt uw kooi vanzelf open. Wat gaat u daarna doen? Terug naar Schotland?'

'Daar heb ik mijn werk. Voorlopig. Ik moet ook maar afwachten hoe het verder gaat als mijn boek eenmaal af is.'

'Uw boek over historische moordenaars. Ja. Jammer dat ons grietje niet haar eigen hoofdstuk zal krijgen.'

'Daar zit ik niet over in. In vierduizend jaar beschavingsgeschiedenis is er geen gebrek aan materiaal.'

Dag staarde naar zijn lege koffiekop. 'Verdomd triest.'

Toen de rekening werd gebracht, zei Lammeck dat hij wel zou betalen. Dag stond op uit de separee; Lammeck bleef zitten om zijn krant uit te lezen. In het voorbijgaan gaf Dag Lammeck een schouderklopje. Zijn handpalm raakte het schouderholster.

'Professor?'

'Ja?'

'Wees voorzichtig, ja?'

'Hoe bedoel je? Hiermee?'

'Nee,' zei Dag. Het leek wel alsof hij meer deed dan alleen voor deze ochtend gedag zeggen. Vreemd genoeg verzachtte zijn gezicht zich. 'Ik bedoel... nou ja, wees voorzichtig, oké?'

De geheim agent beende weg. Lammeck riep hem na: 'Ik ben maar een historicus, Dag. Wij academici zoeken nooit moeilijkheden als we die ook maar even kunnen vermijden.'

3 april
Aiken, South Carolina

Werken is bidden. Dit moslimadagium spookte door Judiths hoofd. Zeepschuim knabbelde aan haar ellebogen toen ze de gootsteen aftastte, op zoek naar het volgende bord om af te wassen. Het warme water kabbelde rond haar onderarmen. Door het open keukenraam droeg een zacht middagbriesje het kwinkeleren van een roodborstje aan.

Op het marmeren aanrecht naast haar legde Annette het laatste reepje deeg over een rabarbertaart. De oude dienstbode zette de taart in de ijskist, naast de pan met gestoofd rundvlees voor het avondeten. In een vergiet wachtten aardappelen op het schilmesje. Als ze de afwas klaar had, zou Judith de piepers meenemen naar de porticus aan de achterzijde van het huis, waar ze de geur van vers gras en de lucht van de paarden in de stallen zou kunnen ruiken.

Annette schoof een schaal en een houten lepel in het zeepsop onder Judiths armen en verdween naar de eetkamer om de laatste theekoppen en servetten af te ruimen. Dieper in het huis, in de danszaal, speelde een buurman die op bezoek was piano. Mrs. Rutherfurd stond in de achtertuin onder een parasol te luisteren naar de zang van het roodborstje.

Annette had de handen vol toen ze terugkwam. Ze was zo breed dat ze niet dicht genoeg bij het aanrecht kon komen om de porseleinen kopjes in het zeepsop te laten zakken zonder langs Judiths heup te strijken. Heel even leunde Judith tegen de Française aan. 'Ga gerust een dutje doen,' zei ze. 'Ik maak het hier af en ga dan de aardappelen schillen.'

Annette posteerde zich midden in de keuken om erover na te denken. Het marmeren aanrecht moest gereinigd worden van bloem- en deegresten, de tafel in de eetkamer moest voor vier personen worden gedekt; over een uur moest de pan op het vuur; het serviesgoed moest worden afgespoeld, afgedroogd en opgeborgen; en de tegelvloer moest worden gedweild.

'*Chérie*, de keuken is míjn verantwoordelijkheid.'

Judith haalde haar handen uit de gootsteen. Zeepschuim kleefde aan haar vingers. 'Annette, neem me niet kwalijk. Het was niet mijn bedoeling jouw werk over te nemen. Ik wilde je alleen...'

'Ik bedoel dat je veel te lief bent om naast je eigen werk ook nog het mijne te willen doen. Hoe je het allemaal klaarspeelt, is mij een raadsel. Dank je. Goed, ik ga een poosje rusten. En als ik wakker word, zoek ik wat karweitjes van jou die ik kan doen. Of misschien bak ik wel een bijzondere cake voor je, helemaal voor jou.'

Annette stapte naar haar toe en omhelsde haar, voordat ze naar haar slaapkamer op de derde etage vertrok.

Judith draaide zich weer om naar de gootsteen. Nog voordat ze haar handen weer in het afwaswater stak, fladderde het roodborstje naar een andere tak, dichter bij het keukenraam. In de tuin, onder haar parasol, volgde Mrs. Rutherfurd de vlucht van het vogeltje. Ze ving Judiths blik op. Beide vrouwen knikten elkaar toe, allebei genietend van de zang van het diertje. Judith luisterde een poosje, voordat ze in het water naar de schaal tastte, hem afwiste en onderdompelde in de spoelbak, net als de rest van het servies en de glazen. De waakzame Mrs. Rutherfurd glimlachte haar toe en luisterde vanuit de tuin naar het lied van Judiths werk.

Toen ze klaar was in de keuken en de eettafel had gedekt, deed Judith met een stofdoek de ronde over de grote begane grond van het huis. Er was nauwelijks iets waaraan ze extra aandacht moest besteden. Alle drie de etages van Ridgeley Hall waren smetteloos schoon, zoals al het geval was geweest toen ze hier twee weken geleden was aangekomen. Daarna nam ze het vergiet met de aardappelen en een schillenmand naar de porticus. Het roodborstje schrok en fladderde weg.

Nu de vogel weg was, draaide Mrs. Rutherfurd zich om voor een rustige wandeling langs het tuinhek, op weg naar de stallen om de paarden even aan te halen. Judith zag haar weglopen. Niets aan de vrouw des huizes was onverzorgd, zelfs niet in de privacy van haar eigen achtertuin. Ze droeg een rok die tot haar enkels reikte en beschermde de huid van haar armen door een blouse met lange mouwen te dragen, de parasol wat schuins over haar schouder, als in een impressionistisch schilderij. Ze was zich welbewust van haar plaats in de ordening van haar huishouden en de rest van de zuidelijke society. Hoewel Mrs. Rutherfurd altijd vriendelijk tegenover haar was, liet ze de zeggenschap over Judith als lid van het huishoudelijk personeel over aan Annette. Mrs. Rutherfurd had niet veel tegen haar gezegd, zelfs niet in de trein vanuit Washington naar het zuiden of gedurende haar eerste paar dagen hier. Ze had Judith persoonlijk rondgeleid door het huis en haar zelfs attent gemaakt op de putjes in de vloer naast het bed van Mr. Rutherfurd, waarin de oude man zijn laatste dagen had gesleten en om de haverklap met zijn wandelstok hard op de vloer had gebonkt als hij aandacht nodig had. Als ze iets tegen haar zei, deed ze dat meestal alleen om haar uit te leggen wat haar huishoudelijke taken waren. Annette was verantwoordelijk voor Mrs. Rutherfurds toilet, kapsel, kleerkasten en garderobe, naast de keuken en het dagelijkse menu. Judiths taken omvatten schoonmaakwerk, bedden opmaken, de was doen en opdienen aan tafel.

Over vrije uren werd niet gediscussieerd; er werd van uitgegaan dat ze, als ze vrijaf wilde, daar altijd om kon vragen.

In dit huis bestond een eeuwenoude scheidslijn tussen bedienden en hun werkgevers. Judith accepteerde dat en merkte dat ze in Caïro veel minder vriendelijk was tegenover haar eigen huishoudelijk personeel. Ze bedacht dat zij na haar terugkeer misschien ook een Franse dienstbode zou kunnen aannemen.

Ridgeley Hall bood meer dan genoeg ruimte voor privacy; de drie vrouwen leefden hier in alle rust. Annette en Judith hadden op de derde etage twee van de negen slaapkamers tot hun beschikking. De rest diende als opbergruimte voor de kleren van Mrs. Rutherfurd en oud speelgoed en andere memorabilia van de kinderen. De tweede etage omvatte ook nog vijf slaapkamers. De kamer van Winthrop Rutherfurd was nog precies zoals hij was geweest gedurende zijn bedlegerige laatste levensjaar, een morbide oord om er stof af te nemen. Mrs. Rutherfurd had er haar eigen slaapkamer en de overige drie waren altijd gereed voor bezoekers. De begane grond was een doolhof van zitkamers, een bibliotheek, een danszaaltje, een ontbijt- en een eetkamer, portici, voorraadkamertjes en gangen. Tegenover het huis, aan de overkant van de onverharde landweg die Berrie Road werd genoemd, lag het terrein van de Palmetto Golf Club. Wintie was voorzitter van het clubbestuur geweest. De paar huizen aan dit weggetje lagen in het hart van een bosrijk gebied van enkele duizenden hectaren, dooraderd door ruiterpaden ten behoeve van de paardenliefhebbers van Aiken.

De verhalen van het landhuis werden in Annettes omvangrijke boezem bewaard. Verscheidene avonden hadden Annette en Judith samen aan de eiken keukentafel zitten babbelen, als Mrs. Rutherfurd al naar bed was, of met wat vrienden zat te bridgen. Het tweetal schonk dan Mrs. Rutherfurds sherry in koffiebekers, voor het geval ze werden betrapt. Annette had Judith verteld van Mr. Winthrop. Haar *m'sieur* was negenentwintig jaar ouder geweest dan Lucy Mercer, toen ze waren getrouwd. Hij was een echte man geweest, met veel invloed, zijn leven lang Republikein en een liefhebber van de jacht en pokeren. Zijn eerste vrouw had geleden aan een chronische ziekte, en zodra zij het tijdelijke met het eeuwige had verwisseld had hij de aandacht gericht op zijn mooie, jonge gouvernante. Zijn liefde voor zijn jonge tweede vrouw was overdadig en bezitterig geweest. Lucy had zijn vijf kinderen opgevoed, plus het ene kind dat ze samen hadden. Lucy was geadoreerd en verwend in dit huis, net als op het weelderige landgoed in het noordelijke deel van New Jersey. Ze was een trouwe echtgenote en moeder geweest. Keer op keer onderstreepte Annette Lucy's trouw aan haar man. Niet één keer maakte ze gewag van Franklin Delano Roosevelt, en niets in het grote huis getuigde van haar vriendschap met hem.

8 april

Mrs. Rutherfurd gebruikte haar zondagse brunch in de ontbijtkamer. Judith serveerde haar zoete thee en in bacon gewikkelde meloenparten. De kamer, die uitzicht bood op het zuiden, met rododendronstruiken en de golfbaan erachter, was zonnig genoeg voor de ochtendkrant van mevrouw. Toen ze klaar was, verzocht ze Judith naar de keuken te gaan om Annette te halen. Ze bood beide dienstboden een stoel aan de ontbijttafel aan.

'Morgenochtend,' begon ze, 'komt een oude kennis van mij, madame Elizabeth Shoumatoff, naar ons toe. Ze is portretschilderes en rijdt samen met een fotograaf, mister Nicholas Robbins, helemaal vanuit New York City hier naartoe. Zo. Desiree?'

'Ja, mevrouw?'

'Herinner je je ons eerste gesprek, toen ik je vroeg of je in staat was een geheim te bewaren?'

'Dat herinner ik me heel goed, mevrouw.'

'Prima. Ik sta op het punt je een geheim te onthullen dat je onmiddellijk diep in je hart moet opsluiten.'

Judith knikte gretig, een toonbeeld van de wens om volledig ingewijd te worden in de societygeheimen van dit huishouden.

'Af en toe behaagt het de president van de Verenigde Staten om bij mij op visite te komen. Hij en ik zijn al heel veel jaren goede vrienden, al van lang voordat hij president werd. Ik mag aannemen dat Annette je daar nooit iets over heeft verteld?'

Judith verzekerde Mrs. Rutherfurd dat dit iets was wat ze voor het eerst hoorde en zei dat ze het heerlijk nieuws vond. 'Hij is een groot man, Mrs. Rutherfurd. U bent bevoorrecht hem als vriend te hebben.'

'Ja,' antwoordde ze trots. 'Ik ben gezegend hem te kennen. Hoe het ook zij, nu je in onze kring van vertrouwelingen bent opgenomen, dien je deze wetenschap strikt voor je te houden. Ik hoef je niet te zeggen dat het doen en laten van de president in oorlogstijd buitengewoon geheim is. Vijanden van Amerika zouden dolgraag weten waar hij zich van het ene moment op het andere bevindt. En eerlijk gezegd zouden ook de politieke opponenten van de president hier in eigen land heel graag onze vriendschap opblazen tot iets wat het niet is. Je begrijpt me wel.'

Ze sprak Judith gedecideerd toe, alsof ze een bijdetijds kind voor zich had, in ondubbelzinnige termen. Bij deze vrouw was geen spoor meer te herkennen van de verarmde dochter van een alcoholverslaafde, de society-secretaresse, de gouvernante of de vrouw des huizes. Ze was een grande dame geworden, een rijke weduwe die de vertrouwelinge was van de president. Lucy Rutherfurd was ongecompliceerd, omdat ze zichzelf consequent tot een eenvoudig iets had gevormd: een vrouw van hoge geboorte.

Judith knikte ijverig. 'Ja, mevrouw.' Achter haar ernstige gezicht ging de gedachte schuil dat het toch eigenlijk merkwaardig was dat er bij al haar missies maar één persoon was die ze niet volledig een rad voor de ogen had kunnen draaien: Mrs. P., de minst verfijnde van hen allemaal. Lucy Rutherfurd zou ook Mahalia Pettigrew aan deze tafel hebben toegesproken, luid en duidelijk alsof ze het tegen een hondje had. En Mrs. P. zou de tafel hebben verlaten, haar werk hebben gedaan en later achter die pijp van haar meer inzicht en wijsheid hebben gemompeld dan honderd vrienden van de president hem ooit konden vertellen. Inwendig snikte Judith even van spijt, maar ze wist dat haar missie niet was gecompromitteerd en ze zelf veiliger was zonder dat Mrs. P. in Washington was achtergebleven. Ze zou daar in de bus beslist over Desiree hebben zitten roddelen. Ze zou zich zorgen hebben gemaakt en zich steeds hebben afgevraagd waar zij was gebleven. Judith onderdrukte de steek in haar hart die ze voelde vanwege de moord op de kribbige oude kokkin, hoewel ze het zo zacht als maar mogelijk was had gedaan. Ze zette deze afleidende gedachten van zich af en boog zich naar Mrs. Rutherfurd toe, alsof ze naar meer van de geheimen van deze beschaafde vrouw snakte.

'Morgen rijden madame Shoumatoff, Mr. Robbins en ik naar Warm Springs in Georgia. De president heeft daar twee weken in het Kleine Witte Huis rust genomen.'

Roosevelt had de afgelopen twee weken dagelijks naar Aiken gebeld om in het Frans met Mrs. Rutherfurd te babbelen. Judith had ze afgeluisterd. Ze wist waar Roosevelt was.

'Madame Shoumatoff heeft al eens een portret van de president voor mij geschilderd. Ik heb haar verzocht er nog een te maken, dit keer voor mijn dochter. Mr. Robbins is erbij om foto's te nemen, want de president kan niet langdurig poseren. Hij heeft het ontzaglijk druk en wordt soms gauw moe. Desiree?'

'Ja, mevrouw?'

Hiervoor was Judith die ijzige nieuwjaarsnacht naar het strand gezwommen. De afgelopen vier maanden had ze gemoord en moordplannen gemaakt – alleen voor de woorden die Lucy Rutherfurd nu uitsprak.

'Ik laat jou achter om op het huis te passen. Ik denk dat je daar beslist al ver genoeg voor bent. Annette en ik blijven een week weg. Annette, jij pakt mijn bagage in. Stem het af op het voorjaar; ik verwacht dat het warmer gaan worden.'

Stralend zei Annette tegen haar *madame*: 'En ik zal de lunch klaarmaken.'

'Uitstekend. Dank jullie, dames.'

Judith stond al voordat Annette zich overeind kon werken. 'Mevrouw?'

'Ja, Desiree?'

'Nu Annette zoveel werk te doen heeft voordat zij en u klaar zijn om te gaan, stel ik voor dat ik het eten voor vanavond kook. Als Annette er geen bezwaar tegen heeft…?'

Mrs. Rutherfurd keek haar Franse dienstbode vragend aan. 'Lijkt me uitstekend,' zei de vrouw des huizes. 'Maak iets bijzonders, wil je?'

'O, beslist, mevrouw.'

9 april

Op haar blote voeten rende Judith de gang door. Ze stormde de bediendentrap af, met drie treden tegelijk op weg naar de overloop op de tweede etage. Ze maakte zoveel mogelijk lawaai en spande zich in om buiten adem te raken, zodat het leek alsof ze in paniek was.

Ze rende de hele gang op de tweede etage door en sloeg een keer met haar vlakke hand tegen de muur om haar komst nog nadrukkelijker aan te kondigen. Voor de achterste slaapkamerdeur bleef ze staan, luid hijgend. Ze klopte aan, net hard genoeg om haar urgente komst te rechtvaardigen en toch zacht genoeg om respect voor het vroege ochtenduur uit te drukken.

'Mrs. Rutherfurd! Mevrouw!'

Achter de deur zei de slaperige, onwillige stem van de vrouw: 'Het is één uur in de nacht, Desiree.'

'Komt u gauw, mevrouw. Boven. Het gaat om Annette.'

Schuifelende voeten aan de andere kant van de deur maakten duidelijk dat de vrouw al uit bed was en haar satijnen ochtendjas aanschoot. Enkele ogenblikken later vloog de deur open. Judith stapte haastig opzij om Mrs. Rutherfurd voor te laten gaan en knipte onder het lopen de lichten aan.

Mrs. Rutherfurd haastte zich en vroeg achterom: 'Wat is er met haar?'

'Geen idee, mevrouw. Ik werd zo-even wakker en hoorde haar overgeven. Ik ben meteen naar haar kamer gegaan om te zien wat er was. Ze ligt in haar bed, zo bleek als een spook. Misschien is het haar hart. Ik kan het niet beoordelen.'

'Goed zo, meisje, blijf kalm. Ik ga kijken.' Onder aan de trap tilde Mrs. Rutherfurd haar ochtendjas iets op en haastte zich de trap op. Judith volgde haar op de hielen. De stank van braaksel, afkomstig uit Annettes kamer, was al doorgedrongen tot de gang. Mrs. Rutherfurd aarzelde geen moment.

'Haal emmer en dweil, Desiree,' beval ze terwijl ze Annettes kamer in liep. Judith zag hoe de vrouw om het braaksel heen stapte, op de rand van het smalle bed plaatsnam en het nachtlampje aanknipte. Ze wierp Judith een strenge blik toe: 'Vlug, meisje!'

Judith repte zich naar een kast in de gang. Achter haar hoorde ze Mrs. Rutherfurds bezorgde stem: 'Annette, lieve, laat mij eens naar je kijken.'

Judith kwam terug om de inhoud van Annettes maag op te dweilen; de resten van een maaltijd die al bijna vijf uur geleden was opgediend. Voor Mrs. Rutherfurd haalde ze natte doeken om er Annettes mond mee af te vegen. Een ervan legde ze over haar voorhoofd. De dame voelde de pols van haar oude dienstbode en drukte toen haar grijzende hoofd tegen Annettes volle boezem om te luisteren. Judith zag hoe Annettes gezicht vertrok van de pijn die ze in haar borst voelde.

Mrs. Rutherfurd stond op van het bed. 'Desiree, blijf bij haar. Ik ga de dokter bellen.'

Judith verwisselde van plaats met haar werkgeefster, die al op weg was naar de telefoon, beneden. Annettes ogen bleven gesloten. Judith legde haar hand op Annettes hart, op zoek naar de harteklop onder de lagen vet en de ribben. Ze voelde hoe het hart zich onregelmatig samentrok, zonder ritme, bonkend alsof iemand voorwerpen tegen de muur smeet.

Ze had eigenlijk verwacht dat Annette eerder op het vingerhoedskruid zou hebben gereageerd, zo rond bedtijd, tegen tienen. Ze had een snufje van het vergif over de gebraden duivenborst van de dienstbode gestrooid, en als garnering over haar aardappelpuree. Het kwam door haar omvang, meende Judith. Ze vreesde dat ze de dosis voor de goede Annette niet goed had berekend: te weinig of juist te veel.

'Ik ben zo terug, *chérie*.' Judith rende naar haar eigen slaapkamer om een braakmiddel te maken: een krachtige mosterd, vermengd met water. Ze legde een hand in Annettes nek en moedigde haar aan van het mengsel te drinken. Ze ondersteunde haar hoofd en liet de vrouw opnieuw braken, nu in de emmer. 'We moeten je maag leegmaken,' fluisterde Judith. Ze voelde de polsslag van de vrouw in haar armen. De digitalis vertraagde het kloppen van haar oude hart en dwong het om zich hard samen te trekken, als een blaasbalg. Haar gezicht was grauw. '*Bon*, Annette,' zei ze, 'alles komt goed.'

Mrs. Rutherfurd kwam terug om Annettes conditie in ogenschouw te nemen en te zeggen dat ze beneden op de komst van de dokter zou wachten. Het extra braken had het gezicht van de dienstbode nog bleker laten worden. Haar ademhaling werd steeds amechtiger.

Tegen de tijd dat de arts een half uur later de bediendentrap opstormde, gevolgd door Mrs. Rutherfurd, was Annettes polsslag sneller geworden. Het begon zijn normale ritme te hervinden en er kwam weer wat kleur op haar wangen. Ze was uitgeput en duizelig.

De dokter beluisterde haar hart met zijn stethoscoop en nam haar temperatuur op. De struise dienstbode praatte een beetje; ze verviel telkens in Franse klachten die de arts niet verstond. Mrs. Rutherfurd glimlachte toegeeflijk.

De arts stelde vragen over wat Annette de laatste tijd had gegeten. Mrs. Rutherfurd somde hem het avondmenu op en zei erbij dat ze alle drie jonge duivenborst met aardappelpuree hadden gegeten. Hij vroeg Annette hoe ze zich nu voelde en ze bracht amechtig uit dat de pijn in haar borst niet meer zo hevig was. Ook zei ze dat ze, heel vreemd, een paar minuten alles om haar heen blauw had gezien. De arts overhandigde Mrs. Rutherfurd een zakje met actieve houtskool om Annettes spijsverteringskanaal verder te zuiveren, voor het geval haar aandoening toch iets met eten te maken had. Haar hart had een opdoffer gehad, zei hij. Ze moest op zijn minst een paar dagen bedrust houden.

Om half twee vergezelde Mrs. Rutherfurd de dokter persoonlijk naar de voordeur. Judith bleef boven, bij Annette. De oude dienstbode keek Judith hoofdschuddend aan. 'Jij,' zei ze, haar mollige wijsvinger slapjes uitstekend. 'Je had die duivenborst verrukkelijk gebraden, heb ik je dat al gezegd?'

Judith nam de hand van de oudere vrouw en legde die op haar schoot.

Mrs. Rutherfurd kwam terug. Ze liep om het bed heen en ging op de andere kant van het bed zitten. Ze nam ook een hand van haar oude dienstbode en deed het nachtlampje uit. Nu zaten de drie vrouwen in het schaarse licht dat vanuit de gang in de kamer doordrong. 'Annette, ik weet niet wat me nu te doen staat. We worden morgenmiddag in Warm Springs verwacht. De dokter heeft echter uitdrukkelijk gezegd dat je niet mocht reizen. Ik zou de reis kunnen annuleren, denk ik.'

'*Non, madame!* U moet gaan – hij is de president. Niemand annuleert een bezoek aan de president.' Mrs. Rutherfurd streelde Annettes voorhoofd en keek over haar heen Judith aan. 'Ik voel me al een stuk beter,' hield haar oude dienstbode vol. 'Ik heb het ergste gehad. U kunt toch Desiree met u meenemen?'

'Nee,' antwoordde Mrs. Rutherfurd. 'Desiree blijft hier; ze moet voor je zorgen.'

'Madame, het is zonde haar hier te laten; neem haar mee. Ze zal u heel goed helpen, beter dan ik het kan – ze is jonger en vlugger, nietwaar? En ze is heel goed met kapsels.' Annette strekte een liefkozende hand uit naar Judiths hoofd. 'Ze heeft haar eigen haar geknipt, heb ik u dat al verteld? Ziet u wel?'

Mrs. Rutherfurd aarzelde. 'Ik weet het niet.'

'De dokter zal naar me omzien. U kunt de buurvrouw vragen even te gaan kijken. Straks slaap ik weer als een baby en morgenochtend kunt u met uw vrienden op weg naar de president. Desiree zou hem graag ontmoeten. Voor haar is dit een fantastische kans.' Annette knikte Judith stralend toe. 'Ook al zou ze dat nooit zelf hebben gezegd.'

Mrs. Rutherfurd liet Annettes hand los. Ze posteerde zich naast het bed, keek op de beide vrouwen neer en zei: 'Ik zal de dokter morgenochtend bellen. Als hij bereid is twee keer per dag te komen kijken, en als ik Mrs. Lawrence zover kan krijgen dat ze jou eten brengt, kan Desiree mee. Kun je daarmee instemmen, Desiree?'

'Jawel, mevrouw!'

'Dan wens ik jullie allebei goedenacht. Annette, alsjeblieft, maak me nooit meer zo bang, ja? Mijn eigen hart kon het nauwelijks aan. Desiree, zorg dat je je bagage hebt ingepakt voordat je gaat slapen.'

De dame verliet haar dienstboden. Judith volgde haar niet voordat Annette in slaap was gevallen. Terug in haar kamer pakte ze haar spullen in een ommezien in. Alles.

Mme Shoumatoff en haar fotograaf, Mr. Robbins, arriveerden kort na het ontbijt. De schilderes reed de oprijlaan op, zodat het gravel knerste, onder de banden van een grote Cadillac-cabriolet met open kap. Mrs. Rutherfurd ging ernaar kijken en stuurde Judith naar boven om in haar garderobe een hoed en een bijpassende sjaal te halen, voor de rit naar Georgia.

Annette bleef in bed, op doktersvoorschrift, en at haar ontbijt van het dienblad dat Judith haar kwam brengen. Het gezicht van de oude vrouw had zijn kleur grotendeels terug, maar haar armen en hals bleven slap en grauw. Judith was er inmiddels van overtuigd dat ze een te hoge dosis had gebruikt; de conditie van de struise vrouw was heel wat slechter dan ze had ingeschat. Annette zou herstellen, maar hoe groot de permanente schade aan haar hart zou zijn viel niet te bepalen. Nadat Judith een strooien hoed met een witte zijden sjaal had gevonden, wipte ze even bij Annette aan om gedag te zeggen.

'We gaan nu. Gaat het een beetje?'

'Ja. Ik ben blij dat het op deze manier is geregeld. Bij dat etentje, toen we elkaar pas hadden leren kennen, zei je dat je graag de president eens wilde ontmoeten. En toen mijn madame vroeg of ik je iets over hem had verteld, heb je me niet verraden. Dat heb je voor mij gedaan. *Bon.* Nu ben ik hier, en ik word wel weer beter. Het is een verdiende beloning voor je.'

Judith kwam op het bed zitten. 'Voor ons allemaal. Behalve voor jou, vrees ik.'

'Zit daar niet over in. Wacht maar totdat je de president hebt gezien. Hij zal er erger uitzien dan ik, totdat hij mijn madame terugziet. Het lijkt soms wel tovenarij, zoals zij hem weet op te vrolijken. Let maar eens op. En als je terugkomt, ga je mij er alles over vertellen.´

De oude dienstbode trok Judiths gezicht naar zich toe om haar te kussen. Voordat Judith de kamer verliet, liet Annette erop volgen: '*Mais attention, chérie.* Hij is dol op vrouwen. Hij zal met je flirten.'

Grinnikend zei Judith: 'Misschien zal ik hem nog een pets moeten geven.'

Annette schaterde het uit. Toen Judith al op de gang was, lachte ze nog.

Beneden had Mr. Robbins het druk met het verstouwen van de bagage van Mrs. Rutherfurd in de kofferbak. Judith droeg zelf haar kleine valies naar buiten. De fotograaf vond ruimte naast zijn camera's, Shoumatoffs ezel en verfdozen en hun eigen koffers.

Judith zette lekkere hapjes klaar voor de reizigers. Mrs. Rutherfurd stelde Judith voor aan haar vriendin de schilderes en de fotograaf. Ze legde uit waarom Annette deze reis niet kon meemaken en dat Desiree – door Mrs. Rutherfurd aangeprezen als 'voortreffelijk' – haar zou vervangen. Mme Shoumatoff, een Russische immigrante, gunde haar een vorstelijk knikje. Mr. Robbins, ook een buitenlander, maar met een veramerikaanste naam, stond beleefd op om haar de hand te drukken. Judith ruimde af terwijl ze nog aten, en toen ze klaar waren voor vertrek, was de keuken smetteloos schoon.

Ze ging op de achterbank zitten, naast Robbins. Shoumatoff zou rijden. De schilderes zette de Cadillac op een arm mengsel om meer kilometers uit de tank te halen en reed weg van Ridgeley Hall, de landweg op. Op de golfbaan langs de weg verplaatsten zich in het wit geklede golfers en hun caddies. Judith legde het hoofd in de nek en zag het bladerdak van oude esdoorns, afgewisseld met pijnbomen, steeds sneller over haar heen glijden.

De stemming in de open auto was vrolijk. Ze verwachtten dat ze rond vier uur 's middags in Warm Springs zouden aankomen. De president zelf zou hen in Macon opwachten. Mme Shoumatoff bleek een capabele kapitein van haar slagschip en reed in een roes verwekkend tempo over de landwegen. Mrs. Rutherfurd moest haar hoed stevig vasthouden. De uiteinden van de onder haar kin gestrikte sjaal klapperden als de vleugels van een duif.

Robbins had de president nog niet ontmoet. Mme Shoumatoff vond het een goed idee als Mrs. Rutherfurd de fotograaf en de dienstbode het een en ander zou vertellen over de man, zijn Kleine Witte Huis en wat ze konden verwachten.

Mrs. Rutherfurd draaide zich op de voorbank half om, om zich tot Robbins en Judith te richten. De zijden vleugels klapperden tegen haar wangen totdat ze ze met haar vrije hand temde. 'President Roosevelt is een buitengewoon briljant man. Hij is onderhoudend en kan heel charmant zijn. Zoals jullie weten, is hij als jonge volwassene getroffen door polio. Als hij niet in het openbaar hoeft te verschijnen, verplaatst hij zich in een rolstoel. De pers drukt nooit foto's van hem af in zijn rolstoel en, Mr. Robbins, dat geldt ook voor u. Er worden geen foto's gemaakt zonder uitdrukkelijke toestemming van de president zelf. Jullie zullen hem in zijn rolstoel zien, maar mogen daarover met niemand praten. En, Desiree, je dient te weten dat de president oog heeft voor vrouwelijk schoon.'

Desiree sloeg haar ogen neer. 'Dat heeft Annette me verteld, ja.'

'O? Welnu, dan zal ik dat punt verder laten rusten en vertrouwen op je gezonde verstand. Hij ziet zichzelf ook als een architect. De eerlijkheid gebiedt te zeggen dat hij daar niet echt goed in is. Jullie zullen zien dat het Kleine Witte Huis tamelijk klein en sober is – niet bepaald een gerieflijke residentie. Ook daar wordt met geen woord over gerept.'

Mme Shoumatoff nam een hand van het stuur en maakte een gebaar naar Mrs. Rutherfurd. 'Zulk soort dingen kun je ze beter niet vertellen. Lucy.'

Mrs. Rutherfurd riep tegen de wind in: 'Zij weten wie hij is, Shoumie. In 's hemelsnaam, hij is al twaalf jaar president! Ik wil hun juist vertellen van de man die zij níet kennen!'

Ze draaide zich weer om naar Robbins en Judith. 'Franklin Roosevelt is mij van iedereen op de wereld het dierbaarst. Het is echter van belang dat we allemaal weten wat voor soort man hij is en in welke situatie hij verkeert, zodat we hem niet overbelasten. Punt een: lichamelijk is hij er niet best aan toe. Eerlijk gezegd baart zijn hart ons zorgen. Hij heeft de afgelopen paar maanden ongelooflijk hard gewerkt, zoals die lange reis naar Rusland, en alles wat hij vanwege de oorlog moet doen. Hij zal in jullie ogen heel mager zijn, in plaats van wat je van hem in de kranten of in de bioscoop hebt gezien. Deze reis is voor hem een vakantie. Hij is al tien dagen in Warm Springs en wijzelf blijven maar een dag of drie, vier – net lang genoeg voor madame Shoumatoff om haar werk te doen. De president heeft rust nodig en wij mogen niets doen om die rust te verstoren. Desiree, jij bent mee op deze reis om mij, madame Shoumatoff en mister Robbins te assisteren. Ik wil niet dat onze aanwezigheid voor de president of zijn medewerkers een last is. Die hebben allemaal al meer dan genoeg omhanden. Overigens, wat de president betreft, hij komt er altijd weer bovenop, en dat zal deze keer ook zo zijn.'

Mme Shoumatoff keek in het achteruitkijkspiegeltje om te zien hoe Judith reageerde op het nieuws dat ze ook voor haar en Mr. Robbins zou moeten zorgen. Judith vertrok geen spier, alsof die instructie de gewoonste zaak van de wereld was. Shoumatoff verplaatste haar peinzende blik naar Robbins. Met haar Russische accent riep ze achterom: 'Hij is eenzaam, deze man. Dat heb ik al gezien toen ik hem voor het eerst portretteerde. Ook al is hij de machtigste man ter wereld. Dat is wat ik probeer te vangen – al die macht en toch die eenzaamheid.'

Inmiddels was de Cadillac de grens tussen South Carolina en Georgia overgestoken en naderde in westelijke richting Augusta. Mrs. Rutherfurd glimlachte naar haar vriendin de schilderes; ze had bewondering voor het talent dat vereist was om de man die zij in haar hart meedroeg weer te geven zoals hij was. Ze borduurde voort op het thema dat Shoumatoff had aangesneden.

'De afgelopen vijf jaar heeft president Roosevelt meerdere persoonlijke verliezen moeten verwerken, wat hem sterk heeft aangegrepen. Hij praat er weinig over; hij is niet het soort man dat met zijn verdriet te koop loopt. In dat opzicht is hij nog op en top de stoere yankee. Alleen al in het afgelopen jaar heeft hij zijn oude vriend Pa Watson en daarna zijn secretaresse, Missy LeHand, ten grave moeten dragen. Ook zijn voormalige deken van Groton, ds. Peabody, is kort voor zijn laatste inauguratie overleden. Ds. Peabody heeft bij alle inauguraties van Franklin de voorbeden gedaan en was als een vader voor hem. Louis Howe, zijn oude politieke mentor, ontviel hem een paar jaar geleden; en nu is zijn naaste adviseur, Harry Hopkins, zo ernstig ziek dat die twee elkaar nog nauwelijks kunnen ontmoeten. Toen

Franklins moeder vier jaar geleden overleed, heeft de arme man een vol jaar lang een rouwband om zijn arm gedragen.'

Shoumatoff verhief haar stem en vulde aan: 'Toen de oude dame op Hyde Park overleed, is de grootste boom op het hele landgoed omgevallen.'

'Wat zeg je me daarvan,' zei Robbin glimlachend naar Judith.

Shoumatoff bleef doorpraten. Ze onthaalde hen ondanks de rijwind op haar impressies van de president, opgedaan tijdens haar korte bezoeken aan hem. Ze vertelde hoe hij vaak 's avonds in zijn eentje at en hoe achter zijn vermaarde fiere kin en zwierig schuin gehouden sigarettenpijpje een geest schuilging die het in zijn gekwelde lichaam ontzaglijk moeilijk had. Ze herhaalde nog eens dat dit de geheimen en tegenstellingen waren die zij op het linnen hoopte vast te leggen. Robbins knikte gefascineerd; dit was exact wat hij op de gevoelige plaat hoopte te vangen. Mrs. Rutherfurds gezicht verduisterde, maar ze deed geen poging een eind te maken aan Shoumatoffs gebabbel. Judith merkte hoezeer de beide kunstenaars onder de indruk waren van de mythen rond Roosevelt – de omgevallen boom, de eenzame maaltijden. Alleen Lucy was pragmatisch. Zij probeerde manieren te vinden om hem te helpen en het was overduidelijk dat ze van hem hield.

De ochtend ging ongemerkt over in het begin van de middag. Noch Mrs. Rutherfurd, noch Shoumatoff draaide zich nog om naar achteren. Ze praatten alleen nog met elkaar. Robbins, die volgens Judith afkomstig moest zijn uit Oost-Europa, sloot zijn ogen en liet zijn gezicht door de wind en de zon strelen. Judith zag de weidse panorama's van het Amerikaanse Zuiden langs zich heen glijden. De autoweg steeg en daalde over zacht golvende heuvels met jonge gewassen, hoge grassen en fris bladgroen. Het land was verdeeld in brede kavels, van elkaar gescheiden door riviertjes of oude omheiningen die al heel lang niet meer waren geverfd. In de smaragdgroene schaduw of donkergele plekken zonlicht liepen kippen, koeien en schapen. Oudere blanke vrouwen en zwarte mannen en vrouwen hingen wasgoed te drogen, reden op rammelende tractoren of liepen langs de berm van de weg met paarden of muilezels aan de teugel. Kinderen die op school hadden moeten zijn, speelden op blote voeten of mocassins. Elk plaatsje waar de Cadillac doorheen reed was klein, met witgeschilderde houten huizen en kerkjes. De weg die ze volgden was steevast de enige straat in zo'n plaats. Iedereen die ze voorbijreden bleef staan en gaapte hen na. Judith rook de warmte van het arme platteland en bedacht hoe groot de verschillen waren tussen de streken van Amerika, zoals de ijzige contreien van Newburyport, de smalle straten in het zwarte getto en de statige villa's van Washington. Ook bedacht ze hoe dicht ze nu het moment was genaderd waarop ze een streep onder dit alles zou kunnen zetten.

Tegen vier uur was madame Shoumatoff verdwaald. De Cadillac zoefde langs een plaatsnaambord dat aangaf dat Warm Springs achter hen lag. Ze zette de auto stil, geïrriteerd. Mr. Robbins ontfermde zich over de kaarten. Mrs. Rutherfurd babbelde nerveus, maar liet de navigatie over aan de beide geïmmigreerde kunstenaars. Judith bleef naar de hemel kijken, naar haviken en kraaien die duidelijk afstaken tegen het diepe blauw, totdat Mr. Robbins de beide vrouwen op de voorbank had overtuigd van de te volgen richting. Zijn aanwijzingen leidden tot nog twee verkeerde afslagen. De voet van de nijdige Shoumatoff drukte het gaspedaal steeds dieper in, totdat Mrs. Rutherfurd haar wat tot bedaren bracht door te zeggen dat de president al genoeg tragedies te verwerken had. Gelukkig doemde uit het weelderige landschap een verkeersbord op dat de richting en afstand naar Macon duidelijk aangaf.

De Cadillac arriveerde dertig minuten te laat bij de afgesproken plek in Macon. Niets wees erop dat de president zelfs maar in de buurt was; geen leden van de geheime dienst, geen publiek. Mme Shoumatoff mopperde in het Russisch. Mr. Robbins liet zijn wijsvinger over de wegenkaart glijden en verklaarde dat ze maar rechtstreeks naar Warm Springs moesten rijden. Mrs. Rutherfurd speurde vergeefs de weg af.

De auto reed met brullende motor resoluut de stad uit, in de door Mr. Robbins aangegeven richting. Een kwartier later zei Shoumatoff ervan overtuigd te zijn dat ze opnieuw waren verdwaald. Mr. Robbins boog zich nerveus over de wegenkaart. Eindelijk liet Mrs. Rutherfurd haar gezag gelden. 'Hou deze richting aan.' Ze wees naar voren. Shoumatoff reed verder. Robbins haalde zijn schouders op tegenover Judith om zijn twijfel uit te drukken.

Ze volgden de slingerende landweg nog tien minuten. Hoge esdoorns overschaduwden de weg en de koele avondschemering kondigde zich al aan. Mrs. Rutherfurd sloeg de armen om zich heen, verlangend naar haar bestemming; ze wilde niet dat ze zouden stoppen om het dak dicht te doen zodat ze nog later zouden aankomen. De Cadillac raasde nog eens een half uur door een anoniem groen landschap, nog steeds in de richting die ze volgens de intuïtie van Mrs. Rutherfurd moesten volgen. Negentig minuten nadat ze de president in Macon hadden zullen treffen kwamen ze in het plaatsje Manchester aan. Mme Shoumatoff nam nauwelijks gas terug toen ze door de hoofdstraat reden en slaakte een gilletje van blijdschap. Mrs. Rutherfurd drukte haar armen tegen haar borst. Rondom een andere open cabriolet, een Ford die voor een apotheek stond geparkeerd, had zich een kleine menigte verzameld. Verscheidene mannen in donkere pakken, veel te opvallend in deze kleine stad, bekeken de vrouwen in hun katoenen jurken en de mannen in overall rondom de Ford. Mme Shoumatoff parkeerde de Cadillac niet ver van de Ford. Mrs. Rutherfurd had haar portier al bijna open voordat de auto stilstond. Een stel geheim agenten haastte zich om haar door de mensenmassa te helpen. Toen de mensen plaatsmaakten, ontdekte Judith de president van de Verenigde Staten op tien passen afstand. Hij schoof op de achterbank van de Ford opzij, een Coca-Cola in de handen, en begroette Mrs. Rutherfurd, die op dat moment instapte.

Washington DC

Lammeck legde zijn vermoeide benen over elkaar op de stenen bank en staarde naar een gigantische Afrikaanse orchidee. Hoog boven hem omsloot de grote glazen koepel van de Botanic Garden een kunstmatig vochtig gehouden atmosfeer. Het late zonlicht stroomde door het glas een tropische nevel in en bescheen bizar grote bladeren en junglepaden. Lammeck ademde de kunstmatige lucht diep in en verlangde naar de echte mist en kilte van Schotland – niet alleen vanwege het weer, maar vooral ook de vrijheid.

Gisteren had hij zijn rondwandeling door de National Gallery en het Freer Museum of Art voltooid. Een week eerder had hij het Smithsonian Institute, het Air Museum en het Arts and Industries Pavilion afgewerkt en alle monumenten, standbeelden en verdere bezienswaardigheden bekeken. Vanmorgen, vóór de Botanic Garden, had hij de National Archives bezocht. Nu nam Lammeck er zijn gemak van, als toerist klaar met Washington. Ook had hij geen professionele redenen meer om in deze stad te zijn.

Dat bestempelde zijn volgende doel tot een vanzelfsprekendheid. Hij verliet de mooie botanische tuin en ademde een koelere, meer natuurlijke lucht in. In westelijke richting begon hij de anderhalve kilometer lange Mall naar het Witte Huis te volgen. Bij de zuidwestpoort toonde hij de marinier die wachtdienst had zijn briefje van de geheime dienst, dat hem garandeerde dat hij naar binnen kon. De middag liep al ten einde. Het was al vijf uur geweest en hij betwijfelde of hij de kribbige secretaresse nog te pakken zou krijgen voordat ze haar kantoor zou hebben verlaten.

Lammeck gaf zijn .38 af bij de poort en liep de westvleugel in. Aan het eind van de lange, witte gang zag hij, toen hij de deur van de antichambre opende, dat hem een twijfelachtig geluk beschoren was: Mrs. Beach was nog op haar post.

Ze keek op van haar schrijfmachine. 'Professor. Ik heb u de afgelopen week nauwelijks gezien. Dag vertelde me dat u zich niet zo vaak meer meldt als u altijd hebt gedaan. U hebt het druk?'

'Ja. Ik kan mijn taken nauwelijks aan. En mijn sociale agenda is overvol.'

'Prima. Voor het geval u hier bent om de chief te spreken – hij is de stad uit tot halverwege de volgende week. Ik zal hem zeggen dat u langs bent gekomen.'

'Waar is hij?'

'Bij de president, professor Lammeck. Dat is zijn werk.'

Lammeck nam een stoel recht tegenover Mrs. Beach om haar te verstaan te geven dat hij niet in de stemming was om zich met een kluitje in het riet te laten sturen. 'Waar is dat precies?'

Ze duwde de pince-nez hoger op haar neus. Dat gebaar, zo had hij ontdekt, betekende dat zij bereid was tot een twistgesprek.

'En de reden van al die belangstelling van u is…?'

'Omdat ik verdomme zo snel mogelijk terug wil naar mijn werk in St. Andrews. Zeg Reilly maar dat hij Harvard en Yale en de hele rest kan houden. Ik heb geen behoefte aan een afkooppoging. Laat me weggaan, hier. En wel meteen. Bel hem op.'

Mrs. Beach toonde hem de stoïcijnse glimlach van de doorgewinterde bureaucraat. 'Ik heb alle begrip voor uw haast, professor, maar helaas wordt die niet gedeeld door dit bureau. Ik peins er niet over chief Reilly weg te roepen van zijn plichten ter bescherming van de president, alleen om hem lastig te vallen met een administratief probleempje. Dat kan wachten totdat hij terug is, net als u. En alleen om u te bewijzen dat ik niet hardvochtig ben, of dat ik u niet zou vertrouwen: chief Reilly is in Georgia, bij de president.'

Ze liet haar hoofd zakken, alsof ze te kennen wilde geven dat dit alles was wat ze aan Lammeck kwijt wilde. Hij liet zich niet ontmoedigen.

'Bel hem op.'

'Nee.'

'Waar hangt Dag uit?'

'Ook agent Nabbit is de stad uit voor een missie. Hij doet voorbereidend werk voor een reis die de president binnenkort gaat maken. Wij hebben uw Perzische moordenares niet vergeten, professor, wat u ook van ons mag denken. Wij doen gewoon ons werk, in alle stilte. Per slot van rekening zijn wij de gehéíme dienst.'

Lammeck was tegen de stenen muur aangelopen die hij had verwacht. Hij had er echter niet op gerekend dat hij nog eens een dag of tien zou moeten wachten voordat Reilly terug was om dit te regelen. Dit inzicht maakte dat hij ongeduldig met zijn voet op de vloer tikte. Hij stond op. 'Mrs. Beach, ik verveel me dood, kan me niet nuttig maken en, erger nog, ik begin dik te worden. Ik verzoek u al het mogelijke te doen om te zorgen dat ik terug kan naar huis, zodra Reilly terug is.'

De secretaresse verstrengelde haar vingers en liet ze op haar toetsenbord rusten. 'Professor, ik verzeker u dat u nog even belangrijk en knap bent als op de dag dat u voor het eerst dit kantoor binnenstapte. En wat uw verveling betreft – alstublieft.'

Ze stak haar hand uit naar een map die op een archiefkast achter haar lag en schoof hem die toe. Lammeck sloeg de map open en wist ogenblikkelijk dat dit de zoveelste set vol getikte gele vellen papier was met informatie uit Roosevelts dagelijkse agenda. Ze hadden betrekking op de periode van 11 tot 18 maart. Vier weken oud. 'Dit bespaart me een koerier. Prettige avond, professor Lammeck. En wees ervan overtuigd, hoewel we u zullen missen, dat ik alles zal doen wat ik kan om uw vertrek te bespoedigen. We zullen ons wel redden, op de een of andere manier.'

Lammeck nam met een grimas afscheid van de secretaresse. Hij liep met de map de gang op. Verstrooid wandelde hij terug naar de zuidwestpoort en zijn vuurwapen terwijl hij de eerste paar bladen doornam. Voor de 11e maart 1945 las hij:

11:40 U.	Naar kantoor
11:45 U.	Chinese ambassadeur
12:00 U.	Begrotingsdirecteur Harold D. Smith
13:30 U.	Terug van kantoor
13:30 – 14:55 U.	(lunch in Sun Parlor) – Mrs. (John) Boettiger, min. van BuZa Edward R. Stettinius jr.
16:35 U.	Naar kantoor
18:30 U.	Terug van kantoor, via spreekkamer van lijfarts
19:45 U.	(Diner) E.R.
21:25 – 22:45 U.	Dorothy Brady (secr.)
23:45 U.	Naar bed
E.R. 23:30	Vertrokken naar Raleigh, North Carolina

Niets opmerkelijks. Een korte doorsnee-arbeidsdag van de vermoeide, zie-kelijke president. Een paar haastige afspraken, lunch met zijn dochter en de minister van Buitenlandse Zaken, daarna, na de avondmaaltijd, het vertrek van Eleanor Roosevelt, die hem voor de zoveelste keer alleen liet. Het verslag was even verschaald en slaapverwekkend als Lammeck zich voelde. Hij had nog maar enkele stappen door de gang afgelegd toen hij het volgende vel doornam, voor de 12e maart. Wat hij zag, bracht hem abrupt tot stilstand.

11:20 U.	Naar kantoor

11:25 U.	Min. van BuZa Edward R. Stettinius jr., Luite-nant-ter-zee Harold E. Stassen, afgevaardigde Charles A. Eaton, Dean Gildersleeve, senator Tom Connelly, afgevaardigde Sol. Bloom, sena-tor Arthur Vandenberg (gedelegeerden naar de VN-Conferentie in San Francisco, Californië)
11:45 U.	Min. van Oorlog Henry L. Stimson, admiraal William D. Leahy

12:00 U.	Senator Lister Hill (Alabama)
12:30 U.	Herman Baruch
13:40 U.	Terug van kantoor

13:40 – 14:40	(lunch in Sun Parlor) – Kolonel en Mrs. John Boettiger, Mrs. Rutherfurd

Wie is verdomme Mrs. Rutherfurd? vroeg Lammeck zich af. Dit was een naam die hij niet eerder had gezien of gehoord rond Roosevelt, laat staan iemand die de president liet ophalen met zijn limousine en die daarna een privélunch gebruikte in gezelschap van president Roosevelt, zijn dochter en zijn schoonzoon.

Vlug bekeek Lammeck de agenda voor de volgende dag, 13 maart. Daar was ze opnieuw, 19:15 U. – Mrs. Rutherfurd (diner). Ze had twee uur lang de president gezelschap gehouden, samen met Anna en John Boettiger en de Canadese premier, Mackenzie King. Ook op de 14e had Roosevelt met Anna en Mrs. Rutherfurd geluncht; en die avond had hij nog samen met Mrs. Rutherfurd gedineerd, zonder anderen erbij.

De 15e maart ontbrak ze. Die dag was Eleanor Roosevelt teruggekeerd uit North Carolina.

Lammeck keerde om. Hij had nog geen tien passen door de gang afgelegd, maar had maar de helft nodig om de deur van Mrs. Beach te bereiken. Hij had de deurkruk nog vast toen hij van wal stak. 'Vier weken geleden bracht ene Packard een oude kennis van de president hierheen voor de lunch. U hebt mij verteld dat die dame een zekere Mrs. Paul Johnson was.' Lammeck wapperde met de gele vellen papier. Mrs. Beach keek ernaar op. Ze had een harde trek op haar gezicht en haar ogen fonkelden. Lammeck vervolgde zijn verhaal zonder haar de kans te geven hem in de rede te vallen. 'Hier staat dat er een zekere Mrs. Rutherfurd die dag is komen lunchen. Géén Mrs. Johnson.'

De secretaresse haalde diep adem, een ongeduldige repliek op de lippen.

'Zwijg!' snauwde Lammeck. De vrouw staarde hem met open mond aan. 'Er ís helemaal geen Mrs. Johnson. Ik wil nu stante pede weten wie deze Mrs. Rutherfurd is en waarom u een valse naam voor haar bedacht.'

Mrs. Beach bleef hem woedend aanstaren, maar hij zag haar kaakspieren bewegen. 'Mrs. Rutherfurd is uw zaak niet, professor.'

'Daar is het al te laat voor. 2238 Q Street, Georgetown. Ik ben Reilly gevolgd toen ze het Witte Huis verliet. Van tweeën één: u laat me nu arresteren, of ik stap in mijn overheidsauto, rij erheen en vraag haar waarom zij de president alleen bezoekt als zijn echtgenote de stad uit is.'

Mrs. Beach loosde een zucht en wees naar een stoel. Lammeck liet zich erin zakken. 'Professor, dit is een potentieel wespennest. Het vereist een uiterst delicate benadering. Met alle respect, maar dat is geen eigenschap die iemand hier met u in verband zal brengen.'

'Dat klinkt momenteel meer als uw probleem dan het mijne. Waar zit ze?'

Mrs. Beach nam haar pince-nez weg om met haar vingertoppen in haar ooghoeken te wrijven. Lammeck had haar niet eerder zonder dat hoekige montuur op haar neus gezien. Hij interpreteerde het gebaar als een kleine triomf, te vergelijken met het zien neerhalen van de vijandelijke vlag.

Ze hervond haar houding voordat ze antwoordde, maar de pince-nez bleef op het bureau liggen. Beknopt vatte ze de relatie van de president met Mrs. Rutherfurd-Mercer samen. De vrouw was precies zoals ze al eerder aan Lammeck was beschreven – een intieme vriendin van de Roosevelts en boven iedere verdenking verheven. Deze keer zat er echter een andere draai aan het verhaal: ze was niet alleen een oude kennis, maar vooral ook een oude vlam. Dertig jaar geleden had Lucy bijna Roosevelts huwelijk op de klippen laten lopen. Nadat hij was betrapt en hem de levieten waren gelezen had hij gezworen Lucy nooit meer te ontmoeten. Dat had hem echter niet verhinderd per brief en telefoon met haar contact te blijven houden.

De president had belangstelling getoond voor alle stiefkinderen van Lucy en twee van de zoons van Rutherfurd een militaire aanstelling bezorgd. Lucy's telefoontjes werden steevast aan de president doorgegeven door Louise Hackmeister, het hoofd van de huishouding van het Witte Huis, onder de codenaam Mrs. Paul Johnson. De laatste paar jaar was Lucy onder die naam bezoeken gaan brengen aan het Witte Huis, een vliesdunne dekmantel voor het geval Eleanor Roosevelt Hackmeister aan de tand mocht voelen of een blik kon slaan in Roosevelts agenda. Na de dood van haar echtgenoot, vorig jaar, was Lucy vaker naar het Witte Huis gekomen. Toevallig had Roosevelt vorige maand zijn bekomst gekregen van het 'Mrs. Johnson-verhaal' en zijn medewerkers geïnstrueerd Mrs. Rutherfurd onder haar eigen naam toe te laten. Vier weken geleden, toen Lammeck Mrs. Beach naar de bezoekster had gevraagd, had Mrs. Beach Lucy bij haar codenaam genoemd – deels uit ouder gewoonte, maar deels ook om Mikhal Lammeck niet op haar spoor te zetten. 'Overbodig te zeggen,' erkende de secretaresse, 'dat díe vlieger niet is opgegaan.'

Eleanor zou allesbehalve in haar schik zijn als ze ontdekte dat haar man de omgang met zijn vroegere minnares had hervat. Zelfs de dochter en de zoons van de president waren op de hoogte van Lucy's bezoeken. Zijn kinderen mochten haar en beschouwden haar als een opbeurende invloed op hun ziekelijke vader. Ze hadden zich bij het bedrog tegenover hun moeder neergelegd, als de tol die ze moesten betalen voor de zeldzame genoegens en vertroosting die de man tegenwoordig nog waren vergund. De president had zelf ook bezoeken afgelegd aan Mrs. Rutherfurd, in haar residenties in Allamuchy en Aiken. De vertegenwoordigers van de pers die de president bij deze treinreizen begeleidden en daarbij op afstand werden gehouden, leken de grote Baas deze afleiding niet te misgunnen.

'Mrs. Rutherfurd is heel anders dan Mrs. Roosevelt. Ze is veel… nou ja, tegemoetkomender. De president geniet van haar gezelschap; hij is de Baas – en, nou, over dit onderwerp, professor, zeg ik verder niets. Ik hoef u niet nog eens te zeggen dat u met een grote boog om Mrs. Rutherfurd heen moet lopen. Dat geldt overigens in hoge mate zelfs voor ons.'

Lammeck leunde achterover, in de overtuiging dat hij alles uit Mrs. Beach had gewrongen wat ze kwijt wilde. Als hij nog verder aandrong, kon ze zo nijdig worden dat ze hem inderdaad liet oppakken. Hij had haar fors moeten aanpakken om zover te komen. Een delicate aanpak mocht dan niet zijn sterkste kant zijn, maar hij was niet op zijn achterhoofd gevallen.

'Dank u, Mrs. Beach. Nog een laatste vraag. U zei dat Mrs. Rutherfurd in South Carolina woont. Wie woont er dan in dat huis in Q Street?'

De secretaresse plantte haar pince-nez weer op de brug van haar scherpe neus. Lammeck vermoedde dat dit een teken was dat het einde van haar geduld was bereikt. 'Waarom wilt u dat weten, professor? Doet het er iets toe?'

'Ik heb geen idee. Als u het mij niet vertelt, kan ik alleen maar raden dat het ertoe doet.'

'U hebt gelijk. Het is het huis van een zus van Mrs. Rutherfurd, Violetta. Voor zover ik weet is Mrs. Rutherfurd momenteel niet meer bij haar, maar op haar landgoed in Aiken. U hoeft dus niet naar Georgetown te rijden.'

'Gelijk hebt u.'

Lammeck herinnerde zich de struise dienstbode die hij door het venster van het huis in Q Street naar buiten had zien staren nadat Lucy van haar lunch in het Witte Huis thuis was gekomen. 'U zei dat Mrs. Rutherfurd twee residenties heeft. Dan zal ze wel personeel hebben, mag ik aannemen. Wat is u bekend van de mensen die zij in dienst heeft?'

Mrs. Beach hield haar hoofd schuin; Lammeck bereidde zich voor op de vlucht. 'Zoals ik nu al meer dan eens heb gezegd, verheugt Mrs. Rutherfurd zich in een bijzondere status bij de president. Als zij in het geding is, steken we onze neus er niet al te diep in. Wij vertrouwen haar, omdat de president haar vertrouwt. Als we dat niet deden, zou dat blijk geven van wantrouwen van onze kant, waarmee we de man voor wie wij werken flink de dampen in zouden jagen. Begrepen? Mooi. Zo, is dit alles? Ik zou zelf ook graag naar huis willen voordat de avond voorbij is. U bent niet de enige die het moe is om in mijn kantoor te vertoeven.'

Lammeck stond op, bedankte de vrouw nog eens en vertrok. Slechts enkele seconden na zijn vertrek sloot ze het kantoor af. Zelfs het rammelen van haar sleutels klonk streng. Bij de poort nam hij zijn wapen in ontvangst. Mrs. Beach liep weg in een andere richting en hijzelf wandelde door de avondschemering naar het Carlton Hotel.

Op het parkeerterrein van het hotel opende hij zijn auto en controleerde het handschoenenvak. Drie maanden lang had hij weinig meer gedaan dan langzaam rondjes draaien om het Witte Huis. Meestal te voet. Hij had meer dan genoeg benzinebonnen gespaard om naar South Carolina te kunnen rijden.

Warm Springs
Georgia

Mme Shoumatoff verliet de Cadillac en liep naar de auto van de president om zich bij Mrs. Rutherfurd te voegen. Toen Mr. Robbins zich achter het stuur van de grote cabriolet installeerde, verzocht Judith hem het dak dicht te doen, tegen de kou. Zelf bleef ze op de achterbank zitten en hield ze zich in de invallende duisternis zo goed mogelijk verborgen voor nieuwsgierige ogen.

Tijdens de rit vanuit Manchester reed een auto van de geheime dienst voorop. De tweede sloot aan bij de Cadillac, die nu deel uitmaakte van de colonne. Judith lette scherp op de wegen en afslagen naar Warm Springs. Onderweg probeerde Mr. Robbins een gesprek met haar aan te knopen. Ze volhardde in haar gespeelde verlegenheid en ging er niet op in.

Tegen de tijd dat de colonne Pine Mountain had bereikt, was het donker geworden. De vier auto's hielden in, maar stopten niet bij een omhoog wijzende slagboom aan het begin van een met gravel verhard weggetje. Twee mariniers salueerden voor de voertuigen. Judith zag hoe Roosevelt, geflankeerd door vrouwen, zijn magere witte hand naar de mariniers opstak.

De gravelweg slingerde zich door bossen en dicht struikgewas omlaag. Judith prentte zich de richting en het landschap in. Nergens werd de avondlijke duisternis onder de bomen verstoord door menselijk licht; Roosevelts retraite-oord had geen buren. De gravelweg naar het huis slingerde zich vanaf de hoofdweg over een lengte van ruim anderhalve kilometer door de donkere bossen. Nergens kon Judith patrouillerende bewakers of schildwachten ontdekken.

Enkele minuten later drong elektrisch licht door het gebladerte. De colonne nam een laatste bocht. Op een flauwe helling, in een open plek tussen de bomen, stond een wit landhuis, verlicht en gastvrij. De twee auto's van de geheime dienst remden voor een laatste open slagboom. De auto van de president en de Cadillac reden langs de mariniers en volgden een knerpende, halvemaanvormige oprit naar de voordeur van het Kleine Witte Huis.

Naast de oprit had zich een hele entourage in het gras opgesteld. Drie mannen in het nette pak; twee anderen in een marineblauw uniform. Ze hadden gezelschap van zeven vrouwen. Ze haastten zich allemaal tegelijk naar de Ford van de president en begroetten Mrs. Rutherfurd en madame Shoumatoff. Mr. Robbins stapte uit de Cadillac en negeerde Judith, op de achterbank. Ze stapte zelf uit en bleef roerloos staan, de handen op de rug, om geen aandacht te trekken. Robbins beende naar het ontvangstcomité en liet zich aan de president, diens naaste medewerkers en de overige gasten voorstellen. Judith zag hoe de agent van de geheime dienst die de presidentiële Ford had bestuurd het achterportier opende om de president van de bank te tillen en hem in een rolstoel te helpen. Roosevelt leek een ledenpop in de armen van de potige agent. Niemand van de aanwezigen leek zich erover te verbazen of erdoor van slag te zijn geraakt, de president zelf al helemaal niet. Hij wendde zijn lachende ogen geen moment af van Mrs. Rutherfurd terwijl hij werd opgetild. Alle vrouwen glimlachten breed. De mannen keken toe en monsterden elk aspect van hun president. Judith bleef naast de Cadillac staan, genegeerd, totdat Mrs. Rutherfurd zich tot een van de vrouwen richtte, een stevige negerin, voordat het gezelschap naar binnen ging. Met een vriendelijk gezicht kwam de zwarte vrouw naar Judith toe.

'Jij bent Desiree?'

'Ja, mevrouw.'

De vrouw, met een postuur als van een theepot, reikte haar de hand. Iemand de hand schudden was iets wat Judith nog geen Amerikaanse had zien doen. 'Ik ben Lizzie McDuffie. Ik doe het huishouden als de president hier is.'

'Aangenaam,' zei Judith met een knikske.

'Mrs. Rutherfurd vroeg me je even te laten zien waar je haar koffers kunt uitpakken. Daarna zal ik je laten zien waar je zelf slaapt, bij mij en Daisy Bonner, onze kokkin. Daar staat Daisy.'

Lizzie wees naar een andere vrouw, blank, maar even vriendelijk en dik als zijzelf. Daisy Bonner stak haar hand op en wuifde. Judith glimlachte terug. Ze stak haar hand in de kofferbak om de koffer van Mrs. Rutherfurd te pakken.

'Ziet er zwaar uit,' zei Lizzie. 'Zal ik even helpen?'

Judith tilde de koffer met één hand op. 'Niet nodig.'

'Geweldig,' grinnikte Lizzie. 'Mrs. Rutherfurd zei dat Annette zich niet goed voelde. Zeg haar, als je terug bent, alsjeblieft dat ik naar haar heb gevraagd, wil je?'

Het kleine landhuis werd geflankeerd door twee kleine, blokvormige bijgebouwen. Ze stonden allebei iets hoger op de helling, zo'n vijftig passen van de voordeur. Lizzie ging Judith voor naar het linker bijgebouw. 'Die trap daar op. Je mevrouw en haar vriendin de schilderes slapen boven de beide nichten van de president. Die fotograaf logeert in het Warm Springs Hotel, net als alle verslaggevers. Jij, Daisy en ikzelf slapen daar, boven de garage. Ik heb al een bed voor je klaargezet.'

Judith stapte het kleine vakwerkgebouw in. Het interieur was eenvoudig: vier met hout afgewerkte wanden en een vurenhouten vloer, een vloerkleed, twee smalle bedden, twee rieten stoelen in hoeken. Op twee kleine tafels stond een lamp op een kleedje. Wat vergeelde ingelijste litho's smukten de ruimte nauwelijks op. Blijkbaar ging de president ervan uit dat anderen zich in de soberheid van dit toevluchtsoord diep in de dennenbossen even thuis zouden voelen als hijzelf. Judith bewonderde dit gebrek aan overdaad – het was niet wat zij had verwacht van een soort koning.

Ze zeulde de zwarte koffer de trap op. Lizzie volgde haar op de voet en praatte aan één stuk door, zich niet bewust van Judiths gebrek aan reacties. Deze kamer verschilde niet van die op de begane grond: even spartaans, met twee bedden en sobere decoratie. Judith maakte zich een voorstelling van Mrs. Lucy Rutherfurd, een steenrijke matrone, weduwe en intieme vriendin van de president, opgerold in een van deze bedden, waar ze de kleine ruimte moest delen met een geïmmigreerde schilderes die eruitzag als iemand die snurkte. Judith glimlachte om de liefde en de merkwaardige situaties waartoe ze kon leiden. Ze begon de inhoud van Mrs. Rutherfurds koffer in de laden van een oude latafel op te bergen.

Meteen daarna ging Lizzie Judith voor naar de Cadillac om haar eigen valies te pakken. Ze volgde de huishoudster naar het tweede bijgebouw. Ze beklommen de trap die uitkwam boven de garage. Lizzie wees naar een ijzeren eenpersoonsbed in de kleine zolderruimte, onder houten balken. Lizzie en Daisy hadden ieder een eigen kamertje met bed. Naast Judiths bed stond een nachtspiegel klaar. Ze pakte haar valies niet uit waar Lizzie bij was, maar schoof het onder haar bed.

Het tweetal liep naar buiten, de koele berglucht in. Ze keken omlaag naar de ramen van het Kleine Witte Huis, naar de beroering die Lucy's komst teweeg had gebracht. In de donkere bossen om hen heen hoorde Judith niets dan het zachte fladderen van een jagende vleermuis en het zachte ruisen van een warme Georgia-avondbries.

'Wat nu?' vroeg ze Lizzie.

De huishoudster begon te lopen, erop gebrand om haar gasten van dienst te zijn. 'Laten we Daisy maar gaan helpen, in de keuken,' zei ze.

Roosevelt werd omstuwd door vrienden en familieleden. Judith stond in de gang naar de salon; naast de twee dikke dienstbodes was voor haar in de keuken geen plaats. Daisy Bonner had haar zacht bij de elleboog gepakt en haar beleefd de keuken uit gebonjourd. 'Straks heb ik je hard nodig, liefje,' had de kokkin gezegd, 'hoewel ik moet zeggen dat je minder ruimte nodig hebt dan Annette.'

Iedereen scheen blij te zijn met de aanwezigheid van Mrs. Rutherfurd. Zelfs een mollige Schotse terriër wedijverde hijgend om haar aandacht. Het kleine huis was van binnen nauwelijks luxueuzer ingericht dan de twee bijgebouwen. Aan de muren hingen prenten met zeegezichten, er stond een kleine maar volle boekenkast en een grote stenen schouw wachtte op killere avonden. De stoelen en tafels waren alledaags. Er lag een eenvoudig vloerkleed. De enige opsmuk bestond uit een paar houten scheepsmodellen op de schoorsteenmantel.

Geen van de agenten van de geheime dienst was in het overvolle huis aanwezig; zij bewaakten alleen de omtrek van het huis. Roosevelts rolstoel stond met de rug naar Judith gekeerd. Ze ving slechts wat glimpen op van zijn profiel; hij zag er asgrauw en hologig uit, met rode konen. Als hij sprak, kwamen zijn woorden boven het lawaai uit, alsof zijn stem erboven kon zweven omdat deze ijl was. Af en toe moest hij lachen om wat een vrouw – vermoedelijk een van zijn nichten – opmerkte. Hij wendde zich tot Mrs. Rutherfurd, die naast hem zat, en riep uit: 'Vind je het niet heerlijk?' Even zag Judith hoe Mrs. Rutherfurd zijn schouder aanraakte toen iemand een grap maakte. Roosevelt legde zijn hand even op de hare. Ze keken elkaar aan alsof ze alleen waren. Judith stak haar hand in haar zak en betastte een klein buisje met een wit poeder erin.

'Ze is goed voor hem.'

Judith draaide zich om en keek recht in het knappe gezicht van een tengere, zwarte man.

'Ja, sir.'

Hij lachte een palissade van witte tanden bloot. De aderen op de rug van zijn handen en zijn brede schouders verrieden kracht. 'Tegen mij hoef je geen "sir" te zeggen, meisje. Ik ben Arthur Prettyman, de persoonlijke bediende van de president. Als jij met Mrs. Rutherfurd bent meegekomen, ben ik blij je te zien.'

Judith liet het buisje in haar zak los en haalde haar hand uit haar zak om de uitgestoken hand van de bediende te drukken. 'Ik ben Desiree.'

'Ik heb het gehoord. Weet je wie deze mensen daar zijn, afgezien van degenen met wie je hierheen bent gekomen?'

'Nee.'

'Juist. Die jongeman in marine-uniform is de lijfarts van de president; die andere is zijn apotheker en masseur. De man die daar bij de schoorsteen staat is zijn secretaris, net als de twee dames met wie hij staat te praten. Kijk nu eens naar die andere twee vrouwen, aan weerszijden van jouw Mrs. Rutherfurd. Dat zijn de nichten van de president. Behandel ze voorkomend en blijf uit hun buurt. Lizzie en Daisy heb je al ontmoet.'

'Ja. Dank u.'

'Ik heb gehoord dat madame Shoumatoff weer een portret van de Baas gaat schilderen. En die andere man, dat is een fotograaf, nietwaar?'

Judith knikte.

'Lijken me vriendelijke mensen,' zei Arthur peinzend.

'Hoe voelt de president zich?'

Arthur leek verrast door deze vraag, uit de mond van een kleurlinge die dienstbode was. Hij overwoog zijn antwoord terwijl hij naar de man in de kamer bleef staren die aan zijn zorgen was toevertrouwd. 'Wel goed; hij is blij – luister maar.' Judith kon aan zijn bruine gezicht zien hoe hoopvol hij was.

Roosevelts stem beheerste de kamer. Alle vrouwen gaven zich over aan zijn charme. Ze keken vol bewondering omlaag naar hem, behalve Mrs. Rutherfurd, die op gelijke hoogte met hem zat en tegen hem fluisterde. Roosevelt spuide kwinkslagen en maakte korte gebaren met zijn magere handen; hij liet de kaars zo fel branden als zijn bleke lijf toeliet. Arthur zag het ook en bewonderde de president erom, al hield hij zichzelf voor de gek. Alle mensen in dit huis houden zichzelf voor de gek, dacht Judith, zelfs Roosevelt.

Lizzie schommelde de hoek om en kromde haar vinger om Judith naar de keuken te wenken. Ze liet Arthur staan en glipte door de salon, waar ze flarden opving van de stemmen van Shoumatoff en Robbins, die verslag deden van hun verdwaalavontuur van de afgelopen middag. De president viel hen af en toe in de rede met joviale uitroepen als: 'Nee toch! Dat is de verkeerde afslag! Ha!'

Judith was nog maar half in de keuken toen Daisy haar een schotel vol borrelhapjes in de handen duwde: crackers met stukjes vlees of pimento-kaas. 'Ga dit maar rondbrengen,' riep Lizzie vanachter het fornuis, waar ze in een enorme pan stond te roeren. Het rook naar stoofvlees.

Judith draaide zich om naar de kamer, het dienblad voor zich. Ze liep het gedrang in. Allerlei handen plukten crackers van het blad. Ze baande zich een weg naar de president. Eén pas voor zijn rolstoel bleef ze staan. Ze keken elkaar aan.

'Hallo,' zei Roosevelt.

Judith bukte zich om hem het dienblad voor te houden. De president keek zonder belangstelling naar de crackers voordat hij Judith recht in de ogen keek. Op dat moment verstarde hij, alsof hij iets zag wat hij kende. Judith zag het, temeer omdat zij hetzelfde ervoer. Zijn gezicht had dezelfde kilheid die ze zich herinnerde in de ogen van haar *aga*, de oudere man die haar als kind had gekocht om haar tot een van zijn vrouwen te maken. Het was dezelfde ijzige afstandelijkheid die ze in het gezicht van haar vader had gezien toen hij weigerde zijn eigen dochter weer in huis te nemen; of in de ogen van de vele instructeurs die haar tot assassijn hadden opgeleid; en ook in de ogen van de tientallen machtige mannen en vrouwen die zij voor veel geld had gedood. Diezelfde kilte had ook in haar blik wortel geschoten en was alleen herkenbaar voor iemand van hetzelfde slag. Het was de starre blik van iemand die weet dat hij andere mensen voor zijn eigen oogmerken kan gebruiken en daarna afdanken. Roosevelt, gefixeerd op haar blik, wilde iets zeggen.

Meteen richtte Judith zich op en verzachtte haar gelaatsuitdrukking. De president knipperde met zijn ogen en zweeg, verbluft door dit plotseling inbinden van de dienstbode. Even hing zijn mond open. Toen begon hij te hoesten.

Judith boog zich weer naar hem toe. De president bedekte zijn mond met benige vuist. Mrs. Rutherfurd beklopte zijn rug en de mensen in de kamer staakten hun gesprekken. Alle kleur trok weg uit Roosevelts wangen. De kraag van zijn overhemd was op zijn minst een maat te ruim voor zijn nek waarin de spieren zich spanden vanwege de inspanning die het hoesten hem kostte. Van dichtbij snoof Judith de geur op van de levende man. Ze verplaatste het dienblad naar haar ene hand en stak de andere uit naar de arm van de president. Ze kneep erin, alsof ze hem wilde troosten. Nu kende ze zijn gewicht, zijn lichamelijke conditie en de dosis.

De marinedokter drong door de haag omstanders. Hij posteerde zich tussen de president en Judith en hurkte neer om recht in het gezicht van de president te kunnen kijken. Op dat moment kreeg Roosevelt zichzelf weer in de hand; het hoesten werd minder. De lijfarts bleef bij hem, om zich ervan te overtuigen dat de aanval voorbij was voordat hij opzij stapte.

De president wiste langzaam met een linnen zakdoek zijn mond af. Mrs. Rutherfurd zat met een bezorgd gezicht naar hem te kijken, een hand op zijn onderarm, waar een moment eerder Judiths hand was geweest. De vrolijke stemming in de kamer herstelde zich en werd weer uitbundig. De vrouwen in de kring rondom Roosevelt lachten hem toe, wedijverend om zijn aandacht. Judith hield Mrs. Rutherfurd het dienblad voor. Ze koos een cocktailworstje met een tandenstoker erdoorheen. Judith verplaatste het blad weer tot binnen het bereik van de president.

Ook nu had hij nauwelijks oog voor de lekkere hapjes. In plaats daarvan keek hij weer op naar Judith, nu met een plotselinge trek van vermoeidheid, vermengd met melancholie. 'Nee,' zei hij, 'dank je. Ik heb niet veel trek.' Zijn stem was niet de stem van een stervende – niet zwak, maar krachtig en misleidend.

Glimlachend trok Judith het dienblad terug. Nee, vanavond zou ze nog niet toeslaan. Ze kende de omgeving niet, de organisatie van de beveiliging of de omvang van het detachement mariniers. Bovendien vertrouwde ze niet op de richting van de hoofdweg door het donkere bos.

'Morgen misschien, Mr. President.'

17

11 april
Route 1
Sanford, North Carolina

Lammeck bestelde koffie en een biefstuk. De roodharige, kauwgum kauwende serveerster kwam de koffie brengen. Met het gummetje aan het eind van haar potlood krabde ze zich achter het oor. Buiten piepten de remmen van een vrachtwagen vol boomstammen om vaart te minderen voor de afslag naar het parkeerterrein van het wegrestaurant.

'De steak komt zo dadelijk, mister.'

'Dank je.'

'Waar kom je vandaan, *honey*?'

Lammeck begroef zijn vingertop in een ooghoek. Zijn ogen waren droog en vermoedelijk rood. 'Washington.'

'Da's een eind weg. De hele dag gereden, zeker?'

'Sinds vanmorgen vroeg.' Hij had een snelheid van zestig kilometer per uur aangehouden, de maximale snelheid in oorlogstijd, dikwijls achter een vrachtwagen vol tabak, vee of boomstammen. Het was nog vierhonderd kilometer naar Aiken. Lammeck verwachtte dat de omstandigheden wel net zo zouden zijn als gedurende de eerste vierhonderd kilometer.

'Stoer hoor,' kirde ze en ze blies haar kauwgom op tot de plof kwam. 'Ik ben weleens in Washington geweest. Ik heb de monumenten en zo gezien. Ik was nog een jong meisje, maar herinner me het nog goed. Jefferson, en Lincoln en het Capitool... Heel mooi, allemaal.'

Mikhal Lammeck was de enige gast in het restaurant. Het was vier uur 's middags: te vroeg voor het avondeten en te laat voor de lunch. Hij zei: 'Eerlijk gezegd ben ik blij even weg te zijn uit DC; ik had er al veel te lang rondgehangen.'

'Ja,' knikte de serveerster. 'Reizen is leuk.' Ze keek naar buiten. 'Is dat uw auto, met dat overheidskenteken?' De Chevrolet was de enige auto op het parkeerterrein. 'U bent van de regering?'

Lammeck voelde er niets voor uitleg te geven. Zijn omstandigheden waren veel te complex. Hij had honger en was het rijden zat. 'Ja' zeggen was gemakkelijker.

'Wat doet u dan?'

Ook nu hield Lammeck het kort. 'Ik zit bij de geheime dienst.'

De serveerster sloeg een hand voor haar rode lippen en bestudeerde hem. Ze vulde zijn koffiebeker. 'U kent president Roosevelt?' vroeg ze.

Lammeck kneep zijn ogen even dicht, besluiteloos over of hij een eind zou maken aan dit gepoch of erop door zou borduren. Even benijdde hij Dag, die haar naar waarheid had kunnen antwoorden en wat opwinding in het leven van deze vrouw zou hebben gebracht. Misschien zou hij er zelfs wat opwinding aan over hebben gehouden. Dat zou heerlijk zijn, dacht hij, nadat hij een maand achtereen was gekleineerd en zo ongeveer opgesloten had gezeten in het Carlton Hotel. Hij was het slachtoffer geweest van Judiths vergiftiging, die hem bijna het leven had gekost; en daarna van Reilly, die hem voor joker had gezet tegenover de Peruaanse ambassade. Dag had voortdurend op hem zitten hakken en hij was het mikpunt geweest Mrs. Beach' minachting en onverbloemde vinnigheid. Ze hadden hem alleen maar instructies gegeven zonder hem er iets voor terug te geven, behalve informatie van drie, vier weken oud. Hij was deels uit Washington vertrokken om zijn werk te doen, al stelde dat nog nauwelijks iets voor, maar voornamelijk uit opstandigheid, omdat Mrs. Beach razend zou zijn. Hij moest met een boog om Mrs. Rutherfurd heen lopen, had ze gezegd. Lammeck had gedacht: Met een boog om haar heen? Je kan me wat.

'Natuurlijk ken ik Franklin D. Roosevelt.'

De serveerster bukte zich om tussen de op tafel geplante ellebogen van Lammeck door te gluren. 'Heb je daar een wapen?'

Lammeck opende zijn colbert. Hij droeg het schouderholster met het pistool erin altijd en overal. 'Een automatische, punt achtendertig.'

Hij trok het colbert weer dicht over het wapen. Ze staarde hem met open mond aan. 'Mag ik het even aan mijn man gaan vertellen?'

'Hoe heet je?'

'Mabel.'

'Mabel, ik heb liever dat dit onder ons blijft. Per slot van rekening,' – hij grijnsde inwendig, nu hij iets van Mrs. Beach kon stelen – '… zijn we de gehéíme dienst.'

Ze wipte op en neer alsof ze hoognodig moest. 'Alstublieft, mister. Alleen Bo. Ik zweer het. Toe.'

Lammeck knikte. Mabel wierp een blik op zijn koffiebeker voordat ze zich door een zwaaideurtje weg haastte naar de keuken. Ze kwam terug naast een lange man met een zelf gerolde sigaret aan zijn onderlip. Hij had een haveloze koksmuts op zijn hoofd en droeg een vettig keukenschort.

'Bo,' knikte Lammeck. 'Hoe staat het met mijn steak?'

De man trok het sjekkie van zijn onderlip. 'Komt er zo aan, sir. Reken maar.'

Een vrachtwagenchauffeur was het restaurant in gelopen en had zich op een kruk bij de tapkast gehesen. Hij draaide zich een halve slag om op zijn barkruk en riep: 'Hi. Heb je koffie?'

Bo draaide zich niet om, maar maakte een handgebaar alsof hij het verzoek van de vrachtwagenchauffeur naar de man terugmepte. 'U kent de president, toch?' zei hij.

'Ja.'

'Kunt u hem een korte boodschap doorgeven, van mij en Mabel? Een paar woorden maar?'

'Waarom niet.'

Bo nam zijn koksmuts af en hield hem voor de borst. 'Zeg het hem.' Bo keek omlaag naar zijn vrouw, wachtend op haar instemming. 'Zeg mister Roosevelt dat we nog wel twintig keer op hem willen stemmen! Hij is de grootste man die Amerika ooit heeft voortgebracht. Niemand kan aan hem tippen.' Bo keek Mabel aan, om te zien hoe hij het er af had gebracht. 'Zo is het toch?'

Ze knikte hem toe, en daarna ook Lammeck.

De trucker, de enige andere gast in het restaurant, had het gehoord. Hij riep: 'Dat geldt voor mij ook! De oude man is de beste!'

Bo grijnsde naar de trucker en beduidde Mabel met een naar achteren wijzende duim dat ze de man zijn koffie moest geven. Mabel boog zich naar Lammeck toe, een hand op zijn mouw. Zacht zei ze: 'Die steak is van het huis, *honey*.'

Bo bleef nog wat staan, stralend. 'Mister, neem me niet kwalijk,' zei hij met gedempte stem terwijl hij de gehavende koksmuts weer op zijn hoofd plantte. 'Laat me even dat kanon zien dat u daar hebt, ja?'

Lammeck tilde het pand van zijn colbert even op om het holster onder zijn oksel te onthullen. Bo's hoofd schoot naar voren, waarna hij achteruit stapte en met beide wijsvingers naar Lammeck wees. 'Wow! Ik ga gauw voor die steak van u zorgen, mister.'

Toen zijn maaltijd was opgediend, begon Lammeck op zijn gemak te eten – hij had nog te veel kilometers voor de boeg om zich te haasten.

Mabel liet de nota achterwege. Lammeck liet een flinke fooi achter. Ze wees naar hem op dezelfde manier als Bo had gedaan, met beide wijsvingers. 'U hebt het beloofd,' hielp ze hem herinneren. De trucker tikte tegen zijn pet toen Lammeck langs hem liep.

Hij vervolgde zijn weg naar het zuiden. Route 1 liep helemaal door tot Aiken, zodat hij zich geen zorgen hoefde te maken over gemiste afslagen. Hij sloot aan bij een groep volgeladen trucks die in een gestaag tempo op weg waren naar het zuiden. Met volle maag en blij dat hij uit Washington weg was reed hij op zijn gemak, genietend van de witte en roze kornoelje langs de weg. Het zonsondergangrood van kweepeerstruiken stak duidelijk af tegen het groen van de Carolina's. Algauw begon het te schemeren. Bij het licht van de koplampen reed Lammeck verder, zonder nog een gedachte te wijden aan Mrs. Beach of Chief Reilly; hij genoot nog te veel van de gratis biefstuk en koffie die hij aan Roosevelts grote populariteit te danken had. Lammeck had nog altijd weinig op met de president; in feite zelfs minder dan ooit, nu hij wist van Mrs. Lucy Rutherfurd en de manier waarop Roosevelt zijn vrouw bedroog. Hij had er zelfs zijn kinderen bij betrokken. Niets kon Lammeck op andere gedachten brengen met betrekking tot Tsjecho-Slowakije, Gabčik en Kubiš of pakweg tien andere grieven over verloren levens en vrijheden die Amerika beter had kunnen verdedigen. Toch had hij voor het eerst de innerlijke drang om niet alleen de would-be-moordenares van de president te pakken te krijgen en er beroemd door te worden, maar ook om de man tegen haar te beschermen, al was het om geen andere reden dan, zo erkende hij, het vertrouwen dat Bo, Mabel en die anonieme vrachtwagenchauffeur in de man stelden.

Hij besloot door te rijden tot een uur of tien. Tegen die tijd zou hij in de buurt van Batesburg zijn, waar hij een kamer zou nemen voor de nacht. De volgende ochtend zou het nog maar veertig kilometer zijn naar Aiken.

Hij zou Mrs. Rutherfurd zijn boodschap nog vóór het middageten overbrengen. Zij mocht het doorgeven aan de president. Daarna wilde hij terug naar Washington. Hij zou Dag of Mrs. Beach zeggen waar hij was geweest. Ze zouden hem in de cel gooien, of het land uit schoppen.

Het Kleine Witte Huis
Warm Springs, Georgia

Mrs. Rutherfurd zat op een van de rotan stoelen. Judith stond achter haar en bewonderde de lijn van haar schouders, recht en waardig. De kleine slaapkamer was verder verlaten, Shoumatoff was gaan wandelen. Judith begroef haar vingers in het grijzende haar op Mrs. Rutherfurds hoofd om de pommade gelijkmatig te verdelen.

Mrs. Rutherfurd, ontspannen, verzuchtte: 'Je hebt aardig wat kracht in je handen, Desiree.'

'Ja, mevrouw.'

'Was je moeder ook zo sterk?'

'Nee, mevrouw. Dat was ze niet.'

'Je vader?'

'Die heeft mij eruit gegooid – neem me niet kwalijk, mevrouw.'

Onder Judiths knedende vingers dacht Mrs. Rutherfurd erover na. 'Hoe hardvochtig.'

'Geeft niet.'

'Dan moet je jezelf zo sterk hebben gemaakt.'

'Dat is waar, mevrouw.'

Mrs. Rutherfurd ademde rustig uit. 'Dat is altijd het beste,' peinsde ze, sprekend met zachte stem. 'Het spijt me dat ik dat niet eerder heb geweten, liefje. Ik had er eerder naar moeten vragen, vrees ik.' De dame liet haar kin op haar borst zakken, waaruit Judith afleidde dat ze niets meer te zeggen had. 'Zelf ben ik nooit een sterke vrouw geweest. Ik ben mijn hele leven afhankelijk geweest.' Judith hield haar handen stil, bij deze merkwaardige opwelling van openhartigheid van Mrs. Rutherfurd. De dame bespeurde haar aarzeling. 'Mijn verontschuldigingen. Ik voel me een tikje weemoedig, nu. Annette en ik praten vaak met elkaar als ze met mijn haar bezig is.'

'Dat is prima, mevrouw. Ga gerust door.'

'Nee. Het lijkt me beter dat ik m'n mond hou en jou de kans geef om je toverkunsten te doen.'

Judith masseerde de geparfumeerde crème in de slapen en de kruin van Mrs. Rutherfurd. Ze haalde een kam door de vochtige strengen en scheidde het haar aan de rechterkant voordat ze het in krullen boven de oren en het voorhoofd legde. Ze gebruikte haarspelden om het haar op zijn plaats te houden totdat de gel was opgestijfd.

Ze had op het bed van Shoumatoff een donkerblauwe jurk, afgezet met witte biezen, klaargelegd, met een dubbel paarlen halssnoer en een bril aan een gouden kettinkje. Eerder op de middag had de president Mr. Robbins verzocht om voor het avondeten een foto te maken van Lucy, passend bij de foto's die van hemzelf zouden worden genomen. De dame had gekozen voor een jurk en sieraden die in de andere helft van een medaillon mooi zouden uitkomen. Zowel de president als zijn geliefde zou donkere kleren dragen, als contrast bij hun bleke huid.

'Desiree, zou je mijn nek een beetje willen masseren? Hij voelt stijf aan.'
Judith sloeg de kraag van Mrs. Rutherfurds ochtendmantel naar binnen en begon energiek te masseren, zodat de huid begon te blozen. Mevrouw beklaagde zich niet, maar liet haar hoofd rollen terwijl Judiths handen zich om haar keel sloten.

'Wist je,' zei Mrs. Rutherfurd, 'dat de president mij instructies heeft gegeven voor zijn begrafenis? Hij heeft in zijn testament uitdrukkelijk bepaald dat hij niet gebalsemd wil worden of in het openbaar te zien zal zijn in een open kist. Na zijn dood zal Eleanor naast hem worden begraven. De graven zullen naast elkaar liggen, in de rozentuin van zijn moeder, in Hyde Park.'

Mrs. Rutherfurd liet zich nog wat langer door Judith masseren en vroeg toen: 'Waarom zou hij, denk je, me zoiets hebben verteld?'

'Ik zou denken dat hij misschien geen geheimen voor u wil hebben.'

Mrs. Rutherfurd dacht erover na. Ze schudde het hoofd, was het er niet mee eens. Judith staakte haar massage. 'Omdat hij denkt dat hij binnenkort zal sterven,' zei Lucy Rutherfurd.

Judith bewonderde de gezonde blos die ze in de hals en nek had weten op te roepen. 'Ja, mevrouw.'

Mrs. Rutherfurd trok de kraag van haar badstofmantel weer omhoog. Ze draaide zich niet om naar Judith, maar staarde naar de donkere kleding die ze bij het diner zou dragen. 'Minister van Financiën Morgenthau zal zich vanavond bij ons voegen.'

'De kokkin zei het me.'

'De Morgenthaus zijn intieme vrienden van de First Lady. Ze zijn in feite buren van de Roosevelts in Dutchess County, New York.'

Mrs. Rutherfurd liep naar de kleine kaptafel en ging voor haar spiegel zitten. Judith zag haar naar de ouder wordende ogen in dat aantrekkelijke gezicht kijken. 'Geloof je dat Franklin dit opzettelijk heeft gedaan?'

Judith posteerde zich achter haar om de spelden te verwijderen. De krullen in Mrs. Rutherfurds haar waren perfect. 'De president weet wat hij doet, mevrouw. Dat hebt u zelf gezegd.'

'Pak de parels maar.' Judith tilde het dubbele parelsnoer van het bed. Ze keek nu zelf ook in de spiegel terwijl ze het snoer om Mrs. Rutherfurds keel legde. 'Jij hebt hem vroeger niet gekend,' zei de oudere vrouw. 'Hij was een fascinerende man. Zelfs nadat hij werd getroffen door polio en ondanks het feit dat we elkaar dertig jaar niet meer hadden gezien en ik de kinderen van een andere man en een kind van mezelf opvoedde, is Franklin voor mij altijd de spil geweest. Jij ziet hem alleen nu, Desiree. Niet de ware man die hij is. Hij verandert snel, voor mijn ogen. Hij laat zich gaan. En de wereld laat hém gaan, zoals je in de kranten kunt lezen, net als alle vrienden die hem zijn voorgegaan. De wereld en hij zijn elkaar moe. Ik niet. Ik kan hem niet loslaten.'

Mrs. Rutherfurd omvatte het parelsnoer met haar hand. Haar blik liet de spiegel los, weg van de weerspiegelde parels naar de echte bolletjes tussen haar vingers. 'Ik kom zo beneden,' zei ze.

Judith liep in de avondschemering van Georgia naar buiten. Ze keek de zachtglooiende helling af naar het venster met het dichtgeschoven gordijn waarachter Roosevelt een middagdutje deed, voor het avondeten. Ze vroeg zich het een en ander af over wat Mrs. Rutherfurd haar boven had onthuld, zoals de uitnodiging aan Morgenthau om te komen eten. Zou Roosevelt werkelijk voorbereidingen treffen om de terugkeer naar zijn oude liefde bekend te maken? De oude man was heel ziek, geen twijfel aan. Hij zou zich geen vijfde keer tot het Amerikaanse electoraat wenden. Wie kon hem voorschrijven niet met Mrs. Rutherfurd om te gaan? Zijn vrouw? Zij en zijn moeder Sara hadden dat al jaren geleden gedaan, zonder succes. Zijn staf? Zijn kinderen? Die waren op haar gesteld. Wie kon de machtigste man ter wereld iets verbieden?

Judith was hier. Ze had de macht in haar zak. Met één snufje kon ze hem die macht ontnemen. Als ze Roosevelt had gedood, betekende dat dan dat zij machtiger was dan hij? Ze kon die vraag aan niemand stellen, behalve aan Roosevelt zelf. Ze projecteerde haar gedachten door het gesloten gordijn en nam plaats op de stoel naast het bed van de oude man. Ben ik, vroeg ze aan zijn waakzame ogen, machtiger dan jij? Nee, antwoordde hij. Moord is een onbeduidend iets. Iemand het leven benemen is niet hetzelfde als het leven zelf. Dat zie je verkeerd, zei ze. Hij maakte een gebaar met een spookhand en zei: Dacht je soms dat ik je niet had kunnen doden als ik geweten had wat jij ging doen? Natuurlijk had ik dat gekund. Macht is niet hetzelfde als doden. Macht is dat je zonder te doden kunt krijgen wat je wilt. Zo, en laat me nu met rust; ik ben moe en heb mijn slaap verdiend. In gedachten haalde Judith haar hand over de oogleden van de president om ze te sluiten en hem terug te brengen in zijn sluimering. Ze stond weer onder de zacht zuchtende pijnbomen en wendde haar blik af naar het bos, verlangend om te verdwijnen in die wind, zich eronder te verschuilen en terug te keren naar huis, klaar met vragen stellen.

De afgelopen twee dagen had ze de posities van de schildwachthuisjes van de geheime dienst rondom het Kleine Witte Huis bestudeerd. Ze had zich de routes van de patrouilles van het detachement mariniers langs de omheining in het hoofd geprent. Ook kende ze de wegen die dieper de bergen in leidden, en de richtingen van iedere aftakking ervan. Voor iedere maaltijd was Judith de keuken in geglipt om kleine hand- en spandiensten te verlenen, totdat kokkin Daisy Bonner aan haar aanwezigheid was gewend. Ze had toegekeken als de president met zijn dames babbelde: zijn beide nichten en Mrs. Rutherfurd. Ze hadden hem geholpen met zijn postzegels, of op de veranda zitten breien of roken terwijl hij in de zon zijn post zat te lezen. Shoumatoff had haar ezel opgezet en vorderde langzaam met haar penselen, om de haverklap turend naar Roosevelt, die slechts korte perioden kon poseren. Mr. Robbins had foto's van de oude heer genomen, nadat hij hem een blauwe marinecape om had gehangen en hem een rol papier in de hand had gegeven. De president had zijn glimlach niet lang vol kunnen houden, totdat hij Mrs. Rutherfurd naar de schildersezel had zien lopen om een kijkje te nemen. Meteen was hij begonnen te stralen. De afgelopen achtenveertig uur scheen hij weer wat aan gewicht en kleur te hebben herwonnen – de 'opvering' die Mrs. Rutherfurd had voorspeld. Tijdens een picknick met zijn nichten, vanmiddag op het hoogste punt van Pine Mountain, had hij zijn grauwe wangen enigszins gebruind. Vanavond kon Judith hem doden. Ze zou hem vergiftigen en de bossen invluchten – een verlegen, in paniek verkerend meisje dat het uitgilde: 'De president is dood!' In de koortsachtige drukte die ongetwijfeld zou volgen nadat Roosevelt ineen was gezakt, zou niemand op de gedachte komen om het in panische angst gevluchte dienstmeisje achterna te gaan.

Judith keek naar de helling die naar de hoofdweg liep. Bij de slagboom wachtte een auto totdat de mariniers de slagboom openden. Het voertuig reed verder en volgde de halvemaanvormige, met gravel verharde oprijlaan naar het huis. De bonkige chauffeur, een geheim agent die Reilly heette, stapte uit om het achterportier te openen. De man die uitstapte om het huis binnen te gaan, moest minister Morganthau zijn, vroegtijdig aangekomen voor het diner.

Judith bleef staan waar ze stond. De agent reed langs haar heen, in de richting van de slagboom, maar hij stopte. Reilly stapte uit en liet de motor lopen. 'Jij bent Desiree, toch?'

Judith liet haar gezicht wat zakken en antwoordde: 'Jawel, sir.'

Op enkele passen afstand bleef de agent staan. 'Desiree wat?'

'Charbonnet.'

Met schuin gehouden hoofd dacht Reilly even na. 'Je bent toch niet ook al een Française, net als Annette?'

'Nee, sir. Ik ben een creoolse. Uit New Orleans.'

'Hmm. Je ouders wonen daar nog?'

'Ja, sir.'

'Til je hoofd op, meisje.'

Judith keek op en bracht haar tong achter haar lippen om schuchter te lijken en haar gezicht enigszins te misvormen. Reilly monsterde haar van top tot teen. Uit het gastenverblijf achter haar kwamen de twee nichten de schemering in. Ze liepen langs hen heen en groetten Reilly. Een van de dames droeg Desiree op Mrs. Rutherfurd te waarschuwen dat ze zich verzamelden voor het avondeten.

Reilly zag hen de helling afdalen. 'Desiree, ik denk dat jij en ik eens even moeten gaan zitten om nog wat te praten. We hebben nog geen kans gehad je wat beter te leren kennen. Ik heb alleen wat routinevragen waarop ik antwoord moet hebben. Begrijp je?'

'Jawel, sir. Maar ik moet nu weg. Ik moet mevrouw gaan waarschuwen en in de keuken helpen. Ik moet opdienen.'

'Morgen dan maar.'

Judith zag zijn brede rug teruglopen naar de auto. Toen hij wegreed, draaide ze zich om naar het bijgebouw om Mrs. Rutherfurd de boodschap van de twee nichten over te gaan brengen. Mooi niet, agent Reilly, dacht ze. Ze luisterde naar de zonsondergangbries die de nieuwe bladeren op de helling liet ruisen. In geen geval morgen.

Nog voordat Judith de deur had bereikt, kwam Mrs. Rutherfurd naar buiten. Haar roomblanke huid contrasteerde met het donkerblauw van haar jurk, waartegen de grijze parels opmerkelijk goed afstaken. Ze had rouge op haar wangen, een toonbeeld van gezondheid. Met veerkrachtige tred kwam ze naar Judith toe. 'Ik ben van gedachten veranderd. Ik heb besloten me te verheugen op het diner met minister Morgenthau. Wat vind jij, Desiree?'

Daar had Judith niet direct antwoord op. Ze dacht na, berekenend. Mrs. Rutherfurd wachtte, maar legde voordat ze weg begon te lopen, een hand achter Judiths rug om haar mee te nemen. Judith liet zich afzakken en volgde haar, zoals gepast is voor een bediende.

Bij de voordeur trok Mrs. Rutherfurd de hordeur open. De kleine zwarte terriër danste om haar enkels. Judith volgde haar en sloot de hordeur. In de salon stond Mr. Morgenthau op bij de binnenkomst van Mrs. Rutherfurd; de beide nichten bleven zitten. Arthur Prettyman reed de president vanuit diens slaapkamer de salon binnen. Roosevelt droeg een blauw pak en een gesteven overhemd dat eveneens benadrukte hoezeer hij was vermagerd.

Bij het zien van Mrs. Rutherfurd verhelderde het afzakkende gezicht van de man. Ze bleef even in de deuropening staan, spelend met de parels op haar borst. Ze fluisterde Judith over haar schouder toe: 'Een sterke vrouw kan van gedachten veranderen, nietwaar?'

Voordat ze naar de keuken terugging, raakte Judith Mrs. Rutherfurds arm even aan. Ze boog zich naar haar toe en fluisterde: 'Een enkele keer.'

12 april
Aiken, South Carolina

Lammeck reed langzaam door Laurens Street, de hoofdstraat van Aiken. Het plaatsje was al wakker: een paar voetgangers, wat auto's en een stuk of tien ruiters verplaatsten zich op hun gemak door de straat en over de groene middenberm.

Hij parkeerde voor een restaurant waar twee paarden waren vastgelegd aan een borstwering. Een ouder echtpaar aan een terrastafeltje zat koffie te drinken, te midden van hoefslagen en kwinkelerende vogels. In het restaurant bestelde hij koffie en roerei en ging zelf ook op het terras zitten.

Hij knoopte een gesprek aan. Het bejaarde echtpaar wist precies waar Lucy Rutherfurd-Mercer woonde: Ridgeley Hall, tegenover de Palmetto Golf Course aan Berrie Road, even ten zuiden van het centrum. Lucy was heel bekend, verzekerden ze hem. President Roosevelt was vaak op bezoek gekomen toen de oude Wintie nog in leven was. Het Korps Verbindingen legde dan telefoonlijnen, helemaal vanuit de stad naar de residentie van de Rutherfurds. De geheime dienst had steevast de onverharde weg naar de golfbaan en de Rutherfurds afgesloten, wat veel hinder veroorzaakte. Lucy had ieders sympathie en op de zes kinderen Rutherfurd was niets aan te merken, al stonden ze niet bekend als paardenliefhebbers.

Lammeck vroeg hun de weg naar Berrie Road en reed weg in zuidelijke richting. Hij belandde in een chique buurt en verbaasde zich erover hoe vroeg de bewoners al op de golfbaan of op de rijpaarden te zien waren. Het kostte hem weinig moeite de statige bakstenen villa tegenover de golfbaan te vinden. Golfers en caddies dwaalden over het weelderige groen. Na drie maanden in het bedrijvige, winterse Washington en vier jaar in Schotland, waar hij de Jedburghs had getraind, vroeg Lammeck zich af: waar in Aiken is de oorlog gebleven?

Voordat hij aanklopte, stak hij zijn rechterhand onder de revers van zijn colbert, dicht bij de kolf van de .38 in het holster. Lammeck hoopte Judith hier niet aan te treffen, maar het zou hem niet verbazen. Ze kon overal zijn.

Er werd snel gereageerd op zijn geklop. Een struise vrouw vulde de hele deuropening. Lammeck herkende haar: dit was de dienstbode die hij achter het raam van die villa in Q Street, Georgetown, had gezien. Vanmorgen droeg ze niet haar dienstbode-uniform, maar een kaki-rok en een katoenen blouse.

'Goedemorgen, mevrouw, ik ben Mikhal Lammeck. Ik hoop dat ik u niet te vroeg stoor, maar is Mrs. Rutherfurd thuis?'

De vrouw schudde glimlachend het hoofd. 'Het spijt me, maar Mrs. Rutherfurd is de stad uit, tot midden volgende week.'

Ze had een onmiskenbaar Frans accent. Ze maakte geen aanstalten de deur dicht te doen en Lammeck weg te sturen.

'Ze is bij president Roosevelt?'

De struise dienstbode schrok zichtbaar. Ze staarde Lammeck met knipperende ogen aan terwijl hij haar zijn geheime dienst-machtiging liet zien. Terwijl ze het opengevouwen briefje met het briefhoofd bestudeerde, vroeg ze: 'Weet ú dan niet al waar ze is?'

'Nee, mevrouw. Het doen en laten van Mrs. Rutherfurd is strikt geheim, zelfs voor de geheime dienst. Is ze in Warm Springs bij de president?'

'Komt u binnen, alstublieft.'

Lammeck volgde haar door een ruime vestibule naar een bank in de salon, die groot genoeg was om ook als balzaal te kunnen fungeren. Ze liet zich tegenover hem op een pluche bank ploffen. 'Ik ben Annette en ben al vele jaren de dienstbode van Mrs. Rutherfurd. Ik pleeg haar verblijfplaats niet te onthullen aan vreemden, alleen omdat ze ernaar vragen. Wel of geen briefje van de geheime dienst. Begrijpt u?'

'Hoe lang werkt u al voor haar?'

'Vijfentwintig jaar.'

Lammeck knikte. 'Een hele tijd. U begrijpt ongetwijfeld dat ook ik mijn plichten heb: het beschermen van de president. Er zijn omstandigheden, Annette, waarover ik met u niet kan praten.'

Ze ging verzitten. 'Omstandigheden?'

'Gevaren,' zei Lammeck theatraal.

Annette hijgde van schrik en sloeg haar hand voor haar mond. 'Is mijn madame in gevaar?'

'Dat kan ik niet bepalen. Ik kan haar niet beschermen zolang ik niet weet waar ze is. Als ze echter bij de president is, is het mogelijk dat ze aan bepaalde… omstandigheden… wordt blootgesteld.'

Annette schudde het hoofd, zich afvragend wat haar te doen stond. Lammeck wachtte. 'Mrs. Rutherfurd is twee dagen terug vertrokken. Ze zijn in Georgia, bij de president. Ik ben achtergebleven. Ik was ziek geworden en kon niet mee.'

'Ziek? En nu bent u beter?'

Annette knikte energiek, nu meer dan bereid met Lammeck te praten. 'Ja. Op de vooravond van haar vertrek ben ik ontzettend ziek geworden. De volgende middag was ik weliswaar doodmoe, maar verder mankeerde ik niets. De dokter kon het niet verklaren.'

In Lammecks ingewanden vonkte iets. 'De avond voor haar vertrek?'

'Ja.'

'Overviel het u zomaar?'

'Ja. Ik was naar bed gegaan, en toen begon het opeens.' Ze knipte met haar vingers. 'Ik kon niet meer ademen en had hevige pijn in mijn borst. Het hart. Ik heb vaak moeten overgeven.'

'U zei "ze zijn" in Georgia. Wie zijn die zij?'

'Nou ja, madame Shoumatoff, de schilderes, en mister Robbins, haar fotograaf. Mrs. Rutherfurd, uiteraard. En Desiree, de andere dienstbode.' Annette sprak het allemaal uit alsof het haar ergerde dat Lammeck al deze dingen niet wist.

Met een ruk schoof Lammeck naar het puntje van zijn stoel. 'Vertelt u mij wat meer over Desiree,' zei hij dringend. 'Hoe lang werkt zij al voor Mrs. Rutherfurd?'

Lammeck kreeg het antwoord dat hij vreesde. 'Drie weken.'

Ogenblikkelijk herinnerde hij zich het gif in zijn aderen en hij stiet een zachte vloek uit. Annette legde haar eigen dikke vingers op zijn hand, die nu op haar knie rustte. 'Wat is er? Wat is er?'

'Hoe heeft Mrs. Rutherfurd Desiree leren kennen? Zeg me in godsnaam niet dat het in Washington was.'

Annette deinsde terug, gestuit door de rugleuning van de bank. Ze sloeg opnieuw een hand voor haar mond. Lammeck interpreteerde dit als een antwoord. 'Is ze lang? Atletisch gebouwd? Blauwe ogen, met een naar bruin zwemende huid? Zeg het me, Annette, klopt dat?'

'*Mon Dieu...*'

'Waar is de telefoon?' Hij was opgesprongen. Annette wees naar een van de deuren. Lammeck rende de grote salon uit en een smalle gang door. Hij liep de bibliotheek in. Op een groot, glimmend bureau stond een telefoon. Hij griste zijn vinger van de haak en stak zijn wijsvinger in de kiesschijf.

Voordat hij de nul had gedraaid om de telefoniste aan de lijn te krijgen, hield hij zich in, zijn vinger nog in de kiesschijf. Hij verstarde, starend naar de volle boekenkasten langs de muren. 'Ze gelooft me toch niet.'

In gedachten voerde Lammeck het gesprek dat hij met Mrs. Beach zou hebben. 'Professor, ik had u gezegd Washington níet te verlaten. Ik heb u uitdrúkkelijk gezegd Mrs. Rutherfurd niet lastig te vallen. De president is niet dood, professor Lammeck, ondanks het feit dat Desiree al tweeënhalve dag in zijn buurt is. Nee, ik ga chief Reilly níet bellen; hij is ter plaatse en heeft de situatie in de hand, zoals altijd. Blijf waar u bent, professor. Ik stuur een federaal politie-escorte om u in verzekerde bewaring te nemen.'

Helemaal geen gesprek, concludeerde Lammeck. Eerder een uitbrander en daarna arrestatie. Mrs. Beach bellen zou hem niets opleveren, behalve dan dat hij niet zelf terug zou hoeven rijden naar DC. Hij legde de hoorn terug op de haak. Stel dat de Mrs. Beach in zijn hoofd gelijk had? Per slot van rekening was Roosevelt inderdaad niet dood. Als dat wel zo was, had de hele wereld het al geweten. Stel dat ze chief Reilly in Georgia zou bellen en Desiree gewoon de een of andere koffiekleurige dienstmeid met blauwe ogen uit Washington bleek te zijn? De geheime dienst zou zich tegenover de president en zijn vriendin, de onaanraakbare Mrs. Rutherfurd, onsterfelijk belachelijk hebben gemaakt. De wraak van Reilly en Mrs. Beach zou geen grenzen kennen.

Er was maar één oplossing en Lammeck verfoeide die. Hij zou meteen naar Warm Springs moeten vertrekken. Als Desiree de dienstmeid Judith bleek te zijn en hij niet te laat kwam, zou hij zelf de confrontatie met haar aangaan en haar misschien, heel misschien nog net kunnen beletten hemzelf en de president te doden. En als ze Judith niet was, zou alleen hijzelf diep in de shit zitten.

Hij riep Annette een bedankje toe voordat hij naar de voordeur spurtte. Toen hij de oprit afreed en het gravel liet opspatten, stond Annette in de deuropening en probeerde hem verwoed duidelijk te maken dat hij moest terugkomen om uitleg te geven. Eenmaal buiten Aiken negeerde Lammeck de maximumsnelheid van zestig kilometer per uur.

12 april
Het Kleine Witte Huis
Warm Springs, Georgia

Judith had het goed geraden: madame Shoumatoff snurkte in haar slaap. Ze hoorde de vrouw een boom omzagen toen ze op haar tenen het trapje van het gastenverblijf opliep om de dames te wekken voor het ontbijt.

Shoumatoff was dadelijk bij de pinken, maar Mrs. Rutherfurd sliep nog half en maakte geen haast. Judith legde de ochtendkleding van de Russi-

sche klaar en schonk vers water in de porseleinen waskom. Mrs. Rutherfurd stond pas op toen Shoumatoff al weg was. Het was alsof ze liever niet
aan de nieuwe dag zou beginnen.

Het ochtendtoilet van Mrs. Rutherfurd stond geheel in het teken van de
spanning die de vorige avond was begonnen. Ze beklaagde zich over de ri-
valiteit die was ontstaan tussen haar en een van de nichten, Daisy Suckley,
die al het mogelijke deed om de aandacht van de president op haarzelf te
richten. Dat was ook de reden waarom ze de vorige middag niet mee was
gegaan voor de picknick. Voor het avondeten had Bonner pannenkoeken
en soep geserveerd, een vreemde combinatie. De kokkin geloofde, zoals
iedere goede kok, dat je een man beter kon maken door hem zijn favoriete
eten voor te zetten. Mrs. Rutherfurd had haar geprezen, toen ze zag hoe de
president ervan genoot; nicht Daisy had gevit op het pannenkoekendiner,
waarna ze op milde manier terecht was gewezen door Roosevelt. Dat had
haar alleen maar vijandiger gemaakt tegenover Mrs. Rutherfurd. Minister
Morgenthau bleek een norse man te zijn die alleen maar over politiek wilde praten, en over het ontmantelen van Duitsland na de oorlog. Roosevelt
was er niet op ingegaan, want hij besteedde de avond liever aan het ophalen van herinneringen aan zijn jeugd in de Hudson-vallei, met de bevroren
rivier en besneeuwde heuvels. Toen hij over Pa Watson kwam te spreken, en
over missy LeHand, zijn moeder en veel overleden vrienden, was hij in een
melancholieke stemming geraakt. Minister Morgenthau had zijn belangstelling verloren en was al vroeg weer vertrokken. De stemming van de
avond was grondig bedorven. Mrs. Rutherfurd sliep niet zo best naast het
snurken van Shoumatoff.

Judith luisterde zwijgend naar de alledaagse klachten van de dame maar
liet intussen haar handen wapperen om haar gereed te maken voor het
ontbijt. In haar loopbaan was Judith onvermijdelijk vaak dicht in de buurt
gekomen van mensen die tot de naaste kring van het slachtoffer behoorden. In al die gevallen had ze gemerkt hoe rijke, machtige, mooie of beroemde mensen geobsedeerd werden door, en klaagden over dezelfde belachelijke kleinigheden waar ook alle gewone mensen door werden gekweld.
Zij waren even bekrompen en jaloers als arme, onwetende mensen, en lieten zich 's nachts uit hun slaap houden door onbeduidende krenkingen,
kleine ruzies en intriges om wat persoonlijke macht. Geen hand ter wereld
was zo nobel dat hij het menselijke hart kon herschrijven. Terwijl Judith
het haar van de vrouw stond te kammen liet ze Mrs. Rutherfurd doorbabbelen. Ze bedacht, niet voor het eerst, hoezeer haar werk het haar onmogelijk had gemaakt om ooit nog iemand te bewonderen.

Zodra Mrs. Rutherfurd de deur uit was, ging Judith een wandeling door het bos maken, in oostelijke richting naar State Route 194, die naar het plaatsje Warm Springs leidde. Ze had een handtas bij zich en liep expres vlak langs de wachthuisjes van de geheime dienst en wuifde naar de agenten die op krukken in de zon zaten, of naar de mariniers die langs de omheining patrouilleerden. Ze liet zich in haar dienstbode-uniform aan hen zien. Niet alleen kon ze op deze manier Reilly ontlopen, maar bovendien hoefde ze in het kleine huis van de president niet toe te staan kijken hoe de beide nichten zich uitsloofden om Roosevelts aandacht vast te houden, zich de minzame houding van Mrs. Rutherfurd te laten welgevallen, of zich te ergeren aan het artistieke gedoetje van Shoumatoff en het broze geflirt van de president. Judith wandelde in haar eentje, genietend van het beboste, bloeiende landschap van Georgia. In haar ene zak had ze haar paspoorten en de rest van haar Amerikaanse geld. In de handtas zaten een linnen rok en een bloes, plus platte leren schoenen. De hele rest, haar gifdoos incluis, zou ze achterlaten. Het zou geen enkel verschil maken – tegen de tijd dat zij het vonden zouden ze al weten wat ze had gedaan. In haar andere zak zat het buisje met cyanidepoeder.

Judith bleef weg tot tegen het eind van de ochtend, wandelend over het oostelijke deel van het landgoed. Ze vertoonde zich aan iedere bewaker en zoveel mogelijk personeel in het presidentiële toevluchtsoord. De handtas liet ze achter onder een machtige eik die ze gemakkelijk terug zou kunnen vinden. Toen de zon hoog aan de hemel stond en ze op haar eigen schaduw wandelde, draaide ze zich om.

Route 22
Even buiten Sparta, Georgia

Via zijn zijspiegel keek Lammeck naar het gewichtige loopje van de politieman. De magere politieman droeg een strooien hoed met brede rand en de koppelriem met zijn vuurwapen eraan hing op zijn heupen als de gordel van een revolverheld. Hij posteerde zich achter de auto, haakte zijn duimen achter zijn broekriem en bestudeerde het Washingtonse kenteken. Toen hij ermee klaar was, slenterde hij naar Lammecks open portierraam en tuurde door zijn zonnebril naar binnen. Er reed een volgende auto langs, die een wolk van stof en pollen opwervelde.

'Mister.'

'Agent.'

De man nam zijn bril af en kneep zijn ogen samen. 'Uw rijbewijs, graag.'

Lammeck pakte zijn portefeuille en haalde de geheime dienst-machtiging er ook uit. 'Agent, ik weet dat ik te hard reed.'

De politieman stak zijn hand uit naar het rijbewijs. 'Dan zijn we met z'n tweeën.'

'Ik ben van de geheime dienst. Ik heb een buitengewoon belangrijke boodschap voor de president, die in Warm Springs is. Hier, kijkt u zelf maar.'

De man negeerde het briefje. Hij keek op van Lammecks rijbewijs.

'Mikhal Lammeck?'

'Jawel, sir.'

'Dit hier is een rijbewijs van Rhode Island. Het is al twee jaar verlopen, staat hier.'

'Ik ben in het buitenland geweest.'

'Om wat te doen, sir? Ik zie geen uniform.'

'Training.'

De man hield het hoofd schuin, wachtend op nadere uitleg. Lammeck wachtte even, alsof hij het niet over zijn lippen wilde laten komen. Toen maakte hij een grimas, alsof hij onder zware druk een geheim onthulde. 'Ik leid spionnen op.'

De *state trooper* hapte niet. 'Hmm-mmm.'

Lammeck hield hem het briefje van Mrs. Beach voor. Deze keer nam hij het aan. Lammeck zag zijn blik langs het document glijden. 'Ik dacht toch niet dat de federale overheid u toestemming heeft gegeven om in mijn district te hard te rijden, mister Lammeck. Of om rond te rijden met een verlopen rijbewijs.'

Lammeck nam het briefje terug. De man stak zijn duimen weer achter zijn gordel. Hij tuitte zijn lippen en zei langzaam: 'Spionnen, eh? Achter de vijandelijke linies en zo? U bent een soort expert?'

'Ja, sir. Zo zou je het kunnen noemen.'

'U reed anders niet door Hancock County als een spion. U reed tachtig. Waar komt u vandaan?'

'Aiken.'

'En u moet helemaal naar Warm Springs. Dat is een kleine driehonderd kilometer.'

'Het is van levensbelang dat ik de president zo spoedig mogelijk bereik.'

'Mmm-hmm. En nou hou ik u zeker op?'

'Dat is een netelige vraag, agent.'

De *state trooper* grijnsde. 'Kijk, als u nu zoveel haast had om Tom Dewey te spreken te krijgen, die verdomde Republikein, in plaats van die goeie ouwe Roosevelt, zou ik nooit hebben gezegd wat ik u nu ga zeggen.'

'En dat is?'

'Dat is, mister Lammeck, dat mijn vader en moeder brood op de plank hebben, dat mijn oudere broer in Duitsland meevecht in een oorlog die we al bijna hebben gewonnen, dat ik deze baan hier heb en dat de grens met Baldwin County vijftien kilometer verderop ligt. Wat zou u ervan zeggen als ik u ging escorteren?'

'Geweldig, agent. En namens president Roosevelt alvast bedankt.'

De politieman zette zijn zonnebril weer op. 'Maak u borst maar nat,' zei hij, voordat hij terugliep naar zijn patrouillewagen. 'We gaan honderdtien rijden. Daarna bent u het probleem van iemand anders.'

Het Kleine Witte Huis
Warm Springs, Georgia

De president zat in de zon, in de opening van de dubbele terrasdeuren. Het zonlicht liet zijn wangen en voorhoofd oplichten en bescheen de zwaar dooraderde rug van zijn handen. Hij droeg een rode stropdas, in plaats van het strikje waaraan hij de voorkeur gaf, en had gekozen voor een driedelig donkergrijs pak onder de marinecape. Een bries speelde door de veranda en lichtte zijn sluike haar af en toe op.

Mme Shoumatoff stond op van haar ezel en praatte aan één stuk door, met een zwaar Russisch accent. Of de president zijn hoofd wat meer naar rechts wilde draaien, en zou hij alstublieft zijn kin wat willen optillen? Ze nam een meetlint uit haar zak en mat de lengte van zijn neus. Nicht Polly Delano kwam de kamer in met een boeket wilde bloemen en begon ze op de eettafel te schikken. Nicht Daisy Suckley zat op de bank te breien. Mrs. Rutherfurd zat naast haar, de handen op schoot, met het rustige gezicht van een kind dat opdracht heeft om stil te zitten.

Judith bleef weg uit de lichte kamer; zij zat op de gang, dicht bij de deur, onopgemerkt. De Schotse terriër, Fala, glipte de gang op en snuffelde wat aan haar enkels voordat hij terug trippelde en zich aan de voeten van nicht Daisey oprolde. Shoumatoff ging terug naar haar ezel en nam haar penseel weer op. Roosevelt zat onrustig in zijn stoel, vermoeid, maar probeerde het de schilderes naar de zin te maken omdat dit portret bestemd was voor de dochter van Mrs. Rutherfurd. Shoumatoff voegde wat penseelstreken toe aan het aquarel en praatte verder om de president te helpen volharden in zijn pose. Ze vroeg of hij Stalin sympathiek had gevonden toen ze elkaar in Jalta hadden ontmoet. De president zei ja, maar hij geloofde dat Stalin zijn vrouw had vergiftigd. Shoumatoff was de enige die niet lachte.

Roosevelt vroeg zijn nichten of ze al plannen hadden gemaakt voor de rest van de dag. Voor de middag stond het bijwonen van een barbecue in Warm Springs op het programma, en 's avonds was er een minstreelshow. Daisy antwoordde dat ze had gehoord dat alles volgens plan verliep. Het weer zou mooi blijven. Roosevelt verzekerde de dames dat ze van beide evenementen zouden genieten. Mme Shoumatoff bleef bezig achter haar ezel, maar nu de president het gesprek naar zich toe had getrokken, deed zij er het zwijgen toe. Zonder aanleiding vertelde hij dat hij het president-schap misschien zou verruilen voor de baan van secretaris-generaal van de nieuwe Verenigde Naties: de assemblee zou nog vóór het eind van de maand voor het eerst bijeenkomen in San Francisco. Niemand reageerde, ze dachten allemaal dat hij een grap had gemaakt en zelf zou beginnen te lachen. Dat gebeurde niet. Judith keek naar Mrs. Rutherfurd. Ze leek ver weg te zijn, in het middaglicht een en al adoratie voor de man. Hij peinst er niet over om af te treden, dacht Judith. Hij zegt dat soort dingen alleen om mensen bezig te houden. Dit had hij gezegd om Mrs. Rutherfurd een ple-zier te doen. Als Judith hem had geloofd, had ze weg kunnen gaan. Ze had opdracht Franklin Roosevelt – president van de Verenigde Staten van Noord-Amerika – te vermoorden, niet de secretaris-generaal van de Ver-enigde Naties.

Roosevelts secretaris, Hassett, kwam het huis in, met de postzak van vandaag. Op de gang passeerde hij Judith met een glimlach, vermoedelijk in de veronderstelling dat ze zich daar gereed hield voor als ze nodig was.

'Hoe vordert het portret?' vroeg hij.

'Geen idee.'

Hij liep naar de deur en zei: 'Ik weet zeker dat niemand het erg vindt als je even een kijkje neemt.'

Hassetts komst betekende het einde van de poseersessie. Toen de ogen op hem gericht werden, werd Judiths aanwezigheid opgemerkt. Ze liep naar Mrs. Rutherfurd. 'Mevrouw.'

'Desiree, waar was je?'

'Wandelen, mevrouw. Het is zulk heerlijk weer. Het spijt me. Had u mij nodig?'

'Dat niet. Zeg me voortaan even of je je buiten gehoorsafstand gaat be-geven.'

'Jawel, mevrouw.'

'We zullen zo dadelijk gaan lunchen. Je zou de kokkin even kunnen vra-gen of je haar van dienst kan zijn.'

'Zou ik eerst even naar het portret mogen kijken?'

Mrs. Rutherfurd ving Shoumatoffs blik op en beduidde Judith dat ze eerst om toestemming moest vragen. De schilderes knikte en wenkte Judith naderbij. Judith liep langs de muur naar haar toe en zag Hassett een tafel voor de stoel van de president zetten. Roosevelt stopte een sigaret in zijn sigarettenpijpje, liet zich vuur geven door Hassett en begon de post door te nemen. Judith kwam achter Shoumatoff staan, die geen notitie van haar nam. Ze bleef verder werken aan het doek; ze was nu bezig de rood-blauw gestreepte stropdas van de president aan te brengen.

Het gezicht van Roosevelt op het doek leek nu af. Zijn schouderpartij was omgeven door de donkere cape, waarvan alleen de kraag ingekleurd was. Shoumatoff had de president getrouw weergegeven, zonder hem te flatteren. Onder zijn ogen waren donkere wallen te zien. De blik in de ogen wees op vermoeidheid. Het hele portret, hoewel het nog onvoltooid was, getuigde van zijn ziekte en zijn strijd tegen de zwaartekracht van het graf.

De president zelf was verdiept in de paperassen die zijn secretaris hem had voorgelegd. Hij hield een vulpen boven een document en zei tegen niemand in het bijzonder: 'Hier ratificeer ik een nieuwe wet.' Judith zag hem zijn handtekening zetten. Hassett legde het document opzij, zodat de inkt kon drogen. Roosevelt ondertekende verscheidene bladzijden, waarbij Hassett het vel papier telkens over een arm- of rugleuning van een stoel legde, alsof hij de was te drogen hing. De secretaris hing er één dicht genoeg bij Judith om haar in staat te stellen de handtekening te zien. Het was een zwakke krabbel en nauwelijks herkenbaar als *Franklin D. Roosevelt.*

Shoumatoff liep naar de president om de cape beter om zijn schouders te draperen. Ze probeerde hem te verleiden tot een babbeltje, in de hoop dat hij weer zou poseren. Hassett, die geen geheim maakte van zijn hekel aan de schilderes en de kwaliteit van haar werk, begon de overal verspreide documenten te oogsten. Hij herinnerde de president eraan dat agent Reilly binnenkort naar San Francisco zou vertrekken om daar het bezoek aan de Verenigde Naties voor te bereiden. Roosevelt verzocht hem Reilly te zeggen dat hij na de lunch even langs moest komen voor laatste instructies. Hassett vertrok uit de kamer. Roosevelt bleef zijn aandacht richten op het resterende papierwerk op de tafel voor hem. Hij tilde een paar keer zijn hoofd op – niet voor de schilderes, maar om Mrs. Rutherfurd toe te lachen.

Judith observeerde de kamer, stil als een schaduw. Shoumatoff voegde penseelstreken toe aan het portret. De beide nichten zaten te lezen en te breien – bezigheden die ze zonder meer konden staken om met Roosevelt te lachen of hem op deze of gene manier te vertroetelen. Mrs. Rutherfurd

– even stil als Judith – verlangde niets van hem; ze wilde alleen maar in zijn nabijheid zijn. De Filippijnse huisjongen, Joe, kwam de keuken uit om de tafel te gaan dekken voor de lunch. De president keek even naar hem op en sprak Judiths gedachten hardop uit: 'We hebben nog een kwartiertje.'

Ze glipte weg van Shoumatoff, dicht langs de muur en de schouw. Ze liep naar de keuken. Daisy Bonner had de ovendeur omlaag om even te kijken naar de verse broodjes waarvan de geur de kleine keuken parfumeerde. 'Miz Bonner, kan ik u ergens mee helpen?' vroeg Judith.

'Kun je koken, meisje?'

'Ja, mevrouw. Best wel.'

'Mooi. De president kan in één keer niet veel eten, zodat ik hem altijd voor en na de maaltijd kleine hapjes voorzet. Maak jij maar eens een lekkere kom warme maïspap voor hem, dat zal zijn maag voorbereiden op de lunch. De zak met meel staat in die kast daar. Melk vind je in de koelkast op de achterveranda.'

Bonner stond groente te snijden, voor een salade. Judith bleef even staan om de manier waarop de vrouw het mes hanteerde te bewonderen, voordat ze de melk en de maïsmeel ging pakken. Ze zette een pannetje melk op het gas en begon de meel erdoorheen te roeren, mede om te voorkomen dat er zich een vel op de melk vormde.

Bonner lette niet op Judith. Na een minuutje, toen de dunne pap dik genoeg was, snoof de kokkin de lucht op. 'Ruikt lekker,' zei ze. 'Wat heb je erdoorheen gedaan?'

Judith lepelde de pap in een kom voor de president. 'Amandelextract.'

De kokkin kwam wat dichterbij om aan de kom te ruiken. Ze stak haar wijsvinger uit om die in de kom te steken en te proeven.

Judith tikte de vrouw op de vingers. 'Nee, miz Bonner. Dit is voor de president.'

Ze kokkin richtte zich op, verbluft. Judith negeerde haar. Ze zette de kom op een eenvoudig houten dienblad en legde er een lepel en servet naast. Toen ze de kamer in liep, keek de president op van zijn paperassen. Hij maakte ruimte op tafel.

Roosevelt wisselde een korte blik met Mrs. Rutherfurd en glimlachte, alsof hij wilde zeggen: *Sorry, maar ik moet deze smakeloze brij nou eenmaal eten.* Mrs. Rutherfurd reageerde met een stralende glimlach – vergiffenis. Judith wachtte tot ze klaar waren met hun laatste dialoog. Ze zou het liefst uit haar lichaam zijn geglipt terwijl ze Franklin Roosevelt de pap voorzette, heel even maar, om onzichtbaar naast madame Shoumatoff te zweven en haar toe te fluisteren: 'Let goed op, vrouwmens. Schilder dít moment.'

Roosevelt knipperde met zijn ogen en keek weg van Mrs. Rutherfurd. Er verscheen een trek van berusting op zijn gezicht toen hij naar de dampende kom op de tafel voor hem keek. Hij keek op naar Judith.

'Heerlijk,' zei hij.

Lammecks benen en rug klopten, na vijf uur achtereen op de weg. Hij had het gevoel dat zijn ogen en zenuwen waren gesloopt, nu hij ver boven de maximumsnelheid door twee staten was gereden en bij elk reclamebord of wat struikgewas had uitgekeken naar politie. Toen hij eindelijk Warm Springs bereikte, moest hij zijn blaas legen en de benzinetank vullen. Hij stopte bij een benzinestation en verzocht de pompbediende de tank te vullen. In de toiletten – *Whites Only* – tintelden zijn voetzolen en het vlees om zijn ribben bij de herinnering aan de lange rit.

Terwijl Lammeck zijn handen waste, keek hij voor het eerst die dag in de spiegel. Hij was ongeschoren en had diepe rimpels om zijn ogen – zijn hele gezicht verried urgentie. Hij zag er nu even gespannen uit als Dag. Als Judith bij de president was, leefde de man alleen nog zolang zij het wilde. Waarom ze zolang had gewacht, was iets wat hij niet begreep, maar iedere seconde dat hij talmde werd het gevaar groter. Als hij er zo onverzorgd uitzag als nu, zou hij nooit langs de eerste wachtpost komen. Hij waste zijn gezicht, trok zijn colbert, overhemd en stropdas recht en dwong zichzelf om naar zijn auto te lopen, in plaats van te sprinten. De pompbediende wees hem de weg naar het Kleine Witte Huis, nog maar vijf minuten rijden.

Lammeck scheurde het plaatsje niet uit. Hij hernam zich en probeerde zo kalm mogelijk te worden. De .38 was volledig geladen, maar toch keek hij het magazijn even na. Het gevoel van het pistool in zijn handen hielp hem zijn zenuwen tot bedaren te brengen. Hij stopte het terug onder zijn oksel en klopte er even op – het enige waarop hij kon vertrouwen.

Al na enkele minuten vond Lammeck de afslag naar Roosevelts houten toevluchtsoord. Hij keek op zijn horloge. Een paar minuten voor één. De hemel was oogverblindend blauw. Bij de toegang hoorde hij vogels in het zachte gebladerte van de esdoorns kwinkeleren.

Drie mariniers in gala-uniform bewaakten een slagboom over een smal, schaduwrijk weggetje. Een van de drie stak een wit gehandschoende hand op en Lammeck trapte op de rem.

'Goedemiddag, sir.'

'Korporaal. Ik heb een afspraak met chief Reilly van de geheime dienst.' Lammeck toonde hem het verkreukelde briefje van Mrs. Beach.

De marinier bekeek het briefje even. 'Hier staat niets over een afspraak, professor Lammeck, sir. En dit briefje is al meer dan een maand oud.'

Een andere marinier raadpleegde een klembordje. Hij schudde nee naar de korporaal – Lammeck stond niet op de bezoekerslijst.

Lammeck gebaarde naar de auto. 'Korporaal, kijk even naar de dikke laag stof op dit ding. Ik ben gisteren uit DC vertrokken en heb aan één stuk door gereden, helemaal hierheen. Chief Reilly verwacht van mij dat ik op tijd kom. En als u de chief een beetje kent, weet u dat ik door moet.'

De mariniers keken elkaar aan.

'Ik ben speciaal adviseur voor de geheime dienst, mannen. En…' – hij lichtte zijn colbert even op om de Colt .38 te laten zien – '… ik draag dit niet voor niets. Meer kan ik niet onthullen.' Hij liet zijn colbert los om het pistool snel weer te verbergen en zei op gebiedende toon: 'Nou, omhoog met die slagboom, anders zet chief Reilly jullie hoofden naast het mijne op een spiets.'

De korporaal bekeek Lammeck met een onzekere grimas. In weerwil van zijn nijdige blik liet een andere marinier de slagboom omhooggaan. Lammeck salueerde en reed verder.

Het weggetje slingerde zich over een afstand van anderhalve kilometer door kornoelje, pijnbomen en eiken op een licht dalende helling. Boven de zonbeschenen open plekken zoemden insecten. Hij bereikte opnieuw een slagboom, nu bemand door agenten van de geheime dienst. Voorbij die slagboom wachtte hem een de-dood-of-de-gladiolensituatie. Hij zou Reilly of Judith overrompelen of de dampen injagen. Kies zelf maar, dacht hij.

Ook nu kletste Lammeck zich langs de wachtpost. Hij liet opnieuw het geheime dienst-briefje en het pistool zien, om de agenten duidelijk te maken dat alleen een belangrijk man met beide attributen hierheen kon komen, om van de bijna onleesbare kentekenplaten uit Washington maar te zwijgen. Lammeck reed door en haalde weer adem, maar hij kon niets aan het snelle kloppen van zijn hart veranderen toen hij achter een ronde bocht het Kleine Witte Huis ontwaarde.

De president nam maar twee lepels pap. Judith verborg haar opwinding achter Desirees dienstbaarheidsmasker. Toen Roosevelt de tweede keer slikte, wist ze dat het genoeg was. Ze voelde hoe de banden van het leven van deze man werden verbroken, waarmee ook een eind zou komen aan het leven van Desiree. Ze zouden samen sterven.

Judith liep met het dienblad terug naar de keuken. Ze wilde de kom omspoelen boven de gootsteen, maar Daisy Bonner, nog nijdig over de tik op haar hand, werkte haar uit haar domein. 'Geef maar hier,' zei ze, wijzend naar de afkoelende maïspap. Judith protesteerde niet – als de kokkin er nu van proefde, was dat haar lot. Ze zette het dienblad op een zijtafel, waar de kokkin het negeerde. Ze glipte terug naar de zitkamer en wachtte tegen de muur. De tafel werd gedekt voor de lunch. Mme Shoumatoff schilderde zwijgend verder, niet in staat de president nog te laten poseren. De breiende nicht Suckley concentreerde zich op haar breinaalden en dieprode wol. Bij de tafel was de andere nicht nog steeds bezig de kornoeljebloesems in een vaas te schikken. Roosevelt keek heen en weer van de ene stapel paperassen naar de andere, elk op een speeltafeltje. Alleen Mrs. Rutherfurd lette op hem. En Judith.

Er leek een blos op Roosevelts wangen te zijn verschenen, achter zijn schuins gehouden sigarettenpijpje. Hij nam het pijpje uit zijn mond en legde het op een asbak. Zijn hoofd wiebelde tussen de beide stapels werk en viel toen voorover. Zijn handen tastten in de lucht alsof hij iets zocht. Suckley legde haar breiwerk opzij en stond op van de bank. Ze liep naar Roosevelt en bukte zich om hem in het gezicht te kunnen zien.

Ze vroeg: 'Heb je misschien iets laten vallen?'

Roosevelt bracht zijn linkerhand naar zijn slaap en drukte ertegen, met grauwe, trillende vingers. Die hand ging omlaag en maakte plaats voor de rechter, die zijn hele voorhoofd bedekte.

Op de plaats waar ze stond kon Judith nauwelijks verstaan wat hij zei: 'Ik heb gruwelijke pijn in mijn achterhoofd.'

Judith keek naar Mrs. Rutherfurd. De beheerste glimlach was volledig verdwenen. Ze boog zich op de bank naar voren, klaar om in te grijpen. Nicht Suckley spoorde Roosevelt aan achterover te leunen. De president liet zich in zijn koningsmantel tegen het kussen zakken. Judith zag hoe hij Mrs. Rutherfurd recht in de ogen keek. Toen zijn oogleden half dichtvielen, schoot ze naar voren.

Achter haar ezel schreeuwde Shoumatoff: 'Lucy, er is iets met hem!' Naast de president vroeg Suckley: 'Franklin, wat heb je?' Roosevelts mond zakte open. Mrs. Rutherfurd viel naast hem op haar knieën. Het enige wat ze te bieden had, was haar handpalm tegen zijn wang. De Russische schilderes stond achter haar onvoltooide portret en slaakte een gil.

Bij dat geluid schoot zijn bediende, Arthur, zijn slaapkamer uit. De kokkin, Bonner, en de huisjongen, Joe, stormden de keuken uit. In een ommezien vormde het zestal een kordon rondom Roosevelt. Met een paar woorden legde Suckley uit wat er was gebeurd. Lucy hield een in kamfer gedrenkt zakdoekje onder de neus van de president om hem weer bij zijn positieven te brengen, maar vergeefs. Arthur en Joe kwamen in actie. Ze sloegen hun handen ineen onder de president om hem uit de stoel te tillen. De wollen cape lag als een lijkwade om hem heen. Nicht Delano greep zijn voeten. Hij lag slap in hun armen. Zijn ademhaling raspte. Toen ze de president langs haar heen droegen, zag Judith alleen nog oogwit onder zijn geloken oogleden.

Mrs. Rutherfurd, nicht Suckley en de kokkin stapten opzij, alle drie een hand voor de mond. Shoumatoff had genoeg gezien. De Russische rende het huis uit en schreeuwde de dienstdoende agent toe: 'Haal een dokter!' Binnen vermande Suckley zich. Ze haastte zich naar de telefoon en riep de telefoniste toe: 'Laat een dokter hierheen komen, snel!' Mrs. Rutherfurd staarde naar de deur van Roosevelts slaapkamer, lijkwit en met gebalde vuisten.

Shoumatoff haastte zich weer het huis in, regelrecht naar haar ezel en schildersdoos. Ze gooide alles lukraak in de doos en nam het onvoltooide portret onder de arm. Ze zag Mrs. Rutherfurd stilstaan. 'Lucy, we moeten hier weg. Nu!'

Mrs. Rutherfurd leek haar niet te horen. 'Wat?'

'We moeten hier weg! Ik bel Nicholas, in het hotel. Pak alles in!'

Mrs. Rutherfurd wendde haar blik niet af van de muur waarachter Roosevelt lag. Arthur, Joe en nicht Delano waren bij hem. Ook zij hielden van hem. Ze liep naar de slaapkamer.

Met een zachte aanraking van haar schouder onderschepte Judith de vrouw. Mrs. Rutherfurd bleef als gebiologeerd naar de deur staren. Ze probeerde langs haar heen te lopen. Judith zette meer kracht. 'Mrs. Rutherfurd, doe dat niet.'

Toen ze Judiths stem hoorde, schrok ze op. 'Pardon?'

'Luister naar uw vriendin. U moet hier weg.' Judith liet haar negeraccent achterwege, net als haar onderdanige houding. Ze kneep de vrouw in de arm en liet haar toen los. 'U moet verdwijnen,' herhaalde Judith.

Mrs. Rutherfurd keek haar even aan, met dezelfde trieste berusting als waarmee de president naar de vergiftigde pap had gekeken.

Shoumatoff, de armen vol met haar schildersdoos en het portret, riep vanuit de gang: 'Desiree, meekomen. We gaan pakken!'

Judith liep weg. Voordat ze de voordeur opende, keek ze om. Mrs. Rutherfurd had zich niet verroerd, slechts enkele passen verwijderd van de president. Ze wachtte in de gang totdat Shoumatoff de helling had beklommen en het gastenverblijf binnen was gegaan. Toen keerde ze het Kleine Witte Huis de rug toe.

Op de oprit stond een auto met een agent van de geheime dienst erin, die een microfoon voor zijn mond had. Judith repte zich langs hem heen. Ze gooide haar handen door haar haar en zorgde dat ze paniekerig liep. Ze rende langs het gastenverblijf de heuvel op, weg van de poort de bossen in, terwijl ze gilde: 'De president is dood!'

Lammeck zette zijn auto stil op de oprit, achter een donkere federale auto. Nog voordat hij twee stappen in de richting van het witte landhuis had gezet, wist hij dat er iets mis was.

Uit een van de kleinere bijgebouwen jogde een vrouw de helling af. Te oordelen naar haar maaiende armen verkeerde ze in paniek. Achter haar stond een Cadillac te wachten, met open kofferdeksel. Ze haastte zich naar een andere vrouw, die de helling opkwam. Lammeck herkende haar: Lucy Rutherfurd. Ze liep ongehaast, als verdoofd. De paniekerige vrouw greep haar met beide handen vast, schudde haar door elkaar en rende door naar de voordeur van het Kleine Witte Huis. Lammeck tastte onder zijn colbert naar zijn pistool. Hij raakte het aan, maar trok zijn hand weer terug. Dit was geen geschikte plek voor een onbekende man om hier rond te lopen met een pistool in de vuist. Lammeck zette het op een lopen en was eerder bij de voordeur dan de vrouw.

Hij rukte de hordeur open, rende de gang door en kwam uit in een kamer met een schouw, een voor de lunch gedekte tafel en twee andere tafels vol paperassen waarvan een deel op de grond was beland. In de kamer stonden twee vrouwen met een hand voor de mond geslagen.

'Waar is de president?' hijgde hij.

Een van de twee, kleiner en kordater dan de andere, nam haar hand van haar mond en wees zonder iets te zeggen. Lammeck sprong naar de open deur.

Op de drempel bleef hij staan. De drie mensen rond het bed draaiden zich om, om te zien wie er was. Ze kenden hem niet en Lammeck zelf herkende hen niet: een zwarte man, een bruine man en een goed geklede oudere vrouw. De man op het bed kende hij.

De zwarte man was bezig Franklin Delano Roosevelt uit te kleden. Zijn glanzende schoenen waren netjes onder het smalle bed gezet, onder zijn in lange sokken gestoken voeten. De bewusteloze president lag gewikkeld in een ruime cape. Zijn stropdas was losgemaakt, net als zijn overhemd. Alle drie keerden ze Lammeck de rug toe en negeerden hem. Hij keek naar het asgrauwe gezicht, hoorde de schurende ademhaling en wist direct dat de president zo goed als dood was.

'Wie ben jij, verdomme?'

Lammeck draaide zich met een ruk om naar een grote man, de agent die in de auto voor de zijne had gezeten. 'Lammeck. Geen tijd voor uitleg, maar ik werk samen met Reilly. Zeg hem dat ik hier ben. Kom mee.' Hij leidde de agent de slaapkamer uit. In de zitkamer was de vrouw die Lammeck was gevolgd bezig een schildersezel op te vouwen en nog wat tubes verf bijeen te graaien.

'Hoe heet je, agent?'

'Beary.'

'Juist. Beary, wanneer is dit gebeurd?'

'Zo-even. Misschien een minuut geleden.'

'Er is een dienstbode met Mrs. Rutherfurd meegekomen. Jonge meid, lang, bruine huid.'

Nog voordat Beary kon antwoorden, zei een van de vrouwen bij de bank, ook nu de kordaatste van het tweetal: 'Desiree.'

'Desiree, ja, dat is ze. Waar is ze nu?'

Beary wees naar buiten, de helling op. 'Ze rende weg, vlak voordat u hier stopte. Die kant uit, de bomen in.'

'Beary, sla ogenblikkelijk alarm! Zeg het iedereen die je kunt bereiken: Reilly, de mariniers, de staatspolitie van Georgia – ze moeten de hele boel afgrendelen. Niemand mag erin of eruit.'

Lammeck rende de deur uit, zonder nadere uitleg. Hij was er zeker van dat agent Beary geen instructies zou aannemen van iemand die hij niet kende. Hij zou aarzelen en eerst met zijn baas, Reilly, overleggen. Meer tijd had Judith niet nodig.

In de schaduwrijke tuin was Lucy Rutherfurd nog steeds bezig de helling te beklimmen. Voor haar had Lammeck geen tijd. Judith was weggerend in noordoostelijke richting. Lammeck begon haar achterna te rennen.

Onder het lopen nam hij de .38 in zijn hand. Lammeck had niet de juiste lichaamsbouw voor achtervolgingen en de maanden in Washington hadden hem van zijn conditie beroofd. Hij haalde zo diep mogelijk adem en liet zijn armen zo hard mogelijk pompen. Zijn voeten schopten bladeren op en hij stormde recht door struikgewas. Judith zou hier geen enkele moeite mee hebben, wist hij, en dus had hij geen schijn van kans om haar te pakken te krijgen. Hij rende toch verder, worstelend tegen zichzelf. De Colt in zijn zwaaiende vuist werd zwaarder.

Lammeck ploegde voort. Dode bladeren maakten de grond waarover hij liep onbetrouwbaar. Hij kon niet in rechte lijn lopen, vanwege alle bomen die hij moest ontwijken, wat hem nog meer energie kostte. Zijn pas werd langzamer, totdat hij uiteindelijk gebukt bleef staan, hijgend, de handen op de knieën. Op dat moment zag hij iets op de grond.

In de struiken, drie meter van hem vandaan, aan de voet van een dikke eik, lagen wat kleren. Lammeck richtte zich op en dwong zichzelf rustiger te ademen. Hij bracht de .38 in de aanslag en draaide zich helemaal om zijn as, zodat hij de heuvel in alle richtingen kon overzien. Hij stapte zijdelings door het gebladerte, de blik gericht langs de loop van het pistool, op zoek naar de minste of geringste beweging in het bos. Vlak voor het hoopje kleren keek hij even omlaag. Aan zijn voeten lag een lichtblauwe jurk zoals die door dienstmeisjes werd gedragen, afgezet met witte biezen en kant.

Zijn handen omklemden de Colt steviger. Hij stond doodstil, attent op het geluid van ritselende dorre bladeren of een glimp van een gedaante tussen de bomen.

'Hallo, Mikhal.'

Lammeck liet de loop van het pistool omzwaaien naar haar stem, recht voor hem hoger op de helling. Hij kon haar niet ontdekken.

'Judith.'

'Ongelooflijk je hier te zien. Ik vroeg me al af wie er zoveel kabaal achter mij maakte. Eerst dacht ik dat het een ruiter was.'

'Ik zie je niet. Kom tevoorschijn.'

'Is dat een Colt punt achtendertig?'

'Ja, en hij is verdomd zwaar.'

'Ik kan het zien. Zo te zien heb je geen adem over.'

'Klopt.'

Judith moest lachen. 'Als Allah ons kracht wil geven, zendt hij ons inspanningen om ons sterk te maken.'

Lammeck schepte diep adem om zichzelf in de hand te krijgen. Hij stond nu rechtop en voelde zijn razende hartslag in zijn slapen en handen. 'Kom tevoorschijn, Judith.'

Twintig meter verder, wat hoger op de helling, toonde ze hem haar hoofd, vanachter een dikke eik. Ze had korter haar dan de pruik die ze in de ambassade had gedragen. 'Hij is dood,' zei Lammeck.

'En anders binnenkort.'

'Hoe heb je het gedaan?'

'Daar kom je gauw genoeg achter. Je hebt Annette gesproken.'

'Ja.'

'Hoe is het met haar?'

'Wel goed.'

Langzaam, met beide handen, richtte Lammeck het pistool nauwkeurig op het midden van haar gezicht. 'Jouw spel is uit,' zei hij.

'Nee, dat is het niet, Mikhal. Absoluut niet. Ik heb nog een lange reis naar huis voor de boeg. Dus als je me nu wilt excuseren – ik moet gaan.'

Lammeck legde het eerste kootje van zijn wijsvinger wat strakker om de trekker. 'Steek je handen op zodat ik ze kan zien en kom achter die boom vandaan.' Zelfs op die afstand kon Lammeck het wit van haar lach zien, en de groene glinstering in haar ogen.

'Da's een zwaar wapen en niet bepaald accuraat. Bovendien moet je omhoog mikken, ben ik een tamelijk klein doelwit en ben jij uitgeput.'

Lammeck vuurde. De kogel sloeg een stuk weg uit het midden van de boomstam, een centimeter of zes van haar oor. De splinters vlogen haar om de oren toen ze wegdook achter de eik. De knal van het schot echode door het bos. Vogels fladderden naar veiliger takken. Langzaam gluurde ze weer langs de stam heen.

'Extra zwaar patroon,' riep hij haar toe, de loop op haar voorhoofd gericht. 'En voor alle duidelijkheid – ik ben een verdomd goeie schutter.'

'Hemeltje, is het werkelijk?'

'Jij gaat mee terug.'

Bij die woorden kwam Judith achter de boom vandaan. Ze droeg een donkere blouse boven een groene rok. Aan haar schouder hing een zwarte handtas. Ze zag eruit als een jonge vrouw die gaat winkelen. De kleuren die ze droeg waren perfect voor een ren door de bossen.

Lammeck begon omhoog te lopen en bleef het pistool op haar gericht houden. Ze stak haar handen niet op, maar verstrengelde ze voor haar middel. Haar duimen tikten ongeduldig tegen elkaar. 'Geloof me, Mikhal. Het laatste wat ze daar beneden willen dat je doet, is mij terugbrengen.'

Lammeck maakte een grimas. Die bewering sloeg nergens op. Hij bleef naar boven lopen, turend langs de loop van het pistool.

'Luister nou,' zei ze. 'Jouw taak was mij tegenhouden. Daar is het al te laat voor. Mijn taak was hem doden. We zijn allebei klaar. Laten we maar naar huis gaan.'

Lammeck bleef haar naderen, nu halverwege. Judith tilde een voet op alsof ze naar beneden wilde lopen. Lammeck verplaatste de loop een paar millimeter en vuurde een kogel af langs haar gezicht. Toen de kogel vlak langs haar wang snorde, verstijfde ze.

In de stilte waren alleen zijn voetstappen op de bosgrond te horen. Hij verkleinde de afstand tot vijf meter. Toen bleef hij staan, de Colt weer gericht op de plek tussen haar ogen. 'Laat die handtas vallen.'

Judith liet de zwarte tas los. Lammeck verkleinde de afstand met nog twee stappen. Ze zuchtte alsof zijn voorzichtigheid nutteloos was. 'Mikhal, ik ben niet gewapend. Eerlijk, ik had er niet op gerekend dat iemand me achterna zou gaan. Ik heb beneden een aardig theaterstukje opgevoerd om ze het idee te geven dat ik in paniek wegrende. Maar nu ben jij hier, tot mijn grote verbazing. Alleen jij. Wie had dát kunnen denken?'

Lammeck wees naar de grond. 'Zitten.'

Zonder de Colt te laten zakken stormde Lammeck naar voren. Met een razendsnelle dreun ramde hij haar schouder en zwaaide zijn grote been achter de hare, zodat ze achtoverviel. Ze kwam hard neer, plat op haar rug.

Lammeck deed een stap terug. Judiths gezicht was vertrokken van pijn. Ze rolde zich op haar zij om haar ribben te wrijven. 'Au. Maar goed gedaan. Ik had het niet achter je gezocht.'

'We staan nog lang niet quitte.'

Lammeck liet het pistool zakken. Een kogel door haar dijbeen zou haar vleugellam maken terwijl ze wachtten totdat de geheim agenten of de mariniers op het geluid van de schoten af waren gekomen. Dan zou hij de moordenares van de president aan ze overdragen.

'Wacht.'

Lammeck keek op.

Judith hield haar hand op, op het eerste gezicht bijna alsof ze het teken voor 'oké' maakte. Tussen duim en wijsvinger klemde ze een grijze capsule. 'Ik laat me niet gevangennemen, Mikhal. Je weet dat dát geen optie is.'

Lammeck bracht de pistoolloop omhoog, van haar dij naar haar borst. Ze kwam half overeind, steunend op een elleboog, de capsule bij haar mond. 'Ga je gang,' zei ze. 'Anders doe ík het.'

'Dat doe je niet.'

'Mikhal, je stelt me teleur.' Ze maakte afkeurende sisgeluidjes – *tsk, tsk*. 'Wie kan een moordenaar beter begrijpen dan jij? Sta er nou even bij stil. Niemand zal ooit de machtigen der aarde vermoorden zonder zich er op voorhand bij neer te leggen dat de uiteindelijke beloning vermoedelijk zal bestaan uit de dood en een slechte naam. Sommigen is het daar zelfs om te doen. Zo is het altijd geweest. Vanaf Egypte tot de Alamoet-vallei, en ook hier en nu, op deze mooie middag in dat Amerika van je.' Judith haalde haar schouders op, nonchalant, de capsule vlak bij haar lippen. 'Als dat ouwe mens in Newburyport het kon, kan ik het ook, dat weet je.'

Lammeck stond versteld. Ze lag aan zijn voeten en hij had haar onder schot. Hij meende haar volledig in zijn greep te hebben, maar ze deed alsof hij niet de minste macht over haar had. Op dat moment realiseerde hij zich pas ten volle wat hij tegenover zich had. Gabčik weer, en Kubiš, Agrippina, Charlotte Corday d'Armont, William Booth, Gavril Prinzip. De vrouw die aan zijn voeten lag, de gifcapsule enkele centimeters van haar tong, liet zich niet door hem ter verantwoording roepen. Enkele minuten geleden had ze de loop van een eeuw gewijzigd. Hij, Mikhal Lammeck was niet meer dan een tolk, een dienaar van de door haar gecreëerde geschiedenis.

'Mij doden is volmaakt zinloos,' zei ze.

'Het zal verhinderen dat je dit ooit nog eens doet.'

'Nee, dat zal het niet. Míj tegenhouden zal mij niet stuiten.' Ze ging rechtop zitten. 'Haal de trekker maar over, als jij er anders over denkt. Maar de eerstvolgende koning die gedoemd is te sterven, zál sterven. Doe maar wat je wilt, je zult het zien. En als je het op schrift stelt, zul je je herinneren dat ik het je heb gezegd.'

Het ongelooflijke gebeurde: Judith stond op. Ze sloeg wat bladeren en twijgen van haar rok, alles met één hand, zonder de capsule weg te nemen van haar mond. Ze wendde haar blik alleen even af van Lammeck om haar handtas te pakken. 'Maar jij gaat niet schieten, Mikhal. Ik weet heel goed hoe een moordenaar eruitziet, net als jij. In die ambassade, toen je die Welwand van je in mijn ribben porde, heb ik even goed in je ogen gekeken. Op dat moment maakte ik me geen zorgen meer.'

Opnieuw richtte Lammeck de .38 tussen haar ogen. Op anderhalve meter van de loop vertrok Judith geen spier. Ze staarde Lammeck strak aan. 'Je zult wel weten wat die punt achtendertig zal overlaten van mijn achterhoofd. Nog erger dan bij Arnold.'

Onwillekeurig maakte Lammeck een grimas, bij de herinnering aan de bedrogen echtgenoot in Newburyport die zij had vermoord.

'Ik weet het,' zei ze zacht. 'Het moet gruwelijk zijn geweest. En ik weet dat het jou niet koud heeft gelaten. Jij zou graag een moordenaar zijn geweest, Mikhal, je zou zo graag weten hoe dat voelt. Ik vrees echter dat het jouw lot is om verslag te doen, in plaats van daden te stellen.'

'Misschien bewijs ik je het tegendeel.'

Judith glimlachte, ontwapenend. 'Toe, doe dat nou niet, Mikhal. Het is geen belediging voor je mannelijkheid als een vrouw zegt dat je een goed en zachtaardig iemand bent die niemand kan vermoorden. Helaas heb ik nu de tijd niet om je er een wat prettiger gevoel over te geven. Ik moet weg, dat begrijp je wel.'

Lammeck schudde het hoofd. 'Je blijft waar je bent.'

Ze knikte en wierp tegen: 'De onzichtbare hand van de geschiedenis, Mikhal. Die is op dit moment overduidelijk voelbaar. De geschiedenis wilde dat de president van de Verenigde Staten doodging; daarom heeft ze mij hierheen gestuurd om die klus te klaren. En nu dat achter de rug is, heeft de geschiedenis mij levend nodig.'

Langs de loop van de Colt vroeg hij: 'Hoe weet jij dat?'

Ze begon weer te lachen en richtte haar wijsvinger op een punt tussen zijn ogen, tegenover zijn vuurwapen de wijsvinger van een assassijn. 'Dat is al de tweede keer dat je me teleurstelt. Het antwoord is verbazingwekkend eenvoudig.' Ze zei het over haar wegdraaiende schouder, langs de capsule die ze nog steeds vlak voor haar mond hield. 'De geschiedenis heeft jou gestuurd om mij tegen te houden, omdat ze wist dat jij dat niet zou doen. *Befarma-ri*, Mikhal.'

Lammeck richtte de loop op haar rug, exact in haar hart.

'Doe dat niet,' glimlachte Judith. In een fractie van een seconde rende ze weg, de heuvel op, met verbazingwekkend lange passen, versnellend als een wolf. Lammeck hield haar net boven het pistoolvizier, dat haar naar boven volgde. Enkele seconden bleef ze binnen het vuurbereik van de zware Colt-patronen. Hij schepte adem om haar een halt toe te roepen.

Hij liet de adem gaan – en Judith erbij. Ze was nog net binnen het bereik van de Colt toen hij – om redenen die hij zelf niet kon doorgronden; dat zou hij later wel uitzoeken, per slot van rekening was dat zíjn rol – de trekker overhaalde.

Ze rende gewoon verder de helling op. Toen hij de echo's van het schot hoorde, tilde Judith beide handen boven haar hoofd. Lammeck kon niet bepalen of het een overwinningsgebaar of een vaarwel was. Ze verdween.

MEI

18

9 mei
Washington DC

Dag tilde Lammecks plunjezak in de kofferbak en liet het deksel dichtvallen. Ze stapten in de Packard, een auto van de overheid. Toen ze wegreden, keek Lammeck niet om naar het hotel, het langs glijdende Witte Huis of de zonnige stad. Washington was allesbehalve een thuis voor hem geweest; hij was blij dat hij weg kon. Hij bleef naar het wegdek staren, zelfs toen hij tegen Dag praatte. 'Je had dit niet hoeven doen.'

'Toch wel. Ik heb u erbij betrokken. Het minste wat ik terug kan doen, is u naar het vliegveld rijden.'

Dag sloeg af en begon Fourteenth Street in zuidelijke richting te volgen. Hij minderde vaart om een stel straatvegers achter grote vuilnisbakken op wielen ruim baan te geven. De straat lag bezaaid met krantenpapier – nog heel of verkleind tot confetti – en vuilnis, drankflessen, petten en kleren, achtergebleven na het grote volksfeest van gisteren. De Duitsers hadden officieel de handdoek in de ring gegooid. Iedereen in Amerika die daartoe in staat was had iemand gekust, een toost uitgebracht of iets in de lucht gegooid. Toen Lammeck gisteravond terug was gewankeld naar zijn hotel, had hij onder de lippenstift gezeten en gestonken als een goedkope hoer. Het was zijn afscheidsfeest geworden. Vanmorgen was hij laat wakker geworden en had met bonkende hoofdpijn zijn plunjezak ingepakt om terug te vliegen naar Schotland.

Dag zwenkte om de straatvegers heen en praatte honderduit. 'Zo, en nou hoop ik dat we gauw ook een eind kunnen maken aan dat geklooi met Japan. Ik heb gehoord dat de mariniers Okinawa naderen. En de Aussies stomen op naar Nieuw-Guinea.'

Lammeck liet de woorden hangen, onbeantwoord. Dag slaakte een lange zucht. 'Excuus, dat ik niet veel in de buurt ben geweest, professor.'

'Is dat zo? Het was me niet zo opgevallen.'

'Ach man, doe me een lol! Truman is veel moeilijker te beveiligen dan Roosevelt.'

'Logisch, de man heeft benen die het doen.'

'Dat is onder de gordel, maar het klopt.'

Dag sloeg links af naar Independence Avenue en toen naar Virginia Avenue, op weg naar Anacostia Bridge, in het oosten. Een paar minuten lieten de twee mannen de stilte tussen hen stromen. Het was een mooie dag en Lammeck was eindelijk vrij, maar de stemming in de auto bevroor toen Dag voor een verkeerslicht stopte. De koepel van het Capitool verhief zich op enkele honderden meters links van hen. Zonder beweging of wind werd de stilte in de auto nog onbehaaglijker. Dag verbrak haar.

'Ik heb uw rapport gelezen.'

Lammeck knikte zonder zijn blik af te wenden van het stoplicht.

Dag knorde: 'Eén ding kan ik u absoluut verzekeren. Dat rapport gaat een nieuw record vestigen, zo diep zal het worden begraven. *Top Secret* is nog geen begin van een omschrijving ervoor.'

'Geweldig. Eindelijk heb ik dan mijn levenswerk voltooid. Ik heb een historisch standaardwerk geschreven dat door niemand zal worden gelezen.'

De geheim agent, die zelfs in dit weer zijn gekreukte regenjas droeg, liet de auto vooruitschieten, weg van het stoplicht. Hij zei grinnikend: 'Jezus, professor, laat het er toch bij! Wat had u dan gedacht? Dat de regering van de Verenigde Staten, nu de oorlog ten einde loopt, van de daken schreeuwt dat er een president is vermoord? Terwijl wij niet eens weten door wie? Wat zou dat volgens u betekenen voor het moreel van deze natie? Of voor de vredesonderhandelingen? Het zou aanleiding geven tot het starten van een heksenjacht in vergelijking waarmee de Inquisitie zou verbleken! De hele wereld zou misschien zelfs opnieuw in brand vliegen. En vermoedelijk is dat precies wat degene die hier achter zit heeft gewild. Nou, het zal hem verdomme niet lukken. Dat rapport van u zal worden begraven en dat zal zo blijven. Roosevelt heeft een hersenbloeding gehad, klaar. De oude man is een natuurlijke dood gestorven; aderverkalking. Einde verhaal. Definitief.'

Lammeck staarde nijdig naar de onder hen door schietende weg, de vlaggen aan de voorgevels, het vlaggendoek dat langs elk venster en over elk balkonhek was gedrapeerd. Overal vuil en confetti. De stad zou de eerste dagen nog niet schoon zijn, of volledig nuchter.

'Jammer dat die Perzische griet heeft kunnen wegkomen. Ik had graag een praatje met haar gemaakt, voordat ik haar een kogel door het hoofd joeg.'

Lammeck zei niets.

'U hebt de kans gehad, nietwaar? Drie schoten.'

'Ja.'

'Had u haar duidelijk in zicht?'

'Niet duidelijk genoeg, blijkbaar.'

Dags vingers trommelden op het stuurwiel. 'Weet u, u hebt misschien nog niet de gelegenheid gehad om het proces-verbaal van agent Beary in te zien. Hij verklaarde dat er, te oordelen naar wat hij hoorde, pakweg twee minuten zijn verstreken tussen uw tweede en derde schot.'

'Ze hield zich verborgen.'

'Dan moet ze daar verdomd goed in zijn.'

Nu keek Lammeck opzij naar Dag. De geheim agent bleef naar de weg kijken. 'Heeft ze nog iets gezegd?' vroeg Dag.

'Nee.'

'Ze heeft niet gezegd hoe verbaasd ze was dat u haar achter de vodden had gezeten, vanuit Washington helemaal tot in Warm Springs, Georgia? Nada?'

'We hebben niet gepraat.'

'Best, oké. Zegt u me maar of ik het goed vertel. U achtervolgde haar naar boven, de bossen in, met niet meer dan een minuut achterstand, maar vijftig kilo zwaarder. Toch wist u haar in te halen, vermoedelijk terwijl ze bezig was die dienstbodejurk te verwisselen voor gewone kleren. U bent dicht genoeg bij haar gekomen om twee schoten met een handvuurwapen te lossen, maar u miste beide keren. Plotseling verbergt zij zich, al had u haar goed genoeg op de korrel om twee kogels af te vuren. U hebt pakweg twee minuten gezocht maar kon haar niet ontdekken. Ze zei helemaal niets en zette geen stap over een bosgrond die overdekt is met dorre bladeren. Toen zag u haar voor het laatst en loste een laatste schot. Weer mis. En dan *poefff*, weg is ze. Is het zo gegaan, professor?'

Lammeck staarde naar Dags profiel totdat de geheim agent zijn hoofd opzij draaide en hem aankeek. 'Dat klopt exact, agent Nabbit.'

Grijnzend zei Dag: 'Het was maar een vraag.' Hij richtte zijn aandacht weer op de weg. 'Weet u, ik heb daar een paar dagen rondgelopen, op de plek waar u op haar had geschoten. Ik heb daarbij twee kogels uit twee verschillende boomstammen gespit. Allebei exact in het midden. Eerlijk gezegd leek dat bos daar tamelijk open. Er waren niet zo gek veel plekken waar een vrouw die voor haar leven rent volledig weg kon duiken voor een man die op korte afstand op haar schiet, met het zwaarste patroon dat een Colt kan afvuren. Een scherpschutter nog wel. Ja, u hebt gelijk, professor. Die Judith was ongelooflijk goed. Maar dat geldt beslist ook voor u, wat dat aangaat.'

Lammeck keek weg van Dags grijns. De auto stak de Anacostia-rivier over, op weg naar de vliegbasis van de luchtmacht op de zuidelijke oever. Zonder verder gepraat reed Dag langs de beveiliging, zijn briefje in de hand. Hij stopte voor een hangar. Hij legde zijn arm op de rugleuning van de voorbank en wendde zich tot Lammeck.

'Professor, het is een eer en een groot genoegen voor mij geweest. Ook Mrs. Beach en chief Reilly doen u de hartelijke groeten, uiteraard, en ook zij wensen u het beste. Reilly zei dat u uw handkanon mocht houden.' Dags wijsvinger raakte het leren holster onder Lammecks oksel aan. De laatste tijd, als Lammeck aan zijn ochtendkoffie begon, hing hij zich het holster om na het onder zijn kussen vandaan te hebben gehaald.

'Wat had Reilly nog meer te zeggen?'

Schouderophalend zei Dag: 'Niet veel. Alleen dat, als er ooit ook maar iets van wat u weet in druk verschijnt of iemand anders ervan hoort – met de nadruk op 'ooit' –, Schotland niet ver genoeg zal zijn, en die Colt onder uw arm niet groot genoeg. Dan zal het volle gewicht van de regering van de Verenigde Staten in de schaal worden geworpen om te zorgen dat u en uw loopbaan worden vernietigd. Nogmaals, 'ooit'. Speel dus niet met de gedachte om het op te nemen in uw geestelijke nalatenschap. De chief heeft me opgedragen u te vragen of u dit goed hebt begrepen.'

'Duidelijk.'

'Mooi.'

'Hoe zit het met al die anderen?'

'Iedereen die een goed verhaal kon slikken, heeft het te horen gekregen en geslikt. Lucy Rutherfurd, de twee nichten, die schilderes en die fotograaf, het huishoudelijke personeel van de president en zelfs de mariniers. Al die mensen hebben te horen gekregen dat u jacht maakte op wat volgens u een indringer in het complex van het Kleine Witte Huis was en daarbij drie keer in de lucht hebt geschoten. U was de een of andere plaatselijke politieman, dat was alles, met een briefje van Mrs. Beach dat u voor die gelegenheid kon helpen. Geen verdere uitleg. En wat het dienstmeisje Desiree betreft, die is in paniek geraakt toen president Roosevelt ineenzakte en is er toen vandoor gegaan. Ze had een strafblad en wilde niet in de buurt zijn als de politie opdook. Ze is verdwenen – doodeenvoudig. De artsen die bij het Kleine Witte Huis waren en de president hebben onderzocht, hebben dezelfde toespraak gekregen als u zo-even. O, en die politieman-met-platvoeten uit Newburyport, Massachusetts, doet u de groeten. Als de oorlog voorbij is, zegt-ie, gaat-ie studeren om dienst te kunnen nemen bij de geheime dienst. Wat zegt u me daarvan?'

'Je bent altijd al heel overtuigend geweest, Dag. En wat voor vergif had ze gebruikt? Cyanide?'

'Bingo. Precies wat u dacht. In de pap die Roosevelt voor de lunch had gegeten.'

Dag stak hem de hand toe. Na een korte aarzeling drukte Lammeck die. Ze stapten uit de Packard. Dag tilde Lammecks plunjezak uit de kofferbak. Op het tarmac, honderd meter verder, stond een zilverkleurige, glanzende Lockheed te wachten. Lammeck keek naar de windzak die naar hem toe werd geblazen, oostenwind bij de oversteek van de Atlantische Oceaan.

Lammeck greep de plunjezak. Dag liep nog een paar passen mee, maar bleef toen staan. Hij verhief zijn stem boven de ronkende stermotoren. 'Ik zou graag zeggen dat ik hoop u nog eens terug te zien. Alleen is dat niet iets wat u graag zult willen horen. Want, professor, als ik u ooit nog terugzie…'

Lammeck viel hem in de rede. 'Ik weet het, Dag. Mij zie je niet meer terug.'

Dag knipoogde en draaide zich als eerste om. Lammeck keek hem een paar passen na en liep toen naar het vliegtuig.

20 mei
St. Andrews, Schotland

Lammeck had de stijve bries uit St. Andrews Bay in de rug. Overal op de campus wapperden vaantjes van de universiteit naast de Union Jack aan de gevels van elk universiteitsgebouw, boven de ruïne van het kasteel op de landtong, vlak naast het water, en aan de toren van de kathedraal aan de oostelijke rand van de stad. De wind speelde met de karmozijnrode capes van de studenten die terugkwamen van de zondagse kerkdienst, hun tentamenstudies in de bibliotheek of een van de vele middeleeuwse huizen in de stad. Lammeck liet zich duwen door de wind, zonder een bepaald doel; hij had niets omhanden en wandelde op zijn gemak over de kasseien, geflankeerd door groene gazons.

De universiteit had zijn kantoor en zijn baan voor hem vastgehouden. Hij was welkom om ook voor het komende academische jaar te blijven en college te geven. Nu de oorlog in Europa voorbij was en die in de Grote Oceaan nagenoeg gewonnen, moest de universiteit alle zeilen bijzetten om de vloedgolf van uit dienst terugkerende jonge mannen en vrouwen op te vangen. Vooralsnog had Lammeck geen professionele verplichtingen. Het opleidingskamp voor de Jedburghs in de westelijke heuvels was al tijdens zijn verblijf in Amerika gesloten. Het manuscript voor *Dodengalerij* lag op het bureau in zijn flat aan Muttoes Lane. Zijn eerste week hier had hij besteed aan het doorlezen van de hoofdstukken die al af waren. Hij vond ze saai en veel te zelfgenoegzaam. Wat hij over de geschiedenis van politieke moorden had geschreven getuigde van grote geleerdheid, maar boeide hem niet; sinds zijn terugkeer was hij tot de conclusie gekomen dat het thema lang niet zo droog was als hij het zich eerder had voorgesteld. Lammeck overwoog zelfs het hele boek te herschrijven en het te kruiden met wat meer avontuur en menselijkheid. Op die manier kon hij er een breder publiek mee bereiken dan alleen zijn medehistorici.

Vanochtend had hij zich echter niet kunnen concentreren op dit werk. In plaats daarvan had hij de voorkeur gegeven aan een lange wandeling om zo zijn dorst op te wekken.

Ze kwam niet naar zijn vaste tafel, maar glipte weg in een separee aan de andere kant van de pub. Aan Lammecks uiterlijk was geen reactie te zien, maar iedere claxon en alarmbel in zijn geest en lichaam traden direct in werking. Hij dwong zichzelf roerloos te blijven zitten, onder haar peinzende blik. Ze zag er adembenemend uit, met die breedgerande strooien hoed, witte jurk met rode stippels en glanzende, smaragdgroene sjaal over haar schouders. Ze grinnikte Lammeck toe, tussen de passerende klanten door, enigszins wazig vanwege de blauwe sigarettenrook in de pub. Ze liet de zijden sjaal van haar schouders glijden om hem te tonen dat haar bruine armen naakt waren. Ze had nu langer haar.

Een jongen, de zoon van de kroegbaas, wiste haar tafel af met een natte lap. Voor hij kon weglopen, greep ze zijn arm beet. Lammeck zag dat ze een velletje papier en een pen uit haar handtas nam. Ze krabbelde er iets op, vouwde het vel op en gaf het de jongen mee, met een fooi. De jongen haastte zich door het drukke drinkebroersverkeer in The Cross Keys naar Lammecks tafeltje. 'Voor u, sir.'

Lammeck schoof hem een shilling toe. De jongen keek ernaar en fronste zijn voorhoofd. 'De dame gaf me al wat, sir.'

Lammeck stak langzaam zijn hand uit om de shilling terug te nemen. De jongen griste de munt onder zijn vingers vandaan, liet het briefje liggen en ging ervandoor. Lammeck wendde zijn blik lang genoeg van haar af om het briefje te lezen. Ze had geschreven: *Mag ik*? Hij draaide het vel papier om en herkende de opsporingsschets van Judith die de FBI had laten verspreiden.

Aan de overkant wachtte ze op zijn reactie, omlijst door de groene sjaal, in het zachte licht onder haar strooien hoed. Ze stak haar handen op, in gespeelde overgave. Ze bleef dat doen alsof Lammeck haar onder schot hield. De sjaal hing af van haar ellebogen, totdat ze opstond en naast hem in de separee kwam zitten.

'Laat je handen zakken, ja?'

Ze deed het. 'Moet je geen pistool trekken of zoiets? Ik weet niet goed wat ik tegen je moet zeggen, zonder een wapen tussen ons in.'

'Of een vergiftigd lijk.'

'Gelijk heb je. Ik zal me gedragen, als jij dat ook belooft.'

'Wie ben je deze keer?'

'Colleen Duckworth, een steenrijke Canadese weduwe.'

'Mijn condoleances. Je bent lekker bruin.'

'Waar ik woon is het altijd warm.'

'Ik denk dat het een stuk warmer is waar jij uiteindelijk terechtkomt.'

'Touché, Mikhal. Je schiet nog steeds pijlen op me af. In elk geval trof deze doel. Maar wat zou je zeggen van een wapenstilstand?'

Ze keken op naar de naderende kelner. 'Wat wil jij?' vroeg ze Lammeck. 'Ik trakteer.'

'Stout.'

Judith zei tegen de kelner: 'Kennelijk heeft meneer dezelfde voorkeur voor bier als voor vrouwen: bruin en bitter. Twee, graag.'

Lammeck nam de details van haar in zich op. Gemanicuurde nagels, stijlvol gekleed. Haar gezicht was hij niet vergeten, maar haar schouders, boven de afhangende sjaal, herinnerden hem eraan hoe gespierd ze was.

'Wat doe je hier?'

'De Schotse lente is de mooiste van de wereld. Ik heb met de gedachte gespeeld om te gaan golfen. En ik had jou een belofte gedaan, Mikhal. Of was je dat vergeten?' Ze zette haar ellebogen op tafel en ondersteunde haar kin met haar handen. 'Kijk maar niet zo verbaasd. Je was me toch zeker niet vergeten?'

Zo gaat ze te werk, dacht Lammeck, zo draait ze zich erin. Ze gebruikt haar charme, speelt de domme of de slimme meid, is mooi of alledaags en doet onschuldig of naïef. Hij hield zijn mond stijf dicht en staarde haar nors aan, op zoek naar gevaar of haar intenties.

'Dit is enkel en alleen een vriendschappelijk bezoekje.' Ze tilde haar kin op en ging recht zitten. 'Bezwaar tegen damesbezoek?'

'Jij hebt Roosevelt vermoord.'

'Nee, dat niet. Hij overleed aan een hersenbloeding. Het stond in alle kranten.'

'Je hebt drie mensen in Massachusetts vermoord.'

'Dat klopt.'

'Je veroorzaakte de dood van je medeplichtige, Maude King.'

'Indirect.'

'Vóór Mrs. Rutherfurd werkte je als dienstbode bij de onderminister van Marine, Tench. Gebleken is dat je een kamer bewoonde in een van de kleurlingenwijken. Er zijn geen bewijzen voor, maar…'

Ze onderbrak hem. 'Ja, Mikhal, ik heb de arme Mrs. Pettigrew gedood. En de nieuwsgierige zoon van mijn huisbaas, Josh. En de politieman die de familie van Mrs. Tench had ingehuurd om haar vreemdgaande echtgenoot te schaduwen. Hoe de man heette, heb ik nooit geweten. Maar hij was Jacob Tench naar mijn adres gevolgd.'

'Veel verder kwam hij niet,' zei Lammeck.

'Goed gezegd.'

'Zes vermoorde burgers en een politieke moord op een president.' Lammecks stem droop van minachting. 'Wat je noemt een moordmachine.'

'Dat van die burgers betreur ik, maar ik kon niet anders. Zoals je wel zult begrijpen.'

'Ik heb begrepen dat je de elektrische stoel kunt krijgen, voor iedere moord.'

Ze liet haar oogleden even zakken en wachtte zonder haar gezicht te vertrekken, zodat het beeld tussen hen bleef hangen. Toen zei ze: 'Je weet dat me dat nooit zal gebeuren. En als ik ook maar even dacht dat jij van plan was mij uit te leveren aan je geliefde justitie… Heus Mikhal, ik ben niet hierheen gekomen om de oude vijandschap met jou te hernieuwen.'

Lammeck bestudeerde haar fascinerende blauwe ogen, op hem gericht met katachtige concentratie, en de lach die elk moment kon verdwijnen.

Lammeck zei: 'Ik ben een van de zeer weinige mensen ter wereld die weten wat jij hebt gedaan. Jij en ik weten allebei dat het zo zal blijven. Dus zeg me nu maar waarom je naar Schotland bent gekomen. Leedvermaak?'

Judith nam haar strooien hoed af en legde die zorgvuldig op de bank, naast haar. Ze haalde een hand door haar langere haar en lachte bekoorlijk. Die opsporingsschets kon haar onmogelijk recht doen.

'Om twee redenen. Ten eerste omdat ik, zoals je al zei, niet bang hoef te zijn dat ze jacht op mij gaan maken. Er staat geen prijs op mijn hoofd. Ik ben ermee gestopt en niemand maakt me wat. O, ik zou nog wel overwegen een klus te doen, als ze me er belachelijk veel voor zouden betalen en de doelpersoon intrigerend genoeg was. Je kunt er echter verzekerd van zijn dat ik geen enkele reden heb om bang voor jou te zijn of jou iets aan te doen. Daar kán verandering in komen, maar dat heb je zelf volledig in de hand. Ten tweede, je hebt me twee keer onder schot gehouden en hebt me beide keren laten gaan. Een vrouw kan waardering voor dat soort dingen opvatten.'

Lammeck was niet vergeten hoe haar afscheidswoorden in dat bos in

Georgia hem hadden geraakt. *De geschiedenis heeft jou gestuurd om mij te-gen te houden, omdat ze wist dat jij dat niet zou doen.* Hij was er wekenlang woedend om geweest. En nu Judith ongewapend tegenover hem zat, wilde hij haar te lijf; hij wilde haar van de bank rukken en woedend tegen de grond smijten, zoals hij in dat bos had gedaan. En dan zou hij haar vragen nog eens te zeggen uit welk hout hij volgens haar gesneden was.

De kelner bracht het bier en vertrok weer. Lammeck wachtte, met de bierpullen op tafel. 'Zullen we de glazen verwisselen?' vroeg Judith met la-chende ogen. 'Of zal ik eerst een flinke teug uit jouw glas nemen?'

'Ja.'

Ze greep haar eigen bier. 'Doe niet zo absurd. Drink.' Lammeck zag haar dorstig drinken en het schuim van haar mond vegen. Toen pas bracht hij het zware glas naar zijn mond om te drinken. 'Kijk, da's beter. Dit is wat de geschiedenis van ons wil: jij en ik die samen een biertje drinken. Hoe vor-dert je boek, *Dodengalerij*? Komt er een hoofdstuk over mij in?'

'Nee.'

'Jammer. Hoewel ik het ook niet verwachtte. Ik veronderstel dat je je daarmee heel wat ellende op de hals zou halen.'

'Er komt geen hoofdstuk, omdat er geen bewijzen zijn. Alles is in rook opgegaan. En over ellende maak ik me geen zorgen.'

'Stel dat ze mij hierheen hebben gestuurd?'

Lammeck liet zijn vingers over het met condens bedekte bierglas glij-den. 'Je bent ermee gestopt.'

'Ik weet het.' Ze boog zich over de tafel naar hem toe. 'Maar denk even met me mee. Stel dat ík de ellende ben die ze je op je dak sturen?'

'Dan hebben we allebei reden ons zorgen te maken.'

Met een ruk ging ze overeind zitten. 'Zo mag ik het horen!'

'Ik moet iets weten. Dán neem ik een beslissing over dat hoofdstuk.'

'Dit zijn mijn voorwaarden: géén vragen over mijn eerdere opdrachten. Geen vragen over waar ik woon of wie ik ben. Ik peins er niet over mijn eigen veiligheid in gevaar te brengen. Duidelijk?'

Het interesseerde Lammeck geen barst. 'Voor wie werkte je?'

'Ah, dat is de grote vraag, hè? Voor een historicus in elk geval. Wie was er zo op gebrand de geschiedenis te veranderen dat hij een president uit de weg ruimde?'

'Zeg het me maar.'

'Raad maar.'

'Zeg het me, verdomme.'

'Raad zelf maar, verdomme.'

Lammeck nam een nieuwe slok. Hij likte zijn lippen af en zei: 'Het was een internationale actie. De een of andere regering. Ik geloof niet dat een van Roosevelts binnenlandse vijanden erachter zat. Jij werd gebracht door een onderzeeër. Industriëlen en politici beschikken over veel geld, maar niet over onderzeeërs.'

'Klopt. Maar… welk land?'

'Reilly houdt het op de Duitsers.'

'Jij bent het niet met hem eens?'

'Nee. Begin dit jaar stond de afloop van de oorlog in Europa al vast. Duitsland ging onherroepelijk verliezen. De nazi's hebben zelfs nog op hoog niveau geprobeerd over een soort vrede te onderhandelen, zonder totale capitulatie. De dood van Roosevelt zou niets hebben veranderd aan de militaire realiteit in de oorlogszone. Niet in het minst. Stalin was eropuit Duitsland terug te werpen in het agrarische tijdperk. Hij wilde al hun fabrieken ontmantelen en hun mijnen volgieten met beton om te bereiken dat ze heel lang geen oorlog meer zouden kunnen voeren. Churchill was daarop tegen. Hij wilde juist de wederopbouw van Duitsland en een versterkt Frankrijk, als tegenwicht tegenover een naoorlogse Sovjet-Unie in het oosten. Roosevelt nam een middenpositie in. De moord op Roosevelt zou ertoe leiden dat Truman die beslissing moest nemen, maar niemand kent Truman beter dan ze jou kennen, of ik deze kelner. Trouwens, wat zou er zijn gebeurd als ze jou hadden gepakt? In dat geval zou Roosevelt er samen met Stalin voor hebben gezorgd dat Duitsland op zijn minst de komende honderd jaar alleen nog vuur kon maken met twee stokjes. Dat is een enorm risico. Ik denk dat er, met uitzondering van Hitler, niemand in het Duitse opperbevel was die ervoor was om president Roosevelt te laten vermoorden.'

'Klinkt goed. De volgende.'

'De Japanners?' Lammeck schudde het hoofd weer. 'Tegen december van het afgelopen jaar waren de Jappen in Birma en op de Filippijnen op de vlucht gejaagd. Hun marine had in de Golf van Leyte een enorm pak slaag moeten incasseren. Vijf maanden later wipten we van het ene eiland naar het andere, op weg naar Tokio. Dus geldt voor hen hetzelfde als voor de Duitsers: moord op Roosevelt zou niets aan het onvermijdelijke hebben veranderd. Voor de Jappen is de oorlog verloren. De geschiedenis zal voor hen niet veranderen, ongeacht wie er president is. Waarom zouden ze het riskeren? Het had geen nut om Roosevelt op de korrel te nemen.'

'Je vergeet iets. Zowel de Duitsers als de Japanners zijn wraaklustig. Er had dus meer achter kunnen zitten.'

'Ze zijn ook ongelooflijk pragmatisch. Ik kan me niet voorstellen dat ze zo laat in de oorlog hun hulpbronnen zouden verkwisten aan wraakacties. En ook nu geldt: als bekend was geworden dat zij erachter zaten – als jíj was betrapt – zou een wraaklustig Duitsland of Japan niets hebben voorgesteld, vergeleken bij een woedend Amerika. Geloof me. Trouwens…'

'Trouwens wat?'

'Ik zie jou niet voor hen werken.'

'Iemand als ik laat zich niet leiden door politieke overwegingen. Ik werk vanwege de uitdaging en het geld. Toch heb je gelijk: voor Hitler of Tôjô zou ik niet werken. Hun wereld is niet de wereld die ik graag help ontstaan. Ik ben niet helemaal van moraal gespeend.'

Judith nam een teugje bier, terwijl ze Lammeck bleef aankijken. 'Voor wie kon het dan wel voordelig zijn, Mikhal?'

'De Russen. Jij had Krivitski al voor ze gedaan. Dus haalden ze jou van stal voor Roosevelt.'

'Leg eens uit waarom.'

'Geen land ter wereld is momenteel zo sterk als Amerika, behalve de Sovjet-Unie. Alles wijst erop dat het over de hele wereld tot een patstelling gaat komen – tussen communisme en democratie. Stalin zal zich niet meer terugtrekken uit de landen die zijn legers hebben bevrijd. Amerika evenmin. De Roden zullen van mening zijn dat zij de oorlog in Europa helemaal op eigen kracht hebben gewonnen – en wat hun verliezen betreft, lijkt het er veel op. Ik vrees dat het uitdraait op een schatting van zo'n acht miljoen. Zelf denk ik dat het er meer zijn. Waarom zouden ze, nu de strijd daar nagenoeg voorbij is, niet ingrijpen om de bordjes te verhangen? Elimineer Roosevelt, dan komt de onervaren Truman op zijn plaats. Haal de nieuwe president flink het vel over de oren voordat Truman zich goed en wel heeft ingewerkt. Stalin heeft nooit blijk gegeven van ook maar de geringste scrupules als het erom ging rivalen uit de weg te ruimen. En Roosevelt was zijn grootste rivaal. Alle ingrediënten zijn aanwezig. Een greep naar de macht. De middelen ertoe zijn voorhanden. Een precedent. En belangrijker nog: de geschiedenis geeft hun de wind in de rug.'

'Klopt. Allemaal waar.'

Judith nam een slok en verborg haar glimlach achter het bierglas.

'Vertel me nou maar waar ik fout zit,' zei Lammeck dringend.

'Juist vanwege de redenen die je gelijk geven, Mikhal. Stalins Rode Leger is uitgegroeid tot het grootste van de wereld. Ze hebben ervoor gebloed, maar ze hebben gewonnen en hebben heel Oost-Europa in de klauw. In weerwil van alle afspraken heeft Stalin niet één soldaat teruggetrokken uit de Balkanlanden, Polen of de oostelijke helft van Duitsland. Hij is druk bezig marionettenregeringen te installeren in elk land dat hij heeft "bevrijd". In Finland, Griekenland, Italië, Portugal en Spanje kan hij op politieke steun rekenen. Zelfs in Amerika is er een actieve communistische partij. En dat is allemaal gebeurd tijdens Franklin Roosevelts wacht.'

'Wat probeer je me te zeggen?'

'Dat Stalin nooit een betere vriend heeft gehad dan Roosevelt! Amerika was er zo op gebrand de nazi's tegen te houden, dat het Rusland in zijn plaats tegen de Duitsers liet vechten totdat het zelf mee kon gaan doen, precies zoals het Engeland aanvankelijk de kastanjes uit het vuur heeft laten halen. Toen de Roden echter in Stalingrad wonnen en de wereld bewezen dat de Duitsers op de steppen tegen te houden waren, verplaatste Roosevelt zijn loyaliteit. De hoeveelheden oorlogsmaterieel die de Sovjets ontvingen, vielen in het niets bij het materieel dat de Britten kregen. De Roden hebben er goed gebruik van gemaakt: ze hebben in de oorlog negen van de tien Duitse soldaten gedood. Nu vormen ze hun eigen blok van satellietnaties uit de landen waaruit ze de Duitsers hebben verdreven. Tegelijkertijd doen de Verenigde Naties al het mogelijke om de oude Europese koloniale mogendheden te ontmantelen en wordt er nauwelijks iets ondernomen om de Russische expansie te beteugelen. Dus blijven er twee supermachten over. Binnen enkele jaren zal de Sovjet-Unie qua invloed en prestige in de wereld gelijkwaardig zijn aan de Verenigde Staten. Dat hebben de Sovjets volledig aan Amerika te danken. Waarom zou Stalin dus zijn Amerikaanse weldoener laten vermoorden?'

'Dat zou hij niet.'

'Wie dan wel?'

Het antwoord trof Lammeck als een artilleriegranaat die gierend uit de lucht komt vallen. Judith moest de schrik op zijn gezicht hebben gezien. Ze legde haar hand tegen zijn wang. Lammeck was te ontdaan om de aanraking te vermijden. 'Arme Mikhal,' zei ze. 'Heeft niemand jou ooit de bons gegeven?'

Hij staarde langs haar heen, tot in de wereld buiten deze rokerige kroeg waaruit deze onmogelijkheid afkomstig was. 'Churchill...'

Judith trok haar hand niet terug. Zacht zei ze: 'Ik kan je niet zeggen óf het Churchill is geweest. Maar inderdaad, het was Engeland.'

'Het ging niet om meer macht,' zei hij, 'het ging erom een einde te maken aan het verlies van macht.'

'In de roos.' Ze trok haar hand terug. 'Vóór de oorlog was Groot-Brittannië een van de grootste mogendheden ter wereld. Nu, na de oorlog, zal dat hele imperium worden ontmanteld. Churchill zal de status quo in stand willen houden, het oude Europese machtsevenwicht. Roosevelt was echter van plan de Verenigde Naties te gebruiken om een eind te maken aan het kolonialisme. Het enige wat Churchill nog kon helpen de Britse belangen te beschermen, was zijn alliantie met Amerika. Maar na Malta verschoof Roosevelt het accent in het geallieerde bondgenootschap naar de Sovjets. Dus moest Roosevelt weg.

Hij was veel te moe, Mikhal, te ziek. Hij was een broze, stervende oude man. Ik heb hem in de ogen gekeken. Hij was niet sterk genoeg om een effectieve machtsfactor te kunnen zijn die ertoe zou bijdragen om Stalin in toom te houden. Dat hadden de Engelsen al in Teheran ontdekt, en in Jalta werd het nog eens bevestigd. Dit is het ideale moment, nu alle krachten in beweging zijn. Zij dachten dat ze met Truman alleen maar beter af zouden zijn. Roosevelt was een groot staatsman, een grote president voor Amerika. Ik ben ervan overtuigd dat jullie historici hem zijn zwakheden van de laatste paar jaar zullen vergeven. Hij was echter geen Engelsman. En de eens zo machtige Engelsen konden het hem niet vergeven.'

'Jouw medeplichtige, Maude King. Een anti-communiste.'

'Met hart en ziel, is me verzekerd. Ze was al jaren geleden gerekruteerd, voor het geval dat.'

'Waarom hebben ze jou niet liever op Stalin af gestuurd?'

Judith schudde het hoofd. 'Een machtsverschuiving in communistisch Rusland zou niets hebben veranderd, Mikhal. Het systeem daar is het probleem: ze denken allemaal op dezelfde manier. In Amerika zou een nieuwe president echter verschil kunnen maken. En…' Ze liet een pauze vallen en krabde met een gelakte nagel aan haar gezicht '… laten we eerlijk zijn: het zou heel wat moeilijker zijn geweest om Stalin te doden.'

Lammeck nam zijn pul bier. Judith had de hare al leeg. Hij gunde zijn keel een lange teug en haalde zijn mouw langs zijn mond. 'Hoe heeft iets als dit kunnen gebeuren? Heeft Churchill zelf opdracht gegeven om Roosevelt te laten elimineren? Ik kan dat niet geloven.'

Judith zei schouderophalend: 'Op een dag zat Hendrik de Tweede met een paar van zijn ridders aan tafel en beklaagde zich over de eigenzinnige aartsbisschop van Canterbury, Thomas Becket. Hij zei: "Door wat voor lafbekken ben ik omringd, als niemand mij van deze laaggeboren priester wil verlossen?" Wie kan zeggen of hij het meende, of alleen zijn ergernis luchtte? Hoe het ook zij, zijn mannen legden zijn woorden letterlijk uit…'

'… en Beckett werd in zijn kathedraal vermoord.'

'Hij werd prompt een heilige. Zo gaan die dingen vaak. Churchill heeft misschien weinig meer gedaan dan op een avond wat zitten mopperen achter zijn sigaar; misschien heeft hij zelfs gezegd te hopen dat Roosevelt

iets zou overkomen. De verkeerde woorden in de juiste oren en hopla.'
Judith maakte een handgebaar. 'Abracadabra. Geschiedenis.'

De historicus en de moordenares zaten achter hun lege bierpullen. Lammeck worstelde met het draconische van wat ze hem zojuist had onthuld. Hij geloofde haar – het sloot als een bus.

'Nou, professor, heb je een besluit genomen?'

'Waarover?'

'Over de stuwende krachten achter de geschiedenis – gebeurtenissen of individuen? Kijk maar niet zo verbaasd, vergeet niet dat ik je werk heb gelezen. Wat denk je zelf? Ben ik een veranderingsfactor op zich, of gewoon een radertje in de machinerie van de geschiedenis? Heb ik, toen ik Roosevelt doodde, de berg van de toekomst ook maar een millimeter naar links of rechts verplaatst? Of staat de berg nog op exact dezelfde plek? Ik zou dolgraag je mening hierover willen weten. Dus alsjeblieft…'

Lammeck monsterde haar. Hij genoot in stilte van dit ironische moment: de theoretiserende huurmoordenaar die hem naar zijn theorie over politieke moorden vroeg. 'De afgelopen vijfduizend jaar,' zei hij, 'hebben – tot voor betrekkelijk recent – verbazingwekkend weinig mensen daadwerkelijk de loop der gebeurtenissen op de wereld beïnvloed. Mozes, de Boeddha, Jezus, Mohammed, de profeten van de grote religies. Plus enkele tientallen wetenschappers. Het wiel, buskruit, elektriciteit, stoomkracht en energie uit kolen, het kruis, de Bijbel, de Koran – al die dingen hebben samenlevingen tot in hun kern veranderd. Het is echter heel moeilijk om meer dan een handvol politieke leiders te vinden die door hun leven of sterven de loop van de geschiedenis noemenswaardig hebben omgebogen. Bewegingen komen op en verdwijnen weer, veroveraars winnen of verliezen. Weinig leiders bleken onvervangbaar. Dat komt omdat macht altijd afkomstig is van het volk, zelfs religieuze macht, en omdat het momentum ervan zo immens is. Macht is geen vluchtig iets, zoals de heersende klasse weet. Veranderingen binnen de heersende klasse veranderen echter zelden hun stijl van regeren, omdat ze allemaal in essentie op dezelfde manier denken. Het komt exact overeen met jouw beschrijving van de zinloosheid om Stalin te elimineren teneinde iets in de Sovjet-Unie te veranderen. Of de keizers van het Romeinse imperium. Je hebt altijd een tegenwicht tegenover de heersende klasse – de radicalen. Steeds als de heersende klasse vervreemd raakt van het volk, grijpt zij naar dwang en onderdrukking om haar macht te beschermen. Dat leidt onveranderlijk tot grieven van de ontevredenen, die zelf een eigen klasse vormen. De ene onderdrukte radicaal of de andere, of de ene heerser of de andere – altijd bleken ze even goed of slecht als de volgende. Het enige verschil tussen hen is hun visie en charisma.'

Judith vernauwde haar ogen. 'Je zei "tot voor betrekkelijk recent". Wat bedoelde je daarmee? En zorg dat het overtuigend klinkt. Ik wil niet te horen krijgen dat ik mijn tijd heb verspild.'

'De democratie heeft dat allemaal veranderd. Het eigenlijke experiment op politiek gebied was Amerika, de afgelopen twee eeuwen. Europa komt er dichtbij, maar de Europese steun aan koningshuizen en hun status als koloniale mogendheden waren daar hinderpalen voor. In de Verenigde Staten – de eerste natie ter wereld zonder koning of koningin – worden de radicalen zelf vaak de heersers. Maar niet zoals Lenin en zijn communisten. Zij mogen dan wijdverbreide roerselen hebben onderdrukt, maar ze deden dat door bloed te vergieten en moeten hun macht vasthouden achter een kanon. Dat kan niet eeuwig duren. In Amerika wel. Want voor het eerst in de geschiedenis kan één man of vrouw in een natie groot verschil maken: niet op grond van een geboorterecht of op basis van militaire macht, maar alleen door de kracht van een idee. En omdat Amerika zo groot en machtig is, vooral nu de wereldoorlog gewonnen is en de traditionele mogendheden veel aan macht hebben ingeboet, zullen de denkbeelden van Amerikaanse leiders een wereldomspannende invloed uitoefenen. Een verandering in het presidentschap zal honderden miljoenen levens beïnvloeden, gedurende vele generaties. Sinds Rome heeft er geen grotere machtsconcentratie op de wereld bestaan. Het verschil is dat Rome werd geregeerd door mensen. In Amerika regeren de *ideeën*. Als je een idee wegneemt, verandert de wereld. Misschien heb jij in de hele geschreven geschiedenis de eerste politieke moord gepleegd die werkelijk een ingrijpende invloed zal hebben op onze planeet.'

Ze wuifde zichzelf koelte toe. 'Ik? Heb je dit allemaal van mij geleerd?'

'Het is het enige waaraan ik nog heb kunnen denken sinds ik weer aan het werk kon gaan.'

'Nou, jij weet een vrouw de adem te benemen, dat moet ik zeggen. Dit was een boeiend college, professor. Het spijt me dat ik me niet kan laten inschrijven voor jouw curriculum. Maar vraag mij nu eens wat ík heb geleerd.'

Lammeck knikte, bij wijze van vraag.

'Ik heb in mijn loopbaan dertien mannen en vrouwen in opdracht gedood. Of vier keer zoveel, als je de onvermijdelijke sterfgevallen meetelt. Niet één keer heb ik me afgevraagd of het wel juist was wat ik deed. Nooit heb ik geaarzeld. Behalve bij deze laatste opdracht. Ik heb een broze oude man nog wat dagen langer laten leven. Ik had met hem te doen, eerlijk gezegd. Jij dook een minuut nadat ik hem had vergiftigd op. Eén minuutje maar, Mikhal. Ik kon nauwelijks wegkomen. Weet je wat dit me heeft bijgebracht? Dat Allah nog steeds van mij houdt. Het is me echter duidelijk geworden dat Zijn liefde nog maar toereikend is voor één minuut. Ik kan me niet meer afsluiten voor mijn twijfels. Dus kan ik niet langer een rol in de historie spelen. De geschiedenis wordt niet gemaakt door twijfelaars. Alleen zij die niet wikken en wegen worden geduld. Zo.' Ze keek hem aan en vroeg: 'Hoe is het met jouw twijfels gesteld? Wat ga jij doen?'

Lammeck projecteerde zichzelf naar een toekomst waarin hij alles zou opschrijven wat hij wist. Een toekomst waarin hij dit opgevouwen FBI-plakkaat met Judiths konterfeitsel zou ophangen in zijn moordenaarsgalerij, onder een portret van Franklin Delano Roosevelt. Waarin hij Engeland zou beschuldigen van de moord op een Amerikaanse president. Hij zou bespot worden, zichzelf als academicus onmogelijk maken en vermoedelijk zou hij in een kille nacht worden geconfronteerd met Dag of een van diens Britse collega's – misschien zelfs een van de Jedburghs die hij zelf had opgeleid. Hij zou echter beroemd zijn en zijn naam vereeuwigen, voorgoed bekend als de man die licht had gebracht in een van de geruchtmakendste politieke moorden van de moderne tijd.

'Voor ik je daar antwoord op geef, heb ik nog een vraag voor jou. Wat bezielt je om dit mij te komen vertellen? Ik weet dat je mij een belofte hebt gedaan, maar waarom zou je die nakomen? Als wat jij hebt gedaan ooit openbaar werd gemaakt – voor zover de mensen het zouden geloven – zou het effect daarvan…' Lammeck zocht naar woorden die de situatie volledig weer zouden geven '… niet te overzien zijn.'

Judiths hand ging naar de plaats op de bank naast haar om haar strooien hoed te pakken. 'Zoals ik al zei, ik weet niet meer wat juist of niet juist is. Hoe ik de wolken die je in je hebt moet wegvagen. Daarom ben ik met de waarheid naar jou toe gekomen. Ik geloof namelijk dat jij het juiste zult doen. Dat soort man ben je.'

In stilte stelde Lammeck zich opnieuw de vraag die Judith al in het bos had beantwoord: wat wil de geschiedenis? Zou zij ermee gediend zijn als Engeland aan de kaak werd gesteld? Zou zij worden veranderd door het wereldkundig maken van deze misdaad – en zo ja, in positieve zin? Of, niet zo belangrijk, maar wel van rechtstreeks belang: had de geschiedenis hem, Mikhal Lammeck, nodig? En misschien zelfs ook – ondanks haar geloof in het tegendeel – Judith zelf, dood of levend?

'Je wilt weten wat ik denk te gaan doen?' Lammeck beduidde haar de hoed terug te leggen. 'Iets wat ik vijf maanden geleden had moeten doen, toen Dag mij hier aan de haren bij sleepte.'

Hij bracht zijn hand omhoog, ving de aandacht van de barman aan de andere kant van de pub en bestelde nog twee pullen bier.

Epiloog

President Franklin D. Roosevelt zakte op 12 april 1945 om kwart over één 's middags ineen, in het Kleine Witte Huis bij Warm Springs, Georgia. Hij kreeg medische zorg van luitenant-ter-zee 1e klasse George Fox, masseur en apotheker, en luitenant-ter-zee 1e klasse Howard Bruenn, marinearts. Omdat het een noodsituatie betrof, werd ook internist dr. James Paullin uit Atlanta opgetrommeld.

In de loop van de volgende twee uur verslechterde Roosevelts toestand. De systolische bloeddruk vloog omhoog tot 300 (de bloeddrukmeter kon geen hogere drukwaarden aangeven) en zijn hartslag versnelde tot 104. De pupil van zijn linkeroog verwijdde zich. Zijn blaas liep leeg. De ademhaling was moeizaam en werd een zwaar, ritmisch snurken. Dr. Bruenn spoot nog wat aminofylline en nitroglycerine in Roosevelts arm, ter verwijding van de bloedvaten om de bloeddruk te verlagen. Zijn diagnose luidde: een zware hersenbloeding in het achterste deel van de hersenen – een beroerte die was veroorzaakt door een bloedprop of een verkalkte ader die gesprongen was, waardoor zich bloed onder de schedel had opgehoopt dat druk op de hersenen van de president uitoefende.

Om kwart voor drie was Franklin D. Roosevelts bloeddruk gedaald tot 240/120, en zijn pols tot 90. Zijn ademhaling werd onregelmatig, met veel onderbrekingen. Zijn lichaam verstijfde telkens en werd dan weer slap.

Dr. Paullin arriveerde om half vier bij het Kleine Witte Huis. De internist liep meteen door naar Roosevelts slaapkamer waar de patiënt al na enkele minuten ophield met ademen. Paullin spoot adrenaline rechtstreeks in het hart. Door zijn stethoscoop hoorde Paullin het hart nog een paar maal kloppen; toen niets meer. Dr. Bruenn luisterde ook nog een minuut, maar de reactie bleef uit. Paullin nam de bloeddrukmeter en vond geen druk.

Om vijf over half vier verklaarde dr. Bruenn: 'Deze man is dood.'

In Roosevelts kleine slaapkamer, op het nachtkastje, lag een boek, met de titel *The Punch and Judy Murders* van Carter Dixon, opengeslagen op blz. 78, het begin van een hoofdstuk getiteld *Six Feet of Earth*.

In de begrafenistrein vanuit Warm Springs naar het noorden zaten de nichten Delano en Suckley bij Eleanor om haar gezelschap te houden. Tijdens hun gesprek vertelde Delano de weduwe dat Lucy Rutherfurd-Mercer op bezoek was geweest in het Kleine Witte Huis, toen de president overleed; en ook dat Lucy regelmatig bezoeken had afgelegd aan het Witte Huis in Washington, met medeweten van haar dochter Anna. Delano redeneerde dat 'Eleanor er toch wel achter zou zijn gekomen'. Eleanor was in werkelijkheid het enige naaste familielid en slechts een van een handvol mensen uit de naaste kring van de president, die geen weet hadden gehad van Lucy's terugkeer in het leven van haar echtgenoot.

Eleanor en haar dochter, Anna Boettiger-Roosevelt, zouden daarna jarenlang van elkaar vervreemd blijven, maar ze hebben het later bijgelegd.

Eleanor zelf overleed in het jaar 1962, geprezen als een van de grootste persoonlijkheden ter wereld. Tussen haar persoonlijke bezittingen, gevonden op het nachtkastje in haar appartement in New York, lag een krantenknipsel van het gedicht *Psyche* van Virginia Moore:

The soul that has believed
And is deceived
Thinks nothing for a while,
All thoughts are vile.

And then, because the sun
Is mute persuasion,
And hope in Spring and Fall
Most natural
The soul grows calm and mild,
A little child,
Finding the pull of breath
Better than dead…
The soul that had believed
And was deceived
Ends by believing more
Than ever before.

Vrij vertaald:

De ziel die heeft geloofd,
maar daarvan werd beroofd,
heeft tijd'lijk geen gedachten
want die zijn te verachten.

Maar dan, omdat de zon
zo zwijgend overtuigt,
en hoop in herfst en lente
is als de elementen, dan
wordt de ziel zo kalm en mild
als ware zij een kind
dat zijn adem zal verkiezen
boven het leven te verliezen…
De ziel die heeft geloofd,
maar daarvan werd beroofd,
is ten slotte meer geloof beschoren
dan ooit tevoren.

Boven het gedicht was in Eleanors handschrift het getal *1918* geschreven –
het jaar waarin zij de verhouding tussen haar man en Lucy Mercer had ontdekt.

Roosevelt werd bijgezet in de rozentuin van zijn moeder, bij de residentie
van de familie in Hyde Park, New York State. De Britse eerste minister,
Winston Churchill, woonde de begrafenis niet bij. Hij zou pas op 12 maart
1946 Roosevelts graf in Hyde Park bezoeken.

Churchill zelf heeft nog twintig jaar geleefd. Slechts acht weken nadat de
oorlog in Europa ten einde was, verloor hij de verkiezingen van Clement
Richard Attlee, de kandidaat van Labour. Churchill ontwikkelde zich tot de
voornaamste westerse woordvoerder van de politici die waarschuwden tegen de verbreiding van het communisme. In oktober 1951 werd Churchill
opnieuw tot eerste minister gekozen, een ambt dat hij tot 1955 bekleedde.

Na zijn terugkeer uit Jalta had Churchill tegen minister van Buitenlandse Zaken Anthony Eden – die erop aandrong dat Roosevelt onder druk zou
worden gezet opdat hij Stalin aan zijn Jalta-beloften zou houden – gezegd:
'Ik dring niet meer helemaal tot hem [Roosevelt] door.'

Later, in zijn memoires, stond Churchill stil bij de gevolgen van Roosevelts verslechterende gezondheidstoestand ten aanzien van wat hij omschreef als het 'IJzeren Gordijn' dat Europa doormidden deelde:

We hebben nu meer zicht op het dodelijke hiaat tussen de afnemende krachten van president Roosevelt en de steeds sterkere greep van president Truman op het immense wereldprobleem. In dit betreurenswaardige vacuüm was de eerste president niet tot handelen in staat, en ontbeerde de tweede het [noodzakelijke] inzicht.

Kort voor zijn dood, op 24 januari 1965, werd Churchill onderscheiden met de Nobelprijs voor Literatuur, werd hij opgenomen in de Britse Orde van de Kousenband en kreeg hij de titel 'Ereburger van de Verenigde Staten van Noord-Amerika'.

Kort na de dood van Roosevelt liet Eleanor Roosevelt via nicht Daisey Suckley een klein, door Shoumatoff geschilderd portret van haar overleden echtgenoot bezorgen bij Lucy Rutherfurd-Mercer. Vanuit Aiken schreef Lucy het volgende briefje aan Eleanor, gedateerd 2 mei 1945:

Lieve Eleanor,

Margaret Suckley schreef mij dat jij haar dat kleine aquarel-portret van Mme Shoumatoff hebt gegeven, met het verzoek het mij toe te sturen. Ik ben je daarvoor buitengewoon dankbaar – je zult wel weten dat ik het altijd zal blijven koesteren...
Ik heb je al heel lang willen schrijven om je te zeggen dat ik Franklin had ontmoet, en ook hoe vriendelijk hij was voor mijn man toen deze zo wanhopig ziek was in Washington, & hoezeer hij ook zijn zoons heeft geholpen – en dat ik hoopte jou terug te zien.
Ik kan je niet uitleggen hoeveel ik voor je voel en hoe ik voortdurend moet denken aan de pijn en het onmetelijke verdriet dat jij – jij, die ik altijd heb beschouwd als de meest gezegende en bevoorrechte vrouwen van onze tijd – nu moet voelen. Het moet bijna ondraaglijk zijn...
Het hele universum heeft er moeite mee om zich aan te passen aan een wereld zonder Franklin. Ik stuur jou en jouw gezin – het is mij onmogelijk dat niet te doen; de leegte moet afschuwelijk zijn – mijn diepe genegenheid en sympathie.

Zoals altijd,
je toegenegen

Lucy Rutherfurd

Roosevelts dochter Anna zorgde ervoor dat Lucy de gelegenheid kreeg een bezoek te brengen aan Roosevelts graf in Hyde Park, op 9 juni 1945. Die dag werd Lucy daar echter aangehouden door een bewaker, die zei dat haar toegangskaart niet geldig was, hoewel deze was ondertekend door Anna Boettiger-Roosevelt. De bewaker belde Eleanor op om te vragen of Lucy toestemming had het graf te bezoeken. Eleanor willigde het verzoek in.

In 1945 vertelde Lucy aan madame Shoumatoff dat zij alle brieven van Roosevelt aan haar had verbrand.

Op 31 juli 1948 overleed Lucy Rutherfurd in New York City aan leukemie, op de leeftijd van zevenenvijftig jaar.

Shoumatoffs aquarel, tegenwoordig bekend als *The Unfinished Portrait*, is te bewonderen in het museum van het Kleine Witte Huis bij Warm Springs, Georgia.

Nadat hij uit de mond van de Amerikaanse ambassadeur hoorde van de dood van de president, bleef Josef Stalin de hand van de ambassadeur een halve minuut lang vasthouden, alvorens hem uit te nodigen te gaan zitten. Stalin vroeg Harriman naar de omstandigheden rond Roosevelts overlijden, waarna hij dadelijk een brief stuurde naar het Amerikaanse ministerie van Buitenlandse Zaken waarin hij erop aandrong dat er sectie zou worden verricht teneinde vast te stellen of Roosevelt was vergiftigd.

Mike Reilly's boek, getiteld *Reilly of the White House*, eindigt met de volgende paragraaf:

Ik liep de keuken in voor de restanten van Roosevelts ontbijt en bracht ze ter analyse naar een chemicus van de [George Warm Springs] Foundation. Hij vond niets, maar een lid van de geheime dienst moet nu eenmaal ieders antecedenten natrekken, zelfs die van de Dood.

Vjatsjeslav Michailovitsj Molotov, minister van Buitenlandse Zaken van de Sovjet-Unie, stond aan het hoofd van de Sovjet-delegatie naar de inauguratie-vergadering van de Assemblee van de Verenigde Naties die in april 1945 in San Francisco werd gehouden. Hij deed onderweg Washington,

DC aan, om kennis te maken met de nieuwe Amerikaanse president, Harry S. Truman.

Tijdens een onderhoud in het Oval Office, het kantoor van de president, maakte Truman de Sovjet-minister verwijten, vooral over het verzuim van de Sovjets om zich in Oost-Europa aan de voorwaarden van het Atlantic Charter te houden, een verdrag dat de bevrijde naties vrijheid van angst garandeerde, alsmede een zelfgekozen, representatieve regering.

In de verdediging gedrongen, klaagde Molotov: 'Niemand heeft ooit die toon tegen mij aangeslagen.'

Truman antwoordde: 'Kom je beloften na, dan overkomt het je niet meer.'

1. Noot van de auteur: het zal niemand verbazen dat maarschalk Stalin meende het handwerk van een huurmoordenaar te herkennen; hij had er tenslotte zelf vaak genoeg een in de arm genomen.
2. Simon and Schuster, New York 1947.
3. Noot van de auteur: er is nooit een exemplaar van het rapport van deze scheikundige gevonden.

Walter Krivitski, in 1899 geboren in Rusland, werd officier bij de Inlichtingendienst van de Sovjets. In 1923 werd hij naar Duitsland gestuurd, om daar een communistische revolutie uit te lokken. In 1933 werd hij overgeplaatst naar Nederland, als hoofd van de Militaire Inlichtingendienst van de Sovjets voor West-Europa.

In 1936 begon Stalin zijn regeringsapparaat te zuiveren van lieden wier loyaliteit hij betwijfelde, of wier macht hij vreesde. Bezorgd voor zijn leven liep Krivitski in 1937 over naar Canada, waar hij onder de naam Walter Thomas leefde. In 1939 verstrekte Krivitski de FBI bijzonderheden over eenenzestig geheim agenten van de Sovjets die in Groot-Brittannië actief waren. Hiertoe behoorden de mollen Kim Philby en Donald Maclean. De Britse geheime dienst, MI-5, vond Krivitski's getuigenis niet bepaald overtuigend en deed niets met zijn tips.

Krivitski vestigde zich in de Verenigde Staten en schreef zijn memoires onder de titel *I Was Stalins Agent*. Berouwvol, en als fel tegenstander van het communisme, getuigde hij voor de Commissie voor onAmerikaans Activiteiten van het Huis van Afgevaardigden.

Op 10 februari 1941 werd Walter Krivitski gevonden in het Bellevue Hotel in Washington – doodgeschoten. Aanvankelijk werd het bericht de wereld ingestuurd dat hij zelfmoord had gepleegd. Er is echter langdurig over gespeculeerd of zijn schuilplaats misschien was ontdekt door een bij MI-5 werkzame Sovjet-mol, waarna hij door Sovjet-agenten was vermoord. Zijn dood is echter een mysterie gebleven.

Nazi's beweren dat het verhaal dat het Tsjechische dorp Lidice zou zijn uitgemoord en met de grond gelijkgemaakt vals is. Verscheidene dorpen overal ter wereld hebben zichzelf herdoopt tot 'Lidice', ter herinnering aan de massamoord die door de nazi's werd begaan als represaille voor de moord op *Reichsprotektor* Reinhard Heydrich.

De Tsjechische parachutist Karel Čurda, die zijn kameraden van de SOE – met inbegrip van Josef Gabčik en Jan Kubiš – aan de Gestapo had verraden, werd op 29 april 1947 in Praag opgehangen.

Over de auteur

David L. Robbins is auteur van *De rattenoorlog*, *The Red-Ball Express*, *Oorlogszone Berlijn*, *Tankduel* en *Verschroeide aarde* – alle in Nederlandse vertaling en onder deze titels verschenen bij Uitgeverij Mynx, Amsterdam. Hij verdeelt zijn tijd tussen Richmond, Boston, en zijn zeiljacht, waar hij werkt aan zijn volgende historische thriller.